특성 없는 남자 1

세계문학전집
225

Robert Musil : Der Mann ohne Eigenschaften

특성 없는 남자 1

로베르트 무질 장편소설

박종대 옮김

문학동네

일러두기

1. 번역 대본으로는 *Der Mann ohne Eigenschaften. Band 1: Erstes und Zweites Buch*(Robert Musil, Rowohlt Taschenbuch Verlag, 2010)를 사용했다.
2. 주석은 모두 옮긴이주다.
3. 본문 중 고딕체는 원서에서 이탤릭체로 강조한 부분이다.
4. 등장인물에 대한 상세한 소개는 본서 3권 말미에 있는 옮긴이의 '해설'을 참고하기 바란다. 소설의 줄거리를 포함하고 있으므로 될 수 있으면 본문을 다 읽고 나서 일독하기를 권한다.

차례

제1부 일종의 머리말

제2부 비슷비슷한 일이 일어나다

제1부

일종의 머리말

1. 여기서는 어떤 일도 주목할 만한 방식으로 일어나지 않는다

대서양 상공에 기압계상 최저기압이 자리하고 있었다. 저기압은 러시아 상공의 고기압을 향해 동쪽으로 이동했는데, 이 고기압을 북쪽으로 비켜갈 조짐은 아직 보이지 않았다. 등온선과 등서선은 제 몫을 다했고, 기온은 연평균 온도뿐 아니라 가장 추운 달과 가장 따뜻한 달의 온도, 비주기적인 월간 온도의 변동과도 통상적인 관계를 유지하고 있었다. 일출과 일몰, 월출과 월몰, 달과 금성과 토성환의 빛 변화, 그리고 다른 많은 주요 현상들도 천문학 연감의 예측과 일치했다. 대기 중의 수증기장력은 최고치를 나타냈고, 대기 습도는 낮았다. 약간 구닥다리 표현 같기는 하지만, 실재하는 이 모든 것을 한마디로 적확히 묘사하자면 때는 바야흐로 1913년 8월의 어느 아름다운 여름날이었다.

자동차들이 깊고 좁은 거리에서 얕고 환한 광장으로 질주했다. 어두운 보행자 무리는 구름 형태의 실타래를 형성하고 있었다. 한층 강렬한 속도의 선들은 다소 느슨하게 움직이는 보행자 무리를 가로지르는 순간 굵어졌다가, 나중엔 더 빨라지더니 약간의 진동 끝에 다시 고른 리듬을 유지했다. 수많은 소리들이 철선처럼 억센 하나의 소음으로 뒤엉켰다. 그 소음에서는 뾰쪽한 끝이 여기저기 튀어나왔고, 소음을 따라 날선 모서리가 길게 이어지다가 다시 평평해졌으며, 소음에서 명확한 소리들이 산산이 부서져 공중으로 흩어졌다. 이 소음의 특별함을 묘사하기란 어렵지만, 어쨌든 수년간 이곳을 떠난 사람일지라도 지그시 눈을 감고 이 소음에 귀를 기울이면 지금 자신이 제국 수도이자 황궁이 자리잡은 빈에 있음을 알아차릴 것이다. 게다가 도시들도 사람과 마찬가지로 특유의 걸음걸이를 지니고 있기에, 눈을 크게 뜨고 거리의 움직임을 유심히 살펴만 봐도 같은 사실을 알아챌 수 있다. 그것도 어떤 특징적인 세부 사항을 보고 알아내는 것보다 훨씬 빨리 말이다. 그게 가능하다는 생각이 착각이라고 해도 상관없다. 지금 자기가 어디에 있는지를 지나치게 중요하게 생각하는 것은 가축 먹이가 있는 곳을 재빨리 알아내야 했던 유목 시대의 산물이다. 사람들은 색깔을 마이크로밀리미터 단위의 파장으로 정확히 표현할 수 있음에도 빨간 코를 두고 그게 어떤 종류의 빨간색이냐고 묻지 않고, 대충 코가 빨갛구나 하고 넘어가는데, 왜 그런지 아는 것은 중요해 보인다. 그보다 한층 복잡하게 뒤엉켜 있는 무언가, 가령 자신이 머무는 도시의 경우엔 항상 그 도시가 얼마나 특별한지를 정확히 알고 싶어하니까 말이다. 우리는 그 때문에 더 중요한 것으로부터 눈을 돌리게 된다.

따라서 도시 이름에 특별히 가치를 두어서는 안 된다. 이 도시도 다른 대도시들처럼 불규칙성, 변화, 활강, 어긋나는 발걸음, 사물과 사건의 충돌, 그 사이의 바닥 모를 고요한 지점들, 길과 길이 아닌 것, 크고 율동적인 박동, 온갖 리듬 사이의 영원한 불협화음과 전이로 이루어져 있었다. 전체적으로는 건물, 법, 규정, 사회적 관습이라는 항구적 소재로 만들어진 펄펄 끓는 용기 속의 거품과 비슷했다. 그런데 이 도시의 넓고 활기찬 거리를 걸어올라가는 두 사람에게는 당연히 그런 느낌이 전혀 없었다. 그들은 어디로 보나 특권계층이 분명했다. 의복과 태도, 대화를 나누는 방식에 기품이 흘렀고, 속옷에는 이름의 첫 글자가 의미심장하게 수놓아져 있었다. 밖으로 드러나지 않는다는 점에서는 마찬가지겠지만, 의식意識의 섬세한 속옷에서도 그들은 자신이 누구이고, 지금 제국 수도이자 황궁이 자리잡은 도시의 광장에 있음을 알고 있었다. 이 두 사람이 아른하임과 에르멜린다 투치라고 가정해보자. 물론 이것은 틀렸다. 투치 부인은 8월에 남편과 함께 바트 아우스제에 있었고, 아른하임 박사는 아직 콘스탄티노플에 머물고 있었기 때문이다. 어쨌든 그리 가정한다면 이들이 누구일까 하는 수수께끼에 부딪힌다. 활기찬 사람들은 거리에서 이런 수수께끼를 무척 자주 느낀다. 그런데 특이하게도 이런 수수께끼는 오십 보를 더 가는 동안 이미 두 사람을 어디서 봤는지 기억조차 못할 만큼 까맣게 잊어버림으로써 해결된다. 그 두 사람이 갑자기 걸음을 멈추었다. 눈앞에 사람들이 웅성웅성 모여 있는 것을 발견했기 때문이다. 바로 조금 전에 무언가 대열에서 튀어나간 것이 있었다. 비스듬히 날아가는 듯한 움직임이었다. 또다른 무언가가 빙그르르 돌면서 옆으로 미끄러졌다. 급히 브레이크를 밟은 중형重型 화물차였다. 이제 화물차는 갓돌 위에 바퀴 하나를 걸친 채 멈춰 있었다. 벌집 주위를 왱왱거리는 벌떼처럼 순식간에 사람들이 어떤 작은 얼룩 앞으로 몰려들더니 동그랗게 에워쌌다. 차에서 내린 화물차 운전사는 포장 종이 같은 잿빛 얼굴로 거칠게 몸짓을 해가며 사고 경위를 설명하고 있었다. 몰려드는 사람들의 시선이 처음엔 운전사로 향하다가 차츰 중앙에 죽은 듯 누워 있는 남자에게로 조심스레 옮겨갔다. 남자는 어느새 인도의 갓돌 옆으로 옮겨져 있었다. 사람들 말로는 남자가 부주의해서 사고를 당했다고 한다. 사람들은 번갈아가며 남자 옆에 무릎을 꿇고 앉아 뭐라도 해보려고 했다. 누군가는 남자의 상의 단추를 풀었다 채웠으며, 누군가는 일으켜 세우려고 하거나, 아니면 반대로 다시 눕히려고 했다. 모두 전문적인 자격을 갖춘 구조대가 올 때까지 시간을 때우려는 행동이었다.

부인과 동행자도 사고 현장에 접근해서 사람들의 머리와 숙인 등 너머로 바닥에 누운 남자를 유심히 살펴보았다. 그러고는 뒤로 물러나 망설였다. 부인은 스스로 연민이라고 여기는 무언가 불편한 것을 명치끝에서 느꼈다. 그것은 사람을 마비시키고 주저하게 만드는 감정이었다. 얼마간의 침묵 끝에 신사가 말을 꺼냈다. "여기서 사고를 낸 저런 중형 화물차는 제동거리가 너무 길어요." 부인은 이 말을 듣는 순간 마음이 홀가분해지는 것을 느끼고는 정중한 눈길로 고마움을 표했다. 제동거리라는 말은 벌써 여러 번 들었지만, 그게 무슨 뜻인지는 정확히 알지 못했고 알고 싶지도 않았다. 그저 그 말로 이 끔찍한 사고가 어떤 형태로든 질서 있게 정리되고, 자신과는 직접 관련이 없는 기술적인 문제로 바뀌면 충분했다. 그때 벌써 구급차의 날카로운 사이렌소리가 들려왔다. 구급차의 신속한 도착은 기다리던 사람들에게 안도감을 주었다. 이런 사회적 장치들은 감탄스러웠다. 사고를 당한 사람은 들것에 실려 구급차 안으로 옮겨졌다. 제복 형태의 옷을 입은 남자들이 부상자에게 필요한 조치를 취했다. 얼핏 눈에 들어온 구급차 안은 병원처럼 깨끗하고 정연했다. 그제야 사람들은 일이 법적 절차에 따라 질서 있게 처리되었다는 합당한 느낌을 안고 현장을 떠났다. 신사가 말했다. "통계에 따르면 미국에선 해마다 자동차 사고로 19만 명이 죽고 45만 명이 부상을 당한다고 합니다."

"저 사람 죽은 것 같아요?" 부인이 물었다. 여전히 무언가 특별한 일을 경험했다는, 근거 없는 감정을 떨치지 못하면서.

"살아 있으면 좋겠네요." 신사가 대답했다. "차에 실려갈 때는 꼭 죽은 사람처럼 보였어요."

2. 특성 없는 남자의 집

이 작은 사고가 일어난 거리는 도심에서 방사형으로 뻗어나가다가 변두리를 지나 교외로 빠지는 길고 구불구불한 주도로 가운데 하나였다. 그 우아한 남녀가 이 길을 따라 조금 더 갔더라면 분명 그들 마음에 들 무언가를 보았을 것이다. 그것은 18세기, 아니 17세기에 지어졌다고 할 수도 있을, 부분적으로 아직 잘 보존된 정원이었다. 쇠창살 문을 지나면 나무 사이로 건물이 보였다. 세심하게 다듬은 잔디밭 위에 지어진 건물은 짧은 익부가 돌출한 작은 성 같았는데, 옛날에 사냥용이나 밀회용으로 사용하던 별궁이었다. 엄밀히 말하면 건물 본체는 17세기에 지어졌지만, 정원과 위층의 외관은 18세기 형식을 띠고 있었다. 건물 전면은 19세기에 개축되었고, 약간 망가져 있었다. 그래서 전체적으로는 마치 겹쳐 찍은 사진처럼 초점이 맞지 않는 모습이었다. 하지만 마주하면 누구든 예외 없이 걸음을 멈추고 "아!" 하고 감탄사를 터뜨릴 만한 건물이었다. 어쩌다 앙증맞고 아름다운 그 하얀 성의 창문이 열리기라도 하면 고결한 정적 속에 묻힌 학자의 서재가 들여다보였다.

여기가 특성 없는 남자의 집이었다.

그는 창가에 서서 정원 공기의 연초록 필터를 통해 칙칙한 갈색 거리를 내려다보며 십 분 전부터 시계로 자동차와 마차, 전차, 그리고 멀리 있는 탓에 흐릿하게 보이는 보행자들의 머리를 세고 있었다. 보행자들의 시선은 정신없이 돌아가는 분주함으로 가득차 있었다. 그는 지나다니는 사람들의 속도와 각도, 생기 넘치는 힘을 어림잡아보았다. 그들은 번개처럼 빠르게 타인의 눈을 잡아끌어 꽉 붙들었다가 다시 놓아주고, 측정할 단위도 없는 찰나의 시간에 무언가에 저항하듯이 그것을 떨쳐내고, 그러더니 또다른 것을 쫓아가는 데 주의를 쏟고 있었다. 그는 머릿속으로 한동안 이런 계산을 한 후에 피식 웃으며 시계를 다시 주머니에 넣었고, 자신이 말도 안 되는 짓거리를 했다는 생각을 했다. 주의력의 균열, 눈 근육의 움직임, 영혼의 진자 운동, 그리고 한 인간이 거리의 물결 속에서 떠밀려가지 않기 위해 기울여야 하는 모든 노력을 측정할 수 있다면, 아마 아틀라스가 세상을 떠받치는 데 들인 힘조차 미미해 보일 정도로 어마어마한 크기의 힘이 산출될 거라는 생각에서 재미삼아 그런 불가능한 것을 계산해보았던 것이다. 또 그 계산이 가능하다면 아무것도 하지 않는 사람이 오늘 하루에만 얼마나 엄청난 일을 했는지도 측정할 수 있을 듯했다.

지금 특성 없는 남자가 바로 그런 사람이었다.

그렇다면 무언가를 하는 사람은?

"여기서는 두 가지 결론을 끄집어낼 수 있어." 그가 혼잣말로 중얼거렸다.

하루종일 조용히 자기 갈 길을 가는 한 시민의 근육이 하는 일은 하루에 한 번 시합에서 막대한 중량을 들어올리는 역도선수의 근육이 하는 일보다 훨씬 많다. 그것은 생리학적으로 증명되었다. 그러니까 자잘한 일상적 수고도 그 사회적 총량 면에서, 그리고 그 합산의 적합성 면에서 세상에 투입하는 에너지가 어떤 영웅적 행위보다 훨씬 크다. 결국 영웅적 성과라는 것은 과대망상식 발상으로 산 위에 올려놓은 모래알처럼 지극히 미미할 뿐이다. 그는 이 생각이 마음에 들었다.

그런데 꼭 덧붙여야 할 것은, 그가 시민적 삶을 사랑했기에 이 생각이 마음에 들었던 것이 아니라는 점이다. 반대로, 예전에는 달랐던 그의 성향에 시민적 삶이 여러 어려움을 야기한 것이 마음에 들었다. 개미처럼 집단적이고 엄청난, 새로운 영웅주의의 시작을 예감하는 사람은 혹시 고루한 속물일까? 훗날 사람들은 이를 가리켜 합리화 과정을 거친 영웅주의라 부르며 무척 훌륭하게 생각할 수도 있다. 하지만 오늘날엔 누가 그것을 알 수 있을까?! 당시에는 사실 굉장히 중요하지만 답할 수 없는 물음이 수백 가지나 있었다. 그런 물음은 그냥 느껴졌고, 발밑에서 활활 타오르고 있었다. 시간은 움직였다. 당시를 살지 않았던 사람들은 믿으려 하지 않겠지만 당시에도 이미 시간은 경주용 낙타처럼 빨리 움직였다. 오늘날에만 그런 것이 아니다. 다만 당시에는 시간이 어디로 가는지 몰랐을 뿐이다. 게다가 어디가 위이고 아래인지, 어디가 앞이고 뒤인지 구분할 수 없었다. "하고 싶은 대로 해도 돼." 특성 없는 남자는 어깨를 으쓱하며 중얼거렸다. "힘들이 이렇게 뒤엉킨 곳에서는 전혀 문제가 되지 않아!" 그는 포기하는 법을 배운 사람처럼 몸을 돌렸다. 어떻게 보면 강도 높은 신체 접촉을 꺼리는 병자 같기도 했다. 그는 옆에 붙은 드레스룸을 성큼성큼 가로질러가면서 방안에 걸린 펀칭볼을 빠른 동작으로 세차게 가격했다. 체념했다거나 허약한 상태에서는 나올 수 없는 가격이었다.

3. 특성 없는 남자에게도 특성 있는 아버지가 있다

얼마 전 외국에서 돌아온 특성 없는 남자는 평범한 집을 싫어하는데다 들뜬 기분에 덜컥 이 성을 빌려버렸다. 원래 도성 앞의 여름 별장이었던 이 성은 대도시가 점점 확장되면서 본래의 기능을 상실했고, 그러다 마침내 땅값이 오르기만 기다리는, 아무도 살지 않는 노는 땅으로 변했다. 그만큼 임차료는 무척 쌌다. 하지만 모든 것을 복원하고 현대적 요구에 맞게 개조하는 작업에 뜻하지 않게 많은 돈이 들어갔다. 그 일은 그에게 위험한 도박이 되었고, 결국 아버지에게 손을 벌려야 하는 상황으로까지 나아갔다. 결코 유쾌한 일이 아니었다. 독립적인 삶을 사랑하는 사람이었기 때문이다. 그는 서른두 살이었고 아버지는 예순아홉이었다.

늙은 아버지는 깜짝 놀랐다. 신중하지 못한 행동을 싫어하는 건 사실이지만 아들의 갑작스러운 행동에 놀란 것은 아니었고, 자신이 부담해야 할 액수에 충격을 받은 것도 아니었다. 예전에 아들이 자신만의 집과 질서를 꾸리고 싶다는 욕구를 피력했을 때 본인도 원칙적으로 승낙했기 때문이다. 하지만 규모가 작긴 해도 성이라 부를 수밖에 없는 그런 건물을 쓰겠다고 하는 것에 마음이 상했고, 화를 부를 외람된 짓이라며 걱정했다.

아버지 자신은 지체 높은 백작 가문의 가정교사로 시작했다. 그 일은 대학에 다닐 때도 변호사 시보로 일할 때도 그만두지 않았다. 돈이 궁해서가 아니었다. 경제적으로는 이미 풍족했다. 나중에 대학 강사에 이어 교수가 된 것을 그 일을 계속한 데 대한 보상으로 여겼다. 심지어 정말 더는 부업이 필요 없게 되었음에도 차츰 고향에 사는 모든 봉건귀족의 법률고문까지 맡게 된 것도 그런 인간관계를 세심하게 관리한 덕이라 믿었다. 이 일로 벌어들인 재산이 라인 지방 산업가 집안의 딸이 그와 혼인하면서(아내는 일찍 죽었다) 가져온 지참금과 맞먹을 정도가 된 지 한참이 지난 뒤에도, 젊은 시절부터 시작해 중년에 이르러 더욱 두텁게 다져온 인간관계는 흔들릴 기미가 없었다. 그는 교수직과 본래의 변호사 업무에서 물러나 이젠 틈틈이 보수가 두둑한 감정 업무만 맡으면서도 과거 후원자들과 관계되는 일이라면 여전히 꼼꼼하게 기록해두었을 뿐 아니라 아버지와 아들, 손자 대까지 철저히 챙겼다. 그 사람들의 수상식이나 결혼식, 생일, 또는 영명축일 때면 함께한 추억과 존경심을 따뜻하게 섞은 축하 편지를 쓰지 않고는 넘어가는 일이 없었다. 그러면 상대방도 마찬가지로 사랑하는 친구이자 훌륭한 학자에게 감사를 표하는 짧은 답신을 보내왔다. 그래서 그의 아들도 무의식에 가까우나 정확한 셈법으로 우정의 크기를 저울질하는, 귀족들의 이런 오만한 태도를 청소년기부터 잘 알고 있었다. 하지만 누가 뭐래도 정신적 귀족에 속하는 한 인간의 입장에서는 말과 전답田畓, 전통을 소유한 현실 귀족들에게 굴종하는 일은 화가 날 수밖에 없었다. 반면에 아버지가 그것에 대해 무덤덤했던 것은 머릿속 계산에서 나온 태도가 아니었다. 그건 본능이었다. 아버지는 그런 식으로 대단한 경력을 쌓았고, 교수직과 학술원 회원을 비롯해 여러 학술위원회 및 국가위원회 회원이 되었으며, 기사훈장과 콤투어 훈장, 심지어 대십자공로훈장까지 받았다. 그러다 마침내 황제 폐하에 의해 상원의원에 임명되었고, 급기야 세습 귀족 작위까지 하사받았다. 그는 의회에서 귀족 진영과 가끔 대립하는 자유 시민 진영에 섰는데, 희한하게도 그의 귀족 후원자들 가운데 누구도 그런 그를 나쁘게 생각하지 않았고, 의아하게 여기지도 않았다. 사람들이 그에게서 본 것은 출세 지향적인 시민계층의 정신뿐이었다. 그는 전문적인 입법 활동에 적극 참여했다. 혹시 표 대결에서 그가 시민 진영에 서더라도 반대 진영에서는 그를 원망하지 않았다. 오히려 자기편으로 초대하지 않은 것에 미안함을 느낄 뿐이었다. 정치활동은 평소 그의 행동과 다르지 않았다. 그러니까 가끔 상대의 정신을 온화하게 바꿔놓는 지적 우월함을 드러내놓고 강조하지 않음으로써 자신의 개인적 충성심이 여전히 믿을 만하다는 인상을 은근히 심어주는 것이다. 결국 아버지는 아들이 주장하듯, 일반 가정교사에서 훨씬 더 큰 귀족집*의 가정교사로 올라갔을 뿐 본질적인 변화는 없었다.

* 독일어로 'Herrenhaus', 즉 '상원'을 가리킨다. 일반 귀족집 가정교사에서 지체 높은 상원의원으로 출세했지만, 귀족들에 빌붙어 사는 것에는 본질적으로 차이가 없다는 점

아버지는 아들에게서 성에 관한 이야기를 들었을 때 이게 법으로 문제가 있는 것은 아니지만 그럴수록 더욱 신중하게 지켜야 할 모종의 한도를 벗어나는 짓이라고 느꼈다. 따라서 아들을 나무랐다. 이제껏 살아오면서 야단친 적이야 많지만, 이번만큼 호되게 꾸짖은 적은 없었다. 막 시작된 불길한 결말의 예언 같다고 할까! 아버지는 삶의 근본 감정이 모욕당한 기분이었다. 무언가 중요한 성취를 이룬 많은 남자들이 그러하듯, 그에게 삶의 근본 감정은 개인적 이익과는 동떨어진, 이른바 일반적이고 초개인적인 이익에 대한 깊은 사랑으로 이루어져 있었다. 달리 말하자면, 개인적 이익의 토대가 되는 것에 대한 진솔한 숭배였다. 그건 이익 그 자체 때문이 아니라 그라는 사람이 조화로운 공존과 일반적 원칙에 따르는 인간이었기 때문이다. 이는 굉장히 중요하다. 혈통이 좋은 개가 주인의 발차기에도 굴하지 않고 꿋꿋하게 식탁 밑의 자리를 찾아드는 것은 개의 타고난 비천함 탓이 아니라 충직함과 지조 덕분이기 때문이다. 아무리 계산속이 밝은 인간도 자신에게 이득이 되는 사람과의 관계를 진정으로 깊이 받아들이는 조화로운 인간에 비하면 절반의 성공도 거두지 못하는 법이다.

4. 현실감각이 있다면 가능성감각도 있어야 한다

열린 문을 잘 지나가려면 문에 단단한 테두리가 있다는 사실에 유의

을 지적하고 있다.

해야 한다. 그 노교수가 살아가면서 좌우명으로 삼았던 이 원칙은 그저 현실감각의 요구사항일 뿐이다. 하지만 현실감각이 있고, 누구도 그것의 존재 타당성을 의심하지 않는다면 가능성감각이라 불릴 만한 것도 마땅히 있어야 한다.

가능성감각을 가진 사람은 예를 들어, 여기에 이런저런 일이 일어났고, 일어날 것이고, 일어나야 한다고 말하지 않는다. 대신 이렇게 새롭게 만들어낸다. 여기선 이런저런 일이 일어날 수 있고, 일어났어야 하거나 일어났을지 모른다. 만일 사람들이 어떤 일에 대해, 그건 원래 이러해서 이러이러하다고 설명하면 가능성인간은 이렇게 생각한다. 아냐, 어쩌면 다를 수도 있었어. 그렇다면 가능성감각은 현실과 똑같이 존재할 수도 있는 모든 것을 생각해내고, 존재하는 것을 존재하지 않는 것보다 더 중히 여기지 않는 능력으로 정의내릴 수 있을지 모른다. 사람들도 이런 창조적 성향에 의해 만들어지는 결과들이 상당히 주목받을 만하다는 걸 안다. 하지만 안타깝게도 그 결과들은 드물지 않게 사람들이 경탄하는 것을 오류로, 사람들이 금지하는 것을 허락된 것으로, 혹은 둘 다 대수롭지 않은 것으로 보이게 한다. 그런 가능성인간은 흔히 말하듯 무척 섬세한 그물망, 즉 안개, 상상, 몽환, 가정법의 그물망 속에서 살아간다. 사람들은 아이들에게 그런 성향이 나타나면 그것을 몰아내려 애쓰고, 그런 인간들을 대놓고 공상가니 몽상가니 약골이니, 혼자 잘난 척하는 인간이니, 혹은 트집쟁이라고 부른다.

사람들은 이런 바보들을 칭찬하는 의미로 이상주의자라고 부르기도 한다. 그러나 이상주의자란 그저 현실을 파악하지 못하거나 엄살을 떨며 현실을 회피하는, 그러니까 현실감각의 결핍이 실질적인 결핍으로 작용하는 허약한 변종일 뿐이다. 반면에 가능성의 영역은 신경쇠약에 걸린 사람들의 꿈뿐 아니라 아직 깨어나지 않은 신의 의도도 포괄한다. 가능한 체험이나 가능한 진실은 현실적 체험이나 현실적 진실과 다르고, 실제적 가치와는 더더욱 다르다. 그 추종자들의 견해에 따르면 가능한 체험과 가능한 진실 속에는 무언가 신적인 것이 담겨 있다. 예를 들어 불, 비행, 창조 의지, 그리고 현실을 기피하는 대신 과제이자 창작 영역으로 다루는 의도적 유토피아주의 같은 것들이다. 가만히 생각해 보면 지구는 결코 오래되지 않았고, 지금만큼 축복받은 환경이 마련된 적도 없어 보인다. 현실성인간과 가능성인간을 쉽게 구분하고 싶다면 일정한 액수의 돈을 떠올리면 된다. 가령 어떤 가능성이 내재해 있을지언정 천 마르크의 돈은 누가 그걸 갖고 있든 갖고 있지 않든 천 마르크다. 장미 한 송이나 한 여자를 취했을 때와 마찬가지로 내가, 또는 네가 갖고 있다고 해서 천 마르크에 무언가가 더해지지는 않는다. 하지만 현실성인간은 말한다. 바보들은 그것을 주머니 속에 넣어두기만 하고, 능력 있는 사람은 그것으로 무언가를 만들어낸다고. 심지어 여자의 아름다움도 누구의 여자인지에 따라 가치가 올라가거나 내려갈 수 있다. 가능성을 일깨우는 것은 현실이다. 그것을 부정하는 것만큼 전도된 일은 없다. 그럼에도 합계나 평균에서는 항상 동일한 가능성이 남아 있고, 그것들은 현실의 일을 사고 영역보다 더 중요시하지 않는 사람이 나타날 때까지 반복된다. 그 사람은 새로운 가능성에 의미와 사명을 부여하고, 새 가능성을 일깨운다.

그런데 그런 남자는 결코 단순하지 않다. 한가한 망상이 아닌 한 그의 생각들은 아직 태어나지 않은 현실과 다름없다. 그에게도 당연히 현실감각이 있다. 그러나 그것은 가능한 현실에 대한 감각이고, 대부분의 사람들이 갖고 있는 현실적 가능성에 대한 감각보다 훨씬 느리게 목표로 나아간다. 말하자면 그는 숲을 원하고, 다른 사람은 나무를 원한다. 숲이라는 것은 뭐라 정확히 규정하기 어려운 반면에 나무는 품질뿐 아니라 부피가 몇 세제곱미터인지도 표현할 수 있다. 이 차이를 다른 식으로 좀더 근사하게 설명하자면, 보통의 현실감각을 가진 남자는 낚싯줄도 보지 않고 미끼를 덥석 무는 물고기와 비슷한 반면에 가능성감각이라고 불러도 될 현실감각을 가진 남자는 낚싯줄을 잡아당기지만 거기에 미끼가 달려 있는지는 알지 못하는 사람과 비슷하다. 미끼를 무는 생명에 대한 이 사람의 지극한 무관심에는 괴팍하기 짝이 없는 짓을 저지를 위험이 상존한다. 비현실적인 사람은(그렇게 보일 뿐 아니라 실제로 그렇기도 하다) 사람들과의 교류에서 믿음을 주지 못하는, 예측할 수 없는 존재다. 남들과 뜻하는 바가 다른 행동을 하지만, 그것이 하나의 비범한 생각으로 정리되면 모든 것에 안도한다. 물론 지금 당장은 일관성과 동떨어져 있다. 타인에게 해를 입힌 범죄가 그에게는 단순히 범죄자의 책임이 아닌 사회 시스템상의 책임으로 여겨질 가능성이 무척 크다. 반면에 남에게 따귀를 얻어맞으면 그걸 사회적 수모나, 최소한 개에게 물린 것처럼 비개인적인 것으로 느낄지는 의문이다. 아마 그는 먼저 따귀부터 되갚고 나서야 그러지 말았어야 했다고 생각할 것이다. 만일 누군가 그에게서 연인을 빼앗아간다면 그는 당장에는 이 사건의 현실을 아직 완전히 무시하지 못할 뿐 아니라 뜻밖의 새로운 감정으로 상쇄하지 못할 것이다. 그런 발전은 여전히 진행중이고, 개별 인간에게는 약점이면서 강점이 된다.

특성을 가진다는 것은 그것의 실재로 인한 모종의 기쁨을 전제로 하기에, 자기 자신과의 관계에서조차 현실감각을 불러일으키지 못하는 남자가 어느 날 갑자기 스스로를 특성 없는 남자라고 여기는 것은 가능한 일이다.

5. 울리히

여기서 이야기하는 특성 없는 남자의 이름은 울리히다. 방금 스치듯이 알게 된 사람을 계속 세례명으로 부르는 것은 별로 내키지 않지만 그의 아버지를 배려해서 성姓은 밝히지 않는 게 좋겠다. 어쨌든 울리히는 청소년기로 넘어갈 무렵 학교에서 애국심을 주제로 써낸 작문에서 자신의 성향을 처음으로 드러냈다. 오스트리아에서 애국주의는 무척 특별한 문제였다. 왜냐하면 독일 아이들은 오스트리아 아이들이 신성시하는 여러 전쟁을 그냥 무시하라고, 얼굴에 수염이 덥수룩한 독일 지역방위군 병사가 다가가면 떼를 지어 도망치는 겁쟁이 난봉꾼의 자손이 프랑스 아이들이라고 배웠기 때문이다. 물론 전쟁에서 승리를 거둔 적이 많은 프랑스와 러시아, 영국 아이들도 역할만 바꾸어 자기들 마음대로 각색해서 똑같은 것을 배웠다. 아이들은 원래 과장을 잘하고, 경찰과 도둑 놀이를 좋아하고, 또 우연히 들어가 살게 된 작은 동네를 아주 큰 동네로, 자신의 가족을 세상에서 가장 큰 가족으로 여길 준비가 언제든 되어 있다. 그래서 아이들은 애국주의로 끌어들이기가 쉽다. 그런데 오스트리아에서는 그게 좀 복잡했다. 오스트리아도 자기네 역사책에 나오는 모든 전쟁에서 승리를 거두기는 했지만, 대부분 전쟁이 끝나면 무언가를 넘겨주어야 했기 때문이다. 그것이 울리히의 생각을 깨웠다. 울리히는 조국애를 주제로 쓴 작문에서, 진정으로 조국을 사랑하는 사람은 자신의 조국을 결코 최고로 생각해서는 안 된다고 썼다. 그러고는 번개같이(그는 번개 속에서 실제로 볼 수 있는 것보다 눈부심으로 인해 보지 못하는 것이 더 많았음에도 번개를 굉장히 아름답게 여겼다) 이 수상쩍은 문장에 이어 두번째 문장을 보탰다. 신도 아마 이 세상을 가능성의 가정법으로 표현하고 싶어했으리라는 것이다(물론 이 대목에서 이의를 제기하는 사람도 있겠지만……). 왜냐하면 신은 세상을 만들면서 전혀 다른 모습이 될 수도 있었으리라고 생각했을 것이기 때문이다. 울리히는 이 문장을 써놓고 무척 뿌듯해했다. 하지만 아직 남들을 이해시킬 만큼 표현할 재주가 없었던 모양이다. 그 작문을 두고 학교에서 큰 소동이 일었고, 울리히는 하마터면 학교에서 쫓겨날 뻔했다. 물론 그의 불온한 발언이 조국에 대한 모욕인지, 신에 대한 모독인지 결정을 내릴 수 없어 결국 흐지부지 넘어갔지만 말이다. 당시 울리히가 다니던 학교는 테레지아 기사 아카데미 김나지움이었다. 나라의 동량을 키워내는 귀족 학교였다. 아버지는 자신과 너무나 다른 성향의 아들로 인한 수치심에 격노해서 아들을 외국으로 보내버렸다. 벨기에의 작은 교육기관이었다. 이름 없는 도시에 위치한 이 학교는 영리한 상술로 운영되었는데, 저렴한 학비를 내세워 탈선한 학생들을 많이 끌어들였다. 여기서 울리히는 남들의 이상에 대한 경멸을 국제적으로 확장하는 법을 배웠다.

그후 하늘에 구름이 지나가듯 십육, 십칠 년이 흘렀다. 울리히는 그 세월을 후회하지도, 자랑스러워하지도 않았다. 그저 서른두 해의 생애 속에서 놀란 눈으로 그 세월을 돌아볼 뿐이었다. 그사이 그는 이리저리 돌아다녔고, 가끔 잠깐씩 고향에 들르기도 했으며, 곳곳에서 가치 있는 일과 쓸모없는 짓을 했다. 그가 수학자라는 사실은 어느 정도 암시한 바 있으니, 그 점에 대해서는 부연할 필요가 없을 듯하다. 돈이 아니라 사랑 때문에 선택한 직업이라면 해가 거듭될수록 공허함이 밀려드는 순간은 찾아오기 마련이다. 이런 순간이 꽤 오래 지속된 끝에 울리히는 사람들이 고향에 신비스러운 능력을 부여한다는 사실을 기억해냈다. 정신을 뿌리내려 토양에 맞게 번성시키는 능력이었다. 그는 곧 다시 떠날 것을 예감하면서도 언제까지고 벤치에 앉아 있는 방랑자의 심정으로 고향에 정착했다.

성경에 나오는 표현처럼 집을 손보기 시작했을 때, 울리히는 지금껏 그저 기다려오기만 했던 것을 경험하게 되었다. 황량하고 작은 이 소유물을 마음대로 처음부터 새로 꾸미는 유쾌한 상황에 빠진 것이다. 옛 양식을 되살려내는 것에서부터 아예 싹 뜯어고치는 일까지 모든 원칙이 그의 손안에 있었고, 마찬가지로 아시리아양식에서 입체주의까지 온갖 양식이 그의 처분을 기다렸다. 무엇을 선택해야 할까? 현대인은 병원에서 태어나 병원에서 죽는다. 그렇다면 그도 병원 같은 곳에서 살아야 하지 않을까? 이는 한 중견 건축가가 그에게 한 제안이었다. 다른 인테리어 전문가는 집안 벽을 미닫이식으로 만들자고 했다. 사람은 함께 사는 사람을 신뢰하는 법을 배워야지, 동거인들끼리 서로 차단된 채 살아서는 안 된다는 것이다. 당시 막 새로운 시대가 시작되었고(사실 매 순간이 새로운 시작이다), 새 시대에는 새 양식이 필요한 법이다. 하지만 다행히도 그 작은 성은 이미 세 가지 양식이 겹쳐 있어서 기술자들의 제안을 모두 수용할 수는 없는 상황이었다. 그럼에도 집 내부만큼은 자신이 꾸며야 한다는 책임감으로 마음이 심히 흔들렸다. 게다가 예술 잡지에서 반복해서 읽은, "당신이 어떻게 사는지 말하라, 그러면 당신이 어떤 사람인지 말해주겠다"라는 위협적인 문구가 머릿속을 떠나지 않았다. 울리히는 이 잡지를 숙독한 뒤 마침내 자신의 개성을 표현할 개축을 자기 손으로 직접 하기로 결정했고, 미래의 가구도 스스로 설계하기 시작했다. 그런데 무게감 있는 인상적인 디자인을 머릿속으로 고안해내자마자 그 자리에 기술적 기능성을 갖춘 다른 형태의 가구를 갖다놓을 수도 있겠다는 생각이 들었고, 또 단단한 철근콘크리트 형태를 스케치해놓으면 금방 열세 살 소녀의 봄날처럼 가냘픈 형태가 떠오르곤 했다. 결국 그는 꿈만 꿀 뿐 결정을 내리지 못했다.

울리히는 진정으로 마음 깊이 다가오지 않는 사안에서는 늘 그랬다. 머릿속 착상들이 아무 관련 없이 뒤엉키거나 중심 없이 확산되어나갔다. 이것은 현대의 특징이자, 통일성 없이 무작위로 불어나는 특이한 현대 기하학의 본질이기도 했다. 결국 그는 실제로 구현해낼 수 없는 방들만 머릿속으로 더 만들어내고 말았다. 회전방, 만화경 같은 인테리어, 영혼의 조절 시설 같은 것이었다. 그의 착상들은 항상 알맹이가 없었다. 그러다 마침내 그를 끌어당기는 한 지점에 이르렀다. 아버지라면 아마 대략 이렇게 표현했을 것이다. 인간은 하고 싶은 대로 내버려두면 곧 너무 혼란스러워져서 머리가 깨질 것이다. 혹은 이렇게 말할지도 모른다. 원하는 것을 무엇이든 가질 수 있다면 자신이 무엇을 원하는지조차 더는 알지 못하게 될 것이다. 울리히는 무척 즐겁게 이 말을 속으로 되뇌었다. 선조들의 지혜가 지극히 새로운 생각으로 다가왔다. 인간의 가능성과 계획, 감정은 옴짝달싹할 수 없는 구속복을 입은 바보처럼 일단 선입견과 전통, 장벽, 모든 형태의 제한들에 속박될 수밖에 없고, 그다음에야 비로소 그가 하는 일이 무엇이 됐든 가치와 실체, 지속력이 생기게 된다는 것이다. 아, 정말 가늠할 길 없는 대단한 생각이 아닐 수 없다! 고향으로 돌아온 특성 없는 남자는 이제 두번째 발걸음을 떼었다. 그 자신이 어떤 꼴로 만들어질지는 외부, 즉 삶의 환경에 내맡기자는 것이다. 생각이 여기에 이르자 그는 집의 내부 설비를 업자들의 천재성에 맡기기로 했다. 그들이라면 전통과 선입견, 그리고 여러 장벽을 자기 대신 잘 해결해줄 거라는 믿음이 있었다. 자신은 작은 홀의 흰 아치 아래 있는 짙은 색의 사슴뿔이나 경직된 살롱 천장처럼 예전부터 존재하던 낡은 것들이나 새롭게 손보고, 그 밖에 유용하고 편리해 보이는 것들만 추가하기로 했다.

모든 것이 끝났을 때 그는 고개를 흔들며 스스로에게 물었다. 그렇다면 이게 원래 내 것으로 정해진 삶일까? 그가 소유한 것은 작고 매력적인 궁전이었다. 이렇게 불러도 무방한 것이, 이 집은 사람들이 궁전을 두고 꿈꾸는 모든 요건을 갖추고 있을 뿐 아니라 가구, 카펫, 인테리어 분야를 선도하는 회사들이 상상하던, 한 사람의 총독을 위한 세련된 저택이었기 때문이다. 다만 아쉬운 것은 매혹적인 시간의 태엽을 되감을 수는 없었다는 것이다. 만일 그렇게 되었다면 고관대작과 고귀한 부인들을 태운 호화로운 마차들이 이리로 올라왔을 것이고, 곧이어 시종들이 마차 발판에서 뛰어내리며 울리히를 의심스럽게 바라보면서 이렇게 물었을 것이다. "이보시오, 이 댁 주인어른은 어디 계시오?"

이렇게 울리히는 달에서 돌아오자마자 달에서 살던 것처럼 새 집을 꾸몄다.

6. 레오나, 혹은 관점의 이동

집 정돈이 끝났으면 여자도 구해야 하는 법이다. 그 무렵 울리히의 여자친구는 레온티네였다. 작은 카바레에서 노래를 부르는, 키가 크고 날씬하면서도 풍만하고, 도발적일 만큼 생기가 없는 여자였다. 울리히는 그녀를 레오나라고 불렀다.

그는 레오나의 촉촉한 검은 눈, 아름답고 갸름하고 균형 잡힌 얼굴에서 느껴지는 고통스러운 격정, 외설적이지 않은 감정을 실어 부르는 노래에 매료되었다. 고풍스러운 그 짤막한 노래에는 사랑과 고통, 지조, 고독, 숲의 살랑거림, 뛰어오르는 송어의 반짝거림이 담겨 있었다. 레오나는 뼛속까지 외로이 작은 무대에 우뚝 서서 가정주부의 목소리로 관객들을 향해 참을성 있게 노래를 불렀다. 그러다 중간에 손님들이 지저분한 행동이라도 하면 슬픔과 조롱의 감정을 몸짓에 담아 노래함으로써 더욱 섬뜩한 분위기를 연출했다. 울리히는 레오나를 보는 즉시, 그사이 어디 갔는지 모를 독일 여성잡지에 실린 옛 사진이나 아름다운 여성들이 떠올랐다. 또한 여자의 얼굴을 유심히 들여다보고 있으면 도저히 현실적인 것 같지 않은데도 분명 얼굴의 본질을 이루고 있는 자잘한 특징이 보였다. 각 시대에는 당연히 온갖 종류의 얼굴이 있다. 하지만 시대마다 그중 하나만 취향에 따라 행복함과 아름다움으로 부각되고, 나머지 얼굴은 이 얼굴을 닮으려고 애쓴다. 그러다보면 못생긴 얼굴조차 화장과 의상의 도움으로 그럭저럭 그 흉내를 낼 수 있다. 하지만 그런 노력으로도 결코 따라갈 수 없는 드문 얼굴이 있다. 지난 시대에 추방된, 왕가의 미적 이상이 한 치의 양보 없이 고스란히 새겨진 얼굴이 그렇다. 그런 얼굴들은 옛 욕망의 시체들처럼 사랑을 사고파는 곳의 공허함을 헤맨다. 지금 자신들에게 무슨 일이 일어나는지도 모른 채 그저 입을 딱 벌리고 레온티네의 노래에 지루해하는 남자들은 탱고 스타일의 머리를 한 작고 뻔뻔한 카바레 여가수들 앞에서 느끼는 것과는 전혀 다른 감정에 빠져 코를 실룩거렸다. 그것을 보면서 울리히는 그녀를 레오나라 부르기로 결심했고, 모피 가공사가 속을 채워 만든 박제 사자만큼이나 자신이 그녀를 갈망하고 있음을 느꼈다.

교제가 시작되자 레오나는 시대에 맞지 않는 또하나의 특성을 드러냈다. 바로 엄청난 식탐인데, 그것은 오래전에 유행이 지난 악덕이었다. 식탐은 채우지 못한 욕망의 해방에서 비롯되었다. 가난했던 어린 시절에 맛있는 것을 먹지 못해 생긴 한을 지금 푸는 것이다. 그 행동에는 마침내 자신의 새장을 부수고 스스로에 대한 지배권을 쟁취한 이상理想의 힘이 깃들어 있었다. 그녀의 아버지는 성실한 소시민이었던 듯한데, 딸이 남자들과 함께 다니는 것을 보면 항상 딸을 때렸다. 그런데 그녀가 그러고 다닌 이유는 다른 게 아니었다. 자신의 인생에서 한번쯤은 작은 카페 앞마당에 앉아 지나가는 행인들을 그윽하게 바라보며 아이스크림을 떠먹고 싶었기 때문이다. 그녀가 관능에 무심했다고 말할 수는 없지만, 이렇게 표현해도 된다면 다른 일에서와 마찬가지로 섹스에서도 무척 게으르고 꺼리는 사람이라고 말해도 무방할 것이다. 그녀의 풍만한 몸속에서는 자극이 뇌까지 전달되기까지 놀랄 만큼 시간이 오래 걸렸다. 그래서 한낮에는 이유도 없이 눈이 풀리던 사람이 한밤중에는 마치 파리를 유심히 관찰하듯 천장의 한 지점만 꼿꼿이 올려다보기도 했다. 그뿐이 아니었다. 가끔은 조용히 있다가 갑자기 며칠 전에 들은 농담을 떠올리며 미친듯이 웃기도 했다. 정작 그때는 농담을 미처 이해하지 못하고 가만히 듣기만 하던 사람이 말이다. 레오나는 그러지 말아야 할 특별한 이유가 없으면 무척 정숙했다. 그녀는 지금의 이 일을 어쩌다 시작하게 되었는지 한 번도 털어놓지 않았다. 눈치로 보아, 그녀도 그것을 정확히 기억하지 못하는 듯했다. 다만 가수로서의 활동을 삶의 필연적인 부분으로 여겼고, 그것을 예술에서 느끼고 예술가로부터 들었던 모든 위대한 것과 연결시킴으로써 매일 저녁 담배 연기로 자욱한 초라한 무대에 올라가 관객들의 마음을 사로잡을 노래를 부르는 일을 지극히 올바르고 교육적이고 고결하게 느끼는 게 분명했다. 물론 노래를 부르던 중에 틈틈이 외설적인 몸짓을 섞어넣는 데도 전혀 거리낌이 없었다. 그래야 오히려 정숙한 면이 돋보인다는 듯이. 어쨌든 그녀는 황실 오페라극장의 일류 여가수들도 자신과 똑같이 할 거라고 확신했다.

흔히 그렇듯 돈을 받고 인격을 파는 것이 아니라 오직 몸만 파는 것을 매춘이라고 한다면 레오나도 가끔 매춘을 했다. 하지만 그녀가 열여섯 살부터 구 년 동안 싸구려 노래 홀을 전전하며 받은 쥐꼬리만한 보수에다 의상과 속옷 값을 생각하면, 또 술집 주인들이 이런저런 명목으로 떼는 비용과 그들의 탐욕과 전횡, 단골손님들이 먹고 마신 음식 값에서 받는 변변찮은 수수료와 인근 호텔의 방값, 그리고 그 때문에 날마다 싸움을 벌이고 한 푼 두 푼 따질 수밖에 없는 처지를 떠올리면, 모르는 사람들의 눈에는 일탈로 비치는 것이 당사자에게는 논리적이고 사무적이고 신분에 맞는 직업이 될 것이다. 이처럼 매춘은 위에서 보느냐 밑에서 보느냐에 따라 간극이 큰 사안이다.

레오나가 성적인 문제를 지극히 사무적으로 생각하긴 했지만 그런 그녀에게도 낭만이 있었다. 다만 그녀의 경우, 세상의 모든 우쭐하고 어마어마하고 호사스러운 것, 또는 자부심과 부러움, 환희, 야망, 탐닉의 감정들, 간단히 말해서 인격과 사회적 출세의 이런 동력들은 자연의 장난으로 인해 이른바 가슴과 연결된 게 아니라 먹는 과정과 연결되어 있었다. 특히 옛날에는 그 관련성이 정기적으로 나타났는데, 오늘날에는 원시부족과 한상 거하게 차려놓고 배터지게 먹는 농부들에게서 관찰할 수 있다. 이들에게는 고결함과 인간적 품위를 높이는 다른 모든 가치가 엄숙한 절차에 따라 포식하는 잔치로 표현된다. 레오나는 자신이 다니는 싸구려 술집의 식탁에서 그런 의무를 다했다. 하지만 그녀가 진정으로 꿈꾸는 것은 연애 관계를 통해 자신을 고용 상태에서 해방시켜주고, 고급 레스토랑에 고상하게 앉아 값비싼 메뉴판을 들여다보게 해줄 멋쟁이 신사였다. 만일 그럴 기회가 오면 레오나는 메뉴판에 적힌 모든 음식을 한꺼번에 시켜 먹고 싶었다. 그와 동시에 자신이 하나하나 메뉴를 조합해서 정선된 음식을 주문할 줄 안다는 사실을 보여주는 것은 고통스러운 모순을 품은 행복이었다. 그녀는 초라한 디저트를 먹을 때도 환상을 이어갔다. 이로써 역순으로 다시 성대한 두번째 만찬이 시작되었다. 레오나는 블랙커피와 자극적인 음료수를 많이 마심으로써 음식을 받아들일 능력을 회복했고, 음식에 대한 욕망이 완전히 식기 전까지 별미로 입맛을 자극했다. 그러고 나면 육신은 고결한 것들로 가득차 하나로 단단히 결집하기 힘들 정도가 되었다. 그제야 그녀는 환한 얼굴로 느긋하게 주위를 둘러보았다. 그 상태가 되면 원래 수다스러운 성격이 아니었음에도 자신이 먹은 진귀한 음식을 하나하나 끄집어내며 추억하기를 좋아했다. 그래서 그녀의 입에서 '폴모네 아 라 토를로냐'니 '에펠 아 라 멜빌'이니 하는 음식 이름이 나오면 마치 같은 이름의 제후나 귀족과 대화한 적이 있다는 사실을 일부러 아무렇지 않게 언급하는 사람처럼 보였다.

울리히는 레오나를 데리고 공개적으로 식당에 가는 것이 성향에 맞지 않았기에 보통 집으로 불러서 음식을 먹였다. 그녀 역시 사슴뿔과 세련된 가구들 옆에서 식사하기를 좋아했다. 하지만 그럴 때마다 레오나는 남의 눈을 즐기면서 식사하는 기쁨을 빼앗기는 듯했다. 그래서 특성 없는 남자가 레스토랑 주방장이나 만들 법한, 정말 한 번도 들어보지 못한 요리를 만들어 내놓는 고독한 호사를 누리더라도 그녀는 마치 영혼 때문에 남자로부터 사랑받는 것이 아님을 눈치챈 여자처럼 학대받는 느낌이 들었다. 그녀는 아름다웠고, 가수였다. 자신을 숨길 이유가 없었다. 매일 저녁 그녀를 둘러싸고 애타게 사랑을 갈구하는 수십 명의 남자만 봐도 그랬다. 그러나 이 남자는 그녀와 단둘이 있고 싶어 하면서도 결코 그녀에게, '맙소사, 레오나, 당신 엉……는 정말 나를 미치게 해!'라고 말한 적도 없고, 사랑을 갈구하는 남자들이 흔히 그러듯 그녀를 바라보면서 입술을 핥거나 입맛을 다시지도 않았다. 레오나는 당연히 그를 놓치고 싶지 않으면서도 약간 경멸했다. 그 또한 그걸 알고 있었다. 게다가 둘이 있을 때 무엇을 해야 하는지도 잘 알고 있었다.

그러나 그런 말을 입에 담으며 입맛을 다시던 시절은 까마득히 지나가 버렸다. 예전에는 하던 일을 지금은 할 수 없다면 바보 같다고도 할 수 있었다. 그건 팔다리에 마치 중풍이 찾아온 것과 비슷했다. 울리히는 음식과 음료수가 머리끝까지 차오른 애인을 보고 있으면 눈동자가 흔들렸고, 그녀의 아름다움을 조심스럽게 그녀에게서 떼어놓을 수 있었다. 그것은 셰펠의 에케하르트*가 수도원으로 데려간 공작부인의 아름다움이자, 장갑 낀 손에 매를 얹은 여자 기사의 아름다움이자, 긴 머리를 화환처럼 땋아올린 전설적인 엘리자베트 황후의 아름다움이자, 이제는 모두 죽어버린 이들을 위한 황홀한 즐거움이었다. 엄밀히 말하자면 그녀는 여신 유노를 연상시키기도 했다. 그러나 그건 영원하고 스러지지 않는 유노가 아니라, '유노적'이라고 부를 수 있는, 이미 지나갔거나 지나가는 중인 한 시대에 대한 연상이었다. 그런 존재의 꿈이 유한한 물질 위에 느슨하게 덧씌워져 있었다. 레오나는 비록 집주인이 아무것도 원하지 않았음에도 이런 고상한 초대에 답례를 해야 한다고 느꼈고, 그게 그냥 자신을 멍하게 바라보게 하는 것 정도에 그쳐서는 안 된다는 것을 알고 있었다. 그래서 다시 노래를 부를 여력이 생기면 바로 자리에서 일어나 차분하지만 큰 소리로 노래를 불렀다. 그녀의 남자친구에게 그런 밤은 마치 온갖 착상과 생각으로 넘치는 찢어진 종이처럼 느껴졌다. 그 종이는 문맥에서 벗어난 것이 모두 그렇듯 미라화되고, 마치 삶이 갑자기 수면제를 먹은 것처럼 활인화活人畫**의 섬뜩한 매력

* 독일 소설가 요제프 빅토어 폰 셰펠(1826~1886)의 동명 소설에 나오는 주인공.

** 예전에, 배경을 적당하게 꾸미고 분장한 사람이 그림 속의 사람처럼 보이게 만든 구경거리.

을 이루는, 영원히 정지해버린 것의 폭정으로 가득차 있었다. 그런 것이 이제 빳빳한 상태로 자기 속에 관련들을 가득 품고, 외부와는 날카롭게 경계를 짓고, 그러면서도 전체 속에서는 한없이 무의미하게 서 있었다.

7. 약한 상태에서 울리히가 새 연인을 끌어들이다

어느 날 아침 울리히는 만신창이가 되어 집으로 돌아왔다. 옷은 찢어져 너덜너덜했고, 상처 난 머리는 젖은 붕대로 칭칭 감겨 있었으며, 시계와 지갑은 없어졌다. 자신과 싸움을 벌였던 세 남자가 그것을 강탈해 갔는지, 아니면 자신이 의식을 잃고 바닥에 누워 있던 잠깐 사이에 어느 조용한 박애주의자가 몰래 훔쳐갔는지는 알 수 없었다. 침대에 눕자 축 처진 몸뚱이가 다시 포근하게 안기고 감싸이는 느낌을 받았다. 그는 지난밤에 있었던 일을 다시 한번 곰곰이 생각해보았다.

늦은 밤 인적 드문 거리에서 머리 세 개가 불쑥 나타났다. 어쩌면 그가 딴생각으로 주의가 산만해진 바람에 남자 중 하나와 어깨를 살짝 부딪쳤는지 모른다. 가로등 불빛 속으로 금방이라도 분노를 터뜨릴 것처럼 일그러진 세 얼굴이 보였다. 그때 울리히는 실수를 저질렀다. 겁을 먹은 것처럼 뒤로 펄쩍 물러났어야 했다. 그랬더라면 뒤로 돌아가 있던 녀석을 등으로 밀치거나, 팔꿈치로 자연스럽게 녀석의 명치를 가격함으로써 그대로 도망칠 수 있었을 것이다. 애초에 그런 건장한 남자 셋과는 싸움이 되지 않았기 때문이다. 그러나 그는 그렇게 하지 않고 순간적으로 망설였다. 나이 탓이었다. 서른둘이라는 나이는 적대감을 보이는 일에도, 사랑하는 일에도 조금 더뎠다. 그는 늦은 밤 갑자기 자신을 분노와 경멸감에 차 바라보던 세 인간이 돈만 노렸다고는 생각하고 싶지 않았다. 오히려 여기저기서 흘러나온 그에 대한 증오가 인간적 형상으로 구체화된 거라 믿고 싶었다. 그 인간들이 상스럽게 욕하는 소리를 들으면서 그는 어쩌면 이들이 무뢰배가 아니라 자신과 똑같은 시민일지 모른다는 생각에 기쁘기까지 했다. 그러니까 그들은 그저 약간 취하고 평소의 자제심을 잃은 상태에서 우연히 지나가던 그가 걸리적거리자 대기권의 뇌우처럼 낯선 사람들을 향해 항상 준비해두고 있던 증오를 폭발시킨 것이다. 이런 생각이 든 것은 자신도 비슷한 것을 가끔 느꼈기 때문이다. 오늘날엔 엄청나게 많은 사람이 엄청나게 많은 타인에게 불편한 대립각을 세운다. 인간이 자기 집단 바깥의 사람을 뿌리 깊이 불신하는 것은 문화의 근본 특징이다. 그래서 게르만족만 유대인을 이해할 수 없는 열등한 존재로 여기는 것이 아니라 축구선수도 피아노 연주자를 그리 생각한다. 결국 사물은 오직 경계 짓기를 통해, 아울러 자신을 둘러싼 환경에 어느 정도 적대적인 행동을 통해 존속한다. 교황이 없었다면 루터도 없었을 것이고, 이교도가 없었다면 교황도 없었을 것이다. 때문에 인간의 가장 깊은 사회적 본능이 본질적으로 인간에 대한 거부감에 있다는 사실은 부정하기 어려워 보인다. 그는 이것에 대해 세세하게 생각해보지는 못했지만, 모종의 적대감이 우리 시대의 대기권을 가득 채우고 있음을 알고 있었다. 만일 그런 적대감이 갑자기 그 미지의 세 남자, 그러니까 나중에는 영원히 사라진 그 남자들로 응축되어 천둥 번개처럼 폭발한 것이라면 안도할 만한 일이었다.

어쨌든 그는 그 세 무뢰한을 만났을 때 생각이 너무 많았던 것 같았다. 첫 무뢰한이 덮치는 순간 상대 턱에 선수를 날리고 몸을 뒤로 뺐지만, 뒤이어 번개처럼 처리했어야 할 두번째 무뢰한에게 날린 주먹은 빗나가고 말았다. 그사이 뒤에서 무언가 육중한 것이 울리히의 머리를 내리쳤기 때문이다. 그는 풀썩 무릎이 꺾이면서 놈들에게 붙잡혔다. 이어 대개 첫번째 졸도 뒤에 찾아오는 육신의 이상야릇한 명료함과 함께 몸이 다시 붕 뜨더니 낯선 세 몸뚱이의 소용돌이 속으로 빨려들어갔고, 점점 거세지는 주먹세례에 녹초가 되었다.

이제 자신이 저지른 실수를 확인한 울리히는 그것이 마치 누군가 멀리뛰기를 너무 짧게 뛴 것처럼 스포츠 차원의 실수일 뿐이라는 생각에 이르자 조용히 잠이 들었다. 정신은 여전히 멀쩡했지만 놈들에게 맞을 당시에도 어렴풋이 감지했던, 나선형으로 꺼져가는 의식의 함몰 과정에 황홀해하면서.

다시 일어났을 때 그는 상처가 그리 대단치 않다고 확신하면서 또 한번 이 사건을 곰곰이 생각해보았다. 격한 싸움은 항상 불쾌한 뒷맛을 남긴다. 너무 급속도로 친해진 관계의 뒷맛 같다고나 할까? 울리히는 공격을 당한 쪽이 자신이라는 사실과는 상관없이 자신의 행동이 부적절했다고 느꼈다. 하지만 뭐가 부적절했던 것일까?! 경관이 300미터 간격으로 서서 조금이라도 질서를 위반하는 사람을 곧장 적발해내는 도로 옆에는 원시림을 지날 때처럼 힘과 마음가짐을 요하는 다른 길들이 붙어 있다. 인류는 경전을 만들면서 동시에 무기를 만들고, 결핵을 만들고는 다시 결핵 치료제를 만든다. 또한 왕과 귀족과 함께 민주주의를 하고, 교회를 지으면서 다시 교회에 반대하는 대학을 짓고, 수도원을 병영으로 만들면서 그 병영에 다시 군목軍牧을 배치한다. 그뿐이 아니다. 다른 시민의 몸을 죽도록 패라고 무뢰배들의 손에 납을 채운 고무봉을 쥐여주고, 그런 다음 학대당한 그 고독한 몸을 위해 지극한 존경과 배려로 가득 채운 듯한 오리털 침대를 마련해준다. 지금 울리히를 품고 있는 침대처럼 말이다. 이건 잘 알려진 대로 삶의 모순, 비일관성, 불완전성 때문에 생기는 일이다. 이를 두고 사람들은 웃거나 한숨짓는다. 그러나 울리히는 그러지 않았다. 그는 삶과의 관계에서 이런 식으로 포기와 맹목적 사랑이 뒤섞인 태도를 증오했다. 그것은 마치 노처녀 숙모가 버릇없는 조카의 행동을 감내하는 것처럼 삶의 모순과 불완전함을 마지못해 받아들이는 것이나 다름없었다. 다만 그는 침대 속에 계속 누워 있는 것이 인류 문제의 무질서로부터 이득을 보는 일임이 드러났음에도 곧장 자리를 박차고 나오지는 않았다. 그것은 여러모로 이 일을 희생 삼아 이루어지는 양심과의 성급한 타협이었기 때문이다. 즉 사람들이 나쁜 행동을 피하고 선한 행동을 하는 것이 전체 질서가 아닌 자기 자신을 위한 것이라면 그것은 개인적인 것으로 도피해 들어가는 잘못된 추론이다. 심지어 울리히는 자신의 의지와 상관없이 하게 된 그 경험을 계기로, 여기저기서 무기와 왕이 철폐되고 이런저런 크고 작은 진보가 어리석음과 열악한 상황을 개선하더라도 별 소용이 없을 거라는 생각까지 하게 되었다. 역겨움과 열악함의 도가니는 순식간에 새로운 역겨움과 열악함으로 채워지기 때문이다. 마치 세상의 한쪽 다리가 앞으로 나아가면 다른 쪽 다리는 즉시 뒤로 빠지는 것처럼 말이다. 인간은 그 원인과 비밀스러운 메커니즘을 반드시 깨달아야 한다! 그것은 당연히 시대에 뒤떨어진 원칙에 따라 선한 인간이 되는 것과는 비교할 수 없을 만큼 중요하다. 이렇듯 도덕적인 문제에서 울리히를 잡아끈 것은 선한 행동에 관여하는 일상적 영웅주의보다 오히려 그것을 돕는 참모의 역할이었다.

이제 그는 어젯밤 일을 다시 한번 생생히 떠올려보았다. 불행으로 치달은 주먹다짐 끝에 그가 다시 정신을 차렸을 때 택시 한 대가 인도 가까이 멈추더니 운전사가 부상당한 낯선 남자의 어깨를 잡고 일으키려 했고, 한 숙녀가 천사 같은 표정으로 허리를 굽혀 그를 내려다보았다. 원래 깊은 곳에서 의식이 다시 솟구치는 순간에는 모든 것이 동화책 속 세상처럼 보이는 법이다. 그러나 그런 혼미한 상태는 곧 현실에 자리를 내주었다. 그를 살펴보던 여인의 존재는 마치 은은하게 정신을 깨우는 오드콜로뉴 향수처럼 그에게 생기를 불어넣었고, 그리하여 그는 자신의 부상이 심하지 않음을 즉시 깨닫고 추하지 않게 제 발로 버티고 일어나려 했다. 그러나 바로 생각대로 되지는 않았다. 숙녀는 걱정스러운 얼굴로 도움을 받을 수 있는 곳으로 데려다주겠다고 했고, 울리히는 집으로 데려다달라고 부탁했다. 그가 아직도 당황하고 혼란스러워하는 것 같아 숙녀는 그의 청을 들어주었다. 차 안에서 그는 곧 정신을 차렸다. 무언가 모성적인 느낌의 관능이 옆에 있는 듯했다. 그것은 언제든 도움의 손길을 내밀 준비가 되어 있는 이상주의의 섬세한 기운이었다. 이 기운의 온기 속에서 그는 서서히 남자로 변해갔고, 이제 그의 신중치 못한 행동에 대한 회의와 두려움이 작은 얼음 결정체로 바뀌기 시작하더니 소복소복 내리는 눈이 되어 부드럽게 차 안을 가득 채웠다. 그는 자신이 겪은 일을 이야기했다. 그러자 그보다 한두 살밖에 어려 보이지 않는, 서른쯤 돼 보이는 이 아름다운 숙녀는 인간들의 거친 심성을 비난하며 그의 딱한 사정을 무척 안쓰러워했다.

당연히 그는 이제 자신이 겪은 그 사건을 열렬히 방어하기 시작했고, 자기 옆에 놀란 표정으로 앉아 있는 모성적인 느낌의 미인에게 그런 싸움은 결과로 평가해서는 안 된다고 설명했다. 그런 싸움의 매력은 시민적인 삶에서는 어디서도 일어나지 않을 신속함과 거의 인지할 수 없는 신호 속에서 무척 많고 다양하고 강력하고, 그러면서도 정확한 부분까지 딱딱 맞아떨어지는 움직임이 순식간에 실행되는 데 있다. 물론 그 움직임을 의식적으로 관리할 수 없다는 점도 매력이다. 반대로, 운동선수라면 누구든 시합 며칠 전부터는 훈련을 중지해야 한다는 것을 안다. 그래야만 의지와 의도, 의식이 전혀 개입되지 않은 상태에서 근육과 신경 간에 마지막 약속이 이루어지기 때문이다. 행위의 순간에는 늘 그렇다고 울리히는 설명했다. 즉 근육과 신경은 신속하게 튀어오르며 '나'와 싸움을 벌인다. '나', 즉 온몸, 영혼, 의지, 그리고 민법상 주변과 명확히 구별되는 주主인격체와 전全인격체는 단지 근육과 신경에 실려 움직일 뿐이다. 마치 황소에 태워진 에우로페*처럼 말이다. 만일 그렇게 되지 않으면, 다시 말해 불행히도 미세한 생각의 빛이 한줄기라도 어둠 속으로 떨어지면 그 시도는 한결같이 실패하고 만다. 울리히는 열성적으로 이야기했다. 사실 이제는 자기주장에 가까웠다. 근본적으로 완벽에 가까운 황홀경이나 '의식적 자아'와의 단절은 모든 종교적 신비주의자들이 익히 아는 잃어버린 체험이다. 따라서 그것은 영원한 욕구

* 그리스 신화에 따르면 페니키아의 미인 에우로페에게 반한 제우스가 황소로 변해 그녀를 등에 태우고 그리스의 크레타섬으로 건너갔다고 한다. '유럽'이라는 명칭도 여기서 나왔다.

의 시대적 대용물이다. 그게 썩 좋지는 않을지라도 대용물은 대용물이다. 그러니까 복싱이든, 아니면 이성적 시스템에 이런 원칙을 집어넣는 다른 비슷한 스포츠 종목이든 모두 일종의 신학이다. 보편적으로 그렇게 인정해달라고 요구할 수는 없더라도 말이다.

어쩌면 울리히가 옆자리 여인에게 그렇게 열심히 말을 꺼냈던 것도 어느 정도는 자신이 발견될 당시의 그 한심한 상황을 빨리 잊게 하려는 허영기 때문이었는지 모른다. 이런 상황에서는 그녀도 지금 그가 진지하게 말하는지, 아니면 놀리려고 하는지 구분하기 어려웠다. 어쨌든 기본적으로는 그가 신학을 스포츠로 설명하는 것이 자연스럽게 느껴졌고, 심지어 흥미롭기까지 했다. 스포츠는 시대에 맞는 것인 반면에 신학은, 지금도 분명 많은 교회가 존재하는데도 사람들이 여전히 전혀 모르는 영역이기 때문이다. 어찌되었건 그녀는 자신이 운좋게 상당히 정신적 소양이 뛰어난 사람을 구했다는 생각이 들었다. 물론 이따금 그가 뇌진탕을 일으킨 것은 아닌지 의심스러웠지만 말이다.

이제 무언가 알아들을 수 있는 말을 하고 싶었던 울리히는 사랑도 그런 종교적이고 위험한 체험에 속한다고 지나가듯이 덧붙였다. 그런 체험들은 인간을 이성의 팔에서 들어올려, 정말 아무것도 받쳐주는 것 없는, 그냥 공중에 뜬 상태로 만들기 때문이다.

숙녀가 말했다. "그렇기는 하지만 스포츠는 거칠죠."

울리히가 서둘러 시인했다. "맞습니다. 스포츠는 거칩니다. 어떻게 보면 아주 자잘하게 흩어져 있는 보편적 증오가 스포츠 경기를 통해 표출된다고도 볼 수 있죠. 하지만 당연히 그 반대 주장도 가능합니다. 스포츠는 사람들을 연결시키고, 동무나 그 비슷한 것으로 만들어주기 때문이죠. 결국 본질적으로 보면, 거칢과 사랑은 화려하고 말없는 큰 새의 양쪽 날개만큼도 떨어진 사이가 아닙니다."

그는 화려하고 말없는 새와 날개에다 강세를 실었다. 그의 말은 합당한 의미가 있는 생각은 아니었다. 그저 삶이 무한한 자기 육신 속에서 모든 경쟁적 대립을 일시에 만족시키는 엄청난 관능성의 일부로 채워진 생각이었다. 이제 그는 옆자리의 여인이 자기 말을 전혀 알아듣지 못한 것을 알아차렸다. 그럼에도 그녀가 차 안에 뿌린 눈발은 점점 굵어졌다. 그는 그녀에게 몸을 완전히 돌려, 혹시 이런 육체적 문제에 대해 이야기하는 것이 싫은지 물었다. 그러고는 이렇게 덧붙였다. 요즘 육체 활동이 굉장히 유행인데, 그 뿌리에는 전율스러운 감정이 있다. 혹독하게 훈련받은 몸은 다른 몸보다 우수할 뿐 아니라 모든 자극에 굳이 묻지도 않고 그동안 연마한 움직임을 통해 자동으로 너무나 확실히 대답하기 때문이다. 그러면 몸의 주인에겐 그 움직임의 뒷모습만 본 듯한 섬뜩한 감정이 남고, 그의 성격은 신체 일부에 실려 달아난 듯한 느낌이 든다.

그의 질문이 젊은 여인에게 깊은 충격을 준 듯했다. 그녀는 이 말에 흥분한 것 같았고, 거칠게 숨을 쉬며 조심스럽게 약간 떨어져 앉았다. 방금 묘사한 것과 같은 거친 호흡, 얼굴의 홍조, 심장박동, 그리고 그 밖의 비슷한 메커니즘이 그녀 내면에서 진행되고 있는 것처럼 보였다. 그런데 하필 그때 차가 울리히의 집 앞에 멈추었다. 그는 아쉬웠지만 애써 웃으며 자신을 구해준 여인에게 연락처를 청했다. 고마움을 표하기 위해서였다. 그러나 놀랍게도 그런 은총은 허락되지 않았다. 그리하여 부상당한 이방인의 등뒤로 검은 쇠창살문만 굳게 닫혔다. 이어 오래된 정원의 크고 시커먼 나무들이 전등 불빛 속에 불쑥 나타났고, 창문에 불이 켜졌으며, 짧게 자른 에메랄드빛 잔디 위에 여인의 내실같이 작고 우아한 성의 나지막한 익부가 펼쳐졌다. 그다음엔 그림과 알록달록한 책으로 뒤덮인 벽을 얼마간 지켜보았다. 이렇게 해서 여인과 헤어진 울리히는 뜻하지 않게 아름다운 실존의 품에 안겼다.

이것이 전날 밤에 일어난 사건이었다. 울리히는 벌써 오래전에 물린 이런 식의 연애에 또다시 시간을 할애하는 것이 얼마나 내키지 않는 일인지 곰곰이 생각했다. 그때 이름을 밝히지 않은 손님이 찾아왔다는 전갈이 왔고, 곧이어 베일을 쓴 여인이 다가왔다. 그에게 이름과 주소를 가르쳐주지 않은 그 여인이었다. 그런 사람이 이제 이렇게 낭만적이고 자애로운 방식으로, 그의 안부가 궁금해서 들렀다는 핑계를 대며 독단으로 사랑의 모험을 진행시켜나갔다.

두 주가 지났을 때 보나데아는 이미 십사 일 전부터 그의 연인이 되어 있었다.

8. 카카니엔

의상과 헤어스타일에 신경을 쓰고 거울을 보기 좋아하는 나이에는 인생을 보내고 싶은 곳이나, 딱히 마음에 들지 않더라도 세련된 스타일이 숨쉬는 곳을 자주 떠올려보곤 한다. 오래전부터 그런 사회적 강박관념이 만들어낸 곳이 바로 모든 게 초침 단위로 움직이고 멈추는 미국의 초거대도시다. 공기와 흙에서 개미굴 같은 건물이 세워지고, 그 사이로 도로가 층층이 지나간다. 공중 열차, 지상 열차, 지하 열차, 기송관氣送管 우편 캡슐*, 그리고 자동차 행렬은 수평으로 달리고, 고속 엘리베이터는 수직으로 이 교통 영역에서 저 교통 영역으로 군중을 이동시킨다. 사람들은 교차점에서 한 이동 수단에서 다른 이동 수단으로 옮겨 타고, 빠른 두 속도 사이에서 이십 초의 단절과 휴지기, 짧은 간극으로 이루어진 리듬에 생각할 틈도 없이 휩쓸려 들어간다. 이런 일반적 리듬의 간격 속에서 사람들은 급히 몇 마디를 주고받는다. 질문과 대답은 기계 부품처럼 정확히 접속된다. 사람들은 각자 할일이 따로 있고, 직장은 특정 장소에 집단으로 모여 있다. 사람들은 움직이면서 먹고, 여흥은 도시의 다른 구역에 집중되어 있다. 또다른 구역엔 아내와 가족, 축음기, 그리고 자신의 영혼이 살아가는 높은 건물이 있다. 긴장과 이완, 일과 사랑은 시간적으로 정확히 분리되고, 엄격한 실험실 규칙에 따라 평가된다. 어떤 일이 잘못되면 사람들은 그냥 그 일을 그만둬버린다. 얼마든지 다른 일을 찾거나 종종 더 나은 길을 발견할 수 있기 때문이다. 또는 놓친 길을 남이 발견하기도 한다. 그렇다고 나쁠 건 없다. 그에 반해 마치 하늘에서 소명이라도 받았다는 듯 특정한 개인적 목표를 절대 양보하지 않으려는 오만한 태도만큼 공동체의 힘에 소모적인 것은 없다. 여러 힘들에 의해 흘러가는 사회에서는 사람들이 너무 오래 망설이거나 깊이 생각하지만 않는다면 각각의 길은 항상 하나의

* 19세기 후반에 도입되어 1950년대에 사라진 우편 시스템. 당시에는 미래의 신기술로 각광받았다. 편지를 병처럼 생긴 캡슐에 넣고 공기 압력을 이용해 지하 관으로 각 우체국에 보내는 시스템이다. 캡슐 하나에 편지가 500통 들어갔고, 이동 속도는 시속 55킬로미터였다.

좋은 목표로 나아간다. 목표들은 단기로 설정된다. 하지만 인생도 단기다. 사람들은 인생에서 이룰 수 있는 것의 최대치를 이루려 한다. 행복을 위해 필요한 것은 더이상 없다. 성취가 영혼을 만들어내기 때문이다. 반면에 성취 없는 소망은 영혼을 비틀어놓을 뿐이다. 또한 행복에는 무엇을 하고자 하는지가 중요한 것이 아니라 무엇을 성취하느냐가 중요할 따름이다. 동물학도 결함 있는 개체들의 총합에서 아주 특출한 전체가 탄생할 수 있음을 가르쳐준다.

어떤 일이 어떻게 될지는 결코 정해져 있지 않다. 그런 상상은 줄곧 우리를 따라다니는, 쉴새없이 움직이는 감정이 반영된 여행 판타지 같은 것이다. 그런 판타지는 피상적이고 가변적이고 단기적이다. 실제로 어떻게 될지는 아무도 모른다. 우리는 매 순간 새로 시작할 수 있고, 우리 모두를 위한 계획을 수립할 수 있다고 생각해야 한다. 속도가 빠른 일이 마음에 들지 않으면 다른 일을 하면 된다! 예를 들어 베일처럼 물결치고 바다달팽이처럼 비밀스러운 행복이 깃든 일이나 고대 그리스인들이 그렇게 열광하던 암소의 깊은 눈빛 같은 아주 느린 일을 하면 된다. 하지만 실제로는 그렇지 않다. 우리는 속도에 얽매여 산다. 밤낮으로 빠르게 달리고, 다른 모든 일도 빠르게 처리한다. 그런데도 우리는 마치 우리를 둘러싼 네 벽이 고정돼 있는 것처럼 면도하고 밥 먹고 사랑하고 독서하고 업무를 본다. 섬뜩한 것은 우리가 그것을 눈치채지 못하지만 그 벽들이 움직이고, 어디로 향하는지는 모르지만 길고 굽은 더듬이처럼 벽의 레일이 계속 생겨난다는 사실이다. 더구나 우리는 시대의 열차가 가는 방향을 결정하는 힘들에 속하고 싶어한다. 그것은 무척 모호한 역할이다. 제법 긴 휴식 끝에 밖을 내다보면 우리는 풍경이 바뀐 것 같은 느낌을 받는다. 스쳐지나가는 것은 그냥 스쳐지나간다. 달리 방법이 없다. 하지만 아무리 순응하려고 해도 이미 목표를 지나쳤거나 잘못된 길로 빠진 듯한 불쾌한 감정이 점점 힘을 얻는다. 그러다 어느 날 폭풍우처럼 거센 욕구가 생긴다. 내려! 당장 뛰어내려! 아울러 누군가 막아주기를 바라고, 더이상 발전하지 않기를 바라고, 이제 제자리에 멈춰 서기를 원하고, 길을 잘못 들기 전의 갈림길로 다시 돌아가기를 소망하는 마음이 인다! 오스트리아 황국이 존재하던 예전의 좋았던 시절만 하더라도 그럴 경우 사람들은 시대의 열차에서 내려 평범한 철도의 평범한 기차를 타고 고향으로 돌아갈 수 있었다.

그사이 몰락했고 제대로 이해받지 못한 국가인 카카니엔은 누군가 나서서 인정한 것은 아니지만 많은 점에서 타의 모범이었다. 물론 그런 나라에도 속도는 있었다. 하지만 너무 빠르지는 않았다. 타지에서 이 나라를 떠올릴 때면 항상 행진과 우편마차가 존재하던 시절의 넓고 부유한 하얀 도로들에 대한 기억이 먼저 눈앞에 아른거렸다. 질서정연한 강처럼, 환한 군복 삼베 띠처럼 사방으로 뻗은 도로들은 종잇장처럼 하얀 관료주의적 팔을 휘두르며 땅을 휘감았다. 그곳의 땅은 또 어떤가! 빙하와 바다, 석회암 지대, 보헤미아의 들판이 펼쳐지고, 아드리아 해안의 밤과 흥분한 귀뚜라미들의 울음소리, 슬로바키아 마을들이 있었다. 그 마을들에서는 들창코 같은 굴뚝에서 연기가 피어올랐고, 마치 대지가 자식에게 온기를 불어넣으려고 입술을 살짝 벌린 것 같은 작은 두 언덕 사이로 인가들이 자리잡고 있었다. 당연히 이 나라에도 자동차가 다녔다. 하지만 너무 많지는 않았다. 또한 공중을 정복할 채비를 하고 있었지만 그 기세가 너무 강하지는 않았고, 몇몇 항구에서 남아메리

카나 동아시아로 가는 배가 있었지만 너무 많지는 않았으며, 세계의 옛 중심축들이 교차하는 유럽 중심부에 있으면서도 세계 경제와 세계 패권에 대한 탐욕은 없었다. 식민지니 해외니 하는 말도 남의 일처럼 낯설었다. 이곳 사람들도 사치스러운 문화를 발전시켰지만 결코 프랑스인들처럼 과하지 않았고, 스포츠를 즐겼지만 영국인들처럼 광적이지 않았으며, 군대에 막대한 돈을 쏟아부었지만 열강 중에서 두번째로 약한 군대라는 수준을 유지할 정도였다. 수도도 세계에서 가장 큰 도시들보다는 약간 작았다. 물론 평범한 대도시보다는 훨씬 컸다. 이 나라는 잘 느껴지지는 않지만, 모난 곳을 모두 조심스럽게 깎아낸, 유럽 최고의 계몽적 관료주의 방식으로 다스려졌다. 그 방식에 대해서는 딱 한 가지 실수만 지적할 수 있다. 높은 신분이나 국가 관직을 통해 특권이 부여되지 않은 개인의 천재성과 천재적 발상을 건방지고 주제넘은 짓으로 여겼다는 것이다. 하지만 자격도 없는 이에게 지적받는 걸 좋아할 사람이 어디 있겠는가! 어쨌든 카카니엔에서 천재는 항상 버릇없는 인간으로 간주되었고, 다른 나라들과는 달리 버릇없는 인간을 천재로 보는 일은 결코 없었다.

몰락한 이 카카니엔을 두고 이상한 말이 얼마나 난무하는지! 예를 들어 이 나라는 '제국-왕국'이자 '제국과 왕국'*이었다. 이 나라의 모든 사물과 사람에게는 k.k 혹은 k.u.k라는 두 약칭 가운데 하나가 붙었다. 그럼에도 어떤 기관과 인간이 k.k이고 어떤 것이 k.u.k로 불려야 할지

* 제국-왕국(kaiserlich-königlich, 줄여서 k.k), 제국과 왕국(kaiserlich und königlich, 줄여서 k.u.k). 현실 역사에서 전자는 오스트리아-헝가리제국을, 후자는 오스트리아 황국을 의미하는데, 일반적으로 카카니엔이라고 하면 k.u.k를 가리킨다.

확실히 구분하기 위해서는 비밀 학문이 필요했다. 이 나라는 공적 서류상으로는 오스트리아-헝가리제국으로 불렸지만, 입으로는 그냥 오스트리아라고 했다. 그러니까 국가에 엄숙히 맹세할 때도 이 이름을 썼고, 모든 감정적 영역에서도 이 이름을 사용했다. 이는 감정도 국법만큼이나 중요하고, 외적 규정은 실제 삶과 다르다는 것을 보여주는 징표였다. 카카니엔은 헌법상으로는 자유주의적이었지만, 가톨릭교회의 원칙에 따라 다스려졌다. 즉 종교적 통치를 기본으로 삼고 있지만 일상의 삶은 자유로웠다는 말이다. 법 앞에서는 모든 시민이 평등했다. 물론 그렇다고 모두가 시민은 아니었다. 이 나라엔 독립체라고 해도 될 정도로 막강한 자유를 구가하는 의회가 있었지만, 의회 없이도 집행이 가능한 긴급조치 조항도 있었다. 그런데 모두가 절대왕정에 환호하며 그리로 회귀할 것을 주장할 때도 매번 다시 의회주의를 고집한 사람은 황제였다. 그런 일은 자주 있었다. 민족주의 투쟁도 그중 하나였다. 당연히 다른 유럽 국가들의 호기심을 불러일으켰고, 오늘날엔 완전히 잘못 이해되고 있는 민족주의지만 말이다. 아무튼 이 투쟁들은 국가기구가 일 년에 여러 차례 삐걱대다가 정지해버릴 정도로 격렬했다. 하지만 소강기와 교착상태에서 멋진 타협점을 찾아내어 마치 아무 일도 없었다는 듯이 잘 마무리되었다. 게다가 그것은 실제로 민족적 투쟁도 아니었다. 다만 오늘날 우리 모두가 인정하는, 만인의 추구에 대한 만인의 혐오감이 그 나라에서는 일찍 발현되었고, 만일 그게 어떤 재앙으로 인해 때 이르게 중단되지만 않았다면 굉장한 파장이 예상되는 승화된 제식으로 자리잡았을지 모른다.

그도 그럴 것이 카카니엔에서는 이웃 시민들에 대한 혐오감이 공동체의식으로 고양되었을 뿐 아니라 자신과 자신의 운명에 대한 불신도 깊은 자기 확신적 성격을 띠고 있었기 때문이다. 그 나라 사람들은 항상 생각과 다르게 행동했다. 그것도 가끔 최고도의 열정으로 결과를 낼 때까지 말이다. 또는 그들은 행동과 다르게 생각했다. 외부의 문외한들이 보기에, 그것은 오스트리아적 성격의 매력 또는 약점이었다. 그러나 그것은 틀렸다. 아니, 한 나라의 현상을 단순히 그 국민들의 성격으로 설명하는 것은 언제나 틀렸다. 어느 나라 국민이든 최소한 아홉 가지 성격은 갖고 있기 때문이다. 직업적 성격, 민족적 성격, 국가적 성격, 계급적 성격, 지리적 성격, 성별에 따른 성격, 의식적 성격, 무의식적 성격, 개인적 성격이 그것이다. 국민 개개인은 그 성격들을 자기 속에 통합하고 있지만, 성격들이 그를 해체해버린다. 개인은 원래 이런 많은 도랑으로 생성된 작은 웅덩이일 뿐이다. 웅덩이로 흘러들어간 도랑물은 다시 흘러나와 다른 개천들과 합쳐져 또다른 웅덩이가 된다. 따라서 지구상의 모든 주민에게는 열번째 성격이 생기고, 그 성격은 채우지 못한 공간들의 수동적 판타지에 다름 아니다. 이 판타지는 인간에게 모든 것을 허용하지만, 단 한 가지는 허용하지 않는다. 최소 아홉 가지는 되는 성격들이 무엇을 하고, 어떻게 되든 진지하게 받아들여서는 안 된다는 것이다. 이를테면 무엇이 자신을 채울지 진지하게 생각하지 말라는 말이다. 누구나 인정하듯, 설명하기 어려운 이 공간은 이탈리아든 영국이든 색깔과 형태가 다르다. 각각의 공간에서 부각되어 나오는 것의 색깔과 형태가 상이한 탓이다. 그러나 여기든 저기든 똑같은 공간도 존재한다. 판타지가 떠나고 남겨진 작은 장난감블록 도시 같은 현실이 안쪽에 자리잡고 있는, 텅 비고 보이지 않는 공간이 그것이다.

그런데 이제 모두의 눈에 그것이 보이는 일이 카카니엔에서 일어났다. 세상은 알지 못하지만 그런 점에서 카카니엔은 가장 앞서나간 국가였다. 여기서는 어떤 식으로든 국가가 직접적으로 함께했고, 사람들은 그 안에서 부정적인 자유를 누리며 살았다. 늘 실존의 토대가 불충분하다는 감정 속에서, 그리고 아무 일도 일어나지 않는다거나, 일어난다고 해도 되돌리지 못할 건 없다는 식의 거대한 판타지, 혹은 인류가 솟구쳐올라온 대양의 숨결에 휩쓸려가면서.

다른 데 같았으면 기적 같은 일이라고 했을 사건도 카카니엔 사람들은 그저 그런 일이 일어났구나, 하고 말했다. 이것은* 독일어나 다른 언어 어디서도 나타나지 않는 독특한 표현인데, 이 말의 숨결에서는 사실 및 비운의 사건도 깃털이나 생각처럼 가볍게 느껴졌다. 그렇다, 상당히 많은 반론에도 불구하고 카카니엔은 아마 천재들을 위한 나라였을 것이고, 그 때문에 멸망한 것인지도 모른다.

9. 위대한 남자가 되려는 세 가지 시도 가운데 첫번째 시도

돌아온 이 남자는 자신의 인생에서 위대한 남자가 되려는 의지로 충만하지 않았던 시기를 기억해낼 수 없었다. 울리히는 이 소망을 갖고 태어난 듯했다. 그런 소망에는 허영과 무지도 한몫하고 있는 것이 사실이다. 하지만 그런 아름답고 올바른 욕망이 없었더라면 분명 위인도 그

* 독일어 'Es ist passiert'는 '어떤 일이 일어나다'를 뜻한다.

리 많지 않았을 것이다.

여기서 치명적인 문제는 위대한 사람이 되려면 어떻게 해야 하는지, 또 어떤 사람이 위대한지 자신도 모른다는 것이다. 학교 다닐 때 그는 나폴레옹을 위대한 인물로 여겼다. 그것은 한편으론 청소년들이 으레 그렇듯 범죄적인 것에 대한 경탄 때문이기도 했고, 다른 한편으론 교사들이 유럽을 발칵 뒤집어놓은 그 폭군에게 역사상 가장 위대한 악인이라는 딱지를 붙였기 때문이기도 했다. 그 때문에 울리히는 학교를 떠나자마자 기병연대 사관후보생으로 들어갔다. 하지만 그때쯤엔 이미 이 직업을 왜 선택했느냐는 질문에 '폭군이 되기 위해서'라고 대답하지는 않았을 것이다. 그런 소망은 감추어야 하기 때문이다. 나폴레옹이 천재성을 발휘하기 시작한 건 장군이 되어서였다. 그렇다면 사관후보생으로서 울리히는 그 전제 조건의 필연성을 어떻게 연대장에게 납득시켜야 할까?! 연대장이 그와 생각이 다르다는 것은 기병중대 훈련을 받을 때부터 심심찮게 드러났다. 그럼에도 울리히는 야망이 그리 크지 않았더라면 오만과 소명을 구분할 수 없게 만드는 연병장의 평화로운 풀밭을 그렇게 저주하지는 않았을 것이다. 당시 그는 '군대를 통한 국민 교육' 같은 평화주의적인 구호에는 일말의 가치도 두지 않았고, 영광과 힘, 자부심 같은 영웅적 정신을 열정적으로 기억하는 데만 푹 빠져 있었다. 그는 힘차게 말을 달렸고, 결투를 꺼리지 않았으며, 인간을 장교, 여자, 민간인, 이렇게 세 종류로만 구분했다. 그중에서 민간인은 육체적으로 덜 발달하고 정신적으로 경멸받아 마땅한 계급이었다. 따라서 민간인의 아내와 딸은 장교의 먹잇감이었다. 그는 장엄한 비관주의에 빠져들었다. 그가 볼 때, 군인이라는 직업은 날카롭고 활활 타오르는 도구였고, 세계를 구제하려면 이 도구로 세상을 불태우고 베어야 할 것 같았다.

물론 그런 일이 일어나지 않아 다행이지만, 어느 날 다른 일이 그를 찾아왔다. 한 모임에서 유명한 금융가와 작은 충돌이 있었던 것이다. 울리히는 이 충돌을 자기만의 멋진 방식으로 처리하고 싶었지만, 오히려 자기 집안의 여자를 지킬 줄 아는 민간인 남자도 있다는 사실만 확인하고 말았다. 그 금융가는 개인적으로 친분이 있는 국방장관에게 그 일을 알렸고, 그 결과 울리히는 연대장과 장시간 면담을 해야 했다. 면담을 통해 그가 깨달은 것은 오스트리아 대공과 일개 장교 사이의 넘을 수 없는 차이였다. 그때부터 전사라는 직업이 더이상 즐겁지 않았다. 이렇게 해서 세상을 뒤흔들 만한 엄청난 사건으로 주인공이 되고자 했던 사람이 이제 갑자기 넓고 횅한 광장에서 술 취해 난동을 부리다 돌을 맞은 한심한 인간이 되고 말았다. 그 사실을 알아차렸을 때, 울리히는 소위로 막 진급한 이 배은망덕한 군인의 길에 작별을 고하고 군대를 떠났다.

10. 두번째 시도. 특성 없는 남자의 도덕적 단초들

그런데 그가 기병대에서 공학으로 넘어간 것은 단지 말만 바꾸어 탄 것에 지나지 않았다. 강철로 만들어진 이 새로운 말은 열 배는 더 빨리 달렸다.

괴테 시대에는 방직기 돌아가는 소리가 듣기 싫은 소음이었겠지만,

울리히 시대에는 기계실, 스팀해머, 공장 사이렌 소리가 마치 노래처럼 들리기 시작했다. 물론 그렇다고 해서 사람들이 말을 탄 남자보다 고층빌딩이 더 위대하다는 사실을 얼마 지나지 않아 바로 알아챘을 거라고 생각해서는 안 된다. 오히려 그 반대다. 오늘날에도 자신을 특별하게 내세우려는 사람은 고층빌딩이 아니라 늘씬한 준마를 탄다. 그런 사람은 바람처럼 빠르고, 대형 굴절망원경이 아니라 독수리처럼 날카로운 눈을 갖고 있다. 그들의 감정은 아직 오성을 사용하는 법을 배우지 않았다. 감정과 오성 사이에는 거의 맹장과 대뇌피질만큼이나 발전의 차이가 존재한다. 그래서 철없던 시절이 끝난 뒤 울리히에게 일어났던 일처럼, 고귀한 것으로 여겨지는 모든 것들에서 인간이 기계보다 훨씬 더 구닥다리같이 행동한다는 사실을 깨달은 것은 결코 작은 행운이 아니었다.

울리히는 기계학 수업을 들으러 처음 대강의실에 들어선 순간 완전히 거기에 빠져버렸다. 새로운 형태의 터보발전기나 리드미컬하게 움직이는 증기기관의 피스톤이 눈앞에 있는데 벨베데레궁의 아폴론 조각상 따위가 대체 무엇에 필요하겠는가! 또한 불변의 '항수'는 없고 '함숫값'만 존재한다는 것이 드러나면서 모든 일의 좋고 나쁨이 역사적 상황에 따라 다르고, 모든 인간의 가치가 그 특성을 평가할 정신공학적 기술에 달려 있다면, 무엇이 선하고 악한지를 두고 수천 년 동안 벌여온 온갖 잡설에 귀기울일 사람이 어디 있겠는가! 기술적 관점에서 보면 세상은 우스꽝스럽기 짝이 없다. 인간 간의 모든 관계는 비실용적이고, 인간들이 일하는 방식은 지극히 비경제적인데다 부정확하다. 자신의 문제를 계산자로 처리하는 데 익숙한 사람은 모든 인간적 주장의 족히 절반은 결코 진지하게 받아들일 수 없다. 계산자는 수와 선이라는 전대미문의 명민한 두 체계에 바탕을 두고, 안쪽으로 서로 미끄러지는, 하얀 래커 칠을 한 납작한 사다리꼴 횡단면의 작은 막대 두 개로 이루어져 있다. 이것만 있으면 아무리 복잡한 문제라도 쓸데없는 생각에 시간을 빼앗길 일 없이 단숨에 풀 수 있다. 게다가 계산자는 윗도리 안주머니에 넣고 다니면서 심장 바로 위의 단단한 흰 선이라고 느끼는 작은 상징이기도 하다. 계산자가 있는 사람은 누군가 중요한 주장이나 대단한 감정을 품고 찾아오면 이렇게 말한다. 잠깐만요, 일단 모든 경우의 오차범위와 가장 개연적인 수치를 계산해봅시다!

이는 의심할 바 없이 엔지니어의 본질에 대한 에니지 넘치는 관점이다. 여기서 미래의 매력적인 엔지니어 자화상이 그려진다. 단호한 표정을 짓고, 담배 파이프를 물고, 운동모자를 쓰고, 근사한 승마화를 신고 원대한 사업 구상을 실현하기 위해 케이프타운과 캐나다를 오가는 남자의 모습이다. 그는 틈나는 대로 공학적 사고를 바탕으로 세계의 조직화와 관리를 위해 조언하고, 에머슨의 금언처럼 모든 작업장에 걸릴 만한 금언을 만들어낸다. 예를 들면 이런 것이다. "인간은 미래의 예언으로서 지상을 거닌다. 인간의 모든 행위는 시험이자 실험이다. 행위 하나하나는 다음 행위에 의해 추월당하기 때문이다!" 엄밀히 말해 이 말은 울리히의 것이고, 에머슨의 여러 금언을 조합해서 직접 만든 것이다.

그런데 엔지니어가 이런 비전에 일치하는 삶을 살지 않는 이유를 대기는 어렵다. 예컨대 그들은 왜 그렇게 자주 회중시계의 줄을 조끼 주머니 위쪽 단추에 걸친 채 한쪽 방향으로만 가파른 포물선을 그리게 할까? 혹은 마치 시곗줄이 시의 운율이라도 되는 것처럼 규칙적으로 배 위에서 한 번 올라갔다가 두 번 내려오게 하는 이유는 무엇일까? 그들은 왜 사슴 이빨이나 작은 말편자가 달린 브로치를 넥타이에 꽂는 것을 좋아할까? 그들의 양복은 왜 초창기 자동차와 비슷한 구조로 만들어져 있을까? 또한 자기 직업 외에 다른 이야기는 왜 거의 하지 않을까? 그나마 다른 영역에 대해 말할 때도 왜 후두개연골까지 안쪽으로 더 파고들지 않고 표피적이고 경직되고 연관성 없는 기이한 방식으로 말할까? 물론 모든 사람이 그렇다는 얘기는 아니지만, 많은 사람에게 해당되는 것은 사실이다. 울리히가 처음 공장 사무실에 들어가서 만난 사람들도 그랬고, 두번째 사무실에서 알게 된 사람들도 그랬다. 그들은 모두 제도판에 단단히 묶여 있었고, 자신들의 직업을 사랑하고 자기 영역에서는 경탄할 정도로 유능한 남자들이었다. 하지만 그들의 대담한 사고를 기계뿐 아니라 자기 자신에게도 적용해보라는 제안은 마치 망치라는 도구를 살인에 쓰라고 강요받았을 때처럼 자연을 거스르는 부당한 요구로 받아들이는 듯했다.

그래서 울리히가 테크놀로지의 영역에서 비범한 남자가 되려고 감행했던, 좀더 성숙한 두번째 시도 또한 금세 막을 내리고 말았다.

11. 가장 중요한 시도

이 두번째 시도까지의 이야기를 지금 듣는다면 울리히는 마치 자신의 윤회 이야기를 듣는 것처럼 고개를 내저을지 모른다. 하지만 세번째 시도는 다르다. 엔지니어가 생각의 자유와 광활함 속으로 빨려들어가지 않고 자신의 특수성에 골몰하는 것은 충분히 이해할 만하다. 비록 그가 만든 기계들은 지구 끝까지 공급되더라도 말이다. 그에게는 공학 정신의 대담함과 새로움을 자신의 영혼으로 전이시킬 능력이 필요하지 않다. 그건 기계가 자신의 토대가 되는 미적분학을 자신에게 적용할 수 없는 것과 비슷하다. 그러나 수학에 대해서는 그렇게 말할 수 없다. 수학은 새로운 논리학이자 정신 그 자체이고, 그 속에 시간의 원천과 거대한 변혁의 기원을 품고 있기 때문이다.

하늘을 날고, 물고기와 함께 여행하고, 거대한 산 밑을 뚫고 들어가고, 빛의 속도로 메시지를 보내고, 보이지 않거나 멀리 있는 것을 보고, 그런 것이 말하는 것을 듣고, 또 죽은 사람의 목소리를 듣고, 자는 동안에 기적처럼 치유되고, 죽은 지 이십 년 후의 자기 모습을 살아서 확인하고, 깜박거리는 밤 속에서 옛날 같으면 아무도 몰랐을, 이 세상의 위아래에 존재하는 수많은 것들을 알아내는 것이 근원적 꿈의 실현이라면, 그리고 빛, 온기, 힘, 즐거움, 편안함이 인류의 근원적 꿈이라면 오늘날의 연구는 단순한 과학을 넘어선 마법이자, 신으로 하여금 외투의 단추를 하나씩 풀게 하는 심장과 뇌의 가장 강력한 힘이자, 그런 힘이 만들어내는 제의이자, 단단하고 용기 있고 유연하고, 칼처럼 날카롭고 냉철한 수학적 논리학이 교리를 관통하고 떠받치는 종교다.

그런데 비非수학자들의 견해에 따르면 이 모든 근원적 꿈은 인간이 처음 상상했던 것과는 완전히 다른 방식으로 갑자기 실현되었다고 하는데, 그것은 부인할 수 없는 사실이다. 뮌히하우젠의 우편마차 나팔은 공장에서 소리를 입힌 레코드판보다 아름다웠고, 마법의 7마일 장화는 자동차보다 아름다웠으며, 전설적 난쟁이 왕 라우린의 나라는 철도 터

널보다, 신비의 약초는 사진전보보다, 어머니의 사랑을 먹고 새들을 이해하는 것은 새소리에 담긴 표현을 연구하는 동물심리학보다 아름다웠다. 사람들은 현실을 얻고 꿈을 잃었다. 이제는 더이상 나무 그늘에 누워 엄지발가락과 검지발가락 사이로 하늘을 쳐다보지 않고 일만 한다. 유능하다는 소리를 들으려면 배가 고파도 안 되고, 쓸데없는 꿈으로 시간을 허비해서도 안 되며, 비프스테이크를 먹고 계속 움직여야 한다. 그것은 마치 유능하지 못했던 예전의 인류가 개미탑 위에서 잠들었다가 새 인류로 깨어나보니 핏속에 개미들이 기어다니는 것과 다를 바 없다. 이후 새 인류는 정말 엄청나게 움직였지만, 이 동물적 근면함이 주는 불쾌감은 떨쳐낼 수 없다. 그것에 대해서는 말을 덧붙일 이유가 없다. 어차피 오늘날 대부분의 사람들은 수학이 악마처럼 우리 삶의 모든 영역에 들어와 있음을 분명히 알고 있다. 물론 모든 사람이 인간과 영혼을 거래하는 악마 이야기를 믿지는 않을 것이다. 그러나 성직자, 역사가, 예술가처럼 영혼과 관련된 것으로 먹고사는 탓에 영혼에 대해 어느 정도는 이해해야만 하는 이들은 영혼이 수학에 의해 파괴되었으며, 수학이 인간을 지구의 주인으로 만들었으나 기계의 노예로 전락시킨 그 사악한 오성의 원천임을 증언한다. 그들의 증언에 따르면 우리 시대의 특징을 이루는 내적 황폐, 신랄한 개체와 냉담한 전체의 혼합, 개별성의 황무지로 내팽개쳐진 개인들, 그들의 불안, 악의, 얼음처럼 차디찬 심장, 돈에 대한 탐욕, 냉혹성과 폭력성, 이 모든 것이 바로 논리적으로 날카로운 사고가 영혼에 손실을 입힌 결과라고 한다. 울리히가 수학자가 되었던 당시에도 벌써 유럽 문화의 붕괴를 예고한 사람들이 있었다. 이제 인간 속에는 믿음도 사랑도 소박함도 선함도 더는 존재하지 않았기 때문이다. 그런데 특이하게도 이런 주장을 펼치는 이들은 하나같이 학창시절에 수학을 못한 사람들이었다. 게다가 나중에는 이런 사람들을 위해, 수학이 정밀한 자연과학의 어머니이자 공학의 할머니일 뿐 아니라 독가스와 전투기를 만들어낸 정신의 시조라는 사실까지 증명되었다.

수학자 본인과 제자들, 그리고 자연과학자들만 이런 위험을 모르고 살았다. 그들은 마치 열심히 가속기만 밟을 뿐 이 세계에 대해서는 앞차의 뒷바퀴밖에 모르는 자동차 경주선수처럼 영혼에 관해 거의 아무것도 느끼지 못하는 사람들이었다. 반면에 울리히를 두고 이것 한 가지는 확실히 말할 수 있다. 그는 수학을 못 견뎌하는 바로 그 사람들 때문에 수학을 사랑했다고. 그는 과학적이라기보다 인간적으로 과학과 사랑에 빠졌다. 그리고 과학이 자신의 관할 영역에 있는 문제면 뭐든 일반인들과 다르게 생각한다는 것을 알아차렸다. 만일 과학적 시각을 삶의 시각으로 옮겨올 수 있다면, 혹은 가설을 시도로, 진리를 행위로 바꿀 수 있다면 유명한 자연과학자나 수학자들이 남긴 필생의 작품들은 용기와 혁신성 면에서 역사상 가장 위대한 행위들을 훌쩍 뛰어넘을 것이다. 자신의 추종자들에게 이렇게 말할 수 있는 남자는 아직 세상에 나타나지 않았다. '도둑질하라, 살인하라, 간음하라! 우리의 교리는 더러운 죄악의 구렁텅이를 거품이 이는 맑은 계곡물로 바꿀 정도로 강력하나니.' 과학에서는 지금껏 오류로 통용되던 것이 갑자기 모든 관점을 뒤집어엎거나, 별 볼 일 없이 경멸받던 생각들이 일거에 새로운 사유 제국의 지배자로 등극하는 일이 몇 년에 한 번은 일어난다. 그런 사건들은 과학의 영역에서는 하나의 전복일 뿐 아니라 야곱의 사다리처럼 하늘 높이 올라가게 해줄 사다리이기도 하다. 과학적 삶은 동화처럼 아무 걱정 없고, 강력하고, 훌륭하게 흘러간다. 울리히는 사람들이 그것을 모를 뿐이라고 느꼈다. 어떻게 생각해야 하는지 전혀 모르는 사람들에게 새롭게 사고하는 법만 가르칠 수 있다면 그들도 다르게 살아갈 것 같았다.

물론 사람들은 이렇게 물을 것이다. 세상이 계속해서 180도로 진로를 틀어야 할 정도로 정말 거꾸로 돌아가느냐고. 그에 대해 세상은 이미 오래전에 두 가지 답을 내놓았다. 세계가 존재한 이래 대부분의 사람은 청년기에 세상의 방향을 돌리는 편에 섰기 때문이다. 젊은이들은 기성세대가 이미 존재하는 것에 집착하고, 뇌가 아니라 살덩이의 일부인 심장으로 생각하는 것을 우스꽝스럽게 여겼다. 이들은 기성세대의 도덕적 우둔함이 일상적인 지적 우둔함과 마찬가지로 새로운 연결 능력의 결핍을 뜻한다고 줄곧 생각했다. 반면에 그들 자신의 자연스러운 도덕은 성과, 영웅주의, 변화의 도덕이었다. 그럼에도 그들은 이를 실현시킬 시기에 접어들기 무섭게 그것을 잊었고, 기억해내려는 의지는 더더욱 없었다. 그렇기에 수학이나 자연과학을 업으로 삼은 사람들 중에는 울리히와 같은 이유로 과학에 뛰어들기로 결심하는 것을 옳지 않게 생각하는 경우가 많았다.

하지만 전공자들도 인정하듯, 울리히는 이미 수년 전부터 종사해온 이 세번째 직업에서 적지 않은 성과를 올렸다.

12. 스포츠와 신비주의에 관한 대화 뒤 울리히를 사랑하게 된 여인

보나데아 역시 거창한 이념을 추구하고 있는 것으로 드러났다.

불행한 격투가 있었던 밤 울리히를 구해주고, 이튿날 아침 베일을 눌러쓰고 그를 찾아온 바로 그 여인이었다. 보나데아Bonadea는 '좋은 여신'이라는 뜻으로 울리히가 지어준 이름이었다. 그녀가 바로 그런 모습으로 울리히의 삶 속으로 걸어들어왔기 때문이다. 그런데 이 순결한 여신을 모셨던 고대 로마 신전은 이상한 반전을 거쳐 온갖 악덕의 온상이 된 바 있었다. 그녀는 이 이야기를 몰랐다. 그래서 울리히가 붙여준 울림 좋은 이 이름을 마음에 들어하면서 그의 집에 올 때마다 마치 화려하게 수놓은 홈드레스를 입듯 이 이름을 입에 담았다. "그럼 내가 당신의 좋은 여신이라는 건가요? 당신의 보나 데아* 말이에요?" 그녀는 이 두 낱말을 따로 떼어 제대로 발음하면서 울리히의 목을 두 팔로 껴안고 고개를 살짝 젖힌 채 다정하게 바라보았다.

그녀는 명사의 아내이자 잘생긴 두 소년의 자상한 어머니였다. 그녀가 가장 좋아하는 말은 '고상함'이었다. 그녀는 이 말을 사람과 심부름꾼, 상점, 심지어 감정에도 사용했다. 그것들의 좋은 점을 말하고 싶을 때 말이다. 그녀는 '참되고 선하고 아름다운 것'이라는 말도 남들이 '목요일'이라고 말할 때처럼 자연스럽게 자주 입에 올렸다. 그녀의 관념적 욕구를 가장 깊이 만족시킨 것은 남편과 아이들로 이루어진 작은 공간에서 고요하고 이상적으로 삶을 꾸려나가는 상상이었다. 하지만 더 밑

---

* 라틴어로 Bŏna는 '좋은', dĕa는 '여신'이라는 뜻이다.

으로 내려가면 '나를 유혹으로 이끌지 말라'는 어두운 제국이 둥둥 떠 있었고, 그로 인한 전율로 빛나는 행복은 약한 램프 불빛에 누그러져 있었다. 그녀에겐 한 가지 결점이 있었다. 남자를 보는 것만으로도 엄청나게 흥분할 수 있다는 것이다. 음탕한 여자라서가 아니었다. 그저 관능적일 뿐이었다. 예를 들어 남들이 손에 땀이 나거나 얼굴색이 살짝 바뀌는 것으로 고통받는 것과 마찬가지였다. 어쨌든 그런 특성은 타고난 듯했다. 그녀로서는 도저히 어찌해볼 도리가 없었다. 그녀는 판타지를 이례적으로 자극하는 그런 소설 같은 상황에서 울리히를 만난 첫 순간에 이미 욕정의 포로가 되었다. 처음에는 동정심에서 시작했던 일이 곧 짧지만 격렬한 내면의 갈등을 거쳐 금지된 은밀함으로 넘어가더니 나중에는 죄악과 후회 사이를 오가며 계속 이어졌다.

그런데 그녀의 인생에서 울리히는 몇 명인지도 모를 많은 남자들 가운데 하나였다. 남자들은 대개 사랑에 중독된 이런 여자를 만나면 아주 멍청한 수단으로도 유혹할 수 있는 바보 천치보다 훨씬 함부로 다루다가 항상 똑같은 것에 걸려 비틀거리곤 한다. 남자들이 여자를 탐닉할 때의 감정은 대략 살점 한 조각을 놓고 으르렁거리는 재규어와 비슷하기 때문이다. 남자든 재규어든 먹이를 먹을 때 방해를 받는 건 좋아하지 않는다. 어쨌든 그런 연유로 보나데아는 의식의 어두운 틈새에서는 열차 강도지만 일상에서는 점잖은 시민처럼 이중생활을 할 때가 많았다. 이 조용하고 근사한 여인은 자신을 안아줄 남자가 없으면 즉시 다시 남자 품에 안기기 위해 스스로 거짓과 굴욕에 몸을 내맡겼고, 그로 인해 자기 모멸감에 짓눌렸다. 감각이 자극을 받으면 그녀는 멜랑콜리하고 온화해졌다. 그리고 감격과 눈물, 잔인한 본능과 불가피하게 찾아오는 후회의 감정에 뒤섞인 채 위협적으로 찾아오는 우울증을 피해 조증으로 도망쳤고, 그 과정에서 검은 베일에 싸인 북을 쉴새없이 두드리는 것 같은 매력적인 흥분이 생겨났다. 하지만 그런 발작이 일어나지 않는 시간이나, 무력감을 느끼게 하는 두 약점 사이에서 후회하는 마음이 들 때면 그녀 역시 자기 삶에 쉽게 녹아들기 어려운 존경할 만한 요구들로 가득찼다. 예를 들면 이런 식이다. 사람은 진실하고 선해야 하고, 세상의 모든 불행에 공감하고, 황실을 사랑해야 하고, 존중받아 마땅한 것을 존중해야 하고, 병상을 지킬 때처럼 도덕적으로 자애로워야 한다는 것이다.

물론 이런 요구를 따르지 않았다고 해서 일의 흐름이 바뀌는 것은 아니었다. 어쨌든 보나데아는 자신의 그런 행실에 대한 변명으로, 결혼하고 처음 몇 년이 흐르는 동안 남편이 순진한 자신을 고약한 상태로 몰아넣었다는 이야기를 지어냈다. 그녀의 말에 따르면 나이도 훨씬 많고 체구도 훨씬 큰 남편은 한마디로 무자비한 괴물이었다. 그녀는 새로운 사랑의 초기에 벌써 이 이야기를 울리히에게도 슬픈 어조로 의미심장하게 털어놓았다. 얼마 뒤에야 그는 보나데아의 남편이 명망 높은 법률가라는 사실을 알게 되었다. 법조계 안에서 능력을 인정받고, 순수하게 사냥을 즐기고, 예술과 사랑보다는 남자들의 문제가 대화의 중심이 되는 여러 사냥 애호가 모임과 법률가 모임에서 언제나 환영받는 인물이었다. 가식 없고 선량하고 활력 넘치는 이 남자의 유일한 실수는 지금의 아내와 결혼한 것이었다. 이후 그와 아내는 법률 용어로 '임시 관계'라 불릴 수 있는 그런 관계를 유지할 때가 많았다. 진실한 감정이 아니라 영악한 계산속으로 결혼한 여자가 몇 년 동안 남편을 따름으로써 생긴 심리적 결과는 그녀 속에서 자신이 육체적으로 극도로 민감하다는 착각을 불러일으킨 것이었다. 의식과는 별 상관없는 상상이었다. 주변 환경의 총애를 받는 남편에게 자신을 묶어둔 것은 스스로도 이해할 수 없는 내면의 강요였다. 그녀는 자신의 의지박약 때문에 남편을 경멸했고, 그를 경멸하기에는 스스로가 약하다고 느꼈다. 보나데아는 남편에게서 도망치기 위해 그를 속였고, 전혀 어울리지 않는 순간에 남편과 자식에 대해 이야기했다. 그러나 남편에게서 벗어나는 건 불가능했다. 결국 불행한 많은 여자들처럼 그녀 역시 평소에는 정말 쉽게 흔들리던 삶의 공간 속에서, 단단한 나무처럼 버티고 서 있는 남편에 대한 혐오감을 내면 깊이 품었고, 남편과의 갈등을 핑계로 남편으로부터 자신을 구원해줄 모든 새로운 경험으로 뛰어들었다.

보나데아의 한탄을 멈추게 하려면 가능한 한 빨리 울증 상태를 조증 상태로 바꿔주는 것 말고는 달리 마땅한 방법이 없었다. 그러면 그녀는 자신을 그렇게 만들고 자신의 약점을 이용한 남자를 고결함이라고는 전혀 없는 인간이라고 비난했다. 하지만 그런 그에게 '기울어지면'(이건 인간관계를 과학적 거리 감각으로 묘사하길 좋아하는 그녀의 표현이다) 그녀의 눈엔 축축하고 부드러운 고통의 막이 드리워졌다.

13. 천재적인 경주마가 그에게 특성 없는 남자라는 인식을 무르익게 하다

울리히는 자신의 과학 분야에서 적지 않은 성취를 거두었다고 자부해도 되었고, 이는 결코 본질에서 비켜난 이야기가 아니다. 그의 연구는 인정도 받았다. 물론 경탄까지 바라는 것은 지나친 기대일 것이다. 진리의 제국에서 경탄은 교수학위논문과 교수직의 운명을 결정하는 노교수들에게나 해당되는 것이기 때문이다. 엄밀히 말해서, 울리히는 사람들이 희망이라 부르는 그런 상태에 있었다. 정신의 공화국에서 희망은 곧 공화주의자라 불린다. 그들은 외적 진보에 많은 힘을 쏟는 대신 오직 일 자체에 전력을 다해야 한다고 믿는 사람들이다. 또한 개별적 성취는 보잘것없고 진보가 모든 이의 소망이라는 사실을 잊은 채, 자신이 이룬 성공으로 남들의 출세에 커다란 은혜로 작용할 받침대와 버팀목이 되려면 처음에는 출세지향주의자로 시작할 수밖에 없다는 사회적 의무를 등한시한다.

그런데 어느 날 울리히도 희망이 되고자 하는 것을 포기했다. 당시는 벌써 축구나 권투의 천재들에 대한 말이 나돌기 시작하던 시대였다. 물론 아직은 천재적인 발명가나 테너 가수, 작가가 신문에 열 명 실릴 때 천재적인 센터하프백 선수나 위대한 테니스 선수는 채 한 명도 실리지 않았다. 새로운 정신은 아직 자기 확신이 부족했다. 그런데 바로 그 무렵 울리히는 마치 익어가는 여름의 전조처럼 어디선가 불현듯 '천재적 경주마'라는 단어를 보게 되었다. 세간의 주목을 끌 정도로 엄청난 성공을 거둔 경주마에 대한 기사였다. 기사를 쓴 사람은 아마 시대정신이 그의 펜 속에 불어넣은 이 영감의 위대함을 자각하지 못한 듯했다. 그러나 울리히는 자신이 걸어온 삶과 이 경주마의 천재성 사이에 놓인 불가분의 관계를 단번에 알아차렸다. 말은 예전부터 기병대의 신성한 동물이었다. 병영 시절 울리히는 말과 여자 외에 다른 것에 대해 들어본 적이 거의 없었다. 그랬던 사람이 위대한 인간이 되려고 말에게서 도망쳤다. 그런데 다양한 시도 끝에 그가 이제 추구하던 목표에 가까워졌다는 느낌이 드는 순간, 그를 앞질러갔던 말이 벌써 거기에 도착해서 자신을 맞이하는 듯했다.

이런 생각은 시기적으로도 분명 일리가 있었다. 도덕적 용기와 신념의 힘, 심장과 미덕의 굳건함이 생생하게 살아 숨쉬던 존재를 경탄할 만한 남성적 정신으로 생각하던 게 그리 오래전의 일이 아니기 때문이다. 그 존재는 신속함을 어린아이 같은 것으로, 속임수를 금지된 것으로, 활달함과 감정적 고양을 품위에 반하는 것으로 여겼다. 그러나 이 존재는 더는 살아 있지 않고 김나지움 교사들과 온갖 저술들에서나 볼 수 있을 뿐이다. 이제 그것은 이데올로기적 유령이 되었고, 삶은 남성성의 새로운 상을 찾아 나서야 했다. 그것을 찾아 주위를 두리번거렸을 때 삶은 알게 되었다. 한 독창적인 두뇌가 논리적 사고를 위해 사용하는 방법과 요령이 혹독하게 훈련한 육체의 싸움 기술과 크게 다르지 않다는 것을. 적의 육체적 공격이든 학문적 과제든 공격의 취약한 측면을 찾아내는 과정에서 난관과 이례적인 것을 통해 냉철하고 똑똑해지는 보편적인 정신적 전투력이 있다. 만일 위대한 정신적 인물과 권투 챔피언을 정신공학적으로 분석해보면 영리함과 용기, 정확성, 조합 기술, 그리고 각자의 영역에서 보이는 반응속도는 아마 실제로 똑같을 것이다. 또한 특별한 성공의 원동력이 되는 품성과 능력 면에서도 그들은 짐작건대 유명한 장애물 경주마와 별 차이가 없을 것이다. 왜냐하면 장애물을 풀쩍 뛰어넘는 일에 수많은 주요 특성이 한꺼번에 투입된다는 사실은 결코 과소평가될 수 없기 때문이다. 게다가 말과 권투 챔피언은 그 성취와 가치가 명확히 측정될 수 있고, 또 그를 토대로 최고로 인정된 것이 실제로 최고라는 점에서 위대한 정신보다 앞선다. 이것이 바로 스포츠와 성과에 따른 객관적 기준이 천재성과 인간적 위대함에 대한 진부한 개념들을 몰아내는 데 앞장서야 할 합당한 이유다.

울리히와 관련해서는, 심지어 그가 이 문제에서 시대를 몇 년 앞서갔다고 말할 수 있다. 그는 1센티미터 혹은 1킬로그램씩 승리의 기록을 갱신해나가는 방식으로 과학 연구를 해나갔기 때문이다. 그의 정신은 스스로 날카롭고 강하다고 증명했고, 강자의 성취를 일구어냈다. 이런 식으로 정신의 힘을 즐기는 것은 기대이자, 전사적 유희이자, 일종의 불확실한 미래에 대한 군주적 요구였다. 물론 끝에 가서 이 힘으로 무엇을 이룰지는 그 자신도 명확히 알 수 없었다. 그 힘으로 무엇이든 해낼 수도, 아무것도 못할 수도 있었다. 또한 세계의 구세주가 될 수도, 범죄자가 될 수도 있었다. 기계와 발견의 세계에 늘 새로운 영양을 공급하는 정신의 상황도 대체로 그렇게 설명할 수 있다. 울리히는 과학 연구를 준비이자 단련이자 일종의 훈련으로 여겼다. 만일 이 사고가 너무 메마르고 날카롭고 협소하고 전망 없는 것으로 드러나면, 마치 육체와 의지가 전력을 다할 때 얼굴에 떠오르는 결핍과 긴장의 표정처럼 감수할 수밖에 없었다. 그는 지난 몇 년 동안 정신적 결핍을 사랑했고, 니체의 표현에 따르면 "진리를 위해 영혼의 허기로 괴로워하지" 않는 인간들을 혐오했다. 이런 인간들은 의미 없는 넋두리로 자신의 영혼을 위로하고, 오성이 영혼에 이른바 빵 대신 돌을 안겨주기 때문에 우유에 푹 적신 눅눅한 빵 같은 종교적 철학적 문학적 감정으로 영혼에 양분을 공급하는 겁쟁이와 전향자, 그리고 유약한 이들이다. 그의 견해는 이랬다. 현세기 인간들은 모든 인간적인 것과 함께 탐험에 나서고 있고, 자부심으로 인해 모든 쓸데없는 질문에 "아직은 아니다"라고 당당하게 대답하면서, 과도기적 원칙에 의지하면서도 후대인들이 언젠가는 도달할 목표를 의식하며 삶을 꾸려가고 있다는 것이다. 변하지 않는 진실은, 과학이 견고하고 냉철한 정신적 힘이라는 개념을 발전시켰다는 사실이다. 이 개념은 인류의 오래된 형이상학적 도덕적 관념들을 도저히 참을 수 없는 것으로 만들어버렸다. 물론 그 개념 또한 형이상학적 관념을 대신해서, 먼 훗날 정신의 지배자가 될 종족이 풍성한 영혼의 골짜기로 내려올 거라는 희망밖에 제시하지 못했지만 말이다.

그러나 이런 생각도 예언자적 먼 미래에서 가까운 현재로 시각을 돌리라고 강요받지 않고, 그사이 경주마가 천재가 되었다는 기사를 읽는 동안에만 유지될 뿐이었다. 이튿날 아침 울리히는 왼발로 일어나서 오른발로 망설이듯 실내화를 찾았다. 그가 지금, 그러니까 불과 몇 주 전부터 사는 곳과는 다른 도시의 다른 거리에서였다. 창문 아래 반짝거리는 갈색 아스팔트 위로 벌써 자동차들이 질주했고, 아침의 맑은 공기 속으로 시큼한 낮의 냄새가 들이차기 시작했다. 그런데 커튼 사이로 들어오는 우윳빛 햇살 아래 평소처럼 알몸을 앞뒤로 구부리고 복부 근육을 이용해서 윗몸일으키기를 한 뒤 마지막으로 펀칭볼을 빠른 속도로 가격하는 것이 문득 형언할 수 없을 정도로 터무니없게 느껴졌다. 많은 사람이 출근하기 전 같은 시간에 그런 행동을 했는데, 의식하며 살아가는 삶의 12분의 1에 해당하는 매일 이 한 시간은 단련된 몸을 불의의 모험에 대비한 표범의 상태로 만들기에 충분했다. 하지만 그 시간은 의미 없는 기대의 제물에 불과하다. 그런 대비를 가치 있게 만들 만한 모험은 결코 일어나지 않기 때문이다. 그것은 사랑도 마찬가지다. 엄청난 열정으로 대비한다고 해서 사랑은 찾아오지 않는다. 결국 울리히는 과학에서도 자신이 목표는 보이지 않는데 산봉우리만 연이어 타고 올라가는 사람과 비슷하다는 것을 깨달았다. 물론 처음에는 새로운 방식으로 사고하고 느끼는 것에 매료되었다. 그러던 것이 점차 세세한 것들이 덧붙여지기 시작하면서 처음의 그 강렬했던 새로움은 사라져버렸다. 그는 지금껏 삶의 샘에서 물을 길어왔다고 믿었고, 그렇다면 이제는 거의 모든 기대를 다 마셔버렸다는 기분이 들었다. 그 무렵 그는 한창 진행중이던 유망하고 중요한 연구에서 손을 뗐다. 그의 눈에 동료 학자들은 한편으론 논리학에 매몰된 외골수 검사나 비밀정보부 수장처럼 비쳤고, 다른 한편으론 숫자와 추상적 관계의 환영 속에서 살아가는, 이상하게 창백한 마약을 먹는 사람들로 비치기도 했다. 그는 생각했다. '단언컨대 나는 수학자로 살고자 했던 의도가 처음부터 없었던 게 아닐까?'

그렇다면 그가 본디 가졌던 의도는 무엇일까? 이 순간 그는 철학으로 방향을 틀 수도 있었다. 그러나 당시 철학이 처한 상황은, 실제로 왕국 전체를 두를 수 있을지 불확실한데도 황소 가죽을 계속 길게 자르기만 하는 디도의 이야기를 연상시킬 뿐이었다. 철학에서 새롭게 추구하는 것은 울리히 자신이 지금 추진하는 것과 방식은 비슷했지만, 그를 유혹하기에는 역부족이었다. 다만 그는 이렇게 말할 수 있었다. 자신이 원래 되고자 했던 것에서 어릴 때보다 더 멀어지는 것 같다고. 자신이 원한 게 무엇인지 전혀 모르는 게 아니라면 말이다. 그는 자신에게 불필요한 돈 버는 능력만 제외하면, 당시 사회에서 환영받을 모든 능력과 특성이 자기 안에 있음을 예리하게 알아보았다. 하지만 그런 능력을 사용할 기회가 없었다. 축구선수와 말에 천재적이라는 수식어가 붙는 시대라면 자신이 가진 천재성을 사용하는 것만이 인간적 고유성을 지키는 유일한 길이기에 그는 자기 능력을 적절히 사용할 곳을 찾기 위해 삶으로부터 일 년 동안 휴가를 내기로 결심했다.

14. 어릴 적 친구들

귀향 이후 울리히는 친구인 발터와 클라리세의 집을 벌써 몇 번 들렀다. 몇 년 동안 얼굴을 보지 못했고, 여름인데도 두 친구가 여행을 떠나지 않았기 때문이다. 그가 들어갈 때마다 두 친구는 피아노를 치고 있었고, 곡이 끝나기 전에는 그가 왔다는 사실을 알아차리지 못하는 걸 아주 당연시했다. 이번에 그들이 연주한 곡은 베토벤의 〈환희의 송가〉였다. 니체의 표현처럼 무수한 존재가 전율하며 먼지 속으로 가라앉고, 적대적인 경계가 무너지고, 세상의 조화를 알리는 복음이 갈라진 자들을 화해시키고 하나로 묶었다. 피아노를 치는 두 사람은 걷고 말하는 것도 잊고, 너울너울 춤을 추듯 공중으로 날아가는 중이었다. 얼굴은 상기되었고, 몸은 활처럼 굽었으며, 머리는 발작처럼 격하게 위아래로 움직였다. 잔뜩 세운 발톱이 곤두선 소리 덩어리의 살점을 파고들었다. 무언가 깊이를 헤아릴 수 없는 일이 일어났다. 경계가 모호하고 뜨거운 감각으로 가득찬 거품 하나가 터질 듯 부풀어올랐고, 흥분한 손가락 끝과 긴장된 이마 주름, 그리고 몸의 경련에서 나온 새로운 감정이 줄곧 엄청난 격정의 소용돌이 속으로 방출되었다. 그들에게 이런 일은 얼마나 자주 있었을까?

울리히는 항상 뚜껑이 열린 채 사납게 이를 드러낸 피아노를 견딜 수가 없었다. 그것은 닥스훈트와 불도그를 교배시켜 주둥이가 뭉툭하고 다리가 짧은, 그 친구들이 우상처럼 떠받들며 사는 그 집 개와 벽에 걸린 그림들, 그리고 예술품 흉내만 낸 조악한 디자인의 가구들에 대해서도 마찬가지였다. 심지어 집에 하녀 하나 없이, 일하는 아줌마가 요리와 청소를 하러 매일 집에 들락거리는 것도 견디기 어려웠다. 이 집 창문 뒤로는 오래된 나무와 비스듬한 집들이 모여 있는 포도밭이 산 위로 활처럼 굽은 숲과 연결되어 있었다. 근처에 있는 것들은 대도시의 경계가 점점 시골로 파고드는 곳이 다 그렇듯 어수선하고 헐벗고 부식되어 있었다. 그런 근경과 사랑스러운 원경 사이로 그 악기가 팽팽하게 선율의 아치를 그려냈다. 악기는 검게 반짝거리면서 부드러움과 영웅주의의 불기둥들을 벽으로 방사했다. 비록 그 불기둥들은 몹시 고운 소리의 재로 바스러져 수백 걸음도 못 가 추락하고 말았지만. 거리로 따지면 숲으로 이어진 길의 중간 지점쯤 선술집이 있는 소나무 언덕에도 미치지 못했다. 그러나 피아노 소리는 집안을 쩌렁쩌렁 울렸다. 영혼이 우주를 향해 절규하는 확성기나 다름없었다. 수천 마리의 다른 경쟁자들이 똑같이 우주를 향해 울어대는 고독한 절규만이 응답으로 돌아오는 발정난 수사슴의 울부짖음 같다고 할까? 이 집에서 울리히가 강자의 위치에 설 수 있었던 것은 그가 음악을, 의지를 무력화하고 정신을 녹초로 만드는 것으로 규정하면서 평소 생각보다 더 하찮게 음악에 대해 이야기했기 때문이다. 그 당시 발터와 클라리세에게 음악은 최고의 희망이자 불안이었다. 그래서 그들은 울리히를 한편으론 경멸하면서 다른 한편으론 마치 악령처럼 경배했다.

연주가 끝나자 발터는 피아노 앞에 의자를 반쯤 돌리고 앉아 멍하니 힘없이 늘어져 있었다. 그러나 클라리세는 자리에서 일어나 불청객에게 활기차게 인사했다. 그녀의 손과 얼굴에서는 연주의 여운이 정전기처럼 남아 움찔거렸고, 입가에는 감동과 역겨움의 긴장 사이로 미소가 비집고 나왔다.

"개구리 왕자!" 그녀는 이렇게 말하더니 고갯짓으로 자기 뒤를 가리켰다. 음악 아니면 발터를 의미하는 듯했다. 울리히는 자신과 클라리세를 잇는 끈에 탄력이 붙어 다시 팽팽해지는 것을 느꼈다. 지난번에 찾아왔을 때 그녀는 끔찍한 꿈 이야기를 들려주었다. 한 미끌미끌한 생물이, 그러니까 배가 불룩하고 물렁물렁하고 부드러우면서도 소름 끼치는 뭔가가 잠든 그녀를 힘으로 제압하려 했다는 것이다. 그 거대한 개구리는 발터의 음악을 의미했다. 두 친구는 울리히에게 숨기는 게 많지 않았다. 클라리세는 인사가 끝나자마자 곧장 등을 돌려 재빨리 발터에게 돌아가더니 다시 한번 "개구리 왕자"라고 말했다. 발터는 이 말을 이해하지 못하는 듯했다. 그녀는 음악의 여운으로 실룩거리는 두 손으로 남편의 머리카락을 홱 잡아챘다. 괴로우면서도 가학적인 몸짓이었다. 남편은 사랑스러우면서도 어리둥절한 표정을 짓더니 음악의 미끌미끌한 공허에서 한 걸음 더 빠져나왔다.

곧이어 클라리세와 울리히는 발터만 남겨두고 비스듬히 내리쬐는 저녁 햇빛을 받으며 산책에 나섰다. 발터는 피아노 앞에 남았다. 클라리세가 말했다. "해로운 것을 스스로 금지하는 것은 생명력이 있다는 증거예요! 해로운 건 기진맥진한 사람을 홀려요! 당신 생각은 어때요? 니체는 예술가가 예술의 도덕적인 면에 너무 집착하는 건 약점의 표현이라고 했는데." 그녀는 야트막한 언덕에 앉았다.

울리히는 어깨를 으쓱했다. 삼 년 전 클라리세가 자신의 어릴 적 친구와 결혼했을 때 그녀는 스물두 살이었다. 결혼식 때 그녀에게 니체의 작품을 선물한 게 바로 울리히였다. "내가 만일 발터라면 니체에게 결투를 신청했을 거야." 울리히가 웃으면서 대답했다.

옷 아래 부드러운 곡선을 그리던 클라리세의 날씬한 등이 활처럼 팽팽해졌다. 얼굴에서도 팽팽한 긴장감이 느껴졌다. 그녀는 불안스레 울리히의 얼굴에서 고개를 돌렸다.

"당신은 여전히 소녀 같아. 동시에 영웅 같기도 하고……" 울리히가 덧붙였다. 이것은 질문이면서 질문이 아니었고, 어느 정도는 농이면서 어느 정도는 애정이 깃든 경탄이었다. 클라리세는 울리히의 말을 완전히 알아듣지는 못했지만, 그가 전에도 입 밖에 낸 적이 있는 이 두 마디 말은 마치 초가지붕에 꽂힌 불화살처럼 가슴 깊숙이 꽂혔다.

이따금 거칠게 휘몰아치는 음의 물결이 그들이 있는 곳까지 밀려왔다. 울리히는 그녀가 몇 주 동안 발터를 거부했음을 알고 있었다. 그가 바그너를 연주했기 때문이다. 그럼에도 발터는 바그너를 계속 연주했다. 양심의 가책을 느끼면서. 소년 시절의 비행非行처럼.

클라리세는 이런 부분을 울리히가 얼마나 알고 있는지 물어보고 싶었다. 발터는 무엇이든 속에 담아놓지 못하는 성격이니까. 하지만 묻는 것이 창피했다. 울리히가 이제 그녀 옆에 자리를 잡고 앉자 클라리세는 전혀 다른 이야기를 꺼냈다. "당신은 발터한테 관심이 없어. 발터의 친구가 아니라고요." 도전적으로 들렸다. 웃으면서 한 말이지만.

울리히는 의외의 답을 했다. "우린 사실 어릴 적 친구야. 어릴 적 우정이 끝나가는 게 확실해질 무렵 클라리세 당신은 아직 어린아이였어. 오래전 우리는 서로에게 경탄을 아끼지 않았지만, 지금은 서로를 불신하고 있지. 물론 그것까지도 속으로는 다 알고 있어. 우리는 한때 상대를 자기 자신과 혼동했던 난처한 감정에서 벗어나고 싶었어. 우린 서로를 솔직하게 비춰주는 뒤틀린 거울 같은 존재니까."

"그럼 당신은 발터가 앞으로 뭔가를 성취할 거라고 생각하지 않는 거죠?"

"재능 있는 청년이 운명의 타격을 받은 것도 아닌데 단지 오그라들었다는 숙명적인 느낌 때문에 자신을 평범한 노인 안에 가둔다면 거기서 빠져나오기란 불가능하겠지."

클라리세는 입술을 굳게 다물었다. 확신이 배려보다 앞선다는, 어렸을 때부터 이어진 그들 사이의 오래된 합의가 그녀의 가슴을 강하게 짓눌렀다. 가슴이 아팠다. 음악! 계속해서 선율이 어지럽게 들려왔다. 그녀는 그쪽으로 귀를 기울였다. 대화가 끊긴 지금 이 순간에는 피아노의 들끓는 소리가 더욱 또렷이 들렸다. 귀기울여 듣지 않는 한 그 소리는 마치 이 야트막한 언덕에서 '활활 타오르는 불꽃'* 같았다.

발터가 정말 어떤 사람인지 말하기는 어려울 것이다. 그는 눈으로 많은 것을 말할 줄 아는 매력적인 남자였는데, 그것은 서른네 살이 넘은 지금도 변함이 없었다. 그런 그가 얼마 전부터 예술과 관련된 어느

* Waberlohe. 게르만 전설에서 발퀴레가 마법에 걸려 잠들어 있는 성 주위를 에워싼 마법의 불꽃을 비유한다. 바그너의 오페라 〈니벨룽겐의 반지〉에도 나온다.

관청으로 출근했다. 이런 안정적인 공무원 자리를 마련해준 사람은 그의 아버지였다. 만일 그 자리를 받아들이지 않으면 경제적 지원을 끊을 거라고 아들을 협박해서 성사시킨 일이었다. 발터는 원래 화가였다. 대학에서 미술사를 전공한 뒤 국립아카데미 회화반에서 일했고, 나중에는 한동안 아틀리에에서 지내기도 했다. 클라리세와 결혼하고 얼마 안 지나 둘이 함께 이 집으로 이사왔을 때도 그는 화가였다. 하지만 지금은 보아하니 다시 음악가가 되었다. 사랑에 빠진 십 년 동안 그는 어떤 때는 화가였고, 어떤 때는 음악가였다. 심지어 문학잡지를 발행한 시인이었던 적도 있었다. 그는 결혼하려고 연극 관련 회사에 취직했다가 몇 주 뒤 그만두었고, 또 얼마 뒤에는 결혼하려고 극단 악장이 되었다가 반년 뒤 도저히 할 수 없는 일이라는 것을 간파하고 미술교사와 음악평론가, 은둔자를 비롯해 여러 직업을 전전했다. 상황이 이렇다보니 아버지와 미래의 장인이 아무리 마음이 넓다고 해도 더는 참을 수가 없었다. 이럴 경우 나이든 어른들은 보통 젊은 사람이 의지가 약해서 그렇다고 말하곤 한다. 하지만 그런 주장만큼이나 발터에게 다방면으로 아마추어적 재능이 있어서 그렇다는 주장도 가능하다. 그런데 희한하게도 음악에서건 회화에서건, 혹은 글쓰기에서건 항상 발터의 미래에 대해 열광적인 전망을 내놓는 전문가들이 꾸준히 있었다. 정반대의 예시가 울리히였다. 그는 지금껏 살아오면서 결코 부정할 수 없는 몇몇 귀중한 성과를 일구어냈음에도 누군가 찾아와, 당신은 제가 늘 찾아다니고 제 친구들이 기다려온 분입니다, 하고 말한 경우는 한 번도 없었다. 반면에 발터의 삶에서는 그런 일이 삼 개월꼴로 있었다. 게다가 그들은 가장 권위 있는 평가자는 아니더라도 어느 정도의 영향력과 도모

하는 프로젝트가 있고, 또 장밋빛 전망이나 일자리, 우정, 후원을 제공할 능력이 있는 사람들이었다. 그래서 자기들 눈에 띈 발터에게 여러 제안을 함으로써 발터의 인생도 지그재그로 나아갈 수밖에 없었다. 그의 머리 위에는 특정한 성취 이상의 의미를 담은 무언가가 둥둥 떠 있었다. 그것도 어쩌면 큰 재능으로 간주해도 될 특별한 재능일지 모른다. 그게 만일 아마추어리즘이라면 독일 민족의 정신적 삶은 대부분 이 아마추어리즘에 근거하고 있다. 정도의 차이는 있지만 그런 재능은 누구에게나 나타나기 때문이다. 다만 정말 뛰어난 재능을 가진 사람에게나 대개 아마추어리즘이 없다고 할 수 있다.

심지어 발터에게는 이 모든 것을 꿰뚫어보는 재능도 있었다. 그는 누구나 그렇듯, 자신의 성공을 개인적 성취로 받아들일 준비가 되어 있었음에도 자신을 그렇게 쉽게 위로 이끌어준 운좋은 특전이 일종의 함량 부족처럼 느껴져 불안에 떨었다. 또한 그가 번번이 일과 인간관계를 바꾼 것도 단순히 불안정성 때문이 아니라 자신이 선택한 길에서 기만적인 조짐이 생기면 뿌리를 내리기 전에 감각의 순수성을 지키기 위해 계속 방황해야 한다는 내적 갈등과 두려움 탓이 컸다. 그의 인생 행로는 충격적인 체험의 연속이었다. 모든 어중간한 것에 반기를 들면서, 그게 자신을 위한 것임을 전혀 모르는 한 영혼의 영웅적 투쟁도 그런 체험들에서 시작되었다. 이유는 분명했다. 천재라면 겪는 일이지만, 그가 정신적 행위의 도덕으로 괴로워하고 발버둥치는 동안, 그리고 위대한 것에 미치지 못하는 재능에 전력을 쏟는 동안 그의 운명이 조용히 내면적으로 순환하는 가운데 그를 다시 무無로 데려갔기 때문이다. 그러다 마침내 그는 어떤 것도 더는 자신을 방해하지 않는 자리에 도달했다. 미술 시장의 온갖 추잡한 것으로부터 자유롭고 조용히 숨어 지낼 수 있는, 어느 정도 먹물 냄새가 나는 그 자리는 내면의 소리에 귀기울일 시간과 독립적인 여건을 마련해주었다. 또한 연인을 얻은 것은 가슴에 박힌 가시를 뽑아주었고, 결혼 후 아내와 함께 들어간 '고독의 언저리'에 위치한 집은 마치 창조 행위를 위해 만들어진 듯했다. 그런데 이겨내야 할 것이 아무것도 남지 않게 되었을 때 뜻밖의 일이 벌어졌다. 그렇게 오랫동안 내면 깊숙이 믿어온 작품이 나오지 않는 것이다. 발터는 더는 작업을 할 수 없는 듯했다. 오직 남들의 시선을 피하고, 파괴하는 작업에 몰두했다. 매일 아침이나 퇴근 뒤 몇 시간 동안 집안에 틀어박혀 나오지 않았고, 어떤 때는 스케치북을 들고 몇 시간씩 산책을 나갔다가 별 성과 없이 돌아왔으며, 혹시 그린 것이 있다고 해도 숨기거나 찢어버렸다. 그가 이렇게 된 이유는 무수히 많았다. 어쨌든 전체적으로 보면 이 시기에는 가치관까지 눈에 띄게 바뀌기 시작했다. 그는 더는 '시대적 예술'이나 '미래 예술'처럼 클라리세가 열다섯 살 때부터 그와 연결해서 생각해온 관념들을 입에 담지 않았을 뿐 아니라 어느 지점에서 선도 명확히 그어버렸다. 가령 음악에서는 바흐, 문학에서는 슈티프터, 회화에서는 앵그르에서 최종적인 선을 긋고는, 이후에 나온 모든 것들을 과장되고 변질되고 극단적이고 타락한 것으로 선포했다. 심지어 현재처럼 정신적 뿌리가 오염된 시대에는 창조의 순수한 재능이 모두 포기될 수밖에 없다는 주장도 점점 강하게 내뱉었다. 그러나 입으로는 그런 엄정한 의견을 쏟아내면서도 정작 방에 틀어박혀 있을 때 바그너의 음악이 점점 더 빈번하게 흘러나오는 것을 보면 실제 마음은 그게 아님을 엿볼 수 있었다. 바그너는 그가 클라리세에게 속물적으로 과장되고 변질된 시대의 표본이라며 경멸하도록 가르친 음악인데, 그런 사람이 이제는 마치 걸쭉하게 담근, 이성을 마비시키는 진한 술 같은 그 음악에 푹 빠져 있었다.

클라리세는 그에 저항했다. 그녀는 벨벳 재킷과 베레모 때문에라도 바그너가 싫었다. 무대 설계 분야에서 세계적으로 유명한 화가의 딸이었던 클라리세는 어린 시절에 주로 무대배경과 페인트 냄새로 이루어진 한 왕국, 즉 연극과 오페라와 아틀리에라는 상이한 세 가지 예술 영역에 휩싸여 살았다. 주위는 온통 벨벳, 카펫, 천재, 표범 가죽, 잡동사니, 공작 깃털, 갖가지 함, 류트 천지였다. 그래서 그녀는 예술의 모든 환락을 가슴 깊이 혐오했고, 대신 건조하고 엄격한 것에 끌렸다. 새로운 무조음악의 메타기하학이든, 근육 표본처럼 가죽을 벗긴, 고전 형식의 명확한 의지든 상관없었다. 이런 생각에 사로잡힌 처녀에게 새로운 복음을 전해준 사람이 발터였다. 그녀는 그를 "빛의 왕자"라 불렀다. 그녀가 아직 어렸을 때부터 두 사람은 발터가 왕이 되기 전까지는 결혼하지 않기로 맹세했다. 그가 겪은 수많은 변화와 굴곡은 헤아릴 수 없이 고통스러우면서 동시에 황홀한 이야기였고, 그 과정에서 얻게 될 전리품은 바로 그녀였다. 클라리세는 발터만큼 재능이 없었고, 자신도 그것을 항상 느끼고 있었다. 하지만 천재를 의지의 문제라고 생각했다. 그녀는 격정적 에너지로 음악 수업에서 배운 것을 체득하는 방법을 찾아 헤맸다. 그녀가 전혀 음악적인 사람이 아니라는 것도 불가능한 얘기는 아니었다. 그러나 그녀에게는 피아노를 힘차게 두드릴 열 손가락과 결연함이 있었다. 그녀는 며칠씩 내리 연습하면서 열 손가락을 마치 엄청나게 무거운 것을 바닥에서 홱 들어올려야 하는 깡마른 황소 열 마리처럼 몰아붙였다. 회화 영역에서도 비슷했다. 그녀는 열다섯 살 때부터 발터를 천재로 여겼다. 오직 천재하고만 결혼할 생각이었기 때문이다. 그래서 그가 천재가 되지 않는 것을 용납하지 않았다. 그리고 그의 좌절을 알아차렸을 때 자기 삶에서 일어나는 질식할 듯하고 느릿느릿한 이 변화에 거칠게 저항했다. 하지만 그때 발터에게 정말 필요한 것은 인간적인 따뜻함이었을 것이다. 그는 무기력함으로 가슴이 터질 것 같으면 졸리거나 배가 고파 안달하는 아이처럼 그녀의 품을 파고들었다. 그러나 클라리세의 작고 신경질적인 몸은 결코 엄마처럼 자상하지 않았다. 자신의 몸속에 둥지를 틀고 살려는 기생충이 자신을 학대하는 것처럼 느껴졌다. 그래서 남편을 거부했다. 또한 위안을 찾으려고 수증기 자욱한 따뜻한 세탁실로 숨어들어가는 남편을 비웃었다. 그건 잔인하다고도 할 수 있었다. 하지만 위대한 남자의 반려자가 되고자 하는 그녀에게는 운명과의 처절한 싸움이기도 했다.

울리히는 클라리세에게 담배를 권했다. 자신의 생각을 인정사정없이 다 말하고 난 지금 무슨 할말이 더 남았겠는가? 석양빛을 쫓던 둘의 담배 연기가 얼마 떨어지지 않은 곳에서 하나로 합쳐졌다.

클라리세는 언덕에 앉아 생각했다. '울리히는 이런 것들에 대해 얼마나 알고 있을까? 아니, 이런 싸움에 대해 이해는 할까!' 문득 그녀는 음악과 육욕의 고통이 발터를 짓누르고 그녀의 저항이 그에게 어떤 출구도 마련해주지 않을 때 죽음에 가까울 정도로 괴롭게 일그러지던 그의 얼굴이 떠올랐다. '그래, 울리히는 모를 거야. 사랑과 경멸, 두려움, 천재에 대한 의무를 토대로 구축된, 히말라야만큼 높은 이 기괴한 사랑 게임을 울리히가 알 리 없어!' 그녀는 수학을 별로 좋게 생각하지 않았을 뿐 아니라 울리히를 남편만큼 재능 있는 사람으로 여긴 적도 없었다. 물론 울리히는 영리하고 논리적이고 아는 것이 많았다. 하지만 그게 야만성보다 뭐가 더 나을까? 그런데 울리히는 예전에 발터와 비교가 안 될 정도로 테니스를 잘 쳤다. 그의 무지막지한 스매싱을 받다보면 발터의 그림이나 음악, 사유에서는 한 번도 느끼지 못했던 것, 즉 울리히는 자신이 원하는 것을 이루게 되리라는 강한 예감을 느낀 것이 사실이었다. '그래, 어쩌면 울리히는 우리에 대해 전부 알고 있으면서 아무 말도 안 하는 것인지 몰라!' 게다가 지금 생각해보니 그는 조금 전에 그녀가 영웅적이라느니 어쩌니 하면서 대놓고 비꼬지 않았던가! 이제 둘 사이의 침묵은 끊어질 듯 팽팽해졌다.

울리히의 머릿속에서는 이런 생각이 스쳐가고 있었다. '십 년 전만 해도 클라리세는 퍽 다정한 소녀였어. 우리 셋의 미래에 대한 믿음으로 활활 타오르는 불덩어리였지.' 그런 그녀가 울리히에게 딱 한 번 불편하게 느껴졌던 적이 있었다. 발터와 결혼할 때였다. 당시 그녀는 남편에 대한 야심만만한 사랑에 빠진 젊은 여자들이 자주 그러듯 다른 남자들은 견디기 어려워하는 둘만의 불쾌한 이기심을 보여주었다. '그런 면은 이제 훨씬 나아졌어.' 울리히는 생각했다.

15. 정신 혁명

발터와 그는 지금은 잊힌 지난 세기말 직후에는 젊었었다. 물론 지난 세기 자체가 젊다고 생각한 사람들이 많았다.

무덤 속으로 들어간 그 세기는 특별히 후반기에 두각을 나타냈다고 할 수 없었다. 그 세기는 기술과 상업, 연구 면에서는 똑똑했지만, 자기 에너지의 중심 밖에서는 늪처럼 조용하고 기만적이었다. 그림은 고대인들처럼 그렸고, 시는 괴테와 실러처럼 지었으며, 집은 고딕과 르네상스 양식으로 지었다. 또한 이상에 대한 요구가 경찰의 지휘 체계처럼 삶의 모든 표현을 지배했다. 그러나 과장과 연결되지 않고는 어떤 모방도 허락하지 않는 그 비밀스러운 법칙 덕분에 당시에는 모든 것이 경탄스러운 모범들조차 도달하지 못할 전문적인 수준으로 만들어졌다. 그 흔적은 오늘날에도 길거리나 박물관에서 찾아볼 수 있고, 또 그와 관련이 있는지 없는지는 몰라도, 당시 순결한 여성이고 정숙한 여성이고 할 것 없이 모두 귀에서 바닥까지 내려오면서도 봉긋한 가슴과 풍만한 엉덩이 곡선을 그대로 살리는 옷을 입었다. 어쨌거나 사람들은 갖가지 이유에서 이미 지나간 시대에 대해 아는 게 별로 없었다. 마치 아들의 스무 살과 아버지의 스무 살 사이에 놓인 삼십에서 오십 년 사이의 공백기처럼 말이다. 그런 까닭에 나쁜 시절에 최악의 집과 시詩들이 최고의 시절과 똑같이 아름다운 원칙에 따라 만들어진다는 사실을 상기하는 것은 유익할 수 있다. 앞서간 좋은 시기의 성취들을 파괴하는 일에 관여한 모든 사람이 실은 과거의 성취를 개선하고 있다는 느낌을 갖고 있었던 것도 마찬가지고, 또 그런 시대의 열정 없는 젊은이들이 다른 모든 시대의 새로운 인간들과 똑같이 자신들의 젊은 피에 상당한 자부심을 갖고 있었다는 사실을 상기시키는 것 또한 마찬가지다.

착 가라앉은 그런 시대 뒤에 갑자기 영혼의 작은 비상이 찾아오는 것은 매번 기적이나 다름없다. 그 당시도 그랬다. 19세기의 마지막 이십 년을 달군, 기름처럼 미끈한 정신에서 불현듯 전 유럽에 모종의 열병이 들불처럼 번지기 시작했다. 누구도 그 열병이 앞으로 무엇이 될지 정확히 몰랐고, 누구도 그것이 새로운 예술과 새로운 인간, 새로운 도덕, 혹은 사회적 변혁으로 이어질지 자신 있게 말할 수 없었다. 때문에 각자 자신한테 유리한 이야기만 했다. 그런데 곳곳에서 사람들이 옛것에 맞서 싸우기 위해 일어났고, 여기저기서 갑자기 제때 필요한 남자가 나타났다. 여기서 중요한 것은 행동력을 갖춘 현실적 남자들이 정신적으로 진취적인 사람들을 만났다는 사실이다. 예전에는 질식당했거나 공적 영역에 감히 진출하지 못했던 재능들이 발전하기 시작했다. 그 재능들은 굉장히 다양했고, 재능의 목표들은 극복할 수 없는 모순들로 서로 대립했다. 초인을 흠모하는 동시에 열등한 인간을 사랑했고, 건강과 태양을 숭배하는 동시에 폐병에 걸린 소녀의 연약함을 찬양했으며, 영웅 숭배에 열광하면서도 범인들을 향한 사회적 믿음에 환호했다. 사람들은 신앙심이 강하면서도 회의적이었고, 자연주의를 지향하면서도 인위적이었으며, 굳건하면서도 병약했다. 또한 옛 성의 가로숫길과 가을 정원, 유리처럼 맑은 연못, 보석, 해시시, 질병, 신들림을 꿈꾸는 동시에 대초원과 압도적인 지평선, 단조 공장과 압연 공장, 벌거벗은 투사들, 노동 노예들의 봉기, 원초적인 남녀 쌍, 사회의 파괴를 동경했다. 이는 모순이자 지극히 다양한 전투 구호나 다름없었다. 하지만 거기에는 공통의 호흡이 있었다. 만일 그 시대를 해부해보았다면 목조 철로 만든 모난 원처럼 말도 안 되는 것이 나왔을 것이다. 그러나 현실에서는 모든 게 하나의 모호한 의미로 용해되었다. 세기 전환기의 마술적인 시기에 구현된 이런 환상은 어찌나 강했던지, 어떤 사람은 아직 살아보지 못한 새로운 세기를 향해 환호성을 올리며 달려갔고, 어떤 사람은 어차피 다시 나오게 될 집으로 들어가듯 옛 세기 속으로 서둘러 걸어갔다. 이 둘이 서로 무척 다른 행동 방식임을 전혀 느끼지 못하면서 말이다.

따라서 내키지 않으면 지나간 그 '운동'을 굳이 과대평가할 필요는 없다. 어차피 그 운동은 대중에게 영향을 끼치지 못했고, 수시로 변하는 소수 지식인 계층에서만 일어났다. 온갖 차이에도 불구하고 굳건한 세계관으로 무장한 채 다행히 오늘날 다시 위로 올라간 인간들에 의해 한목소리로 경멸당하는 지식인들에게서 말이다. 하지만 그게 비록 역사적 사건이 되지는 못했더라도 하나의 작은 사건이었음은 분명했고, 두 친구 발터와 울리히도 젊었을 때 그 사건을 어렴풋이 체험했다. 당시에는 마치 바람 한 점에 많은 나무가 휘어지듯 믿음의 혼돈 사이로 무언가가 지나갔다. 이단의 정신과 개선의 정신, 출발과 각성에 대한 신성한 통찰, 그리고 최고의 시대에만 나타나는 작은 부활과 종교개혁이 그런 것들이었다. 만일 당시의 세계 속으로 다시 걸어들어갈 수만 있다면 거리의 첫 모퉁이를 돌자마자 그런 정신의 숨결이 뺨에 와닿는 것을 느낄 것이다.

16. 비밀스러운 시대병

다시 혼자가 되었을 때 울리히는 이런 생각을 했다. 정말 얼마 전까지만 해도 그들 두 사람은 희한하게 다른 사람들보다 먼저, 그것도 항상 동시에 위대한 인식이 떠오르는 청년들이었다. 그래서 한 사람이 새로운 무언가를 말하려고 입을 열면 그것만으로도 다른 사람은 벌써 똑같은 생각을 하고 있음을 깨달았다. 청소년기의 우정에는 무언가 특이한 것이 있었다. 멋진 어른 새의 미래를 벌써 알의 노른자에서 느끼면서도 아직 세상을 향해 내놓을 것이라고는 다른 것과 전혀 구별되지 않는 개성 없는 곡선밖에 없는 알과 같았다. 울리히는 세상 속으로 몇 주간 첫 유람을 다녀왔을 때 둘이 예전에 교류했던 발터의 소년 시절과 대학 시절의 방이 떠올랐다. 그림과 메모, 악보로 뒤덮인, 한 유명한 남자의 찬란한 미래를 비춰주는 듯한 발터의 책상, 그리고 맞은편의 날씬한 서가. 발터는 이따금 기둥에 묶인 성 세바스티아누스처럼 서가 앞에 꼿꼿이 서 있었는데, 그럴 때면 울리히는 전등빛에 비친 그의 아름다운 머리카락을 보며 속으로 감탄을 터뜨리곤 했다. 그들은 니체든, 알텐베르크든, 도스토옙스키든 방금 어떤 책을 읽었든지 간에 일단 대화가 시작되면 그 책들을 다시 꽂으러 가는 동안의 짧은 중단도 견디지 못해 책을 그냥 바닥이나 침대 위에 놓아두고 대화를 이어갔다. 울리히는 문득 위대한 정신들도 내키는 대로 꺼내 쓰곤 했던 청춘의 자만심이 이 순간 이상하게도 사랑스럽게 느껴졌다. 그는 당시의 대화들도 기억해내려고 했다. 대화들은 마치 깨어나서도 아직 잠들었을 때의 마지막 생각을 붙잡으려는 꿈과 비슷했다. 그는 약간 놀라며 생각했다. 당시 우리가 여러 주장을 펼쳤던 행위 속에는 정답을 찾으려는 목적 외에 다른 목적, 즉 자신을 내세우려는 목적도 있었어! 청춘 때는 자신을 빛내려는 충동이 자신을 밝은 빛 속에 비추어보려는 충동보다 훨씬 강한 법이었다. 울리히는 광선 위를 떠다니는 것 같은 청춘의 이 감정에 대한 기억이 뼈아픈 상실처럼 느껴졌다.

그는 성년이 될 무렵 세상이 갑자기 잠잠해진 듯한 느낌을 받았다. 물론 이따금 소용돌이가 일기도 했지만 그 역시 급속히 가라앉으면서 활력을 잃어가는 불규칙한 맥박 상태로 되돌아갔다. 이러한 변화의 본질이 어디에 있는지는 말하기 어려웠다. 위대한 남자들의 수가 갑자기 적어진 것일까? 그럴 리 없다! 게다가 애초에 그들과는 상관없는 문제였다. 한 시대의 위대함은 그들에게 달린 것이 아니기 때문이다. 예를 들어 1860년대와 1880년대 인간 정신의 결합이 헤벨과 니체의 탄생을 막을 수 없었고, 반대로 이 두 인물이 동시대인들의 그런 상태를 바꿔놓을 수 없었다. 그렇다면 인간 삶이 전반적으로 정체된 것일까? 아니다. 일상의 힘은 더욱 막강해졌다! 혹시 예전보다 사람을 무기력하게 하는 모순들이 더 많아진 것일까? 그도 아니다. 그 수가 더 늘어나는 건 불가능해 보였다! 그렇다면 예전에는 말도 안 되는 짓들이 일어나지 않았을까? 아니다. 매우 많았다! 우리끼리 이야기인데, 그 시대는 약한 남자들에게 헌신했고, 강한 남자들에게는 별 관심을 보이지 않았다. 그래서 멍청이가 지도자 역할을, 위대한 재능을 가진 사람은 괴팍한 기인 역할을 했다는 느낌마저 들었다. 당시 독일인들은 자신들이 퇴폐적이고 병적인 과장으로 생각하는 역사적 산고産苦 같은 것에는 전혀 신경을 쓰지 않고 가족잡지를 계속 읽었고, 떼를 지어 유리궁전과 예술가 기념관을 방문했다. 아방가르드 전시장을 찾는 횟수와는 비교가 안 될 정도다. 정치인들은 새로운 성향의 남자와 그들 잡지의 시각에는 조금도 관심을 보이지 않았고, 공공기관도 마치 페스트 차단선을 치듯 새로운 것의 진입을 막았다. 그렇다면 그후 모든 것이 나아졌다고 말할 수는 없을까? 예전에는 단순히 작은 종파의 우두머리였던 사람이 그사이 원로 유명인이 되고, 출판업자와 미술중개상은 부자가 되었다. 새로운 것은 계속 만들어지고 있고, 사람들은 유리궁전도 찾지만 아방가르드와 그보다 한발 더 앞서나간 아방가르드도 방문한다. 가족잡지들은 사람들의 머리를 짧게 자르게 하고, 위정자들은 문화와 예술에 정통한 척하는 것을 좋아하고, 신문들은 문학사를 쓴다. 그렇다면 무엇이 없어졌는가?

무언가 계량할 수 없는 것, 어떤 징조, 어떤 환상이 없어졌다. 마치 자석에서 떨어져나온 쇳가루가 다시 혼란스러운 상태로 흩어지듯, 실뭉치에서 실이 떨어져나오듯, 대오가 흐트러지듯, 오케스트라가 잘못 연주하기 시작하듯 말이다. 예전에도 가능하지 않았을 세부적인 것은 결코 입증할 수 없다. 모든 관계만 약간 바뀌었다. 예전에는 별로 통용되지 않던 관념이 부각되었고, 예전에는 진지하게 받아들여지지 않던 사람이 명성을 얻었으며, 거친 것은 부드러워졌고, 분리된 것은 다시 합쳐졌고, 독립적인 사람은 박수갈채를 좇았고, 일찌감치 형성된 미적 취향은 새로운 불안으로 흔들렸다. 선명했던 경계는 모든 방면에서 모호해졌고, 인척관계가 된 뭐라 표현할 길 없는 새로운 능력과 함께 새로운 인간과 관념이 부상했다. 물론 이런 인간과 관념은 나쁘지 않았다. 그건 확실했다. 다만 좋은 것에 나쁜 것이 약간 과하다 싶게 섞였을 뿐이다. 그러니까 진리에다 오류를, 의미에다 융통성을 섞는 식이었다. 심지어 세상에서 널리 선호받는 혼합 비율이 있는 듯했다. 적은 양이지만 꼭 필요한 만큼의 대용물을 첨가해야만 비로소 천재적인 것이 천재가 되고, 재능이 희망으로 꽃필 수 있었다. 마치 무화과커피나 치커리커피에 추가되는 무언가 특정한 것이, 많은 사람들의 말마따나 커피에 진짜 제대로 된 커피의 성격을 부여하는 것처럼 말이다. 어쨌든 누구나 선호하고 중요한 모든 정신적 자리가 그런 사람들로 채워졌고, 모든 결정이 그들 방식대로 내려졌다. 사람들이 그에 대해 책임질 일은 없고, 어쩌다 일이 전부 그렇게 흘러갔는지 설명할 수도 없다. 또한 사람들은 그 인물들과 관념, 특정 현상에 대해 맞서 싸울 수도 없다. 재능이 없어서도, 선한 의지가 없어서도 아니었다. 성격이 약해서는 더더욱 아니었다. 그저 없는 것이 없다고 할 수도 있었고, 모든 것이 없다고 할 수도 있었다. 마치 피나 공기가 한순간에 확 바뀐 듯했다. 비밀스러운 시대병은 이전 시대에 있던 천재성의 싹을 집어삼켰고, 모든 것이 새로움으로 반짝거렸다. 결국 사람들은 세상이 실제로 더 나빠졌는지, 아니면 자신이 나이가 들은 것뿐인지 더는 알지 못했다. 이어 마침내 새 시대가 찾아왔다.

이렇게 시대가 바뀌었다. 마치 화사한 푸른 하늘로 시작했다가 서서히 흐려지는 날처럼. 시대는 울리히를 기다려줄 정도로 친절하지 않았다. 그는 천재를 갉아먹는 질병을 품은 그 비밀스러운 변화의 원인을 지극히 일상적인 어리석음이라 부르는 것으로 시대에 복수했다. 물론 모욕하려는 뜻은 전혀 없었다. 왜냐하면 어리석음이 안에서 볼 때는 재능과 착각할 정도로 비슷하지 않다면, 그리고 밖에서 볼 때는 진보, 천재, 희망, 개선으로 보이지 않는다면 어리석은 사람이 되려는 이는 아무도 없을 것이고, 그러면 어리석음도 존재하지 않을 것이기 때문이다. 아니, 설사 존재하더라도 그것을 극복하기는 무척 쉬울 것이다. 그런데 유감스럽게도 어리석음에는 엄청난 매력과 자연스러움이 있었다. 예를 들어 다색 석판 인쇄술로 복제한 유화가 손으로 직접 그린 유화보다 기교적이라고 생각한다면 거기에도 하나의 진실이 숨어 있는 셈이고, 그것은 반 고흐가 위대한 예술가라는 진실보다 더 확실하게 증명될 수 있다. 마찬가지로 셰익스피어보다 힘있는 극작가가 되고, 괴테보다 균형 잡힌 이야기꾼이 되는 것도 무척 쉽고 보람찬 일이다. 확고한 상투어 속에는 새로운 발견보다 인간적인 것이 항상 더 많이 담겨 있고, 어리석음에 의해 활용되지 않는 중요한 생각이란 결코 존재하지 않는다. 어리석음은 온 방면에서 유연하고, 어떤 진리의 옷이든 걸칠 수 있는 반면에 진리는 그때그때 하나의 옷만 입고 하나의 길만 걸으며, 항상 불리한 상황 속에 처해 있다.

얼마 뒤 울리히에게는 이와 관련해 별난 생각이 떠올랐다. 1274년에 죽은 위대한 교회 철학자 토마스 아퀴나스는 자신이 살았던 시대의 사유를 형언할 수 없을 정도로 힘겹게 최상의 상태로 정리한 뒤 한층 더 깊이 파고들어갔다가 녹초가 된다. 그런 그가 이제 특별한 은총으로 다시 젊어져서 2절판 대형 서적을 팔에 끼고 활처럼 둥근 대문을 나서는 순간 전차 한 대가 그의 코앞을 쌩하고 지나간다. 과거에는 만물박사라 불렸던 이 유명한 철학자가 황당한 표정으로 깜짝 놀라는 모습을 상상하자 슬그머니 웃음이 나왔다. 뒤이어 오토바이 한 대가 텅 빈 거리로 올라오더니 천둥이 치는 것 같은 소리를 내면서 풍경 속으로 사라진다. 오토바이 위에는 한 남자가 팔다리를 둥글게 구부린 채 앉아 있었는데, 얼굴에는 엄청나게 중요하다는 듯 울부짖는 어린아이의 진지함이 담겨 있다. 울리히는 문득 며칠 전 한 잡지에서 본 유명한 여자 테니스 선수의 사진이 떠올랐다. 양말 밴드 위로 맨살을 훤히 드러낸 그녀는 한쪽 발뒤꿈치를 들고, 다른 쪽 다리는 머리와 마찬가지로 한껏 뒤로 젖힌 채 공을 때리기 위해 테니스 채를 높이 치켜들고 있었다. 게다가 영국 가정교사나 지을 법한 표정을 짓고 있었다. 같은 잡지에는 경기 후 마사지를 받는 여자 수영선수의 사진도 실려 있었다. 다리와 머리 쪽에 평상복을 입은 진지한 눈빛의 여자가 하나씩 서 있었고, 수영선수는 벌거벗은 채 침대 위에 등을 대고 누워 있었다. 남자에게 몸을 내주듯 한 쪽 무릎을 세운 채로. 옆에는 하얀 가운을 입은 남자 마사지사가 그녀의 몸에 양손을 올려놓고 서 있었는데, 마치 여자 몸의 피부를 벗겨 갈고리에 걸 것 같은 눈초리로 사진 바깥을 응시하고 있었다. 당시 사람들은 그런 것들을 보기 시작했고, 어떤 식으로든 그런 것을 인정할 수밖에 없었다. 고층건물이나 전기의 존재를 인정하듯 말이다. '사람은 자기 자신에게 해를 끼치지 않고는 자기 시대에 화를 낼 수 없어.' 울리히는 이렇게 느꼈다. 또한 그는 살아 있는 이 모든 형상을 사랑할 준비가 늘 되어 있었다. 다만 공동체의 안락을 위해 사회의 요구처럼 그것들을 남김없이 사랑하는 건 그로서도 감당할 수 없었다. 그가 추진해왔고 체험한 모든 것들 위에 혐오의 숨결이 내려앉은 지 오래였다. 그것은 무기력과 고독의 그림자이자, 대체할 감정을 찾을 길 없는 보편적 혐오였다. 그는 이따금, 현재로선 어디로 향할지 알 수 없는 모종의 재능을 타고난 것 같은 기분이 들었다.

17. 특성 없는 남자가 특성 있는 남자에게 미친 영향

울리히가 클라리세와 대화를 나누는 동안 두 사람은 등뒤로 음악이 간간이 끊기는 것을 알아채지 못했다. 중간중간에 발터가 피아노에서 일어나 창가로 걸어간 것이다. 두 사람의 모습은 보이지 않았지만, 그들이 시야의 경계선 바로 바깥에 있는 것이 느껴졌다. 질투가 가슴을 할퀴었다. 끈끈한 관능적 음악의 저속한 도취가 그를 유혹했다. 등뒤에는 피아노가 활짝 열려 있었다. 마치 현실을 마주하기 싫어 일어나지 않으려고 몸부림치는 사람의 흔적이 선연한 침대처럼. 건강한 사람들이 걸어가는 것을 보면서 느끼는 마비당한 이의 질투심이 가슴을 찢었다. 그렇다고 그들에게 다가가 합류할 수는 없었다. 내면의 고통이 극심해 그들로부터 자신을 방어할 자신이 없었기 때문이다.

발터는 아침에 일어나 서둘러 사무실로 출근할 때, 하루종일 사람들과 이야기할 때, 오후에 사람들 사이를 지나 집으로 돌아갈 때 자신이 특별한 소명을 받은 중요한 존재라는 느낌이 들었다. 그러자 모든 것이 다르게 보이는 듯했다. 남들이 무신경하게 지나치는 것들에 사로잡혔고, 남들이 아무렇게나 집는 물건이라도 팔을 뻗는 자신의 움직임 속에는 정신적 모험이나 자기애로 마비된 듯한 감각이 가득차 있었다. 감수성까지 예민해졌고, 감정은 늘 깊은 생각과 어두운 심원, 물결치는 계곡과 산들에 의해 움직였다. 그는 결코 무심하지 않았고, 모든 것에서 행복이나 불행을 보았으며, 그것을 통해 늘 활기차게 생각할 기회를 얻었다. 이런 사람들은 남에게 비범한 매력을 발산한다. 그들은 항상 도덕적 움직임 속에 있고, 그것이 남에게 전달되기 때문이다. 그들의 대화 속에서는 모든 것이 개인적인 의미를 띤다. 또한 사람들은 그들과 교류하면서 부단히 자신에게 몰두해도 되기 때문에, 보통은 정신분석가나 개인 심리학자에게 보수를 주고서야 얻을 수 있을 만족감을 얻는다. 그것도 정신분석가를 찾을 때와는 달리 자신이 병들었다고 느낄 필요 없이 말이다. 발터는 사람들이 지금껏 모르고 있던 이유를 들며 그들이 스스로를 매우 소중한 존재로 여길 수 있도록 도와주었다. 그는 이러한 정신적 자기몰두를 전파하는 능력으로 클라리세를 정복했고, 시간이 지나면서 모든 경쟁자들을 몰아냈다. 그에게는 모든 것이 윤리적 운동이 되었기에 그는 이제 확신에 차서 장식의 부도덕과 미끈한 형식의 위생학, 그리고 새로운 예술적 취향에 어울리는 바그너 음악의 맥주 냄새에 대해 이야기할 수 있었다. 이런 이야기들로 그는 공작의 꽁지깃처럼 화가의 두뇌를 달고 다니는 훗날의 장인조차 경악시켰다. 그렇다면 발티의 성공은 의심할 여지가 없었다.

하지만 거기까지였다. 그가 그전과는 비교할 수 없을 만큼 무르익은 새 인상과 계획을 안고 집에 도착하는 순간 용기가 확 꺾이는 변화가 나타났다. 화대 위에 캔버스를 올려놓거나 책상 위에 종이를 한 장 내려놓기만 하면 일어나는 변화였다. 이는 가슴으로부터의 두려운 도주를 의미하는 신호였다. 머리는 맑았고, 머릿속 계획은 흡사 투명하고 맑은 공기 속에 떠 있는 듯했다. 계획이 둘 혹은 그 이상으로 나뉘어 서로 주도권을 잡으려고 싸우기까지 했다. 그러나 정작 실행에 필요한, 머리부터 첫 손놀림까지의 연결은 단절된 듯했다. 발터는 손가락 하나 움직일 생각을 하지 못했다. 그렇다고 방금 앉은 자리에서 그냥 일어설 수도 없었다. 원래 했던 생각들이 마치 내리자마자 바로 녹아버리는 눈처럼 그가 스스로 설정한 과제에서 미끄러져내렸다. 시간이 무엇으로 채워졌는지는 알 수 없지만, 그가 생각한 것보다 더 빨리 저녁이 되었다. 이런 일을 몇 번 겪은 뒤로 그는 또 그렇게 될까봐 두려워하면서 집으로 돌아갔고, 몇 주의 시간이 연이어 그렇게 미끄러지기 시작하더니 마치 황량한 비몽사몽처럼 흘러갔다. 그는 자신의 모든 결정과 움직임에 내재한 절망으로 인해 활기를 잃은 채 쓰디쓴 슬픔으로 괴로워했고, 무능력은 아픔이 되었다. 그가 무언가를 시도하려고 마음먹을 때마다 이마 안쪽에 코피처럼 들어앉아 괴롭히는 아픔이었다. 발터는 무서웠다. 그의 몸에서 느껴지는 현상들이 일만 못하게 하는 것이 아니라 그를 몹시 불안에 떨게 했다. 왜냐하면 자기 의지와 무관해 보이는 이 현상이 혹시 정신적 몰락의 시작은 아닐까 하는 두려움이 자주 들었기 때문이다.

그런데 작년 한 해 이런 상태가 점점 악화되던 와중에 그는 예전에는 전혀 주목하지 않던 어떤 생각에서 놀라운 도움을 얻었다. 자신이 살아갈 수밖에 없는 이 유럽이 구제할 길 없이 타락해버렸다는 생각이었다. 겉으로는 잘 굴러가는 듯하지만, 속으로는 퇴보를 견뎌내고 있는 시대, 좀더 자세히 말하자면 시대정신에 특별한 노력과 새로운 사유가 공급되지 않으면 정신적 발전을 포함해 시대의 모든 것이 퇴보를 겪게 될 그런 시대에 가장 먼저 대두되는 질문은 그것을 막기 위해 무엇을 할 수 있는가 하는 것이리라. 그런데 이런 시대에는 똑똑함과 어리석음, 비천함과 아름다움이 아주 촘촘하고 복잡하게 뒤엉켜 있어서 많은 사람에겐 모종의 비밀을 믿는 것이 더 간단해 보인다. 그러니까 정밀한 판단에서 벗어나 엄숙한 모호함으로 가득찬 어떤 것의 몰락은 건잡을 수 없고, 거기에는 비밀스러운 이유가 있으리라는 것이다. 여기서 몰락할 것이 민족인지, 채식주의인지, 아니면 영혼인지는 근본적으로 전혀 상관이 없었다. 세상의 모든 건강한 비관주의에서 중요한 것은 사람들이 꼭 붙어 의지할 수 있는 불가피한 무언가가 존재한다는 사실, 그 하나뿐이기 때문이다. 발터도 상태가 좋았던 시절에는 이런 가르침에 웃음을 터뜨렸지만, 정작 그것들과 관계하기 시작하고 나서는 곧 그것의 큰 장점을 알게 되었다. 그때까지는 무능하고 건강하지 못했던 게 그였다면 이제는 무능한 건 시대이고 자신은 건강하다는 것이다. 이렇게 해서 그는 아무 결과가 없던 삶에 대해 일거에, 세계사적 규모로 스스로 흡족할 만한 정당성과 거창한 설명을 찾게 되었다. 심지어 연필이나 펜을 손에 쥐고 있다가 다시 내려놓아야 할 때면 자신이 큰 희생을 치르고 있다는 느낌을 받기도 했다.

그러나 발터는 여전히 자기 자신과 싸워야 했고, 클라리세 때문에 괴로워했다. 그녀는 시대 비판적 대화에는 전혀 관심을 보이지 않았고, 오직 천재만 굳게 믿었다. 물론 무엇이 천재인지는 그녀도 몰랐다. 다만 천재 이야기만 나오면 그녀는 온몸을 파르르 떨면서 팽팽하게 긴장했다. 천재란 느끼거나 못 느끼거나의 문제라는 게 그녀가 내세우는 유일한 논거였다. 발터에게 그녀는 늘 작고 잔인한 열다섯 살 소녀로 남아 있었다. 그녀는 한 번도 그의 느낌을 오롯이 이해해주지 않았고, 그 역시 그녀를 지배하지 못했다. 그런데 그녀는 평소엔 차갑고 딱딱하게 굴다가도 갑자기 실체 없는 뜨거운 의지로 활활 타올라 그에게 깊은 영향을 주는 신비스러운 능력을 갖고 있었다. 마치 삼차원의 공간에는 넣을 수 없는 어떤 방향에서 그녀를 뚫고 나온 창칼이 그를 찌르는 듯했다. 그것은 간혹 섬뜩하게 느껴질 정도였다. 특히 둘이 함께 연주를 할 때 그랬다. 클라리세의 연주는 딱딱하고 색깔이 없었으며, 그가 모르는 낯선 흥분의 법칙을 따르는 듯했다. 만일 영혼의 모습이 언뜻 비칠 정도로 몸이 활활 타오르면 그녀는 무시무시한 모습으로 다가왔고, 그다음엔 뭐라 규정할 수 없는 것이 그녀의 내면에서 떨어져나와 그녀의 정신과 함께 날아가버리겠다고 협박했다. 그것은 그녀 존재의 비밀스러운 빈 공간, 즉 그가 두려움에 떨며 틀어막아야 했던 빈 공간에서 나왔다. 물론 그도 그게 어디서 느껴지는지, 무엇인지는 알지 못했다. 그럼에도 그는 그것 때문에 형언할 수 없는 두려움을 느꼈다. 그것을 막아설 무언가 결정적인 행동을 해야 한다는 욕구가 치솟았지만, 그럴 능력이 없었다. 그 말고는 그것의 존재를 눈치챈 사람이 없었기 때문이다.

발터는 창문 너머 클라리세가 돌아오는 것을 보면서 울리히에 대해 나쁘게 말하고 싶은 욕구에 또다시 굴복하고 말리라는 예감이 어렴풋이 들었다. 울리히는 부적절한 시기에 돌아와 클라리세에게 해를 끼쳤다. 발터로서는 건드릴 엄두도 못 내는, 그녀의 내면에 존재하는 재앙의 동굴뿐 아니라 그녀 속의 불쌍한 것, 병든 것, 불행한 천재적인 것, 그리고 언젠가 완전히 풀려버릴지 모를 사슬의 절단 지점에 있는 그 비밀스러운 텅 빈 공간을 무자비하게 건드린 것이다. 이제 그녀가 모자를 쓰지 않은 채 그 앞에 서 있었다. 챙이 넓은 모자는 손에 들려 있었다. 그가 그녀를 응시했다. 그녀의 눈은 맑고 부드러우면서도 조롱기를 담고 있었다. 어떻게 보면 지나치게 맑다는 느낌이 들 정도였다. 이따금 그는 자신에게는 없는 어떤 힘이 그녀에게는 있는 것 같다고 느꼈다. 그녀는 어린아이 때부터 자신을 평온하게 내버려두지 않을 가시처럼 느껴졌다. 물론 그녀에게서 다른 것을 원하지도 않았다. 이는 아마 다른 두 사람은 이해하지 못할 그만의 비밀일 것이다.

그는 생각했다. '아, 우리의 고통이 얼마나 깊은지! 하지만 우리만큼 서로 깊이 사랑하는 사람은 많지 않을 거라고 생각해.' 그는 에두르지 않고 바로 본론으로 들어갔다. "울로가 당신한테 무슨 말을 했는지 알고 싶지는 않지만, 이것만은 분명히 말할 수 있어. 당신이 감탄하는 울로의 힘은 빈껍데기나 다름없어!" 클라리세는 피아노로 눈길을 돌리면서 미소 지었다. 그는 자신도 모르게 뚜껑이 열려 있는 그랜드피아노 옆에 다시 앉았다. 그가 말을 이어갔다. "타고나길 둔감한 사람은 영웅적으로 느끼기 쉬울 테지. 그리고 밀리미터 단위로 얼마나 많은 것이 숨어 있는지 모르는 사람이라면 킬로미터 단위로 크게 생각하기도 쉬울 거야!" 두 사람은 울리히를 가끔 울로라 불렀다. 어렸을 때 그랬던 것처럼. 그 때문에 울리히는 늙은 유모에게 미소 어린 존경심을 보내듯 두 사람을 사랑했다. "울로는 막다른 골목에 와 있어!" 발터가 덧붙였다. "당신은 그걸 눈치채지 못하지만, 나까지 울로를 모른다고 생각하지는 마!"

클라리세는 의심스러워했다.

발터가 격하게 말했다. "오늘날엔 모든 게 무너졌어! 지성도 끝없이 추락했어! 물론 울로가 이지적인 인간이라는 건 나도 인정해. 하지만 영혼의 힘에 대해서는 아무것도 몰라. 괴테가 인격이라 불렀던 것, 괴테가 유연한 질서라 불렀던 것에 대해 아는 게 없어! '힘과 한계, 자의와 법칙, 자유와 한도, 유연한 질서 같은 아름다운 개념들'에 대해 전혀 모른다고!"

괴테의 시구가 발터의 입술에서 물결치듯 흘러나왔다. 클라리세는 그의 입술을 경탄하듯 다정스레 바라보았다. 마치 입술이 예쁜 장난감을 훨훨 날려보내기라도 하는 것처럼. 이어 그녀는 어린 새댁으로서 자신의 역할을 기억해냈다. "맥주 한잔하겠어요?" "응? 좋지. 근데 난 항상 한 병만 마셔."

"근데 어쩌죠? 집에 맥주가 없는 것 같은데!"

"그럼 물어보지 말았어야지!" 발터가 한숨을 내쉬었다. "그럼 맥주는 생각조차 안 했을 텐데."

클라리세에게 이 문제는 이것으로 끝났다. 하지만 발터는 이제 평정심을 잃고 어떻게 다시 말을 이어가야 할지 갈피를 잡지 못했다. "전에 우리가 예술가에 대해 이야기했던 거 기억나?" 그가 불안스레 물었다.

"어떤 얘기요?"

"며칠 전에 인간 내면의 생명력 넘치는 형식원리에 대해 설명했잖아. 예전에는 죽음과 논리적 기계화 대신 피와 지혜가 지배적이었다는 게 내 결론이었지, 기억 안 나?"

"안 나요."

발터는 난처한 표정을 지으며 무슨 말을 해야 할지 몰라 안절부절못했다. 그러다 한순간에 폭발했다. "울로는 특성 없는 남자야!"

"무슨 뜻이에요?" 클라리세가 키득거리며 물었다.

"아무것도 아닌 인간이야. 그냥 별것도 아니라고!"

클라리세는 이 말에 더욱 호기심을 보였다.

"요즘은 그런 사람이 무수히 많아." 발터가 주장했다. "현대가 만들어낸 인간 유형이지!" 그는 무심결에 튀어나온 이 말이 마음에 들었다. 그래서 자기가 하는 말의 의미를 제대로 깨닫지도 못한 상태에서 이 표현에 기대어 시를 읊듯 계속 말을 이어갔다. "그를 자세히 봐! 어떤 사람이라고 생각해? 의사처럼 보여? 아니면 사업가나 화가, 외교관?"

"그렇게 보이진 않아요." 클라리세가 무미건조하게 대답했다.

"그럼 혹시 수학자처럼 보여?"

"그건 모르겠어요. 수학자가 어떻게 생겼는지 모르니까."

"그래, 아주 중요한 걸 지적했어! 수학자는 개성이라고는 전혀 없는 사람처럼 생겼어. 전체적으로는 지적으로 보이지만, 그만의 고유한 내용이 없다는 거야! 오늘날엔 가톨릭 성직자 빼고 그만큼 자기 직업에 맞게 생긴 사람은 없어. 우리는 손보다 머리를 훨씬 비개성적으로 사용하기 때문이지. 수학은 그 정점이야. 수학은 언젠가 고기와 빵 대신 영양제로 식사할 사람들이 들판과 송아지, 닭에 대해 모르는 것과 마찬가지로 자기 자신에 대해 아는 게 별로 없어!" 그사이 클라리세는 식탁에 간단한 저녁식사를 차렸는데, 발터는 벌써 열심히 빵을 발라 먹고 있었다. 어쩌면 이 빵이 그런 비유를 떠올리게 했는지 모른다. 클라리세는 그의 입술을 관찰했다. 죽은 그의 어머니를 떠올리게 하는 입술은 먹는 것도 집안일처럼 힘차게 해나가는 강건한 여자의 입술이었다. 그 입술 위에 수염이 까칠하게 자라 있었다. 발터의 눈은 방금 밤송이를 벗긴 밤처럼 반짝거렸는데, 단순히 그릇에서 치즈를 찾을 때조차 그랬다. 그는 섬세하다기보다 유약하고 작은 체구의 소유자임에도 강한 인상을 풍기는, 늘 주목받는 인간형에 속했다. 이제 그가 하던 이야기를 계속했다. "외모로는 울로의 직업을 짐작할 수 없어. 하지만 그렇다고 직업이 없어 보이지는 않아. 자, 이제 그가 어떤 사람인지 생각해봐. 그 친구는 항상 자신이 무엇을 해야 하는지 알고, 여자의 눈을 들여다보기도 하고, 어떤 것이든 매 순간 깊이 숙고할 줄 알아. 거기다 권투까지 해.

그는 재능이 있고, 의지가 강하고, 선입견이 없고, 용감하고, 끈기가 있고, 대담하고, 사려 깊은 사람이야. 그런 것들을 일일이 따지고 싶지는 않아. 다만 그에게 이런 특성이 모두 있을 수 있어. 하지만 아냐. 그는 그런 특성을 갖고 있지 않아! 그 특성들이 지금의 그를 만들었고, 그의 길을 결정한 건 사실이지만 그의 것은 아냐. 그가 겉으로 화를 내면, 속에서는 뭔가가 웃고 있어. 마찬가지로 슬퍼하면서도 속으로는 뭔가를 대비하고, 무언가에 감동받으면서도 그것을 거부해. 그에겐 어떤 나쁜 행위도 다른 맥락에서는 좋게 보일 수 있어. 그래서 어떤 일을 어떻게 생각할지도 항상 가능성의 맥락에 따라 결정돼. 그의 눈엔 고정된 것은 없어. 모든 것에 변화 능력이 있고, 모든 것이 전체 속의 부분이야. 그것도 무수한 전체들을 하나로 묶는 거대한 전체의 일부지. 물론 그 친구도 그런 거대한 전체에 대해선 전혀 몰라. 그래서 그의 대답은 모두 부분적인 대답이고, 감정 역시 모두 하나의 견해에 불과해. 어떤 것에서든 그가 중요하게 생각하는 것은, 그것이 무엇이냐 하는 사물의 본질이 아니라 '그것이 어떤 상태냐' 하는 사물의 양태야. 그에게 중요한 건 언제나 부가적인 것이지. 내가 알아듣게 설명했는지 모르겠군."

"알아들었어요. 근데 나는 울로의 그런 면이 퍽 좋아 보여요."

발터는 말하던 중에 자기도 모르게 울리히에 대해 들끓는 혐오의 감정을 드러내버렸다. 게다가 친구보다 약하다고 느꼈을 때 들던 어릴 적 감정이 질투심을 증폭시켰다. 발터는 울리히가 노골적인 오성의 영역에서 몇 번 능력을 증명한 것 말고는 이룬 것이 없다고 확신하고 있었음에도 항상 자신이 울리히보다 육체적으로 열등하다는 은밀한 느낌을 떨칠 수 없었다. 그런 그를 해방시킨 것이 그가 스케치한 그림이었다. 그건 예술작품의 완성 같았다. 자신이 직접 그린 것이 아니라 무언가 신비스러운 영감과 연결된 듯했다. 그런데 외부에서는 단어가 하나씩 이어지는 동안 내면에서는 그가 의식하지 못한 무언가가 해체되고 있었다. 말을 마쳤을 때 그는 울리히가 오늘날 모든 현상에 담긴 바로 이 해체된 본질을 표현하고 있음을 깨달았다.

"그게 마음에 든다고?" 그가 고통스럽게 깜짝 놀라며 물었다. "진심은 아니겠지!"

클라리세는 부드러운 치즈를 올린 빵을 씹고 있어서 눈으로만 웃을 수밖에 없었다.

"아, 어쩌면 예전에도 우리가 비슷한 생각을 했던 것 같군. 하지만 그건 예비 단계에 지나지 않아! 어쨌든 그런 인간은 인간이 아냐!"

이제 클라리세는 입안의 음식을 모두 삼켰다. "그도 그런 말을 했어요!" 그녀가 주장했다.

"울로가 그런 말을 했다고?!"

"내가 알기론 그래요!? 오늘날엔 모든 게 해체되고 있대요. 게다가 지금은 그뿐 아니라 모든 게 정체해 있다고도 했어요. 하지만 당신과는 달리 그걸 나쁘게 생각하지 않았어요. 언젠가 그가 나한테 이런 이야기를 길게 들려줬어요. 만일 인간 수천 명의 본질을 분해하면 그들 모두를 이루고 있는 특성과 감각, 발달 형태, 구성 형태 등을 스물네 가지로 나눌 수 있다고. 우리 몸을 분해하면 물과 그 위를 떠다니는 몇십 가지 물질만 발견될 뿐이다. 물은 우리 몸속에서 나무처럼 위로 올라가 몸을 만든다. 물이 구름을 만들어낼 때처럼. 나는 그 이야기를 들으면서 퍽 재미있는 발상이라고 생각했어요. 그걸 알고 나면 스스로에게 무슨 말을 해야 할지, 또 자신이 무슨 행동을 해야 할지는 아무도 모르게 돼요." 클라리세가 키득거렸다. "나는 그에게 이런 말을 해줬어요. 당신은 시간이 나면 며칠씩 낚시를 하러 가서 그냥 물가에 가만히 누워 있다가 돌아올 사람이라고요."

"그랬더니 뭐래? 나는 그 친구가 그걸 단 십 분이라도 견딜 수 있는지 궁금하군." 발터의 목소리는 확고했다. "인류는 벌써 만 년 전부터 그렇게 해왔고, 하늘을 올려다보며 땅의 온기를 느껴왔지. 그런 건 분해할 수 없어. 자기 어머니를 분해하지 못하는 것처럼!"

클라리세가 다시 키득거렸다. "그 사람 말로는, 그후 그게 무척 복잡하게 뒤엉켰대요. 그래서 우리가 물에서 수영을 하듯 불의 바다, 전기 폭풍, 자기磁氣 하늘, 열기의 늪 등에서 헤엄치며 살고 있대요. 물론 그걸 느끼지는 못하면서요. 결국 남는 건 공식들뿐이래요. 그 공식들이 인간적으로 무엇을 의미하는지는 말로 표현하기 어려워요. 그건 전체예요. 여고시절에 배웠던 건 벌써 까먹었지만, 어쩐지 그게 맞는 말 같아요. 또 이런 말도 했어요. 오늘날 누군가 성 프란체스코나 당신처럼 새들을 형제라 부르고 싶다면, 그건 결코 그렇게 가벼운 마음으로 할 수 있는 일이 아닐뿐더러 용광로 속으로 뛰어들거나, 송전관을 통해 땅속으로 꺼지거나, 아니면 하수시설을 통해 하수도에 빠질 결심을 해야 한댔어요."

"물론, 물론!" 발터가 클라리세의 말을 중단시켰다. "처음에는 사원소에서 수십 가지가 만들어져. 그러다 마지막에 우리는 관계와 사건, 그리고 사건과 공식의 더러운 개숫물 속에서 떠다니고만 있어. 혹은 사물인지, 사건인지, 허깨비 같은 생각인지, 또는 신밖에 모를 알 수 없는 무언가 위를 떠다니지! 그렇게 되면 더이상 태양과 성냥 사이에는 차이가 없게 되고, 소화 통로의 한쪽 끝인 입과 반대쪽 끝도 차이가 없어져! 동일한 사물에 수백 가지 측면이 있고, 한 측면에는 수백 가지 관계가 있고, 또 거기에는 제각각 다른 많은 감정이 들러붙어 있어. 그래서 인간의 뇌는 행복하게 그 사물들을 분리했어. 그러자 사물들은 외려 인간의 가슴을 분리해버렸어!" 그는 식탁에서 벌떡 일어났다. 하지만 자리를 뜨지는 않았다. "클라리세! 그 친구는 당신한테 위험한 존재야! 생각해봐, 클라리세. 오늘날의 인간한테는 단순함과 대지, 건강만큼 필요한 게 없어. 그리고 당연한 얘기지만 당신도 원하는 걸 말할 수 있어. 아이도 마찬가지야. 사람을 땅에 단단히 붙들어놓는 건 아이니까. 울로가 당신한테 이야기한 건 모두 비인간적인 거야. 장담해. 나는 집에 돌아오면 커피를 마시고, 새소리에 귀를 기울이고, 얼마간 산책을 다녀오고, 이웃과 몇 마디 대화를 나누고, 하루를 조용히 마무리할 용기가 있어! 그게 인간의 삶이야!"

발터는 이런 생각과 함께 부드러운 감정이 일면서 천천히 그녀에게 다가갔다. 그런데 아버지 같은 감정이 멀리서 부드러운 베이스 톤을 내려는 순간 클라리세는 주춤 물러났다. 그가 가까이 가자 그녀의 얼굴은 무표정하게 굳었다. 그녀는 방어 자세를 취했다.

그녀 곁에 이르렀을 때 그는 농가의 온화한 벽난로처럼 부드러운 열기를 발산했다. 클라리세의 몸은 그 열기의 물결 속에서 순간적으로 흔들렸다. 이윽고 그녀가 입을 열었다. "안 돼요, 여보!" 그녀는 식탁에서 치즈와 빵 조각을 홱 집어올리더니 재빨리 그의 이마에다 입을 맞추었다.

"밤나비가 있는지 보러 나가봐야겠어요."

"클라리세," 발터가 애원조로 말했다. "이런 계절에 나비가 어디 있어?"

"누가 알아요?"

그 방에 남은 것은 그녀의 웃음소리뿐이었다. 그녀는 빵과 치즈를 들고 들판을 거닐었다. 주변은 안전했다. 동행은 굳이 필요 없었다. 발터의 부드러움은 불에서 제때 꺼내지 못한 빵처럼 푹 가라앉았다. 그의 입에서 깊은 한숨이 새어나왔다. 곧이어 그는 망설이듯 다시 피아노에 앉아 건반을 몇 개 두드렸다. 그렇게 두드린 음은 그가 원했건 원치 않았건 바그너의 오페라 주제에 기반한 환상곡으로 발전했다. 자부심으로 똘똘 뭉쳤던 예전에는 거부했던, 방종하게 부풀어오른 이 음악적 재료의 끊임없는 첨벙거림 속에서 그의 손가락은 음의 물결을 타고 갈대숲을 헤치며 가르랑거렸다. 멀리멀리 울려퍼졌으면! 그의 척수는 이 음악의 마취 성분에 마비되었고, 그의 운명은 한결 가벼워졌다.

18. 모스브루거

그 무렵 세상은 모스브루거 사건으로 시끄러웠다.

모스브루거는 목수였다. 군살 하나 없는 몸에 어깨가 넓은 건장한 남자였는데, 머리는 갈색 양털 같고, 손은 강하지만 선한 맹수의 앞발 같았다. 선량한 힘과 정의에 대한 의지는 얼굴에서도 뿜어져나왔다. 심지어 얼굴을 보지 않더라도 주로 나무 다루는 일을 하는 서른네 살 남자의 거칠고 우직하고 무미건조한 체취에서도 그런 특성이 느껴졌다. 그가 하는 일은 신중함과 육체적 고단함을 동시에 요구하는 노동이었다.

신이 모든 선한 특징을 부여한 듯한 이 얼굴을 처음 보는 사람들은 모두 그 자리에 뿌리를 내린 듯 굳어버렸다. 왜냐하면 그런 얼굴의 모스브루거가 대개 무장한 사법군인 두 명의 호송을 받으며 양손을 앞으로 모은 채 튼튼한 쇠사슬에 묶여 있었기 때문이다. 쇠사슬을 잡아맨 막대는 호송하는 군인 중 하나가 단단히 쥐고 있었다.

모스브루거는 사람들이 자신을 보고 있는 것을 눈치채면 넓적한 얼굴에 선한 미소를 지었다. 헝클어진 머리에 콧수염과 짧고 좁은 턱수염이 난 얼굴이었다. 거기다 검정색 짧은 저고리에 연한 회색 바지를 입었으며, 걸음걸이는 보폭이 넓은 군인 같았다. 그러나 법정 출입 기자들의 시선을 가장 많이 끈 것은 그의 미소였다. 어떻게 보면 어색한 것 같으면서도 교활하거나 조롱하는 것 같고, 혹은 음흉하거나 고통스러운 것 같고, 아니면 미쳤거나 잔인하거나 섬뜩해 보이는 미소였다. 기자들은 일부러 모순적인 표현을 찾으려고 분주히 움직였고, 순박해 보이는 죄인에게서는 전혀 발견하지 못한 무언가를 이 미소에서만큼은 찾아내려 필사적으로 노력하는 듯했다.

그럴 이유가 있었다. 모스브루거는 한 여자, 그것도 밑바닥의 매춘부를 잔인하게 죽인 살인범이기 때문이다. 기자들은 후두에서 목덜미에 이르는 목의 상처뿐 아니라 심장을 관통한 두 차례의 자상, 왼쪽 등을 칼로 두 번 찌른 흔적, 들어올리면 들릴 것 같은 잘린 젖가슴을 상세히 묘사했다. 그들은 그런 상처에 대한 혐오감을 숨기지 않으면서도 묘사는 멈추지 않았다. 복부의 상처를 일일이 헤아려 서른다섯 군데나 되는 자상을 찾아냈고, 배꼽 부근에서 엉치뼈에 이르기까지 길게 잘린 상처가 등 위에 생긴 무수한 작은 상처들로 이어졌음을 지적했다. 게다가 목을 조른 흔적까지 있었다. 기자들은 이 끔찍한 만행을 모스브루거의 선량한 얼굴과 도저히 연결시킬 수 없었다. 그들 자신이 선량한 사람들인데다가 일어난 사건을 객관적이고 전문적으로, 그리고 숨막히는 긴장감 속에서 일목요연하게 묘사했음에도 말이다. 가장 먼저 떠오르는 설명은 정신질환이었다. 그렇지 않아도 모스브루거는 비슷한 범행으로 이미 몇 차례 정신병원에 들어간 전력이 있었다. 오늘날 웬만한 기자라면 그런 문제를 잘 알고 있을 텐데도 이 사건을 정신질환으로 설명하는 기자는 거의 없었다. 마치 악인의 존재를 포기하고, 이 사건을 자신들의 온전한 세계에서 병자의 세계로 방면하는 것에 잠정적인 거부감을 드러내는 듯했다. 그런 점에서는 범인을 곧잘 정상이라거나 책임무능력 상태로 판정하는 정신과의사들과 견해가 같았다. 그 밖에 이상한 일이 더 있었다. 평소에는 언론의 탐욕적 선정성을 호되게 꾸짖던 많은 사람이 모스브루거의 병적 탈선이 알려지자마자 갑자기 이 사건을 "간만에 흥미롭게" 느꼈다는 사실이다. 바쁜 관료에서부터 열네 살 소년들과 집안일로 걱정이 많은 주부들까지 말이다. 사람들은 이 괴물에게 한숨을 짓기는 했지만, 속으로는 자신의 생업보다 더 큰 관심을 보였다. 그래서 그즈음에는 집집마다 잠자리에 들 때 평범한 회사 부장이나 은행 지점장이 졸려하는 아내에게 이렇게 말하는 일까지 있었다. "내가 모스브루거라면 당신은 이제 어떻게 하겠어?……"

울리히는 신의 은총을 받은 표식이 뚜렷한, 수갑 찬 남자의 얼굴을 보는 순간 재빨리 몸을 돌려 인근 지방법원의 한 경비병에게 담배를 몇 개비 건네며 얼마 전에 정문을 떠난 호송차에 대해 물었다. 그런데 호송차는 좀더 일찍 떠났을 거라는 대답이 돌아왔다. 언론에서는 방금 떠난 것으로 보도할 때가 많았고, 울리히 또한 거의 그렇게 믿고 있었다. 하지만 모든 것을 신문을 통해서만 알게 되는 것이 이 시대의 진실이었다. 울리히가 개인적으로 모스브루거를 알기까지는 긴 시간이 걸렸다. 그전에 그를 실제로 본 것은 심리가 진행될 때 단 한 번뿐이었다. 이례적인 사건을 신문으로 알게 될 가능성은 그것을 직접 체험할 가능성보다 훨씬 크다. 달리 말해 오늘날 매우 중요한 사건은 추상적인 곳에서 일어나고, 현실에서는 별로 중요하지 않은 일이 일어난다.

그런 추상적인 방식으로 울리히가 알게 된 모스브루거의 사연은 대충 이랬다.

모스브루거는 어릴 때부터 불쌍하기 짝이 없는 인간이었다. 마을 도로조차 없는 초라한 시골의 양치기 고아였는데, 여자애에게 말을 붙이지 못할 만큼 가난했다. 그래서 여자애들을 늘 바라보기만 했다. 그것은 도제 시절에도, 나중에 장인이 되어 곳곳을 떠돌 때도 마찬가지였다. 이것이 무슨 의미인지는 충분히 상상할 수 있다. 빵이나 물처럼 누구나 자연스럽게 갈망하는 것을 항상 바라보기만 해야 한다면 어떨까? 얼마 뒤에는 당연히 그것을 자연스럽지 않은 방식으로 갈망하게 되지 않을까? 한 처녀가 장딴지 위로 치마를 나풀거리며 지나간다. 울타리를 넘어가는 처녀의 무릎까지 속살이 보인다. 처녀의 눈을 들여다보지만 도저히 그 속을 알 수 없다. 처녀의 웃음소리를 듣고 재빨리 뒤돌아보지만, 보이는 것이라고는 쥐새끼가 방금 쪼르르 숨어들어간 땅속 구멍처럼 생기 없는 둥근 얼굴뿐이다.

그렇다면 처녀를 처음 살해했을 때부터 밤낮으로 자신을 부르며 쫓아다닌 귀신들 때문에 그랬다는 모스브루거의 주장도 어쩌면 이해가 될지 모른다. 귀신들은 그가 잠들면 그를 침대에서 내동댕이쳤고, 그가 일하면 작업을 방해했다. 그러더니 어느 날부터는 귀신들이 밤낮으로 이야기하고 싸우는 소리가 들렸다. 이것은 정신병이 아니었다. 그런데도 그렇게 이야기하는 것을 모스브루거는 견딜 수 없어했다. 물론 그도 가끔 기억나는 성직자의 설교로 자기 이야기를 치장하거나, 감옥에서 주워들은 이런저런 조언대로 말을 꾸미기도 했다. 그럴 재료는 항상 준비되어 있었다. 다만 사람들이 관심을 보이지 않으면 뭔가 금방 빛이 바래고 만다.

어쨌든 목수가 되어 방방곡곡을 전전할 때도 상황은 비슷했다. 겨울은 특히 목수 일을 찾기 어려운 계절이다. 그래서 몇 주 동안 길거리에서 잘 때도 많다. 어느 날 모스브루거는 하루종일 걸어 한 마을에 당도했는데 잘 곳이 없다. 결국 밤늦게까지 계속 걷기만 한다. 그런데 밥 사 먹을 돈은 없어도 술은 마시는 것이 인간이다. 그렇게 마시다가 안구 뒤로 촛불 두 개가 켜지고, 몸이 저 혼자 걸어간다. '시설'을 찾아 잠자리를 청하고 싶지는 않다. 따뜻한 수프는 얻어먹을 수 있겠지만, 벌레가 우글거리는 것도 싫고 잔소리를 듣는 것도 싫다. 그럴 바에야 차라리 길에서 잔돈 몇 푼을 구걸하고, 농가의 건초 더미로 기어들어가는 편이 낫다. 당연히 집주인은 모르게 말이다. 괜히 집주인에게 물어봤다가는 입만 아프고 무시당하기 일쑤다. 물론 그러고 나면 이튿날 아침 드잡이가 벌어지고, 폭행과 부랑 생활, 구걸 같은 혐의로 기소당하는 일도 드물지 않으며, 결국 전과기록만 점점 쌓여간다. 그러면 판사들은 그런 전과기록으로 모스브루거라는 인간이 전부 설명되기라도 하듯 잔뜩 거들먹거리며 그 기록들을 들춘다.

며칠, 아니 몇 주 동안 제대로 씻지도 못하는 것이 무슨 의미인지 아는 사람이 있을까? 살갗이 어찌나 딱딱하게 굳는지 부드럽게 행동하려고 해도 거친 동작만 가능하다. 그런 딱딱한 껍질 밑에서는 생동감 넘치는 영혼도 경직되기 마련이다. 이성은 그에 영향을 덜 받기 때문에 꼭 필요한 것은 이성적으로 처리할 수 있다. 이성은 지렁이나 메뚜기가 가득 들어찬, 움직이는 거대한 등대 속 작은 불빛처럼 타오른다. 그러나 그 속의 개성적인 것은 모두 짓이겨진 상태이고, 발효하는 유기물이 움직일 뿐이다. 그런 상태에서 마을에 도착하거나 한갓진 길에 접어들었을 때 모스브루거의 눈에 들어온 것은 여자들의 행렬이었다. 물론 반시간은 지나야 그다음 여자를 만날 정도로 공간상의 거리도 길고, 또 서로 아무 관련이 없는 여자들이지만 크게 보면 행렬은 행렬이었다. 그들은 한 마을에서 다른 마을로 가는 길이거나 방금 집에서 나오는 참이었다. 딱딱한 뱀의 굴곡처럼 허리를 감싼 두툼한 숄이나 저고리를 걸친 여자들은 따뜻한 방으로 들어가거나, 아이들을 앞세워 몰아갔다. 또는 거리에 외롭게 서 있기도 했다. 돌을 던지고 싶은 마음이 들 정도로 외롭게 선 까마귀처럼. 모스브루거는 마음속에 늘 그런 여자들에 대한 혐오의 감정만 가득했기에 자신은 결코 성욕 충족을 위한 욕정 살인범이 될 수 없다고 주장했다. 터무니없는 이야기 같지는 않다. 우리도 살찐 금빛 카나리아 한 마리가 폴짝폴짝 뛰어다니는 새장 앞에 가만히 앉아 있는 고양이나, 잡은 쥐를 톡톡 때리다가 도망치는 걸 보려고 놓아주고 다시 잡아서 때리길 반복하는 고양이를 이해하기 때문이다. 또 인간의 친구인 개는 어떤가? 굴러가는 자전거를 뒤따라가면서 장난삼아 깨무는 시늉을 하지 않는가? 살아 있는 것, 움직이는 것, 묵묵히 앞으로 굴러가는 것, 혹은 휙 지나가는 것에 보이는 이런 태도 속에는 스스로의 실존을 기뻐하는 다른 생물에 대한 은밀한 혐오가 숨어 있다. 그렇다면 여자가 소리치기 시작하면 어떻게 해야 할까? 그때라도 퍼뜩 정신을 차리든지, 그게 안 된다면 여자의 얼굴을 땅에 처박고 입속에 흙을 처넣을 수도 있지 않을까?

모스브루거는 그저 목수였을 뿐이다. 무척 외로운 인간이었다. 어디서 일하건 동료들과 잘 지냈지만 친구는 없었다. 그런데 이따금 내면의 크나큰 충동에 못 이겨 본성이 잔인한 방식으로 발산되기도 했다. 그러나 어쩌면 그것은 그의 말마따나 단지 교육을 못 받아서 그럴 수 있고, 아니면 그런 충동을 다르게 발전시킬 기회, 예를 들어 대량학살자나 극장 방화범, 혹은 위대한 무정부주의자가 될 기회가 주어지지 않아서 그럴 수 있다. 여기서 그는 비밀 조직과 연계해 활동하는 무정부주의자를 가짜라며 경멸했다. 모스브루거는 분명 병들었다. 하지만 남들과 다르게 행동하는 원인이 그 병든 본성에 있음이 틀림없는데도 정작 본인은 그것을 강력하고 고결한 자아의식처럼 느꼈다. 그의 전 인생은 억지로라도 그것을 인정받기 위한, 웃기고도 경악스러운 어설픈 투쟁이었다. 소년티가 채 벗어지지 않았을 때였다. 그는 고용주가 벌을 준답시고 때리려 하자 손가락을 부러뜨려버렸다. 다른 일터에서는 돈을 챙겨 달아나기도 했다. 그의 말로는 정의의 실현이었다고 한다. 어쨌든 그는 한 곳에서 오래 버티지 못했다. 처음에는 항상 묵묵히 눈에 띄지 않게 열심히 일만 하면서 사람들과 거리를 두었는데, 그게 유지되는 한 그곳에 머물렀다. 하지만 사람들이 이제야 그를 알아보았다는 듯 친숙하면서도 함부로 대하기 시작하면 즉시 짐을 쌌다. 마치 자신의 존재가 피부 밑에 단단히 고정되지 않은 것 같은 섬뜩한 감정이 엄습했기 때문이다. 한번은 짐을 너무 늦게 싼 적이 있었다. 공사장에서 벽돌공 넷이 그에게 자신들의 우위를 과시하려고 맨 위층에서 비계를 쓰러뜨리기로 작당했다. 그는 이들이 등뒤에서 키득거리며 다가오는 소리를 듣는 순간 헤아릴 길 없는 엄청난 힘으로 몸을 날려, 둘은 계단 아래로 던지고 다른 둘은 팔의 힘줄을 끊어버렸다. 그런데 그는 이 행동으로 자신이 처벌받은 것에 큰 충격을 받았다고 한다. 그래서 이 땅을 떠나 터키로 이주했다. 하지만 곧 돌아왔다. 어디를 가건 세상이 그에게 반기를 드는 것은 마찬가지인데다가 그런 작당을 깨뜨릴 어떤 마법도 어떤 호의도 없더라는 것이다.

이런 말들을 그는 정신병원과 감옥에서 열심히 배웠다. 그 밖에 프랑스어와 라틴어도 몇 마디 주워들었다. 지배자들에게 그의 운명을 '결정할' 권리를 주는 것이 바로 그런 언어라는 이야기를 들은 뒤로는 가끔 말 중간중간에 섞어넣었다. 그것도 전혀 어울리지 않는 대목에서. 같은 이유로 심리중에도 유식한 어휘를 사용하려고 노력했다. 가령 이런 식이었다. "그 점이 제 잔인성의 토대로 간주되어야 합니다." 혹은 "저는 평소 판단하던 것보다 그런 여자들을 훨씬 더 잔인하게 상상했습니다." 그러나 이런 것도 별로 큰 인상을 주지 못한다는 것을 알아차렸을 때는 이따금 위대한 연극배우 행세를 하며 자조하듯 자신을 '이론적 무정부주의자'로 치부했다. 무지한 노동자 대중을 악랄하게 착취하는 유대인들에게 무언가를 빼앗으려고 하면 언제라도 사회민주주의자들이 구원의 손길을 내밀어주는 그런 이론적 무정부주의자 말이다. 이것을 통해 그는 자신에게도 하나의 '전공 분야', 즉 잘난 척하는 판사들의 오만함도 결코 따라오지 못할 자기만의 영역이 있음을 보여주려고 했다.

그는 이런 말들 덕분에 대개 '주목할 만한 지력'의 소유자라는 평판을 얻었고, 심리나 엄정한 처벌 때도 존경어린 주목을 받았다. 게다가 내면의 알랑대는 허영심으로 인해 이 재판을 자기 인생의 황금기로 느꼈다. 그런 까닭에 복잡하기 짝이 없는 그의 본질을 몇 마디 낯선 말로 깎아내리는 정신과의사만큼 혐오스러운 인간은 없었다. 그들에게는 그게 일상인 듯했다. 그런데 이런 경우에는 늘 그렇듯, 피고의 정신상태에 대한 의학적 소견은 그보다 상위에 있는 사법적 관념 세계의 압력에 눌려 항상 오락가락했다. 모스브루거는 그런 기회를 놓치지 않고, 공개재판에서 정신과의사보다 자신이 낫다는 것을 증명했을 뿐 아니라 정신과의사들이란 실은 그가 꾸며대는 말에 속아넘어가 멋도 모르고 그를 정신병원으로 보내야 한다고 주장하는, 헛바람만 잔뜩 들어간 얼간이 사기꾼이라고 단정지었다. 마땅히 그가 갈 곳은 병원이 아니라 감옥인데 말이다. 이유는 분명했다. 그는 범행을 부인하지 않았고, 그 범행을 위대한 인생철학의 불행한 사고로 이해하려고 했기 때문이다. 키득거리는 여자들은 특히 그를 망치려고 작당한 인간들이다. 그들은 모두 꽁무니를 졸졸 따라다니는 사내가 있었고, 자기처럼 진지한 남자의 직선적인 말은 모욕으로까지 받아들이지는 않는다 해도, 그렇다고 귀담아듣지도 않았다. 그는 흥분하지 않으려고 가능한 한 그런 여자들을 피했다. 물론 그게 항상 가능하지는 않았다. 결국 남자로서 머릿속이 멍해지고 불안 때문에 양손에 땀이 차서 아무 일도 할 수 없는 나날이 찾아왔다. 그러면 포기해야 함에도 이런 확신이 들었다. 떠돌아다니는 독, 즉 자신을 속으로 비웃는 사기꾼 여자가 남들이 보낸 정찰대처럼 첫걸음부터 이미 그의 길을 가로막고 있다는 것이다. 남자에게 훨씬 더 나쁜 짓을 인정사정없이 저지를 수 없다면 그의 힘을 약화시키고 자신의 연기를 믿게 하려고.

그렇게 그날 밤의 끝이 찾아왔다. 내면의 불안을 가라앉히려고 떠들썩하게 아무렇게나 술을 들이켠 밤이었다. 취하지도 않았는데 세상이 불안하게 느껴지는 날이 있다. 거리의 벽들이 마치 무대배경처럼 흔들린다. 무대배경 뒤에는 나오라는 신호만 기다리는 무언가가 도사리고 있다. 달이 환히 비추는 너른 들판과 경계를 이루는 도시 변두리는 점점 조용해진다. 모스브루거는 집으로 가려면 여기서 돌아서야 했다. 그때였다. 철제 다리에서 한 아가씨가 말을 걸어왔다. 다리 밑 풀밭에서 남자들에게 몸을 파는 여자였다. 지금은 특별히 하는 일이 없는 도망친 하녀였는데, 두건 아래로 두 개의 생쥐 눈이 유혹하듯 반짝거렸다. 체구는 자그마했다. 모스브루거는 여자를 뿌리치고 걸음을 빨리했다. 그러자 여자는 그의 집으로 데려가달라고 간청했다. 모스브루거는 계속 걸었다. 그런데 모퉁이를 돌자 어쩔 줄 몰라 갈팡질팡했다. 그는 보폭을 넓혔다. 여자는 뛰다시피 그를 따라왔다. 그가 걸음을 멈추면 여자는 그림자처럼 옆에 섰다. 마치 그가 끈으로 묶어 여자를 끄는 듯했다. 그는 여자를 쫓아버리려고 또 한번 시도했다. 등을 돌려 여자의 얼굴에다 침을 두 번 뱉은 것이다. 그러나 소용없었다. 여자는 개의치 않았다.

그 일은 엄청나게 넓은 공원에서 일어났다. 두 사람은 폭이 가장 좁은 길로 공원을 가로질렀다. 처음에 모스브루거는 여자의 보호자가 근처에 있다고 확신했다. 그게 아니라면 이렇게 난폭하게 구는 남자를 어떻게 여자 혼자 따라갈 생각을 하겠는가? 그는 슬그머니 호주머니에 손을 넣어 칼을 잡았다. 바보 취급을 당할 마음은 추호도 없었다. 게다가 누군가 기습적으로 덮칠 수도 있었다. 여자들 뒤에는 항상 사람을 우롱하는 다른 남자가 숨어 있기 마련이다. 아니, 혹시 이 여자가 변장한 남자는 아닐까? 그림자들이 움직이고, 나무 부스럭거리는 소리가 들리는 듯했다. 그런데 정체를 알 수 없는 이 음흉한 여자는 마치 좌우로 크게 움직이는 시계추처럼 일정한 간격으로 똑같은 간청을 되풀이했다. 그의 엄청난 힘을 쏟아부을 상대는 어디서도 발견되지 않았다. 그는 아무 일도 일어나지 않는 이 섬뜩한 상황이 무서워지기 시작했다.

음산한 느낌이 드는 첫 거리에 도착했을 때 그의 이마에 땀방울이 송골송골 맺혔다. 몸까지 파르르 떨렸다. 그는 옆으로 눈길도 주지 않고 아직 열려 있는 카페로 곧장 들어갔다. 그러고는 무언가에 쫓기는 사람처럼 블랙커피 한 잔과 코냑 석 잔을 연거푸 마신 다음, 자리에 가만히 앉아 있었다. 그렇게 십오 분쯤 지났을 것이다. 계산을 하는 순간 다시 그 생각이 났다. 여자가 지금도 밖에서 기다리고 있으면 어떡하지? 원래 생각들 가운데에는 노끈처럼 사람의 팔다리를 끝없이 휘감는 생각도 있다. 그가 어두운 거리로 몇 발짝을 떼는 순간 옆에서 그 여자의 존재가 느껴졌다. 여자의 태도는 이제 굴종적인 게 아니라 뻔뻔하고 자신만만했다. 간청도 하지 않았다. 그저 입을 다물었다. 이제 그는 이 여자를 절대 떼놓지 못하리라는 걸 알아차렸다. 여자를 뒤에 매달고 온 것이 바로 자신이었으니까. 목이 메는 듯한 역겨움이 목구멍 가득 솟구쳤다. 그는 걸었다. 뒤를 따르는 여자는 이제 거의 그 자신이나 다름없었다. 여자들의 행렬을 만날 때와 똑같았다. 예전에 그는 다리에 박힌 큰 나뭇조각을 직접 뽑은 적이 있었다. 너무 초조해서 의사를 기다릴 수 없었기 때문이다. 호주머니에 든 길고 딱딱한 칼이 그때와 무척 비슷하게 느껴졌다.

모스브루거는 정말 초인적인 노력으로 또하나의 도덕적 탈출구를 찾아냈다. 지금 걷고 있는 길을 따라 나무 울타리가 이어져 있었는데, 그 뒤에 운동장이 있었다. 거기라면 몸을 숨길 수 있을 것 같았다. 그는 얼른 방향을 틀어, 좁은 매표소 안으로 들어가 누운 다음 가장 어두운 구석 쪽으로 머리를 밀어넣었다. 나긋나긋한 그 빌어먹을 두번째 자아가 옆에 나란히 누웠다. 그는 방금 잠이 든 척했다. 그러다 나중에 살짝 도망칠 생각이었다. 그런데 그가 살며시 발을 내밀고 밖으로 기어나가려고 했을 때 여자가 갑자기 나타나 그의 목을 두 팔로 감았다. 순간 그녀의 주머니에선가 자신의 주머니에선가 무언가 딱딱한 물체가 느껴졌다. 그것을 끄집어냈다. 가위인지 칼인지 알 수 없었다. 그것으로 찔렀다. 그전에 그녀는 그게 가위일 뿐이라고 했지만, 실은 그의 칼이었다. 그녀가 매표소 안으로 쓰러졌다. 그가 그녀를 밖으로 조금 끌어냈다. 부드러운 흙 위였다. 그는 그녀를 자신에게서 완전히 떼어놓을 때까지 찌르고 또 찔렀다. 그러고는 십오 분 정도 더 옆에 서서 그녀를 관찰했다. 그사이 밤은 고요해졌고, 놀랄 정도로 매끄러워졌다. 이제 이 여자는 더는 어떤 남자도 모욕할 수 없고 귀찮게 할 수도 없었다. 마지막으로 그는 거리 건너편으로 시체를 운반해서 덤불 앞에 놓아두었다.

그의 말에 따르면, 발견하기 쉬운 곳으로 옮겨 여자가 빨리 매장될 수 있도록 하기 위해서였다. 이제 그녀는 스스로 할 수 있는 일이 없었기 때문이다.

재판 과정에서 모스브루거는 자신의 변호사에게도 예상치 못한 어려움을 야기했다. 자신이 마치 방청객인 양 피고석에 느긋하게 앉아, 검사가 일반 공공에 대한 그의 위험성, 즉 피고 자신이 생각하기에도 충분히 적절하게 위험성을 지적하면 "브라보"를 외쳤다. 그뿐만이 아니었다. 피고의 책임무능력을 추정할 만한 어떤 성향도 발견하지 못했다고 증언하는 증인들에게도 칭찬의 말을 아끼지 않았다. "당신은 참 재미있는 기인입니다." 재판을 이끄는 판사는 가끔 이런 말로 그의 비위를 맞추면서 피고 스스로 걸려든 올가미를 치밀하게 조여갔다. 그러면 모스브루거는 마치 흥분하도록 부추겨진 경기장 안의 투우처럼 한순간 놀란 표정으로 서서 주위를 두리번거리다가 주변 사람들의 얼굴에서, 자신은 이해할 수 없지만 또다시 스스로 알아서 유죄 속으로 한걸음 더 깊이 들어갔음을 알아차렸다.

울리히의 마음을 특히 잡아끈 것은 모스브루거의 변명 속에 어렴풋하게나마 인식할 수 있는 하나의 계획이 분명 있다는 사실이었다. 그는 원래 살인할 의도로 외출한 것이 아니었고, 인격적 존엄성 때문에 정신병적 원인을 스스로에게 용납하지 않았다. 쾌락은 더더욱 거론할 것이 못 되었다. 당시 그에게 존재했던 것은 구역질과 경멸의 감정뿐이었다. 그렇다면 여자의 수상쩍은 행동, 그의 표현에 따르자면 "한 여자의 캐리커처"가 그를 살인으로 유인한 것이 분명했다. 심지어 그의 말을 제대로 이해했다면, 그는 자신의 살인 행위를 정치적 범죄로 봐줄 것을 요구했다. 또 가끔은 자기 자신을 위해 싸우는 것이 아니라 법적 안정성을 위해 싸우고 있다는 인상을 풍기기도 했다. 그에 맞서 판사가 사용한 전략은 피고의 모든 행동을 책임을 회피하려는 살인자의 어설프고도 교활한 시도로 치부하는 평범한 것이었다. "피고는 왜 피 묻은 손을 씻었지요? 피고는 왜 칼을 버렸지요? 피고는 왜 범행 후 속옷과 겉옷을 갈아입었지요? 일요일이라서요? 혹시, 옷에 피가 묻어서 그런 거 아닙니까? 또 피고는 왜 여흥을 즐기러 갔지요? 그런 범행을 저지르고도 즐길 생각이 나던가요? 후회하는 마음이 있기나 한가요?" 울리히는 모스브루거가 이런 순간에 느끼는 깊은 체념을 충분히 이해했다. 몰이해의 그물망을 뚫기에 역부족인 자신의 낮은 교육 수준을 탓하게 만드는 체념이었다. 몰이해의 그물망은 판사의 언어로는 단호한 꾸짖음으로 이렇게 표현되었다. "피고는 항상 교묘하게 남에게 책임을 전가하고 있습니다!" 판사는 경찰 조서와 피고의 부랑 생활을 토대로 모든 것을 하나로 귀결시켰고, 그것이 모스브루거의 유죄로 확증되었다. 하지만 모스브루거에게 그것은 서로 아무 연관성이 없고 원인도 각각 다른 개별 사건들로 이루어져 있었다. 원인이라는 것도 모스브루거의 외부 세계 어딘가에 존재하는 것들이었다. 판사의 눈에는 그의 행동이 모두 그에게서 비롯된 것으로 보였지만, 그의 눈에는 마치 어디선가 날아온 새들처럼 그에게 다가왔을 뿐이다. 판사에게 모스브루거는 특별한 케이스였다면 모스브루거 본인에게 자신은 하나의 세계였다. 하나의 세계에 대해 무언가 확고한 것을 말하기는 무척 어렵다. 이 사건에서 서로 싸우는 것은 두 개의 전략이자, 두 개의 통일체이자, 두 개의 논리적 일관성이었다. 불리한 쪽은 모스브루거였다. 똑똑한 사람도 그처럼 그렇게 이상하고 모호한 이유를 댈 수는 없었기 때문이다. 그 이유들은 그가 살아온 인생의 혼란스러운 외로움에서 기인했다. 다른 사람들의 인생은 자기 것이건 남의 것이건 모두 똑같은 방식으로 수백 가지가 존재한다면 그의 진정한 인생은 오직 그를 위해서만 존재했다. 그것은 지속적으로 변형되고 형태를 바꾸는 숨결이었다. 물론 그는 판사들에게 이렇게 물을 수도 있었다. 그들의 인생은 본질적으로 그와 뭐가 다르냐고. 그러나 그는 그런 생각조차 하지 않았다. 사법부의 눈에는 항상 순차적으로 자연스럽게 일어나는 일들이 그의 내면에서는 의미 없이 뒤죽박죽 뒤섞여 있었다. 그는 고결한 적의 품위에 결코 뒤지지 않는 의미를 만들어내려고 막대한 노력을 기울였다. 그럴 때면 판사는 피고의 노력을 지원했고 어떤 때는 적절한 개념까지 제공해주었는데, 그런 모습이 선량해 보이기까지 했다. 물론 모스브루거에게는 아주 끔찍한 결과를 부를 개념들이었지만.

그것은 그림자와 벽의 싸움 같았다. 마지막에 그 벽에 잔인하게 깜박거린 것은 모스브루거의 그림자였다. 마지막 재판에는 울리히도 참석했다. 재판장이 유죄를 선언하는 판결문을 낭독하자 모스브루거는 자리에서 벌떡 일어나더니 이렇게 선포했다. "나는 판결에 만족합니다. 내 목적을 이루었습니다." 그런데 주변 사람들의 눈에 조롱 섞인 불신이 어른거리는 것을 본 순간 화난 목소리로 덧붙였다. "기소를 하게 만든 사람으로서 나는 이 법정의 증거절차에 만족합니다!" 그러자 엄정함과 징벌의 대변자인 재판장이 나서서, 법정에서는 피고의 만족 여부가 결코 중요하지 않다고 주의를 환기시켰다. 그러고는 사형판결을 내렸다. 마치 모스브루거가 재판 내내 참석한 모든 이들을 즐겁게 해주려고 내뱉은 온갖 황당한 말들에 대해 이제는 진지하게 답할 때가 되었다는 듯이. 모스브루거는 충격을 받은 것처럼 보이지 않으려고 아무 말도 하지 않았다. 재판은 이렇게 마무리되었고, 모든 것이 끝났다. 그때였다. 그의 정신에 동요가 일었다. 그가 한발 뒤로 물러났다. 자신을 이해하지 못하는 사람들의 교만함에 아득해진 듯했다. 그는 몸을 돌렸다. 어느새 경비병들이 다가와 그를 밖으로 끌어냈다. 무슨 말을 해야 할지 고민하던 그가 마침내 경비병들을 뿌리치고 두 손을 위로 뻗으며 소리쳤다. "나는 당신이 정신병자에게 사형판결을 내렸다는 사실을 고백해야겠지만, 그럼에도 이 판결에 만족합니다!"

앞뒤가 맞지 않는 말이었다. 울리히는 숨죽이고 앉아 있었다. 정신착란이 분명했다. 하지만 우리 존재의 고유한 요소들이 만들어낸 하나의 일그러진 맥락이라는 점도 명백했다. 그의 존재는 토막 나고 어둠에 잠겨 있었다. 울리히는 문득, 만일 인류가 하나의 전체로서 꿈을 꿀 수 있다면 모스브루거라는 인간도 분명 나올 거라는 생각이 들었다. 이런 생각에 빠져 있던 그에게 퍼뜩 정신이 들게 한 것은 변호사의 목소리였다. 언젠가 심리중에 배은망덕한 모스브루거가 "불쌍한 어릿광대"라고 불렀던 변호사가 세부 사실에 문제가 있다며 항소를 제기한 것이다. 그 사이 그들 두 사람의 거구 의뢰인은 이미 밖으로 끌려나가고 있었다.

19. 편지 훈계, 특성을 얻을 기회. 두 왕가의 즉위 기념식 경쟁

이런 식으로 시간을 보내던 중에 울리히는 아버지로부터 편지를 받왔다. "사랑하는 아들아! 뜸하게나마 받아보던 네 소식에서 네가 인생 행로에서 단 몇 걸음이라도 나아갔는지, 아니면 적어도 그럴 준비라도 하고 있다는 말을 듣게 될까 했는데, 그새 벌써 몇 달이 지나갔구나.

이제야 고백하지만, 지난 몇 년 동안 다양한 방면에서 활동하는 유명한 분들이 네 성취를 칭찬하고, 그를 근거로 네 앞에 탄탄대로가 열렸다고 장담하는 것을 들으면서 속으로 얼마나 기뻤는지 모른다. 하지만 이 아비를 닮지 않은 네 성향이 걱정이구나. 어떤 일을 시작하면 처음에는 미친듯이 빠지다가도 그 시기가 지나면 너 자신뿐 아니라 네게 기대를 하는 모든 사람들을 위해 해야 할 일을 까맣게 잊고 마는 그 성미 말이다. 게다가 네 편지를 읽을 때마다 너의 장래 계획을 유추할 수 있는 단서라도 찾고 싶지만, 어디에도 그런 게 없으니 참으로 걱정이 크구나.

너도 이제 다른 남자라면 벌써 인생에서 확고한 자리를 마련했을 법한 나이가 되었다. 더구나 나는 언제 죽을지 모른다. 너와 네 누이에게 공평하게 나누어줄 유산이 비록 적지는 않으나, 요즘 같은 시절에는 네게 사회적인 입지를 보장해줄 만큼 큰 재산은 아니다. 그렇다면 사회적 지위는 결국 너 스스로 마련해야겠지. 박사학위를 마친 뒤 너는 앞으로의 계획을 대략적으로만 이야기했다. 굉장히 다양한 분야에서 실현되어야 하고, 네가 늘 하던 버릇대로 과대평가가 심한 계획들이었지. 그러면서도 강의를 맡는 것이 너에게 줄 만족감이나, 이런저런 대학과의 접촉이나, 결정권을 쥔 사람들과 유대 관계를 맺는 것에 대한 이야기는 한 번도 쓴 적이 없구나. 그걸 생각하면 걱정이 이만저만이 아니다. 그렇다고 이 아비가 학문적 독립성을 폄하해서 이러는 거라고 오해하지는 말거라. 나도 사십칠 년 전에는, 너도 알다시피 이제 12쇄를 찍게 된 『자무엘 푸펜도르프의 책임론과 현대 법률학』에서 핵심 문제를 조명함으로써 처음으로 그와 관련된 구시대 형법학회의 편견들을 타파한 사람이다. 하지만 열심히 일해온 삶의 경험으로 보건대, 사람은 학문적 사회적 관계를 무시하고 혼자 살아갈 수 없다는 점을 꼭 명심했으면 좋겠다. 그런 관계야말로 개인의 일에 든든한 밑거름이 되고, 이를 바탕으로 개인은 다시 생산적이고 유익한 관계를 맺게 되는 것이니까.

해서 아비는 네가 고향으로 돌아온 지금, 그런 관계를 더는 소홀히 하지 않고 소중히 가꾸어나가기 시작했다는 소식을 조속히 듣고 싶은 마음 간절하다. 내가 출세를 위해 기울인 갖은 노력에 대한 보상도 그것이면 충분하다. 어쨌든 그런 차원에서 나는 오랫동안 관계를 이어온 나의 진정한 벗이고 후원자이신 전 재정청장이자 현 궁내성 산하 최고 가정재판소 소장이신 슈탈부르크 백작 각하께 편지를 써서, 조만간 네가 찾아뵙고 청을 드릴 예정이니 부디 호의적으로 받아달라고 부탁드렸다. 그런데 그분은 황송하게도 이 아비의 부탁을 들어주겠다고 바로 답을 주셨다. 너한테는 크나큰 행운이다. 백작 각하께서 친히 너를 맞아주실 뿐 아니라 내가 미리 말씀드린 네 이력 또한 호의를 갖고 살펴주겠다고 약속하셨으니 말이다. 내 힘이 닿고 짐작이 미치는 한, 네가 백작 각하의 마음에 들고, 아울러 너에 대한 대학 지도층 인사들의 인상을 잘 다져놓기만 한다면 너의 미래는 반석과 같으리라 확신한다.

이젠 네가 백작 각하를 찾아뵙고 말씀드릴 청의 내용을 일러주마. 그걸 알면 너도 기쁜 마음으로 청하게 될 거라 믿는다.

독일에서는 1918년 6월 15일을 전후해서 빌헬름 2세 황제의 치세

삼십 주년을 기념해 온 세상에 독일의 힘과 위대함을 알릴 큰 행사를 연다고 한다. 아직 여러 해가 남아 있지만, 믿을 만한 소식통에 의하면 벌써 행사 준비가 시작되었다고 하는구나. 물론 지금은 당연히 비공식적으로 진행되고 있지만 말이다. 너도 알겠지만, 존경하는 우리 황제 폐하의 즉위 칠십 주년 행사도 같은 해에 열린다. 날짜는 12월 2일로 못박혀 있다. 사실 아비는 우리 오스트리아인들이 조국과 관련된 모든 문제에서 보이는 과도한 겸양 때문에 우리가 또다시 쾨니히그레츠*를 경험하게 되지 않을까 염려된다. 다시 말해 그 전투 당시 우리로서는 생각지도 못한 후장총**을 독일인들이 앞서 개발한 것처럼 그들이 또다시 효율성에 초점을 맞춘 방식으로 우리를 앞지르지 않을까 우려스럽다는 말이다.

다행스럽게도 훌륭한 인맥을 가진 다른 애국 인사들 또한 이런 우려에 충분히 공감하고 있다. 네게 미리 알려주자면 목하 빈에서는 그런 우려를 불식시키고, 삼십 년에 불과한 독일 즉위식에 비해 축복과 비통함의 장대한 역사가 함께하는 칠십 주년을 그 세월의 무게에 맞게 치르려는 애국운동이 진행중이다. 12월 2일이라는 시간을 6월 15일보다 앞당기는 것은 당연히 불가능하다. 그렇다면 1918년 한 해를 온전히, 평화를 사랑하시는 우리 황제의 기념해로 만들자는 것이 우리 모두의 행복한 상상이다. 내가 아는 것은 여기까지다. 물론 이 정도도 내가 속

---

* 프로이센과 오스트리아의 전쟁에서 프로이센의 승리를 결정지은 1866년 7월 3일의 전투를 말한다. 프로이센은 이 전투에서 오스트리아의 항복을 받아내고, 비스마르크 주도하에 프로이센 중심의 독일 통일을 시작했다.

** 탄알을 총신 뒤쪽에서 장전하도록 만든 총.

한 단체들이 그 애국운동의 활성화에 의견을 개진할 기회가 있었기에 알고 있을 뿐이다. 더 자세한 것은 애국운동준비위원회 안에 네 나이에 과분한 자리를 생각해두고 계시는 슈탈부르크 백작을 찾아뵙는 자리에서 직접 확인하도록 해라.

비슷한 얘기지만, 한 가지 더 일러둘 게 있다. 벌써 여러 차례 권고했듯이, 이제는 더이상 지금까지처럼 이 아비를 괴롭히지 말고 제국외무성의 투치 국장 집안과 연을 맺도록 해라. 너도 알다시피 그 집 부인은 돌아가신 내 형님 쪽과 연이 있는 분이다. 형수님 사촌의 딸이니 말이다. 그렇다면 네게도 사촌이나 다름없다. 부인을 즉시 찾아뵙도록 해라. 들리는 말로는, 그 부인께선 내가 앞서 설명한 프로젝트에서 요직을 맡고 계신다고 한다. 존경하는 벗 슈탈부르크 백작께서 벌써 황공하게도 그 부인에게 네가 방문할 거라는 언질을 주셨다고 하더구나. 더이상 미적거리지 말고 당장 부인을 찾아뵙고 인사드려라.

내 이야기는 더 할 게 없다. 다만 요즘은 강의 말고도 앞서 말한 책의 개정 작업 때문에 시간을 다 뺏기고 있구나. 이 나이에 남은 노동력도 전부 거기에 쏟아야 할 판이다. 시간을 잘 활용해야 한다는 걸 새삼 깨닫는다. 시간은 짧다.

네 누이는 건강하게 지낸다는 소식만 들었다. 사위는 유능하고 성실한 사람이다. 제 입으로 털어놓은 적은 한 번도 없지만, 자기 운명에 만족하고 그 안에서 행복해하는 것 같더구나.

은총이 함께하길 빈다.

사랑하는 아버지가"

제2부

비슷비슷한 일이 일어나다

20. 현실과의 접촉. 특성의 결핍에도 울리히는 과단성 있고 열정적으로 행동하다

울리히가 슈탈부르크 백작을 예방하기로 마음먹은 데에는 여러 이유가 있겠지만, 그중에서도 특히 그를 움직인 것은 호기심이었다.

슈탈부르크 백작의 집무실은 황궁에 있었다. 카카니엔 제국의 황제는 전설적인 노군주였는데, 당시부터 황제에 관한 책들이 쏟아져나왔다. 그래서 사람들은 황제가 무엇을 했고, 무엇을 하지 않았거나 못하게 막았는지 정확히 알고 있었다. 그런데 당시, 그러니까 카카니엔 황제 치하의 지난 십 년 동안 학문과 예술의 현대적 조류에 친숙했던 젊은 사람들은 간혹 황제가 아직도 살아 있는 인물이 맞는지 의심스러워했다. 시중에 깔린 황제의 초상화 수는 제국의 백성 숫자만큼이나 많았다. 황제의 탄신일은 구세주의 탄신일만큼이나 질펀하게 먹고 마시는 날이었는데, 산 위에서는 불이 활활 타올랐고 수백만 명이 이구동성으로 황제를 아버지처럼 사랑한다고 소리쳤다. 급기야 황제의 영광을 찬미하는 노래는 문학과 음악의 비할 바 없이 중요한 주제가 되었고, 그래서 카카니엔의 백성이라면 누구나 그런 시구나 노래를 한 줄 정도는 읊을 수 있었다. 그런데 이런 인기와 대중성은 지나치게 공고해서, 황제에 대한 믿음은 수천 년 전부터 이미 존재하지 않는 별들을 지금 눈으로 보면서 있다고 믿는 것과 비슷했다.

울리히가 황궁으로 향하면서 처음 겪은 일은 그를 태운 마차가 황궁 바깥에서 멈춘 것이었다. 마부는 황궁 성문을 통과할 수는 있지만 황궁 안에서는 마차를 멈추어서는 안 된다고 하면서 마차 삯을 달라고 요구했다. 울리히는 사기꾼이 아니라면 겁쟁이가 틀림없는 마부에게 화를 내며 안으로 마차를 몰라고 독촉했다. 그러나 그런 항의는 마부의 소심한 거부에 속수무책이었다. 그는 갑자기 이 거부 속에서 자기보다 더 막강한 힘의 아우라를 느꼈다. 결국 그는 황궁으로 걸어들어갔다. 곧이어 수많은 붉은색, 푸른색, 흰색, 노란색 저고리와 바지, 투구에 꽂은 깃털이 모래톱에 앉은 새들처럼 햇볕 아래 딱딱하게 굳어 있는 게 보였다. 그때까지 울리히는 "폐하"라는 말을 우리 언어 습관으로 남은 의미없는 관용어라 생각해왔다. 무신론자임에도 "그뤼스 고트!"* 하고 습관적으로 인사하는 것처럼 말이다. 이제 그의 시선은 높은 담장을 따라 올라갔다. 여기 있는 것은 도시의 분주함이 영문도 모른 채 옆을 홱 스치고 지나가는, 단단히 무장한 잿빛의 폐쇄된 섬이었다.

* Grüß Gott. 직역하면 '신에게 안부를'이라는 뜻이지만 '안녕하세요!'라는 일반적인 인사말로 쓰인다.

울리히는 찾아온 용건을 밝히고 안내를 받아 계단과 복도, 방, 홀을 지나갔다. 옷을 무척 잘 차려입고 있었음에도 그를 보는 모든 사람들의 시선에서 자신의 신분이 완전히 노출된 느낌을 받았다. 여기서는 누구도 정신의 고결함을 현실의 고결함과 혼동하지 않는 듯했다. 그래서 울리히에게 남은 것이라고는 빈정거리는 항의와 시민적 비판을 통한 내적 만족뿐이었다. 그는 지금 든 것이 별로 없는 커다란 집을 지나는 중이었다. 홀에는 가구가 거의 없었다. 그러나 이런 휑한 미적 취향에 위대한 양식의 씁쓸함은 없었다. 그는 느슨하게 열을 지어 선 근위병과 시종들을 지나갔다. 그들은 위풍당당하다기보다 어딘지 좀 서툴게 보초를 서고 있다는 인상을 풍겼는데, 차라리 보수를 좀더 주고 경험 많은 사설탐정 대여섯 명을 쓰는 편이 한결 효과적일 듯했다. 은행 사환처럼 회색 옷을 입고 모자를 쓴 일종의 하인 같은 사람들이 시종과 근위병들 사이를 바쁘게 오가고 있었는데, 울리히는 그들의 모습에서 사무실과 집을 엄격하게 분리해두지 않은 변호사나 치과의사가 떠올랐다. 그는 이런 생각을 했다. '이런 호화로움이 그 옛날 비더마이어* 시절의 사람들한테는 얼마나 위압적으로 작용했을지 충분히 상상이 가지만, 오늘날엔 아름답고 편리한 호텔하고만 비교해도 상대가 안 돼. 그래서 영리하게도, 저렇게 고결한 절제미를 완고하게 지키는 척하는 거지.'

울리히가 들어가자 백작이 친히 그를 맞았다. 최상의 비율로 이루어진 크고 높은 다면체의 집무실 한가운데에 머리가 벗어진 보잘것없는

* 1815~1848년 독일에서 유행한 예술 양식으로, 1830년 프랑스 7월혁명의 정치적 반동에 대한 환멸과 소시민적 자족감이 섞인 비정치적 퇴영적 풍조가 특징이다.

한 남자가 오랑우탄처럼 무릎을 약간 굽히고 구부정한 자세로 서 있었다. 그 자체로 빛이 나는 고귀한 가문 출신의 최고위 관료가 아니라 그런 것을 흉내낸 듯한 모습이었다. 어깨는 앞으로 축 늘어졌고, 입술도 처져 있었다. 전체적으로 늙은 관청 수위나 고리타분한 회계 관료와 비슷했다. 그러나 어느 순간 이 사람이 누구인지 더는 의심하지 않았다. 슈탈부르크 백작의 속셈이 뻔히 보이는 듯했다. 칠십 년 동안 지상 최고 권력의 중심에 서 있던 남자가 이제는 뒤로 한 걸음 물러나 신하들 중에서도 최하급 신하의 모습으로 보이기를 즐기고 있었던 것이다. 그렇다면 이런 최고 권력자 앞에서는 자신을 개인적으로 내세우지 않는 것이 응분의 예의이자 신하된 자의 도리였다. 왕들이 스스로 국가 제일의 공복이라 칭하길 좋아하는 것도 같은 맥락으로 보였다. 울리히는 재빨리 백작을 훑어보면서 그가 정말 카카니엔의 관청 수위나 열차 짐꾼과 똑같은 구레나룻을 기르고 있는 것을 확인했다. 턱 부분만 깨끗이 면도한, 서리처럼 희고 짧은 구레나룻이었다. 사람들은 하급 관료들이 외모 면에서 제왕들을 흉내내고 있다고 생각했지만, 더 깊은 욕망을 들여다보면 사실 그 근저에는 상호성이 자리하고 있었다.

울리히는 이 점에 관해 숙고할 시간이 있었다. 백작이 말을 걸 때까지 얼마간 기다려야 했기 때문이다. 삶의 유희에 속하는 연극적 변장과 변신 충동이 아무 뒷맛 없이 고스란히 느껴졌다. 이것이 꾸며낸 거짓이라는 일말의 의식조차 없는 듯했다. 이 충동은 어찌나 강하던지, 자기 연출의 이런 무의식적이고 지속적인 예술에 비하면 사람들이 극장에서 몇 시간씩 습관적으로 연극에 빠지는 것은 지극히 작위적이고 퇴행적인 분열처럼 느껴졌다. 마침내 백작이 윗입술을 아랫입술에서 떼어

"자네 부친께서는……" 하고 입을 여는가 싶더니 바로 말을 멈추었다. 그런데 그 목소리에는 눈에 띄게 아름답고 노르스름한 두 손을 느끼게 하는 무언가와 백작의 몸 전체를 감싼 팽팽한 도덕성 같은 것이 담겨 있는 듯했다. 이것들이 무척 매혹적으로 느껴지는 순간 울리히는 지적인 인간들이 흔히 저지르는 실수를 저지르고 말았다. 백작이 그에게 어떤 일을 하느냐고 물었을 때 그는 수학자라고 답했다. "음, 흥미롭군, 어느 학교에 있나?" 이어진 질문에 울리히는 학교와는 연을 맺고 있지 않다고 답했다. "음, 그것도 아주 흥미롭군, 나도 알지, 학문이니 대학이니 하는 것들을." 울리히는 현상황이 마치 대화극처럼 친숙하고 편하게 느껴져 부지불식간에 그만 집에 있을 때처럼 행동하면서, 상황에 맞는 사회적 규범이 아닌 자기 생각에 따라 움직이는 우를 범하고 말았다. 갑자기 머릿속에 모스브루거가 떠올랐고, 바로 이곳에 은총의 힘이 있다고 생각한 것이다. 지금 그에게는 그 힘을 사용할 수 있을지 시험해 보는 것보다 쉬운 일은 없어 보였다. 그가 불쑥 물었다. "이렇게 각하를 뵌 기회를 빌려, 부당하게 사형선고를 받은 한 남자를 위해 감히 청을 올려도 되겠습니까?"

이 질문에 슈탈부르크 백작의 눈이 휘둥그레졌다.

"실은 욕정 살인범입니다." 울리히는 이 말을 뱉는 순간 자신이 얼마나 말도 안 되는 짓을 하고 있는지 깨달았다. "물론 정신병자입니다." 그가 재빨리 수정했다. 그러면서 하마터면 이 말까지 덧붙일 뻔했다. '각하께서도 아시겠지만, 이 점에서 우리의 법은 여전히 지난 세기 중반의 케케묵은 수준에 머물러 있습니다.' 하지만 마지막 순간에 말을 꿀꺽 삼키고는 가만히 앉아 있었다. 지적인 문제를 다루기 좋아하는 사람들이야 특별한 목적도 없이 논쟁적으로 말하는 것에 익숙하지만, 높으신 권력자에게까지 그런 기대를 하는 것은 탈선이었다. 그런 논쟁은 적절한 곳에서 제대로 잘 꺼내면 정원의 비옥한 흙처럼 생산적일 수 있지만, 이런 곳에서 괜히 잘못 꺼내놓았다가는 실수로 방에 들인 신발 바닥의 더러운 흙이 될 수도 있었다. 슈탈부르크 백작은 울리히의 당황한 기색을 알아차리고는 크나큰 호의를 베풀었다. "그래, 그래, 나도 기억하네." 백작은 울리히에게서 살인범의 이름을 들은 뒤 이렇게 말하고는 약간의 자제력을 담아 물었다. "그러니까 자네는 그 작자를 정신병자로 생각하고, 그래서 도와주고 싶다는 건가?"

"그는 자신이 한 일에 책임을 질 수 없는 사람입니다."

"그래, 늘 그런 고약한 사건들이 있지." 슈탈부르크 백작은 그런 사람들의 고통에 공감한다는 듯한 표정을 지었다. 그러더니 울리히를 가망없이 바라보며 마치 다른 것은 전혀 기대하지 않는다는 듯, 모스브루거 사건에 확정판결이 내려졌는지 물었다. 울리히는 아니라고 대답했다. 그러자 백작은 안도하며 말을 이어갔다. "아, 그럼 아직 시간이 있다는 말이군." 백작은 이 말을 끝으로 모스브루거 사건을 희망어린 모호함 속에 남겨둔 채 울리히의 '아버지'에 대해 말하기 시작했다.

울리히는 자신의 탈선으로 인해 순간적으로 크게 당황했지만, 이상하게도 이 실수가 백작에게 나쁜 인상을 주지는 않은 듯했다. 물론 처음엔 슈탈부르크 백작도 누군가 자기 앞에서 감히 저고리라도 벗은 것처럼 어이없어했지만, 이내 훌륭한 평과 함께 추천을 받은 이 남자가 보여준 직선적인 태도가 오히려 추진력 있고 열정적으로 비쳤다고 했다. 백작은 이 두 단어를 생각해낸 것이 기뻤다. 호의적인 인상을 주려는 자신의 뜻과 맞았기 때문이다. 그래서 백작은 이 두 표현을 애국대운동의 주역들에게 보내는 소개장에도 즉시 집어넣었다. "우리는 추진력 있고 열정적인 조력자를 발견한 듯합니다." 조금 뒤 이 소개장을 받아든 울리히는 자신이 마치 이별 선물로 고사리 같은 손에 초콜릿 한 조각을 받아든 어린아이 같다는 생각이 들었다. 이제 그는 편지를 든 채 앞으로 또 누구를 찾아가야 하는지 지시를 받았다. 지시는 청에 가까운 주문처럼 들렸지만, 거부는 전혀 용납되지 않을 듯했다. '오해입니다! 저는 이럴 생각으로 온 게 아닙니다!' 울리히는 당장이라도 이렇게 말하고 싶었지만, 벌써 백작의 집무실을 나와 커다란 복도와 홀을 지나는 중이었다. 갑자기 그는 걸음을 멈추더니 생각했다. '코르크 병마개처럼 뽑혀서 원치 않는 곳으로 툭 던져진 기분이군!' 울리히는 황궁 내부 장식들의 교활한 소박성을 호기심어린 눈으로 관찰했다. 이제는 이렇게 말할 수 있을 듯했다. '이런 소박성 따위는 여전히 아무 감흥이 없어. 이건 그냥 제거되지 않은 세계일 뿐이야!' 그러나 이 세계의 어떤 점이 그에게 그렇게 강력하고 기묘한 특성을 느끼게 했을까? 빌어먹을, 이것 말고 달리 표현할 길이 없었다. 이 세계는 놀라울 만큼 현실적이었다.

21. 평행운동의 진정한 발명자 라인스도르프 백작

애국대운동은 "삼십 주년에 불과한 독일 즉위식과 비교해서 축복과 비통함의 역사가 함께한 칠십 주년의 장대한 무게를 부각해야" 한다는 의미를 담고 있고 또 그렇게 되어야 하기에 축약해서 '평행운동'이라 부르기도 하는데, 이 운동의 실질적 중심축은 사실 슈탈부르크 백작이 아니라 그의 친구 라인스도르프 백작이었다. 창문이 높직하고 아름다운 이 거물의 집무실은 정적과 복종, 명예의 금몰과 장중함으로 이루어진 여러 층위의 한가운데에 위치해 있었는데, 울리히가 황궁의 백작 집무실을 방문했을 시각, 이곳에서는 비서가 백작에게 책을 읽어주고 있었다. 어떤 대목을 읽을지는 비서가 알아서 적당히 선택했는데, 지금 그가 읽고 있는 지점은 요한 고틀리프 피히테가 쓴 『독일 민족에게 고함』에 나오는 한 대목이었다. "인간이 나태함이라는 원죄와 그 추종자인 비겁함과 거짓으로부터 해방되려면 종교 창시자들이 한 것처럼, 자유의 수수께끼를 미리 구축해놓은 모델이 필요하다. 도덕적 확신의 필수적 전달은 교회 안에서 일어나는데, 교회의 상징들은 교훈 그 자체가 아니라 영원한 진리를 선포하기 위한 수단으로 봐야 한다." 비서는 나태함, 미리 구축해놓은, 교회라는 말을 특히 강조했다. 그런데 호의적으로 듣고 있던 백작이 책을 보여달라고 하더니 곧 고개를 저었다. 제국 직속의 백작이 말했다. "아냐, 훌륭한 책일 수는 있지만 교회에 관한 이런 프로테스탄트적 입장은 아냐!" 비서는 마치 상관에게 기획안을 다섯 번씩이나 퇴짜 맞은 하급 관리처럼 괴로운 표정을 짓다가 조심스럽게 이의를 제기했다. "하지만 피히테가 민족주의 세력에 끼친 영향은 엄청나지 않을까요?" 백작이 대꾸했다. "그런 건 당분간 잊는 게 좋아." 책이 탁 닫히는 것과 함께 백작의 표정도 닫혔고, 말없이 명령하는 듯한 백작의 얼굴과 함께 비서도 공손하게 허리를 굽히더니 피히테의 책을 받아들었다. 피히테를 옆방 서고로 가져가 세계의 다른 모든 철학적 체계들 사이에 도로 끼워넣기 위해서였다. 원래 요리는 직접 하지 않고 아랫사람에게 맡기는 법이다.

라인스도르프 백작이 말했다. "당분간 우리는 네 가지 점에 주목해야 하네. 평화의 황제, 유럽의 이정표, 진정한 오스트리아, 자본과 문화가 그것이네. 거기에 맞춰 회람용 서신을 작성하게."

그 순간 백작은 정치적 생각을 하고 있었다. 그 생각을 말로 표현하면 대략 다음과 같다. 그들은 자발적으로 올 것이다! 여기서 그들이라 함은 오스트리아 땅에 살면서도 스스로를 오스트리아보다 독일 민족에 더 가깝다고 느끼는 사람들을 가리킨다. 백작 입장에서는 상당히 못마땅한 사람들이었다. 만일 비서가 이들의 감정에 호의적으로 들릴 만한 적당한 문구를 찾아냈더라면(다른 사람도 아니고 요한 고틀리프 피히테의 텍스트였기 때문이다) 그 대목을 즉시 서신에 적어넣었을 것이다. 하지만 일부 거슬리는 내용 때문에 그것이 무산되자 라인스도르프 백작은 오히려 해방된 기분에 안도의 한숨을 내쉬었다.

백작은 애국대운동의 창시자였다. 독일에서 뒤숭숭한 소식이 들려왔을 때 그는 맨 먼저 '평화의 황제'라는 말을 떠올렸다. 이 말은 여든여덟 살 통치자에게 따라붙는 두 가지 이미지, 즉 민족의 진정한 아버지라는 이미지와 칠십 년간 이어져온 장구한 치세의 이미지와 직결되어 있었다. 두 이미지는 당연히 황제 폐하의 친숙한 면모에서 비롯되었다. 그러나 그 이미지에 내재한 영광은 폐하 자신에게서 나온 것이 아니라, 그의 조국에 세상에서 가장 연로하고 가장 오랜 통치자가 있다는 자랑스러운 사실에서 나온 것이었다. 어리석은 이들은 그 속에서 단지 희소성의 기쁨만을 보려는 유혹에 빠질 수 있지만(예를 들어 라인스도르프 백작도 워터마크는 있지만 톱니 모양의 가장자리 이가 하나 없는, 굉장히 희귀한 가로줄무늬의 사하라 우표를 갖고 있었는데, 이것을 엘 그레코의 그림보다 훨씬 높이 쳤다. 집에 소장된 다른 유명한 그림들을 무시하지 않았음에도 말이다) 그것은 하나의 상징이 크나큰 부 이상으로 얼마나 엄청난 힘을 갖고 있는지 알지 못하는 무지의 소산이었다. 라인스도르프 백작의 생각엔, '연로한 지배자'라는 이 상징 속에는 자신이 사랑하는 조국과 그 조국이 모범으로 기능하는 세상이 동시에 자리하고 있었다. 위대하면서도 고통스러운 희망이 라인스도르프 백작을 움직였다. 그러나 그의 마음을 더 많이 움직인 것이 "여러 민족들로 이루어진 이 공동체에서" 마땅히 차지해야 할 상석을 완전히 꿰차지는 못한 조국에 대한 아픔인지, 아니면 오스트리아를 상석에서 밀쳐낸 프로이센에 대한 질투인지는 말하기 어려웠다(1866년 프로이센은 야비한 간계로 오스트리아를 그 자리에서 쫓아냈다!). 아니면 그를 움직인 것이 단순히 유서 깊은 국가의 귀족으로서 느끼는 자부심과 그것을 모범적으로 증명하려는 욕구인지도 몰랐다. 그가 보기에, 당시 유럽의 제 민족은 물질만능적 민주주의의 소용돌이에 휩쓸려가고 있었다. 그런 상황에서 유럽의 제 민족에게 경고와 자기성찰의 메시지가 되어야 할 숭고한 상징이 눈앞에 어른거렸다. 오스트리아를 다른 모든 나라들보다 더 높이 세우고, "오스트리아의 찬란한 정신"이 전 세계에 "하나의 이정표"가 되고, 그로써 오스트리아 스스로 자기만의 참된 본성을 재발견하려면 무언가 일어나야 한다는 것은 분명했다. 그리고 이 모든 것이 여든여덟 살 평화의 황제라는 존재와 직접 연결되어 있는 것도 분명했다. 그 이상 자세한 것은 라인스도르프 백작도 알지 못했다. 다만 어떤 거대한 생각이 그를 엄습한 것은 분명했다. 이 생각은 그의 열정만(책임감 있게 교육받은 엄격한 기독교도라면 불신의 시선을 보낼 열정이다) 불타오르게 한 것이 아니라 지배자와 조국, 세계 행복처럼 숭고하고 찬란한 관념들 속으로 명명백백하게 곧장 흘러들어갔다. 이 생각에 아직 모호함이 들러붙어 있음에도 백작은 불안해하지 않았다. '거룩한 어둠 속의 관조contemplatio in caligine divina'라는 신학적 교리를 잘 알고 있었기 때문이다. 거룩한 어둠은 그 자체로는 한없이 명백하지만, 인간의 지성에만 눈멀고 어둡게 느껴질 뿐이었다. 게다가 누군가 위대한 일을 할 때는 그 자신도 대개 이유를 모른다는 것이 그의 삶의 신조이기도 했다. 크롬웰도 이렇게 말하지 않았던가? "인간은 자신이 어디로 가는지 모를 때 가장 멀리 가는 법이다!" 따라서 라인스도르프 백작은 자신의 상징에 푹 빠져 만끽하고 있었다. 상징의 불확실성이 어떤 확실성보다 강하게 그를 흥분시켰다.

그러나 이 상징들을 제외하면 그의 정치적 견해는 지극히 확고했고, 의심이 완전히 없어야만 가능한 위대한 인물 특유의 자유를 품고 있었다. 장자상속권자였던 그는 귀족원의 일원이었다. 그러나 정치에는 적극 관여하지 않았고, 궁정이건 국가조직 안에서건 관직을 맡지 않았다. 그는 그저 '애국자일 뿐'이었다. 바로 그 점 때문에, 그리고 그가 독립적으로 운용하는 재산 덕분에 제국과 인류의 발전 과정을 우려의 눈으로 지켜보는 다른 모든 애국인사들의 중심이 되었다. 무관심한 구경꾼으로 남을 게 아니라 그 과정을 "위에서 내려다보며 도움의 손길을 내밀어야" 한다는 윤리적 책무가 그의 삶에 깊이 스며들어 있었다. 그는 백성이 '선하다'고 확신했다. 밑에서 일하는 많은 관료와 직원, 하인들뿐 아니라 무수한 사람이 경제적으로 그에게 의존하고 있었기에 백성의 다른 면모는 전혀 알지 못했다. 물론 일요일이나 공휴일에 백성들이 마치 오페라 합창단이 무대 뒤에서 쏟아져나오듯 떼를 지어 쾌활하고 다채롭게 뛰쳐나오는 모습은 봤지만 말이다. 그래서 그런 이미지에 맞지 않는 백성들의 모습을 보게 되면 '선동적 요소'가 개입된 탓으로 돌렸다. 그에게 선동이란 무책임하고 미성숙한, 관심 중독증에 걸린 인간들이나 하는 짓이었다. 종교적 봉건적 교육을 받고, 중산층 시민들과 교류하면서 한 번도 반대에 직면한 적이 없고, 학식이 없진 않지만 청소년기를 지켜준 종교적 교육학의 영향으로 평생 어떤 책을 읽으면서 자신의 원칙에 일치하거나 벗어나거나 둘 중 하나로 판단하는 것 외에 얻은 것이라고는 전혀 없는 사람이 라인스도르프 백작이었다. 그는 당시 인간들의 세계상을 오직 의회와 신문에서 오가는 논쟁들로만 알 뿐이었다. 하지만 이런 논쟁들 속에 담긴 피상적인 면을 알아볼 정도의 지식은 갖고 있었기에 좀더 깊이 이해한 진정한 시민 세계는 자신이 생각하는 것과 결코 다르지 않을 거라는 선입견은 날마다 더욱 강해졌다. 여기서 정치적 신조에 덧붙여진 '진정한'이라는 수식어는 신에 의해 창조되었지만 신을 부정할 때가 너무 많은 세상에서 길을 잃지 않으려는 자구책 중 하나였다. 그는 심지어 진정한 사회주의는 자신의 신념과도 전적으로 일치한다고 굳게 믿었다. 그러니까 사회주의자들이 자기 진영으로 넘어올 수 있도록 다리를 놓는 것이 스스로에게도 일부 숨기고 있던 가장 내밀한 생각이었다. 가난한 이들을 도와주는 것은 기사의 의무이고, 진정한 고위 귀족의 눈으로 보면 시민계급 출신의 공장주건 공장 노동자건 큰 차이가 없는 것은 분명했다. "저 가슴 깊은 곳에서는 우리 모두 사회주의자다"라는 말은 그가 좋아하는 문구였다. 그렇다고 이 말을 무슨 대단한 의미로 해석한 것은 아니었고, 그저 저승에 가면 신분 차이가 없다는 정도로만 이해했다. 어쨌거나 그가 보기에 속세에서는 이 신분적 차이가 필요했다. 그리고 노동자들도 물질적인 영역에서 욕구를 채워주기만 하면 마음속 깊이 파고드는 비이성적 구호에 귀를 기울이지 않고, 각자 정해진 계층 안에서 의무를 다하고 발전해가는 자연스러운 세계 질서를 받아들일 거라고 기대했다. 때문에 그에게 진정한 귀족은 진정한 수공업자만큼이나 중요했고, 정치적 경제적 문제의 해결 역시 결국 그가 조국이라 부르는 조화로운 비전을 만들어내는 문제로 귀결되었다.

비서가 나가고 십오 분 동안 이런 것들 가운데 어떤 생각을 했는지 백작은 알지 못했다. 어쩌면 전부를 생각했을지 모른다. 예순 살쯤으로 보이는 중키의 이 남자는 무릎 위에 손깍지를 끼고 책상 앞에 가만히 앉아 있었다. 자신이 살며시 웃고 있는 것도 모르는 듯했다. 그는 갑상선종에 잘 걸리는 체질이어서 목깃이 짧은 옷을 입고 있었다. 위로 말려 올라간 콧수염도 같은 이유에서, 아니면 발렌슈타인 장군 당시의 보헤미아 귀족을 연상시키려는 의도에서 기른 듯했다. 천장이 높은 방이 그를 둘러싸고 있었다. 이 방은 다시 대기실과 서고를 비롯해 크고 휑한 공간들로 둘러싸여 있었고, 또 이 공간들은 겹겹이 둘러싼 껍질같이 또다른 방들과 정적, 복종, 엄숙함, 멋들어지게 휜, 화관 모양의 돌계단 두 개로 에워싸여 있었다. 돌계단이 시작되는 성 입구에는 금술 장식이 달린 두툼한 외투를 입은 건장한 문지기가 지팡이를 들고 서 있었다. 문지기는 아치형 성문의 동굴 같은 구멍을 통해 바깥세상의 흐름을 지켜보았다. 행인들이 마치 어항 속의 금붕어처럼 성문 앞을 유유히 지나다녔다. 이 두 세계의 경계 지점에 로코코양식의 건물 정면을 희롱하듯 타고 올라가는 넝쿨손이 있었다. 이 건물은 예술 전문가들 사이에서는 그 아름다움뿐 아니라 폭보다 긴 높이로 유명했다. 오늘날 이 건물은 시민계층에 맞게 좁은 대지에 높이 올린 도시 저택의 골격에다 넓고 편안한 시골 성의 외피를 얹은 첫 시도로 인정받았고, 그런 의미에서 봉건적 영주제에서 시민적 민주주의로 넘어가는 가장 중요한 양식의 변천 중 하나로 간주되었다. 그런 점에서 라인스도르프 성은 예술사적으로도 공인되었듯이 시대정신으로 전환되었다. 그렇지만 이를 모르는 사람의 눈에는 수로의 벽도 모른 채 쏜살같이 떠내려가는 수로 속의 물방울처럼 좀체 포착되지 않는다. 그런 사람은 평소엔 변하지 않는 거리 풍경 속에서 부드러운 잿빛 성문 구멍만 알아볼 뿐이다. 문지기의 금술 장식과 지팡이의 큼직한 금빛 손잡이가 그 안에서 반짝거리는 흉미롭고 놀라운 그런 구멍 말이다. 날씨가 좋으면 문지기는 성문 앞으로 나와 멀리서도 잘 보이는 알록달록한 보석처럼 가만히 서 있었다. 그러고 있으면 마치 줄줄이 늘어선 집들 사이에 박힌 보석처럼 보였다. 그런데 지나다니는 누구도 이 집들의 존재를 의식하지 못한다. 잠깐 스쳐 지나가는 수많은 무명씨들을 거리의 질서로 끌어올리는 게 바로 이 집들의 벽일 텐데 말이다. 세상의 질서를 잡으려고 쉼없이 애쓰는 라인스도르프 백작이 죽으면 대다수 '백성들'은 그의 이름을 오직 문지기와 연결시켜 기억할 게 틀림없다.

이런 점을 알고 있다 해도 라인스도르프 백작은 결코 자신이 무시당하고 있다고 느끼지 않았을 것이다. 오히려 그런 문지기를 가진 것을 고결한 남자에게나 어울릴 법한 '진정한 자기희생'으로 여겼을 것이다.

22. 평행운동이 형언할 수 없는 정신적 우아함과 정치적 힘을 가진 한 부인의 모습을 하고 울리히를 집어삼킬 태세를 갖추다

슈탈부르크 백작의 소망대로라면 울리히는 라인스도르프 백작을 예방해야 하지만, 그러지 않기로 결정했다. 대신 아버지가 열심히 권유한 대로 그 '대단한 사촌 부인'을 찾아가기로 마음먹었다. 그녀를 자기 눈으로 직접 보는 게 좋겠다고 생각한 것이다. 울리히는 그녀와 안면이 없었지만, 얼마 전부터 그녀에 대해 아주 꺼림칙한 감정을 갖고 있었다. 그녀와 자신의 혈연관계를 아는 사람마다 그에게 참 좋은 일이라고 하면서 이렇게 충고했기 때문이다. "당신은 그 부인을 꼭 알고 지내야 합니다!" 그런데 이 말을 할 때마다 그들은 '당신'이라는 단어에 특히 강세를 두고 말했다. 거기에는 이런 뜻이 숨어 있었다. '당신'이야말로 그런 보석 같은 존재를 알아야 할 사람이라고 치켜세움으로써 아첨을 떨려고 하거나, 아니면 말을 안 해서 그렇지 당신이 그런 관계를 맺지 못해 안달난 인간임을 진즉 알고 있다는 뜻이다. 어쨌든 이런 이유로 울리히는 기회 닿는 대로 사람들에게 그 부인의 특성에 대해 알아보았지만, 한 번도 만족할 만한 답을 얻지 못했다. 대개 답은 "형언할 수 없는 정신적 우아함을 갖춘 부인", 혹은 "무척 아름답고 영민한 부인" 둘 중 하나였다. 물론 간혹 이렇게 말하는 사람들도 있었다. "이상적인 여인이시죠!" 그런데 이상하게도 부인의 나이를 아는 사람은 없었다. 오히려 그런 질문을 받은 사람들이 지금껏 그런 생각을 해보지 못한 것에 스스로도 깜짝 놀라는 눈치였다. 결국 울리히는 견디다못해 이런 질문을 던졌다. "그럼 지금 부인의 애인은 누굽니까? 연애는 안 하나요?" 경험이 없지 않은 젊은 남자는 울리히의 질문을 놀라워했다. "맞아요. 아마 부인을 두고 그런 의심을 하는 사람은 없을 겁니다." 이 말을 듣고 울리히는 생각했다. '정신의 아름다움을 가진 사람이군. 제2의 디오티마*야.' 울리히는 이날부터 그 유명한 '사랑의 스승' 디오티마의 이름을 따서 그 부인을 그렇게 부르기로 마음먹었다.

실제 부인의 이름은 에르멜린다 투치였다. 물론 원래는 그냥 헤르미네였다. 에르멜린다는 단순히 헤르미네를 번역한 이름이 아니었다. 그녀는 이 아름다운 이름을 어느 날 직관적 영감을 통해 얻었다. 그러니까 이 이름이 마치 좀더 고결한 진실처럼 정신의 귀로 갑자기 쑥 들어온 것이다. 물론 그녀의 남편은 조반니라는 이름 대신 한스라는 독일식 이름을 계속 썼다. 성姓에서 알 수 있듯이 조상이 원래 이탈리아 쪽이었음에도 영사관 아카데미에서 이탈리아어를 처음 배운 사람이었다. 울리히는 이 투치 국장이라는 사람에 대해서도 그 부인에 못지않은 선입견을 갖고 있었다. 투치 국장은 다른 정부 부처보다 한결 봉건적인 부처인 제국 외무성에서 일했는데, 고위 실세 가운데 유일하게 평민 출

* 만티네이아의 무녀로 알려진 전설상의 인물. 플라톤의 『향연』 편에서 소크라테스는 그녀의 입을 빌려 에로스 예찬론을 펼치는데, 육체의 아름다움에서 영혼의 아름다움으로, 더 나아가 아름다움 자체를 관조하는 단계에까지 이르는 것이 올바른 연애 과정이라고 주장했다.

신으로 부처 내에서 가장 막강한 부서를 이끄는 장관의 오른팔이라는 소리를 들었다. 아니, 단순한 오른팔을 넘어 장관의 두뇌이자, 유럽의 운명에 영향을 끼칠 수 있는 몇 안 되는 남자 중 하나라는 소문도 있었다. 목에 잔뜩 힘이 들어간 귀족 일색의 권력 환경에서 평민 출신으로 그렇게까지 높은 자리에 오르려면 당연히 특별한 처세술이 필요했으리라는 추측이 가능하다. 이를테면 없어서는 안 될 사람이라는 것을 분명히 보여주면서도 때에 따라서는 겸손하게 뒤로 빠질 줄 아는 영리한 처신 같은 것 말이다. 이런 측면에서 울리히는 이 막강한 투치 국장이 일 년 차 고위 귀족들을 지휘해야 하는 주도면밀한 기병대 상사 같은 사람일 거라고 상상할 수밖에 없었다. 아내는 그에 대한 적절한 보완책이었다. 그는 그녀의 아름다움을 열렬히 예찬함에도 불구하고 아내를 더는 젊지 않은, 야심이 크고 시민계층의 문화를 코르셋처럼 입고 다니는 여자로 여기고 있었다.

그런데 울리히는 소스라치게 놀랐다. 부인을 예방했을 때 그 디오티마가 저명한 여인의 관대한 미소로 그를 맞이한 것이다. 자신의 아름다움을 스스로 알고 있으면서도 항상 여자들의 그런 면만 먼저 보는 남자들의 천박함을 용서할 줄 아는 미소였다.

"진작 기다리고 있었어요." 부인이 말했다. 울리히는 이것이 반가움의 표시인지, 아니면 나무람의 의미인지 정확히 알 수 없었다. 그에게 내민 손은 통통하면서도 무게감이 느껴지지 않았다.

울리히는 잠깐이지만 손을 너무 오래 쥐고 있었다. 생각을 손에서 떼어놓을 수가 없었다. 부인의 손은 마치 두툼한 꽃잎처럼 그의 손안에 들어와 있었다. 곤충의 앞날개 같은 뾰쪽한 손톱은 손과 함께 언제든 비현실의 세계로 날아가버릴 듯했다. 그는 이 여자 손의 터무니없는 마력에 압도당했다. 원래 손은 개의 주둥이처럼 무엇이든 만지고 더듬는 상당히 파렴치한 신체기관이지만, 일반적으로는 충절과 고결함, 부드러움이 깃든 곳으로 알려져 있다. 이 몇 초 동안 울리히는 디오티마의 목에 아주 고운 피부로 덮인 작은 혹이 몇 개 있는 것을 확인했다. 머리는 그리스식 매듭으로 묶여 있었다. 완벽성 면에서 말벌집과 견주어도 될, 뻣뻣하게 불거진 매듭이었다. 울리히는 무언가 적대적인 충동이 솟구치는 것을 느꼈다. 미소 짓는 저 여자를 격분시키고 싶은 욕구였다. 그러나 디오티마의 아름다움에서 헤어나올 수가 없었다.

디오티마도 마치 검사라도 하듯 한참 동안 그를 바라보았다. 사촌이라는 이 남자에 대해서는 그전에 들은 바가 좀 있었다. 느낌상 약간 개인적인 스캔들처럼 들린 이야기였다. 게다가 남자는 자신의 일가붙이였다. 울리히는 그녀 역시 그가 풍기는 육체적인 인상에서 완전히 벗어나지 못하고 있음을 인지했다. 그런 것엔 이미 익숙했다. 말끔히 면도한 얼굴에 키가 컸으며, 적당한 근육에 체격이 좋고, 하얀 얼굴은 깊이가 있어 보였다. 한마디로 그 자신에게조차 간혹 선입견처럼 느껴지는 인상이었다. 대부분의 여자들이 아직 젊고 인상적인 남자에 대해 갖게 되는 그런 선입견 말이다. 자신이 주는 이런 인상에서 여자들을 제때 깨어나게 하는 힘이 항상 그에게 있었던 것은 아니었다. 그러나 디오티마는 정신적으로 그를 측은히 여김으로써 이에 맞서고 있었다. 울리히는 그녀가 줄곧 자신을 관찰하고 있음을 알아챘다. 물론 자신에 대해 불쾌한 감정을 갖고 있지 않은 건 분명해 보였다. 어쩌면 그녀는 속으로 이렇게 말하고 있을지도 몰랐다. 고결한 특성이 있는 남자인 건

틀림없어. 잘못된 삶 때문에 그게 억눌려 있을 뿐이지. 잘만 하면 구제할 수 있겠어. 울리히보다 많이 젊지는 않은 디오티마는 육체적으로 만개한 꽃이었음에도 정신적으로 무언가 개척되지 않은 영역이 있는 듯한 인상을 외모에서 풍겼다. 이런 정신적 처녀성은 그녀의 뚜렷한 자의식과 낯선 대조를 이루었다. 어쨌든 두 사람은 이미 대화가 시작되었는데도 서로를 유심히 관찰하고 있었다.

디오티마는 평행운동이 이 시대에 가장 중요하고 위대한 것을 실현할 다시없는 기회라는 말로 말문을 열었다. "우리는 정말 위대한 정신을 실현하고자 하고, 실현해내야 해요. 우리에게 주어진 이 기회를 절대 놓쳐서는 안 돼요!"

울리히가 순진하게 물었다. "특별히 생각해두신 거라도 있나요?"

아니었다. 디오티마는 특별히 생각해둔 것이 없었다. 그걸 그녀가 어떻게 하겠는가! 세상에서 가장 중요하고 위대한 것에 대해 말하는 사람치고 그런 것이 실제로 있다고 믿는 사람은 없다. 대체 세상의 어떤 특성을 보고 가장 중요하고 위대하다고 할 수 있겠는가? 세상의 모든 것은 그저 어떤 것이 다른 어떤 것보다 더 위대하고 중요하다거나, 혹은 더 아름답다거나 더 슬프다고 말할 수 있을 뿐이다. 달리 말해서 세상에는 가치의 위계질서와 상대적 비교만 존재한다. 그러니 최대치나 최상급은 존재할 수 없다. 그런데 가장 중요하고 위대한 것에 대해 말하려고 하는 사람에게 이런 점을 환기시키면 그 사람은 상대를 감정이 없고 이상적이지 못한 인간으로 의심하게 된다. 디오티마가 딱 그랬다. 울리히가 그전에 그런 말을 했기 때문이다.

이지적인 여인으로 경탄받는 디오티마는 울리히의 반박을 무례하게 생각했다. 얼마 뒤 그녀가 웃으면서 대답했다. "세상에는 선택이 쉽지 않을 정도로 아직 실현되지 않은 위대하고 훌륭한 것들이 많이 남아 있어요. 그래서 우리를 도와줄 사회 각계각층의 위원회를 만들 생각이에요. 물질주의적 혼돈이 판치는 이 시대에 마침 한 국가, 아니 더 나아가 전 세계를 향해 정신적인 것으로 눈을 돌리도록 호소할 기회가 있다는 게 엄청난 특권 같지 않나요, ……씨? 우리가 이미 오래전에 시효가 지난 진부한 애국성을 지향하고 있다고 생각하지는 마세요."

울리히는 농담으로 슬쩍 피해갔다.

디오티마는 웃지 않았다. 다만 보일 듯 말 듯 미소만 지었다. 그녀는 똑똑한 남자들에게 익숙한 사람이었다. 그런데 이런 남자들은 다른 데서는 전혀 다른 인간이 되었다. 이러한 자가당착이 그녀에게는 미성숙하게 비쳤다. 그래서 그녀는 이 친척 남자에게 위대한 애국적 프로젝트에 위엄과 책임을 부여하는 현실의 엄중함을 가르쳐주고 싶은 욕구를 느꼈다. 이제 그녀가 어조를 바꾸었다. 이전까지의 대화에 종지부를 찍고 새로운 대화를 여는 어조였다. 울리히는 자기도 모르게 그녀의 말들 사이에서, 관청에서 서류를 묶는 데 사용하는 검고 노란 끈을 찾고 있었다. 그러나 디오티마의 입에서는 능력 있는 행정가의 말뿐 아니라 지적인 전문가의 말도 함께 흘러나왔다. "오직 논리학과 심리학이 지배하는 영혼 없는 시대"라거나 "현재와 영원"이라는 말이 그랬다. 게다가 중간에 갑자기 베를린에 대해, 그리고 오스트리아가 프로이센과 달리 아직 간직하고 있는 "감정의 보화"에 대해서도 이야기했다.

울리히는 황제의 교시 같은 이런 지적인 말을 방해하려고 몇 번 시도했다. 그러나 그럴 때마다 고위 관료주의의 제의실祭衣室 냄새가 그녀의 요령부득한 측면을 부드럽게 숨기면서 그의 시도를 안개처럼 뒤덮었다. 울리히는 놀라워했다. 그는 자리에서 일어났고, 첫 방문은 이렇게 끝나는 듯했다.

헤어지는 순간 디오티마는 혹시나 하는 염려 때문인지, 눈에 띄게 부드럽고 약간 과장된 상냥함으로 그를 대했다. 남편한테 배운 처신이었다. 남편은 자신의 아랫사람이지만 나중에는 언제든 장관이 될 수 있는 젊은 귀족들과 교류하면서 그런 처세술을 활용했다. 그런데 그녀가 울리히에게 다시 오라고 말하는 태도 속에는 거친 생명력에 대한 이지적 정신의 오만하면서도 불안한 기색이 깃들어 있었다. 그가 무게감이 느껴지지 않는 그녀의 손을 다시 쥐었을 때 두 사람은 서로의 눈을 마주보았다. 순간 울리히는 자신들이 사랑으로 서로를 몹시 힘들게 할 거라고 예정되어 있는 듯한 특별한 인상을 받았다.

'진짜 미의 히드라*군!' 울리히는 생각했다. 그는 애초에 이 애국대운동에 참여할 생각이 없었고 자신을 마냥 기다리게 놔두려 했다. 그런데 이 운동이 디오티마라는 인물로 변신해서 그를 집어삼킬 준비를 하고 있는 듯했다. 약간 재미있다는 생각이 들기도 했지만, 나이와 경험이 적지 않음에도 자신이 마치 커다란 닭 한 마리가 유심히 지켜보는 작은 벌레가 된 듯한 느낌을 지울 수 없었다. '거대한 영혼의 마력을 지닌 저 여자 때문에 부끄러운 짓을 하는 일은 부디 없어야 할 텐데!' 울리히는 생각했다. 그런 관계는 보나데아 하나로 충분했다. 그렇다면 필연코 극도의 자제력을 발휘해야 했다.

---

* 그리스신화에 나오는, 뱀의 머리가 아홉 개 달린 괴물.

집을 떠날 때 그나마 위로가 되었던 것은 여기 처음 들어올 때부터 갖고 있던 유쾌한 느낌이었다. 꿈꾸는 듯한 눈을 가진 어린 몸종이 울리히를 배웅했다. 소녀의 눈이 처음 현관 복도의 어둠 속에서 그를 향해 올려다보았을 때 그것은 마치 날아오르는 검은 나비 같았다. 그러던 것이 이제 떠날 때는 마치 검은 눈송이처럼 어둠 속으로 가라앉아 있었다. 소녀에게는 무언가 아라비아적인 것, 혹은 알제리-유대적인 것이 있었다. 모호하기는 하지만 이 느낌이 어찌나 달콤하던지 울리히는 또다시 소녀를 자세히 살펴보는 것을 잊어버렸다. 그러다 거리로 나갔을 때에야 느꼈다. 디오티마가 없을 때 그 어린 인간의 모습에 엄청난 생동감과 상쾌함이 넘쳤음을.

23. 한 위대한 남자의 첫번째 개입

울리히가 떠난 뒤 디오티마와 몸종은 희미한 흥분감에 싸여 있었다. 몸종은 귀한 남자 손님들을 배웅할 때마다 자신이 마치 반짝거리는 커다란 벽 위로 휙 올라가버려도 괜찮을 작은 흑도마뱀이 된 느낌이었던 반면에 디오티마는 적절치 않은 접촉이 꼭 싫지는 않은 여자의 양심으로 울리히에 대한 기억을 되짚어보고 있었다. 그녀 속에는 부드러운 질책의 힘이 있었기 때문이다. 그런데 울리히는 같은 날 또다른 남자가 마치 멋진 전망을 가진 거대한 산이 솟구치듯 그녀의 삶 속으로 들어선 것을 모르고 있었다.

파울 아른하임 박사가 이 도시에 도착하자마자 그녀를 예방한 것이었다.

그는 거부였다. 부친은 '철의 독일' 내에서 막강한 영향력을 행사하는 거물이었다. 투치 국장도 이제는 '철의 독일'이라는 유희적 표현을 어쩔 수 없이 받아들였다. 필요한 말만 아껴서 해야 한다는 것이 그의 신조였다. 재치 있는 대화에서 언어유희는 결코 빼놓을 수 없는 요소라 하더라도 원칙적으로 평민들이 사용하는 것이기에 그다지 바람직하지 않다고 생각했다. 투치 국장은 아내에게 아른하임 박사를 극진히 맞는 것이 좋겠다고 이야기했다. 그런 부류의 사람들이 독일제국 내에서 아직 높은 자리에 오르지 못하고 있고, 궁정에서의 영향력 면에서 크루프 일가와 비교할 수 없다고 하더라도 내일 당장 권력의 징점에 오를지 모른다는 것이 그의 지론이었다. 그러면서 그는 은밀한 소문을 덧붙였다. 고급 소식통에 따르면 마흔을 훌쩍 넘긴 이 아들이 아버지의 자리만 노리는 것이 아니라 시대 흐름과 국제적 인맥에 기대어 제국 총리 자리까지 넘보고 있다는 것이다. 그러나 투치 국장이 보기에 그것은 세계 종말이 앞서 찾아오지 않고는 전적으로 불가능한 일이었다.

그는 이런 말이 아내의 판타지에 어떤 폭풍을 일으켰는지 알지 못했다. '장사꾼'을 높이 치지 않는 것은 그들 같은 부류의 일반적인 확신이었지만, 그런 확신과 무관하게 마음속 깊은 곳에서는 그녀 역시 시민계층의 가치관을 가진 모든 사람들처럼 부를 경탄했다. 그래서 상상이 안 될 정도로 어마어마한 부호를 개인적으로 만날 생각을 하니 그녀는 마치 황금빛 날개를 가진 천사가 하늘에서 자신 옆에 내려앉는 것처럼 느껴졌다. 사실 에르멜린다 투치는 남편이 출세한 뒤로 명예나 부의 세계와 교류하는 것이 낯설지 않았다. 그런데 정신적 성취로 획득한 명예는 그것을 가진 사람들과 교류하다보면 이상할 정도로 빨리 해체되어버렸다. 그녀가 지켜본 봉건적 형태의 부도 크게 다르지 않았다. 봉건적인 부는 젊은 외교관 시보의 어리석은 부채의 형태로 나타나거나, 아니면 전통적인 생활방식만 고집하는 바람에 산더미처럼 돈을 쌓아올리지도 못할 뿐 아니라 거대 은행이나 세계적인 산업체에 밑천을 대는 방식으로 돈을 무한대로 불릴 줄도 몰랐다. 디오티마가 은행업에 대해 아는 것이라고는 중간 직급의 은행원도 출장을 갈 때면 늘 일등석을 탄다는 사실이 유일했다. 그녀 같은 사람도 남편과 같이 여행할 때가 아니면 늘 이등석을 타야 했는데 말이다. 그래서 그녀는 동방의 전제군주나 누릴 법한 사치의 기준을 이렇게 일등석과 연관해서 상상했다.

그녀의 어린 몸종 라헬(디오티마는 당연히 프랑스식으로 '라셸'이라 불렀다)은 꿈같은 이야기를 들었다. 그녀가 옮긴 최소한의 이야기는 이랬다. 그 부호가 전용열차로 도시에 도착했고, 호텔을 통째로 빌렸으며, 어린 흑인 노예를 하나 데리고 다닌다는 것이다. 그런데 실제 상황은 이보다 훨씬 소박했다. 파울 아른하임은 결코 남의 눈에 띄게 행동하는 스타일이 아니었다. 다만 흑인 소년 이야기는 사실이었다. 아른하임은 수년 전 이탈리아 최남단 지역을 여행하다가 유랑 무용단에서 이 소년을 빼냈다. 장식품으로 데리고 다니려는 욕구에다, 한 불쌍한 피조물을 나락에서 구해내어 정신의 삶을 열어줌으로써 신의 사역에 동참하려는 충동이 뒤섞인 결정이었다. 그러나 그는 곧 그런 의욕을 잃었고, 이제 열여섯 살이 된 소년을 오직 하인으로만 부려먹었다. 물론 열네 살이 되기 전까지는 스탕달과 뒤마의 책을 읽게 했지만 말이다. 디오티마는 몸종이 밖에서 물고 온 소문이 헛웃음이 나올 정도로 유치하게 과장되어 있음에도 같은 말을 듣고 또 들었다. 그런 일은 "순수하리만큼 문화적으로 성숙한" 이 유일무이한 대도시에서만 일어날 무해한 것으로 여겨졌기 때문이다. 심지어 흑인 소년 이야기는 야릇하게 판타지를 자극했다.

그녀는 가진 것이라곤 없는 중학교 교사의 세 딸 중 맏이였다. 그래서 지금의 남편이 평민 출신의 일개 부영사였을 때도 그녀에게는 과분한 배필이었다. 소녀 시절 그녀는 자부심 말고는 가진 것이 없었다. 그런데 이 자부심이라는 것도 실제로는 자부할 만한 것이 전혀 없었기에 단지 예민한 감수성의 가시를 감춘 예의바른 행동으로 나타날 뿐이었다. 하지만 그런 예의바름도 가끔 야심과 환상을 숨긴 예측 불능의 힘이 될 수 있는 법이다. 어쨌든 처음에 디오티마는 머나먼 외국 생활에서 얽히고설킨 이국적인 경험을 기대했지만, 그것은 곧 실망으로 끝났다. 외국 공관에서의 삶은 몇 년 후 그녀의 이국적인 향취를 부러워하는 여자 친구들에게나 은근히 장점으로 작용했을 뿐, 실제로는 고향에서 가져온 다른 짐들과 마찬가지로 일상적인 삶의 단순한 연장에 지나지 않았다. 이렇게 해서 디오티마의 야망은 이대로 가망 없는 5급 공무원에서 끝나버릴 판이었다. 호의적이고 '진보적인' 성향의 장관이 평민 출신의 남편을 중앙 부처의 핵심 부서로 끌어올림으로써 운좋게 벼락같은 출셋길이 열리기 전까지는 말이다. 요직을 맡은 뒤로 뭔가를 바라고 찾아오는 사람이 많아졌고, 그때부터 디오티마의 내면에서도 '정신적 미와 위대함'에 대한 기억의 보고寶庫가 자신도 놀랄 정도로 활발히 깨어나기 시작했다. 그녀는 이러한 기억의 보고를 교양 넘치는 친정집과 세계의 중심지들에서 갖게 되었다고 했지만, 실제로는 여학교에서 모범생으로 생활하면서 얻었을 뿐이다. 어쨌든 디오티마는 이것을 조심스럽게 활용하기 시작했다. 밋밋하지만 무척 믿을 만한 남편의 오성도 부지불식중에 그런 아내에게 주의를 기울였다. 그녀는 지금껏 특별히 사용하지 않고 속에 저장해두기만 했던 것을 있는 그대로 다시 내보내는 젖은 스펀지처럼 매우 진솔하게 행동했고, 사람들이 자신의 정신적 장점을 알아챘다는 느낌이 들면 그 즉시 자잘한 '고도의 정신적' 사유를 즐거운 마음으로 대화 속의 적절한 자리에 끼워넣었다. 남편이 계속 승진해가면서 그와 가까이 지내려는 사람들도 점점 늘어났고, 그로써 그녀의 집은 곧 '사교와 정신'이 한데 어우러지는 '살롱'으로 명성을 얻었다. 이제 디오티마도 다양한 분야에서 이름깨나 있는 사람들과 교류하면서 진지하게 자기 자신을 발견하기 시작했다. 학창시절부터 이어져온 깊은 주의력, 한번 배운 것은 잘 잊어버리지 않는 기억력, 그리고 그것들을 적절히 하나로 버무릴 줄 아는 데서 오는 올바른 처신은 저절로 그녀의 정신이 되었다. 그것도 단순한 확장을 통해서 말이다. 이로써 투치 국장의 집은 다들 인정하는 사회적 지위를 얻게 되었다.

24. 자본과 문화. 디오티마와 라인스도르프 백작의 우정, 그리고 유명한 손님들을 영혼과의 합일로 이끄는 직책

물론 그 집이 살롱으로서 굳건히 자리잡는 데는 디오티마와 라인스도르프 백작의 우의가 결정적인 역할을 했다.

신체 부위에 따라 우정에 이름을 붙인다면, 라인스도르프 백작의 우정은 머리와 심장 사이의 어딘가에 위치해 있었다. 그런 의미에서 백작에게 디오티마는, 아직 이런 표현을 쓸 수 있다면 '영혼의 동반자'라고 할 수 있었다. 백작은 디오티마의 정신과 미를 경탄했다. 물론 부적절한 생각은 스스로에게 허락하지 않았다. 디오티마의 살롱은 그의 호의에 힘입어 부동의 입지를 얻었을 뿐 아니라 백작이 평소에 즐겨 하는 말처럼 하나의 직책을 수행하고 있었다.

개인적으로 제국 직속의 라인스도르프 백작은 '골수 애국자'였다. 그런데 국가는 단순히 황제와 백성, 그리고 그 둘을 잇는 행정조직으로만 이루어진 것이 아니었다. 그 안에는 한 가지가 더 있다. 사유, 도덕, 이념이 그것이다! 라인스도르프 백작은 매우 종교적인 인물이기는 했지만 책임감이 몸에 밴 정신인 동시에 자신의 영지에서 공장을 운영하는 사람으로서 오늘날 그 정신이 많은 점에서 교회의 후견을 벗어나 있다는 인식을 결코 배척하지 않았다. 이유는 분명했다. 예컨대 공장 운영이건, 곡물 거래나 설탕 생산이건 종교적 원칙에 따른다는 것은 상상할 수 없는 일이기 때문이다. 더구나 현대에는 아무리 많은 토지를 소유하고 있더라도 증권과 산업 없이는 합리적 경영을 꿈꿀 수 없었다. 백작은 자신의 경영 대리인으로부터 외국 투자자 그룹과 연계해서 사업하는 것이 토착 지주 귀족과 함께하는 것보다 훨씬 이득이 크다는 보고를 받았을 때 대부분의 사안에서 외국 투자자들과 함께하기로 결정을 내렸다. 사업적인 일에는 그에 맞는 합리성이 존재하기 때문이다. 거대한 사업체를 이끄는 수장으로서 자기 자신뿐 아니라 무수한 이들의 생존까지 책임져야 하는 사람이라면 감정에 치우쳐 그런 합리성을 멀리해서는 안 되었다. 경우에 따라서는 종교적 양심에 배치되는 직업적 양심 같은 것도 존재하는 법이다. 라인스도르프 백작은 설령 대주교라 해도 결코 자신과 다를 바 없으리라 확신했다. 물론 상원의 공식 회의석상에서는 언제나 그런 시류를 개탄하면서, 세간의 삶이 소박성과 자연스러움, 초자연성, 건강, 기독교적 원칙의 필연성으로 되돌아가길 바란다는 희망을 피력할 준비가 되어 있었지만 말이다. 입을 열어 그런 의견을 표할 때의 백작은 마치 원래 꽂혀 있던 전기콘센트를 뽑아 자기 속의 다른 회로에 연결한 사람처럼 비쳤다. 물론 공개 석상에서 발언하는 대부분의 사람이 그랬다. 만일 누군가 백작의 그런 이중성, 다시 말해 공개 석상에서는 단호히 배척하던 일을 돌아서서는 버젓이 하고 있다고 비난했다면 백작은 성스러운 확신에 차서 이런 비난을, 삶에 대한 포괄적 책임에 대해서는 아무것도 모르는, 사회 질서의 전복만을 노리는 선동적 발언으로 낙인찍었을 것이다. 그럼에도 그 자신은 전승되어 오는 아름다운 소박성보다 훨씬 복잡하게 뒤엉켜 있는 경제적 사업과 영원한 진리를 연결하는 것이 가장 중요하다는 사실을 깨닫고 있었다. 또한 그런 연결은 시민계층의 깊이 있는 문화에서밖에 찾을 수 없다는 것도 꿰뚫고 있었다. 법과 의무, 도덕, 미의 영역에서 두루 위대한 사상과 이상으로 무장한 이 문화는 일상적인 투쟁과 모순에까지 닿아 있었고, 그가 보기엔 마치 살아 있는 식물을 엮어서 만든 다리처럼 보였다. 물론 교회의 교리처럼 확고하고 안전하게 디딜 수는 없겠으나 그 다리를 발판으로 삼는 것은 그에 못지않게 필요하고 책임감도 따랐다. 이런 이유로 라인스도르프 백작은 종교적 이상주의자일 뿐 아니라 열정적인 세속적 이상주의자이기도 했다.

디오티마의 살롱은 구성 면에서 백작의 이런 신념과 일치했다. 많은 사람이 모이는 날이면 이 살롱은 평소엔 한마디도 나눌 수 없던 사람들을 만날 수 있는 것으로 유명했다. 한 분야에서 워낙 명성이 자자한 사람들이라 최신 정보에 대해 대화를 나눌 기회가 없었던 것이다. 게다가 그들이 이름을 날리는 전공 역시 아직 들어보지 못한 것들이 많았다. 예를 들어 켄치니스트도 있고 카니시스트도 있었다. 또 이 살롱에서는 보Bo의 문법학자가 파르티겐 연구자를 만나기도 하고, 토콘톨로그가 양자 이론가를 만나기도 했다. 예술과 문학에서 새로운 방향을 열어가는 대표자들은 말할 것도 없었다. 새로운 방향은 매년 명칭이 바뀌었고, 그 분야에서 이미 성공한 사람들 외에 신진 인사들도 제한된 범위 내에서 초대받았다. 이러한 교류는 전반적으로 상당히 무질서해 보이면서도 조화롭게 뒤섞일 수 있도록 계획되었다. 디오티마는 대개 젊은 지성인들을 따로 초대해서 모임을 가졌고, 귀한 손님이나 특별한 손님이 오면 눈에 띄지 않게 우대하면서 부각시킬 줄 알았다. 그 밖에 디오티마의 집이 비슷한 다른 살롱들과 비교해서 특히 뛰어났던 점은, 이렇게 표현해도 된다면 바로 '평신도적 요소'다. 디오티마의 표현을 빌리자면 이것은 예전에 신학의 핵심을 둘러싸던 충실한 행동가들의 무리, 즉 순수한 평수사들의 공동체로 흩어져 있던 사상의 실용화된 요소인데, 짧게 말해서 '행위의 요소'를 의미한다. 그런데 오늘날엔 신의 학문이 국민경제학과 물리학에 밀려났고, 시간이 지나면서 디오티마가 초대한, 이 땅의 정신적 관리자들의 목록이 영국왕립학회의 학술논문 카탈로그에 육박하면서 살롱을 찾는 평수사들도 은행장, 공학자, 정치인, 참사관, 그리고 지체 높은 신사 숙녀와 그 동행인들로 이루어질 수밖에 없었다. 디오티마는 여자들에게 특히 신경을 많이 썼고, '귀부인들'을 '지식인'보다 우대했다. 그녀는 이렇게 말하곤 했다. "오늘날엔 사람들이 지식에 너무 짓눌려 살기 때문에 '파편화되지 않은 여성'을 포기해서는 안 됩니다." 디오티마는 파편화되지 않은 여성만이 지식인들을 존재의 힘으로 감싸안을 운명의 힘이 있고, 그렇게 감싸안는 것이야말로 지식인들의 구제에 꼭 필요하다고 확신했다. 지식인을 감쌀 줄 아는 여성과 존재의 힘에 대한 이러한 견해는 그녀의 집을 들락거리는 것이 습관화되었고 투치 국장도 별로 싫어하지 않는 젊은 남성 귀족에게도 높은 평가를 받았다. 산산조각나지 않은 존재는 그 귀족을 위한 것이기도 했기 때문이다. 투치 국장의 집에서는 특히 남의 눈치를 볼 필요 없이 쌍쌍이 대화에 심취할 수 있어서, 디오티마 자신은 잘 몰랐지만 사랑의 밀회나 마음을 터놓는 긴 대화를 할 때 교회보다 훨씬 인기가 있었다.

라인스도르프 백작은 디오티마의 집에 혼재된 이 두 가지 상이한 요소를 "자본과 문화"라는 이름으로 요약했다. '진정한 고결함'이라고 표현하지는 않았지만 말이다. 그런데 그에 비해 그가 더 즐겨 사용한 표현은 그의 사유 세계 속에 특별한 자리를 차지하고 있는 '직책'이라는 말이었다. 그의 신조는 간단명료했다. 관료뿐 아니라 공장 노동자든 성악가든 모든 사람이 자신의 일로 하나의 직무를 수행하고 있다는 것이다. 그는 이런 말을 자주 했다. "인간은 누구나 국가 내에 하나의 직책을 갖고 있다. 노동자, 제후, 수공업자 할 것 없이 모두 공무원이다!" 이것이 어떤 예외도 두지 않고 항상 공평무사하게 일을 처리하는 사유의 발로였다. 그의 눈에는, 사회 최상류층의 신사 숙녀도 보가즈쾨이* 비문 연구자나 혈소판 연구자들과 담소를 나누고, 또 저명한 은행가나 자산가의 부인들을 훔쳐봄으로써 정확히 표현할 수는 없지만 무언가 중요한 직책을 수행하고 있는 것처럼 보였다. '직책'이라는 이 개념은 디오티마가 중세 이후 사라졌다고 믿는, 인간 행위의 종교적 단일성을 백작의 방식으로 대체한 표현이었다.

원칙적으로 보면, 디오티마의 집에서와 같은 막강한 사교 모임은 너무 소박하거나 거칠지만 않다면 실제로 인간적 단일성을 꾸며내려는 기만적 욕구에서 비롯되었다. 그러나 어마어마하게 다양한 인간 활동을 모두 포괄하는 단일성은 결코 존재한 적이 없었다. 어쨌든 그런 기만을 디오티마는 문화라 불렀고, 거기다 특정 수식어를 붙여 '우리의 오스트리아 옛 문화'라고 지칭했다. 그녀는 내면의 야심이 확장을 거쳐 정신으로 자리잡은 뒤로 이 말을 점점 빈번하게 사용했다. 그녀가 이해하는 오스트리아의 옛 문화는 이랬다. 황실박물관에 걸린 벨라스케스와 루벤스의 아름다운 그림들, 어떻게 보면 베토벤도 오스트리아인이라는 사실, 모차르트와 하이든, 슈테판대성당, 부르크극장, 전통적으로 이어져오는 궁중 의식, 오천만 민족의 제국에서 가장 우아한 옷가게와 속옷 상점이 밀집한 빈의 번화가, 고위관료들의 세련된 예절, 빈의 요리들, 영국 귀족 다음으로 고상하다는 평가를 받는 귀족들, 그들의 유서 깊은 궁전, 진짜도 있지만 대개는 가짜인 탐미주의가 판치는 상류사회의 분위기 같은 것들이었다. 그 밖에 이 나라에서 라인스도르프 백

* BC 2000~1000년 아나톨리아와 시리아 북부 지역에 강대한 제국을 건설했다는 히타이트의 고대 수도 하투사스의 유적지.

작같이 큰어른이 자신에게 관심을 보이고, 그의 문화적 추구를 그녀의 집으로 옮겨왔다는 사실도 그녀에게는 오스트리아 옛 문화의 일부였다. 그러나 그녀는 백작의 그 행동에 다른 이유가 있음을 알지 못했다. 그러니까 관리하기 쉽지 않은 그런 새 모임을 자신의 궁전에서 여는 것이 적절치 않다고 생각한 것이다. 라인스도르프 백작은 자신의 아름다운 친구인 디오티마가 인간의 열정과 그것이 야기하는 혼란, 혹은 혁명적 이상에 대해 이야기할 때 드러내는 자유로움과 너그러움에 속으로 경악할 때가 많았다. 디오티마는 그것을 눈치채지 못했다. 그녀는 여자 의사나 사회복지사처럼 소위 공적인 대담함과 사적인 정숙함 사이의 경계를 지켰다. 만일 어떤 말이라도 그녀를 개인적으로 건드리면 상처 난 자리에 닿은 것처럼 무척 예민하게 받아들였지만, 그 외의 다른 문제에 대해서는 비개인적으로 감정을 섞지 않고 말했고, 라인스도르프 백작도 이런 혼합적인 태도를 무척 매력적으로 여긴다는 인상을 받았다.

그러나 인생에서는 어느 다른 곳에서 돌을 빼내지 않고는 아무것도 지을 수 없다. 디오티마에게 사라진 것은 꿈처럼 달콤한 판타지의 작은 씨앗이었다. 그녀는 이 상실로 고통스러운 충격에 빠졌다. 그 옛날 그녀의 실존 속에 그것 말고는 아직 아무것도 없던 시절이 있었다. 그 속에 든 판타지의 씨앗은 그녀가 검은 눈이 두 개 달린 여행용 가죽가방처럼 생긴 투치 부영사와 결혼하기로 마음먹을 때까지도 그 자리에 있었다. 그러던 것이 남편의 성공과 함께 차츰 사라졌다. 물론 하이든이나 합스부르크왕가처럼 그녀가 오스트리아 옛 문화로 이해하는 많은 것들은 예전엔 지루한 교과목이었을 뿐이었다. 하지만 다른 한편으로 그런 시대의 한가운데를 살아갈 줄 아는 것이 지금의 그녀에게는 마치 한여름 벌들이 왱왱거리는 소리처럼 영웅적인 마법의 매력처럼 느껴졌다. 그러나 시간이 지나면서 그조차 단조로워졌을 뿐 아니라 힘겹고 희망 없는 일로 변해버렸다. 디오티마가 살롱을 찾는 저명한 손님들과 교류하는 것은 라인스도르프 백작이 은행과 거래하는 방식과 다르지 않았다. 아무리 손님들을 영혼과 하나되게 하려고 애를 써보아도 모두 허사였다. 자동차와 뢴트겐선에 대한 이야기를 하고, 그것이 감정들을 유발할 수도 있지만, 오늘날 매일같이 쏟아져나오는 무수한 발명과 발견을 두고 전체적으로 인간의 발명 재능을 감탄하는 것 말고 달리 무엇을 할 수 있겠는가? 그마저도 시간이 지나면 그저 질질 끌려가는 듯 느껴지는 것들을 말이다. 백작은 이따금 살롱을 찾아와 정치인과 담소를 나누거나 새로운 손님을 소개받았다. 깊이 있는 문화에 쉽게 열광하기도 했다. 그러나 디오티마처럼 문화에 깊숙이 관여하는 경우, 극복할 수 없는 것은 문화의 깊이가 아니라 폭이었다. 그리스의 고결한 소박성이나 예언자의 의미처럼 인간과 직접적으로 관계되는 문제조차 전문가들과 이야기하다보면 가늠하기 어려울 만큼 다양한 의심과 가능성으로 해체되고 말았다. 디오티마는 저명한 손님들도 자신의 저녁 모임에서 항상 짝을 지어 대화를 나누는 것을 알게 되었다. 기껏해야 자기 외에 한 사람하고만 객관적이고 이성적인 대화를 나눌 수 있는 시대에 이미 접어들었기 때문이다. 하지만 그녀 자신은 누구와도 그런 대화를 나눌 수 없었다. 그로써 디오티마는 자기 속에서 동시대 인간들의 유명한 고통, 즉 문명이라는 이름의 고통을 발견하게 되었다. 그것은 비누와 무선주파수, 수학 및 화학 공식의 오만한 기호 언어, 국민경제학, 경험적 연구, 단순하지만 고상하게 함께 살아가지 못하는 인간의 무능함으로 가득찬 거추장스러운 상태였다. 게다가 디오티마에게 내재한 정신적 귀족과 사회적 귀족의 관계, 그러니까 세심하게 주의를 기울여왔고 큰 성공도 거두었지만 실망감도 일부 느낀 이 관계 또한 시간이 지나면서 점점 문화가 아닌 문명의 시대로 특징지을 수 있는 상황으로 변해가는 듯했다.

따라서 문명은 그녀의 정신이 제어할 수 없는 모든 것을 의미했다. 무엇보다 그녀의 남편도 이미 오래전부터 거기에 포함되어 있었다.

25. 어느 결혼한 영혼의 고통

이러한 고통 속에서 그녀는 많은 책을 읽었고, 예전에는 그 존재에 대해 자세히 몰랐던 무언가가 자신에게서 사라졌음을 알아차렸다. 바로 영혼이었다.

영혼은 무엇일까? 부정의 방식으로는 규정하기가 쉽다. 즉 대수학적 수열이라는 말을 들으면 슬그머니 숨고 싶은 것이 영혼이다.

그렇다면 긍정의 방식은 어떨까? 영혼은 자신을 파악하려는 모든 시도를 용케 피해가는 듯하다. 예전에는 디오티마의 내면에 무언가 근원적인 것이 있었을지 모른다. 그것은 솔질을 많이 해서 너덜너덜해진 예의바름의 옷으로 말려들어간, 예감으로 가득찬 감수성이었는데, 그녀는 이것을 지금 영혼이라 부르며, 납염 처리된 마테를링크의 형이상학 속에서, 노발리스 속에서, 그리고 무엇보다 기계 시대가 한동안 자기 자신에게 정신적이고 예술적인 저항을 표현했던 빈혈증적 낭만주의와 신에 대한 동경의 거대한 파동 속에서 재발견했다. 좀더 자세히 들여다보면 이 근원적인 것은 디오티마의 내면에 존재하는 고요함과 부드러움, 경건함, 선함 같은 것일지 모른다. 그것들은 이제껏 한 번도 제 길을 찾지 못했고, 우리의 형태를 결정짓는 운명의 주조 공장에서 우스꽝스러운 이상주의의 형태를 갖추게 되었다. 어쩌면 그것은 판타지일 수 있고, 혹은 날마다 육체라는 덮개 밑에서 진행되는 본능적이고 자율적인 성장 과정에 대한 예감일 수 있다. 그 육체의 덮개 위에서는 영혼으로 충만한 표정을 짓는 한 아름다운 여인이 우리를 바라본다. 어쩌면 단순히 무어라 정의내리기 어려운 시간이 그녀에게 찾아왔을 수도 있다. 어느 날 몸이 따뜻하게 확장되고, 감각이 평소보다 훨씬 생생하게 살아 숨쉬고, 야망과 의지가 잦아들고, 나직한 삶의 도취와 충만함이 가슴 가득 물결치고, 사소한 생각마저 표층을 떠나 심원으로 향하는 듯하면서, 세상의 사건이 정원의 소음처럼 멀리 느껴졌다. 이런 순간들이 찾아오면 디오티마는 특별히 애쓰지 않아도 자기 속의 진실한 것을 생생히 볼 수 있었고, 딱히 뭐라 불러야 할지 모를 섬세한 체험이 베일을 벗었다. 이런 상태와 관련해서 문학작품에 나오는 많은 묘사들 가운데 몇 가지만 인용하면, 이 상태는 조화롭고, 인간적이고, 종교적이고, 깊은 근원에 가깝다. 이 근원에서 나오는 것은 모두 신성하고, 거기서 나오지 않는 것은 모두 죄악이 된다. 이런 생각을 할 수 있다는 것은 물론 멋진 일이었지만 그녀는 어떤 특별한 상태에 대한 예감과 암시에서 더이상 나아가지 못했다. 물론 그녀만 그런 것이 아니었다. 그녀가 조언을 구한 예언서들, 즉 비슷한 상황을 비밀스럽고 모호하고 비슷한 말로 늘어놓은 예언서들도 거기서 더 나아가지 못했다. 결국 디오티마는 영혼으로 가는 통로가 차단된 문명시대에 그 책임을 전가할 수밖에 없었다.

그녀가 영혼이라 불렀던 것은 아마 결혼 당시 갖고 있던 '사랑의 능력'이라는 변변찮은 자본에 다름 아니었을지 모른다. 그런데 투치 국장은 그 자본에 제대로 투자할 마음이 없었다. 디오티마에 대한 그의 우월성은 처음부터, 또 제법 긴 시간 동안 좀더 나이 많은 남자가 갖고 있는 우월성이었다. 나중에는 성공한 남자의 우월성이 은밀한 형태로 추가되기도 했다. 자신의 속내는 철저히 감추면서 아내가 몰두하는 무가치한 일은 호의적으로 지켜보는 그런 남편 말이다. 투치 국장은 자상했던 신혼 시절만 제외하면 항상 효용성과 이성 사이에서 균형을 잃지 않는 합리적인 인간이었다. 그럼에도 그의 행동과 양복에서는 고급스러운 편안함이 묻어났고, 그의 몸과 수염에서는 예의바르고 진지한 냄새가 풍겼으며, 바리톤의 목소리에서는 신중한 확고함이 흘러나왔다. 이 모든 게 바로 처녀 디오티마의 영혼을 마치 다가오는 주인의 무릎에다 주둥이를 비비는 사냥개처럼 흥분시킨 그만의 아우라였다. 그리고 이 개가 무언가에 의해 보호받고 있다는 안전한 느낌으로 주인을 뒤따라가듯 디오티마도 진지하고 사무적인 인도를 받으며 무한한 사랑의 풍경 속으로 걸어들어갔다.

투치 국장은 직선으로 뻗은 길을 선호했다. 그는 야망이 큰 일꾼의 습관대로 살았다. 새벽같이 일어나 말을 타거나, 아니면 그보다 더 좋아하는 산책을 한 시간 정도 했다. 이런 활동은 몸의 유연성을 유지하는 데 도움이 될 뿐 아니라 어떤 일이 있어도 꾸준히 실행함으로써 책임감이 요구되는 업무에 꼭 맞는 이미지를 만들어낸, 지나치게 꼼꼼하고 단순한 습관이었다. 투치는 다른 곳에 초대를 받지 않거나 집에 손님이 없을 때는 퇴근하자마자 곧장 서재로 향했는데, 그것은 그에게 지극히 당연한 일이었다. 귀족 동료와 상사들보다 우위를 지키려면 사무지식을 늘 최고의 수준으로 유지해야 했기 때문이다. 그런 사람은 자신의 삶에 확고한 한계를 설정해두고, 사랑조차 기타 활동으로 분류하기 마련이었다. 관능적인 것에 관심이 없는 다른 남자들과 마찬가지로 투치도 총각 시절 간혹 외교관 지위를 이용해서 친구들과 함께 젊은 여성 합창단원들과 어울리기도 했지만, 대부분 규칙적으로 유곽을 찾았고, 그런 습관을 결혼 후에도 그대로 유지했다. 때문에 디오티마는 사랑을 일주일에 한 번씩만 더 강한 힘에 의해 풀려나는, 무언가 격렬하고 발작적이고 무뚝뚝한 것으로 알게 되었다. 두 사람의 본성을 변화시키는 그 행위는 항상 같은 시각에 시작해서 몇 분 뒤 다음날 할일들에 대한 짧은 대화를 거쳐 곧 잔잔한 수면으로 이어졌는데, 행위중에는 전혀 말을 하지 않거나, 아니면 기껏해야 암시나 비유(예를 들어 몸의 '은밀한 부위'에 대한 외교적인 농담)를 던지는 것이 고작이었다. 이런 사랑은 그녀에게 모순으로 가득찬 예기치 않은 결과를 불러왔다.

한편으로 이것은 그녀의 삶에서 이상적인 것이 지나치게 부풀어오른 원인이 되었다. 또한 외부로 향한 그녀의 반半공식적 성향의 원인이기도 했다. 사랑의 힘과 영혼적 갈망은 그녀 주변에 가시적으로 나타나는 모든 위대하고 고결한 것으로 확장되었고, 이는 너무나 내밀한데다 분산되어 남성들이 이해하기 어려운, 뜨겁게 불타오르지만 플라토닉에 국한된 사랑의 이미지를 디오티마에게 부여했다. 울리히의 호기심을 자극한 것도 바로 그런 이미지였다. 그런데 다른 한편으로, 생리적으로만 보면 주기적으로 반복되는 부부간의 육체적 접촉은 그녀 속에서 혼자 알아서 움직이는 하나의 습관으로 발전했다. 마치 식사 횟수는 드물지만 한 번 먹으면 많이 먹는 노예의 굶주림처럼 내면의 고결한 본질과는 아무 관련 없이 때가 되면 발동하는 그런 습관 말이다. 시간이 지나 디오티마의 윗입술에 솜털이 자라고, 소녀의 기질 속에 성숙한 여인의 남성적 독립성이 섞이면서 이러한 심적 분열은 그녀에게 끔찍한 공포로 의식되기 시작했다. 그녀는 남편을 사랑했지만, 그와 병행해서 남편에 대한 혐오감도 점점 커져나갔다. 이건 영혼의 끔찍한 모욕감이었는데, 위대한 수학적 시도에 심취해 있던 아르키메데스를 적군 병사가 쳐죽이지 않고 성적인 요구를 했을 때 그가 느꼈을 감정과 비슷할 듯했다. 남편은 아내의 그런 감정을 눈치채지 못한 것은 물론이고 아예 그런 생각조차 하지 못할 것이다. 그런데도 그녀는 매번 자신의 의사에 반해 남편에게 몸을 내주어야 했기에 자신을 폭정의 노예로 느꼈다. 물론 그 폭정을 악덕하다고 할 수는 없었지만, 그 과정만큼은 안면경련증이나 불가피한 악에 관해 떠올릴 때처럼 고통스러웠다. 그런데 이것뿐이었더라면 디오티마는 약간 우울해지고, 조금 더 이상적인 성향으로 바뀌는 데 그쳤을지 모른다. 하지만 불행하게도 하필 그 무렵 그녀의 살롱조차 그녀의 영혼에 어려움을 안겨주기 시작했다. 투치 국장이 아내의 정신적인 추구를 장려한 것은 지극히 당연한 일이었다. 아내의 그런 추구가 자신의 출셋길에 얼마나 큰 도움이 되는지 곧 알아차렸기 때문이다. 하지만 그런 모임에는 한 번도 참석하지 않았다. 어쩌면 그런 모임을 별로 진지하게 생각하지 않는 듯했다.

세상일에 경험이 많은 그가 진지하게 생각하는 것은 권력과 의무, 고귀한 혈통, 그리고 그 무엇과도 비교할 수 없이 중요한 이성뿐이었다. 어쨌든 그는 디오티마에게 그녀가 주도하는 심미적 국가 일에서 너무 큰 것을 바라지는 말라고 반복해서 경고했다. 이른바 문화라는 것이 삶이라는 음식에서 소금 역할을 한다고 하지만 상류사회는 너무 짠 음식을 좋아하지 않는다는 것이다. 그의 입장에서는 소신을 얘기한 터라 빈정거리는 투 없이 진지했지만 디오티마는 무시당한 기분이었다. 게다가 남편은 그녀의 이상적 추구에 대해 이야기할 때마다 항상 입가에 야릇한 미소를 짓는 듯했다. 물론 남편이 실제로 그런 미소를 지었는지는 확신할 수 없었다. 그럼에도 그녀는 남편이 집에 있건 없건, 그 미소가 정말 그녀에게 특별한 의미를 담은 것이건 아니면 그저 직업상 언제나 남들에게 우월하게 보여야 하는 남자의 표정일 뿐이건 갈수록 그 미소를 견디기 힘들어했고, 부당함에도 정당한 척 가장하는 그 미소에서 모욕적인 느낌을 지울 수 없었다. 디오티마는 때론 이 모든 것이 세계를 목적 없는 사악한 게임으로 만들어버린 물질주의적 시대 탓이라고 생각하기도 했다. 무신론, 사회주의, 실증주의가 판치는 시대에는 영혼이 충만한 어떤 인간도 자신의 진정한 본질로 승화할 자유를 발견하지 못하기 때문이다. 그러나 이런 책임 전가도 소용없을 때가 많았다.

애국대운동이 점점 속도를 낼 무렵, 디오티마 집의 상황은 그랬다. 귀족과의 연관성을 감추려고 라인스도르프 백작이 애국대운동의 본거지를 여자 친구 집으로 옮긴 뒤로 이 집에는 무언의 책임감이 흘렀다. 디오티마가 지금이야말로 자신의 살롱이 한낱 놀이가 아님을 남편에게 보일 절호의 기회라고 생각했기 때문이다. 백작은 그녀에게 애국대운동에 비할 바 없이 훌륭한 이념이 필요한 시점이라고 털어놓았고, 이제 그것을 찾으려는 야망이 그녀 안에 불타올랐다. 주의깊게 지켜보는 세상 사람들에게 제국의 온갖 수단을 동원해서 그 제국이 가진 가장 위대한 문화 자산을 보여주어야 한다는 생각, 혹은 조금 겸손하게 표현해서 오스트리아 문화의 가장 깊은 속살을 보여주어야 한다는 생각에 디오티마는 스스로 깊은 감동을 받았다. 마치 살롱의 문이 홱 열리더니 살롱 바닥이 연장된 것처럼 문 앞에서부터 끝없는 바다가 펼쳐지는 느낌이었다. 순간 그녀가 처음 느낀 것은 탁 트인 무한한 허공이었고, 이는 부인할 수 없는 사실이었다.

첫인상은 옳을 때가 많다! 디오티마는 무언가 엄청난 일이 벌어질 거라는 확신이 들었다. 그래서 머릿속에 묵혀둔 많은 이상을 호출해냈고, 제국과 세기에 따라 생각하는 법을 배운 학창시절 역사 시간의 열정을 되살려냈다. 디오티마는 이런 상황에서 할 수 있는 모든 것을 다 했다. 그런데 몇 주가 흘렀는데도 어떤 아이디어도 떠올리지 못했음을 직시할 수밖에 없었다. 그때 디오티마가 남편에게 느낀 것은 증오였을 것이다. 물론 그녀에게 저급한 충동인 증오의 능력이 있었다고 한다면 말이다. 결국 그녀는 우울해졌고, 그때까지 의식하지 못하고 있던 '모든 것에 대한 원망'이 치솟았다.

바로 이런 시기에 아른하임 박사가 어린 흑인 하인을 대동하고 도시에 도착했고, 디오티마는 곧 의미심장한 방문을 받게 되었다.

26. 영혼과 경제의 결합. 그럴 능력이 있는 남자가 오스트리아 옛 문화의 매력적인 바로크를 즐기려 하고, 그것을 통해 평행운동에 하나의 아이디어가 생성되다

디오티마는 적절치 못한 생각 같은 건 모르는 사람이었다. 그런데 그날은 몸종 '라셀'을 내보내고 나서 아른하임 박사의 천진난만한 흑인 소년을 한참 생각했는데, 거기엔 많은 것이 숨어 있는 게 분명해 보였다. 그전에 울리히가 위대한 사촌의 집을 떠났을 때 그녀는 몸종에게 그 이야기를 다시 한번 청해 들었다. 아름답고 성숙한 여인은 갑자기 젊어진 기분이 들었고, 딸랑거리는 장난감을 갖고 노는 것 같았다. 옛날에는 기품 있는 귀족이라면 흑인 하인을 하나쯤 데리고 다녔다. 문득 그녀의 머릿속에 매력적인 그림이 떠올랐다. 세모 깃발로 장식된 말들이 끄는 썰매, 깃털로 멋지게 장식한 하인들, 하얗게 서리 내린 나무들. 그런데 고결한 귀족들의 이런 환상적인 측면은 벌써 오래전에 사라졌다. 디오티마는 생각했다. '요즘 사교 모임에는 영혼이 없어.' 그녀는 아직도 흑인 하인을 버젓이 데리고 다닐 만큼 대담한 아웃사이더이자, 그 옛날 유식한 그리스 노예가 로마 주인들을 부끄러워했듯이 대물림한 권력을 부끄럽게 생각하는, 신분에 맞지 않게 고결한 그 시민계급의 이방인에게 마음이 끌리는 것을 느꼈다. 여러 가지를 고려하느라 족쇄를 찰 수밖에 없었던 그녀의 자의식은 정신적 오누이로서 아른하임 박사에게 투항할 준비가 되어 있었다. 심지어 다른 감정들이 무색할 정도로 자연스러운 이 감정은 그가 유대계일 거라는 소문도 무시하게 만들었다. 물론 그가 유대계라는 확증은 없었고, 소문도 엇갈리는 상황이었다. 들리는 말에 따르면, 그의 부친이 유대계라는 것은 확실해 보였다. 다만 모친은 오래전에 죽어서 정확한 정보를 얻으려면 시간이 필요했다. 게다가 디오티마는 마음속에 자리한 그 잔인한 영혼적 고통 때문에 그 소문의 공식적인 정정을 원하지 않았을 수도 있었다.

디오티마는 서서히 흑인 소년에서 그의 주인에게로 생각을 옮겨갔다. 파울 아른하임 박사는 단순히 부호에 그치지 않는 대단히 지적인 사람이었다. 명성 또한 세계적인 사업체의 상속인이라는 점에 국한되지 않았다. 그가 여가 시간에 쓴 책들은 진보적이라고 하는 사람들 사이에서 탁월한 저술로 인정받았다. 순수하게 지적 활동만 하는 사람들은 대개 돈이나 세속적 명예 같은 것들에 초연했다. 하지만 바로 그 점 때문에 어떤 부호가 자신들과 같은 부류임이 드러날 경우 그런 것을 매력으로 느끼게 된다는 사실도 잊어서는 안 된다. 더구나 아른하임은 팸플릿과 책을 통해 영혼과 경제, 혹은 이념과 권력의 결합을 부르짖었다. 내일에 대한 후각이 뛰어난 지적인 인간들은 세속에서 보통 양극단으로 분리된 그 두 요소가 아른하임이라는 인물 속에서 하나로 통합되었다는 주장을 퍼뜨렸을 뿐 아니라 어떤 현대적 힘이 언젠가 제국의 운명, 아니 더 나아가 세계의 운명까지도 개선할 사명을 띠고 지금 이 시대를 향해 오고 있다는 소문에 힘을 실었다. 이유는 분명했다. 케케묵은 정치 및 외교의 원칙과 방식들이 유럽을 무덤으로 몰아넣고 있다는 감정이 오래전부터 널리 퍼져 있었기 때문이다. 게다가 당시에 벌써 전반적으로 전문가들로부터 등을 돌리는 시기가 시작되고 있었다.

디오티마의 상태 역시 외교관들의 낡은 사고방식에 대한 반기로 해석될 수 있었다. 때문에 그녀는 자신과 그 천재적 아웃사이더의 입장

사이에 놀라운 유사성이 있음을 즉각 알아보았다. 더구나 이 유명한 남자는 사정이 허락하는 대로 곧장 그녀를 예방했다. 이 도시에서 이러한 영예를 안을 자격이 있는 집은 단연 그녀의 집이라는 듯이. 디오티마는 자신도 아는 한 여성이 쓴 소개장을 그에게서 건네받았다. 거기에는 부지런한 이 사업가가 바쁜 일정 속에서도 합스부르크 도시의 옛 문화를 즐기고 이곳 사람들과 교류하고 싶어한다는 소망이 적혀 있었다. 디오티마는 소개장에서 이 저명한 외국인이 그녀의 정신적 명성에 대해 알고 있음을 읽는 순간, 마치 자신이 처음 외국어로 번역되어 나간 작가가 된 것처럼 뿌듯했다. 그녀는 아른하임이 유대인처럼 생기지 않았으며 오히려 귀족적이고 신중한 것이 고대의 전형적인 페니키아 남자 같다는 생각이 들었다. 아른하임도 눈앞의 부인이 자신의 책을 읽었을 뿐 아니라 그가 이상으로 여기는 헬레니즘적 고대 미인이 마치 얇은 비만의 옷만 살짝 걸친 듯 느껴지자 감격했다. 그녀의 몸에 붙은 약간의 살집은 고전적인 미가 딱딱하게 굳지 않도록 해주는 듯했다. 디오티마는 이십 분간의 대화를 통해 세계와 많은 관계를 맺고 있는 이 남자에게 자신이 준 인상을 보면서 케케묵은 외교적 방식에 사로잡힌 남편이 의심스러운 눈으로 그녀의 중요성을 모욕할 때의 회의감이 사르르 녹아 없어지는 것을 깨달았다.

그녀는 부드러운 쾌적함에 사로잡혀 아른하임과 나눈 대화를 떠올렸다. 그는 대화가 시작되자마자 자신이 고색창연한 오스트리아의 매력적인 바로크 문화 속에서, 오늘을 사는 문명인의 황량한 이성과 이기적 타산, 물질주의로부터 벗어나 원기를 회복할 생각으로 이 옛 도시에 왔다고 설명했다.

디오티마는 이 도시엔 영혼의 활기찬 숨결이 감돈다고 대답하면서, 스스로 그 대답에 만족해했다.

"예, 우리한테는 더이상 그런 내밀한 목소리가 없죠. 오늘날 우리는 너무 많이 알고 있고, 우리의 삶은 오성의 폭정에 짓눌려 있습니다."

그의 말에 그녀는 이렇게 대답했다. "저는 여성들과 교류하기를 좋아해요. 여성들은 아무것도 모르고, 파편화되지 않은 존재이기 때문이죠." 아른하임이 말했다. "논리학과 심리학에 대한 지식은 있되 삶에 대해서는 아는 것이 전혀 없는 남성보다 아름다운 여성이 그래도 훨씬 많은 것을 이해하죠." 이 대목에서 디오티마는 이곳 사회 지도층이 문명으로부터 영혼을 해방시키는 것 같은 문제를 기념비적이고 국가적인 규모로 깊이 다루고 있다는 이야기를 꺼냈다. "이제 우리는……" 그녀가 말을 이어가려는데, 아른하임이 끼어들었다. "정말 놀랍군요! 새로운 이념들, 이렇게 말해도 된다면(이 대목에서 그는 약하게 한숨을 내쉬었다) 어떤 이념이 됐든 권력의 영역으로 먼저 옮겨놓은 것 자체가 정말 놀랍습니다!" 디오티마는 그런 이념들을 탐구하기 위해 각계각층의 사람들을 모아 위원회를 구성하려 한다고 했다. 그때 아른하임이 엄청나게 중요한 말을 했다. 그것도 상대를 존중하는 무척 다정하고 따뜻한 어조여서, 그 경고가 디오티마의 가슴에 더욱 깊이 와닿았다. 그는 힘주어 말했다. 무언가 위대한 것을 그런 식으로 이루어내기란 쉽지 않을 것이다. 민주적 위원회로는 그런 운동을 이끌 수 없다. 현실과 이념, 두 영역 모두에서 충분히 경험을 쌓은 강력한 개인들만이 그런 운동을 이끌 수 있다.

여기까지는 디오티마의 머릿속에 한마디 한마디가 다 떠올랐는데

이 지점부터 대화가 불덩이 속에 용해되어버렸다. 자신이 무슨 대답을 했는지 더는 기억나지 않았다. 내내 정의 내릴 수 없는 긴장된 행복감과 기대감으로 몸이 점점 둥둥 떠오르는 것 같던 느낌만 기억났다. 지금 그녀의 정신은 찬란하게 빛나면서 태양을 향해 높이 올라가는 작고 알록달록한 아이들 풍선을 닮았다. 곧이어 풍선이 뻥 터졌다.

순간 지금껏 빈자리로 남아 있던 곳에 위대한 평행운동의 이념이 생겨났다.

27. 위대한 이념의 본질과 내용

이 이념의 본질을 말하는 것은 쉬워 보이지만, 그 의미는 누구도 설명할 수 없을 것이다! 감동적인 대大이념이 평범한 이념, 아니 심지어 상상할 수 없을 정도로 평범하고 전도된 이념과 구분되는 것은 자아와 우주가 하나되는 일종의 용해 상태가 된다는 점이다. 그 상태에서 자아는 무한한 광활함으로 확장되고 반대로 세계의 광활함은 자아 속으로 들어오는데, 그리되면 무엇이 자기 것이고 무엇이 무한한 우주의 것인지 더는 인식할 수 없다. 때문에 감동적인 위대한 이념들은 인간의 몸처럼 단단하지만 허약한 몸 하나와, 그 이념의 의미를 이루지만 단단하지는 않은데다 차가운 말로 포착하려 들면 항상 무로 녹아 없어지는 영원한 영혼 하나로 이루어져 있다.

이것을 전제로 말하자면, 디오티마의 위대한 이념은 비록 오스트리아 대운동이 프로이센-독일을 향한 질투의 칼끝이라고 하더라도 프로이센의 아른하임에게 이 운동의 정신적 지도자 역을 맡겨야 한다는 데 그 본질이 있다. 하지만 그 이념을 이렇게 표현한 것은 죽은 언어일 뿐이다. 그래서 이 말을 도저히 이해할 수 없는 것으로 받아들이거나 터무니없는 것으로 생각한다면 이는 시체를 발로 걷어차는 것이나 다름없다. 반면에 이 이념의 영혼에 관해 말하자면, 그것은 순결하고 허락된 영혼이라고 해야 마땅하다. 어쨌거나 디오티마의 결정에는 울리히를 위한 항목도 덧붙여져 있었다. 그녀는 이 사촌 남자도 자신에게 상당한 인상을 남긴 것을 인지하지 못하고 있었다. 아른하임 때문에 그 인상이 가려져 있을 뿐 그보다 더 깊숙이 자리하고 있었다. 물론 그녀가 그것을 알아차렸더라면 아마 그런 자신을 경멸했을 것이다. 그녀는 울리히가 자기보다 나이가 많음에도 정신적으로 '미숙하다'고 규정함으로써 그가 주는 인상을 스스로 알아차리지 못하게 본능적으로 차단막을 쳤다. 대신 그녀는 그를 동정하기로 마음먹었다. 그러자 큰 책임감이 필요한 이 운동의 지도자 자리를 울리히가 아닌 아른하임에게 맡기는 것이 당연하다는 확신이 더욱 강해졌다. 하지만 다른 한편으로, 이런 결정을 내리고 나자 아른하임에게 밀려난 울리히가 이제 그녀의 도움을 필요로 하고, 그런 도움을 받을 가치도 있는 남자라는 여성적인 생각이 그녀의 가슴을 두드렸다. 그에게 부족한 것은 그녀와 아른하임과 함께 있을 기회가 많을 그 운동에 동참시킴으로써 채우도록 하는 것이 최선일 듯했다. 결국 디오티마는 울리히의 동참도 결정했다. 하지만 그것은 그저 보완책으로 떠오른 생각일 뿐이었다.

28. 생각에 관한 문제에 특별한 의견이 없는 사람은 얼마든지 건너뛰어도 되는 장章

그사이 울리히는 자기 집 책상에 앉아 일을 하고 있었다. 몇 주 전 이 도시로 돌아오기로 결정하면서 중간에 손을 놓은 연구를 다시 꺼내든 것이다. 그렇다고 원고를 마무리할 마음은 없었다. 다만 원고를 여전히 진행시키고 있다는 느낌이 즐거웠을 뿐이다. 날씨는 좋았지만 최근 며칠 그는 잠시 집을 비웠을 뿐 정원에조차 나가지 않고 커튼을 친 채 착 가라앉은 불빛 아래서 작업했다. 마치 아직 관객이 들어오기 전 어스름한 서커스 천막의 일층 앞자리에 앉은 전문가들 앞에서 위험천만한 새 기술을 선보이는 곡예사 같다고 할까! 인생에 두 번 다시 없을 대단한 사고의 정교함, 힘, 안정성이 멜랑콜리에 가까운 감정으로 그의 마음을 채웠다.

이제 그는 공식과 기호로 뒤덮인 원고를 밀어놓았다. 거기에 마지막으로 적어넣은 것은 물의 상태방정식이었다. 앞서 설명한 새로운 수학적 과정의 응용을 보이기 위한 물리학적 예시였다. 그런데 그의 생각은 이미 얼마 전부터 다른 데에 가 있었다.

'내가 클라리세한테 물에 관한 이야기를 하지 않았던가?' 그는 스스로에게 물었다. 정확히는 기억나지 않았다. 하지만 어차피 상관없었다. 그의 생각은 아무렇게나 펼쳐지고 있었으니까.

안타깝게도 사유하는 인간만큼 문학작품에서 재현하기 어려운 것은 없다. 언젠가 사람들이 한 위대한 발명가에게, 어떻게 새로운 생각을 그렇게 많이 떠올릴 수 있는지 묻자 그는 이렇게 대답했다. "생각하는 걸 중단한 적이 없어서 그래요." 그렇다면 이렇게 말해도 무방할 듯하다. 기대하지 못한 착상들을 떠오르게 하는 것은 바로 끊임없는 기대라고. 따라서 착상은 적지 않은 부분이 성공적인 성격, 상시적 애착, 야심의 지속, 중단 없는 몰두의 산물이다. 그런 지속성은 참으로 지루하기 짝이 없을 것이다! 다른 측면에서 보자면, 정신적 과제를 해결해 나가는 과정은 주둥이에 작대기를 문 개가 좁은 문을 지나가려고 하는 것과 크게 다르지 않다. 개는 작대기가 걸리지 않고 빠져나갈 때까지 머리를 왼쪽 오른쪽으로 돌리는데, 우리가 하는 짓도 마찬가지다. 다만 차이가 있다면, 우리는 아무렇게나 머리를 돌리는 대신 경험을 통해 대략 어떻게 해야 할지 알고서 한다는 것이다. 똑똑한 사람은 당연히 학습 능력과 고개를 돌리는 솜씨가 우둔한 사람보다 훨씬 뛰어나기 때문에 문제가 갑자기 해결되기도 한다. 그럴 때면 마치 생각이 주인을 기다리지 않고 혼자서 해낸 것에 약간 당혹스러운 감정이 든다. 이런 당혹감을 예전에는 영감이라 불렀는데, 요즘은 많은 사람이 직관이라 부르며 그 속에서 분명 초인적인 무언가를 보았다고 믿는다. 그러나 그것은 초인적인 것이 아니라 비인격적인 것, 즉 머릿속에 한데 모인 사물들 자체의 친화성과 상관성일 뿐이다.

머리가 좋을수록 사고 과정에서 그런 비인격적인 것을 인지하는 능력은 떨어진다. 때문에 아직 완성되지 않은 사고는 전체 뇌 주름의 발작성 통증처럼 아주 딱한 상태가 된다. 하지만 완성된 사고는 우리가 일반적으로 체험하는 그런 형태가 아니라 벌써 '생각된 것'의 형태를 띤다. 그것은 안타깝게도 비인격적인 형태다. 사고는 완성되면 외부를 향하고, 세상에 전달될 수 있도록 형태를 갖추기 때문이다. 생각을 할 때 인격적인 것과 비인격적인 것 사이의 계기는 포착되지 않는다. 때문에 작가에게 사고는 피하고 싶은 당혹스러운 것임이 분명하다.

이제 특성 없는 남자는 깊은 생각에 빠졌다. 여기서 최소한 일부분은 인격적인 사안이 아니라는 결론을 끄집어낼 수 있다. 그렇다면 그건 대체 무엇일까? 내 안에서 들락거리는 세계이고, 내 머릿속에서 합성되는 세계의 측면들이다. 이것들 말고 중요한 것은 전혀 떠오르지 않았다. 조금 전에 예시 삼아 물을 파고들어가보았지만, 물이 땅덩어리보다 세 배나 면적이 큰 물질이라는 사실밖에 떠오르지 않았다. 그것도 누구나 물로서 인식하는 것, 즉 강, 바다, 호수, 샘만 헤아렸는데 말이다. 사람들은 오랫동안 물이 공기와 밀접한 관련이 있다고 믿어왔다. 위대한 뉴턴도 그렇게 믿었다. 그럼에도 그의 다른 생각들은 대부분 오늘날 떠올린 것처럼 현대적이다. 그리스인들의 의견에 따르면 이 세상과 생명은 물에서 생겨났다. 물은 신이었다. 오케아노스 신. 나중에 인간들은 인어, 바다의 요정, 물의 정령, 님프 같은 존재를 만들어냈다. 또한 물가에 신전과 신탁소를 세웠다. 힐데스하임과 파더보른, 브레멘의 대성당도 샘 위에 지었다. 그런데도 보라, 아직 그 성당들은 굳건히 서 있지 않은가? 성당에서는 여전히 물로 세례를 주지 않는가? 영혼 속에 무덤 같은 독특한 건강함이 깃든 자연치료 전도사와 물의 숭배자도 있지 않은가? 그러니까 세상에는 희미하게 지워진 지점이나 발로 짓밟힌 풀 같은 지점이 있었다. 그리고 특성 없는 남자도 당연히 의식 어딘가에 근대의 지식들을 담고 있었다. 그것에 대한 생각을 하든 하지 않든 말이다. 물이 아주 깊을 경우에만 푸른색으로 보일 뿐 원래는 무색무취하고 맛도 없는 액체라는 사실은 학교에서 귀에 못이 박히도록 들었다.

비록 생리학적으로 보면 박테리아와 식물성 물질, 공기, 철, 황산석회와 중탄산석회까지 포함하고 있고, 모든 액체의 원형이라고 하는 물이 사실 물리학적으로는 결코 액체가 아니라 경우에 따라 고체나 액체나 기체로 나타나는 것뿐인데도 말이다. 궁극적으로 이 모든 것은 어떤 식으로든 서로 연관된 공식들의 체계로 해체된다. 이 넓은 세계에서 물처럼 단순한 물질에 대해서조차 똑같은 것을 생각하는 사람은 수십 명에 불과하다. 나머지 사람들은 오늘과 과거 몇천 년 사이 어딘가에 뿌리를 내린 언어로 물에 대해 말한다. 그렇다면 인간이 조금만 깊이 생각하면 정말 무질서한 사회에 빠지게 되리라고 말할 수 있을 것이다!

이제 울리히는 클라리세에게 이 모든 이야기를 한 기억이 났다. 그녀는 작은 동물만큼이나 아는 것이 없었다. 그러나 그녀를 이루는 모든 미신에도 불구하고 그녀가 자신과 하나라는 막연한 느낌이 들었다. 그 생각이 마치 뜨거운 바늘처럼 가슴을 따끔하게 찔렀다.

화가 났다.

의사들이 발견해낸 생각의 잘 알려진 능력, 즉 자아의 음습한 곳에서 생겨나는 뿌리깊고 병적으로 뒤엉킨 반목을 해체해서 없애는 능력은 아마 개별 피조물을 다른 인간 및 사물들과 연결시키는 생각 자체의 사회적 외향적 본성에 기인한다. 그러나 안타깝게도 그들에게 사유의 치유력을 부여하는 것은 개인적 체험의 의미를 약화시키는 것과 동일해 보인다. 코에 머리카락이 붙은 것을 넌지시 언급하는 것이 엄청나게 중요한 생각보다 현실적으로 더 중요하다. 행위, 감정, 감각은 그것이 아무리 일상적이고 비인격적이라고 하더라도 반복될 경우에는 제법 중요한 개인적 사건이나 과정에 함께했다는 인상을 갖게 해준다.

'미련하긴.' 울리히는 생각했다. '하지만 어쩌겠어.' 그는 자아를 직접 건드리는, 미련하지만 깊고 자극적인 인상을 떠올렸다. 자신의 살갗 냄새를 맡을 때 받는 그런 인상 말이다. 그는 일어나 창문 커튼을 열었다.

나무껍질은 아직 새벽의 습기를 머금고 있었다. 거리엔 보라색 벤진 냄새가 배어 있었다. 햇빛이 비쳤고, 사람들은 활기차게 움직였다. 아스팔트의 봄이었다. 도시들이 마법으로 불러낸 듯 계절에 어울리지 않는 가을 속의 봄날이었다.

29. 평범한 의식 상태의 설명과 중단

울리히는 집에 혼자 있을 때면 신호를 보내주기로 보나데아와 약속했다. 그런데 늘 혼자였지만 신호를 보내지 않았다. 그럼에도 모자와 베일을 쓴 보나데아가 연락 없이 불쑥 방안으로 걸어들어오리라는 것은 벌써 오래전부터 예견하고 있었다. 보나데아는 질투심이 매우 강했기 때문이다. 그녀는 남자를 찾아올 때, 단지 그를 경멸한다는 말만 하러 올 때마저도 항상 잔뜩 위축된 상태로 도착했다. 길거리에서 받은 여러 인상과 길에서 마주친 남자들의 시선으로 인해 마치 가벼운 뱃멀미를 하듯 속이 울렁거렸기 때문이다. 그런데 오랫동안 냉담하게 그녀를 무시해온 남자가 그런 상태를 알아채고 곧장 그녀에게 돌진하면 그녀는 상처를 받아 그와 싸웠고, 힐난의 말을 쏟아냈다. 자신도 예견하지 못한 일이었다. 그 모습은 날개에 총을 맞고 사랑의 바다에 풍덩 빠진 뒤 필사적으로 허우적거리는 오리를 떠올리게 했다.

어느 날 보나데아는 정말 울리히의 집에 와서 학대받았다고 느끼며 울었다.

그녀는 애인에게 화가 날 때면 남편에게 자신의 실수를 용서해달라고 격정적으로 빌었다. 물론 경솔한 말로 비밀까지 다 털어놓는 우를 범하지 않기 위해 불륜을 저지른 여자들이 자주 사용하는 훌륭한 옛 습관에 따라서 말이다. 그녀는 일단 한 흥미로운 학자에 대해 이야기했다. 간혹 여자 지인의 집에서 만난 남자인데, 초대한 적은 없다고 했다. 사교상의 예절에서 버릇이 잘못 든 사람이라 그녀의 집으로 찾아오지도 않을 테지만, 그걸 감수하면서까지 방문을 권하고 싶지도 않다고 했다. 이 말에 담긴 절반의 진실 때문에 그녀는 한결 홀가분하게 거짓말을 할 수 있었다. 나머지 절반은 애인에게 마음이 상한 것에 관한 내용이었다. 그녀가 울리히에게 물었다. 만일 앞서 둘러댄 그 여자 지인과의 교제를 갑자기 줄이면 남편은 어떻게 생각할까?! 자신의 그런 감정 변화를 남편에게 어떤 식으로 이해시켜야 할까?! 자신은 진실을 중요하게 생각한다. 모든 이상을 높이 평가하는 사람이니까. 그러면서 그녀는 울리히가 필요 이상으로 자신을 억지로 이상에서 멀리 떨어지게 함으로써 치욕을 안겼다고 했다!

그녀는 감정에 북받친 모습으로 요란하게 등장했다. 그 단계가 지나가면 비난과 맹세를 쏟아냈고, 이를 통해 생겨난 진공 같은 정적 속에서 미친듯이 키스를 퍼부었다. 이마저도 끝나면 더는 아무 일도 일어나지 않았다. 다만 쏟아져나온 일상의 잡담이 허공을 가득 채웠다. 시간은 마치 김빠진 물잔처럼 작은 기포를 내뿜었다.

울리히는 생각했다. '보나데아는 거칠어지면 한층 아름답구나! 그다음에는 또 모든 게 얼마나 기계적으로 끝나던지.' 그는 그런 그녀의 모습에 감동을 받았을 뿐 아니라 관능적인 유혹마저 느꼈다. 그런데 지금 모든 게 끝나고 나니 다시금 자신하고는 별 상관없는 일임을 깨달았다. 그건 건강한 인간이 얼마나 빠른 속도로 입에 거품을 문 바보로 바뀔 수 있는지를 보여주는 명백한 실례였다. 그러나 그는 의식 속에서 일어나는 사랑의 변화란 훨씬 일반적인 무언가의 특수 사례일 뿐이라는 생각이 들었다. 연극과 음악회, 예배, 그리고 내면의 표현은 전부 오늘날 이따금 평범한 상태 속에 삽입되는 또다른 의식 상태의 섬들이기 때문이다. 그것도 빠르게 해체되는 섬들 말이다.

생각이 이어졌다. '방금까지 나는 일을 하고 있었다. 그전에는 밖에 나가 종이를 샀고, 물리학회에서 알게 된 한 신사와 인사를 했다. 얼마 전 나와 진지한 대화를 나눈 사람이다. 이제 보나데아가 약간 서둘러만 준다면 나는 문틈으로 보이는 책들을 뒤적거릴 수 있을 텐데. 그사이 우리는 광란의 구름 속을 날아갔다. 사라져가는 이 공백에 이어 이제 견고한 체험들이 다시금 집요함을 보여주는 모습은 섬뜩하기 짝이 없다.'

그러나 보나데아는 서두르지 않았다. 울리히는 다른 무언가를 생각할 수밖에 없었다. 작은 클라리세에게 그사이 약간 괴팍한 남편이 되어버린 어릴 적 친구 발터는 예전에 울리히에 대해 이런 말을 했다. "울리히는 필요 없다고 여기는 일에만 항상 기를 쓰고 덤벼들지!" 하필 이 순간에 발터의 그 말이 떠올랐다. '오늘날 우리 모두에게 해당되는 말일 수도 있겠군.' 이런 생각이 들었다. 그는 기억력이 무척 좋았다. 그때의 일이 생생히 떠올랐다. 목조 발코니로 둘러싸인 여름 별장이었다. 당시 울리히는 클라리세 부모의 초대를 받아 그곳에 갔다. 결혼식 며칠 전이었다. 발터는 그런 그를 질투했다. 발터는 놀랄 만큼 질투심이 강했다. 클라리세와 발터가 발코니 뒤쪽의 방으로 들어갔을 때 울리히는 햇빛을 받으며 밖에 서 있었다. 그는 안쪽으로 귀를 기울였다. 굳이 몸을 숨기려고 하지 않았다. 그때 들은 말 중에서 아까 그 문장만큼은 여전히 생생히 기억했다. 장면도 잊히지 않았다. 방의 깊은 그림자가 햇빛으로 눈부신 외벽에 마치 입구가 거의 닫힌 주름진 자루처럼 걸려 있었다. 자루의 이 주름 속에 발터와 클라리세가 나타났다. 발터의 얼굴은 고통스럽게 일그러져 있었고, 마치 길고 누런 이가 있을 것만 같아 보였다. 이렇게 말할 수도 있겠다. 길고 누런 이 한 쌍이 검은 우단 외피의 작은 케이스 속에 들어 있는 것 같다고. 두 사람은 마치 유령처럼 서 있었다. 질투는 당연히 터무니없는 소리였다. 울리히는 친구의 여자에게는 전혀 관심이 없었다. 하지만 발터에게는 어떤 것을 격하게 체험하는 특별한 능력이 있었다. 그는 쏟아지는 감정을 주체하지 못해 자신이 원하는 것을 한 번도 얻지 못했다. 발터 안에는 작은 행복과 불행을 매우 풍부한 선율로 바꿔놓는 음향증폭기가 있는 것 같았다. 그는 언제나 금화나 은화 같은 자잘한 동전으로 감정을 지출하는 반면에 울리히는 큰 규모로 감정을 썼다. 이를테면 어마어마한 금액이 적힌 사고의 수표로 말이다. 하지만 그것도 결국 종잇조각일 뿐이었다. 울리히의 머릿속에서 발터라는 인간은 항상 숲 가장자리에 누워 있는 특징적인 모습으로 나타났다. 반바지를 입고 이상야릇하게 까만 양말을 신은 채 말이다. 다리는 힘찬 근육질의 남자 다리도, 얇지만 힘줄이 불거지는 남자 다리도 아닌 여자 다리였다. 그것도 별로 예쁘지 않은 처녀의 부드럽지만 못생긴 다리였다. 발터는 양손으로 머리를 받치고 누워 풍경을 바라보고 있었다. 그가 사람들 때문에 괴로워하는 것을 하늘은 알고 있었을 것이다. 울리히는 마음속 깊이 각인된 어떤 특정 기회에 그런 발터를 본 적이 있는지 기억나지 않았다. 어쨌든 이 장면은 마치 합쳐진 인장처럼 십오 년 만에 서서히 떠올랐다. 당시 발터가 울리히를 질투했다는 사실이 퍽 달콤한 흥분으로 다가왔다. 모두 자기 자신에게서 즐거움을 얻을 수 있던 시절의 일이었다. 울리히는 생각했다. '나는 두 사람을 벌써 여러 번 찾아갔다. 하지만 발터는 내 집을 찾지 않았다. 그럼에도 나는 오늘 저녁 당장 두 사람을 찾아갈 수 있다. 그렇다면 그런 것에 신경쓸 필요가 없다.'

울리히는 보나데아가 옷을 다 입고 나면 발터 부부에게 기별할 생각이었다. 보나데아가 있는 데서 그런 행동을 하는 것은 바람직하지 않았다. 지루한 반대신문이 이어질 게 불을 보듯 뻔했다.

원래 생각이 행동보다 빠른 법, 보나데아가 한참이 지나도록 옷을 갖춰 입지 않자 울리히는 또다른 생각을 할 수밖에 없었다. 이번에는 작은 이론이었는데, 단순하고 명쾌하면서 시간 때우기에 좋았다. '정신적으로 활발한 젊은 남자는' 하고 울리히는 스스로에게 말했는데, 여기서 젊은 남자는 또다시 그의 친구 발터를 가리키는 듯했다. '중단 없이 사방으로 자신의 생각을 내보낸다. 그러나 주변의 공명을 얻은 생각만 다시 그에게 반사되어 농축되고, 나머지는 모두 공간 속으로 흩어져 버린다!' 울리히는 정신적인 남자에겐 모든 형태의 정신이 다 들어 있어서 특성보다 정신이 더 근원적일 거라고 당연하게 받아들였다. 그 자신은 많은 모순을 가진 인간이었다. 그는 이렇게 상상했다. 지금껏 인류를 통해 표출된 모든 특성은 각 개인의 정신 속에 서로 상당히 가깝게 자리하고 있다. 정신적인 개인이 틀림없다면 말이다. 이 생각은 옳지 않을 수도 있다. 하지만 우리가 선과 악의 생성에 대해 아는 것을 토대로 보면 인간은 개인마다 마음의 크기가 다르지만, 운명이 그리 정해놓으면 어떤 크기든 그 마음속에 굉장히 다양한 옷을 채워넣을 수 있을 듯하다. 그래서 울리히는 방금 생각한 이것조차 전적으로 무의미하지는 않다고 생각했다. 시간이 흘러감에 따라 평범하고 비인격적인 착상은 저절로 강화되는 반면에 비일상적인 착상은 차츰 사라져 거의 모든 사람이 점점 평범해지는 것이 기계적 관계에서만큼 확실하다면, 평범한 사람이 왜 자기 앞에 있는 수천의 가능성에도 불구하고 평범한 사람으로 남을 수밖에 없는지 그 이유가 설명된다. 또한 어떤 분야에서 일가를 이루고 인정을 받는 특출한 사람들의 경우 성공을 부르는 혼합, 즉 약 51퍼센트의 심오함과 49퍼센트의 천박함이 섞여 있다는 사실도 설명된다. 울리히는 오래전부터 이것을 무의미함과 참을 수 없는 슬픔으로 뒤엉킨 문제로 느꼈다. 좀더 깊게 생각해보고 싶은 마음이 들 정도로.

그는 보나데아가 여전히 끝났다는 신호를 주지 않는 것에 신경이 쓰였다. 그래서 반쯤 열린 문틈으로 조심스레 살펴보니 그녀는 옷을 입다 만 상태였다. 보나데아는 둘이 함께했던 감미로운 시간의 마지막 한 방울까지 음미해야 할 순간에 딴짓을 하는 것을 고상하지 못하다고 여겼다. 그래서 그의 침묵에 상처를 받았고, 그가 무슨 행동이라도 하길 기다렸다. 그녀는 책을 꺼내들었다. 다행히 거기엔 미술사적으로 아름다운 그림이 담겨 있었다.

고찰하던 문제로 돌아갔을 때 울리히는 보나데아의 기다림에 짜증이 났고, 스스로 막연한 초조함의 상태에 빠져드는 것을 느꼈다.

30. 울리히의 귀에 목소리가 들린다

갑자기 그의 생각들이 수축되면서 하나로 모였다. 마치 그 생각들 사이에 생겨난 틈으로 들여다보듯 목수 크리스티안 모스브루거와 판사들이 보였다.

판사가 말하고 있었다. 그와 생각이 다른 사람의 귀에는 고통스러울 정도로 웃기는 말이었다. "피고는 왜 피 묻은 손을 씻었죠?—피고는 왜 칼을 버렸죠?—피고는 왜 범행 후 속옷과 겉옷을 갈아입었죠?—일요일이라서요? 혹시, 옷에 피가 묻어서 그런 거 아닙니까?—피고는 그 다음날 밤에 왜 여흥을 즐기러 갔죠? 그런 범행을 저지르고도 즐길 생각이 나던가요? 후회하는 마음이 있기나 한가요?"

순간 모스브루거 속에서 무언가가 팔락 깨어난다. 감옥에서 배운 철칙이다. 재판장 앞에서는 후회하는 척해야 한다는 것이다. 그 마음속 팔락거림이 모스브루거의 입을 일그러뜨려 열어놓는다. "물론이죠!"

"경찰서에서는 후회하는 마음이 전혀 없고, 오직 발작에 가까운 증오와 분노만 느꼈다고 하지 않았나요?" 판사가 곧장 반박한다.

"그럴 수도 있겠네요." 모스브루거는 이렇게 말하더니 다시 침착함과 기품을 되찾는다. "당시 제가 그 외에 다른 감정을 느끼지 못한 건 충분히 가능한 일입니다."

"피고는 크고 힘센 남자입니다." 이번에는 검사가 끼어든다. "그런 사람이 어떻게 헤트비히 같은 여자를 무서워할 수 있죠?"

"판사님," 모스브루거가 웃으며 대답한다. "그 여자는 아양을 떨었습니다. 그 여자는 제가 평소에 그런 여자들에 대해 갖고 있는 인상보다 훨씬 잔인할 거라는 생각이 들었습니다. 물론 제가 겉보기엔 힘이 세 보일 겁니다. 실제로 그렇기도 하고요."

"그럼 됐어요." 재판장이 서류를 뒤적거리며 웅얼거린다.

"하지만 어떤 상황에서는 저도 불안에 떨고 심지어 겁을 먹기도 합니다." 모스브루거가 큰 소리로 말한다.

서류를 읽던 재판장의 눈이 휙 치켜올라간다. 나뭇가지에 앉아 있던 새 두 마리가 갑자기 가지를 박차고 떠나는 것과 비슷하다. "피고는 예전에 공사장에서 다른 인부들과 싸웠을 때는 절대 겁쟁이가 아니었어요!" 재판장이 말한다. "한 사람은 두 층 아래로 날려보냈고, 다른 사람들은 칼로 찌르기까지 했어요……"

"재판장님," 모스브루거가 위협적인 목소리로 소리친다. "지금도 저는 같은 입장……"

재판장이 그만두라는 듯이 손을 흔든다.

"그때 일을 저의 잔인성에 대한 근거로 삼는 것은 부당합니다. 저는 정말 순진한 마음으로 법정에 섰습니다. 어차피 판사님들은 모든 걸 알고 있을 거라고 생각했으니까요. 하지만 실망스럽습니다!"

판사의 눈은 벌써 한참 전에 서류로 돌아가 있다.

검사가 웃으면서 상냥하게 말한다. "헤트비히도 더없이 천진한 아가씨였어요!"

"내가 보기엔 안 그랬어요!" 모스브루거가 소리친다. 여전히 격분한 상태다.

"내가 보기에 피고는 항상 남에게 책임을 돌리는 성향이 있는 것 같아요!" 재판장이 단호하게 결론을 내린다.

"자, 그럼 피고는 헤트비히를 왜 찔러 죽였죠?" 검사가 상냥한 목소리로 처음부터 다시 시작한다.

31. 당신은 누가 옳다고 생각하는가?

그것은 울리히가 참석한 재판에서 오간 대화였을까? 아니면 그냥 신문에서 읽은 내용이었을까? 어쨌든 그는 마치 이 목소리들을 지금 듣고 있는 것처럼 생생하게 기억하고 있었다. 살면서 이런 식으로 '목소리가 들린' 적은 한 번도 없었다. 맹세코 그랬다. 그런 목소리가 들리면 마치 하늘에서 눈이 내리는 것처럼 무언가 조용히 내려앉는다. 갑자기 땅에서 하늘까지 벽들이 생겨난다. 전에 공기가 있던 곳에서 이제 사람들이 부드럽고 두꺼운 벽을 지나다닌다. 공기의 새장 속에서 한 지점에서 다른 지점으로 펄쩍 뛰어오른 모든 목소리들이 이제 내면 깊은 곳까지 하나로 합쳐진 흰 벽들 속에서 자유로이 움직인다.

일과 권태로 신경이 과민해진 상태에서는 이처럼 목소리가 들리는 일이 종종 있다. 그러나 그게 불쾌하게 느껴지지는 않았다. 갑자기 그가 나지막이 말했다. "사람들이 하는 모든 행동에는 천진무구한 두번째 고향이 있지."

보나데아는 옷끈을 만지작거렸다. 그사이 그녀는 침실에서 그의 방으로 건너왔다. 그런데 대화가 마음에 안 들었다. 이 자리에는 전혀 어울리지 않는 대화였다. 신문을 도배하다시피 한 살인범의 이름은 이미 오래전에 잊었다. 그런데 울리히가 그의 이름을 입에 담는 순간 살인범이 그녀의 기억으로 불쾌하게 접근해 왔다.

잠시 후 울리히가 말했다. "혼란스럽기는 하지만, 모스브루거의 행동이 순수함의 인상을 불러일으킨다면 그 여자, 그러니까 오갈 데 없이 추위에 벌벌 떨고, 두건 밑에 생쥐 눈을 갖고 있던 그 불쌍한 헤트비히는 더더욱 그렇지 않을까? 그의 방에서 재워달라고 애원하는 바람에 살해된 여자 말이야."

"그만해요!" 보나데아는 이렇게 말하고 하얀 어깨를 으쓱했다. 울리히가 화제를 바꾼 시점은 아주 고약했다. 울리히의 방에 들어온 그녀가 자존심이 상했지만 애인과의 화해를 간절히 바라면서 반쯤 걸치고 있던 옷을 마치 아프로디테가 태어났다는 신화 속의 매력적인 거품 분화구처럼 카펫 위에 다시 쌓기 시작한 순간, 그가 살인범 이야기를 꺼냈기 때문이다. 그래서 보나데아는 모스브루거를 세차게 비난하고, 슬쩍 한 번 몸서리치는 것으로 희생자에 대한 이야기에서 벗어날 준비를 하고 있었다. 그러나 울리히는 그렇게 놔두지 않고 모스브루거가 처한 운명을 생생하게 설명했다. "두 남자가 그의 목에다 올가미를 걸 거요. 모스브루거한테 악감이 있어서가 아니라 그냥 돈을 받고 일을 하는 것뿐이지. 구경꾼은 아마 수백 명쯤 될 거요. 직무상 지켜봐야 하는 사람도 있겠지만, 살면서 처형 장면을 한 번쯤 구경하고 싶어서 온 사람도 있겠지. 프록코트에 실크해트를 쓰고, 검은 장갑을 낀 남자가 엄숙한 표정으로 올가미를 조이면, 동시에 조수 두 명이 목뼈가 잘 부러지도록 모스브루거의 두 다리를 꽉 붙들 테고. 그러고 얼마 뒤 프록코트를 입은 신사가 모스브루거의 가슴에 손을 올려놓고 의사의 신중한 표정으로 아직 살아 있는지 확인할 테지. 살아 있으면 처음부터 다시 시작해야 하니까. 그때는 좀 덜 엄숙하고 좀더 부산스러울 거요. 당신은 어느 편이오? 모스브루거? 아니면 반대편?" 울리히가 물었다.

보나데아는 마치 부적절한 시간에 잠이 깬 사람처럼 천천히 고통스럽게 '분위기'를 잃어버렸다. 그녀는 자신의 발작적 불륜을 그렇게 불렀다. 이제 그녀는 흘러내리는 옷과 풀어헤친 코르셋을 잠시 망설이듯 꽉 붙잡은 채 자리에 앉을 수밖에 없었다. 그녀는 비슷한 상황에 처한 여자들이 다 그렇듯, 공공질서를 염두에 두지 않고 사적인 일을 마음대로 해도 좋다고 생각할 만큼 정의로운 공공질서에 대한 확고한 믿음이 있었다. 그런데 지금 그에 반하는 입장을 듣고 나니 그녀의 마음속에서는 희생자 모스브루거에 대한 동정이 불시에 치솟았다. 죄인 모스브루거에 대한 생각은 전부 배제하고서 말이다.

"그러니까 당신은 항상 희생자 편이고, 행위에는 반대한다는 말이군." 울리히가 말했다.

보나데아는 이 대화가 지금 상황에 어울리지 않는다는 의사를 분명히 했다.

그러자 울리히는 곧바로 사과하는 대신 이렇게 답했다. "당신의 판단이 초지일관 행위에 반대하는 쪽이라면 당신의 외도들은 어떻게 변명하겠소, 보나데아?"

외도라는 단어를 단수가 아닌 복수로 표현한 것은 특히나 고약했다!

보나데아는 침묵했다. 그저 경멸을 담은 표정으로 푹신한 팔걸이의자에 앉아, 자존심이 상한 채 벽과 천장의 접선을 올려다볼 뿐이었다.

32. 잊고 있던, 어느 소령 부인과의 아주 중요한 이야기

스스로 명백한 정신이상자에 가까운 사람으로 느끼는 것은 온당치 못하다. 물론 울리히도 그렇게 느끼지 않는다. 그런데 왜 어떤 전문가는 모스브루거가 정신이상자라고 주장하고, 다른 전문가는 아니라고 주장할까? 모스브루거가 칼로 저지른 범행을 묘사한 기자들은 순간적으로 벌어진 그 일을 어떻게 그리 꼼꼼히 알아냈을까? 모스브루거의 어떤 특성이 이 도시에 사는 이백만 주민의 절반에게 가정 싸움이나 파혼과도 같은 센세이션과 전율을 불러일으켰을까? 이것은 평소엔 조용하던 영혼의 영역에 파장을 일으킨, 시민 개개인을 엄청나게 흥분시킨 사건이지만, 시골 도시들에서는 벌써 대수롭지 않은 소식으로 전락했을 뿐 아니라 사회에서건 가정에서건 모스브루거 같은 사람이 가끔 나타나는 베를린이나 브레슬라우에서는 더이상 별것 아닌 사건이 되었다. 울리히는 사회가 희생자로 끔찍한 유희를 벌이는 것에 마음을 빼앗겼고, 자기 안에서 이 사건이 반복되는 것을 느꼈다. 그렇다고 모스브루거를 석방시키거나, 정의 실현에 뛰어들려는 의지가 꿈틀댄 것은 아니었다. 그의 감정은 고양이털처럼 곤두섰다. 모스브루거에게 혹했던 것은 그의 삶보다 미지의 다른 무엇 때문이었다. 모스브루거는 모든 게 약간 일그러지거나 뒤틀린, 깊은 내면에서 조각조각 떠다니는 어떤 의미를 품은 어두운 시처럼 울리히를 사로잡았다.

'괴기스러운 낭만주의!' 울리히는 스스로에게 이의를 제기했다. 그가 보기에, 꿈과 노이로제라는 허락된 형상 속에서 괴기스럽거나 허락되지 않은 것에 경탄하는 것은 시민시대의 인간들에게 맞는 것 같았다. 그는 생각했다. '이거 아니면 저거야! 넌 내 마음에 들거나 들지 않거나 둘 중 하나야! 난 너의 모든 짐승 같은 면을 변호하거나, 아니면 그런 것들을 갖고 논 죄로 스스로 내 얼굴에 주먹을 날려야 해!' 냉정하지만 행동력을 수반한 연민이 마지막에 오는 것도 적절할 것 같았다. 오늘날 사회가 그런 희생자들에게 요구한 도덕적 노력의 절반만 쏟아도 그런 사건과 인물을 예방하기 위해 할 수 있는 일은 무척 많을 듯했다. 이어 이 사안을 완전히 다르게 보게 하는 측면도 눈에 띄었다. 이상한 기억들이 울리히 속에서 솟구쳤다.

어떤 행위에 대한 우리의 판단은 신이 상을 주거나 벌을 주는 그런 행위의 측면을 판단하는 것이 결코 아니다. 희한하게도 이것은 루터가 한 말이다. 어쩌면 한동안 교분이 있던 신비주의자들 가운데 한 사람에게서 영향을 받았을지 모른다. 물론 그 외에도 많은 독실한 신자들이 그런 말을 할 수 있었을 것이다. 그렇다면 시민적인 의미에서 그들은 모두 비도덕주의자였다. 그들은 죄를 저질러도 더럽혀지지 않을 수 있는 영혼이라는 것과 죄악을 구분한다. 마키아벨리가 수단과 목적을 구분한 것과 거의 비슷하다. 그들은 '인간의 심장'을 '빼앗겼다'. 에크하르트는 이렇게 말한다. "그리스도 안에도 외적 인간과 내적 인간이 있었다. 외적 사물과 관계된 일은 모두 그리스도의 외적 인간이 행하는 것이었다. 그때 내적 인간은 미동도 없이 은둔하고 있었다." 이런 성자와

신도들이라면 모스브루거에게마저 무죄판결을 내릴 수 있었겠지!? 이후 인류는 진보해왔다. 그러나 인류가 모스브루거를 죽인다고 하더라도 그에게 무죄판결을 내렸을지도 모를 그런 남자들을 숭배하는 약점은 결코 사라지지 않을 것이다.

울리히는 불쾌감의 물결부터 먼저 밀려오는 한 문장이 기억났다. 그 문장은 이랬다. "남색자들의 영혼은 아무렇지도 않게 군중 속을 지나갈 수 있다. 그들의 눈 속에는 어린아이의 투명한 웃음이 깃들어 있다. 모든 것은 보이지 않는 원칙에 달려 있기 때문이다." 이것은 앞서 언급한 문장들과 크게 다르지 않았지만, 약간 과장된 표현을 통해 부패의 달콤하고 병적인 냄새가 흘러나왔다. 알다시피 이 문장에 어울리는 공간은 문 대신 유리 막대로 연결된 커튼이 있고, 테이블 위에 노란색 프랑스 문고본들이 놓인 방이다. 마치 죽은 닭의 몸통에 손을 넣고 심장을 꺼낼 때와 같은 감정이 그의 내면에 일었다. 울리히가 디오티마의 집을 찾아갔을 때 그녀가 했던 말이다. 이 말은 또한 울리히가 과거 젊었을 때는 사랑했지만 이후엔 말뿐인 살롱철학자로 간주한 한 동시대 작가의 글이기도 했다. 이 같은 문장들은 향수를 잔뜩 부은 빵처럼 맛이 아주 고약해서 수십 년 동안 더는 그것으로 해볼 수 있는 것이 없을 것이다.

물론 울리히 속에서 일어난 혐오증이 그처럼 강하긴 했지만 이 순간에는 지금껏 살아오면서 그 신비스러운 언어로 적힌 다른 문장들로 회귀하는 것을 멀리했던 게 부끄럽게 여겨졌다. 그에게는 그 문장들에 대한 특별하고도 직접적인 이해, 아니 이해를 넘어 친밀감이라 부를 만한 것이 있었기 때문이다. 그렇다고 그것들에 신앙고백까지 할 마음은 없었다. 그 문장들은 형제의 목소리로 그에게 말을 걸었다. 수학적 학문적 언어의 명령조와는 상반되는 부드러운 어둠의 내밀함으로 말이다. 물론 그 내밀함의 본질이 무엇인지는 말할 수 없다. 그 문장들은 그가 몰두하는 일들 사이의 섬들처럼, 서로 연관도 없고 찾는 이도 거의 없었다. 그가 지금까지 알게 된 한에서 이 섬들을 조망해보면, 거의 떨어져 있지 않은 이 섬들은 마치 그 뒤에 해안을 숨겨두고 있거나, 아니면 태곳적에 가라앉은 대륙의 마지막 잔해처럼 그 연관성이 느껴졌다. 그는 바다와 안개, 그리고 황회색의 빛 속에 잠든 낮고 시커먼 산등성이의 부드러움을 느꼈다. 문득 짧은 바다 여행이 기억났다. "여행을 떠나세요!"라든지 "생각을 바꾸어보세요!" 하는 구호에 따른 도주였다. 울리히는 어떤 특별하고 터무니없이 매력적인 체험이 위협적인 힘으로 여타 비슷한 체험들을 단호하게 젖히고 떠올랐는지 정확히 알고 있었다. 한순간 스무 살 청년의 심장이 가슴속에서 뛰었다. 그후 수북한 털로 덮인 가슴의 피부는 세월이 흘러 두껍고 거칠어졌다. 서른두 살 남자의 가슴속에서 스무 살 청년의 심장이 뛰는 것은 마치 새파란 젊은이가 성인 남자에게 하는 부도덕한 입맞춤처럼 여겨졌다. 하지만 이번에는 기억을 피하지 않았다. 스무 살 때 어떤 여인에게 느꼈다가 특이하게 식어버린 열정에 관한 기억이었는데, 당시 그 여인은 나이가 많았을 뿐 아니라 특히 가정적인 미덕에서 그보다 훨씬 원숙했다.

특이하게도 그녀의 외모는 정확히 기억나지 않았다. 빳빳한 사진 한 장과 그 혼자 그녀를 생각했던 시간의 기억들이 여인의 얼굴과 옷, 움직임, 목소리에 대한 생생한 인상을 대신하고 있을 뿐이었다. 그사이 그 여인의 세계는 너무도 생경해져서 그녀가 소령의 아내였다는 말이

터무니없게 들릴 정도로 기분좋게 다가왔다. '벌써 오래전에 퇴역 대령의 아내가 되었을지 몰라.' 그는 생각했다. 예전에 연대에서 들었던 이야기에 따르면, 그녀는 정식 교육을 받은 피아노 명연주자였지만, 가족의 소망에 따라 공개 석상에서는 한 번도 연주를 하지 않았다고 한다. 물론 나중에는 어차피 결혼 때문에 불가능해졌다. 그런데 간혹 연대 파티 때는 감정의 협곡 위에 걸린 황금빛 태양의 찬란한 광채처럼 멋진 연주를 선보였다. 처음부터 울리히는 여인의 관능보다 그녀를 통해 표출되는 사랑의 관념에 더 정신없이 빠졌다. 당시 소위 신분이었던 그는 수줍은 청년이 아니었다. 이미 시선은 이런저런 여자 사냥감들에 단련되어 있었고, 심지어 점잖은 부인들을 찾아갈 때면 잘 다져진 뒷길을 은밀히 탐색하기도 했다. 그러나 약관의 장교들에게 '위대한 사랑'은 그에 대한 열망을 갖고만 있다면 무언가 다른 것이었다. 그것은 하나의 개념이었다. 현실 연애의 사정거리 밖에 존재하면서 오직 위대한 개념들만이 그렇듯 경험의 내용이 부족하고, 그래서 더욱 찬란하게 비어 있는 관념이었다. 울리히가 자신의 인생에서 처음으로 이 개념을 사용할 가능성을 자기 안에서 발견했을 때, 그 때문에라도 그 일은 일어날 수밖에 없었다. 여기서 소령 부인은 어떤 병이 발발하도록 돕는 마지막 계기로 작용했을 뿐이다. 울리히가 걸린 병은 상사병이었다. 진정한 상사병은 소유를 갈망하는 것이 아니라 세계의 부드러운 자기 현시이고, 그래서 연인에 대한 소유를 기꺼이 포기할 수 있기에 소위는 소령 부인에게, 그녀가 이제껏 들어본 적이 없을 정도로 낯설게, 또 끊임없이 세계를 설명했다. 별, 박테리아, 발자크, 니체가 사유의 깔때기 속에서 소용돌이쳤다. 그녀는 이 깔때기의 끝이 점점 분명하게 당대의 유행에 맞지 않는 몸의 구분, 즉 그녀의 몸과 소위의 몸을 확실히 나누는 것을 지향하고 있음을 느꼈다. 그래서 자신이 아는 한 사랑과는 전혀 상관없어 보이는 문제들을 사랑과 연결시키는 이 남자의 집요한 방식이 혼란스러웠다. 언젠가 말을 끌고 나란히 산책할 때였다. 그녀가 순간적으로 울리히에게 손을 맡겼는데, 자기 손이 마치 기절한 듯 그의 손안에 가만히 놓여 있는 것을 알고는 경악했다. 다음 순간 그녀의 손목에서 무릎까지 불꽃이 활활 타올랐다. 두 사람은 마치 번개에 맞은 듯 그대로 길가에 쓰러지다시피 했고, 그곳에 난 이끼 위에 앉아 격렬히 키스를 나누다가 마지막엔 당혹스러워 어쩔 줄 몰라했다. 놀랍게도, 포옹하고 있을 때 대개 하는 말이나 행동 외에 다른 어떤 것도 두 사람의 머릿속에 떠오르지 않을 만큼 사랑이 크고 이례적이었기 때문이다. 마침내 두 연인은 점점 조바심을 드러내는 말馬들 때문에 그 상황에서 벗어날 수 있었다.

소령 부인과 너무 젊은 소위의 사랑은 전 과정을 보더라도 짧고 비현실적이었다. 두 사람 모두 놀라워하며 그후 살을 몇 번 더 맞댔지만, 둘 다 어딘가 잘못됐음을 느꼈다. 옷과 도덕의 온갖 굴레를 다 벗어던졌음에도 포옹할 때와 마찬가지로 몸과 몸이 하나가 되지 못하는 것 같았다. 소령 부인은 판단력 너머에 존재하는 것 같은 격정을 거부할 생각이 없었다. 하지만 그러면서도 속에서는 자신에 대한 질책이 끊이지 않았다. 남편 때문이기도, 나이 차이 때문이기도 했다. 그래서 어느 날 울리히가 궁색한 이유를 대며 장기 휴가를 떠날 수밖에 없게 되었다고 말했을 때 소령 부인은 눈물을 보이면서도 내심 안도의 한숨을 내쉬었다. 당시 울리히에게는 바로 이 사랑 때문에 가능한 한 빨리, 그리고 되도록 멀리 이 사랑의 진원지에서 벗어나고 싶은 소망밖에 없었다. 그래서 무작정 기차를 타고 달리다가 해변에 이르러 철길이 끊기자 이번에는 배를 타고 가장 가까운 섬으로 건너갔다. 그는 자는 곳도 먹는 것도 마땅치 않은, 이 우연한 미지의 장소에 머물기로 했고, 도착한 첫날 밤부터 연인에게 일련의 기나긴 편지를 쓰기 시작했다. 물론 부친 적은 없었지만.

낮에도 그의 생각을 가득 채운 이 고요한 밤의 편지들은 나중에 잃어버렸다. 어쩌면 그게 그 편지들의 운명이었을지 모른다. 처음에 그는 편지들 속에 자신의 사랑과 거기서 영감을 얻은 갖가지 생각들을 담았다. 그러나 그것은 곧 주변 풍경들에 점점 밀려났다. 아침에는 해가 그를 깨웠고, 어부가 바다에 나가고 여자와 아이들이 집에 있는 시간이면 작은 두 마을 사이의 수풀과 언덕을 돌아다니며 풀을 뜯는 나귀와 자신만이 이 그림 같은 외진 땅에 존재하는 유일한 고등생물인 듯했다. 울리히는 단짝이 하는 대로 언덕으로 올라가거나, 바다와 바위와 하늘이 벗하는 섬 가장자리에 누웠다. 이것은 터무니없는 소리가 아니었다. 크기의 구분이 사라졌기에 가능한 일이었다. 게다가 인간의 정신, 동물, 죽은 자연도 그렇게 한데 모여 있으면 구분이 사라졌고, 사물들 사이의 온갖 차이도 한결 줄어들었다. 물론 아주 냉정히 표현하자면, 이런 구분은 사라진 것도 줄어든 것도 아니라 단지 구분에 달라붙어 있던 의미가 떨어져나간 것뿐이었다. 달리 말해서 사랑의 신비주의에 흠뻑 취했던 경건한 사상가들이 묘사한 것처럼, "인간 세계의 어떤 분리에도 더이상 예속되지 않은" 상태와 같았다. 물론 젊은 기병대 소위가 당시에 벌써 그 사상가들을 알고 있었던 것은 아니다. 그 현상에 대해 깊이 생각하지도 않았다. 즉 야생동물의 흔적을 쫓는 사냥꾼처럼 그 현상을 주의깊게 관찰하면서 배경을 파고들지는 않았다. 다만 그 현상을 인지하지 못한 채 자기 속으로 받아들였다. 그는 풍경에 푹 빠졌다. 그것 역시 마찬가지로 형언할 수 없을 정도로 견뎌내야 하는 것이었음에도. 그의 눈에 보이지 않는 세계라도 그 의미는 내면에서 소리 없는 물결을 타고 들이쳤다. 그는 세계의 심장에 빠졌다. 그와 멀리 떨어진 연인 사이의 거리는 가장 가까운 나무까지의 거리와 똑같았다. 내면의 감정이 공간을 뛰어넘어 존재들을 연결시켰고, 그것들의 관계까지 바꾸어놓았다. 마치 두 존재가 꿈속에서 섞이지 않은 채 서로를 통과하는 것처럼 말이다. 하지만 그 외에 꿈과 공통된 것은 없었다. 이 상태는 맑았고, 맑은 생각으로 가득차 있었다. 여기서는 어떤 것도 원인, 목적, 육체적 욕망에 따라 움직이지 않았고, 마치 물줄기가 끝없이 물웅덩이 속으로 떨어지는 것처럼 모든 것이 항상 새로운 동심원이 되어 퍼져나갔다. 울리히가 편지에서 묘사한 것도 바로 이것이었다. 다른 것은 없었다. 이것은 완전히 달라진 삶의 형태였다. 여기서는 일상적인 주의력의 초점에서 벗어났기에 모든 것이 날카롭게 구분되지 않고, 오히려 약간 산만하고 희미해 보였다. 그럼에도 다른 중심들이 다시 부드러운 확실성과 명확성을 가득 채워주었다. 이유는 분명했다. 여기서는 삶의 모든 문제와 사건이 비할 바 없는 부드러움, 연약함, 고요함으로 나타날 뿐 아니라 동시에 완전히 변화된 의미를 띠었기 때문이다. 예를 들어 딱정벌레 한 마리가 생각에 빠진 사람의 손을 지나간다면 그것은 접근, 스쳐감, 멀어짐이 아니다. 그것은 딱정벌레와 인간이 아니라 이루 말할 수 없이 마음을 감동시키는 사건이었다. 아니, 사건도 아니다. 비록 어떤 일이 일어나기는 했지만, 그것은 사건이 아니라 상태라고 해야 마땅하다. 이런 고요한 경험들을 통해 평소 일상적 삶을 이루는 모든 것에 백팔십도 다른 의미가 생겨났다. 그것도 울리히가 무언가를 하려고 할 때마다 말이다. 이런 상태에서는 소령 부인에 대한 사랑도 예정되어 있던 형태로 급속히 넘어갈 수밖에 없었다. 그는 간혹 자신이 끊임없이 생각하던 그 여인을 떠올리며 지금 이 순간 무엇을 하는지 상상해보려고 애썼다. 이때 그녀의 생활환경을 정확히 알고 있는 것이 큰 도움이 되었다. 그런데 그런 상상이 성공해서 실제로 연인의 모습이 눈앞에 생생히 나타나자마자 한없이 맑아져 있던 감정이 캄캄해졌다. 그러면 그는 위대한 연인이 어딘가에 그를 위해 존재할 거라는 행복한 확신으로 다시 돌아가기 위해 애를 써야 했다. 얼마 지나지 않아 그녀는 비인격적인 힘의 원동력이자, 그의 내면에 조명을 켜는 지하의 발전기가 되었다. 그는 그녀에게 마지막 편지를 썼다. '위대한 사랑에 따라 사는 것'이란 절약과 점유와 탐식의 영역에 뿌리를 둔 소유나 '내 것이 되라'는 소망과는 아무 상관이 없음을 자세히 설명하는 편지였다. 그것이 그가 부친 유일한 편지였다. 그것도 대략 상사병의 절정에 가까운 즈음에 보낸 편지였다. 그뒤 사랑은 곧 끝났고, 갑작스러운 단절이 이어졌다.

33. 보나데아와의 결별

그사이 보나데아는 계속 천장만 올려다볼 수가 없어 안락의자에 등을 푹 기댔다. 자궁을 품은 고운 배는 코르셋과 끈이 주는 압박에서 벗어나 얇은 흰 무명 아래서 숨을 쉬고 있었다. 그녀는 이 자세를 '사색'의 자세라고 불렀다. 문득 남편이 판사일 뿐 아니라 사냥꾼이기도 하고, 또 이따금 먹잇감을 좇는 맹수 이야기를 할 때 눈이 빛나는 사람이라는 생각이 스쳐지나갔다. 거기에 모스브루거는 물론이고 담당 판사들에게도 도움이 될 만한 뭔가가 있을 것 같았다. 하지만 다른 한편으론 자기 연인이 남편을 부당하게 몰아가는 것은 원치 않았다. 사랑 문제만 빼고 말이다. 가장을 위엄 있고 존경스러운 사람으로 여겨야 한다는 것이 그녀의 가정관이었다. 그래서 그녀는 그의 질문에 어떻게 답해야 할지 결정을 내릴 수 없었다. 이러한 내적 모순이 마치 일그러진 형태로 서로의 속살을 파고드는 두 구름처럼 그녀의 의식 지평을 졸리듯 침침하게 만드는 동안 울리히는 자신의 생각에 푹 빠질 자유를 누렸다. 그것도 제법 오랫동안. 화제를 돌릴 만한 다른 것이 전혀 떠오르지 않자, 보나데아의 마음속에서는 울리히가 무분별하게 자신을 모욕했다는 원망이 다시 똬리를 틀었고, 그가 보상할 생각도 없이 그냥 흘려보내고 있는 이 시간이 도전처럼 그녀를 짓누르기 시작했다. "그러니까 내가 당신을 찾아오는 게 잘못이라는 거죠?" 기어코 이렇게 천천히 또박또박 묻는 그녀는 슬픈 표정을 지으면서도 강한 전의를 드러냈다.

울리히는 어깨만 으쓱했다. 사실 그녀가 무슨 이야기를 하고 있는지 알 수 없게 된 지는 오래였다. 그러나 이 순간 그녀를 더는 견뎌낼 수 없을 것 같았다.

"당신이 어떻게 우리의 욕정 때문에 나를 비난할 수 있어요??"

"그런 식의 질문에는 벌통에 달라붙은 벌의 수만큼이나 많은 답이 가능해요. 한 번도 해결된 적이 없는 질문들을 품고 있는 인류의 영혼적 무질서는 개개인에게 구역질나는 방식으로 달라붙어 있소." 울리히는 이것으로 이날 벌써 여러 번 생각했던 바로 그 문제에 대해 이야기했다. 그러나 보나데아는 영혼적 무질서를 자신과 연결시켰고, 그로써 울리히의 말이 너무 심하다고 생각했다. 그녀는 다시 커튼을 치고 싶었다. 그런 식으로라도 둘 사이의 불화를 차단하고 싶었다. 하지만 다른 한편으론 고통스럽게 울부짖고 싶기도 했다. 불현듯 울리히가 자신에게 싫증이 난 것 같다는 느낌이 솟구쳤다. 그녀의 기질상, 사귀던 남자들과의 결별 방식은 지금껏 한결같았다. 어떤 물건을 딴 곳에 처박아두었다가 마음을 사로잡는 새로운 것이 나타나면 금세 잊어버리듯 남자를 잊거나, 아니면 처음 만나 하나가 될 때만큼이나 빨리 헤어지는 식이었다. 그럴 때마다 개인적으로 화가 솟구쳤지만, 그럼에도 좀더 높은 힘이 관여하는 것 같다고 믿었다. 그래서 울리히의 차분한 거부감과 맞닥뜨리며 처음 든 감정은 자신이 늙었다는 것이다. 안락의자에 반라의 몸으로 앉아 온갖 모욕에 고스란히 노출된, 이 무기력하고 외설적인 상황이 부끄러웠다. 그녀는 자기도 모르게 벌떡 일어나 옷을 집어들었다. 비단으로 만든 성배聖杯 같은 옷을 입는 그녀에게서 쏴쏴 바람소리가 났다. 이 소리도 울리히에게 후회의 감정을 불러일으키지 못했다. 보나데아의 눈에 통렬한 무력감의 고통이 어렸다. '잔인한 남자야. 내게 일부러 상처를 줬어!' 그녀는 자신에게 같은 말을 반복했다. '이 남자는 눈 하나 깜짝 안 해!' 그녀는 옷에 달린 끈을 묶고 고리를 하나하나 채우면서 버림받았다는, 오랫동안 잊고 있던 어린 시절의 아픔 속으로, 그러니까 아찔한 골짜기처럼 검은 고통의 우물 속으로 점점 깊이 빠져들었다. 사위에 어둠이 내렸다. 울리히의 얼굴이 마지막 빛처럼 그녀가 처한 고통의 어둠 속을 거칠게 뚫고 나왔다. '내가 어떻게 저런 얼굴을 사랑했을까?!' 보나데아는 스스로에게 물었다. 그와 동시에 '영원한 상실!'이라는 말이 가슴을 옥죄었다.

울리히는 다시 돌아오지 않겠다는 그녀의 결심을 어렴풋이 눈치챘기에 마음을 되돌리려 하지 않았다. 보나데아는 거울 앞에서 힘차게 머리를 빗더니 모자를 쓰고 베일을 묶었다. 베일까지 얼굴 앞으로 내려오자 모든 것이 끝났다. 사형선고를 내릴 때나 여행 가방에 자물쇠를 채울 때만큼이나 엄숙했다. 이제 그는 그녀에게 키스할 수 없었다. 아니, 키스할 마지막 기회를 놓친 것조차 모르고 있었다!

이런 생각이 들자 보나데아는 울리히가 너무 불쌍해서 하마터면 남자의 목을 감싸안고 하염없이 눈물을 쏟을 뻔했다.

34. 뜨거운 빛줄기와 차가운 벽들

울리히는 보나데아를 아래층까지 배웅하고 다시 혼자가 되자 계속 원고를 이어갈 마음이 없어졌다. 그래서 거리로 나갔다. 발터와 클라리세에게 저녁에 들르겠다고 인편에 몇 자 적어 보낼 생각이었다. 집안의 작은 홀을 지나갈 때 벽에 걸린 사슴뿔이 눈에 들어왔다. 거울 앞에 서서 베일을 묶을 때의 보나데아와 비슷한 움직임이 그 속에 있었다. 다만 사슴뿔은 체념하는 미소를 짓고 있지는 않았다. 그는 주변을 관찰하듯 둘러보았다. 곳곳에서 눈에 띄는 원 형태의 선, 교차선, 직선, 곡선, 복잡하게 엮인 선, 집을 이루고 있는 이 모든 것들은 자연스럽지 않았고 내적 필연성이 있는 것도 아니었으며, 세세한 부분까지 바로크적 과잉으로 경직되어 있었다. 우리 주변의 모든 사물을 부단히 관통하는 흐름과 심장박동이 한순간 뚝 정지했다. 필연성이 이죽거렸다, 나는 단지 우연일 뿐이라고. 미美는 고백했다, 선입견 없이 바라보면 낭창 환자의 얼굴과 나는 본질적으로 다르지 않다고. 미의 영역에 속하는 것은 원래 많지 않았다. 겉칠이 벗겨지고, 연상이 해체되고, 습관과 기대와 긴장의 고리가 끊어지고, 감정과 세계의 은밀한 균형이 한순간 흔들렸다. 사람들이 느끼고 행하는 모든 것은 어떤 식으로든 '삶을 향하는 쪽'에서 일어난다. 아무리 미세한 것이라 해도 이 방향에서 벗어나려는 움직임은 힘들거나 덜컥 겁을 먹게 한다. 사람이 걷는 것도 똑같다. 걸음을 뗄 때는 무게중심을 앞으로 옮겨서 내려놓아야 한다. 그 과정에 아주 작은 변화가 생긴다면, 혹은 발을 내미는 미래의 동작에 작은 의심이 들어 주춤거린다면 중심을 유지한 채 똑바로 서 있을 수 없다. 그런 것은 깊이 생각해서는 안 된다. 울리히는 문득 자신의 삶에서 결정적 의미를 지녔던 순간들이 모두 이와 비슷한 감정을 남겼다는 생각이 들었다.

그는 손짓으로 심부름꾼을 불러 편지를 건넸다. 오후 네시쯤이었다. 그는 느릿느릿 최대한 여유롭게 걸으면서 돌아가기로 마음먹었다. 늦봄 같은 가을날이 행복하게 느껴졌다. 대기는 발효하고 있었다. 사람들의 얼굴에는 물위에 떠가는 거품 같은 것이 어려 있는 듯했다. 지난 며칠간 느낀 사고의 단조로운 긴장이 끝나고 마치 지하 감옥에서 따뜻한 욕조로 장소를 옮긴 기분이었다. 그는 온화하고 느긋하게 걸으려 애썼다. 운동으로 단련된 몸은 늘 움직이거나 싸울 준비가 되어 있었는데, 오늘은 그게 가장된 억지 열정으로 차 있는 늙은 광대의 얼굴처럼 불편하게 느껴졌다. 내면도 마찬가지였다. 그전까지 진리를 향한 추구가 그의 내면을 정신의 운동 형식들로 가득 채웠고, 생각을 이쪽저쪽으로 나눠 서로 싸우게 했으며, 엄밀히 말해 거짓 표정, 즉 모든 정직함조차 습관이 되는 순간에 띠게 되는 광대의 가짜 표정을 그에게 부여하고 있었던 것이다. 울리히는 그렇게 생각했다. 이렇게 말해도 된다면 그는 다른 물결들 사이를 흘러가는 하나의 물결처럼 흘러가고 있었다. 고독하게 열심히 일한 사람이 공동체로 돌아와 그 공동체와 같은 방향으로 흘러가는 것에서 행복을 느낀다면 그러지 못할 이유가 있을까!

이런 순간에는 정말이지, 우리를 이끌고 우리가 영위하는 이 삶이 우리 자신과 내적으로 별 관련이 없다는 말만큼 멀게 느껴지는 것은 없다. 그렇지만 젊을 때는 누구나 그렇게 생각한다. 울리히는 십 년 혹은 십오 년 전 이 거리들에서 이런 날이 자기 눈에 어떻게 비쳤는지 떠올려보았다. 그때는 모든 것이 훨씬 근사했다. 그러나 이 끓어오르는 갈망 속에는 '붙잡혀 있음'의 고통스러운 예감이 선명했다. 그건 불안한 감정이었다. 그러니까 내가 어떤 것을 손에 넣었다고 생각하지만, 실은 그것이 나를 손에 넣은 것이다. 이는 이 세계에서는 개인적으로 중요하지 않은 시답잖은 가짜 진술이 고유하고 본래적인 진술보다 더 강력한 반향을 얻는다는 뼈아픈 추정이기도 하다. 여기 아름다운 것이 있다. 그것은 무척 아름답다. 하지만 그게 나의 것인가? 혹은 내가 잘 아는 진리가 있다. 하지만 그게 나의 진리인가? 목표, 목소리, 현실, 그리고 우리를 유혹하고 이끌고, 우리가 따르고, 우리가 덮어놓고 달려드는 이 매력적인 것이 모두 진짜 현실일까? 혹시 주어진 현실 속에 손에 잡히지 않는 형태로 고여 있는 숨결에 불과한 건 아닐까?! 불신을 느끼게 하는 건 완결된 분류이고, 삶의 형식들이고, 그와 유사한 것이고, 이전 세대가 만들어놓은 것이고, 이미 존재하는 혀의 언어 및 감성과 감정의 언어들이다. 울리히는 한 교회 앞에 멈춰 섰다. 아, 만일 저기 그늘 속에 계단식으로 이루어진 배가 불룩하고, 그 위로 주름이 자글자글하고 사마귀와 여드름까지 있는 귀부인이 지는 해 쪽으로 얼굴을 돌린 채 벽에 등을 기대고 앉아 있다면 그 또한 마찬가지로 아름답다고 생각하지 않았을까? 아, 얼마나 아름다운가! 그는 이런 것을 경탄할 의무를 안고 이 땅에 태어났음을 조금도 부인할 마음이 없었다. 어쨌든 앞서 말했듯이, 귀부인의 주름 자글자글한 금사 세공과 고요히 매달린 듯한 풍성한 모습을 아름답다고 생각하는 것도 불가능한 일은 아닐 것이다. 아니, 늙었다고 말하는 것보다 한결 쉽다. 이렇듯 세계가 늙었다고 생각하는 것에서 아름답다고 생각하는 것으로 넘어가는 과정은 젊은이의 설익은 정신이 어른의 격조 높은 도덕으로 바뀌는 것과 대체로 비슷하다. 그러니까 오랫동안 같잖은 도덕 나부랭이 정도로만 여겨온 것이 어느 날 갑자기 격조 높은 도덕으로 탈바꿈하는 그 과정 말이다. 울리히는 교회 앞에 몇 초밖에 서 있지 않았지만, 그 시간은 마음속 깊이 뿌리를 내렸고 근원적 저항이 되어 그의 심장을 강하게 압박했다. 수억 톤의 돌덩이로 딱딱하게 변해버린 이 세상에 대한 본능적 저항이자, 자기 의지와는 무관하게 내동댕이쳐진 이 경직되고 삭막한 감정 세계에 대한 저항이었다.

이 세계가 몇몇 개인적인 자잘한 것들만 제쳐두면 이미 전부 완성되어 있다는 생각이 대부분의 사람에게는 심적 안정감을 주고 편리하게 느껴질 수 있다. 게다가 사회 전반적으로 고정된 것이 단순히 보수적인 측면을 넘어 모든 진보와 혁명의 토대이기도 하다는 점에 대해서도 결코 의심하지 않는다. 물론 자기 생각으로 살아가는 사람이라면 분명 깊고 어두운 불쾌감을 느끼겠지만 말이다. 건축에 대한 해박한 지식으로 이 성스러운 건축물을 관찰하던 울리히에게 문득, 사람들이 이런 웅장한 건축물을 짓고 세우는 것만큼이나 쉽게 서로를 잡아먹을 수 있겠다는 생각이 놀랍도록 생생하게 떠올랐다. 교회 옆의 집들, 그 위의 하늘, 사람들의 시선을 끌고 받아들이는 선과 공간의 형언할 수 없는 조화, 그 밑을 지나다니는 사람들의 외모와 표정, 그들의 책과 도덕, 거리의 나무들…… 이 모든 것은 간혹 스페인풍의 벽처럼 경직되고 인쇄기의 금형처럼 단단하다. 또한 인간이란 신이 신경써줄 시간조차 없는 하찮은 안개나 미세한 입김에 불과할 정도로 이 세상 모든 것은 이미 완전하고 완성되어 있다고 말할 수밖에 없다. 순간 울리히는 특성 없는 남자가 되기를 소망했다. 그건 다른 사람들도 별반 다르지 않을 것이다. 원칙적으로 중년배 중에는 어떻게 지금의 자신에 이르게 되었고, 어떻게 자기만의 행복과 세계관, 여자, 성격, 직업을 찾고 성공을 거두었는지 아는 사람이 별로 없다. 이제는 많은 것이 바뀔 수 없다는 감정만 남는다. 심지어 자신이 속았다고 생각할 수도 있다. 왜 하필 이런 현실이 만들어졌는지에 대한 흡족한 이유를 어디서도 찾을 수 없기 때문이다. 어쩌면 다른 현실이 될 수 있었을지도 모른다. 어찌됐건 사건은 그들 자신에서 출발하고, 대개 갖가지 환경에 좌우된다. 수많은 사람의 삶과 죽음, 기분 같은 것들 말이다. 그리고 그 사건들은 적절한 시점에 그들을 향해 서둘러 달려왔다. 청소년기에는 인생이 아직 무한한 가능성과 빈 공간으로 가득찬 아침이나 다름없었다. 그러던 것이 벌써 정오

쯤 되자 불현듯 이게 너의 인생이라고 요구하는 무언가가 나타난다. 마치 이십 년 동안 얼굴도 모른 채 편지만 주고받던 사람이 어느 날 갑자기 눈앞에 나타나는 것처럼 불시에 말이다. 게다가 상상하던 얼굴과는 완전히 딴판이다. 더 희한한 것은 대부분의 사람들이 그것을 전혀 눈치채지 못한다는 것이다. 그들은 자신을 찾아와 서서히 녹아든 남자를 받아들인다. 그래서 이제 그 남자의 체험이 그들 특성의 표현처럼 여겨지고, 그 남자의 운명이 그들 자신의 성취나 불행이 된다. 끈끈이종이에 붙은 파리와 비슷한 처지다. 처음엔 털 하나만 걸려 옴짝달싹 못하던 파리는 서서히 몸 전체가 끈끈이에 휘말려들어가 마침내 두툼한 외피를 뒤집어쓰고 그 속에 갇혀버린다. 본래 모습과는 전혀 다른 모습이다. 사람은 자기 속에 반대 힘 같은 것이 존재하는 청소년기를 어렴풋이 기억한다. 이 반대 힘은 이리저리 잡아당기고, 홱홱 움직인다. 또한 어디에도 머물려 하지 않고, 어디로든 도망치려는 폭풍 같은 움직임을 불러일으킨다. 청소년기의 조롱, 기존의 것들에 대한 반항, 영웅적인 것과 자기희생, 범죄에 대한 욕구, 뜨거운 진정성, 어디로 튈지 모르는 불안정성, 이 모든 것이 바로 그들의 도주 움직임이다. 근본적으로, 이러한 도주 움직임은 젊은 친구들이 시도하는 것 전부가 결국 내면적 필연성이나 자명함에서 나온 것이 아님을 말해줄 뿐이다. 비록 그들 자신은 달려드는 모든 일에 대해 마치 절대 미룰 수 없는 필수적인 것처럼 말하더라도 말이다. 누군가는 아름답고 새로운 몸짓을 개발한다. 외적인 것이든, 내적인 것이든. 이것은 어떻게 번역되어야 할까? 삶의 몸짓? 아니면 기체가 풍선으로 들어가듯 내면이 흘러들어간 형태? 인상의 외적 표현? 존재의 테크닉? 그것은 새로운 콧수염일 수도 새로운 생각일 수도 있다. 그것은 보여주기 위한 것이지만, 다른 모든 걸치레처럼 당연히 하나의 의미를 갖고 있다. 사람들이 먹이를 뿌려주면 지붕에서 득달같이 날아오는 참새들처럼 젊은 영혼들도 순식간에 그리로 달려든다. 이렇게 상상하면 간단하다. 바깥쪽에는 혀, 손, 눈 위에 무거운 세계, 즉 흙, 집, 도덕, 그림, 책으로 이루어진 차가운 달이 놓여 있다면, 안쪽에는 오직 손에 잡히지 않는 유연한 안개만 있다. 이런 상황에서 자기 자신을 알아보았다고 믿는 표정을 밖으로 내보이면 얼마나 행복하겠는가! 열정적인 사람이 평범한 사람보다 이런 새로운 형태를 먼저 장악하는 것만큼 자연스러운 일이 있을까?! 새로운 형태는 그에게 존재의 순간, 즉 내면과 외면, 압착과 분해 사이의 긴장이 균형을 이루는 순간을 선사한다. 다른 토대는 없다—울리히는 생각했다. 당연히 이 모든 것은 그를 개인적으로도 자극했다. 그는 두 손을 주머니에 찔러넣었다. 얼굴은 마치 소용돌이쳐 들어오는 햇빛 속에서 편안히 얼어죽어가는 것처럼 고요하고 잠이 든 것처럼 행복해 보였다—다른 토대는 없다. 새로운 세대, 아버지와 아들, 정신적 변혁, 스타일 변화, 발전, 유행, 혁신이라 불리는 지속적 현상도 결국 다른 토대 위에 있는 것이 아니다. 인간의 이런 혁신 열망을 영구기관*으로 만드는 것은 바로 불쾌감이다. 즉 어렴풋한 자아와 벌써 낯선 껍질로 딱딱해진 앞서간 사람들의 자아 사이에 다시 가상의 자아, 혹은 대체로 적합한 집단적 영혼이 삽입되는 불쾌감일 뿐이다. 조금만 주의를 기울이면 막 도착한 미래 속에는 항상, 다가오는 과거의 시간이 또렷이 보인다. 새로운 이념이라

---

* 외부에서 에너지 공급을 받지 않고도 외부에 대해 일을 영구히 해나가는 가상의 기관.

는 것도 그저 나이를 서른 살 더 먹었을 뿐이다. 편안해진 표정에 나잇살이 꽤 붙은 채로 말이다. 혹은 처녀의 반짝거리는 얼굴 위에 이미 사라진 어머니의 얼굴이 살며시 겹치는 것처럼 세월을 뚫고 살아남은 것뿐이다. 또한 새로운 이념은 성공을 거두지 못하고 쇠잔해지기도 하고, 아니면 오십 명 정도의 추종자로부터 위대하신 아무개라고 불리는 한 늙은 바보의 개혁안 정도로 쪼그라들기도 한다.

울리히는 다시 걸음을 멈추었다. 이번에는 한 광장이었다. 아는 몇몇 건물이 있고, 그 건물들의 태동과 동행한 공공의 투쟁과 정신적 격앙을 떠오르게 하는 광장이었다. 그는 친구들을 떠올렸다. 개인적으로 아는 사람이든, 이름만 아는 사이이든, 또 비슷한 또래든 나이가 많든 상관없이 모두가 청소년기의 친구들이었다. 모두 새로운 것과 새로운 인간들을 세계에 내보내려고 했던 반군이었다. 여기에 있든, 그가 아는 장소에 흩어져 있든 상관없이. 이제 이 건물들은 벌써 빛이 바래기 시작하는 늦은 오후의 햇살 속에 고풍스러운 모자를 쓴 선량한 아주머니들처럼 상냥하고 평범하게 서 있었다. 소요니 흥분이니 하는 것들과는 전혀 상관없다는 듯이. 이런 생각을 하니 울리히의 입가에 절로 미소가 피어올랐다. 이제는 밋밋한 일상이 되어버린 이런 건물들을 남긴 사람들은 그사이 교수가 되고, 유명인사가 되고, 익히 알려진 진보적 발전의 상징이 되었다. 그들은 안개 같은 상태에서 출발해 다소 짧은 길을 지나 딱딱한 형체에 이르렀다. 때문에 역사는 언젠가 그들에 대해, 그들의 세기에 대해 이렇게 서술할 것이다. 이러저러한 사람들이 있었노라고……

35. 레오 피셸 이사와 불충분한 이유의 원칙

그 순간 울리히의 사색은 부지불식중에 말을 걸어온 한 지인 때문에 중단되었다. 이 지인은 그날 아침 집을 나서기 전에 서류 가방 옆면을 열어보고 화들짝 놀랐다. 거기엔 라인스도르프 백작의 회람 서신이 들어 있었는데, 답장하는 것을 꽤 오랫동안 잊고 있었던 것이다. 그도 그럴 것이 사업가적인 기질상, 높으신 양반들이 추진하는 그런 애국운동이 탐탁지 않았기 때문이다. 그래서 처음 편지를 받았을 때도 "썩은 내 나는 짓거리"라고 혼잣말처럼 중얼거렸다. 물론 대놓고 할 수 있는 말은 절대 아니었다. 하지만 기억이라는 것이 원래 그렇듯, 기억이 그에게 나쁜 장난을 쳤고, 그래서 그는 신중하게 결정을 내리는 대신 감정에서 나온 첫 반응에 따라 이 일을 차일피일 미루면서 답장 쓰는 것을 등한시했다. 그런데 편지를 다시 열어보았을 때 무언가 몹시 꺼림칙한 대목을 발견했다. 그전에는 미처 주의를 기울이지 못한 구절이었다. 그것은 어느 편지에서든 쉽게 볼 수 있는 수사에 가까운 말이지만, 오늘따라 그 부분이 마음에 걸려 풍채 좋은 그 남자는 손에 서류 가방을 든 채 문을 나서지 못하고 몇 분 동안 미적거렸다. 그것은 바로 "진정한"이라는 말이었다.

피셸 이사(원래는 로이드은행의 이사 대우에 지나지 않았지만 그냥 이사라고 불렀다)는 나이가 한참 어린 울리히를 옛친구로 대했다. 울리히는 이 도시를 떠나기 전 피셸의 딸 게르다와 교분이 두터웠지만 다시 돌아온 뒤로는 한 번밖에 만나지 않았다. 피셸 이사는 라인스도르프 백작을 시대 흐름에 뒤처지지 않고, 돈을 잘 굴리는 사람으로 알고 있었다. 게다가 기억 속의 자료를 들추어보는 순간 라인스도르프 백작이 은행에 '무척 중요한 고객'이라는 사실을, 그 바닥 전문용어로 단번에 '캐치했다'. 로이드은행은 백작이 주식 위탁 거래를 맡긴 기관 중 하나였다. 때문에 레오 피셸은 백작이 정선된 사람에게만 위대한 작업을 함께 준비해줄 것을 요구한 감동적인 초대를 어떻게 그렇게 등한시할 수 있었는지 스스로도 도무지 이해가 되지 않았다. 그것도 나중에 언급될 특별한 사정으로 그 모임의 일원이 된 사람이 말이다. 어쨌든 울리히를 보자마자 한달음에 달려온 데는 다 그만한 이유가 있었다. 울리히가 그 일에 관여하고 있다는, 그것도 아주 중요한 방식으로 관여하고 있다는 이야기를 들은 것이다. 사실로 판명되기 전에 이미 사실이 되어버리는, 이해하기 쉽진 않지만 드물지 않은 소문이 있기 마련인데, 그 이야기도 그런 소문 중 하나였다. 그래서 피셸은 이제 권총을 가슴팍에 들이대듯 울리히에게 불쑥 세 가지 질문을 던졌다. "진정한 조국애", "진정한 진보", "진정한 오스트리아"가 뭐라고 생각하는지.

자기만의 생각에 푹 빠져 있던 울리히는 이 질문에 깜짝 놀라면서도 직전의 상태를 계속 유지하면서 평소 피셸과 대화를 나누는 방식으로 대답했다.

"불이원이죠."

"뭐, 뭐요?" 피셸 이사는 불, 이, 원이라고 한 자 한 자 천진하게 따라 했다. 그런데 이번에는 이런 줄임말을 두고 농담할 마음이 없었다. 당시는 오늘날처럼 줄임말을 많이 사용하지 않았음에도 카르텔이나 트러스트를 통해 웬만한 줄임말은 알고 있었던 것이다. 피셸이 말했다. "말해보시게, 농담하지 말고. 난 지금 바빠요, 회의가 있단 말이오."

"불충분한 이유의 원칙이죠!" 울리히가 설명했다. "이사님은 철학자시니까 충분한 이유의 원칙이 무엇인지 아실 겁니다. 자기 자신의 경우만 예외입니다. 우리의 실제 삶, 그러니까 우리의 개인적인 삶과 공적 역사적 삶에서는 그래야 할 마땅한 이유가 없는 일이 항상 일어납니다."

레오 피셸은 이 말에 반박해야 할지 말아야 할지 망설였다. 실용적인 직업 분야에도 철학 문제에 관심이 많은 사람이 아직 있고, 피셸 이사도 그런 사람이었지만 지금은 정말 바빴다. 그래서 이렇게 대꾸했다. "내 말을 잘 알아듣지 못한 것 같은데, 나도 진보가 뭔지, 오스트리아가 뭔지는 알고 있소. 조국애도 안다고 할 수 있을 거요. 그런데 진정한 조국애, 진정한 오스트리아, 진정한 진보가 어떤 건지는 솔직히 짐작이 잘 안 가요. 내가 물었던 건 그거요!"

"알겠습니다. 근데 이사님은 효소나 촉매가 뭔지 아십니까?"

레오 피셸은 손을 들어 막는 시늉을 했다.

"효소와 촉매는 물질적으로는 전혀 기여하지 못하지만, 물질들의 진행 과정은 계속 돕습니다. 이사님도 역사를 통해 진정한 믿음, 진정한 도덕, 진정한 철학이 결코 존재하지 않는다는 사실을 아실 겁니다. 그럼에도 전쟁과 그로 인해 야기된 온갖 악덕과 증오가 세상을 오히려 풍요롭게 바꾸어놓았습니다."

"그런 이야기는 다음에 합시다!" 피셸은 이렇게 단언하고는 진심어린 표정을 지으려고 애썼다. "내 말 좀 들어봐요. 이 일은 주식 거래와 관련이 있소. 그래서 라인스도르프 백작의 생각이 뭔지 꼭 알고 싶은 거요. 대체 백작은 무슨 의도로 '진정한'이라는 수식어를 붙인 거요?"

울리히가 진지하게 대답했다. "맹세컨대, 저뿐 아니라 어느 누구도 진정한 조국애, 진정한 오스트리아, 진정한 진보가 뭔지 알지 못합니다. 다만 이건 분명히 말씀드릴 수 있습니다. 그것들이 막 실현되어가는 중이라고요."

"냉소적인 사람이군!" 피셸 이사는 이렇게 툭 던지고는 급히 몸을 돌렸다. 그런데 한 발짝을 뗀 후 즉시 다시 몸을 돌리더니 한결 부드러운 말투로 덧붙였다. "얼마 전에도 게르다한테, 당신이 외교관이 되었다면 아주 잘해냈을 거라고 말했소. 조만간 꼭 한번 들러주시오."

36. 앞서 언급한 원칙 덕분에 평행운동은 그것이 무엇인지 밝혀지기도 전에 구체적 현실이 되다

로이드은행의 레오 피셸 이사는 전쟁 전의 모든 은행가가 그랬듯 진보를 믿었다. 물론 자기 업계에서 능력을 인정받은 사람으로서, 자신이 정통한 분야에서만 판돈을 걸 수 있을 만큼의 확신을 가져야 한다는 것도 잘 알고 있었다. 활동 분야가 엄청나게 넓어지면서 다른 분야에서 그런 확신을 갖는다는 것은 가당치 않은 일이 되었다. 그래서 유능하고 성실한 사람이라면 좁디좁은 자신의 전문 분야 외에서는 확신을 갖지 않는다. 그런 확신은 외부 압박을 느끼면 곧바로 포기해버리기 때문이다. 이런 측면에서 그들은 자기 소신에 따라 행동하는 사람들이라고 할 수 없다. 예를 들어 피셸 이사는 진정한 조국애와 진정한 오스트리아에 대해서는 전혀 감이 잡히지 않았지만, 진정한 진보에 대해서는 나름대로 사견이 있었다. 그런데 이 사견이 라인스도르프 백작의 의견과는 분명히 달라 보였다. 피셸은 대출과 유가증권 업무로 기진맥진한 상태에서도 일주일에 한 번은 꼭 오페라를 관람하는 것이 유일한 취미였다. 그런 그가 전체로서의 진보를 믿었다. 그것은 은행 수익이 점점 불어나는 것과 어쩐지 가까워 보였다. 하지만 라인스도르프 백작이 진보에 대해 더 많은 것을 아는 척하며 그의 소신에 압력을 가하기 시작하자 피셸은 대출과 유가증권 영역 외에는 정확히 알 수 있는 것이 없다고 느꼈다. 하지만 자신이 모르는 영역이라고 하더라도 한편으로는 좋은 기회를 놓치고 싶지 않았기에 로이드은행의 총괄이사에게, 이 사안을 어떻게 생각하는지 지나가듯 물어보기로 마음먹었다.

실제로 그렇게 물어보았을 때 총괄이사는 벌써 비슷한 이유에서 중앙은행 총재와 이야기를 나눈 뒤라 이 일에 대해 잘 알고 있었다. 로이드은행의 총괄이사뿐 아니라 당연히 중앙은행 총재도 라인스도르프 백작의 초대를 받았던 것이다. 은행의 일개 부서를 책임지고 있을 뿐인 레오 피셸 이사가 비슷한 급으로 이렇게 초대를 받게 된 것은 전적으로 처가의 영향력 덕분이었다. 고위 관료 가문 출신의 아내는 사회생활뿐 아니라 가정에서 남편과 사소한 일로 다툴 때도 자신이 이런 영향력 있는 집안 출신임을 한 번도 잊지 않았다. 때문에 피셸은 상사와 평행운동에 관해 이야기를 나누면서 의미심장한 표정으로 연신 고개만 끄덕이고 말았다. '위대한 일'이라 불리는 이 운동은 장차 '썩은 내 나는 짓거리'가 될 수도 있지만, 어떤 경우에도 자신이 손해볼 일은 아닌 듯했다. 나중에 정말 이 일이 부패한 짓으로 판명난다면 아내 때문에라도 고소한 기분이 들 것 같았다.

어쨌든 총괄이사가 조언을 구한 폰 마이어발로트 중앙은행 총재는 그때 기분이 굉장히 고조되어 있었다. 라인스도르프 백작의 '제안'을 받았을 때, 그는 반드시 그 때문만은 아니었지만 거울 앞에 가 섰다. 훈장이 달린 프록코트를 입고, 시민계급 출신으로 장관직까지 오른 한 점잖은 얼굴이 거울 속에서 자신을 바라보고 있었다. 두 눈에는 돈의 냉혹함에 사로잡힌 노회한 빛은 거의 드러나지 않았고, 손가락도 지금껏 살아오면서 은행 수습직의 신분으로 돈 계산을 하려고 급히 손을 놀린 적이 없는 양, 마치 바람 한 점 맞지 않은 깃발처럼 차분했다. 관료주의가 철저히 몸에 밴 이 고위 금융관료에게서는 이리저리 떠도는 굶주린 들개 같은 주식시장의 인간들과 비슷한 점을 거의 찾아볼 수 없었는데, 그런 그 앞에 지금 불확실하지만 유쾌한 가능성이 무한히 펼쳐져 있는 듯했다. 이런 느낌은 그 제안을 받았던 날 저녁 기업가 클럽에서 전직 장관인 폰 홀츠코프와 비스니츠키 남작과 대화를 나누면서 더욱 견고해졌다.

홀츠코프와 비스니츠키는 두 정치적 위기 사이에 들어선 단기 과도정부에 몸담고 있다가 그런 정부가 필요 없게 되자 이런저런 한직으로 밀려난 인물들로서 정보에 빠른데다 고결하고 신중했다. 더구나 평생을 국가와 국왕을 위해 봉직했고, 폐하의 명령 없이는 결코 나서지 않는 사람들이었다. 그들은 애국대운동이 독일을 겨눈 미묘한 칼끝이라는 소문을 알고 있었다. 또한 자신들의 사명이 실패하기 전이나 후나 변함없이 확신하는 것이 있었다. 두 왕조의 정치적 삶을 진작부터 유럽 전역에 전염시킨 그 유감스러운 현상들이 지극히 복잡하게 뒤엉켜 있다는 사실이었다. 그런데 명령이 떨어지기만 하면 어떤 어려움도 해결해야 한다는 의무감을 평생 갖고 살아온 그들이었기에 지금도 라인스도르프 백작이 제안한 수단으로 무언가를 이룰 수 있을 거라는 희망을 헛된 것으로 보지 않았다. 특히 "전환점"이니, "영광스러운 삶의 천명"이니, "국내 관계 또한 바로잡을 힘이 될 국제무대에서의 강력한 등장"처럼 라인스도르프 백작이 내건 소망들이 굉장히 적절하게 느껴졌다. 선善을 원하는 사람이라면 누구든 회피하지 말고 동참해야 한다는 요구도 마찬가지였다.

물론 홀츠코프와 비스니츠키는 공적인 일에 경험과 지식이 많은 사람들로서 여러 의심이 들었을 수 있다. 특히 이 운동의 발전 과정에서 자신들이 맡게 될 역할을 예상하면 더더욱 그랬을지 모른다. 낮은 곳에서 사는 사람들은 어떤 일에 비판적이기 쉽고 자신에게 맞지 않는 것을 거부하기 쉽지만, 자기 삶의 곤돌라가 3천 미터 높이까지 올라간 사람이라면 마음에 들지 않는 구석이 일부 있다고 해서 곤돌라에서 내리는 것은 간단치 않다. 게다가 이런 부류의 사람들은 정말 충성스러울 뿐 아니라 앞서 언급한, 이것저것 신경쓸 것이 많은 시민적 삶과는 반대로 자기 생각과 다르게 행동하는 것을 좋아하지 않기에 어떤 일을 너무 꼼꼼하게 따지지 않고 그냥 넘기는 일이 많다. 그 때문에라도 마이어발로트 총재는 이 운동에 대한 호의적인 인상이 두 신사의 이야기를 통해 더욱 확고해지는 것을 느꼈다. 그래서 성격적으로나 직업적으로나 신중함이 몸에 밴 사람이었음에도 이미 들은 것만으로도, 이게 헌신적으로 뛰어들지는 않더라도 동참할 가치는 충분한 일이라고 판단했다.

하지만 평행운동은 엄밀히 말해서 그때까지도 아직 존재한다고 말할 수 없었고, 그 실체가 무엇인지는 라인스도르프 백작조차 아직 모르고 있었다. 다만 확실히 말할 수 있고, 그 시점에 백작의 머릿속에 확고히 자리잡은 유일한 것은 운동에 동참할 사람들의 명단이었다.

명단의 규모는 엄청났다. 지금 시점에는 누가 무슨 일을 맡는다는 구체적인 계획을 세울 필요 없이 그저 하나의 거대한 관련을 잇는 네트워크만 준비하면 되기 때문이다. 이게 어쩌면 올바른 순서일지 모른다. 포크와 나이프가 먼저 만들어진 다음에야 인류가 예절을 갖추어 식사하는 법을 배웠다는 것이 라인스도르프 백작의 설명이었다.

37. 한 언론인이 '오스트리아의 해'라는 용어를 창안하자 라인스도르프 백작은 심기가 무척 불편해져 급히 울리히를 찾다

라인스도르프 백작은 '생각을 일깨울 것'을 촉구하는 편지를 사방으로 보내기는 했지만, 한 영향력 있는 언론인이 막후에서 무언가 은밀한 일이 벌어지고 있음을 눈치채고 재빨리 신문에, 지금 진행중이라고 생각되는 이 모든 일을 자신의 제안으로 포장하는 장문의 기사 두 편을 싣지만 않았더라도 일을 그렇게 서두르지는 않았을 것이다. 물론 그 언론인이 아는 것은 많지 않았다. 그도 그럴 것이 그와 같은 언론인이 그 이야기를 대체 어디서 자세히 들을 수 있겠는가? 하지만 일반 대중은 이를 눈치채지 못했고, 바로 그 점이 그의 칼럼에 사람의 마음을 혹하게 하는 힘을 부여했다. 칼럼에 실린 '오스트리아의 해'라는 용어는 그 언론인의 작품이었다. 물론 그게 무엇인지는 자신도 정확히 말할 수 없었지만, 새로운 문장 속에서 자꾸 쓰다보니 마치 꿈속처럼 다른 말들과 결합되면서 새로운 의미와 함께 엄청난 감동을 불러일으켰다. 처음에 라인스도르프 백작은 경악했다. 하지만 그럴 일이 아니었다. 오스트리아의 해라는 말은 언론인의 천재성이 어떤 것인지 잘 보여주는 보기였다. 그것은 올바른 본능의 산물로서, 오스트리아의 세기라고 했더라면 아무런 호응을 얻지 못했을 사람들의 가슴에 감동과 설렘을 일으켰기 때문이다. 오스트리아의 세기를 실현하자는 요구는 이성적인 사람조차 진지하게 받아들일 수 없는 허황한 착상으로 비쳤을 것이다. 어쨌든 오스트리아의 해라는 말이 사람들에게 왜 그렇게 호응을 얻었는지는 말하기 어렵다. 어쩌면 사람들의 현실 인식을 무디게 하는 모호함과 비유적인 성격이 라인스도르프 백작뿐 아니라 많은 사람의 감정에 날개를 달아주었는지 모른다. 모호함에는 사람의 정신을 북돋우고 확장하는 힘이 있기 때문이다.

착실하고 실용적인 현실성인간인 이 언론인은 결코 현실을 아낌없이 사랑하지도 진지하게 생각하지도 않았던 것 같다. 어렸을 때는 부모님이 안 계시면 테이블 밑으로 기어들어갔는데, 이런 천재적일 정도로 단순한 트릭을 통해 부모님의 침실을 단숨에 모험의 세계로 만들어버렸다. 소년 때는 시계를 간절하게 갖고 싶어했고, 금시계를 찬 청년 때는 그런 시계에 맞는 여자를 갈망했으며, 시계와 여자를 둘 다 가진 남자가 되었을 때는 승진을 열렬히 소원했다. 그런데 이런 작은 소망들을 모두 성공적으로 성취하고 그 세계 안에서 진자처럼 조용히 왔다갔다 하며 살면서도 채워지지 않은 꿈들의 목록은 조금도 줄어들지 않은 듯했다. 무언가 고양된 상태를 느끼려면 비유가 필요했다. 예를 들어 이따금 흰 눈이 마음에 안 들면 그것을 여자의 반짝이는 젖가슴에 비유했고, 아내의 젖가슴이 지루해지기 시작하면 그것을 반짝이는 흰 눈에 비유했다. 만일 어느 날 여자들의 주둥이가 뿔 같은 비둘기 부리나 잘 깎은 산호로 밝혀진다면 경악하겠지만 시적으로는 감흥을 받을 사람이었다. 그는 뭐든 아무것으로나 만들 수 있는 능력이 있었다. 가령 흰 눈은 피부로, 피부는 꽃으로, 꽃은 설탕으로, 설탕은 분가루로, 분가루는 다시 흩날리는 눈으로 만들었다. 그에게는 오직 무언가를 그 자체가 아닌 다른 것으로 만드는 것만 중요한 듯했기 때문이다. 어쩌면 그것이 그가 어디든 한곳에 오래 머물지 못하는 이유일지 모른다. 하지만 진짜 카카니엔 사람이라면 누구도 심적으로 카카니엔을 견뎌내지 못한다. 그런 사람들한테 오스트리아의 세기를 요구한다면 그것은 우스꽝스럽게도 마치 자발적으로 노력해서 자신과 이 세계에 지옥의 형벌을 부과한 것처럼 느껴질 것이다. 반면에 오스트리아의 해는 완전히 달랐다. 그것은 이를테면 이런 의미였다. 자, 우리가 원래 어떤 사람인지 제대로 한번 보여주자! 게다가 이런 시도는 별도 고지가 없는 한 길어야 일 년이었다. 이를 통해 사람들은 자신이 원하는 것을 이해할 수 있었다. 그것은 영원히 계속되는 것이 아니었고, 까닭은 알 수 없으나 사람들의 마음을 건드렸으며, 조국에 대한 깊은 사랑을 일깨웠다.

이렇게 해서 라인스도르프 백작은 뜻하지 않은 성공을 거두게 되었다. 처음엔 그도 자신의 아이디어를 그런 비유로 생각했다. 하지만 뒤이어 줄줄이 사람들의 이름이 떠올랐다. 그의 도덕적 본성은 무형의 것을 넘어선 어떤 것을 열망하고 있었다. 백작의 관념은 명확했다. 백성들의 판타지, 아니 자기를 따르는 한 기자에게 표현한 바에 따르면 관객의 판타지를 인류와 조국의 진정한 목표들과 합치하는 선명하고 건전하고 이성적인 목표로 이끌어야 한다는 것이다. 이 기자는 앞서 언급한 동료 언론인의 성공에 자극받아 즉시 백작의 말을 기사화했다. 또한 '출처의 신빙성' 면에서 동료보다 훨씬 앞선다는 점에 착안해서, 큰 활자로 "믿을 만한 고위 소식통으로부터 입수한 정보"를 바탕으로 쓴 기사라는 점을 강조했다. 기자들의 상투적 수법이다. 라인스도르프 백작이 기자에게 노린 것도 바로 그것이었다. 백작은 이데올로그라기보다 노련한 현실 정치인이었다. 게다가 그 천재적인 언론인의 머리에서 나온 '오스트리아의 해'와 책임 있는 집단의 용의주도함 사이를 섬세하게 구분짓는 선을 그으려고 했다. 이런 목적을 위해 평소에는 모범으로 삼기를 꺼리는 비스마르크의 전략을 활용했다. 그러니까 기자에게 자신의 진짜 의도를 슬쩍 던져주고는 나중에 경우에 따라 그 의도를 시인하거나 부인할 속셈이었다.

라인스도르프 백작은 이런 식으로 영리하게 머리를 굴리면서도 한 가지 생각하지 못한 게 있었다. 백작과 같은 남자는 우리에게 필요한 진실을 알고 있다고 생각할 뿐 아니라 다른 무수한 인간이 자기 손안에 있다고 착각하기 때문이다. 이것은 앞서 언급한, 아직 비유가 필요한 상태의 경화된 형태로 이해할 수 있다. 언젠가는 그 비유들에 대한 흥미도 사라질 수밖에 없는데, 그러면 결국엔 채우지 못한 꿈들이 비축된 채 남아 있는 많은 사람은 자기만의 지점을 하나 만들어내고, 그들에게 빛진 세계가 마치 거기서 시작되기라도 하는 것처럼 몰래 그 지점을 응시한다. 백작은 신문 기사가 난 지 얼마 지나지 않아, 돈 없는 인간들은 자기 속에 불쾌한 이단아를 하나씩 품고 산다는 사실을 깨달았다. 이 고집스러운 이단아는 매일 아침 함께 사무실로 출근하지만, 세상 흐름에 강력히 항의할 능력이 없다. 대신 평생 그 비밀스러운 지점에서 눈을 떼지 못한다. 구세주를 알아보지 못하는 세상의 온갖 불행이 분명히 그 지점에서 시작하는데도 남들은 그곳을 알아챌 기미를 보이지 않는다. 개인의 균형점과 세상의 균형점이 일치하는 고정된 지점들이 있다. 예를 들어 간단한 걸쇠로 잠글 수 있는 타구唾具, 인류를 괴롭히는 결핵의 확산을 단번에 막겠다며 음식점에서 소금통을 칼로 잘라 없애버리는 행위, 시간을 엄청나게 절약해줄 뿐 아니라 이를 통해 사회문제도 해결하는 욀Öhl 속기법의 도입, 만연한 환경 파괴를 막기 위해 자연에 맞는 생활방식으로의 복귀, 또 그 외에도 천체에 관한 심령술 이론, 행정 기구의 단순화, 성생활의 혁신도 그런 고정된 지점이라 할 수 있다. 여건이 허락한다면 인간은 언젠가 자신의 이 지점에 대해 책을 쓰거나 소책자를 발행하거나, 아니면 최소한 신문 칼럼에라도 글을 써서 자신의 항의를 인류 역사의 기록으로 남길 수 있고, 이로써 일정한 기여를 하는 셈이다. 그 기록을 아무도 읽지 않는다고 해도 인류에게는 엄청난 위안을 주니까 말이다. 대개 그렇게 부추기는 사람이 더러 있다. 그들은 자신을 아직 인정받지 못한 뉴턴이라고 소개하면서, 책을 쓸 사람을 새로운 코페르니쿠스라고 치켜세운다. 원숭이처럼 서로의 털을 뒤져 이런 지점을 찾아주는 관습은 무척 유익할 뿐 아니라 널리 확산되어 있다. 그러나 이런 관습의 영향은 그리 오래가지 않는다. 참가자들은 얼마 안 가 서로 다투면서 다시 홀로 남기 때문이다. 물론 누군가를 중심으로 경탄하는 사람들의 작은 무리가 생기기도 한다. 그들은 성유로 축복받은 이 아들을 충분히 돕지 않는 하늘을 한목소리로 원망한다. 그러다 갑자기 그런 지점들이 조그맣게 무더기를 이룬 곳 위로 저 높은 곳에서 한줄기 희망의 빛이 떨어지면 그들은 마치 신의 환영을 본 성자처럼 그 빛을 받아들인다. 라인스도르프 백작이 자신의 생각을 밝혔을 때도 비슷한 일이 일어났다. 오스트리아의 해가 장차 정말로 존재하게 된다면, 그 해가 어때야 하는지 아직 말할 단계는 아니라 해도 어쨌든 실존의 진정한 목표에 부합할 것이 분명하다고 밝힌 것이다.

라인스도르프 백작은 자신의 계획이 백성들 한가운데에서 자발적으로 치솟는 강력한 운동이 되어야 한다고 생각했다. 그와 관련해서 대학, 성직자, 자선 행사에 관한 기사에 빠지지 않고 등장하는 몇몇 이름이 떠올랐다. 심지어 신문들까지 생각해두었다. 그 밖에 애국 정당들, 황제의 탄생일에 국기를 내거는 시민계급의 '건강한 정신', 금융계 수뇌부의 지원도 염두에 두었으며, 정치계도 이 일에 끌어들일 생각이었다. 그러니까 '조국'이라는 공통분모로 정치를 묶은 다음, 나중에 조국이라는 말에서 '나라國'를 빼버리고, '아버지祖' 같은 지배자만 남김으로써 궁극에는 이 위대한 운동으로 정치의 손발을 묶어버릴 계획이었다. 이처럼 많은 것을 머릿속에 그리고 있던 백작이었지만 생각하지 못한 게 하나 있었다. 마치 우연한 화재로 곤충알이 부화하듯 때마침 불어닥친 시대적 온기에 의해 부화해 들불처럼 번지는 세계 개선의 욕구가 그것이었다. 백작조차 예상하지 못한 일이었다. 열렬한 애국심을 기대하기는 했지만, 정신적 감옥으로부터의 해방을 요구하는 사람들과 발명, 이론, 세계체계가 이렇게 봇물 터지듯 쏟아질지는 미처 예상하지 못했다. 그들은 백작의 궁전을 둘러싸고, 그의 평행운동이 참된 것을 마침내 세상에 떨치게 할 기회라고 입이 마르도록 칭찬했다. 라인스도르프 백작은 이들을 어떻게 해야 좋을지 알 수 없었다. 자신의 사회적 위치를 생각하면 이 모든 사람들과 한 테이블에 앉을 수는 없었다. 그렇다고 열정적 도덕으로 가득찬 사람으로서 그들을 물리치고 싶지도 않았다. 그리고 자연과학과 기술 분야와는 담을 쌓고 철학과 정치학만 연마해온 그였기에 그들의 제안에 다른 무언가가 더 있는지 없는지 판단내릴 수도 없었다.

이런 상황에서 백작은 자신에게 필요한 사람으로 추천받은 울리히를 점점 애타게 갈망하기 시작했다. 자기 비서를 포함해 평범한 비서들은 당연히 이런 상황에 대처할 능력이 없었기 때문이다. 그래서 다음날 바로 창피해서 얼굴을 붉혔지만, 자신의 고용인들에게 머리 꼭대기까지 화가 치민 나머지 울리히를 제발 자신에게 보내달라고 신에게 기도를 올리기까지 했다. 그래도 울리히가 오지 않자 백작은 체계적으로 울리히를 찾아 나섰다. 우선 아랫사람들을 시켜 도시의 주소록을 뒤지게 했다. 그러나 울리히의 주소는 올라 있지 않았다. 백작은 즉시 평소 자신에게 조언을 해주는 디오티마를 찾아갔다. 실제로 이 경탄스러운 여성은 벌써 울리히를 만났다고 했다. 하지만 주소는 몰랐다. 첫 만남에서 울리히에게 주소 물어보는 것을 깜박했을 수 있고, 아니면 이 기회에 애국운동의 훌륭한 새 비서진 후보를 제시할 생각으로 알면서도 모른 척하는 것일 수도 있었다. 어쨌든 무척 흥분해 있던 백작은 단호하게, 자신은 이미 울리히를 점찍었고 아무리 개혁적인 성향이라고 해도 프로이센인을 비서로 쓸 생각은 없다고 선언했다. 그러면서 더는 복잡하게 얽히고 싶지 않다고도 했다. 이 말에 여자 친구가 마음이 상한 듯하자 백작은 당황했고, 그로써 자기 힘으로 울리히를 찾아 나설 생각을 굳혔다. 그는 디오티마에게 자기 친구인 경찰청장을 찾아가겠다고 했다. 이 나라 사람이라면 누구든 그 주소를 알아낼 수 있는 인물이었다.

38. 클라리세와 그녀의 데몬들

울리히의 편지가 도착했을 때 발터와 클라리세는 또다시 격렬하게 피아노를 치고 있었다. 공방에서 나온 다리가 얇은 가구들이 춤을 추고 벽에 걸린 단테이 게이브리얼 로세티의 동판화들이 파르르 떨릴 정도였다. 늙은 심부름꾼이 아무 제지 없이 문 열린 집으로 들어와 거실에 들어서는 순간 천둥번개가 몰아치는 듯했다. 그는 성스러운 소리에 외경심이 들어 자신도 모르게 벽에 바짝 몸을 붙였다. 마지막으로 힘차게 건반을 두 번 내리쳐 무작정 내달리는 음악적 흥분을 방출함으로써 심부름꾼을 벽에서 해방시킨 사람은 클라리세였다. 그녀가 편지를 읽는 동안에도 발터의 양손에서는 중단된 감정이 구불구불 새어나오고 있었다. 하나의 멜로디가 마치 한 마리의 황새처럼 움찔거리며 달려가더니 한순간 날개를 활짝 펼쳤다. 울리히의 서신을 해독하던 클라리세는 발터의 그런 모습을 불신에 찬 표정으로 지켜보았다.

그녀가 친구의 방문 소식을 알리자 발터가 말했다. “아쉽군!”

클라리세는 다시 그의 옆 작은 피아노 회전의자에 앉았다. 그녀는 입술을 살짝 벌리며 미소를 지었다. 관능적인 미소였지만, 발터에게는 왠지 잔인하게 느껴졌다. 이윽고 연주가 이어졌다. 두 연주자가 끓어오르는 감정을 동일한 리듬 속에서 방출하기 위해 감정을 억제하고, 눈의 섬광이 마치 평행한 긴 작대기 네 개처럼 두 사람의 얼굴에서 뿜어져 나오는 순간이 찾아왔다. 둘은 나무 나사의 길쭉한 목 위에서 줄곧 흔들리려고 하는 작은 의자에, 긴장한 채 엉덩이를 단단히 붙이고 앉아 있었다.

다음 순간 클라리세와 발터는 마치 나란히 질주하는 증기기관차 두 대처럼 튀어나갔다. 둘이 연주하는 곡은 마치 반짝거리는 레일처럼 그들의 눈으로 돌진했고, 천둥 치는 엔진 속에서 사라지고, 낭랑하게 울려퍼지는 마법 같은 풍경이 되어 그들 뒤에 펼쳐졌다. 이렇게 미친듯이 질주하는 동안 둘의 감정은 하나로 압착되었다. 청각, 혈액, 근육은 아무 의지 없이 이 경험에 이리저리 휩쓸렸다. 서로에게 쏠리고 기우는 반짝거리는 소리의 벽들이 그들의 몸을 동일한 궤도로 강제로 몰아넣고 함께 구부렸으며, 그들의 가슴을 동일한 숨결로 부풀리고 가라앉혔다. 정확히 몇분의 일 초 동안에 유쾌함과 슬픔, 분노와 공포, 사랑과 미움, 갈망과 싫증이 발터와 클라리세를 관통해 지나갔다. 둘이 하나되는 과정이었다. 마치 모든 점에서 다른 수백 명의 사람이 패닉 상태에서 노를 젓듯 팔을 양쪽으로 흔들며 똑같이 도망치듯 움직이고, 아무 의미 없는 괴성을 똑같이 내지르고, 똑같이 입과 눈을 크게 벌리고, 아무 목적 없는 힘에 다 함께 앞뒤 좌우로 휩쓸려가고, 포효하고, 어지럽게 물결치고, 떠는 것과 비슷하다고 할까! 그런데 그들의 하나됨에는 삶 자체처럼 동일한 무디고 압도적인 힘이 없었다. 그런 일이 쉽게 일어나지 않지만, 혹시 일어난다면 모든 개인적인 것을 반발 없이 지워버리는 삶 말이다. 클라리세와 발터가 날아가면서 뼛속 깊이 느낀 분노,

사랑, 행복, 유쾌함, 슬픔은 충일한 감정이 아니라 오히려 격분할 만큼 자극된 감정을 담은 육체적 껍데기에 가까웠다. 그들은 뻣뻣하고 황홀한 상태로 피아노 의자에 앉아 있었지만 둘이 함께하는 것은 아무것도 없었다. 각자 다른 무언가에 빠진 채 분노하고 사랑에 빠지고 슬퍼하고, 서로 다른 것을 생각하고, 자기 것만을 떠올렸다. 음악의 명령은 그런 두 사람을 최고조의 격정 속에서 하나로 통합했고, 그와 동시에 최면의 강제적인 수면과도 같은 멍한 상태에 방치했다.

두 사람은 각자의 방식대로 이것을 느꼈다. 발터는 흥분했고 행복했다. 그리고 음악하는 사람들 대부분이 그렇듯, 내면의 이런 파동과 감정적인 움직임, 즉 연기처럼 소용돌이치는 이 영혼의 육체적인 토대를, 만인을 연결시키는 영원의 꾸밈없는 언어로 여겼다. 그랬기에 원초적 감정의 억센 팔로 클라리세를 끌어안는 것은 황홀하기 짝이 없었다. 이날 그는 평소보다 일찍 퇴근해서 집으로 돌아왔다. 퇴근하기 전까지는 파편화되지 않은 위대한 시대의 형식을 간직하고 비밀스러운 의지의 힘을 발산하는 미술품들의 카탈로그를 만들었다. 그를 다정히 맞아준 클라리세는 이제 음악의 엄청난 세계 속에서 그와 단단히 연결되었다. 이날은 모든 것에 비밀스러운 성공의 딱지가 붙은 듯했다. 마치 신들이 걸어가는 것처럼 소리 없는 행진이었다. '혹시 오늘이 그날일까?' 발터는 생각했다. 그는 클라리세를 강제로 되찾고 싶은 게 아니라, 그녀가 정말 진심으로 깨달아 다정스레 자신에게 넘어오기만을 고대했던 것이다.

피아노는 희미하게 반짝거리는 악보를 공기로 이루어진 벽에다 못처럼 쾅쾅 박아넣었다. 이건 철저히 현실에 기반한 일이었음에도 방안의 벽들은 사라지고, 대신 그 자리에 음악의 금빛 문설주가 세워지면서 자아와 세계, 지각과 감정, 내부와 외부가 지극히 은밀한 방식으로 서로의 속살로 파고드는 신비한 공간이 생겨났다. 감성, 확실성, 엄밀함으로 이루어진, 그러니까 정돈된 하나하나가 영광의 위계질서를 이루는 공간이었다. 이런 감각적인 작은 부분들에 물결치는 영혼의 안개가 자아내는 감정의 실들이 묶여 있었고, 이 안개는 정교한 벽들에 반사되어 뚜렷이 제 모습을 드러냈다. 두 사람의 영혼은 귀여운 고치처럼 이 실들과 광선에 걸려 있었다. 그것들에 더 두텁게 싸이고 더 넓게 볕을 쬘수록 발터는 더욱 편안해졌고, 그의 꿈들은 그가 가끔 음을 잘못 연주하고 너무 감정적으로 표현할 정도로 점점 어린아이의 모습을 띠어 갔다.

반면에 이런 상태에 이르고, 황금빛 안개 속에서 번뜩이는 일상의 감정적 불꽃이 두 사람을 다시 현실 관계로 돌려놓기 전에 클라리세의 생각은 진작에 발터와 달랐다. 절망과 행복이라는 쌍둥이 몸짓으로 나란히 내달리던 두 사람 사이에만 존재할 수 있는 차이였다. 클라리세의 생각 속에서는 나부끼는 안개 사이로 이미지들이 솟구치고 녹고 겹쳤고, 그랬다가 다시 사라졌다. 그녀의 사고방식은 독특했다. 여러 생각이 동시에 일어나 서로 얽힐 때도 많았지만, 어떤 생각도 일지 않을 때도 많았다. 그럴 때면 생각이 마치 데몬처럼 무대 뒤에 서 있는 것처럼 느껴졌다. 다른 사람들에게는 올바른 지지대가 되어주는 경험들의 시간적 연속이 클라리세의 내면에서는 하나의 베일이 되었다. 어떤 때는 빽빽하게 주름을 이루다가 어떤 때는 거의 보이지 않는 공기의 숨결처럼 녹아 없어지는 그런 베일 말이다.

이번에는 클라리세 주변에 세 사람이 있었다. 발터와 울리히, 그리고 여자 살해범 모스브루거였다.

모스브루거에 대한 이야기는 울리히에게서 들었다.

이 이야기에는 인력과 척력이 독특한 마력으로 뒤섞여 있었다.

클라리세는 사랑의 뿌리를 더듬어보았다. 그 뿌리는 모순적이다. 키스를 하면서도 물어뜯고 싶고, 시선이 엉겨붙어 있으면서도 마지막 순간에는 고통스럽게 눈을 돌리게 된다. '좋게 잘 지내는 것이 미움을 이끌어내는 것일까?' 그녀는 자문해보았다. '단정한 삶이 잔인한 것을 열망하는 것일까? 평화로운 것이 파괴적인 것을, 일상의 평탄함이 파탄을 욕망하는 것일까?' 모스브루거가 자극한 것은 이것이기도 하고, 아니기도 했다. 천둥 같은 음악소리 아래 클라리세 주위에 세계의 대화재가 어른거렸다. 아직 발발하지 않은 대화재지만, 안에서는 이미 대들보를 집어삼키고 있었다. 이것은 세상 만물이 똑같으면서도 완전히 다르다는 비유와 같다. 예를 들어 동화에서와 같은 구운 사과 냄새를 풍기며 피어오르는 연기 기둥과 화염에 휩싸인 가문비나무에서 솟는 연기 기둥은 똑같은 것들의 다름이나 다른 것들의 똑같음에서 나온다는 것이다.

'연주를 중단해서는 안 돼.' 곡이 끝났을 때 클라리세는 스스로에게 이렇게 말하며 얼른 악보를 뒤적여 처음부터 다시 곡을 시작했다. 발터는 당황스럽게 웃으며 그녀를 따라했다.

"울리히는 뭐하러 수학을 해요?" 클라리세가 물었다.

발터는 마치 경주용 차를 몰듯이 연주하면서 어깨를 으쓱했다.

'끝까지 계속 연주해야 돼.' 클라리세는 생각했다. '생을 마감할 때까지 쉼없이 연주할 수 있었다면 모스브루거는 어떻게 됐을까? 무시무시한 인간? 바보 천치? 하늘의 검은 새?' 그녀는 답을 알지 못했다.

클라리세는 아무것도 몰랐다. 어릴 적 어느 날이었다. 잘 생각하면 언제인지 기억해낼 수 있을 것도 같은 그날, 잠에서 깼을 때 그녀는 자신이 무슨 일에 소명을 받았다는 확신이 들었다. 그것도 뭔가를 이루어내라는, 뭔가 특별한 역할을 하라는, 심지어 어떤 위대한 일을 할 사람으로 선택받았다는 확신이었다. 세상에 대해서는 아직 아는 것이 없었다. 부모님과 오빠들이 세상에 대해 이야기해주는 것은 믿지 않았다. 그것은 그저 듣기 좋은 잡스러운 이야기여서 그들이 말하는 것을 받아들일 수 없었다. 한 화학물질이 자신에게 '맞지' 않는 다른 것을 수용하지 않듯이. 그러다 발터가 왔다. 바로 그날이었다. 그날부터 모든 것이 딱 '맞았다'. 작은 솔 같은 짧은 콧수염을 기른 발터는 그녀를 '아가씨'라 불렀다. 순간 세계는 갑자기 황량하고 무질서하고 파편화된 공간이 아니라 반짝거리는 원으로 변했다. 발터도 하나의 중심이고 그녀도 하나의 중심이었다. 그들은 하나로 합쳐진 두 개의 중심이었다. 흙과 집, 쓸지 않아 쌓인 낙엽, 그리고 아프게 느껴지던 공중의 선들(어린 시절 그녀에게 가장 고통스러운 기억으로 남아 있는 순간이 있다. 아버지와 함께 멀리 풍경을 바라보고 있을 때였는데, 화가였던 아버지는 끝이 없는 전경에 넋을 잃었지만 그녀는 한없이 긴 공중의 선들을 따라 세계를 보는 것이 마냥 아팠다. 마치 자의 날카로운 날에 손가락을 대고 미끄러져 내려갈 때처럼), 바로 이런 사물들이 과거 그녀의 삶을 이루고 있었는데, 이제 그 삶이 갑자기 그녀의 것이 되어 있었다. 살이 그녀의 것이듯.

이제 그녀는 자신이 엄청난 무언가를 하게 되리라는 것을 알았다. 그것이 무엇인지는 아직 말로 표현할 수 없지만, 언젠가 음악을 하면서 그것을 아주 강렬히 느꼈고, 그후로 발터가 니체보다 훨씬 위대한 천재가 되길 바랐다. 나중에 나타나 자신에게 니체의 저작을 선물한 울리히는 말할 것도 없었다.

그때부터 그녀의 삶은 앞으로 나아갔다. 얼마나 빨리 나아갔는지 더는 말할 수 없다. 예전에는 피아노 솜씨가 형편없었고, 음악에 대한 이해도 낮았다. 그런 그녀가 이제는 발터보다 피아노를 잘 쳤다. 또 책은 얼마나 많이 읽었던지! 이 모든 것이 어디서 왔을까? 눈앞에 그것들이 보이는 듯했다. 눈밭에 선 어린 소녀 주위로 떼 지어 팔락거리는 검은 새들 같았다. 얼마 뒤에는 새까만 벽과 그 속의 하얀 얼룩들이 보였다. 새까만 것은 그녀가 알지 못하는 것들이었다. 하얀 얼룩들이 자잘한 섬처럼 모여 있음에도 새까만 것은 변함없이 무한히 펼쳐져 있었다. 이 새까만 것에서 두려움과 동요가 흘러나왔다. '이게 악마일까?' 그녀는 생각했다. '악마가 모스브루거가 되었을까??' 이제 그녀는 하얀 얼룩들 사이로 아주 좁은 잿빛 길들을 알아보았다. 저 길 하나하나를 거쳐 지금까지 살아온 것이다. 길들은 사건이기도 했다. 출발, 도착, 흥분한 대화, 부모와의 다툼, 결혼, 집, 발터와의 하염없는 심적 갈등. 가느다란 잿빛 길들은 구불구불했다. '뱀이야!' 클라리세는 생각했다. '휘감고 있어!' 이 사건들은 그녀를 칭칭 감았고, 못 가게 잡았고, 원하는 곳에 이르지 못하게 했고, 미끌미끌했고, 부지중에 그녀를 원치 않은 지점으로 이끌었다.

그녀의 인생은 미끌미끌한 뱀이 휘감은 것처럼 흘러갔고, 그녀의 생각도 그 삶처럼 흘러가기 시작했다. 그녀의 손가락 끝이 음악의 급류에 빠졌다. 음악의 강바닥에서는 뱀들이 구불구불 미끄러지며 기어다녔다. 어느 순간, 모스브루거가 갇혀 있던 감옥이 고요한 만灣의 피난처처럼 열렸다. 클라리세의 생각은 두려움에 떨며 감방으로 들어갔다. '끝까지 음악을 연주해야 돼.' 그녀는 다시 한번 스스로를 북돋웠다. 심장이 격렬하게 요동쳤다. 고동이 진정되었을 때 온 감방이 그녀의 자아로 가득찼다. 상처에 바르는 연고처럼 부드러운 감정이었다. 그런데 그것을 영원히 붙잡으려는 순간 자아는 마치 동화나 꿈처럼 좌우로 벌어지기 시작했다. 모스브루거는 얼굴을 손으로 괸 채 감방에 앉아 있었다. 그녀는 묶인 그를 풀어주었다. 그녀의 손가락이 움직이는 동안 힘, 용기, 미덕, 선함, 아름다움, 풍요로움이 감방 안으로 밀려들었다. 마치 그녀의 손가락이 불러낸, 여러 들판에서 불어온 바람처럼. '내가 왜 이러고 있는지는 아무래도 상관없어.' 클라리세는 느꼈다. '중요한 건 내가 지금 이러고 있다는 사실이야!' 그녀는 그의 눈 위에 자기 몸의 한 부분인 손을 올려놓았다. 손을 치우자 모스브루거는 멋진 청년으로 변했고, 그녀 자신은 동화에나 나올 법한 아름다운 여인의 모습으로 옆에 서 있었다. 그녀의 몸은 남국의 와인처럼 감미롭고 부드러웠다. 어린 소녀일 때의 몸이 그랬던 것처럼 뻣뻣하고 반항적이지 않았다. '이게 때묻지 않은 우리의 원래 모습이야!' 그녀의 의식 저 깊은 곳에서 들려오는 사유의 목소리였다.

그런데 발터는 왜 저렇지 않을까?! 꿈같은 음악의 심연에서 떠오르면서 클라리세는 발터를 처음 사랑했던 열다섯 살 때, 그리고 그의 천재성을 위협하는 온갖 위험으로부터 용기, 강인함, 선의로 그를 지켜주려 했을 때 자신이 얼마나 유치했는지 떠올렸다. 발터가 영혼의 이런 깊은 위험들을 곳곳에서 인지할 때는 얼마나 아름다웠던가! 그녀는 스스로에게 물었다. 이 모든 게 유치하기만 했을까? 결혼이 현란한 빛으로 이 모든 것을 덮어버렸다. 그런데 어느 순간 이 결혼에서 사랑에 대한 강한 당혹감이 생겨났다. 최근의 시간은 물론 놀랍도록 좋았고 이전 시간보다 아마 내용적으로 훨씬 알차고 풍요로웠음에도 하늘을 향해 활활 타오르던 거대한 불꽃이 제대로 타지 않아 애를 먹이는 아궁이 속의 불꽃으로 변해버린 느낌이었다. 클라리세는 발터와의 싸움이 정말 그렇게 심각했는지 확신할 수 없었다. 삶은 지금 양손 밑으로 사라지는 이 음악처럼 흘러갔다. 그러다 한순간에 끝나버릴 것이다! 가망이 없어 보이는 불안이 서서히 클라리세를 뒤덮었다. 발터의 연주도 갑자기 불안해지는 듯했다. 그의 감정이 굵은 빗방울처럼 건반 위로 후드득 떨어지는 느낌이었다. 그녀는 즉시 그의 생각을 읽어냈다. 아이였다. 그녀는 그가 아이로 자신을 묶어두려 한다는 것을 잘 알고 있었다. 둘이 매일같이 싸우는 문제였다. 음악은 잠시도 멈출 줄 몰랐다. 거절도 몰랐다. 그러던 것이 엉킨 줄 모르고 있던 그물처럼 급속도로 쪼그라들었다.

순간 클라리세가 연주중에 벌떡 일어나 피아노 뚜껑을 쾅 닫는 바람에 발터는 손가락을 빼낼 시간조차 없었다.

아팠다! 발터는 깜짝 놀란 상태에서도 모든 걸 즉시 알아차렸다. 클라리세의 감정이 이렇게 격해진 건 다 울리히 때문이었다. 그의 방문 소식이 그녀를 이렇게 만든 것이 분명했다! 울리히는 발터 자신은 건드릴 엄두를 내지 못하는 그녀의 마음속 한 지점, 즉 불행한 천재성, 그 비밀스러운 동굴을 잔인하게 자극함으로써 그녀에게 상처를 주었다. 그 동굴 속에서는 재앙과도 같은 무언가가 언젠가 느슨해질지도 모르는 사슬을 끊고 있었다.

그는 미동도 없이 어안이 벙벙한 표정으로 클라리세를 쳐다보았다.

클라리세는 아무 설명도 없이 그냥 서서 거칠게 숨만 몰아쉬었다.

발터가 예전에 울리히에 관한 이야기를 했을 때 그녀는 울리히를 조금도 사랑하지 않는다고 확언했다. 만일 그를 사랑했다면 바로 말했을 것이다. 다만 울리히를 통해 불꽃이 옮겨붙는 것 같은 느낌은 부인할 수 없었다. 그가 곁에 있으면 그녀 속에서 뭔가가 더 선명하게 활활 타오르는 듯했다. 반면에 발터는 언제나 그녀의 마음속 유리창 덧문을 닫으려고만 했다. 그녀가 느끼는 것은 아무하고도 상관없었다. 울리히하고도, 발터하고도!

하지만 발터는 그녀의 말에서 풍기는 분노와 격분 사이에서 분노는 아니지만 뭔가 사람을 마비시키는 어떤 치명적인 씨앗의 냄새가 느껴지는 듯했다.

저녁이 되었다. 방은 온통 까맸다. 피아노도 까맸다. 서로 사랑하는 두 사람의 그림자도 까맸다. 이런 어둠 속에서 클라리세의 눈만 어떤 빛에 밝혀진 듯 빛났고, 고통으로 불안해하는 발터의 입속에서 에나멜로 덮인 치아 하나만 상아처럼 어른거렸다. 지금 바깥세상에서 매우 중요한 국가적 차원의 대운동이 진행중인 것과는 상관없이, 그리고 발터의 불쾌감과는 상관없이, 조물주가 바로 지금을 위해 세상을 창조한 듯 느껴지는 순간이었다.

39. 특성 없는 남자는 남자 없는 특성으로 이루어져 있다

그런데 이날 저녁 울리히는 오지 않았다. 피셸 이사가 서둘러 떠난 뒤 다시 청년기의 물음이 그를 사로잡았다. 왜 세상 사람들은 본래 의도와는 동떨어져 있고 좀더 깊이 들여다보면 진실이 아닌 말을 그렇게 소름 끼치게 선호하는 것일까? '거짓말을 하면 항상 한 걸음을 앞서는 거야.' 그는 생각했다. '피셸 이사한테도 이 말을 해줬어야 했는데.'

울리히는 열정적인 사람이었다. 하지만 여기서 열정이라는 말을 사람들이 일반적으로 생각하는 그런 개념으로 이해해서는 안 된다. 물론 항상 되풀이해서 그를 그런 상태로 몰아넣는 것이 있었다. 그것도 열정이겠지만, 흥분 상태와 흥분에 찬 행동에서 나타나는 그의 태도는 열정적이면서 동시에 무관심했다. 그는 존재하는 모든 것에 상당히 적극적인 관심을 보였다. 지금도 무언가 자신의 행위 충동을 자극하면, 자신에게 아무 의미가 없는 것이라고 해도 언제든 미친듯이 달려들 수 있을 것 같았다. 따라서 그의 삶에 대해 이렇게 말하는 것도 별로 과장은 아닌 듯하다. 그의 삶에서 이루어진 모든 것은 그의 것이라기보다 삶을 구성하는 것들 서로의 것이라고. A 다음에는 항상 B가 왔다. 그 결과를 낳은 것이 다툼이건 사랑이건 간에. 그래서 그도 그 과정에서 획득한 개인적 특성들이 자기 것이라기보다 특성들 서로의 것에 가깝다고 믿었다. 그러니까 엄밀히 따져보면, 개별적 특성 하나하나는 그것들을 갖고 있을 다른 사람들에 비해 특별히 자신과 더 내밀한 관계에 있다고 할 수 없었다.

그럼에도 사람들은 의심할 바 없이 그 특성들로 규정되고 그 특성들로 이루어져 있다. 그 특성들과 하나가 되지 못하더라도 말이다. 그래서 간혹 차분한 상태에서건 흥분한 상태에서건 스스로가 낯설게 느껴지는 일이 생긴다. 울리히는 자신이 본래 어떤 사람인지 말해야 하는 일이 생기면 무척 당황할 것이다. 다른 많은 사람과 마찬가지로 자신도 어떤 일과 그 관계 속에서 판단될 수밖에 없기 때문이다. 그의 자의식은 손상된 적이 없고, 약해지거나 자만심에 찬 적도 없었다. 또한 사람들이 양심의 조사라고 부르는 방식으로 다시 수리하고 기름칠할 필요도 없었다. 그는 강한 남자였을까? 그건 자신도 몰랐다. 어쩌면 그 점에 대해선 그가 치명적인 착각을 하고 있는지 모른다. 그러나 분명한 건 그가 항상 자신의 힘을 믿는 사람이라는 것이다. 지금도 그는 자신의 체험과 특성을 자기 것으로 확신하는 것과 그것을 낯설게 느끼는 것 사이의 차이가 단지 태도의 차이일 뿐이라는 사실을 의심하지 않았다. 아니, 어떤 면에서 그것은 의지에 따른 결정이거나, 혹은 자신의 삶을 일반적인 것과 개인적인 것 사이에서 어디에 선을 긋느냐의 선택일 뿐이었다. 단순히 말해서, 사람은 자신에게 닥친 일이나 자신이 하는 일을 좀더 일반적으로 받아들일 수도 있고 개인적으로 받아들일 수도 있다. 예를 들어 외부에서 가해진 일격은 견딜 수 없는 아픔이나 모욕으로 느껴질 수 있지만, 스포츠에서는 전혀 위축될 필요가 없고 맹목적인 분노에 빠질 일도 없는 단순한 방해물로 받아들일 수도 있다. 그러면 그 타격을 지각하지 못하는 일조차 생기곤 한다. 그럴 경우 그 가격은 싸움 행위의 일반적 관련성 속에서 생각되고, 그 행위의 본질은 그것이 수행해야 할 임무에 종속된 것으로 나타난다. 바로 이 현상, 즉 한 체험이 논리적으로 타당한 행위들의 연쇄 속에서 고유의 의미와 내용을 획득하는 현상은 그런 것을 개인적인 사건으로만 보지 않고 정신적인 힘에 대한 도전으로 보는 모든 사람에게서 뚜렷이 관찰된다. 그런 사람은 자신이 하는 일에 감정적으로 영향을 덜 받는다. 그런데 권투에서는 뛰어난 정신력으로 간주하는 이것을, 권투를 못하지만 정신적 삶으로 기우는 사람들에게서 나타날 경우 차갑고 냉정한 것으로 여긴다면 괴이쩍은 일이 아닐 수 없다. 적용하거나 요구해야 할 태도가 일반적인 것인지, 아니면 개인적인 것인지는 온갖 차이에 따라 달라지는 상황에 달려 있다. 만일 어떤 살인자가 자기 일을 냉정하게 처리한다면 굉장히 무자비한 인간이라는 평가를 받을 것이고, 아내를 품에 안은 상태에서도 머릿속으로 학문적 과제에 매달리는 교수라면 무미건조한 인간이라는 소리를 들을 것이며, 많은 사람을 제거하고 출세한 정치인이라면 그 성공 여부에 따라 괴물이나 영웅으로 평가받을 것이다. 반면에 군인, 사형집행인, 외과의사에게는 바로 그런 무감각과 냉혹함이 요구된다. 다른 경우라면 비난받을 특성인데도 말이다. 이런 보기들에 담긴 도덕성으로 더 깊이 파고들어갈 필요도 없이, 객관적으로 올바른 태도와 개인적으로 올바른 태도 사이의 절충은 모든 경우에서 불확실하다는 것을 알 수 있다.

이러한 불확실성은 울리히의 개인적인 문제의 또다른 배경이 되었다. 옛날에는 오늘날보다 별 양심의 가책 없이 개인이 될 수 있었다. 사람들은 들판의 곡식 줄기와 비슷했다. 지금보다 신, 우박, 불, 역병, 전쟁의 영향을 훨씬 강하게 받았다. 물론 전체적으로 또는 도시, 지역, 들판 단위로 볼 때 그랬다. 게다가 개별적인 곡식 줄기에 개인적인 움직임으로 남아 있는 경계는 명확했고, 책임도 물을 수 있었다. 그에 반해 오늘날에는 책임의 무게중심이 인간이 아니라 사물들의 관련성에 있다. 경험이 인간과 무관하다는 것을 눈치채지 못했는가? 현대의 경험들은 무대로 옮겨졌고, 책 속으로, 연구소의 보고서 속으로, 탐사 여행 속으로, 그리고 사회적 실험 시도와 같이 남의 비용으로 특정 양태의 경험을 양성하는 이념 공동체와 종교 공동체 속으로 옮겨갔다. 경험들은 업무 영역에 속하지 않는 한 공중에 둥둥 떠 있을 뿐이다. 수많은 타인이 개인의 일에 개입하고 개인보다 개인을 더 잘 아는 오늘날, 자신의 분노가 실제로 자기 것이라고 누가 장담할 수 있는가?! 이로써 남자 없는 특성의 세계가 생겨났고, 경험하는 주체가 없는 경험의 세계가 생겨났다. 이상적인 경우에 인간은 더이상 개인적으로 경험하는 것이 없고, 개인적 책임이라는 친근한 짐이 가능한 의미들의 체계 속에서 해체되는 것 같아 보인다. 인간을 오랫동안 우주의 중심으로 간주해온 인간중심적 태도는 이미 수세기 전부터 빛을 잃기 시작해서, 결국엔 해체되어 '나' 자신에 이르렀다. 경험과 관련해서 가장 중요한 것은 경험을 하는 것이고, 행위와 관련해서 가장 중요한 것은 행위를 하는 것이라는 믿음이 대부분의 사람들에게 순진하게 비치기 시작했기 때문이다. 물론 여전히 매우 개인적으로 사는 사람들도 존재할 것이다. 그런 사람들은 말한다. 우리는 어제 이런저런 곳에 갔다거나 오늘 이런저런 것을 한다고. 그들은 의미나 내용을 필요로 하지 않고, 그것을 즐기고, 자신의 손가락에 닿는 모든 것을 사랑한다. 가능한 한 철저히 개인적 인간이다. 세계는 그들과 관계를 맺자마자 개인적 세계가 되고, 무지개처럼 빛난다. 아마 그들은 무척 행복할 것이다. 하지만 그런 부류의 사람들은 다른 이들 눈에 대개 황당하게 보인다. 이유는 정확히 모르더라도.—이런 생각들에 푹 빠져 있던 울리히는 문득 미소를 지으며 스스로에게 고백할 수밖에 없었다. 이 모든 것에도 불구하고 자신은 하나의 성격, 그것도 성격이 없는 성격이라고.

40. 자기 속에 온갖 특성이 존재하지만 그 특성들에 무관심한 남자. 정신의 군주가 체포되고, 평행운동이 명예 사무총장을 얻다

서른두 살의 남자 울리히의 기본 특질을 묘사하는 것은 어렵지 않다. 비록 그가 자신에 대해 아는 것이라고는, 자신이 모든 특성에 동일한 정도로 가깝거나 멀리 떨어져 있으며, 지금 자신의 것이 되었든 아니든 그 모든 특성에 무관심하다는 사실뿐이지만 말이다. '그'라는 사람 속에는 무척 다양한 소질을 전제로 하는 영혼의 유연성과 모종의 공격성이 연결되어 있다. 그는 남성적으로 사고하는 인간이다. 타인들에게 예민하지 않고, 자기 필요에 따라 타인을 알려고 할 때를 제외하고는 남의 생각 속으로 비집고 들어가는 일도 드물다. 그는 사람이 마음에 안 들면 그 사람이 가진 권리도 존중하지 않는다. 하지만 그런 일은 드물었다. 시간이 지나면서 그의 내면에는 부정否定의 경향이 발달했다. 그런 경향은 일반적으로 좋다고 하는 것 속에서 결함을 발견하고, 반면에 금지된 것은 변호하고, 자기 의무를 스스로 만들어내려는 의지에서 생겨나는 불쾌감으로 일반의 의무를 거부하도록 유혹하는 감정의 유연한 변증법이다. 하지만 이런 의지에도 불구하고 그는 자신이 허용한 몇몇 예외만 빼고는, 기사도적인 예의범절에 도덕적인 지휘

권을 넘겨버린다. 안정된 환경에서 살아가는 시민사회의 모든 남자들이 잘 따르는 그런 예의범절이다. 그는 자신의 행위에 소명의식을 느끼는 인간의 교만하고 냉혹하고 무관심한 방식으로 자기 아닌 타인의 삶을 살아간다. 자신의 소질과 능력을 적잖이 평범하고 실용적이고 사회적으로 사용하는 그런 타인의 삶이다. 그는 허영기 없는 자연스러운 충동에서 스스로를 무언가 사소하지 않은 목적을 위한 도구로 여기곤 했다. 그 목적은 때가 되면 알게 될 거라고 생각했다. 불안이 스멀거리던 올해 초, 자신의 삶이 갈피를 잡기 어려운 충동으로 표류하고 있음을 깨달은 후 얼마 지나지 않아 자신이 지금 어딘가로 향하고 있다는 감정이 복구되었다. 그는 자신의 계획에 특별히 노력을 기울이지 않는 사람이었다. 그런 본성 속에서 그것을 추동하는 열정을 인식하기란 쉽지 않다. 그 본성은 소질과 환경에 의해 다의적으로 형성되었고, 그 본성의 운명은 진짜 강력한 반대 압력으로도 아직 노출되지 않았다. 중요한 것은 결정의 구체화에 필요한 무언가가 그 본성에 없고, 그것이 무엇인지 아직 모른다는 점이다. 울리히는 자신에게 반하는 삶을 살도록 강요받은 사람이다. 겉으로는 아무 강요 없이 자신의 길을 걷는 것처럼 보이지만.

세계를 하나의 실험실에 비유하다보니 이제 옛 상념이 되살아났다. 예전에 그는 인간이 되는 최선의 방법을 철저히 시험해보고 새 방법을 찾아 나서는 거대한 실험실 같은 삶을 종종 떠올렸다. 전체 실험실이 약간 무계획적으로 운영되고, 전체를 총괄하는 지도자와 이론가가 없다는 사실은 다른 차원의 문제다. 어떻게 보면 울리히 자신이 정신의 군주나 지배자 같은 존재가 되고 싶어한다고도 할 수 있지만, 사실 누군들 그렇지 않겠는가?! 그건 정신이 모든 것 위에 군림하는 지상 최고의 것인 만큼, 자연스러운 욕구다. 우리는 그렇게 배웠다. 할 수만 있다면 사람들은 정신으로 치장하고 정신으로 가장한다. 정신을 다른 것과 연결하는 것은 굉장히 보편적으로 퍼져 있다. 신의의 정신, 사랑의 정신, 남성적인 정신, 교양 있는 정신, 현대의 가장 위대한 정신, 이처럼 우리는 이런저런 것들의 정신을 소중한 것으로 보존하려 하고, 이런저런 움직임의 정신 속에서 행동하려 한다. 참으로 견고하고 더할 나위 없이 훌륭한 말로 들린다. 맨 아래층에 이르기까지 말이다. 나머지 것들, 즉 일상적 범죄나 이윤에 대한 멈출 줄 모르는 탐욕은 신이 자신의 발톱에서 제거해야 할 오물처럼 용납될 수 없는 것으로 비친다.

그런데 정신이 아무 수식 없는 명사처럼, 혹은 담요라도 한 장 빌려주고 싶은 마음이 드는 유령처럼 헐벗은 채 홀로 서 있다면 어떨까? 사람들은 시를 읽고 철학을 공부하고 그림을 사고 밤마다 대화를 나눌 수 있다. 그렇게 해서 얻는 것이 정신일까? 그렇다고 가정해보자. 그럼 그 정신을 소유하게 되는 것일까? 정신은 자신을 드러내는 우연한 형태와 단단히 연결되어 있다! 정신은 자신을 받아들이려는 사람들을 관통해서 약간의 떨림을 남길 뿐이다. 우리는 이 모든 정신으로 무엇을 할 수 있을까? 정신은 종이, 돌, 캔버스 위에서 말 그대로 천문학적인 규모로 항상 새롭게 만들어지고, 마찬가지로 쉼없이 엄청난 에너지를 소비하면서 받아들여지고 향유된다. 그다음에 정신은 어떻게 될까? 신기루처럼 사라질까? 입자 형태로 분해될까? 지상에서 통용되는 물질 보존의 법칙에서 벗어날까? 우리 속에 가라앉아 천천히 자리를 잡는 티끌은 그런 소모와 아무 관련이 없다. 정신은 무엇이고, 어디에 있고, 어디로 가는 것일까? 혹시 정신에 대해 더 많이 알게 된다면 '정신'이라는 명사는 답답할 정도로 고요해질까?!

저녁이 되었다. 허공이 부서져 만들어진 듯한 집들, 아스팔트, 철로가 도시를 차가운 조개로 만든다. 천진난만하고 즐겁고 화난 인간들의 움직임으로 가득찬 어미 조개다. 흩날리는 미세한 물 입자에서 비롯된 물방울 하나하나가 작게 폭발하기 시작하더니 벽에 걸리고 차가워지고 더 부드러워지고 더 느려져 어미 조개의 껍데기에 힘없이 달라붙어 있다가 마침내 조개 벽에 작은 알갱이로 굳는다. 울리히는 갑자기 이런 생각이 들었다. '나는 왜 순례자가 되지 않았을까?' 맑고 투명한 공기처럼 순수하고 절대적인 생활방식이 눈앞에 펼쳐졌다. 삶에 '예'라고 말하지 않으려는 사람은 최소한 성자처럼 '아니요'라고 말할 수 있어야 한다. 그러나 당시 그것에 대해 진지하게 생각하는 것은 불가능했다. 마찬가지로 그는 모험가가 될 수도 없었다. 당시의 삶이 지속되는 신혼기와 비슷한 무언가를 원했고, 그의 몸과 기질도 그런 욕구를 느꼈지만 그러지 못했다. 그는 시인이 될 수도 없었고, 돈과 권력만 믿는 환멸스러운 인간이 될 수도 없었다. 모든 것이 될 소질을 갖고 있었음에도. 그는 나이를 잊고 자신이 스무 살이라고 상상했다. 그럼에도 그중 어떤 것도 될 수 없음은 심적으로 확고했다. 무언가가 그를 존재하는 모든 것으로 이끌었지만, 더 강한 무언가가 그를 그리로 가지 못하게 막았다. 그는 왜 그렇게 선명함 없이 우유부단하게 살았을까? 스스로에게 말했다. 세상에서 동떨어진 이런 이름 없는 현존재의 삶으로 자신을 추방한 것은 의심할 바 없이 '세상을 풀고 묶는 것', 즉 한마디로 사람들이 다른 것과 연결해서 쓰기 좋아하는 그 '정신'의 강요였다고! 울리히 자신도 그 이유를 몰랐다. 문득 슬픔이 밀려오면서 이런 생각이 들었다. '나는 나 자신을 사랑하지 않는 모양이야.' 그는 돌처럼 굳고 얼어붙은 도시의 몸속 깊은 곳에서 자신의 심장이 고동치는 것을 느꼈다. 그의 내면에 무언가가 있었다. 그것은 어디에도 머물려 하지 않았고, 세계의 벽들을 따라가며 세계에 존재하는 수백만 개의 다른 벽들을 느끼고 생각했다. 그것은 천천히 차가워지는 '나'라는 아주 작고 보잘것없는 물방울이었다. 그것도 자신의 불꽃과 미세한 불덩이 핵을 내주지 않으려는 물방울이었다.

정신은 아름다움이 사람과 사물을 좋거나 나쁘게 만들고, 어리석거나 매혹적으로 만든다는 사실을 안다. 양羊과 참회자를 해부해 그 둘 모두에게서 겸손과 인내를 발견하고, 어떤 물질을 조사하면 그것이 대량일 때는 독이 되고 소량일 때는 기호품이 된다는 사실도 안다. 또한 입술 점막이 창자의 점막을 닮았고, 그 입술의 겸손이 모든 성자의 겸손을 닮았다는 것도 안다. 정신은 사물들을 뒤헝클고 해체한 뒤 새로운 조합을 만든다. 정신에는 선과 악, 귀함과 천함도 회의적이고 상대적인 개념이 아니라 어떤 기능의 일부이자, 그것들이 맺은 연관 관계에 종속된 가치들이다. 수백 년에 걸쳐 정신은 악덕도 미덕이 될 수 있고, 미덕도 악덕이 될 수 있음을 익혔다. 그리고 원칙적으로 평생에 걸쳐 한 범죄자를 쓸모 있는 인간으로 바꿔놓지 못하면 그것을 미숙함으로 간주한다. 정신은 어떤 금지된 것도, 어떤 허락된 것도 인정하지 않는다. 모든 것에는 언젠가 거대하고 새로운 관계 속에 놓이게 될 하나의 특성이 담겨 있기 때문이다. 정신은 마치 영원히 확정된 것처럼 구는 모든 것을 죽음처럼 은밀히 증오한다. 거창한 이상과 법칙도, 그것들의 화석

화된 작은 흔적들도 증오하고, 평화 속에 안정을 이룬 성격도 증오한다. 정신은 어떤 것도 확정된 것으로 여기지 않는다. 자아도 질서도 마찬가지다. 우리의 지식은 날마다 바뀔 수 있기에 정신은 어떤 구속도 믿지 않는다. 모든 것은 다음의 창조 행위가 있기 전까지 일정한 가치를 지닌다. 말을 할 때마다 표정이 바뀌는 것처럼.

이렇듯 정신은 경우에 따라 달리 대처하는 위대한 기회주의자다. 어디에 묶어둘 수도 없다. 어떻게 보면 정신의 영향으로 남는 것은 와해밖에 없다고도 할 수 있다. 모든 진보는 개별적으로 보면 이득이지만, 전체적으로 보면 분열이다. 또한 힘의 증대이기는 하지만 결국엔 무기력의 증대로 이어질 뿐이며, 그것을 저지할 방법은 없다. 울리히는 거의 시간 단위로 불어나는 사실과 발견들의 몸뚱이를 떠올렸다. 오늘날 어떤 문제를 자세히 들여다보려고 할 때 정신은 분명 그 몸안에서 문제를 조망할 것이다. 이 몸은 내면에서 자란다. 무수한 견해와 의견, 온갖 지역과 시대의 체계적 사유, 건강하고 병들고 깨어 있고 꿈꾸는 뇌들의 모든 형식, 이것들이 수천 개의 예민한 신경줄기처럼 정신을 관통하지만, 그것들을 하나로 묶는 중심점은 없다. 인간은 아주 먼 옛날, 엄청난 덩치 때문에 파멸에 이른 그 거대한 동물종의 운명이 자신에게도 닥칠 위험을 가까이 느낀다. 그런데도 멈출 수 없다. 이런 사변에 자극받은 울리히는 이제 예전의 그 미심쩍은 생각을 다시 떠올렸다. 오랫동안 믿었고, 지금도 완전히 지워버리지 못한 생각이었다. 그러니까 박식하고 진일보한 사람들로 이루어진 원로원이 세상을 이끄는 것이 최선일 것 같다는 생각이다. 몸이 아프면 사람들은 목동이 아니라 전문교육을 받은 의사한테 가서 진료를 받는다. 건강하다면 공적인 문제에서 목동처럼 잡다한 이야기만 늘어놓으며 진료하는 사람을 찾아갈 이유가 없고, 이는 지극히 당연하게 들린다. 그 때문에 인생의 본질적인 내용에 관심이 있는 젊은이는 처음엔 진실하지도 선하지도 아름답지도 않은 세상의 모든 것들, 예를 들어 재무청이나 의회의 논쟁까지 전부 부수적인 것으로 여긴다. 아무튼 젊을 때는 그랬다. 오늘날엔 정치적 경제적 교육 덕분에 다르다고 말한다. 물론 예전에도 나이가 들거나, 세상의 공적인 문제를 조리하는 정신의 훈제실과 오랫동안 친숙해지면서 현실에 적응하는 법을 배웠다. 정신적으로 단련된 사람의 궁극적인 상태는 대략 이랬다. 자신의 전공에 스스로를 국한시킨 다음 삶의 나머지에 대해선, 전체적인 삶의 모습은 다를 수는 있겠지만 그에 대해 깊이 숙고해봤자 아무런 의미가 없다고 확신해버린다. 정신활동을 하는 사람의 내적 균형 상태는 대충 그렇다. 울리히는 불현듯 이 문제 전체를 다음과 같이 익살스럽게 표현해보았다. 정신은 어쨌든 충분히 존재하니까 결국엔 정신 자체에 정신이 없는 게 아닐까?

그는 웃음이 나오려고 했다. 그 자신이 이런 거대 문제에 대한 책임을 포기한 사람 중 하나였던 것이다. 그런데 한층 생기 넘치는 야심이 마치 검처럼 그를 갈랐다. 순간 두 사람의 울리히가 나란히 걸어가는 것 같았다. 한 울리히가 미소를 짓고 주위를 돌아보며 생각했다. '그래, 나는 한때 지금 같은 무대에서 어떤 역할을 맡으려 했어. 그러다 어느 날 깨어났지. 어머니의 요람만큼 포근하지 않았고, 대신 무언가를 해야 한다는 확신만 강렬하게 다가왔어. 사람들이 몇 마디 단서를 던져주었지만 나하고는 상관이 없는 것 같았어. 당시의 모든 것엔 무대 공포증에서 비롯된 것 같은 계획과 기대가 가득차 있었어. 그런데 그사이 나도 모르게 무대가 회전했고, 나는 내 길을 어느 정도 걸어나갔어. 어쩌면 벌써 출구 근처였을지 몰라. 얼마 후 나는 내동댕이쳐지듯 무대를 떠났고, 내 거창한 역할에 대해 이렇게 말했을 거야. "말등에 안장을 얹어놓았어." 에잇, 너희 모두 악마에게나 가버려!' 한쪽 울리히가 이런 생각으로 웃으면서 공중에 뜬 것 같은 저녁 거리를 걸어가는 동안 다른 쪽 울리히는 고통과 분노로 주먹을 불끈 쥐고 있었다. 둘 중에서 덜 두드러진 것은 두번째 울리히였다. 그가 찾는 것은 마법의 주문이자, 잡을 수 있는 손잡이이자, 정신의 진짜 정신이자, 깨진 원을 이을 수 있는 부족한 조각, 어쩌면 정말 작은 한 조각이었다. 이 울리히는 마음대로 사용할 수 있는 말言이 없었다. 말은 원숭이처럼 이 나무에서 저 나무로 뛰어올랐지만, 인간의 뿌리를 이루는 어두운 심원에는 말들의 친절한 매개가 없었다. 땅이 그의 발밑으로 흘러갔다. 그는 거의 눈을 뜰 수 없었다. 어떤 감정이 폭풍처럼 휘몰아치면서도 결코 폭풍 같은 감정이 되지 않을 수 있을까? 감정의 폭풍이라고 하면 대개 인간의 신경을 신음케 하고, 마치 부러질 것처럼 인간의 사지를 휘두르는 상태를 의미한다. 하지만 그것은 표면이 아주 차분하게 가라앉아 있는 폭풍이었다. 전환, 즉 반전의 상태에 가깝다고 할까? 겉으로는 표정에 아무 변화가 없었지만, 안에서는 어떤 원자도 제자리에 머물러 있지 않는 것 같았다. 울리히의 감각은 맑았다. 하지만 지나가는 모든 이들이 이전과는 완전히 다른 모습으로 비쳤다. 귀에 들리는 소리도 평소와 달랐다. 어떤 것도 선명하게 표현할 수 없었다. 사실 더 깊게, 더 부드럽게, 더 자연스럽거나 부자연스럽게 표현할 수도 없었다. 울리히는 어떤 것도 말할 수 없었지만, 이 순간 이상한 느낌으로 '정신'을 체험했다. 정신이 평생 기만당하면서도 사랑하지 않을 수 없는 연인 같다는 생각이 든 것이다. 이것이 길에서 만난 모든 것과 그를 연결시켰다. 사랑에 빠지면 그게 설사 고통과 혐오라고 하더라도 모든 것이 사랑이기 때문이다. 작은 나뭇가지와 석양 속의 희미한 유리창조차 이제 마음속 깊이 뿌리내린 체험, 말로 거의 표현할 수 없는 체험이 되었다. 그 물체들은 나무와 돌이 아니라 장엄하고 무한히 부드러운 부도덕으로 이루어진 것 같았고, 그 부도덕은 그와 접촉하는 순간 더 깊은 도덕적 동요에 빠졌다.

이것은 미소를 한 번 짓는 시간 동안에 일어난 생각이었다. 울리히는 생각했다. '그래, 그것이 나를 데려가는 곳이 어디든 한번 머물러보겠어.' 그때 불행히도 이 긴장이 장애물을 만나 산산이 부서지는 일이 생겼다.

이제 막 눈앞에 일어난 일은 울리히가 방금 나무와 돌을 마치 자기 몸의 예민한 확장처럼 경험하던 세계와는 완전히 다른 세계에서 발생했다.

그전에 한 노동자 신문은 그 위대한 이념에 대해, 라인스도르프 백작이라면 파괴적 혓바닥이라고 불렀을 독설을 퍼부었다. 그 신문은 이 운동이 최근의 욕정 살인에 버금가는, 지배계급의 또다른 센세이션일 뿐이라고 주장했다. 꽤 많이 취한 한 성실한 노동자가 이 기사를 읽고 흥분을 감추지 못했다. 그래서 길에서 만족스럽게 하루 장사를 마친 뒤 훌륭한 신조란 언제든 당당하게 드러내도 괜찮다는 생각으로 신문에서 읽은 애국운동에 대해 꽤 큰 소리로 찬사를 늘어놓는 시민 두 명을 보는 순간 시비가 붙었다. 두 사람이 근처에 경관이 서 있는 것에 힘을 얻어 술 취한 공격자를 도발하면서 상황은 점점 격해지기 시작했다. 처음엔 어깨 너머로 상황을 지켜보던 경관은 나중엔 앞으로 갔다가 그다음에 가까이 다가왔다. 그는 관찰자처럼 현장에 자리했다. 국가라는 강철 기계에서 끝부분이 버튼과 다른 금속 부품으로 이루어진 말단 돌출부라고 할까? 잘 조직된 국가에서 살아가는 것에는 항상 무언가 섬뜩한 것이 어른거린다. 우리는 법규와 상호 관련들로 이루어진 거대한 국가기구의 잘 맞춰진 레버들을 건드리지 않고는, 또 그 레버들을 움직이거나 우리의 평화로운 실존에 그 레버들의 영향이 유지되지 않고는 거리로 나가지도, 물 한 잔을 마시지도, 전차를 타지도 못한다. 그런데도 우리는 내면 깊숙이 촉수를 뻗쳐오는 그 레버들에 대해 전혀 모른다. 그것들은 다른 측면에서는 하나의 네트워크를 이루고 있고, 그 네트워크의 전체 구조를 푼 사람은 아직 아무도 없다. 그래서 사람들은 공기를 부정하며 허공에 아무것도 없다고 주장하는 것처럼 그 레버의 존재를 부정한다. 그러나 사람들이 부정하는 이 모든 것들, 즉 물, 공기, 공간, 돈, 흘러가는 시간처럼 색깔도 냄새도 맛도 무게도 도덕도 없는 것들이 가장 중요하다는 사실에 우리 삶의 섬뜩한 면이 있다. 가끔 우리는 어떤 의지도 미치지 못하는 꿈속에서처럼 패닉에 빠질 수 있다. 한 네트워크의 이해할 수 없는 메커니즘에 빠진 동물이 미친듯이 몸부림칠 때와 같은 움직임의 폭풍 말이다. 경관의 버튼들이 그 노동자에게 그런 영향을 끼쳤다. 순간 마땅히 존중받아야 할 방식으로 존중받지 못했다고 느낀 국가기관의 말단 돌출부는 체포에 나섰다.

체포는 순조롭게 이루어지지 않았고, 폭도적인 언사가 반복되었다. 술 취한 노동자는 흥분한 구경꾼들의 시선에 고무되어 그때까지 숨기고 있던 경관에 대한 혐오감을 표출했다. 옳음을 인정받으려는 격렬한 투쟁이 시작되었다. 높은 자존감과 마치 자신이 살갗 안쪽에 단단히 자리잡지 못한 것만 같은 섬뜩한 감정이 맞붙었다. 세계도 단단히 자리잡고 있는 것 같지 않았다. 마치 계속 일그러지고 형태를 바꾸는 불안한 안개 같았다. 집들은 공간에서 굴절되어 삐딱하게 서 있었고, 그 사이에 사람들이 그게 그것 같은 우스꽝스러운 물방울처럼 우글거렸다. 만취한 노동자는 자신이 질서를 잡아야 한다는 사명감을 느꼈다. 현장이 무언가 반짝거리는 것으로 가득차면서 사건의 일부 실마리가 그에게로 선명하게 밀어닥쳤다. 그러나 곧 다시 벽들이 빙빙 돌기 시작했다. 눈알이 마치 빠질 것처럼 튀어나왔지만, 발바닥은 여전히 땅을 딛고 있었다. 그의 입에서 이상한 말들이 물결처럼 흘러나오기 시작했다. 말은 내면에서 솟구쳤지만, 애당초 어떻게 거기 들어가 있었는지는 알 수 없었다. 어쨌든 욕설인 것 같았다. 물론 그렇다고 명확하게 말하기도 어려웠다. 그의 안과 밖이 복잡하게 뒤엉켰다. 분노는 내면에서 솟구친 게 아니라 미친 듯한 흥분 상태에까지 이른 분노의 외피일 뿐이었다. 경관이 천천히 접근했고, 노동자의 불끈 쥔 주먹이 그의 얼굴을 가격했다. 얼굴에서 피가 났다.

그사이 경관의 수는 세 명으로 불어났다. 사람들이 이 치안공무원들과 함께 달려들어 취객을 쓰러뜨렸다. 그러나 그는 순순히 잡히려 하지 않았다. 그때 울리히는 경솔한 행동을 저질렀다. 그전에 군중 사이에서 누군가가 술 취한 노동자를 향해 '황제 폐하에 대한 모독'이라고 소리를 질렀는데, 울리히는 취객이 저 상태에서는 도저히 누군가를 모독할 수 없으며 지금은 그냥 집으로 보내 재우는 게 상책이라고 생각했다. 그래서 그런 뜻을 무심코 툭 내뱉었다. 그러나 번지수를 잘못 찾았다.

그 남자가 소리쳤다. 울리히도 황제 폐하도 자신을 모독……! 경관은 폐하 모독 이야기가 다시 터져나온 것이 울리히의 쓸데없는 간섭 때문이라고 생각하고 그에게 당장 꺼지라고 거칠게 요구했다. 하지만 국가를 정중한 서비스를 제공해야 마땅한 호텔과 다르지 않다고 생각하던 울리히는 그런 거친 어조에 항의했다. 이 행동은 경관들의 생각을 전혀 예기치 않은 방향으로 바꾸어놓았다. 그러니까 경관이 셋이나 출동해서 취객 하나만 데려가는 것은 충분치 않다고 판단하고 즉시 울리히까지 체포해버린 것이다.

제복을 입은 자의 손이 울리히의 팔을 움켜잡았다. 울리히의 팔은 움켜잡은 이 모욕적인 손보다 훨씬 강했지만, 그는 손을 뿌리치지 않았다. 무장한 국가권력과 몸싸움을 벌이는 것은 가망 없는 짓이었다. 그가 할 수 있는 일이라고는 자발적으로 따라갈 테니 팔을 놓아달라고 정중히 요청하는 것밖에 없었다. 파출소는 경찰서 건물 안에 있었다. 취조실에 들어서는 순간 바닥과 벽에서 군대 막사가 떠올랐다. 집요하게 안으로 파고드는 오물과 조잡한 세제 사이의 음습한 싸움이 이 공간에도 가득차 있었다. 그가 그다음으로 인지한 것은 민간 권력의 상징물이었다. 얇은 나무 봉이 달린 책상 두 개였는데, 그중 봉 몇 개는 빠져 있었다. 책상보는 찢어지고 불에 탄 듯했고, 책상 다리 끝은 나지막하고 둥글었으며, 페르디난트황제 시대에 광을 내기 위해 칠한 황갈색 래커의 흔적이 나무에 일부 남아 있었다. 세번째로는, 짓눌린 감정이 이 공간을 채우고 있었다. 여기서는 질문을 던질 수 없고, 무작정 기다려야 하기에 생기는 감정이었다. 경관은 체포 이유를 울리히에게 고지하고는 기둥처럼 옆에 섰다. 울리히는 즉시 해명하려고 했다. 이 요새의 명령권자인 파출소장은 부하가 울리히를 대동하고 들어오자 작성 중이던 서류에서 한쪽 눈을 흘낏 들어올려 울리히를 유심히 살펴보더니 다시 아래로 내렸다. 이 관료는 말없이 서류 작업을 계속했다. 울리히는 이 일이 무한히 계속될 것 같은 인상을 받았다. 이제 파출소장은 작성하던 서류를 옆으로 밀쳐놓고 서가에서 책을 꺼내 뭔가를 기입하더니 그 위에 모래를 뿌리고 다시 꽂아넣었다. 그뒤에도 다른 책을 집어 똑같이 뭔가를 적고 모래를 뿌렸고, 서류 더미에서 꺼낸 서류철에도 같은 행동을 되풀이했다. 울리히는 또다른 무한함이 펼쳐지는 느낌을 받았다. 자신이 속하지 않은 이 세계에서 천체만 계속 규칙적으로 돌아가는 것 같은 무한함이었다.

열려 있는 문으로 사무실을 나가면 바로 복도가 나왔고, 그곳에 유치장이 여럿 있었다. 울리히가 보호하고 나섰던 취객도 즉시 유치장으로 끌려들어갔다. 그런데 취객의 목소리가 더는 들리지 않는 것으로 봐서는 아마 취기가 그에게 수면의 축복을 선사한 듯했다. 어쩌면 다른 섬뜩한 일이 벌어지고 있을지도 몰랐다. 유치장 복도로 들어가는 입구가 한 군데 더 있는 모양이었다. 복도를 오가는 무거운 발소리와 철커덕 여닫는 문소리, 짓눌린 목소리가 반복해서 들렸다. 그러다 다시 누군가 끌려왔을 때 울리히는 갑자기 필사적으로 애원하는 소리를 들었다. "인간적인 감정이 조금이라도 있다면 제발 저를 체포하지 마세요!" 찢어질 듯 날카로운 이 말은 왠지 이 자리에는 어울리지 않는 듯했다. 피식 웃음이 터져나올 정도였다. 사무적인 기능만 수행하는 관료에게 그런 호소를 하는 것은 기능에도 감정이 있다고 생각하는 격이기 때문이다. 파출소장이 순간적으로 고개를 들었다. 서류에서 완전히 눈을 떼지는 않았다. 울리히는 여러 발이 격렬하게 바닥과 마찰하는 소리를 들었다. 반항하는 어떤 몸뚱이를 묵묵히 밀어붙이고 있는 게 분명했다. 이어 두 발의 소리만 떼밀린 것처럼 비틀거리더니 곧 문에 자물쇠를 채우고 빗장을 지르는 소리가 들렸다. 책상에 앉은 제복 입은 남자는 어느새 고개를 숙이고 있었다. 허공에는 한 문장을 끝낸 뒤 올바른 지점에 찍은 마침표 같은 침묵이 감돌았다.

그런데 울리히는 자신이 아직 경찰의 우주 질서에 편입되지 않았다고 생각하는 것 같았다. 그러나 착각이었다. 파출소장이 다시 고개를 들더니 그를 똑바로 노려보았기 때문이다. 그가 마지막으로 쓴 행은 아직 마르지 않은 잉크로 촉촉하게 반짝거리고 있었다. 울리히 사건은 이미 한참 전에 이곳 관청의 사안으로 깊숙이 들어온 듯했다. 이름? 나이? 직업? 주소?…… 취조가 시작되었다.

울리히는 유무죄 여부가 드러나기도 전에, 자신을 비인격적이고 일반적인 요소로 해체해버리는 기계 속에 들어온 듯한 기분이 들었다. 지적으로 빈약할지언정 감정은 풍부한 두 마디, 즉 그의 이름도 여기선 아무 의미가 없었고, 학문 분야에서 평소 굳건하게 여겨지던 명예로운 성취도 이 세계에는 아예 존재하지 않는 것과 같았다. 그들은 한 번도 그런 것을 묻지 않았다. 그의 얼굴도 묘사 가능한 인상들의 집합체일 뿐이었다. 그는 자신의 눈이 회색이라는 사실을 한 번도 진지하게 생각해본 적이 없었다. 그의 눈 색깔은 관에 의해 공인된 네 종류의 공식적인 눈 가운데 하나였을 뿐이다. 서류상 그와 똑같은 눈은 수백만 개나 있었다. 그의 머리는 금발이었고, 키는 컸으며, 얼굴은 계란형이었다. 남들과 구분되는 별다른 특징은 없었다. 물론 그 자신의 의견은 달랐다.

그가 느끼기에는 키가 컸고, 어깨가 넓었고, 가슴은 바람에 부푼 돛처럼 불룩했다. 또한 몸의 관절은 화가 나거나 싸울 때, 혹은 보나데아를 품에 안을 때면 근육을 단단히 연결시키는 얇은 사슬 같았다. 반면에 책을 감명 깊게 읽거나, 이 세상에 존재하리라고는 생각해본 적이 없는 고향 잃은 큰 사랑의 숨결이 닿는 것을 느끼면 그는 물속에 떠다니는 해파리처럼 작고 부드럽고 어둡고 연약한 존재로 변했다. 때문에 그는 이 순간에조차 그의 인격을 통계적으로 탈주술화하는 조치를 이해할 수 있었고, 경찰 기구가 그에게 사용한 계량화 수단과 기술적 절차가 마치 사탄의 머리에서 나온 사랑시처럼 매혹적으로 느껴졌다. 여기서 정말 놀라운 것은, 경찰이 한 인간을 아무것도 남지 않도록 철저히 분해할 수 있을 뿐 아니라 이런 보잘것없는 구성 성분들을 다시 실수 없이 조합해서 그 사람을 알아볼 수 있게 한다는 점이었다. 그들이 '의심'이라 부르는 계량할 수 없는 요소만 덧붙이면 이런 일이 가능했다.

울리히는 불현듯 냉철한 현명함을 발휘해야만 자신의 어리석은 행동이 야기한 이 상황을 모면할 수 있음을 깨달았다. 경찰의 질문이 이어졌다. 문득 그는 집이 어디냐는 질문에 생판 모르는 사람의 집을 대면 어떤 일이 벌어질까 상상해보았다. 혹은 왜 그런 짓을 했느냐는 질문에, 자신은 늘 스스로에게 정말 중요하지 않은 행동만 하는 사람이라고 대답하면 어떻게 반응할까? 그러나 울리히는 순순히 자기 집의 거리와 번지를 이야기했고, 자신의 행동을 사죄하는 적절한 표현을 찾으려고 애썼다. 정신의 내적 권위는 파출소장의 외적 권위에 고통스러울 만큼 무기력했다. 그럼에도 마침내 그는 여기서 빠져나갈 구멍을 얼핏 감지했다. 직업을 묻는 질문에 차마 '재야 학자'라고는 하지 못하고 '소속된 곳 없이 개인적으로 활동하는 사람'이라고 대답하는 순간 경찰은 마치 '집 없는 부랑자'라는 말을 들은 듯한 표정으로 그의 얼굴을 빤히 바라보았다. 하지만 주변 신상에 관한 질문에서 부친이 상원의원이라는 말이 떨어지자 눈빛이 확 바뀌었다. 일이 잘 풀려갈지는 여전히 미심쩍은 상황이었지만, 울리히는 파도에 힘없이 이리저리 떠밀려가던 남자의 엄지발가락이 단단한 바닥에 스칠 때와 같은 느낌을 받았다. 그는 빠르게 깨어나는 정신과 함께 이 기회를 놓치지 않았다. 자신이 앞서 시인한 모든 내용을 즉각 불분명하게 바꿔 말하면서, 위계질서상 종속적으로 움직일 수밖에 없는 파출소장을 향해 자신은 경찰서장에게 직접 심문을 받겠다고 당당히 요구했다. 그런데 상대가 그저 빙그레 웃기만 하자, 그는 자신이 라인스도르프 백작의 친구이고, 신문에서 읽어서 알겠지만 요즘 새로 일고 있는 애국대운동의 사무총장이라고 거짓말을 했다. 자연스럽게 나온 행복한 거짓말이었지만, 의심의 올가미가 그의 목을 죄어올 기미가 보이면 언제라도 그 발언을 취소할 준비를 하고 있었다. 어쨌든 울리히는 이 주장으로 말미암아 지금까지 등한시되었던 자신의 정체에 대해 파출소장이 좀더 진지하게 숙고해보려고 하는 것을 즉시 알아챘고, 그게 유리하다고 생각해 그 주장을 고수했다. 그런데 결과가 묘했다. 파출소장이 못마땅한 표정으로 그를 유심히 살펴보는 것이다. 이런 사람을 괜히 오래 잡아두었다가 생길 수 있는 책임도 지고 싶지 않았고, 그냥 방면함으로써 생길 수 있는 책임도 지고 싶지 않았기 때문이다. 이 시각에는 경찰서 안에 다른 상관이 없었기에 그는 재빨리 다른 탈출구를 생각해냈다. 상관들이 마뜩잖은 사건을 다룰 때 사용하던 방식이었는데, 일개 파출소장이 이를 훌륭하게 학습했음을 증명하는 것과 다름없었다. 소장은 짐짓 심각한 표정을 지으며, 울리히가 경관을 모독하고 공무 집행을 방해했을 뿐 아니라 그가 맡고 있다고 주장하는 직책을 고려했을 때 미상의 정치적 음모도 배제할 수 없는 상황이기에 이 사건을 경찰청 공안 부서로 이관하겠다고 밝혔다.

몇 분 뒤 울리히는 차에 태워져 밤을 달렸다. 말이 별로 많지 않은 사복경찰이 옆에 앉아 있었다. 경찰청 건물에 접근했을 때 이층 창문들이 축제처럼 환히 밝혀져 있는 것이 보였다. 늦은 시각임에도 경찰청장이 주재하는 중요한 회의가 열리고 있었기 때문이다. 경찰청은 음습한 마구간이 아니라 정부 청사와 비슷했다. 울리히는 들어서면서부터 익숙한 냄새를 맡았다. 그를 인도받은 야간 당직자는 말단 기관이 흥분해서 터무니없는 실수를 저지른 것을 금방 알아차린 듯했다. 그럼에도 제 발로 정의의 법망으로 기어들어온 이 태평스러운 인간을 그냥 내보내는 것도 지극히 온당치 못한 일로 여기는 듯했다. 마찬가지로 얼굴에 철로 만든 기계를 뒤집어쓴 것 같은 이 관료는 울리히의 경솔한 행동 때문에 쉽게 석방되기 어려울 거라고 단언했다. 울리히는 파출소장에게 유리한 영향을 끼친 이야기를 두 번이나 되풀이했지만, 이 상급자에게는 소용이 없었다. 그래서 야간 당직자의 얼굴이 별안간 행복에 가까운 묘한 표정으로 바뀌는 순간 거의 희망을 접었다. 그런데 당직자는 혐의 내용을 다시 한번 꼼꼼히 살피고 울리히의 이름을 재차 정확히 발음하더니 주소를 확인한 뒤 그에게 잠시만 기다려달라고 정중히 청했다. 그러고는 십여 분 뒤 기분좋은 무언가가 기억난 사람처럼 다시 돌아와서는 울리히에게 따라오라고 했다. 그것도 눈에 띄게 공손해진 태도로.

얼마 후 이층의 불 켜진 어느 방 앞에 이르자 당직자가 입을 열었다. “경찰청장님께서 선생님을 직접 뵙고 싶어하십니다.” 이어 옆 회의실에서 구레나룻을 기른 한 신사가 나와 그 앞에 섰다. 울리히는 이 남자가 누구인지 직감적으로 알아차리고는 파출소의 실책을 부드러운 어조로 질책하면서 자기가 여기까지 오게 된 경위를 설명하려고 했다. 그러나 입을 먼저 연 것은 청장이었다. 그는 울리히를 맞으며 이렇게 말했다. “오해가 있었다고 들었습니다, 박사님. 서장한테 보고를 받았습니다. 하지만 박사님도 경미한 벌을 받으셔야 되겠더군요. 왜냐하면……” 이 말 끝에 청장이 (경찰 조직의 총수에게 감히 이런 표현을 써도 된다면) 악동 같은 눈빛으로 울리히를 바라보았다. 마치 수수께끼를 직접 풀어보라는 듯이.

울리히는 답을 전혀 짐작할 수 없었다.

“각하 말입니다!” 청장이 도움을 자청하고 나섰다.

그리고 덧붙였다. “라인스도르프 백작 각하께서 몇 시간 전부터 박사님을 열렬히 찾고 계시거든요.”

그래도 울리히는 반 정도밖에 알아듣지 못했다. “박사님은 인명부에 없으시더군요.” 청장은 마치 그게 울리히의 유일한 죄라는 듯 장난기 어린 질책을 담아 설명했다.

울리히는 허리를 숙였다. 적당히 미소를 지으면서.

“제가 보기에, 박사님께서는 내일 대단히 중요한 일로 각하를 찾아뵈어야 할 것 같더군요. 그러니 박사님을 유치장에 가두어 각하를 알현하지 못하게 할 수는 없는 일이지요.” 철로 만든 기계의 우두머리가 이런 껄렁한 농담과 함께 말을 맺었다.

이런 추측이 가능하다. 경찰청장은 어떤 다른 경우라 해도 울리히의 체포를 부당하게 느꼈을 수 있고, 또 몇 시간 전 경찰청에 처음 전달된 울리히라는 이름을 우연히 기억해낸 경찰서장이 청장에게 이 사건을 상세히 보고하면서, 청장도 짐작하다시피 누구도 이 일에 자의적으로 개입해서는 안 된다고 조언했을 수도 있다. 어쨌든 백작은 이런 맥락을 전혀 몰랐다. 울리히는 황제 폐하 모독 사건이 있던 다음날 백작을 예방해야 할 의무를 느꼈다. 그리고 이 일을 계기로 애국대운동의 명예 사무총장이 되기까지 했다. 백작이 이 맥락을 알았더라면 아마 기적 같은 일이라는 말밖에 할 수 없었을 것이다.

41. 라헬과 디오티마

얼마 뒤 디오티마의 집에서 애국대운동의 첫 회의가 열렸다.

살롱 옆의 다이닝룸이 회의실로 탈바꿈했다. 초록색 보를 씌운 식탁이 중앙에 위치했다. 자리마다 관가에서 쓰는 뼈처럼 흰 종이와 다양한 강도의 연필이 놓였다. 찬장은 벌써 치워졌고, 방구석은 전부 깔끔하게 비워졌다. 벽은 디오티마가 걸어놓은 황제 폐하의 초상화와 투치 씨가 영사 시절 어딘가에서 가져왔으나 그냥 조모의 초상화라고 해도 위화감이 없을 것 같은 코르셋 입은 부인의 그림만 빼고는 외경심이 들 정도로 휑했다. 디오티마는 테이블 머리맡에 십자가상을 갖다두고 싶은 마음이 굴뚝같았지만, 투치 국장이 예의상 그날 집을 비우려고 나가면서 그 장식을 비웃는 바람에 그만두고 말았다.

평행운동은 철저하게 민간 중심으로 시작되어야 했다. 장관이나 고위 관료가 모습을 드러내서는 안 되었다. 정치인도 마찬가지였다. 그게 의도였다. 일단은 백작이 생각하기에 헌신적으로 봉사할 수 있는 최측근만 모여야 했다. 중앙은행 총재, 홀츠코프, 비스니츠키 남작, 고관대작 부인들, 복지단체를 이끄는 유명 민간인들, 그리고 '자본과 문화'라는 라인스도르프 백작의 원칙을 충실히 따르는 대학, 예술단체, 산업계, 지주계급, 교회 대표가 이 모임의 성원이었다. 정부에서는 눈에 띄지 않는 젊은 관료들을 대표로 보냈다. 사회적으로 이 집단과 격에 맞고 수장의 신뢰를 한몸에 받는 사람들이었다. 이런 조합은 운동의 모토가 민간에서 자발적으로 솟구쳐야 한다는 라인스도르프 백작의 소망과도 맞아떨어졌다. 그러면서도 백작은 이런 일과 관련한 경험에 따라 참석자들의 면면을 사전에 파악하고 있는 것을 큰 위안으로 여겼다.

몸종 라헬은(여주인은 이 이름을 프랑스식으로 자유롭게 '라셸'이라 불렀다) 아침 여섯시부터 부지런히 움직였다. 커다란 식탁을 중앙으로 옮기고 그 옆에 카드놀이용 탁자 두 개를 붙인 뒤 초록색 보를 씌웠다. 그러고는 먼지 한 점 없이 곳곳을 쓸고 닦았다. 그녀는 이런 성가신 일을 불평 한마디 없이 잔뜩 고무되어 해냈다. 전날 밤 디오티마가 그녀에게 "내일 어쩌면 여기서 세계 역사가 만들어질지도 몰라!"라고 말했는데, 라헬은 이런 역사적 사건에 함께한다는 사실에 온몸이 행복으로 달아올라 있었던 것이다. 이는 이 사건에 대한 일종의 찬사나 다름없었다. 검은 옷 속에 감춰진 라헬의 몸은 마이센 도자기처럼 황홀했기 때문이다.

열아홉 살의 라헬은 기적을 믿었다. 태어난 곳은 갈리시아의 한 허름한 오두막이었는데, 문설주에 유대교의 율법 띠가 걸려 있고 바닥 틈새로 흙이 삐져나온 집이었다. 그녀는 저주의 말을 들으며 집에서 쫓겨났다. 어머니는 어쩔 줄 모르겠다는 표정만 지었고, 형제자매는 불안스레 히죽 웃기만 했다. 라헬은 무릎을 꿇고 애걸했다. 심장이 쪼그라들 정도로 창피했지만 누구도 도움의 손길을 내밀지 않았다. 그러다 어느 파렴치한 남자가 그녀를 유혹했던 것이다. 그녀는 자신에게 무슨 일이 벌어졌는지 알 수 없었다. 그뒤 낯선 사람들 사이에서 아이를 낳았고 고향을 떠나야 했다. 그녀는 각지를 떠돌았다. 타고 다니던 더러운 짐수레 밑에서 절망도 함께 굴러갔다. 이윽고 어떤 본능에 이끌려 도피하듯 제국 수도에 도착했을 때, 더는 쏟을 눈물도 남지 않은 그녀의 눈에 이 도시는 자기가 죽으려고 뛰어드는 거대한 불덩이 벽처럼 보였다. 그런데 이런 기적이 있을까! 이 벽이 갈라지더니 그녀를 받아들인 것이다. 이후 라헬은 마치 황금빛 불덩이의 내부에서 살아가는 듯한 느낌을 받았다. 그러다 우연히 디오티마의 집까지 흘러들게 되었다. 디오티마는 라헬이 갈리시아에 있는 양친의 집을 도망쳐 나온 것을 결국 자신의 집으로 오기 위한 지극히 자연스러운 과정으로 해석했다. 나중에 어느 정도 친해지자 그녀는 가끔 어린 '라셸'에게 이 집을 들락거리는 유명 인사와 높은 사람들에 대해 이야기해주었다. 그런 사람들을 시중드는 것이 라헬에게는 영광이었다. 디오티마는 심지어 평행운동에 대해서도 몇 가지 들려주었다. 그런 이야기를 할 때마다 활활 타오르는, 금빛 거울을 닮은 라헬의 초롱초롱한 두 눈이 자신의 모습을 찬란하게 반사하는 것이 즐거웠기 때문이다.

어린 라헬은 파렴치한 남자 때문에 아버지의 저주를 받았지만, 원래는 정직한 소녀였다. 그녀는 디오티마의 모든 것을 사랑했다. 매일 아침저녁으로 빗겨주는 부드러운 검은 머리, 옆에서 입는 것을 도와주는 화려한 옷, 중국 칠공예품과 조각된 인도 탁자, 한 글자도 모르지만 주위에 널려 있는 외국 서적도 사랑했다. 그 밖에 투치 국장도 사랑했고, 최근에는 이 도시에 도착한 다음날(원래는 둘째 날이지만 라헬은 그냥 첫째 날로 이야기했다) 자신의 안방마님을 방문한 그 독일 부호도 사랑하게 되었다. 라헬은 대기실에서 감격에 찬 눈으로 부호를 빤히 바라보았다. 마치 황금빛 성유물함에서 걸어나온 기독교의 구세주 같다고나 할까! 단 하나 마음에 들지 않았던 것은 부호가 안방마님을 뵈러 오면서 흑인 하인 졸리만을 데려오지 않은 것이었다.

그런데 오늘처럼 세계적 사건이 일어날 것 같은 날에는 자신에게도 분명 무슨 일이 있을 거라고 확신했다. 그래서 이번에는 독일 부호가 졸리만을 대동하고 올 거라고 기대했다. 그게 오늘 모임의 엄숙한 성격에 비추어볼 때도 맞았다. 하지만 이 기대는 결코 핵심이 아니라 라헬이 교양을 쌓으려고 읽은 소설들에 빠지지 않고 등장하는 얽히고설킨 음흉한 공작 수준에 불과했다. 라헬은 디오티마가 읽다가 밀쳐놓은 책을 읽을 수 있었다. 안주인이 더는 입지 않는 속옷을 몸에 맞게 재봉해서 입었던 것처럼. 라헬은 재봉질도 잘 했고, 책도 잘 읽었다. 유대인의 유전자 덕분이었다. 라헬은 안방마님이 위대한 예술작품이라고 부르는 소설을 손에 쥐게 되면(원래 이런 책들을 가장 좋아했다) 당연히 소설 속의 생생한 사건들을 마치 멀리 떨어져서 구경하거나 낯선 나라에서 바라보듯 이해할 수 있을 뿐이었다. 그런데도 이해할 수 없는 감동에 빠졌다. 뭐라 표현할 수 없는 깊은 감동의 물결에 휩쓸린 것이다. 그게 무엇보다 좋았다. 밖으로 심부름을 가거나 집에 귀하신 분들이 올 때도 비슷한 방식으로 황제가 머무는 이 도시의 위대하고 흥분되는 몸짓을 즐겼다. 그냥 아주 멋진 광장 한가운데에 서 있는 것만으로도 모든 개념을 훌쩍 뛰어넘는 찬란한 무언가에 동참하고 있는 느낌을 받았다. 그녀는 이런 것들을 특별히 분석하거나 더 잘 이해하려고 하지 않았다. 양친의 집에서 배운 유대식 기본 교육과 탈무드의 지혜로운 격언은 분노 속에서 다 잊어버렸다. 사실 그런 것들은 꽃이 흙과 공기에서 영양분을 흡취할 때 숟가락과 포크를 사용하지 않듯 불필요하기도 했다.

이제 라헬은 다시 한번 모든 연필을 모아, 테이블 구석에 놓아둔 작은 연필깎이 안에 반짝거리는 연필심을 조심스럽게 집어넣었다. 이 기계의 손잡이를 돌리면 연필 부스러기는 나오지 않으면서 완벽하게 연필이 깎였다. 라헬은 다 깎은 연필을 벨벳처럼 부드러운 종이 옆에 다시 갖다놓았다. 종이마다 세 종류의 연필이 놓여 있었다. 라헬이 방금 사용한 이 완벽한 기계는 외무성과 황실에서 쓰는 것이었다. 어제 저녁 황실에서 일하는 하인이 이 기계와 종이, 연필을 갖다주었다. 그 사이 7시가 되었다. 라헬은 모든 게 제대로 준비되었는지 장군처럼 재빨리 방안을 훑어보고는 서둘러 방을 나갔다. 디오티마를 깨워야 했다. 오늘 회의 시각은 10시 15분으로 정해져 있었는데, 디오티마는 남편이 나가고도 침대에 좀더 누워 있었다.

아침에 디오티마를 깨우는 일은 라헬에겐 특별한 즐거움이었다. 사랑이라는 말로는 설명되지 않았다. 오히려 숭배라는 말이 더 적합했다. 다른 이에 대한 존경이 한 인간의 마음속 깊이 가득차서, 나중에는 정작 본인이 자기 자리에서 밀려나는 것이 숭배의 온전한 의미라고 한다면 말이다. 라헬은 고향에서의 우여곡절로 생후 일 년 반 된 아이가 하나 있었다. 매달 정확히 첫번째 일요일에 보모에게 자기 월급의 대부분을 지불했고, 그 김에 딸아이도 함께 보았다. 라헬은 어머니로서의 의무를 게을리하지 않았음에도 자기의 이런 모습을 과거에 대한 벌로 생각했고, 그녀의 감성은 아직 사랑에 의해 열리지 않은 순결한 소녀의 감성으로 되돌아갔다. 디오티마를 깨우러 침대로 다가갈 때면 그녀는 마치 푸르른 여명 속에 처음 드러난 눈 덮인 산봉우리를 올려다보는 등산가처럼 경배하는 눈빛으로 안주인의 어깨를 훑어보다가 진주조개 속살처럼 따뜻한 그녀의 살갗을 살며시 손가락 끝으로 건드렸다. 그러고는 이불 밑에서 졸린 듯이 스르르 내민 손에 입을 맞추며 미묘한 냄새를 음미했다. 손에서는 전날의 향수 냄새뿐 아니라 밤의 휴식에서 오는 옅은 안개 냄새도 나는 듯했다. 라헬은 바닥을 더듬거리는 주인의 맨발에 실내화를 신기면서 디오티마의 몽롱한 시선을 황홀하게 받아들였다. 그러나 만일 디오티마의 도덕적 가르침에 완전히 계몽되지 않았더라면 이 근사한 여체와의 관능적인 접촉도 결코 그렇게 아름답지는 않았을 것이다.

"각하 자리에는 팔걸이의자를 갖다놓았니? 내 자리에 작은 은종銀鐘은? 서기 자리엔 종이를 열두 장 갖다놓았지? 라셸, 서기 자리엔 연필을 여섯 자루 둬야 해, 세 자루가 아니라 여섯 자루." 라헬은 주인이 질문할 때마다 자신이 이미 처리한 일을 속으로 일일이 꼽아보았다. 마치 이 일에 목숨이 걸린 것처럼 야망의 짜릿한 전율에 깜짝 놀라면서. 디오티마는 가운을 걸친 채 회의실로 들어갔다. 그녀가 '라셸'을 교육하는 방식은, 어떤 일을 하거나 그만둘 때 이 모든 것을 단순히 개인적인 사안으로만 바라보지 말고 그것의 보편적 의미를 생각하라는 것이다. 만일 라헬이 유리잔을 하나 깨면 디오티마는 '라셸'에게 이렇게 일렀다. 피해 자체는 경미하지만, 이 투명한 유리잔이 일상의 자잘한 의무의 상징이라는 점을 감안하면 더더욱 그런 일이 일어나지 않도록 신경을 써야 한다고. 우리의 눈은 높은 곳만 바라보려고 하기에 그런 자잘한 일을 너무 쉽게 생각하는 경향이 있다는 것이다. 라헬은 깨진 유리 조각을 쓸어 담으면서, 관료 사회에나 있을 법한 주인의 이런 정중한 대접에 후회와 행복감으로 눈물을 글썽거렸다. 사실 라헬이 이 집에 들어온 뒤로 디오티마의 이런 생각과 인식을 따라주지 못해 교체된 요리사들이 많았다. 그러나 라헬만큼은 주인의 이런 놀랍고 귀한 말씀을 정말 가슴 깊이 사랑했다. 황제와 장례, 그리고 어두운 성당에서 환하게 빛나는 촛불을 사랑했던 것처럼. 그녀도 궁지를 모면하려고 가끔 거짓말을 했지만, 그러고 나면 항상 가슴이 아팠다. 하지만 어쩌면 그런 자잘한 거짓말조차 사랑했는지 모른다. 이렇게 디오티마와 비교하면 자신이 얼마나 나쁜 인간인지 느끼는 기회가 되었기 때문이다. 물론 보통은 자신의 잘못을 몰래 재빨리 진실로 바꾸어놓을 수 있다고 생각할 때만 거짓말을 했다.

한 인간이 모든 면에서 그런 식으로 다른 인간을 우러러보면 몸이 자신에게서 빠져나가 마치 작은 운석처럼 다른 몸의 태양 속으로 돌진하는 일이 생기기 마련이다. 디오티마는 어디 한 군데 잘못된 것이 없다는 것을 확인하고는 하녀의 어깨를 다정하게 톡톡 두드렸다. 그러고는 욕실로 들어가 위대한 날을 맞이하기 위한 치장에 들어갔다. 라헬은 따뜻한 물을 섞고, 비누 거품을 만들고, 또 자기 몸인 양 대담하게 목욕

수건으로 디오티마의 몸을 닦아줄 때, 그냥 자기 몸이었을 때보다 훨씬 더 큰 기쁨을 느꼈다. 자신의 몸은 하찮을 뿐 아니라 믿을 만한 것도 못 되었다. 그러니 주인의 몸과 자신의 몸을 비교하는 것은 상상할 수조차 없는 일이었다. 라헬은 조각상 같은 디오티마의 풍성한 몸을 건드리면서 마치 영광으로 빛나는 부대에 배치받은 촌뜨기 신병이 된 듯한 느낌을 받았다.

이렇게 디오티마는 위대한 날을 위해 단단히 준비를 마쳤다.

42. 창립총회

정해진 시간이 몇 분 남지 않았을 때 라인스도르프 백작이 울리히를 대동하고 나타났다. 앞서 쉴새없이 도착하는 손님들에게 문을 열어주고 외투 벗는 것을 돕느라 벌써 열에 들떠 있던 라헬은 울리히를 즉시 알아보았고, 그가 이렇게 백작과 함께 나타난 것으로 보아 이 자리에 우연히 온 것이 아니라 이 집에서 벌어지는 모종의 중대한 일과 관련되어 있음을 알아차리고는 흐뭇해했다. 그녀는 앞서 엄숙한 표정으로 열었던 방문으로 사뿐사뿐 걸어가 열쇠 구멍 밑에 쪼그리고 앉았다. 앞으로 여기서 벌어지는 일을 눈여겨볼 생각이었다. 커다란 열쇠 구멍으로 중앙은행 총재의 깔끔하게 면도한 턱과 고위 성직자 니도만스키의 보라색 넥타이, 국방성에서 파견한 슈툼 폰 보르트베어 장군의 금빛 술이 달린 군도軍刀가 보였다. 장군은 원래 이 자리에 초대받은 인물이 아니었지만, 국방성에서 라인스도르프 백작에게 서신을 보내, 비록 국방성이 이 "위대한 애국적 사건"에 처음부터 현재까지 직접 관여하지는 않았지만 이런 일에 결코 빠질 수 없다고 하면서 대표로 보낸 것이었다. 디오티마가 깜박하는 바람에 라헬은 이 사실을 모르고 있었다. 어쨌든 라헬은 장군이 이 자리에 참석한 것에 무척 흥분해 있었지만, 당분간은 이 방에서 무슨 일이 일어나는지 더는 알 수 없었다.

그사이 디오티마는 백작을 영접했고, 울리히에게는 별로 주의를 기울이지 않았다. 참석자들을 소개하면서는 맨 먼저 파울 아른하임 박사를 백작에게 소개했다. 그녀는 행복한 우연으로 이 유명한 벗이 여기 오게 되었는데, 외국인 신분이기에 정식으로 이 회의에 참석할 자격은 없다고 하더라도 자신의 개인적인 조언자로 청했다고 설명했다. 그러면서 부드러운 위협조로 덧붙였다. 국제 문화 영역이나 이 사안의 경제적 측면과 관련해서 아른하임 박사의 경륜과 풍부한 인맥은 그녀에게 말할 수 없이 중요한 버팀목이 되어줄 것이다. 지금껏 이 분야에 대해 자기 혼자 보고해왔고, 앞으로도 자신을 대신할 사람이 금방 나타나지는 않을 것 같은 상황을 보면서 자신의 미천한 능력을 절실히 깨닫고 있다는 것이었다.

라인스도르프 백작은 뒤통수를 한 대 얻어맞은 기분이었다. 디오티마와 관계를 맺기 시작한 이후 이 시민계급 출신 여자 친구의 무례함에 처음으로 놀란 것 같았다. 아른하임도 당황한 눈치였다. 자신의 등장을 사전에 조율해놓지 않아 당황한 군주 같은 표정이라고 할까! 그는 라인스도르프 백작이 자신의 참석을 승인했다고 철석같이 믿고 있었다. 그런데 디오티마는 순간적으로 얼굴이 빨개졌으면서도 이런 일로 기가 꺾이지는 않았다. 마치 정절의 문제에서 거리낄 게 없는 세상의 모든 여자처럼 당당한 표정을 지으며, 훌륭한 일을 위해서라면 누구 눈치도 보지 않고 밀어붙이는 여성 특유의 고집을 보여주었다.

디오티마는 그때 벌써 아른하임을 사랑하고 있었다. 아른하임은 그 사이 몇 번 그녀의 집을 방문했는데, 사랑의 문제에서 전혀 경험이 없던 그녀로선 그를 향한 자신의 감정이 무엇인지 간파하지 못했을 뿐이다. 두 사람은 머리부터 발끝까지 육체를 기품 있게 만들고 문명의 혼란스러운 감정들을 정신의 조화로운 진동으로 바꾸는 것이 영혼이라는 점에 동의하면서 그것을 움직이는 것이 무엇인지 의견을 주고받았다. 사실 이런 대화만 해도 그녀에겐 대단한 사건이었다. 디오티마는 조심성이 몸에 배어 있고 평생 속마음을 잘 드러내지 않는 사람이었기 때문이다. 그래서 이런 친밀감이 너무 급작스럽게 느껴졌고, 매우 거대한 감정, 그것도 어마어마한 감정들을 동원해서 이런 개인적 감정을 덮으려 했다. 그런 감정들은 어디서 가장 빨리 찾을 수 있을까? 온 세상이 몰려가고 있는 지점, 그러니까 현재 진행중인 역사적 사건이 바로 그것이었다. 평행운동은 디오티마와 아른하임에게 점점 부풀기 시작하는 영혼적 교류의 장이었다. 두 사람은 이렇게 중요한 순간에 서로에게 이르게 된 것을 특별한 운명이라고 여겼다. 이 위대한 애국 사업이 정신적인 인간들에게 엄청난 기회이자 책임이라는 점에서 둘 사이엔 어떤 사소한 의견 차이도 없었다. 다만 아른하임은 동의를 표하면서도 다음 말을 덧붙이는 것을 잊지 않았다. 이 사업에서 가장 중요한 것은 이념의 영역과 경제적 영역 모두에서 경험이 많은 강한 인간이고, 그다음이 조직의 규모라는 것이다. 이렇게 해서 디오티마와 아른하임은 평행운동 속에서 불가분의 관계로 맺어졌고, 이 사업 초반에 존재하던 상상력의 부재가 이제는 풍성한 아이디어의 장으로 바뀌었다. 오스트리아에 뿌리를 둔 감정의 보배가 프로이센의 지적 기강을 통해 보강될 수 있을 거라는 그녀의 희망은 이제 아주 행복한 방식으로 정당화되었고, 이런 인상은 어찌나 강했던지 평소엔 그렇게 절차를 중시하는 그녀가 스스로 절차를 무시하고 있음을 의식하지 못한 채 무턱대고 아른하임을 창립총회에 초대하기에 이른 것이다. 상황이 이렇기에 이제 다른 사람을 물색하기에는 너무 늦었다. 이런 사정을 어렴풋이 눈치챈 아른하임은 지금 자신에게 닥친 이 상황이 무척 곤혹스럽기는 했지만, 그 와중에도 화해와 같은 기운이 이 자리에 번지고 있음을 직감했다. 백작은 기본적으로 자신의 여자 친구를 워낙 좋게 생각하기에 자신이 받은 충격을 그냥 마뜩잖은 표정으로 표출하는 것 말고는 노골적으로 반감을 드러낼 수 없었다. 그는 디오티마의 설명에 잠시 불편한 침묵으로 반응하더니 마침내 아른하임에게 친근하게 손을 내밀며, 평소 하던 대로 최대한 정중하고 호쾌한 태도로 환영의 뜻을 표했다. 다른 참석자들도 대부분 이 광경을 목격했고, 아른하임이 누구인지 아는 만큼 그의 참석을 의아하게 여겼다. 하지만 좋은 교육을 받고 자란 사람들은 원래 모든 일에 그만한 이유가 있다고 생각하고, 괜한 호기심으로 꼬치꼬치 따지고 드는 것을 점잖지 못한 일로 여기는 법이다.

그사이 평정심을 되찾은 디오티마는 곧 개회를 선언했고, 백작이 의장을 맡아줌으로써 이 집에 크나큰 영광을 베풀어달라고 청했다.

백작이 인사말을 했다. 며칠 동안 준비한 것이기도 했지만, 사고의 틀이 워낙 확고해서 마지막 순간에 틀을 바꿀 수는 없었다. 다만 프로이센의 후장총에 대한 노골적인 암시만 다소 누그러뜨렸다(후장총은

1866년에 음흉한 방식으로 오스트리아의 전장총을 앞질렀다). 백작이 말했다. "우리가 여기 모인 것은 백성들 가운데서 솟아오른 강력한 운동을 우연의 힘에 맡겨서는 안 되고, 멀리 조망할 수 있는 위치, 즉 저 위에서부터 내려오는 강력한 지도력이 필요하다는 점에 공감하기 때문입니다. 우리의 위대하신 황제 폐하께서는 1918년에 즉위 칠십 주년을 맞으십니다. 축복이 넘치는, 정말 보기 드문 경사가 아닐 수 없습니다. 그것도 이대로만 간다면 우리가 늘 감탄하듯 정정하고 활력 넘치는 모습 그대로 축제를 맞으실 겁니다. 우리는 폐하의 은덕에 감사하는 오스트리아 백성들의 이 축제가 온 세상에 우리의 깊은 사랑만 드러내는 데 그치지 않고, 오스트리아-헝가리제국*이 하나의 반석처럼 단단히 자기 지도자를 중심으로 결집해 있음을 보여주리라 확신합니다." 이 대목에서 백작은 제국 공통의 이 축제에서조차 제국의 반석에 나타나기 시작하는 붕괴 조짐을 언급해야 할지 잠시 망설였다. 하나의 왕만을 인정하는 헝가리의 반발을 염두에 두어야 했기 때문이다. 그래서 백작은 처음엔 결집을 이룬 두 개의 반석이라고 말하려 했지만, 그것도 자신의 오스트리아-헝가리 국가 감정을 올바르게 표현하지는 못했다.

이 오스트리아-헝가리 국가 감정은 무척 이상하게 구축된 것이라

* 1867년 헝가리 귀족과의 대타협으로 건설된 오스트리아-헝가리제국('이중 제국' 혹은 '카카니엔'이라 불린다)은 오스트리아와 헝가리 외에 체코, 슬라브족, 폴란드 등으로 이루어진 다민족 국가였다. 이 타협으로 오스트리아 황제는 명목상 헝가리 왕에 올랐고(그래서 오스트리아 군주는 '황제이자 왕'이다), 헝가리는 오스트리아와 함께 제국의 지도적 위치를 누렸다. 그런데 공통의 역사나 이념, 목적 없이 형성된 이 제국은 그저 합스부르크왕가가 소유한 영토를 토대로 만들어졌기에 거센 민족주의 바람과 함께 1915년 해체되었다.

그것을 직접 느껴보지 못한 사람한테 설명하는 것은 헛된 일에 가까워 보인다. 가령 오스트리아-헝가리라고 하면 보통 서로를 보완하는, 오스트리아라는 하나의 부분과 헝가리라는 다른 부분으로 이루어져 있다고 생각하겠지만, 실은 하나의 전체와 하나의 부분으로 구성되어 있었다. 즉 헝가리라는 국가 감정과 오스트리아-헝가리라는 국가 감정이 그것이다. 오스트리아인들은 스스로 오스트리아-헝가리제국의 국민이라고 생각했다. 그렇다면 '오스트리아'라는 국가 감정은 본래 실체가 없는 것이었다. 그래서 오스트리아인이라는 개념은 단지 헝가리 안에만 존재했다. 그것도 혐오의 대상으로 말이다. 반면에 오스트리아에 있는 오스트리아인들은 스스로를 '제국의회에 참여하는 왕국들과 오스트리아-헝가리제국의 여러 나라들'*의 신민이라 불렀다. 이는 곧 실제 헝가리인을 빼고 가상의 헝가리인을 더한 오스트리아인이라는 의미였다. 그렇다고 그들이 벅찬 감동으로 그렇게 생각한 것은 아니고, 자신들에게도 썩 유쾌하지는 않은 이념 때문이었다. 헝가리인이 오스트리아인을 참아낼 수 없는 것과 똑같이 그들 또한 헝가리인을 좋아하지 않았다. 때문에 이 전체 조합은 한층 더 복잡하게 얽혀 있었고, 많은 이들이 스스로를 그냥 체코인, 폴란드인, 슬로베니아인 혹은 독일인이라고 불렀다. 그로써 제국의 와해가 시작된 것이다. 라인스도르프 백작의 표현에 따르면 그 유명한 "국내 정치에서의 불쾌한 현상들"의 발현이었다. 이 현상들은 "무책임하고 미성숙하고 선동적인 요소들이 만들어낸 작품"이었는데, 정치적 의식이 부족한 대중은 그런 선동에 쉽게

* 오스트리아-헝가리제국의 정식 명칭이다.

넘어갔다. 이후 이런 문제를 다룬, 경륜과 지식이 넘치는 책들의 암시에 따르면 사람들은 현시점뿐 아니라 앞으로도, 어떤 역사적 모습을 그리면서 현실과 경쟁시키는 믿을 만한 시도가 더이상 이루어지지 않으리라는 확언을 반갑게 받아들일 것이다. 여기서는 이러한 이중성(전문용어로 이렇게 말한다)의 비밀들이 삼위일체의 비밀만큼이나 꿰뚫어보기 어렵다는 점을 인식하는 것으로 충분하다. 역사적 과정은 수백 개의 조항과 부록, 타협과 항변을 담은 사법적 과정과 전체적으로 상당히 유사하기 때문이다. 유의해야 할 것은 그뿐이다. 보통 사람들은 복잡하게 뒤엉킨 그런 것들 사이에서 아무것도 모른 채 살다가 죽는다. 어떤 면에서 그건 축복이나 다름없다. 만일 자신이 어떤 재판에 연루되어 있고 어떤 변호사와 비용, 동기가 얽혀 있는지 스스로 설명해야 한다면 어떤 나라의 국민이든 추적망상에 빠질 가능성이 크기 때문이다. 현실 이해는 오직 역사 정치적 사상가들의 몫이다. 이들에게 현재는 마치 수프 다음에 스테이크 요리가 나오듯, 모하치전투나 리첸전투에 이은 자연스러운 결과물이다. 역사 정치적 사상가들은 모든 기록물을 알고 있고, 매 순간이 절차적 정당성에 따라 흘러갔다는 필연성의 감정을 갖고 있다. 더구나 그 사상가가 라인스도르프 백작처럼 역사 정치적으로 훌륭한 교육을 받은데다 그 조상이 칼로든 물레로든 역사의 예심에 영향을 끼친 귀족이라면 역사 과정의 결과를 마치 하나의 상승하는 직선처럼 쉽게 조망할 것이다.

때문에 라인스도르프 백작은 회의 전에 이렇게 말했다. "우리는 폐하께서 하해와 같은 너그러움으로 백성들에게 자신의 문제를 결정할 어느 정도의 자율권을 선사하신 것을 잊어서는 안 됩니다. 물론 아직은 오래되지 않아 그 자율권이 모든 점에서 폐하의 관대한 믿음에 답할 만큼 정치의식을 성숙시키지 못한 것이 사실입니다. 따라서 국경 너머에서 우리를 시기의 눈으로 바라보는 나라들이야 어떻든 간에, 우리 자신만큼은 지금 겪고 있는 참으로 고약한 이 현상들을 해체의 노쇠한 신호로 볼 것이 아니라 오히려 아직 성숙되지 않았기에 더 큰 가능성으로 남아 있는 오스트리아 민족의 강건한 젊음으로 보아야 할 것입니다!" 백작은 회의중에도 이 점을 강조하려고 했지만, 아른하임이 있는 관계로 머릿속에 있는 말을 다 털어놓지는 않고, 그저 오스트리아의 진정한 상황을 모르는 외국의 무지와 모종의 불쾌한 현상들이 과대평가되어 있음을 슬쩍 암시하는 선에서 넘어갔다. 이어 백작은 다음의 말로 끝을 맺었다. "우리가 우리의 힘과 일치단결에 대한 간과할 수 없는 증거를 원한다고 해도 그건 전적으로 국제적 차원의 이해관계 속에서 그렇게 해야 합니다. 유럽 국가 패밀리 간의 행복한 관계란 상대의 힘에 대한 상호 존경과 존중에 근거하기 때문이지요." 이 말 뒤에 그는 다시 한번, 이런 순수한 힘은 백성에게서 나와야 하고, 그 힘을 이끌 조직이 필요하고, 그 길을 찾기 위해 여기 이렇게 한자리에 모였다는 점을 강조했다. 얼마 전까지만 해도 라인스도르프 백작의 머릿속에는 참석자들의 이름밖에 없었고, 외부에서 수혈받은 거라고는 '오스트리아의 해'라는 암시밖에 없었다는 점을 떠올리면 이는 그야말로 엄청난 발전이 아닐 수 없다. 그것도 백작이 생각하던 바를 아직 전부 얘기하지도 않았는데 말이다.

연설이 끝나자 디오티마가 의장의 의도를 설명하려고 입을 열었다. 백작의 말처럼 애국대운동은 백성들 한가운데서 솟구쳐오르는 거대한 목표를 찾아야 한다는 것이다. "다만 오늘 우리는 그런 목표를 확정지으려고 이 자리에 온 것이 아니라 그 목표를 향한 여러 제안들이 나올 수 있도록 길을 닦고, 그 길을 인도할 조직을 만들려고 모인 것뿐입니다." 이 말과 함께 그녀가 토론의 시작을 알렸다.

처음에는 침묵이 흘렀다. 고향과 언어가 다른 여러 새들이 지금 자신을 기다리는 공통의 새장이 어떤 것인지 몰라 침묵하는 상황과 비슷해 보였다.

마침내 한 교수가 발언권을 신청했다. 울리히가 모르는 인물이었는데, 아마 백작이 마지막 순간에 개인 비서를 시켜 이 자리에 초대한 듯했다. 교수는 역사의 길에 대해 이야기했다. "앞을 바라보면 우리 앞에는 불투명한 벽이 서 있습니다! 반면에 좌우를 둘러보면 방향을 알 수 없는 중요한 사건들이 엄청나게 많아요!" 그는 그런 사건들에 대한 보기를 몇 가지 들었다. 현재 진행중인 몬테네그로와의 갈등, 스페인인들이 모로코에서 극복해야 할 치열한 싸움들, 오스트리아 제국의회에서 발생한 우크라이나인들의 의사진행 방해 같은 것들이었다. "그런데 뒤를 돌아보면 이 모든 것이 놀라운 섭리에 따른 것처럼 순리였고 목표였음을 알 수 있습니다…… 때문에 이렇게 말해도 된다면, 우리는 매 순간 경이로운 인도引導의 비밀을 경험하고 있습니다." 이 말과 함께 교수는 백성들을 눈뜨게 하고, 특정한 경우에 특별한 숭고함을 요구함으로써 의식적으로 섭리의 길을 들여다보게 하는 것은 위대한 생각으로서 적극 환영한다고 덧붙였다. 그가 말하고 싶은 것은 이것뿐이라고 했다. 현대 교육학에서 학생들에게 이미 만들어진 결과물을 제시하는 것이 아니라 교사가 학생들과 함께 만들어나가는 것과 마찬가지라는 것이다.

참석자들은 돌처럼 굳은 채 초록색 테이블보만 묵묵히 바라보았다. 대주교를 대신해서 온 주교조차 성직자가 아닌 사람이 하는 성직자스러운 설명에 다른 고위 관료들과 마찬가지로 정중한 기다림의 자세를 보였다. 진심으로 동의한다는 뜻을 얼굴에 조금도 드러내지 않으면서. 사람들은 마치 길에서 누군가 느닷없이 큰 소리로 모두에게 이야기하는 느낌을 받은 듯했다. 그러다 갑자기 아무 생각도 없던 사람들까지 지금 자신들이 진지하고 실용적인 길로 나아가고 있다거나, 아니면 그 누군가가 이 거리를 부적절하게 남용하고 있다고 느꼈다. 앞서 발언하는 동안 강한 바람에 숨이 막힌 것처럼 쥐어짜듯이 말을 하면서 내면의 곤혹감과 맞서 싸우던 교수가 지금은 나올지도 모를 대답을 잠자코 기다리고 있었다. 그러나 그런 기다림의 표정도 품위를 잃지 않고 곧 거둬들였다.

이 돌발사건 끝에 황실 궁내성 대표로 나온 이가 재빨리 발언권을 잡아 즉위식 기념주년에 폐하의 사재에서 지출될 기부금과 헌금 규모를 참석자들에게 밝히자, 모두 한줄기 구원의 빛처럼 반가워했다. 순례 교회 건립을 위한 기부를 시작으로 재산 없는 보좌신부들을 지원할 재단 설립, 카를 대공과 라데츠키 장군의 퇴역군인 단체, 1866년과 1878년 두 번의 출정으로 생긴 전쟁과부와 전쟁고아, 제대한 하사관들, 학술원에 대한 지원 등이 줄을 이었다. 그런데 이 목록은 자체로 그리 신선했던 것은 아니고 황제의 은총을 보여주는 공공사업이 다 그렇듯 정해진 과정에 따라 움직이는 익숙한 사업이었을 뿐이다. 기부금 나열이 끝나자마자 공장주 베크후버 부인이 일어났다. 자선사업 방면으로 이름이

자자한 이 부인은 세상에서 자신의 걱정거리보다 더 중요한 것이 있을 수도 있다는 사실을 전혀 받아들이지 않는 사람으로서 '위대한 오스트리아 프란츠 요제프 황제 무료 급식소' 설립을 제안했다. 참석자들도 동의를 표했다. 문화교육청에서 나온 대표는 자기 관청에도 그와 비슷한 제안, 즉 '프란츠 요제프 1세와 그 시대'라는 제목의 기념비적인 작품을 출간하자는 제안이 들어왔다고 한마디 보탰다. 그런데 이런 행복한 출발 이후에는 다시 침묵이 이어졌다. 대부분의 참석자들은 지금 이 상황을 무척 곤혹스럽게 느끼는 듯했다.

만일 이리로 오는 길에 그들에게 무엇이 역사적 사건이고, 무엇이 위대하거나 그에 버금갈 사건인지 아느냐고 물었다면 분명 그렇다고 대답했을 것이다. 하지만 그런 사건을 즉석에서 만들어내라는 무거운 요구 앞에 서자 그들은 점점 맥이 빠지면서 자연스러운 투덜거림과 비슷한 것이 속에서 꿈틀거림을 느꼈다.

눈치 빠른 디오티마는 이 위험한 순간에 미리 준비해놓은 다과를 내오겠다며 회의를 중단시켰다.

43. 위대한 남자와 울리히의 첫 만남. 세계사에서는 어떤 비이성적인 일도 일어나지 않는다. 그러나 디오티마는 진정한 오스트리아가 전 세계라고 주장한다

휴식 시간에 아른하임이 말했다. 조직의 규모가 클수록 조직 내에서 나오는 제안도 편차가 크기 마련이다. 이는 오성만을 토대로 구축된 현대적 발전의 특징이다. 그런 이유로 온 백성이 오성보다 더 깊고 본질적인 것과 의지, 영감을 의식하도록 강제하는 것은 엄청난 작업이 될 거라고 했다.

울리히는 이 운동에서 무언가가 생겨날 수 있다고 믿느냐는 질문으로 답을 대신했다.

아른하임이 대답했다. "물론이죠, 위대한 사건은 항상 일반적인 상황의 표현입니다!" 오늘 그런 상황이 만들어졌다. 그리고 오늘과 같은 모임이 어디에선가 가능하다면, 그 사실 자체가 이미 이 모임의 깊은 필연성을 증명하고 있다는 것이다.

울리히는 거기엔 구별하기 어려운 무언가가 있다고 말했다. 예를 들어 최근에 오페레타로 세계적 성공을 거둔 작곡가가 모사꾼이고, 그래서 주제넘게 세계 대통령을 자칭한다면, 그의 막대한 인기를 감안하면 그것도 가능한 일이라 할 수 있다. 그렇다면 그건 역사의 도약일까, 정신적 상황의 표현일까?

"그건 불가능합니다!" 아른하임 박사가 진지하게 말했다. "그런 작곡가는 모사꾼도 정치인도 될 수 없습니다. 그렇지 않다면 그의 희극적 음악적 천재성은 설명될 수 없을 것입니다. 세계사에서는 어떤 비이성적인 일도 일어나지 않습니다."

"세계에 그런 일이 비일비재한데도요?"

"세계사에서는 그런 일이 없습니다!"

아른하임은 눈에 띄게 초조한 기색이었다. 근처에서 디오티마와 라인스도르프 백작이 낮은 목소리로 무언가 열심히 대화를 나누고 있었기 때문이다. 백작은 지극히 오스트리아적인 이 모임에서 프로이센인을 만나게 될 줄은 차마 몰랐다는 속내를 이제야 털어놓았다. 전략적 차원에서 외국인이 평행운동에서 주도적 역할을 맡을 가능성은 처음부터 배제하고 있었다. 디오티마의 말마따나 외국인을 포함시킴으로써 자신들이 정치적 사익에서 자유롭다는 인상을 국제사회에 보여주는 진정 효과가 탁월하더라도 말이다. 백작의 말을 들으면서 디오티마는 설득 방식을 바꾸어, 이 모임의 계획을 기습적으로 확대했다. 우선 감정적으로 확실하고 사회의 선입견에 내면적으로 물들지 않은 여자의 직감에 대해 이야기했다. 그러면서 백작도 이 목소리에 한 번 정도는 귀를 기울여야 한다고 했다. 아른하임은 유럽인이다. 그것도 전 유럽에서 유명한 이지적 정신이다. 그런 사람이 오스트리아인이 아니면서 이 모임에 동참한 것은 유럽 정신의 뿌리가 오스트리아에 있다는 증거가 될 수 있다는 것이다. 그러면서 그녀는 갑자기 진정한 오스트리아가 전 세계라는 주장을 펼쳤다. 설명에 따르면, 세계는 자기 조국에 사는 오스트리아 민족들처럼 고도의 단일성을 유지하고 살아야만 진정한 평화를 누릴 수 있다는 것이다. 이로써 디오티마는 백작을 더 위대한 오스트리아, 세계적 오스트리아라는 행복한 관념 속으로 밀어넣었다. 그것이 지금까지 평행운동에 빠져 있던 최고의 이념이라는 것이다. 이제 디오티마는 뇌쇄적인 평화의 군주 같은 모습으로 백작 앞에 우뚝 서 있었다. 라인스도르프 백작은 반박을 해야 할지 아직 결정을 내리지 못했다. 다만 시야가 넓고 이상주의로 활활 타오르는 이 여인에게 또 한번 감탄하면서도 파장이 클 것 같은 이 제안에 바로 대답하느니 아른하임을 대화로 끌어들이는 것이 더 유리하지 않을까 숙고했다.

아른하임은 초조했다. 이 대화를 눈치채긴 했지만 그것에 아무런 영향을 끼칠 수 없었기 때문이다. 그와 울리히는 사람들에게 둘러싸여 있었다. 크로이소스와도 같은 이 대부호가 불러일으킨 호기심 때문이었다. 울리히는 막 이렇게 말했다. "사람들이 종사하는 직업은 수천 개에 이르고, 저마다 지혜가 담겨 있죠. 하지만 그 모두에 공통되는 보편적인 인간 요소를 찾자면 단 세 가지만 남습니다. 어리석음, 돈, 그리고 기껏해야 약간의 종교적 기억이죠!" "백번 지당한 말씀입니다, 종교 말이오!" 아른하임은 힘차게 종교라는 말을 외치며 울리히에게, 종교가 벌써 송두리째 사라졌다고 보는지 물었다. 그러면서 라인스도르프 백작의 귀에 들릴 정도로 종교라는 말을 강조했다.

그사이 백작은 디오티마와 화해를 한 듯했다. 디오티마의 안내로, 공손하게 길을 비켜주는 사람들 사이를 지나 아른하임 박사에게 다가가더니 말을 건넸기 때문이다.

갑자기 혼자가 된 울리히는 입술을 깨물었다.

그는 시간을 때우려고 그랬는지, 아니면 혼자 쓸쓸히 서 있기가 싫어 그랬는지는 몰라도 이 모임에 올 때 탔던 마차를 떠올렸다. 울리히와 함께 온 백작은 최신 유행을 멀리하지 않는 현대적 감각의 인물로서 근사한 자동차를 갖고 있었지만, 동시에 전통도 중시했기에 간혹 멋진 갈색 준마가 끄는 마차를 이용했다. 덮개가 달린 경마차였다. 집사가 명령을 받들기 위해 집무실에 들어갔을 때 백작은 오늘 같은 평행운동의 창립총회에는 이제 거의 역사 속 피조물이 된 아름다운 말을 타고 가는 것이 적절하다고 생각했다. "저게 페피고, 저게 한스네." 백작이 도중에 설명했다. 말들의 갈색 엉덩이가 춤을 추듯 움직였고, 간혹 끄덕거리는 고개가 보이기도 했다. 녀석들은 리듬에 맞춰 고개를 돌리면서 주둥이에 거품을 물었다. 말들 내면에서 무슨 일이 벌어지고 있는지는 파악하기 어려웠다. 이 아름다운 오전, 녀석들은 그저 달릴 뿐이었다. 어쩌면 먹는 것과 달리는 것만이 녀석들에게 남은 거대한 열정일지 모른다. 거세된 수말인 페피와 한스가 사랑을 채워야 할 욕망으로 아는 것이 아니라 가끔 반짝거리는 얇은 구름으로 그들의 세계를 뒤덮는 입김과 광택으로만 느낀다는 점을 고려하면 말이다. 사료에 대한 열정은 맛있는 귀리 낟알이 담긴 대리석 구유와 신선한 건초를 올려놓은 시렁, 그리고 마구간지기의 문고리 달그락거리는 소리에 담겨 있었다. 따뜻한 마구간에 농축된 축축하고도 향긋한 냄새 사이로 강한 암모니아 향이 담긴 자아 감정이 바늘처럼 뾰쪽하게 솟구친다. 여기 말이 있다고! 달리기엔 또다른 것이 담겨 있을지 모른다. 이 가련한 영혼은 아직도 무리를 지어 달릴 때를 잊지 못한다. 맨 앞에 선 우두머리 수컷이 신호를 주거나 모두가 어디선가에서 움직임을 감지하면 무리는 햇빛과 바람을 향해 달려간다. 외로움을 타는 이 동물은 사방이 툭 트인 곳에서는 두개골을 울리는 미친 듯한 떨림에 이끌려 무작정 앞으로 달려가고, 어느 한군데 막힌 곳이 없는 자유 속으로 몸을 던진다. 그러다 어느 순간 어쩔 줄 모르는 심정으로 멈춰 서서는 귀리가 든 그릇에 끌려 다시 돌아간다. 페피와 한스는 잘 훈련된 말이었다. 마구를 매고 달리는 데 익숙했고, 건물로 둘러싸인 햇빛 화사한 거리를 또각또각 잘도 걸었다. 그들에게 인간은 기쁨도 두려움도 아닌, 그저 우글거리는 잿빛 무리일 뿐이다. 알록달록한 상점 진열창과 멋지게 치장한 여자들은 뜯어먹을 수 없는 들판의 풀이고, 거리를 따라 펼쳐지는 모자, 넥타이, 책, 다이아몬드는 황야나 다름없다. 그들에게 오아시스는 마구간과 달리기라는 두 영역뿐이다. 간혹 한스와 페피는 꿈속에서나 놀이할 때처럼 어떤 그림자에 깜짝 놀라 마차 끌채를 떠밀다가도 채찍이 찰싹 내리치는 것과 동시에 다시 정신이 번쩍 들어 감사한 마음으로 더 단단히 고삐에 얼굴을 묻는다.

마차를 타고 오던 중에 라인스도르프 백작은 갑자기 허리를 펴고 앉더니 울리히에게 물었다. "슈탈부르크 백작 말로는 박사가 어떤 사람을 위해 힘을 쓰고 있다고 하던데." 깜짝 놀란 울리히는 이 질문에 담긴 정확한 맥락을 짚지 못했다. 백작이 말을 이어갔다. "자네는 좋은 사람이야. 다 알고 있네. 들어보니 별로 할 수 있는 게 많지 않은 것 같더군. 자네가 돕는 그 친구는 몹쓸 인간이네. 하지만 모든 기독교인의 마음에 있는, 쉽게 이해되지 않는 개인적인 것과 은총이 필요한 것은 바로 이런 문제에서 드러날 때가 많지. 뭔가 거대한 일을 하려는 사람은 겸허한 태도로, 의지할 데 없는 사람들을 생각해야 하는 법이지. 어쩌면 다시 한번 정신감정을 받게 할 수는 있을 걸세." 백작은 덜커덩거리는 마차 안에서 이렇게 한참을 이야기하더니 푹신한 자리에 다시 등을 기대고 앉으며 덧붙였다. "하지만 지금은 우리 모두 이 역사적 사건에 전력을 쏟아야 한다는 사실을 잊어선 안 되네."

울리히는 디오티마, 아른하임과 아직 대화를 나누고 있는 이 순진한 노귀족에게 약간 호감을 느꼈다. 세 사람의 대화가 활발하게 진행되는 것을 보면서 질투에 가까운 감정이 들기도 했다. 디오티마는 미소를 띠고 있었고, 백작은 눈을 동그랗게 뜬 채 아른하임이 세련되고 차분하게 이어가는 말을 따라가려 애쓰고 있었다. 문득 울리히의 귀에 "권력의 영역으로 사유를 옮기는 것"이라는 표현이 들렸다. 그는 아른하임을 견딜 수가 없었다. 그 인간의 존재 형식, 아니 더 근본적으로는 아른하임이라는 인간 모델 자체를 견딜 수 없었다. 이지적 정신과 사업, 유복한 생활, 박학다식이 결합된 이 형태는 도저히 참을 수 없었다. 울리히는 아른하임이 어제저녁에 벌써, 다음날 있을 회의에 맨 처음 도착하지도 마지막에 도착하지도 않기 위해 철저히 계획했으리라 확신했다. 그럼에도 분명 출발하기 전에는 시계를 보지 않았을 것이다. 어쩌면 아침 식탁에 앉기 전, 그러니까 비서가 우편물을 건넨 다음 보고하기 전에 마지막으로 시계를 보았을지 모른다. 그리고 집을 떠나기 전까지 남은 시간을 내면의 활동으로 바꾸기로 마음먹고, 아무 편견 없이 이 활동에 자신을 내맡겼을 때 정확하게 그 시간을 채워줄 수 있을 거라 믿었다. 올바른 활동과 시간은 비밀스러운 힘으로 연결되어 있기 때문이다. 마치 조각상과 그것이 속한 공간의 관계처럼, 혹은 투창 선수와 보지 않고 던져도 명중되는 과녁의 관계처럼. 이미 울리히는 아른하임에 대해 많이 듣고 많이 읽었다. 아른하임이 쓴 어느 책에는 이렇게 적혀 있었다. 거울을 보면서 양복의 매무새를 점검하는 사람은 두려움 없이 행동할 능력이 없는 사람이다. 기쁨을 위해 만들어진 거울이 불안의 도구가 되기 때문이다. 자연스럽게 흐르지 않는 우리 행위들을 대체하기 위해 만들어진 시계처럼 말이다.

울리히는 대화에 빠진 세 사람을 계속 무례하게 보고 있을 수가 없어 시선을 돌렸다. 그의 눈이 잡담을 나누는 사람들 사이를 이리저리 돌아다니다가 경외의 눈빛으로 음료수를 권하는 하녀에게 머물렀다. 그러나 라헬은 울리히의 시선을 눈치채지 못했다. 아니, 그가 이 자리에 있는 것조차 잊었을 뿐 아니라 심지어 그에게 쟁반을 들고 가지도 않았다. 반면에 라헬은 아른하임에게 다가가 마치 신에게 경배하듯 음료수를 바쳤다. 아른하임이 레모네이드 잔을 집어 입에 대지 않고 산만하게 들고만 있을 때 라헬은 그 짧고 차분한 손에 입을 맞추고 싶은 마음이 굴뚝같았다. 이런 절정의 순간이 지나자 그녀는 혼란스러운 로봇처럼 임무를 수행하고는 사람들의 다리와 대화로 가득찬 그 세계사적인 방에서 서둘러 대기실로 빠져나갔다.

44. 총회 속행과 종결. 울리히는 라헬에게 호감을 느끼고, 라헬은 졸리만에게 호감을 느끼다. 평행운동에 견고한 조직이 생기다

울리히는 이런 부류의 처자를 좋아했다. 야심 있고, 행동거지 바르고, 잘 교육받은 수줍은 태도를 보이는 이런 처자들은 무위도식하는 남자가 밑에 누워 입만 쩍 벌리면 언젠가 달콤하게 익은 과일이 절로 떨어지는 과일나무 같았다. 울리히는 생각했다. '그런 여자들은 분명 밤에는 전사들과 같은 침대를 쓰고 낮에는 전사들의 무기와 가재도구를 짊어지고 나르는 석기시대의 여자들처럼 용감하고 단단할 거야.' 울리히 자신은 남성성이 처음 깨어난 젊은 시절을 제외하고는 그런 전사의 길을 걸은 적이 없었다. 그는 한숨을 내쉬며 자리에 앉았다. 회의가 재개되었기 때문이다.

문득 저 처녀가 입은 흑백 하녀복이 수녀복과 똑같은 색깔이라는 생각이 떠올랐다. 처음 깨달은 사실이었다. 둘이 어떻게 똑같은 색깔일 수 있는지 의아했다. 이런 생각을 하는 사이 숭고한 디오티마는 벌써 이렇게 설명하고 있었다. 평행운동의 정점에는 위대한 상징이 있어야 한다. 다시 말해 이 운동은 도처에서 발견되는 아무 목표나 가져서는 안 된다. 그것들이 아무리 애국적이라고 해도 말이다. 평행운동의 목표는 세계의 심장을 움켜잡아야 하고, 실용적인 동시에 문학적이어야 하고, 획기적인 전환점이어야 한다. 또한 세상 사람들이 들여다보면 얼굴이 빨개지는 거울이 되어야 한다. 아니, 얼굴이 빨개지는 것을 넘어 동화에서처럼 자신의 진정한 얼굴을 확인하고 더는 잊을 수 없는 그런 거울이 되어야 한다. 백작께서 '평화의 황제'를 그 상징으로 제안하셨다.

이를 전제한다면, 지금까지 논의된 제안들이 여기에 합치되지 않는 것은 명명백백하다. 그녀가 이 회의의 전반부에서 상징들에 대해 말한 건 당연히 무료 급식소 같은 것이 아니라, 그동안 엄청나게 복잡해진 인간 사회의 이해관계 때문에 사라진 인간적 통일성의 재발견과 관련된 것이었다. 그런데 여기서 당연히 이런 의문이 든다. 과연 이 시대 이 민족들이 그런 위대한 공통의 이념으로 통합될 수 있을까? 앞서 나온 제안들도 모두 훌륭하기는 하지만, 다들 뿔뿔이 흩어져 있음은 부인할 수 없고, 그중 어떤 제안도 우리에게 필요한 통합적인 힘을 갖지 못하는 것은 분명하다!

울리히는 디오티마가 말하는 동안 아른하임을 관찰했다. 그에게 불쾌감을 유발한 것은 아른하임의 인상에서 풍기는 개별 특징이 아니라 그 인상 전체였다. 물론 개별 특징들도 충분히 시선을 끌었지만 말이다. 예를 들어 페니키아 귀족 사업가의 단단한 두상, 날카롭지만 재료를 너무 적게 써서 납작해진 얼굴, 영국 재단사의 차분함이 깃든 몸매, 양복 소매에서 빠져나온, 손가락이 너무 짧은 것 같은 손이 그랬다. 울리히를 자극한 것은 그 개별적인 것들끼리 맺고 있는 훌륭한 관계였다. 그런 식의 자기 확신은 아른하임의 책에서도 엿볼 수 있었다. 그러니까 그가 바라보면 세상은 즉시 질서가 잡혔다. 울리히는 지금 참석중인 이 바보 같은 회의를 따라가기 위해 세심하게 주의를 기울이고 있는 아른하임을 바라보면서, 완벽함과 풍요로움 속에서 성장한 이 남자에게 돌멩이나 오물을 던지고 싶은 뒷골목 소년의 욕구를 느꼈다. 아른하임은 이 모든 사건을 마치 포도주를 감정하는 전문가처럼 점잖게 지켜보고 있었다. 그의 표정은 이렇게 말하고 있었다. 여러 말 할 것 없어, 이건 아주 훌륭한 와인이야!

그사이 디오티마의 발언은 종착점으로 치닫고 있었다. 휴식 후 회의가 재개되었을 때 모든 참석자들의 얼굴에서는 이제 모종의 결과가 도출될 거라는 확신이 엿보였다. 물론 누구도 어떤 특정한 결과를 벌써 떠올리고 있는 것은 아니었지만 다들 무언가 중요한 것을 기대하는 눈치였다. 이제 디오티마가 결론을 내렸다. "과연 오늘날 여기 우리 민족에게 거대한 공통의 이념을 만들어낼 능력이 있을까 하는 의문이 솟구친다면, 거기에 '구원의 힘'을 만들어낼 능력이 있을까 하는 의문을 덧붙일 수 있고 또 그래야만 합니다. 문제는 구원이자, 구원의 비상이기 때문입니다. 아직 구원의 형태를 머릿속으로 세세하게 그려낼 수는 없다고 하더라도 말입니다. 간단히 말해서 그것은 전체 공동체에서 나오게 될 것이며, 그게 아니면 아예 나오지 않을 겁니다. 때문에 각하와 협의를 거쳐, 감히 오늘의 회의를 결론짓는 제안을 해볼까 합니다. 각하께서도 알고 계신 것처럼 우리의 정부 부처들은 그 주요 관점에 따라 세계를 종교, 교육, 무역, 산업, 법 등으로 분류하고 있습니다. 따라서 정부 부처의 위임을 받은 사람을 수장으로 하고, 해당 분야의 법인과 시민 대표들이 보조하는 위원회들을 구성하기로 결정을 내린다면 세상의 주요한 도덕적 힘들을 체계적으로 모을 수 있는 하나의 조직이 필요합니다. 도덕적 힘들이 흘러들어오고 걸러지는 조직 말입니다. 이 조직을 총괄하는 역할은 중앙위원회가 맡고, 몇몇 특별위원회와 소위원회가 중앙위원회를 보조할 겁니다. 예를 들어 홍보위원회나 재정위원회 같은 것들이 되겠죠. 저는 개인적으로 다른 위원회들과의 지속적인 협의 속에서 기본 이념을 계속 다듬어나가는 정신위원회의 설립을 맡았으면 합니다."

다시 침묵이 이어졌다. 하지만 이번에는 안도의 침묵이었다. 라인스도르프 백작은 여러 번 고개를 끄덕거렸다. 그때 한 사람이 이렇게 구상된 운동에 어떻게 오스트리아의 고결한 특성을 입힐 수 있을지, 보충 설명을 원했다.

대답을 하려고 슈툼 폰 보르트베어 장군이 자리에서 일어났다. 그전까지는 모든 연사가 앉은 채로 발언했다. 장군이 말했다. "이런 회의에서는 군인이 차지하는 역할이 별로 크지 않다는 건 잘 압니다. 그래도 이렇게 발언에 나선 것은 지금까지 나온, 비할 바 없이 훌륭한 제안들에 곁다리를 끼고 싶어서가 아닙니다. 다만 마지막으로 다음과 같은 생각을 여러분들의 호의적인 검증에 맡겨보고 싶습니다. 계획된 운동은 대외적으로 작용해야 합니다. 그리고 외부로 작용하는 것이 바로 국민의 힘입니다. 각하의 말씀처럼, 유럽 국가 패밀리 내에서 그런 과시는 결코 무의미하지 않습니다. 트라이치케가 말했듯이 국가의 이념은 힘의 이념입니다. 그리고 국가는 민족들 간의 생존 투쟁에서 자신을 지키는 힘입니다." 이 대목에서 장군은 의회의 무관심 속에서 포병과 해군의 확장이 저지된 불만족스러운 상황을 상기시키며 아픈 곳을 건드렸다. 그러면서 만일 다른 목표가 발견되지 않는다면 아직 미제로 남은 목표로서, 군대와 군비 확충의 문제에 좀더 폭넓은 국민적 관심을 유도하는 것이 매우 가치 있는 목표가 될 것임을 역설했다. "시 비스 파켐 파라 벨룸!* 평화 속에서 힘을 키워야 전쟁을 막을 수 있고, 최소한 전쟁 기간을 단축시킬 수 있습니다." 장군은 이런 조처가 민족 간의 화해에도 긍정적으로 영향을 끼치고, 평화로운 신념의 강력한 표방이 될 수 있을 거라고 장담했다.

순간 방안에 야릇한 기류가 흘렀다. 처음에 참석자들은 대부분 장군의 말이 이 모임의 본래 취지에 맞지 않는다는 인상을 받았지만 장군의 목소리가 점점 높아짐과 함께 잘 정돈된 부대의 안정적인 행진처럼 들리기 시작했다. 다시 말해서 "프로이센보다 더 뛰어나게"라는 평행운동의 본래 의도가 조심스럽게 고개를 쳐들면서 장군의 말이 마치 터키로 떠나는 오이겐 왕자의 출정을 알리는 군악대 나팔소리나, 성가 〈주여, 황제를 지켜주소서!〉처럼 들린 것이다. 그래서 그럴 리는 없겠지만, 라인스도르프 백작이 정말 자리에서 일어나 프로이센의 형제 아른하임을 군악대장에 임명하자고 제안했더라도 이 이상한 기분에 취한 사람들은 프로이센 찬가 〈그대에게 승리의 왕관을!〉이라는 노래가 귓전에 쟁쟁거리는 듯해서 누구도 백작의 제안에 이의를 제기하지 않았을지 모른다.

---

* Si vis pacem para bellum! '평화를 원하거든 전쟁을 준비해야 한다'는 의미의 라틴어 구절.

"이제 전쟁에 관한 이야기를 하고 있어!" 열쇠 구멍으로 방안을 들여다보던 '라셸'이 중얼거렸다.

그녀가 휴식 시간 끝에 대기실로 돌아온 것은 아른하임이 이번에는 정말로 데려온 졸리만 때문이기도 했다. 날씨가 나빠서 흑인 하인이 주인의 외투를 들고 따라온 것이다. 라헬이 문을 열어주었을 때 졸리만은 건방진 표정을 지었다. 베를린 여자들한테 워낙 버릇이 잘못 들어서 올바로 행동하는 법을 배우지 못했기 때문이다. 라헬은 졸리만과 아프리카 말로 대화를 해야 한다고 생각했고, 독일어를 사용할 생각은 애초에 하지도 못했다. 그녀는 무조건 의사소통을 해야 했기에 열여섯 살 소년의 어깨에 단호하게 팔을 두르고 부엌으로 데려가서는 의자에 앉힌 뒤 근처에 있는 과자와 음료수를 내놓았다. 살아오면서 처음 해보는 일이었다. 테이블에서 허리를 쭉 폈을 때 그녀의 심장은 마치 절구에 설탕을 빻는 것처럼 쿵쾅거렸다.

"이름이 뭐야?" 졸리만이 물었다. 그것도 독일어로!

"라셸!" 라헬은 이렇게 말하고는 달아났다.

졸리만은 그사이 부엌에서 과자와 포도주, 브뢰첸을 먹고 담배를 피우고 여자 요리사와 대화를 나누었다. 손님 시중을 마치고 돌아와 이 광경을 본 라헬은 가슴이 가시에 찔린 듯 아팠다. 그녀가 말했다. "지금 저 안에서 엄청나게 중요한 일을 상의하고 있어!" 졸리만은 별 반응 없이 무덤덤했다. 늙수그레한 요리사도 웃기만 했다. "정말이야. 전쟁이 날지도 몰라!" 라헬은 흥분해서 이렇게 덧붙이고는 무슨 대단한 증거라도 되는 것처럼 열쇠 구멍으로 본 것들을 이야기했다.

그제야 졸리만도 관심을 보였다. "오스트리아 장군들이 있어?"

"직접 가서 봐!" 라헬이 말했다. "한 명은 분명 있어." 둘은 나란히 열쇠 구멍으로 갔다.

열쇠 구멍으로 보이는 풍경은 환한 조각으로 쪼개졌다. 어떤 때는 하얀 종이가, 어떤 때는 누군가의 코가 나타나는가 싶더니, 어떤 때는 커다란 그림자가 휙 지나가고, 어떤 때는 눈앞에 귀걸이가 반짝거렸다. 녹색 테이블보는 마치 잔디밭 같았다. 밀랍처럼 하얀 손은 진열장 속의 납인형처럼 얌전히 놓여 있었다. 눈을 최대한 옆으로 돌리니 한구석에 금빛 술이 달린 장군의 군도가 번쩍거리는 것이 보였다. 버릇없는 졸리만조차 감동을 받은 듯했다. 상상력을 동원해 이런 틈으로 보는 삶은 동화처럼 환상적이거나 섬뜩하게 부풀어올랐다. 한동안 몸을 굽히고 있었더니 피가 몰려 귓속에서 왱왱 소리가 났다. 문 뒤에서 나는 목소리들은 어떤 때는 바윗덩어리처럼 묵직했고, 또 어떤 때는 비누칠한 널빤지처럼 매끈했다. 라헬은 천천히 몸을 일으켰다. 발밑의 바닥이 일어서는 느낌이었다. 안에서 벌어지는 사건들의 정신이 마치 마술사나 사진사가 사용하는 검은 보자기 밑으로 머리를 밀어넣은 것처럼 라헬을 감쌌다. 졸리만도 일어났다. 피가 머리에서 파르르 떨면서 아래로 내려갔다. 흑인 하인이 얇게 웃었다. 푸르스름한 빛이 도는 입술 안쪽에서 진홍빛 잇몸이 어른거렸다.

이렇듯 영향력 큰 인물들의 외투가 벽에 걸려 있는 대기실에서는 시간이 마치 나팔을 부는 것처럼 느릿느릿 흘러가는 동안 방안에서는 결의를 위해 모두 자리에서 일어났다. 그전에 라인스도르프 백작은 장군의 중대한 제안에 깊은 감사를 드리지만 당장은 그 부분을 세세히 논할 시간이 없어 조직과 기본적인 사항에 관해서만 결의하자고 했다. 게

다가 정부 부처의 주요 관점에 따라 이 조직을 구성하는 것 외에 마지막으로 또다른 내용의 결의가 필요하다고 덧붙였다. 즉 이 운동으로 백성들의 소망이 드러나면 즉시 이것을 폐하께 아뢰는 것은 물론, 이 운동의 구체적 실현을 위해 그때까지 준비된 자금을 자유롭게 사용할 수 있도록 폐하께 겸허히 허리 숙여 청원하자는 것이다. 이것에는, 물론 폐하의 뜻이라는 매개물이 있기는 하지만 백성들 스스로 지극히 가치 있는 목표를 설정하게 하는 장점이 있었다. 이는 백작의 특별한 요구로 이루어진 결의였다. 이는 겉으론 단지 형식상의 문제로 비칠 수 있지만, 백성이 두번째 헌법적 기구의 동의 없이 단독으로는 아무것도 할 수 없음을 깨닫게 하는 중요한 절차로 볼 수 있었다. 설사 백성들이 이 기구를 존중하지는 않더라도 말이다.

나머지 참석자들은 백작의 이런 의도를 세세히 간파하지 못한 것 같았고, 그랬기에 더더욱 아무도 이의를 제기하지 않았다. 회의가 열리면 결론을 내리는 것이 순리다. 주먹다툼에서 마지막에 칼로 결론을 내든, 피아노 연주회에서 열 손가락으로 동시에 건반을 몇 번 내려치는 것으로 마무리를 짓든, 무용수가 귀부인에게 허리를 굽히는 것으로 공연을 끝내든, 혹은 회의에서 결정을 내리든, 사건들이 그냥 슬금슬금 사라지고 그래서 그게 실제로 있었다는 사실이 마지막에 재차 확인되지 않으면 아주 섬뜩한 세상이 될 것이다. 그래서 사람들은 항상 결론을 내린다.

45. 두 산봉우리의 조용한 만남

회의가 끝났을 때 아른하임 박사는 눈에 띄지 않게 수를 써서 맨 뒤에 남았다. 그렇게 하라고 신호를 준 것은 디오티마였다. 투치 국장은 예의상 회의가 끝나기 전에는 집에 돌아오지 않겠다는 약속을 지켰다.

손님들이 떠나고 집이 차분하게 가라앉기 시작했다. 디오티마는 이 방 저 방을 옮겨다니면서 충돌을 일으키는 여러 자잘한 지시와 직전의 위대한 사건이 남겨놓은 생각과 불안으로 몇 번 걸음을 멈추었다. 아른하임은 엷게 웃으면서 그 움직임을 눈으로 뒤쫓았다. 디오티마는 집이 파르르 떠는 것 같은 느낌에 사로잡혔다. 회의를 위해 자리를 비켜줘야 했던 물건들이 모두 제자리로 돌아가고 있었다. 마치 큰 파도가 무수한 작은 구멍과 수로를 통해 모래에서 빠져나가는 듯했다. 아른하임은 그녀와 그 주위의 움직임이 차분히 가라앉을 때까지 기품 있게 기다렸다. 그사이 디오티마는, 지금껏 수많은 사람들이 자신의 집을 드나들었지만, 이렇게 텅 빈 집의 침묵이 느껴질 정도로 외간 남자와 단둘이 있었던 적은 없었다는 사실을 떠올렸다. 갑자기 그녀의 순결성이 말도 안 되는 상상으로 혼란스러워졌다. 남편이 없는 이 텅 빈 집이 마치 아른하임이 꿰차고 들어온 바지처럼 느껴졌다. 무척 정숙한 사람에게도 이런 순간은 밤의 산물처럼 불현듯 닥쳐오기 마련이다. 디오티마 안에서는 영혼과 몸이 하나가 된 경이로운 사랑의 꿈이 찬란하게 빛나고 있었다.

그러나 아른하임은 디오티마의 생각을 전혀 눈치채지 못했다. 면도날처럼 주름 잡힌 바지는 거울처럼 반질반질한 마룻바닥까지 내려왔고, 모닝코트와 나비넥타이, 그리고 차분하게 미소 짓는 고결한 얼굴은 완벽했으며 어떤 감정도 내비치지 않았다. 그는 원래 회의 전에 있었던 돌발 상황과 관련해서 디오티마를 질책하고 앞으로는 그런 일이 없도록 단단히 주의를 줄 생각이었다. 그런데 순간적으로 그의 내면에서 무언가가 꿈틀거렸다. 미국의 재계 거물들과 당당히 교류하고, 황제와 왕들에게 영접을 받는다는 이 남자, 어떤 여자든 백금의 무게로 달 수 있는 이 대부호로 하여금 그런 질책 대신 넋이 나간 표정으로 디오티마를 빤히 바라보게 만드는 무언가가 있었다. 에르멜린다 혹은 그냥 헤르미네 투치라고 불리는, 일개 고위 공무원의 아내에 불과한 여자를 말이다. 이 무언가를 표현하기 위해서는 다시 '영혼'이라는 단어를 사용할 수밖에 없을 것이다.

이 단어는 벌써 여러 번 나왔지만 지극히 명확한 맥락에서 등장한 적은 없었다. 예를 들어 오늘날 사라져버렸거나 문명과 하나될 수 없는 것으로, 육체적 충동이나 습관적 결혼생활과 충돌하는 것으로, 혹은 어떤 살인자에 의해 꼭 불쾌하지만은 않게 야기되는 것으로, 평행운동이 해방시키려고 하는 것으로, 라인스도르프 백작이 말하는 종교적 관조와 신적 안개 속의 명상으로, 혹은 많은 사람들에게 은유에 대한 사랑으로 나타났다. 그런데 '영혼'이라는 말의 이 모든 특성 가운데 참 야릇한 것은 젊은이들의 경우 웃지 않고는 영혼이라는 말을 사용하지 못한다는 것이다. 디오티마와 아른하임조차 이 말을 다른 단어와 붙이지 않고 단독으로 사용하는 것은 꺼린다. 가령 위대한 영혼, 고결한 영혼, 비겁한 영혼, 용감한 영혼, 저급한 영혼이라고 표현할 수는 있지만, 그냥 내 영혼이라고 말하는 것은 자신의 능력을 넘어서는 일이다. 영혼은 나이든 사람들을 위한 말이다. 살다보면 그 정체는 정확히 알 수 없지만 자꾸만 강하게 느껴지는 무언가가 있기 마련인데, 그 이름을 절실히 찾다보면 마지막에 가서 옛날에 경멸하던 그 말을 마지못해 사용하게 되는 것이다.

이것을 어떻게 설명해야 할까? 사람은 원하는 대로 일어서거나 걸어갈 수 있다. 본질적인 것은 눈앞에 있는 것, 자신이 보고 듣고 원하고 착수하고 이루어내는 것이 아니다. 그것은 수평선, 즉 반원의 형태로 저 앞에 놓여 있다. 반원의 양쪽 끝은 끈으로 연결되어 있고, 그 끈의 평면이 세상 한가운데를 뚫고 지나간다. 앞에서는 얼굴과 손들이 세상 바깥으로 보이고, 느낌과 추구들이 세상에서 달려나온다. 거기서 하는 일들이 늘 이성적이거나, 그게 아니면 적어도 격정적이라는 사실은 누구도 의심하지 않는다. 그것은 곧, 외부 환경이 우리에게 누구나 이해할 수 있는 방식으로 행동할 것을 요구한다는 말이다. 혹은 우리가 격한 감정에 사로잡혀 이해할 수 없는 행동을 하더라도 결국 거기엔 나름의 방식이 있다는 뜻이기도 하다. 하지만 이 모든 것이 아무리 완벽하게 이해되고 그 자체로 완결된 것처럼 보인다고 하더라도 그게 단지 반쪽에 불과하다는 희미한 감정이 늘 동행한다. 균형 상태에서 무언가가 빠져 있다고 느끼는 것이다. 인간은 중심을 잃고 흔들리지 않기 위해 줄타기 광대처럼 계속 앞으로 나아간다. 그렇게 삶을 뚫고 나아가 이미 살아온 것들을 뒤에 남길 때 아직 살아야 할 것과 이미 살았던 것은 하나의 벽을 만들어낸다. 그 길은 가만히 생각해보면 마음 내키는 대로 앞뒤로 꿈틀꿈틀 움직이면서 항상 자기 뒤에 휑한 공간을 남기는 나무 속 벌레의 길과 비슷하다. 꽉 채워진 모든 것 뒤에 보이지 않는 단절된 공간이 있다는 이런 경악스러운 감정, 그리고 모든 것이 하나의 전체임에도 여전히 빠진 듯한 이런 반쪽을 보고 사람들은 결국 영혼이라 부르는 무언가가 있음을 알아차린다.

사람들의 생각과 예감과 감정에는 당연히 이 영혼이 늘 함께한다. 그 보완적 방식은 각자의 기질에 따라 천차만별이다. 젊을 때는 자신이 하는 모든 일이 정말 올바른가 하는 불안감의 형태로, 늙어서는 자신이 본래 원했던 것을 얼마나 조금 했는지에 대한 놀라움의 형태로, 그 중간의 연령대에서는 자신이 하는 모든 것을 세세하게 정당화할 수는 없다고 하더라도 자신이 멋지고 유능하고 착실한 인간이라는 위안의 형태로, 혹은 세상도 어차피 본래의 모습으로 갖추어져 있지 않다면 결국 자신이 그르친 모든 것도 정당한 균형이 될 수 있다는 것에 대한 위안의 형태로 함께한다. 심지어 일부 사람들은 이 모든 것을 넘어 자신에게 없는 부분을 주머니 속에 넣고 있는 신을 떠올린다. 여기서는 사랑만이 특별한 위치를 차지한다. 이 경우에는 예외적으로 두번째 반쪽이 커나간다. 사랑에 빠진 사람은 그전엔 늘 무언가가 빠져 있었던 것 같은 바로 그 지점에 서 있는 듯하다. 거기서 영혼들은 서로 등을 맞댄 채 하나가 되고 스스로를 잉여의 상태로 만든다. 그 때문에 사람은 대부분 젊은 시절의 절절한 사랑이 지나가고 나면 영혼의 부재를 더는 느끼지 못한다. 물론 이른바 그런 어리석음이 있기에 감사하게도 사회적 기능이 순탄하게 돌아간다.

디오티마도 아른하임도 사랑에 빠진 적이 없었다. 디오티마가 그런 것이야 이미 알고 있지만, 이 대부호조차 넓은 의미에서 사랑한 적이 없는 순결한 영혼이라는 사실은 놀랍다. 그는 여자들이 항상 사람이 아닌 돈을 보고 접근할지 모른다는 불안감을 갖고 있었다. 그래서 자신도 감정이 아니라 돈을 주었고, 그런 여자들과 살았다. 게다가 이제껏 친구도 없었다. 이용당할까 두려웠기 때문이다. 심지어 사업상의 교류가 정신적인 영역에서 이루어지더라도 그에게는 사업 파트너만 있을 뿐이었다. 그래서 인생 경험이 많은 사람이었음에도 운명이 그를 위해 정해놓은 디오티마를 만나는 순간까지도 순결한 상태로 영원히 혼자 살 위험에 처해 있었다. 두 사람 내면의 비밀스러운 힘이 부딪쳤다. 이것은 무역풍의 움직임, 혹은 멕시코만류나 화산의 지각 진동과 비교할 수 있을 뿐이었다. 인간의 힘을 넘어서는 이 엄청난 힘들, 별의 힘과 비슷해 보이는 이 힘들이 한쪽에서 다른 쪽으로 시간의 경계를 넘어 움직이기 시작했다. 가늠할 수 없는 엄청난 흐름이었다. 이런 순간에는 말이라는 것이 필요 없었다. 수직으로 각이 선 바지 주름에서 솟구친 아른하임의 몸은 마치 거대한 산의 거룩한 고독 속에 서 있는 것 같았다. 맞은편에는 계곡의 파장으로 그와 하나가 된 디오티마가 고독하게 빛나는 모습으로 서 있었다. 소매 위쪽이 불룩하고, 가슴에 정교한 주름이 있고, 무릎 아래로 다시 장딴지에 달라붙는 최신 유행의 옷을 입고서. 문 커튼의 유리 줄이 연못처럼 반짝거렸고, 벽에 걸린 깃털 화살과 창들이 치명적인 열정으로 파르르 떨었다. 책상 위에는 칼망레비출판사의 노란 책들이 레몬숲처럼 침묵하고 있었다. 이제 우리는 겸허하게, 처음에 오갔던 말들을 못 들은 척 넘어가기로 하자.

46. 영혼이라 불리는 커다란 구멍을 채우는 최선의 수단은 이상과 도덕이다

이런 마법의 사슬 같은 상태를 먼저 깬 사람은 아른하임이었다. 그의 견해에 따르면, 이런 상태에 오래 머물려면 무디고 공허하고 무기력한 숙고 상태로 가라앉지 않고는, 혹은 사유와 확신의 견고한 뼈대를 더이상 본질적으로 조금도 비슷하지 않은 경건함에 넘기지 않고는 불가능했기 때문이다.

예부터 영혼을 죽이기는 하지만 보편적으로 사용하기 위해 작은 통조림통 같은 것에다 보관하는 방법이 통용되어왔다. 영혼을 이성, 신념, 실용적 행위와 연결시키는 방법인데, 이미 모든 도덕·철학·종교가 성공적으로 그것들을 연결시켰다. 앞서 말했듯이, 영혼이 무엇인지는 신만이 알 것이다! 영혼의 소리를 듣고자 하는 지극한 열망 뒤에 남는 것은 행위의 무한한 여지와 진정한 혼란 상태임이 분명하다. 화학적으로 순수한 영혼조차 범죄를 저지른다는 보기도 있다. 반면에 도덕이나 종교, 철학, 높은 시민적 교양, 그리고 의무와 미의 영역에서 이상을 갖추는 즉시 영혼은 규칙과 조건, 실행 규정의 체계로 무장하게 된다. 존경할 만한 영혼이 되려면 그 체계를 준수해야 하고, 영혼의 불덩이는 용광로의 불덩이처럼 정연한 모래 직사각형 속으로 인도된다. 그다음부터는 원칙적으로, 한 행위가 이 계율에 따른 것이냐 저 계율에 따른 것이냐 하는 논리적 해석의 문제만 남고, 영혼에는 패한 전쟁터를 굽어볼 때와 같은 차분한 일목요연함이 생긴다. 즉 사망자들은 꼼짝 않고 누워 있고, 아직 목숨이 붙어 있는 사람은 사지를 꿈틀대거나 신음하는 것에서 바로 알 수 있는 그런 전쟁터 말이다. 때문에 인간은 최대한 빨리 혼란스러운 영혼의 과도기를 건너버린다. 젊은 시절에 종종 있는 일처럼, 종교적 의심으로 괴로우면 당장 불신자들을 탄압하는 일로 넘어가고, 사랑으로 고통스러우면 결혼으로 선회하고, 자신을 열광시키는 다른 무언가가 생기면 그 불덩이를 위해 살기 시작함으로써 그 불덩이 속에서 지속적으로 사는 것이 불가능하다는 사실에서 벗어나고자 한다. 이는 곧, 인간은 하나의 내용과 충동이 필요한 일생의 많은 순간을 이상적 상태에서 보내는 대신 이상적 상태를 위한 활동들로 채운다는 것을 의미한다. 이상적 상태에 도달할 필요가 전혀 없음을 보증해주는 장애와 돌발사건, 그리고 목적을 이루기 위한 많은 수단이 그런 활동들이다. 백치와 정신이상자, 고정관념에 빠진 사람이나 영혼의 그런 뜨거운 상태를 지속적으로 버틸 수 있기 때문이다. 건강한 인간은 이런 비밀스러운 불덩이의 불티들 없이는 삶이 살 만하지 않다고 설명하는 것으로 만족해야 한다.

아른하임의 삶은 그런 활동들로 가득차 있었다. 현실인으로서 그는 자신이 참석한 그 회의에서 사람들이 '프란츠 요제프 황제 무료 급식소'와 의무감과 군대 행진 사이의 관련성에 관해 이야기하는 것을 선의의 미소와 함께 어느 정도 오스트리아의 전통적 사교 방식을 존중하는 자세로 경청했다. 아른하임은 그런 것을 우습게 여기는 울리히와는 전혀 다른 사람이었다. 선량한 외모에 평범하고 약간 가소로운 인간들 속에서 감동적인 이상주의의 정수를 확인하는 것이 위대한 생각들을 따라가는 것보다 더 용기 있고 우월한 일이라 확신했기 때문이다.

그런데 회의 도중, 빈의 요소가 첨가된 고대의 미美라고 할 법한 디오티마가 "세계적 오스트리아"라는 말을 하는 순간, 그러니까 불꽃처럼 뜨겁고 인간으로서는 거의 이해하기 힘든 말을 하는 순간 무언가 그의 가슴을 울렸다.

아른하임에 관해 사람들 사이에서 오가는 이야기가 하나 있었다. 그의 베를린 집에는 바로크와 고딕 조각상들로 가득찬 홀이 있었다. 그런데 아른하임이 큰 애정을 갖고 있던 가톨릭교회는 선善의 기수와 성자들을 대개 행복에 겨운, 거의 황홀경에 빠진 자세로 그려내는 데 반해 그의 홀에 있는 성자들은 온갖 자세로 죽어갔다. 영혼이 마치 물을 빼기 위한 빨래처럼 육체를 쥐어짜는 듯했다. 본래의 환경에서 떨어져나와 여기 이 낯선 홀에서 하나가 된, 군도처럼 교차된 팔과 상처 난 목들은 정신병원의 긴장병 환자 같은 인상을 풍겼다. 그의 수집품들은 무척 수준이 높아 많은 예술 전문가들이 그의 집을 찾았고, 그는 그들과 교양 있는 대화를 나누었다. 하지만 홀에 혼자 외롭게 앉아 있을 때도 많았다. 그럴 때면 완전히 다른 기분이 들었다. 반쯤 미쳐버린 세계에 대한 공포와도 같은 아연함이었다. 그는 본시 도덕의 뿌리 속에서 말로 표현되지 않는 어떤 불꽃이 활활 타오르는 것을 느꼈다. 그처럼 이지적인 인간조차 그 광경을 보고 할 수 있는 것이라곤 불타고 남은 숯을 응시하는 일밖에 없는 듯했다. 그다음에는 보통 자기 확신으로 가득차 있던 그의 사유 주변에 야릇한 불안의 가장자리가 만들어졌다. 이것은 모든 종교와 신화가 신들이 인간에게 선사한 계율에 관한 이야기로 표현하고자 하는 어렴풋한 현상이자, 약간 섬뜩하지만 신들의 마음에는 들었을 영혼의 초기 상태에 대한 예감이었다. 아른하임의 집에는 정원 일을 돕는 일꾼이 하나 있었다. 그의 말을 빌리자면 굉장히 소박한 사람이었는데, 아른하임은 꽃들의 삶에 관해 자주 그와 이야기를 나누었다. 학자들보다 그런 사람한테 배우는 것이 훨씬 많았기 때문이다. 그러던 어느 날, 일꾼이 자신의 물건을 하나둘 훔쳐간 것을 알게 되었다. 그러니까 손에 들어오는 것은 무엇이건 필사적으로 가져간 것이다. 그것을 팔아 모은 돈으로 독립을 하기 위해서였다. 그의 마음속에는 밤낮없이 오직 그 생각 하나뿐이었다. 그러다 작은 조각상까지 하나 사라졌고, 연락을 받고 찾아온 경찰에 의해 그게 일꾼의 소행임이 밝혀졌다. 이 사실을 보고받은 아른하임은 그날 저녁 일꾼을 불러놓고 밤새 그 탐욕이 얼마나 잘못된 것인지 심하게 야단쳤다. 사람들 말로는, 그날 아른하임은 이상하게 무척 흥분했을 뿐 아니라 어두운 옆방에서 울 뻔했다고 한다. 스스로도 설명하기 곤란한 이유들로 그 일꾼이 무척 부러웠기 때문이다. 이튿날 아침 아른하임은 일꾼을 경찰에 넘겼다.

이 이야기는 그의 가까운 지인들에 의해 확인된 것인데, 지금 그가 디오티마와 단둘이 사방이 꽉 막힌 방안에서 세계가 소리 없이 활활 타오르는 것을 느꼈을 때도 그때와 비슷한 기분이 들었다.

47. 분리된 모든 것을 아른하임은 한몸에 갖고 있다

그로부터 몇 주가 흘러 디오티마의 살롱은 비약적으로 발전했다. 평행운동의 최신 소식을 듣고 싶거나, 디오티마가 끌어들였다고 하는 새 인물, 즉 독일의 유대계 대부호를 보려고 사람들이 몰려든 것이다. 독일 황제와도 개인적 친분이 있는 이 남자는 유럽의 석탄 가격을 결정하는 경제계 거물이면서 시도 쓰는 특이한 인물이었다. 라인스도르프 백작의 주변 인물과 외교가의 신사숙녀들뿐 아니라 경제계와 문화계를 주도하는 시민계급 출신도 큰 관심을 갖고 이 집의 문을 노크했다. 이렇게 해서 그전까지는 한 번도 서로 대화를 나눈 적이 없는 아프리카 에웨족 언어 연구자와 작곡가, 직물 공장주와 성직자, 그리고 '코스'라는 말에서 각자 경마와 주식시장, 대학 강좌를 떠올리는 사람들이 만나게 되었다.

이제 지금껏 한 번도 없었던 일이 벌어졌다. 어떤 분야의 누구하고도 통할 수 있는 남자가 나타난 것이다. 바로 아른하임이었다.

그는 창립총회 직전에 있었던 그 고약한 일 때문에 되도록 공식 모임과는 거리를 두었다. 사적인 사교 모임에도 항상 참석하는 것은 아니었다. 이 도시를 떠나야 할 일이 많았기 때문이다. 평행운동의 사무총장직에 관한 이야기도 당연히 더는 거론되지 않았다. 그는 그 아이디어가 적절하지 못했고, 자신과 맞지 않는다는 점을 디오티마에게 분명히 했다. 디오티마는 울리히가 그 자리를 부당하게 빼앗았다는 느낌을 지울 수 없었지만 아른하임의 판단을 받아들였다. 아른하임은 여기저기를 오갔다. 파리와 로마, 베를린에 갔다가 사흘이나 닷새 만에 번개같이 돌아오곤 했다. 디오티마의 집에서 일어나는 일들은 그의 삶에서 작은 단편에 지나지 않았지만, 그는 이 모임에 호의적이었고 전력을 다했다.

아른하임이 산업 대자본가와 산업에 대해 이야기하고, 금융인들과 경제에 대해 이야기하는 것이야 자연스러운 일이지만, 분자물리학과 신비주의, 비둘기 사냥에 대해서까지 막힘없이 대화를 나누는 것은 놀라움을 자아냈다. 게다가 그는 달변이었다. 일단 입을 열었다 하면 마지막까지 읽지 않고는 중간에 덮을 수 없는 책처럼 말이 멈추지 않았다. 게다가 말하는 방식에도 유려하고 차분한 기품이 배어 있고, 어두운 숲을 지나는 시냇물처럼 슬픈 빛이 담겨 있었다. 이런 면이 그의 다변에 필연성을 부여했다. 그의 박식과 기억력도 엄청났다. 전문가들과 얘기하면서 학술 분야 각각의 세세한 화젯거리까지 건드릴 수 있었고, 심지어 영국과 프랑스, 일본 귀족층의 유력인사들도 대부분 기억하고 있었으며, 유럽뿐 아니라 오스트레일리아와 아메리카의 경마장과 골프장까지 알고 있었다. 그러다보니 디오티마의 집에서 이 기이한 유대계 대부호를 만난 사람들은 영양 사냥꾼, 말 조련사, 궁정극장 특별석 회원 할 것 없이 모두 경의에 차서 고개를 절레절레 흔들며 그 집을 떠났다.

한번은 백작이 울리히를 곁으로 불렀다. "자네도 알겠지만, 지난 백년 동안 우리 고위 귀족들은 가정교사와 관련해서 운이 안 좋았어! 그 전까지는, 대부분 훗날 백과사전에 오르게 된 사람들이 가정교사를 했지. 이들이 음악교사와 미술교사의 수준을 향상시켰고, 그렇게 향상된 사람들이 감사의 표시로 만들어낸 것이 오늘날 우리가 전통문화라고 부르는 것이네. 하지만 신교육이 보편화되고, 내 주변 사람들이, 미안한 말이네만, 박사학위를 취득하면서부터 어쩐지 가정교사의 수준이 떨어졌어. 우리 젊은 애들이 꿩과 멧돼지 사냥을 다니고, 말을 타고, 예쁜 처녀애들을 쫓아다니는 거야 어쩌겠나? 젊어서 그러는 걸 뭐라 할 사람은 없지. 하지만 옛날에는 그 가정교사들이 젊은 애들의 에너지를 꿩 사냥뿐 아니라 정신과 문화를 키우는 일에도 쏟게 했네. 오늘날에는 그런 게 없어." 이것은 백작의 머릿속에 방금 떠오른 생각인데, 이런 일은 종종 있었다. 갑자기 그가 울리히 쪽으로 몸을 완전히 돌리더니 이렇게 결론 내렸다. "알다시피, 1848년은 시민계층을 귀족과 분리시키는 치명적인 해였네. 양쪽 다 손해였지!" 그가 걱정스러운 표정으로 좌중을 둘러보았다. 백작은 의회에서 야당 인사가 시민 문화를 당당하게 자랑할 때마다 화가 났다. 진정한 시민 문화가 귀족들에게서도 발견되기를 바라는 마음이 간절했다. 그러나 불쌍한 귀족들은 시민 문화에서 어떤 것도 찾을 수 없었다. 시민 문화는 귀족들을 후려칠 수 있는, 보이지 않는 무기였다. 시민 문화의 발전과 함께 귀족들은 점점 힘을 잃어갔고, 급기야 디오티마를 찾아가 사태를 관망할 수밖에 없게 되었다. 백작은 이따금 왁자지껄한 장내를 바라보며 마음이 무거워졌다. 이 집에서 사람들이 주어진 직무를 좀더 진지하게 받아들였으면 하는 바람 때문이었다. "각하, 오늘날 시민계층이 지식인에게 느끼는 것은 그 옛날 고위 귀족이 가정교사들에게서 느끼던 것과 똑같을 겁니다." 울리히가 백작을 위로하고자 했다. "시민계층에게 지식인은 낯선 존재입니다. 저기 모두가 아른하임 박사한테 얼마나 경탄하는지 보십시오!"

어차피 라인스도르프 백작은 줄곧 아른하임만 지켜보고 있었다. "저건 더이상 정신이라고 할 수 없습니다." 울리히는 사람들이 아른하임에게 경탄하는 이유를 설명했다. "저건 무지개 같은 현상입니다. 그것도 다리를 붙들고 실제로 만질 수 있는 그런 무지개지요. 아른하임은 사랑과 경제, 화학과 카약에 대해 이야기합니다. 저 사람은 학자이면서 지주이고, 주식 전문가입니다. 한마디로 우리에겐 분리된 모든 것을 한 몸에 갖고 있죠. 우리가 경탄하는 것도 그 때문이고요. 각하께서는 고개를 흔들고 계십니까? 하지만 저는 누구도 꿰뚫어볼 수 없는 이른바 시대적 진보의 안개가 그를 우리 한복판에 세웠다고 확신합니다."

"자네 말에 고개를 흔든 게 아닐세." 백작이 바로잡았다. "나도 아른하임 박사를 생각하고 있었네. 요컨대 그가 흥미로운 인물이라는 점은 인정할 수밖에 없지."

48. 아른하임이 유명한 세 가지 이유, 그리고 전체의 비밀

이 모든 것은 아른하임 박사라는 인물이 갖고 있던 일상적인 영향이었을 뿐이다.

그는 스케일이 큰 인물이었다.

그의 활동은 지구의 대륙뿐 아니라 지식의 대륙도 넘나들었다. 그는 철학, 경제, 음악, 세계, 스포츠 할 것 없이 모르는 것이 없었다. 다섯 가지 언어를 유창하게 구사했고, 세계적으로 유명한 예술가들과 친분이 있었으며, 전도유망한 예술품을 값이 치솟기 전에 입도선매식으로 사들였다. 또한 황실과 교류하면서 노동자들과도 말이 통했다. 현대 건축 잡지에 빠지지 않고 소개된 초현대식 빌라를 소유하고 있었고, 그러면서도 황량한 변방 어딘가에 프로이센 애국주의의 음습한 요람처럼 보이는 쓰러질 듯한 낡은 성도 한 채 갖고 있었다.

이렇게 관심 영역이 넓고 포용력이 강한 사람이 직접 저술 활동까지 하는 경우는 드물다. 그러나 이 점에서도 아른하임은 예외였다. 그는 일 년에 한두 번 영지에 칩거하면서 정신적 삶의 경험을 집필했다. 벌써 여러 권이 출간된 그의 책과 논문은 무척 인기가 높고 쇄를 거듭했으며, 여러 언어로도 번역되었다. 생각해보라. 병든 의사의 말은 믿지 못하지만, 자기 관리가 철저한 사람의 말은 여러모로 진정성이 있지 않겠는가? 이것이 그의 명성의 첫번째 원천이었다.

두번째 원천은 학문의 본질에서 유래했다. 우리는 학문을 존경한다. 그럴 만하다. 그런데 아무리 일평생 콩팥 기능의 연구에만 헌신한 사람이라도 콩팥과 동시대의 관계를 곰곰이 생각할 것을 요구받는 인문주의적 순간은 찾아오기 마련이다. 독일에서 괴테가 그렇게 자주 인용되는 것도 그런 이유다. 만일 어떤 학자가 자신이 박학다식하고 미래 문제에도 관심이 많은 살아 있는 정신의 소유자임을 강조하고 싶다면, 그것을 안다는 명예로움에 그치지 않고 마치 갈수록 가치가 치솟는 주식처럼 더 많은 영광을 약속하는 저서를 언급하는 것만큼 좋은 방법은 없다. 이럴 때 가장 많이 인용되는 책 중 하나가 파울 아른하임의 저서였다. 물론 그가 자신의 일반적 견해를 뒷받침하려고 시도한 학문으로의 외유가 항상 엄격한 학문적 요구를 충족하는 것은 아니었다. 그런 외유는 자신의 박식함을 유희하듯이 자유자재로 내보이지만, 아마추어의 어설픔에서 기인한 자잘한 오류와 오해가 전문가들의 눈에 포착되는 것은 어쩔 수 없다. 집에서 바느질한 옷과 봉제공장에서 바느질한 옷의 솔기 부분이 확연히 다르듯이 말이다. 그렇다고 그 때문에 아른하임에 대한 전문가들의 감탄이 식은 것은 결코 아니었다. 그들은 그의 저서를 보면서 흐뭇한 미소를 지었다. 아른하임은 그들에게 최첨단 상징으로서, 신문마다 빠지지 않고 등장하는 화제의 인물로서, 경제계의 제왕으로서 깊은 인상을 주었고, 그의 저술들은 늙은 왕들의 정신적 성과와 비교해보면 확연히 빼어났다. 만일 아른하임이 전문가들의 고유 영역에서 그들과 확연히 다른 말을 할 경우 그들은 그를 이지적 인간이나 천재적 인간, 혹은 그냥 보편 학자라고 부르는 것으로 감사를 표했다. 보편 학자라는 말은 전문가들 사이에서 많이 사용하는 말로서, 예를 들어 남자들 사이에서 한 여자를 두고, 그녀가 여자들 눈에 미인이라고 말하는 것과 비슷하다.

아른하임 명성의 세번째 원천은 경제에 있었다. 그는 노련한 선장 같은 사업체 대표들과의 관계가 나쁘지 않았다. 게다가 이들과 큰 사업을 체결할 때면 상대가 아무리 약아빠진 사람이라도 능숙하게 구워삶았다. 그들은 아른하임을 장사꾼으로서는 높이 평가하지 않았고, 그냥 그의 부친과 구별해서 '황태자'라고 불렀다. 그의 부친은 혀가 짧고 두꺼워 말은 유창하게 못했지만, 어떤 분야의 작은 조짐에서도 돈 되는 사업을 귀신같이 감지해내는 사람이었다. 그들은 부친을 두려워하면서도 존경했다. 그러나 황태자가 비즈니스나 굉장히 사무적으로 협의하는 자리에서조차 철학적 요구를 제기할 때면 웃었다. 아른하임은 이사회 회의석상에서 시인의 말을 인용했고, 경제도 다른 인간 활동과 따로 분리해서는 생각할 수 없고 국가적 정신적 문제들뿐 아니라 인간 삶의 내밀한 문제를 포괄하는 큰 맥락 속에서 다루어야 한다고 주장하는 것으로 악명이 높았다. 물론 그의 이런 요구를 들을 때마다 그들은 속으로 비웃었지만, 그렇다고 하더라도 아른하임 2세가 이런 돈 안 되는 것들을 사업에 덧붙임으로써 여론이라는 공공의 장에서 점점 중요 인물로 부각되는 것은 결코 우습게 여기지 않았다. 그에 관한 기사들은 유력지의 경제면, 정치면, 문화면 할 것 없이 골고루 실렸다. 예를 들면 그의 책들에 대한 찬사, 주목할 만한 그의 연설에 대한 보고, 군주나 예술협회에서 이런저런 영접을 받았다는 동정 기사들이었다. 평소 남의 눈에 띄지 않게 이중으로 문을 걸어 잠그고 활동하는 큰 사업가 중에서 아른하임만큼 바깥세상에서 자주 회자되는 사람은 없었다. 그런데 흔히 나도는 말처럼, 이런 기업체 회장과 최고경영자, 이사, 은행장, 제련공장 사장, 콘체른 대표, 탄광 소유주, 조선소 대표들이 원래 심성이 나쁜 사람들이라고 생각해서는 안 된다. 고도로 발달한 그들의 가족 관념을 차치하면, 그들 삶 깊숙이 자리한 이성은 돈의 이성이다. 그것도 그 자체로 건강한 치아와 단순한 위장을 갖춘 이성이다. 그들은 세상을 군함과 총칼, 권력자, 그리고 경제에 무지한 외교관들에게 맡기는 대신 수요와 공급의 자유로운 유희에 맡겨놓으면 훨씬 좋은 세상이 될 거라고 확신했다. 다만 이 세상은 공익보다 사익을 우선시하는 삶을 기사도와 국가적 신조보다 저급하게 보고, 국가적 사명을 개인의 일보다 도덕적으로 더 가치 있게 여기는 선입견이 여전히 지배적이지만, 그럼에도 경제계 거물들만큼은 늘 그런 믿음에 개의치 않았다. 그래서 공익이라는 명분 아래 총칼로 관세협정을 체결하거나 파업 노동자에게 군대를 투입하는 상황조차 자기들에게 이득이 되는 쪽으로 철저히 활용했다. 바로 여기에 사업이 철학으로 통하는 길이 있었다. 만일 철학이 없다면 오늘날 타인에게 감히 해를 끼칠 수 있는 사람은 범죄자들뿐이기 때문이다. 어쨌든 경제계 인사들은 아른하임을 자신들의 문제를 대변할 일종의 바티칸 대표처럼 여기는 데 익숙해져 있었다. 그래서 그의 성향에 대해 약간 비꼬는 태도를 취하고 있었음에도 주교회의나 사회학자 회의에서 자신들의 욕망을 대변해줄 사람을 갖게 된 것에 안도했다. 그러다보니 아른하임은 그들에게 상당한 영향력을 미쳤다. 마치 장사꾼 남편의 일을 천시하면서도 모두에게서 받는 찬사로 남편 사업에 도움을 주는 아름답고 교양 있는 아내의 영향력과 비슷하다고나 할까? 그런데 그렇게 철학적인 아른하임이 파리나 페테르부르크, 케이프타운에서 열린 산업가 회의나 중역회의에 아버지의 대리인 자격으로 참석해서 처음부터 끝까지 이야기할 때 듣는 사람들이 얼마나 참담했을지는 충분히 짐작이 간다. 아마 마테를링크 철학과 베르그송 철학을 석탄 가격과 카르텔 정책에 적용하는 것과 비슷했을지 모른다. 어쨌든 그의 사업 성공은 인상적이고 신비로웠다. 이런 점들 때문에 걸출한 산봉우리처럼 우뚝 솟은 남자니, 행운의 손이니 하는 유명한 소문들이 생겨났다.

이렇듯 아른하임의 성공담에는 여러 종류가 있었다. 원래 체질에는 맞지 않지만 정말 중요한 '경제'라는 영역을, 도무지 헤아리기 어려운 코끼리를 키우는 사육사의 심정으로 조심스럽게 다루는 외교관들이 내놓은 성공담이 있었고(아른하임은 이런 외교관들과는 달리 타고난 경영자처럼 경제를 태평스럽게 다루었다), 또 실질적인 도움을 받은 적은 거의 없으면서도 아른하임을 대할 때마다 마치 예술후원자와 교류하고 있다는 느낌을 받는 예술가들의 이야기가 있었으며, 마지막으로 자신들이 아른하임의 성공 신화를 만든 장본인인 줄도 모른 채 경탄과 찬사로 그에게 제일 먼저 위대한 인간의 이미지를 만들어준 기자들이 전하는 성공담이 있었다. 무엇이든 사람들의 귀에다 대고 같은 말을 반복하면 나중에는 그것을 사실로 믿게 되는 법이다. 어쨌든 아른하임 성공담의 기본 패턴은 어디서나 똑같았다. 마법 같은 부의 아우라와 신화 같은 소문에 휩싸인 채, 그는 늘 각 분야에서 자신을 뛰어넘는 인물들과 교류했고, 비전공자면서도 각 분야에서 놀라울 만큼 해박한 지식으로 전문가들의 마음을 사로잡았으며, '그'라는 인물을 통해 그들의 세계와 그들이 전혀 모르는 다른 세계를 고리처럼 이어줌으로써 전문가들의 기를 죽였다. 이렇게 해서 아른하임은 특정 분야의 전문가 집단과 대조적으로 모든 분야를 아우르는 보편적 인간이라는 이미지를 자연스럽게 갖게 되었다. 이따금 그는 그 옛날 바이마르와 피렌체에서 꽃피웠던 산업과 무역의 새로운 르네상스를 꿈꾸었다. 다시 말해 강력한 지도력으로 기술과 학문, 예술의 개별적 성과를 한데 모아 저 꼭대기에서 통일적으로 이끌어가는 번영의 형태를 그려본 것이다. 자신에게는 그럴 능력도 있는 것 같았다. 그렇다. 그에게는 재능이 있었다. 무언가 증명할 수 있는 것과 개별적인 것에서는 결코 빼어나지 않았지만, 어떤 상황에서도 매 순간 끊임없이 자신을 혁신하는 균형감을 바탕으로 스스로를 끌어올리는 재능이었다. 이것은 정치인의 기본 능력에 가까울 테지만, 아른하임은 심오한 비밀이라고 확신했다. 그래서 그것을 '전체의 비밀'이라 불렀다. 한 인간의 아름다움 역시 증명할 수 있는 것과 개별적인 것 속에 있는 것이 아니라, 자잘한 결함조차 유용한 것으로 바꿔놓는 그런 마법적인 면에 있다고 믿었기 때문이다. 한 존재의 깊은 선함과 사랑, 품위와 위대함도 마찬가지다. 그것들은 한 인간의 행동과는 거의 무관하면서도 그 모든 행동을 고결하게 만들 수 있다. 이런 삶에서는 전체가 비밀스러운 방식으로 개별적인 것에 앞선다. 평범한 인간은 미덕과 오류의 합으로 이루어진 반면에 위대한 인간은 자신의 특성에 우선권을 준다. 한 인간의 성공을 개인적 성취나 개별적 특성만으로는 제대로 밝힐 수 없다는 것이 그 성공의 비밀이라면, 그런 성취나 특성보다 더 큰 힘이 존재한다는 것 자체가 모든 위대함의 뿌리가 되는 비밀이다. 아른하임은 이런 점을 자신의 책에 썼다. 그리고 그것을 쓰는 동안 자신이 그런 초자연적인 힘의 옷자락을 붙잡았다고 믿었고, 그것을 행간에서 읽을 수 있게 했다.

49. 구외교와 신외교 사이에 나타나기 시작한 갈등들

아른하임의 그런 면은 귀족의 피를 타고난 사람들과 교류할 때도 예외 없이 드러났다. 그는 자신의 고결함을 누른 채 장점과 한계를 잘 아는 겸허한 정신적인 귀족으로 행동함으로써 얼마 뒤에는 지체 높은 귀족들이 스스로 짊어진 무게를 이기지 못하고 등 굽은 노동자처럼 허리를 숙일 수밖에 없도록 만들었다. 이런 점을 가장 예리하게 간파한 사람이 디오티마였다. 그녀는 필생의 꿈이 가장 훌륭한 방식으로 실현되었다고 믿는 예술가의 오성으로 이 전체의 비밀을 꿰뚫어보았다.

그녀는 이제 자신의 살롱에 전적으로 만족했다. 아른하임은 외부 기구를 너무 과대평가하지 말라고 경고했다. 조잡한 물질적 관심이 순수한 의도를 눌러버릴지 모른다는 것이다. 그가 비중을 둔 것은 살롱 그 자체였다.

반면에 투치 국장은 이대로 가다가는 끝없이 말만 하다가 끝날지 모른다고 염려했다.

그는 다리를 꼰 채 혈관이 툭 불거진 어두운색의 마른 두 손을 한쪽 무릎 위에 포개놓고 있었다. 짧은 턱수염과 남부 사람 특유의 눈매가 눈에 띄었는데, 부드러운 소재의 양복을 완벽하게 차려입고 꼿꼿하게 앉아 있는 아른하임 옆에 있으니 꼭 브레멘 사업가 주위를 얼씬거리는 레반트 출신의 좀도둑처럼 보였다. 여기서는 지금 서로 다른 두 고결함이 맞부딪치고 있었다. 여러 요소가 조합된 세계주의적 취향에 맞게 때에 따라서는 격식 차리기를 별로 좋아하지 않는 투치 국장은 결코 자신이 못하다고 여기지 않았다. 그는 마치 이 집에서 진행중인 그 일을 자신은 직접 알아서는 안 된다는 양, 세련된 태도로 평행운동의 진척 상황에 대해 물었다. "지금 어떤 일이 계획되고 있는지 가능한 한 빨리 알았으면 좋겠소." 그가 다정한 미소를 지으며 아내와 아른하임에게 말했다. 마치 여기서 나는 국외자나 다름없다고 말하는 미소 같았다. 그러고는 아내와 백작 각하가 함께 준비하는 이 일에 대해 관가에서는 상당히 우려하고 있다고 덧붙였다. 최근에 외무성 장관께서 폐하를 알현하고 업무보고를 할 때 기념주년과 관련해서 어떤 식의 대중 집회가 용인될 수 있을지 슬쩍 떠보았다고 했다. 다시 말해 시대를 앞서나가 국제적 평화운동의 선봉에 서는 그 계획에 폐하께서 어디까지 관여하실는지 속내를 넌지시 물어보았다는 것이다. 백작 각하가 주창하는 '세계적 오스트리아'라는 이념을 정치적으로 해석하면 결국 그런 의미가 될 수밖에 없기 때문이다. 하지만 양심과 겸양으로 유명하신 폐하께서는 즉시 다음의 말로 손사래를 치셨다고 한다. "과인은 세상의 이목 속으로 떠밀려 들어가기 싫네." 물론 이 말이 폐하께서 그 제안을 명시적으로 반대하신다는 것인지, 그렇지 않은 것인지는 분명치 않다고 했다.

이것이 투치가 직무상의 자잘한 비밀을 다루는 방식이었다. 신중한 이야기를 신중하지 않게 다루는 식이었는데, 더 큰 비밀을 숨길 줄 아는 남자들이 자주 쓰는 수법이었다. 그는 이제 다른 궁정들에 사절단을 보내 그곳 분위기를 파악해야 한다고 말했다. 여기 오스트리아 궁정의 분위기가 확실치 않다면 다른 곳에서라도 확고한 출발점을 찾아야 한다는 것이다. 기술적으로 보면, 모든 국가가 참여하는 평화회의를 소집하는 것에서부터 20인 군주회의를 개최하거나, 오스트리아 예술가들을 동원해 헤이그 평화궁전에 벽화를 그리거나, 혹은 헤이그에 어린이와 고아를 위한 자선단체를 설립하는 것에 이르기까지 많은 가능성이 있다고 했다. 이 대목에서 투치는 프로이센 왕실에서는 기념주년과 관련해 무슨 생각을 하고 있는지 물었다. 아른하임은 아는 바가 없다고 했다. 그는 이런 식의 오스트리아 냉소주의에 구역질이 났다. 그도 원래 우아하게 잡담을 할 줄 아는 사람이었지만, 투치와 동석한 자리에서는 마치 국가적 사안은 냉정하고 진지하게 논의되어야 한다고 강조하려는 사람처럼 경직되었다. 이런 식으로 국가와 인생관이 전혀 다른 높으신 두 존재가 부딪치고 있었다. 디오티마를 사이에 둔 연적의 긴장감도 없지 않았다. 만일 퍼그 옆에 그레이하운드를, 포플러나무 옆에 버드나무를 세워놓거나, 혹은 갈아엎은 밭에 포도주 한 잔을 놓아두거나, 미술관이 아닌 돛단배 안에 인물화를 걸어두면, 요컨대 자기 색깔이 뚜렷하고 고도로 발달한 두 삶의 형태를 나란히 세워놓으면 그 둘 사이에는 공백이, 상호간의 거부가, 서로 같잖게 여기는 끝 모를 음흉한 간극이 생겨나는 법이다. 디오티마는 머리가 아닌 눈과 귀로 이것을 느끼고 있었다. 그래서 정신적으로 위대한 무언가를 성취하는 것이 평행운동의 제1목표라고 남편에게 단언하고, 이를 위해서는 지도부에 정말 현대적인 생각을 가진 사람을 끌어들일 필요가 있다는 점을 강조함으로써 서둘러 대화의 방향을 틀었다.

아른하임은 이 운동과 관련해서 자신의 품위를 지켜준 디오티마가 고마웠다. 침몰의 순간에 스스로를 방어해야 하지만, 물에 빠진 사람이 구명대로 장난을 쳐서는 안 되듯이 자신과 디오티마가 함께 있는 것을 우아한 방식으로 정당화시켜주는 이 사건을 갖고 괜히 긴말을 늘어놓고 싶지는 않았기 때문이다. 하지만 그러면서도 반신반의하는 목소리로 디오티마에게, 평행운동의 정신적 지도부로 누구를 생각하고 있는지 물었고, 이 행동에 스스로도 깜짝 놀랐다.

이것은 당연히 디오티마에게도 아직 확실치 않은 문제였다. 아른하임과 함께하면서 수많은 제안과 아이디어를 공급받았지만 아직 거기서 어떤 구체적인 결과를 이끌어낼 수 있는 단계는 아니었다. 물론 아른하임이 그전에 몇 번 위원회의 관건이 민주적 성격이 아니라 전체를 총괄하는 강력한 지도력이라고 언질을 주기는 했지만, 그 말에서 그녀는 '당신과 나'라는 느낌만 어렴풋이 받았을 뿐 정확한 결정은 물론 명확한 인식에조차 도달하지 못했다. 아른하임의 목소리에 담긴 반신반의하는 태도에서 그녀는 그 점을 기억해낸 모양이었다. 이어지는 대답으로 미루어 보건대 말이다. "오늘날 우리가 전력을 다해 이루어내야 할 만큼 중요하고 위대한 것이 있을까요?!"

"그게 바로 건강한 시대의 내적 확실성을 잃어버린 오늘날의 특징 아닐까요?" 아른하임이 평했다. "정말 중요하고 위대한 무언가가 나타나기 어려운 시대죠."

투치 국장은 미소를 지으며 바지에 묻은 티끌을 내려다보았다. 동의의 뜻으로도 해석될 수 있을 미소였다.

"그런 게 있다면 어떤 것이어야 할까요?" 아른하임이 말을 이어갔다. "종교일까요?"

순간 투치 국장의 미소가 위로 향했다. 아른하임은 '종교'라는 말을 백작과 있을 때처럼 단호하고 명확하게 발음하지는 않았다. 대신 그 속에는 편안한 느낌의 진지함이 깃들어 있었다.

디오티마는 남편의 그런 미소에 반발심을 느끼며 말했다. "안 될 이유가 있겠어요? 종교가 될 수도 있죠!"

"물론. 하지만 우린 현실적인 결정을 내려야 해요. 시대에 맞는 목표를 찾아야 할 이 운동의 위원으로 설마 주교를 뽑을 생각은 아니잖소? 신은 근본적으로 현대적이지 못해요. 프록코트를 입고 말끔하게 면도를 하고 가르마를 탄 신을 상상할 수 있겠소? 우리에게 신의 이미지는 여전히 가부장적이오. 그럼 종교 외에 뭐가 있겠소? 민족? 국가?"

순간 디오티마는 기뻤다. '국가'라는 문제를 여자들과 대화할 사안이 아닌 남성적인 일로 여기는 남편이 자기 있는 데서 '국가'라는 말을 꺼냈기 때문이다. 그러나 투치는 말을 더 잇지 않고 침묵했다. 다만 두 눈에는 아직 할말이 좀더 남은 듯한 빛이 담겨 있었다.

"과학은요?" 아른하임이 계속 물었다. "문화는요? 예술도 있죠. 사실 실존의 통일성과 인간의 내적 질서를 맨 먼저 반영하는 것이 예술 아니겠습니까? 하지만 오늘날의 예술을 보면 전부 분열상만 가득하고, 아무 관련 없는 극단적인 것만 표현하고 있죠. 처음엔 스탕달, 발자크, 플로베르가 기계화된 신新사회와 감정 세계를 서사적으로 담아내더니 도스토옙스키, 스트린드베리, 프로이트는 인간 심층의 악마성까지 들추어냈습니다. 그 사람들 말대로 하자면, 오늘을 살아가는 우리에겐 더

이상 할 수 있는 게 없다는 감정만 남게 되죠."

이 대목에서 투치 국장이 끼어들었다. 자신은 무언가 확실한 것을 읽고 싶으면 호메로스나 페터 로제거를 읽는다고.

아른하임이 넌지시 비꼬듯이 말했다. "거기에 성경도 추가하셔야 하지 않겠습니까? 성경과 호메로스, 로제거, 혹은 로이터라면 그럭저럭 견디실 것 같은데. 그게 바로 우리가 처한 문제의 본질이기도 합니다! 만일 우리에게 새로운 호메로스가 있다고 가정해보십시오. 그런 다음 스스로에게 정말 솔직하게 물어보십시오. 그 호메로스에게 귀기울일 능력이 우리에게 있는지. 제 생각에는 없습니다, 분명히요. 호메로스는 우리한테 필요 없기 때문에 없는 겁니다!" 이제 아른하임은 자기 말에 도취되어 신나게 달려나갔다. "만일 그런 인물이 필요했다면 이 시대에도 있었을 겁니다! 세계사에는 부정적 사건이 일어나지 않으니까요. 우리가 정말 위대하고 본질적인 것을 모두 과거로 돌리는 것은 무슨 뜻이겠습니까? 호메로스와 예수는 이 시대에 다시 나올 수 없습니다. 하물며 그들을 뛰어넘는 인물이 나올 수 없다는 건 두말할 필요가 없죠. 또한 아가雅歌*보다 더 아름다운 노래도 없습니다. 고딕과 르네상스는 평원 앞의 거대한 산맥처럼 근대 앞에 우뚝 서 있습니다. 게다가 오늘날 위대한 통치자는 어디에 있습니까?! 나폴레옹의 행위도 파라오에 비하면, 칸트의 작업도 부처가 남긴 것에 비하면, 괴테의 성취도 호메로스에 비하면 지극히 단편적이지 않습니까! 하지만 결국 우리는 무언가를 위해 살고 있고, 무언가를 위해 살아야 합니다. 그렇다면 여기

---

* 구약성서의 한 편. 여덟 장으로 된 문답체의 노래로, 남녀 간의 아름다운 연애를 찬양하고 있다. 저자는 솔로몬으로 추측되지만 확실치는 않다.

서 어떤 결론을 도출해낼 수 있을까요? 결국 그것은……" 여기서 아른하임은 말을 멈추고 그 결론을 말하는 것이 망설여진다고 솔직하게 털어놓았다. 우리가 중요하게 받아들이고 위대하게 여기는 모든 것이 우리 삶의 가장 내밀한 힘과는 아무 관련이 없다는 결론밖에 나오지 않기 때문이라는 것이다.

"힘이라고요?" 투치 국장이 물었다. 하지만 사람들이 대부분의 일을 너무 중요하게 받아들인다는 점에는 이의를 제기하지 않았다.

"오늘날엔 누구도 그 대답을 모릅니다." 아른하임이 답했다. "문명의 문제는 가슴으로만 해결할 수 있습니다. 새로운 인간의 등장으로, 내면의 비전으로, 순수한 의지로 말입니다. 오성은 위대한 과거를 자유주의로 약화시키는 것밖에 이룬 게 없습니다. 하지만 어쩌면 우리는 충분히 멀리 보지 못하고 너무 작은 잣대로만 재고 있는지도 모르죠. 모든 순간이 세계 전환의 순간이 될 수 있습니다!"

그렇게 되면 평행운동을 위해 할 수 있는 일은 아무것도 남지 않을 거라고 디오티마는 반박하고 싶었지만, 이상하게도 아른하임의 어두운 표정에 마음을 빼앗겼다. 그녀 속에는 최신 서적을 읽거나 최신 그림들에 대해 이야기할 때면 늘 마음을 짓누르는 짐이 있었다. 최신 것들을 공부해야 한다는 부담감이었다. 그런데 예술에 대한 아른하임의 염세적인 의견을 들으니 원래부터 마음에 들지 않았던 많은 현대적 미로부터 해방되는 기분이 들었다. 과학에 대한 염세주의도 마찬가지였다. 그것은 문명에 대한 공포, 그리고 곳곳에 알아야 할 중요한 것들이 널려 있다는 공포를 누그러뜨려주었다. 그래서 현대에 희망이 없다는 아른하임의 선고는 뜻하지 않은 자비처럼 느껴졌다. 아른하임의 멜랑콜리가 어떤 식으로든 자신과 연결되어 있다는 생각이 그녀의 가슴을 짜릿하게 훑고 지나갔다.

50. 계속되는 발전. 투치 국장은 아른하임이라는 인물을 좀더 자세히 알아보기로 마음먹다

디오티마의 짐작이 옳았다. 아른하임은 영혼에 관한 자신의 책을 읽은 이 아름다운 여인의 가슴이 오인할 수 없는 어떤 명백한 힘에 의해 고양되고 감동받은 것을 눈치챈 순간부터 평소와는 달리 소심해졌다. 그 자신이 인식한 대로 이를 짧게 표현하자면 지상에서 예기치 않게 하늘을 만난 도덕주의자의 소심함이었다. 이 상태를 느껴보고 싶다면, 사방에 온통 희고 부드러운 깃털이 떠다니는 푸르고 고요한 웅덩이밖에 없는 상황을 상상해보면 된다.

자체로 보면, 도덕적 인간은 마치 도덕 외에는 자기 소유라고 할 만한 것이 없는 가난하고 체념적인 인간들에게서 나는 냄새처럼 우스꽝스럽고 불쾌하다. 도덕에는 위대한 사명이 필요하고, 그 사명에서 도덕의 의미가 생겨난다. 때문에 아른하임은 항상 세계사를 통해, 혹은 자신의 행동에 베푼 이데올로기적 세례를 통해 도덕적으로 기우는 성향을 보완했다. 사유를 권력의 영역으로 끌어들이고 사업을 정신적 문제와 관련시키는 것이 그가 가장 즐겨하는 발상이었다. 그는 역사를 새로운 삶으로 채우기 위해 역사 자체에서 비유를 끌어오는 것을 좋아했다. 그가 보기에, 오늘날 금융의 역할은 가톨릭교회의 역할과 비슷했다. 지배 권력과 관계하면서 때로는 고개를 숙이고 때로는 고개를 빳빳이 쳐드는 막후의 힘이라는 것이다. 그는 종종 자신이 그 활동으로 보면 추기경 같다고 생각했다. 그런데 이번에 오스트리아로 온 것은 상당 부분 일시적 감정 때문이었다. 지금껏 어떤 여행도 아무 목적 없이 기분에 따라 떠난 적이 없었지만, 이번만큼은 어쩌다 여행 계획을 세우게 됐는지, 게다가 꽤나 중요한 그 계획이 어디서 비롯되었는지 도무지 떠오르지 않았다. 아무래도 예기치 못한 영감과 갑작스러운 결정이 좌우한 듯했다. 그것은 아마 이곳의 좁지만 자유로운 환경 때문이었을 것이다. 이런 자유로움을 고려하면 설령 봄베이로 휴가를 갔더라도 지금 당도한 이 유별난 독일어권의 대도시보다 더 이국적으로 느끼지 못했을 거라는 생각이 들었다. 게다가 프로이센에서라면 이런 평행운동에서 그가 결코 모종의 역할을 맡게 될 수는 없었으리라는 생각도 그 결정에 한몫했다. 이 생각이 그를 하나의 꿈처럼 환상적이고 비논리적인 상태에 빠뜨렸다. 그의 영민한 실용적 사고가 그 꿈의 불합리성을 깨닫지 못한 것은 아니었지만, 그 동화 같은 매력을 차마 뿌리치지는 못했다. 물론 그는 이리로 온 목적을 스스로에게 훨씬 단순하고 직접적으로 납득시킬 수도 있었지만, 반복해서 이리로 돌아오는 것을 이성으로부터의 휴양으로 여겼다. 그럼에도 동화 속으로의 이 일탈을 통해 스스로 차고 있던 사업가적 정신의 명예로운 완장이 더럽혀졌다는 느낌을 받은 것은 어쩔 수 없었다. 스스로에게 부여해야 했을 검은 도덕적 지점을 골고루 문질러 보편적 회색 음영으로 만들었다는 자책이었다.

이것은 투치 국장이 있는 자리에서 어둠을 들여다보면서 이루어진 아른하임만의 폭넓은 사색이었다. 그러나 이런 일은 두 번 다시 일어나지 않았다. 투치 국장이 대개 잠시 나타났다가 사라져서 그렇기도 했거니와 아른하임 또한 정말 다양한 부류의 사람들에게 자신의 생각을 나누어주어야 했기 때문이다. 그가 보기에, 이 아름다운 땅의 사람들은 놀라울 정도로 수용력이 뛰어난 것 같았다. 아른하임은 백작 앞에서는 비판을 비생산적인 것이라고, 이 시대를 신이 없는 시대라고 불렀다. 그러면서 인간을 부정적 실존에서 구할 수 있는 길은 오직 가슴을 통한 길뿐이라고 다시 한번 강조했다. 디오티마에게는 이에 더해, 문화적으로 융성한 게르만의 이 남쪽 땅만이 게르만적인 본질과 어쩌면 세계까지도 이성주의와 물질주의의 과잉으로부터 해방시켜줄 수 있을 거라고 주장했다. 부인들에게 둘러싸여서는, 군비경쟁과 영혼의 상실에서 인류를 구원하기 위해서는 내면의 부드러움을 조직화하는 것이 필요하다고 역설했고, 전문 직종에서 일하는 사람들에게는 횔덜린의 말을 인용해서 독일에는 사람이 없고 직업만 있다고 설파했다. "어느 누구도 좀더 고귀한 통일성에 대한 감각 없이는 자신의 직업에서 무언가를 성취해낼 수 없습니다. 특히 금융가들이 그렇죠!" 그는 이것으로 설명을 마쳤다.

사람들은 그의 말을 듣기 좋아했다. 사유가 풍부한 사람이 돈까지 많은 경우는 무척 드물었기 때문이다. 그와 대화를 나눈 사람들은 평행운동 같은 사업이 지극히 위험한 정신적 모순들로 가득찬 수상쩍은 사안이라는 인상을 받았기에, 그 말고는 이 위험한 운동을 이끌 적임자가 없을 것 같다는 느낌을 더욱 강하게 받으며 자리를 떠나곤 했다.

아른하임의 영향력이 집안 곳곳에 깊이 스며든 것을 눈치채지 못했다면 투치 국장은 이 나라의 고위 외교관이라 할 수 없을 것이다. 다만 어쩌다 그렇게 된 건지 도무지 이해가 되지 않았을 뿐이다. 물론 그런 내색은 하지 않았다. 자신의 생각을 드러내지 않는 것이 외교관이었다. 투치는 이 이방인이 무척 불쾌했다. 개인적으로도 그랬지만 근본적으로도 그랬다. 아른하임이 아내의 살롱을 공공연히 모종의 비밀스러운 목적을 위한 작전실로 선택했다는 사실 자체가 도전으로 느껴졌다. 투치는 대부호가 도나우강변의 이 황국 수도를 그렇게 자주 찾는 것은 오직 이 유서 깊은 문화 한가운데에 있으면 정신이 아주 편안해지기 때문이라는 아내의 설명을 결코 곧이곧대로 믿지 않았다. 하지만 그 수수께끼를 풀 단서를 찾을 수 없다는 것이 문제였다. 관가에서는 아직 그런 종류의 인간을 만난 적이 없었기 때문이다.

디오티마가 아른하임을 평행운동의 지도적 자리에 앉히려는 계획을 털어놓으며 그에 반대하는 백작에 대해 불평을 늘어놓자 투치는 상당한 충격을 받았다. 사실 평행운동에 대해서건 라인스도르프 백작에 대해서건 많은 생각을 하지 않았지만, 아내의 이 발상만큼은 정치적으로 너무 주제넘게 여겨졌다. 다년간 아내를 제대로 교육시켰다고 자부해왔는데, 그것이 일순간에 사상누각처럼 무너지는 느낌이었다. 심지어 속으로 이런 비유적 표현을 사용하고 있는 자신도 놀라웠다. 비유라는 것이 너무 문학적인데다 사회적으로 저급한 냄새를 풍겨 평소에는 전혀 사용하지 않았던 것이다. 그런데 이번에는 그 비유를 사용하면서 가슴이 철렁 내려앉을 듯 동요했다.

그러나 디오티마는 자신의 입장을 계속 강력하게 밀고 나갔다. 약간 뻔뻔스러워지기도 했다. 그녀는 세계 흐름에 대한 정신적 책임을 더는 하릴없이 각 분야의 지도자들에게 일임하려 하지 않는 새로운 종류의 사람들에 대해 이야기했다. 그다음엔 여성적 감각에 대해 말했다. 가끔 예언적 능력으로 나타날 뿐 아니라 일상에 길들여진 직업인들보다 훨씬 멀리 내다볼 수 있는 여성적 직관이었다. 마지막으로 그녀는 말했다. 아른하임은 유럽인이다. 그것도 전 유럽에서 이름난 지성이다. 유럽의 국가 경영 방식은 충분히 유럽적이지 못한데다 너무나 비정신적이다. 옛 오스트리아 문화가 서로 다른 언어를 쓰는 상이한 군주국의 종족들을 하나로 묶었듯이, 세계적 오스트리아의 정신이 전 세계에 휘몰아치기 전에는 세계 평화가 결코 달성될 수 없다고 했다. 그녀는 이제껏 남편의 권위에 그렇게 단호하게 맞선 적이 없었다. 그럼에도 투치 국장은 이 이야기를 듣고 일시적으로 심적 안정을 되찾았다. 지금껏 아내가 추진하는 일을 양복을 재단하는 문제보다 중요하게 여긴 적이 없을 뿐 아니라 남들이 아내에게 경탄하는 것을 보면 자신도 행복했고, 그래서 이 문제를 좀더 너그럽게 생각하기로 했다. 마치 화려한 색깔을 좋아하는 여자가 너무 알록달록한 리본을 고른 것처럼 받아들이기로 한 것이다. 그래서 오스트리아 문제에 대한 결정권을 공공연히 낯선 프로이센인에게 맡기는 것은 남자들 세계에선 있을 수 없는 일처럼 비친다는 말을 진지하고 정중하게 되풀이했을 뿐 더이상의 반박은 하지 않았다. 그러면서 지나가는 말로, 그렇게 특수한 위치에 있는 남자와 교분을 맺으면 이점이 있을 거라면서, 만일 자신이 앞서 한 말들을 두고 그녀의 살롱에서 아른하임을 자주 보는 일이 불쾌하다는 의미로 추론한다면 그건 오해라고 단단히 못박았다. 하지만 속으로는, 시간이 흘러가면 그 이방인을 덫에 빠뜨릴 기회가 반드시 올 거라는 희망 섞인 예측을 하고 있었다.

아른하임이 곳곳에서 성공을 거두는 것을 지켜보면서 투치는 디오티마가 이 남자와 너무 깊이 관계하는 게 아닌가 하는 생각이 다시 들었다. 게다가 이제는 아내가 평소와 달리 자신의 뜻을 존중하지 않고, 반기를 들고, 자신의 염려를 과대망상으로 치부하는 일까지 생겼다. 투치는 아내의 말에 일일이 대꾸하며 싸우는 대신 자신의 예상이 맞아떨어져 승리의 나팔을 불게 될 순간을 기다리기로 마음먹었다. 그러던 중, 그런 생각에 더욱 박차를 가하는 사건이 발생했다. 어느 날 밤이었다. 투치는 잠을 자다가 아득히 먼 곳에서 흐느끼는 듯한 소리에 설핏 잠이 깼다. 처음에는 별 신경을 쓰지 않았다. 그게 무슨 소리인지도 알아차리지 못했다. 그런데 이따금 톡톡 뛰어오듯이 영혼의 거리감이 줄어들더니 한순간에 그 소리가 위협적인 불안으로 다가왔다. 그는 화들짝 놀라 침대에서 벌떡 일어났다. 옆으로 돌아누운 디오티마는 기척이 없었다. 하지만 어쩐지 깨어 있는 느낌이 들었다. 그는 아내의 이름을 여러 번 나직이 부르며 부드럽게 그녀의 하얀 어깨를 잡아 자기 쪽으로 돌리려고 했다. 그런데 어깨 위로 나타난 얼굴이 어둠 속에서 그를 사납게 노려보고 있었다. 반항심이 묻어나는 얼굴은 울고 있었다. 그런데 투치는 그사이 다시 봇물처럼 밀어닥친 잠을 이기지 못하고 도로 베개에 머리를 묻고 말았다. 고통스럽게 일그러진 디오티마의 얼굴이 이제 눈앞에 환하게 떠 있는 느낌이었다. 그로서는 도무지 이해가 안 되는 표정이었다. "무슨 일이오?" 그가 잠에 취해 저음으로 웅얼거렸다. 앙칼지고 차가운 대답이 그의 귀에 꽂혔다. 마치 물에 빠진 반짝거리는 동전처럼 그의 귓속에 내려앉는 듯했다. "당신이 자꾸 뒤척이니까 도무지 잠을 잘 수가 없어요!" 디오티마는 강경하고 또렷하게 말했다. 그는 이 말을 알아듣기는 했지만, 더는 그 비난에 반응하지 못하고 곯아떨어지고 말았다.

투치는 다만 심각하게 부당한 일이 자신에게 일어났다고 느꼈다. 그의 소신에 따르면, 잠을 잘 자는 것은 외교관의 중요한 덕목 중 하나였다. 그것이 모든 성공의 조건이었기 때문이다. 그래서 잠을 잘 때는 방해를 받아서는 안 되었다. 그랬기에 디오티마의 말은 심각한 도전처럼 느껴졌다. 아내가 변한 것 같았다. 물론 잠을 자면서는 그 생각이 아내의 부정을 구체적으로 의심하는 수준에까지 이르지는 않았지만, 자신이 느끼는 이 불편한 마음이 아른하임과 관련 있음을 한순간도 의심하지 않았다. 어쨌든 그는 화난 상태로 아침까지 쭉 잤고, 그 고약한 인간에 대해 좀더 알아보기로 굳게 마음먹으며 일어났다.

51. 피셸의 집

여기서 피셸은 로이드은행의 그 이사를 말한다. 좀더 정확히 말하자면 이사 직함을 가진 이사 대우였다. 그는 라인스도르프 백작의 초대를 받고도 도저히 이해하지 못할 이유로 깜박 잊어버린 바람에 그뒤로는 더이상 초대받지 못했다. 사실 그런 초대를 받은 것도 아내 클레멘티네 덕분이었다. 그녀는 유서 깊은 관료 가문 출신이었다. 아버지는 회계청장이었고, 할아버지는 재무관이었으며, 형제 셋도 여러 정부 부처에서 고위직을 맡고 있었다. 이십사 년 전 그녀가 레오와 결혼하기로 마음먹은 데는 두 가지 이유가 있었다. 하나는 고위 관료의 집은 종종 형제가 많아 나중에 상속받을 재산이 적을 것이라는 계산 때문이었고, 다른 하나는 좀더 낭만적인 이유였다. 그러니까 지독하게 아끼며 생활해야 하는 친정에 비하면 은행원은 정신이 자유롭고 시대에 맞는 직업처럼 보였고, 또 19세기의 교양인이라면 타인을 유대인이냐 가톨릭교도냐에 따라 평가하지 말아야 했기 때문이다. 사실 당시 그녀는 세간의 분별없는 반유대주의적 선입견에서 벗어나는 것을 특히 교양 있는 행동이라고 느꼈다.

하지만 나중에 이 불쌍한 여자는 전 유럽에서 민족주의 정신이 솟구치고, 그와 동시에 유대인에 대한 공격이 들불처럼 번지는 것을 보게 되었다. 그 들불은 그녀의 품에 있는 남편을 하루아침에 존경받는 자유로운 정신에서 사회를 좀먹는 이질적인 종족의 부패한 정신으로 만들어버렸다. 처음에는 그녀도 '도량이 넓은 가슴'의 온전한 분노로 열렬히 그에 맞서 싸웠지만, 시간이 지날수록 점점 옥죄어오는 이 잔인한 적대감에 기가 꺾이고 보편화된 선입견에 잔뜩 위축되고 말았다. 남들을 대할 때는 여전히 처녀 때의 원칙을 따르고 있었지만 자신과 남편 사이에 서서히 심각해지기 시작한 성격적 차이와 갈등에 대해서는 급기야 어깨를 으쓱하며 이렇게 설명하게 되었다. 둘 사이에 이렇게 금이 간 것은 레오의 혈통이 자신과 선천적으로 다르기 때문이라고. 특히 남편이 석연치 않은 이유로 계속 이사 대우의 꼬리표를 떼지 못하고, 앞으로도 이사가 될 가능성이 전혀 없다는 것이 확인되었을 때 둘의 갈등은 더욱 심해졌다.

사실 이런 갈등은 원칙적으로 상호간의 이해 부족에서 연유한 것일 뿐이었다. 많은 부부들이 그렇듯, 서로에게 눈멀어 달콤했던 신혼기가 지나면 자연스럽게 불행한 충돌의 시기가 수면 위로 떠오르기 때문이다. 레오가 승진하지 못하고 만년 증권 담당 국장으로 눌러앉게 된 뒤로는 클레멘티네도 더는 남편의 고유한 기질이 곱게 보이질 않았다. 그전에는 남편이 조용하고 낡은 청사 사무실이 아니라 "시대의 덜덜거리는 베틀" 앞에 앉아 있어서 그렇겠거니 하고 넘어갔다. 그런데 지금이라면 괴테의 이 인용문 때문에 남편과 결혼하지 않았을 수도 있을 것 같았다. 옛날에는 코 중앙에 걸친 코안경과 함께 영국 귀족 같은 인상을 풍기던 남편의 잘 다듬은 구레나룻도 이제는 증권중개인 같은 느낌만 줄 뿐이었다. 거동과 말투에 밴 그의 습관 하나하나도 이젠 견딜 수가 없었다. 물론 처음엔 클레멘티네도 그런 남편을 고쳐보려고 애썼다. 하지만 곧 예상치 못한 거대한 난관에 부딪혔다. 세상 어디에도 어떤 구레나룻이 귀족 같고 어떤 구레나룻이 증권중개인 같은지, 혹은 손동작과 연계해서 코의 어느 지점에 코안경을 걸쳐야 열정적으로 비치는지 냉소적으로 비치는지 판단할 합당한 기준이 없었기 때문이다. 게다가 레오 피셸 본인도 그런 점을 고칠 생각이 전혀 없었다. 그는 자신을 관가에 뿌리깊은 기독교적 게르만적 미의 이상에 맞는 스타일로 바꾸려는 시도들을 사회적인 난센스라 여겼고, 그런 걸로 논쟁하는 것 자체가 이성적인 남자에게는 가치 없는 짓이라며 거부했다. 그래서 아내가 불만을 하나하나 토로할 때마다 그는 이성의 거대한 지침을 강조했다. 이렇게 해서 피셸의 집은 차츰 상반된 두 세계관의 싸움판으로 변해갔다.

피셸 이사는 철학하기를 좋아했다. 물론 매일 십 분 정도에 그쳤지만. 그는 인간 삶에 확고한 이성적 토대가 있다고 생각했고, 거대 은행의 체계화된 질서에 따라 생각하면 정신적으로도 분명 이득이 생긴다고 믿었으며, 신문에 보도되는 새로운 진보에 관한 내용을 매일 만족스럽게 받아들였다. 이성과 진보의 흔들림 없는 지침을 신봉한 덕분에 그는 아내가 트집을 잡아도 그냥 어깨를 으쓱하거나 짧게 대꾸하며 오랫동안 참고 넘어갈 수 있었다. 하지만 결혼생활이 해를 거듭할수록 지금껏 레오 피셸에게 유리하게 작용해온 자유주의적 원칙들, 즉 자유로운 정신과 인간 존엄, 자유무역의 위대한 이상들에 서서히 금이 가기 시작하더니 급기야 이성과 진보가 서양 사회에서 인종주의와 거리의 구호들에 밀려 쫓겨나는 불행한 일이 생기게 되었고, 레오도 그런 시대적 변화에서 무사하지 못했다. 물론 처음엔 그런 변화를 그냥 부정해버렸다. 라인스도르프 백작이 '공적인 영역에서의 불쾌한 현상'을 부정하는 것처럼 말이다. 레오는 그런 시대적 바람이 저절로 지나가기만을 기다렸다. 이 기다림은 올곧은 신조를 가진 사람들에게 삶이 내린 분노의 고문, 그 첫 단계였다. 아직 피부로 확 와닿지는 않았지만 말이다. 두번째 단계는 대개 그렇듯 '독'이었다. 이 독은 도덕, 예술, 정치, 가족, 신문, 서적, 사회관계 전반에 새로운 변화의 바람이 물방울이 되어 똑똑 떨어지는 현상이었는데, 거기엔 이미 돌이킬 수 없다는 무기력한 감정과 이미 일어난 일을 인정할 수밖에 없다는 격앙된 부정이 수반되어 있었다. 피셸 이사는 한 방울 한 방울 떨어지던 시대적 광기의 물줄기가 소나기를 지나 지속적인 비로 변하는 세번째 네번째 단계도 겪어야 했다. 시간이 지나면서 그것은 매일 십 분씩 철학하는 인간에게 가장 끔찍한 고문 중 하나가 되었다.

레오는 얼마나 많은 사안에서 얼마나 많은 사람의 의견이 다를 수 있는지 알고 있었다. 자신이 옳다는 것을 인정받으려는 충동, 즉 인간 존엄과도 거의 동등한 의미를 지닌 이 욕구가 피셸의 집에서 과도하게 활개를 치기 시작했다. 그 욕구는 수천 년 동안 수많은 경탄스러운 철학, 예술작품, 책, 행위, 당파를 낳았다. 그런데 경이로우면서도 광신적이고 괴물 같은, 인간의 본성에 내재한 그 충동이 매일 집에서 십 분 정도 철학을 하고, 기본적인 집안일에 이러쿵저러쿵 의견을 내놓는 것에 그쳐야 한다면 발갛게 달아오른 납 방울처럼 뼈아픈 상처를 안길 수 있는 날카로운 조각으로 무수히 파열될 수밖에 없다. 그래서 레오의 그런 충동은 집에서 일하는 하녀를 해고하는 문제나, 이쑤시개를 식탁 위에 두는 것이 옳은가 그른가 하는 문제에 부딪혀 파열되고 말았다. 하지만 어떤 문제에 부딪히더라도 그 충동은 즉시, 내적으로 무한한 두 세계관으로 재구성되는 능력이 있었다.

이런 것도 낮에는 그럭저럭 견딜 만했다. 낮에는 사무실에 있었기 때문이다. 하지만 밤이 되면 다시 인간으로 돌아왔다. 그것이 그와 클레멘티네의 관계를 더욱 악화시켰다. 원칙적으로, 현대에는 모든 일이 복잡해진 탓에 인간은 단 한 분야에만 정통할 수밖에 없었다. 레오 피셸에게 그것은 대출과 유가증권이었다. 따라서 밤에는 굴복하는 성향을 보였다. 반면에 클레멘티네는 남편의 이런 태도에도 날카롭고 뻣뻣하게 굴었다. 의무에 충실한 관료 집안에서 자랐기 때문이다. 게다가 그녀는 신분 의식 때문에 침실을 따로 쓰는 것을 용납하지 않았다. 그러잖아도 비좁은 집을 더 좁게 만들 수는 없다는 것이 표면적인 이유였다. 그런데 공동 침실일 경우 방에 불이 꺼지면 남자는 보이지 않는 객석 앞에서, 보람차기는 하지만 이미 진부해져버린 영웅 역을 맡은 배우처럼 행동해야 한다. 일종의 으르렁거리는 사자 역이다. 그런데 레오 앞의 어두운 관객석은 수년 전부터 찬사든 거부든 어떤 식의 반응도 보이지 않았다. 그러면 어떤 강심장이라도 버티기 힘들 것이다. 아침에도 가정의 관습에 충실하게 함께 식사를 했지만, 클레멘티네는 시체처럼 뻣뻣하게 얼어붙어 있었고 레오는 눈치를 보며 잔뜩 예민해져 있었다. 딸 게르다조차 매번 이런 상황을 알아챘고, 공포와 씁쓸한 반감 속에서 결혼생활이란 밤중의 고양이 싸움과 비슷하다고 생각했다.

스물세 살의 게르다는 부모의 가장 큰 갈등거리였다. 레오는 딸아이를 위해 좋은 혼처를 물색할 시간이 되었다고 생각했다. 그런 아버지에게 게르다는 말했다. "아빠는 너무 구식이에요!" 그녀의 남자 친구들은 죄다 게르만 민족주의 성향을 가진 크리스천이었는데, 가족을 먹여 살릴 전망이 전혀 안 보이고, 그러면서도 자본을 경멸하고, 이제껏 어떤 유대인도 인류의 위대한 상징이 될 능력을 증명하지 못했다고 생각하는 청년들이었다. 레오는 그런 아이들을 몹쓸 반유대주의자라고 부르며 집에 들이지 못하게 했다. 그러면 게르다는 말했다. "아빠가 이해를 못하는 거예요! 그건 그냥 상징이에요." 게르다는 빈혈에다 성격이 예민해서 조심스럽게 다루지 않으면 금방 흥분해서 폭발해버렸다. 그래서 레오는 딸아이가 그런 남자들과 사귀는 것을 묵과할 수밖에 없었다. 그 옛날 오디세우스가 자기 집안에 들어앉은 페넬로페의 구혼자들을 용인해야 했던 것처럼. 그에게 게르다는 삶의 빛이었다. 물론 그렇다고 해서 말없이 인내만 한 것은 아니었다. 그건 그의 천성이 아니었다. 그는 도덕과 위대한 이념이 무엇인지 스스로 안다고 믿었고, 그래서 딸아이에게 좋은 영향을 끼치려고 틈나는 대로 그런 이야기를 해주었다. 그럴 때마다 게르다는 대답했다. “그래요, 만일 근본적으로 아빠 생각과 다르게 봐서는 안 된다고 한다면 아빠 말이 무조건 맞아요!” 게르다가 이런 말을 할 때 클레멘티네는 어떻게 했을까? 아무것도 안 했다! 순종적인 표정으로 입을 다물고 있을 뿐이었다. 그러나 레오는 아내가 그의 등뒤에서는 딸아이의 말에 맞장구를 치고 있을 거라고 확신했다. 마치 자기가 상징이 무엇인지 알기라도 하는 것처럼! 레오는 자신의 훌륭한 유대인 두뇌가 아내보다 뛰어나다고 생각했다. 그렇게 생각할 근거도 충분했다. 그래서 아내가 게르다의 비정상적인 생각을 통해 자기가 남편보다 낫다고 은근히 자부하는 것을 볼 때마다 머리 꼭대기까지 화가 치밀었다. 왜 하필 그가 갑자기 이 시대에 맞는 사고를 할 수 없게 되었을까? 그들 모두 같은 시스템 속에 살고 있지 않은가! 그는 지난밤이 떠올랐다. 그것은 사람의 자존심을 은근히 긁는 정도가 아니었다. 명예를 송두리째 뒤집어버리는 것이었다! 밤이면 사람은 잠옷 하나만 입는다. 잠옷 밑에서는 바로 성격이 나타난다. 어떤 전문지식도 어떤 전문적 노하우도 그를 보호하지 못한다. 그저 자신의 전 인격을 내걸 뿐이다. 그 밖에 다른 건 없다. 그렇다면 화제가 기독교적 게르만 민족주의로 넘어가면 왜 클레멘티네는 마치 남편이 야만인 같다는 표정을 짓는 것일까?

요즘 사람들은 휴지가 빗물에 견디지 못하듯 의심을 견디지 못한다. 클레멘티네는 레오를 매력적으로 생각하지 않게 된 뒤로 그를 참을 수 없어했고, 레오는 클레멘티네가 자신을 못 미더워한다고 느낀 이후 집안 곳곳에서 음모의 냄새를 맡았다. 세간의 관습과 지식들로 길들여진 세상 모든 이들처럼 두 사람은 욕망, 성격, 운명, 행위를 통해 서로 의

존관계를 맺고 있다는 선입견에 젖어 있었다. 그러나 실상은 다르다. 삶은 반 이상이 행위가 아니라 외부에서 주입된 틀에 박힌 사고로 이루어진다. 다시 말해 이것은 이렇게 봐야 하고 저것은 저렇게 봐야 한다는 사유의 틀, 그리고 어디선가 들어서 알게 된 것들의 비인격적인 더미로 이루어져 있다. 이 부부의 운명은 대부분 음울하면서도 질기고 혼란스러운 한 사고층에 좌우되었다. 그 사고들은 결코 그들의 것이 아니라 여론이라는 타자의 것이었고, 개인의 생각도 여론 변화에 따라 무방비 상태로 바뀌어갈 수밖에 없었다. 이런 비인격적 의존성에 비하면 인격적 상호 의존성은 극히 작은 일부이자, 터무니없이 과장된 찌꺼기일 뿐이었다. 두 사람은 각자 사생활을 갖고 있다고 스스로를 기만함으로써 상대방의 성격과 생각을 의문시했지만 정작 그 싸움의 비현실성은 온갖 불쾌한 일들에 가려져 있었다.

남편은 카드놀이를 못하고, 예쁜 아가씨들과 노는 즐거움을 모르고, 업무로 지치고, 가정에 대한 의무감으로 힘들어하는 데 반해 아내는 밤낮으로 가정을 지키는 것 외에 다른 일은 전혀 하지 않으면서 가정에 대한 어떤 낭만적인 상상에도 더는 현혹되지 않는 것이 레오 피셸의 불행이었다. 딱히 어디라고 특정할 수도 없이 사방에서 자신을 향해 죄어와 질식할 것 같은 감정이 종종 들었다. 그는 사회라는 몸에서 착실히 자기 의무를 다하는 하나의 작고 유능한 세포였다. 그런데 몸 곳곳에 퍼져 있던 중독된 체액이 그 세포에도 스며들기 시작했다. 그는 삶의 반려자 때문에 궁지에 처하고 청춘 시절부터 지켜온 이성적 사고방식을 포기할 이유를 찾지 못하는 중늙은이로서 영혼적 삶에 공허함을 느끼기 시작했다. 비록 그게 철학에 대한 자신의 요구를 훨씬 뛰어넘는 것이었지만. 아무튼 그는 영원히 모양을 바꾸는 영혼적 삶의 무정형성과 느리지만 모든 것을 끊임없이 뒤엎는 작용 또한 감지했다.

레오가 라인스도르프 백작의 초대에 답하는 걸 깜박 잊었던 것도 온 신경이 이런 가정 문제에 쏠려 있었기 때문이다. 그후 아침마다 그는 투치 국장의 집에서 진행되는 일들에 대한 이야기를 비난처럼 들어야 했는데, 게르다조차 아빠의 실수로 상류사회에 들어갈 좋은 기회를 놓쳐버린 것을 무척 서운하게 여겼다. 물론 피셸도 자신의 상관과 중앙은행 총재가 그 모임에 참석하는 걸 알았기에 모녀의 질책에 양심의 가책을 느끼지 않을 수 없었다. 하지만 누구나 잘 알고 있듯이, 자신의 책임과 결백함 사이에서 괴로워하는 사람일수록 외부의 비난을 완강히 거부하는 법이다. 그래서 전문 직종에서 일하는 사람의 우월의식을 내세우며, 말로만 하는 그런 애국적 사안을 하찮은 것으로 치부하려 했다. 그러나 그때마다 돌아온 것은 따끔한 충고였다. 파울 아른하임처럼 시대를 주도하는 금융가는 그렇게 생각하지 않는다는 것이다. 레오 피셸은 아내뿐 아니라 평소에는 엄마와 반대편에 서는 딸아이조차 이 남자에 대해 그렇게 많은 것을 알고 있는 것이 놀라웠다. 더구나 증권거래소에서도 아른하임에 대해 많은 놀라운 이야기들이 나돌자 레오는 수세에 몰린 기분이었다. 남들의 말에 맞장구를 칠 수도 없고, 그렇다고 그런 광대한 사업망을 갖춘 남자가 대단치 않다고 주장할 수도 없는 노릇이었기 때문이다.

수세에 몰렸다고 느낀 피셸은 거기에 맞게 적절히 방어 자세를 취했다. 다시 말해 투치의 집, 아른하임, 평행운동, 자신의 초대 거부와 관련한 남들의 온갖 암시와 빈정거림에 대해 짐짓 모르는 척 입을 다문 것이다. 그러면서 아른하임의 체류와 관련한 정보를 알아내려 촉각을 곤두세웠고, 이 애국운동의 허무맹랑함을 한방에 드러내고 그와 관련해 점점 고공행진을 하는 투치 집의 주가를 일거에 폭락시킬 사건을 남몰래 기다렸다.

52. 투치 국장이 부처 업무에서 하나의 결함을 확인하다

아른하임이라는 인물에 대해 자세히 알아보기로 마음먹은 지 얼마 지나지 않아 투치 국장은 자신이 관계하는 제국외무성 업무 체계에서 하나의 심각한 결함을 발견하고 흡족해했다. 즉 아른하임과 같은 인물이 정보 수집 대상에서 빠져 있었던 것이다. 투치는 교양서적 가운데 회고록 외에는 성서, 호메로스, 로제거만 읽었다. 그런 책을 즐긴 이유는 정신이 분산되는 것을 막아주었기 때문이다. 그런데 전체 외무성 내에 아른하임의 책을 읽은 사람이 하나도 없다는 것은 어딘가 잘못된 것 같았다.

투치 국장은 나머지 부서장들을 자기 사무실로 불러모을 권한이 있었지만, 아내의 흐느낌으로 불쾌한 밤을 보낸 그날 아침에는 자신이 직접 공보국장을 찾아갔다. 아른하임의 뒤를 캐려는 마음에서 나온 이 행동이 직분에 어울린다고는 할 수 없었기 때문이다. 공보국장은 투치 국장이 아른하임의 사사로운 부분까지 세세히 알고 있는 것에 놀라워하면서 자신도 그 사람의 이름을 자주 들었다고 시인했다. 하지만 그 남자에 관한 자료가 공보국에 보관되어 있느냐는 투치의 질문에는 손사래를 쳤다. 자기 기억으로 아른하임은 지금껏 공적 보고의 대상이 된 적이 없으며, 알다시피 언론 담당 부서는 민간인의 사사로운 말이나 의견까지 수집하지는 않는다는 것이다. 투치는 공보국장의 말을 긍정하면서도 오늘날에는 개인과 사건의 공적 의미와 사적 의미가 항상 명확하게 구분될 수 없다는 점을 지적했다. 공보국장은 투치의 날카로운 현실 인식에 공감을 표했고, 곧 두 국장은 자신들의 시스템상에 주목할 만한 결함이 있다는 데 의견을 같이했다.

그날은 유럽 전체에 별일이 없는 날임이 분명했다. 두 국장이 오전부터 총무실장을 불러, 당장은 내용이 없더라도 파울 아른하임 박사의 자료집부터 만들어놓으라고 지시했기 때문이다. 총무실장 다음으로는 문서실장과 신문자료실장이 차례로 들어와 자기 부서의 자료 목록에는 아른하임 파일이 없음을 즉석에서 자신만만하게 보고했다. 마지막에는 날마다 신문들을 샅샅이 검토해서 상부에 발췌문을 올리는 공보관들이 불려왔다. 그들 역시 아른하임에 관한 질문을 받자 진지한 표정을 지으며, 그 인물이 신문 지면에 무척 자주 등장하고 호의적으로 언급되는 것이 사실이지만 그의 저작들에 대해선 특별히 보고할 것이 없다고 확언했다. 단언컨대, 그의 활동은 공적인 보고 대상이 아니라는 것이다. 외무성이라는 기계의 흠잡을 데 없는 기능은 언제든 버튼을 누르기만 하면 곧바로 실행되었고, 모든 관료는 자신의 성실성을 충분히 입증했다는 감정을 안고 그 방을 나섰다. 공보국장이 만족스러운 표정으로 투치에게 고개를 돌리며 말했다. "역시 제가 말한 그대로 아닙니까? 아는 사람이 하나도 없습니다."

두 국장은 기품어린 미소로 보고를 듣고 난 뒤 지금은 화려한 가죽

소파 위에 박제 인형처럼 가만히 앉아 있었다. 주변 사물에 둘러싸인 모습이 호박琥珀 속에 영원히 갇힌 파리 표본과 비슷했다. 마리아 테레지아 시대에 만들어진 이 사무실에는 붉고 푹신한 카펫이 깔려 있고 높직하고 검붉은 커튼이 달려 있었다. 햇빛이 쏟아져 들어온 공간은 황금빛으로 환했다. 두 사람은 방금 발견한 시스템상의 결함이 쉽게 개선될 수 없음을 직감적으로 알아차렸다. 공보국장이 말했다. "우리 부서에서는 모든 공적인 발언을 검토합니다. 그런데 '공적'이라는 개념에는 분명한 선이 있어야 합니다. 지방의회에서 어떤 의원이 무슨 말로 타인의 발언에 끼어들었는지는 십 분 안에 우리 자료실에서 찾을 수 있다고 장담합니다. 지난 십 년 동안에 있었던 의사 진행 방해 발언도 그게 대외정책에 관한 것이라면 길어야 삼십 분 안에 틀림없이 찾을 수 있습니다. 그건 신문의 정치 기사들도 마찬가지죠. 우리 직원들은 성실히 일하고 있습니다. 물론 권력과 말 사이의 상관관계가 확실한 구체적이고 책임 있는 발언들에 한해서만 그렇죠. 가령 지극히 개인적인 에세이가 있다고 칩시다. 순수 전문적인 시각으로 볼 때, 발췌와 카탈로그를 전담하는 우리 직원은 그 에세이를 어떤 표제어 아래 기록해야 할까요?…… 누구를 예로 들어볼까요?"

투치는 디오티마의 살롱을 자주 들락거리는 신진 작가의 이름을 하나 댔다.

공보국장은 그 이름을 잘 알아듣지 못한 사람 같은 표정으로 불안스레 투치를 바라보았다. "좋습니다, 그 사람을 예로 들죠. 근데 그 사람의 말 중에 주목해야 할 것과 무시해도 될 것을 가르는 기준은 어디에 있을까요? 게다가 세상엔 정치시가 널려 있습니다. 우리가 그런 시 나부랭이를 쓰는 인간들을 전부 검토해야 할까요? 아니면 궁정극장의 작가들만 검토하면 될까요?"

두 국장은 웃었다.

"그런 인간들이 무슨 생각을 하는지 어떻게 정확히 알 수 있겠습니까? 특히 그걸 쓴 사람이 실러나 괴테라면 말입니다. 물론 그들 작품 속엔 무언가 고상한 게 있겠죠. 하지만 실용적인 목적으로 해석하면 전혀 앞뒤가 맞지 않아요."

이쯤 되자 두 사람은 무언가 '불가능한' 일을 무모하게 시도했다는 사실을 분명히 깨달았다. '불가능하다'는 말은 감각이 예민한 외교관들의 취향에는 사회적 웃음거리가 되는 말이기도 했다. 투치가 미소를 지으며 맞장구를 쳤다. "그렇다고 도서 비평가나 연극 비평가를 내각에 앉힐 수도 없고. 하지만 다른 한편으론, 좀더 자세히 들여다보면 그런 사람들이 세상의 주도적인 의견 형성에 영향력이 없다고 할 수는 없고, 또 그런 측면에서 정치에도 영향을 끼친다는 점은 부인할 수 없을 거요."

"하지만 세상의 어떤 외무성도 그런 일은 못하죠." 공보국장이 거들었다.

"물론이오. 하지만 쉬지 않고 떨어지는 물방울이 바위를 뚫는다고 하지 않소?" 투치는 이 격언이 모종의 위험을 잘 표현하고 있음을 알아차렸다. "이 문제를 다룰 조직을 만들어봐야 하지 않겠소?"

"모르겠습니다. 저는 좀 저어되네요." 듣고 있던 국장이 말했다.

"그건 나도 마찬가지요!" 투치가 덧붙였다. 대화가 끝나갈 즈음 그는 혀에 백태가 낀 것처럼 무언가 꺼림칙한 느낌이 들었다. 자신이 방금 한 말이 헛소리인지, 아니면 자신의 강점이기도 한 날카로운 통찰력이 발휘된 것인지 명확히 구분할 수 없었다. 공보국장도 그렇기는 마찬가지였다. 그래서 두 사람은 나중에 이 문제를 다시 논의하기로 약속했다.

어쨌든 공보국장은 이 문제를 좀더 확실히 마무리짓기 위해 아른하임의 저작을 모두 주문해서 관청 도서관에 비치하라는 지시를 내렸다. 한편 투치 국장은 정치국으로 가서 아른하임이라는 인물에 관한 상세 정보를 보내줄 것을 베를린 대사관에 요청했다. 이것이 지금 그가 취할 수 있는 유일한 방법이었다. 이 정보가 도착하기 전까지는 아내를 통해 아른하임에 대해 듣는 수밖에 없었는데, 들을수록 심기가 불편해졌다. 볼테르의 말이 떠올랐다. 인간은 생각을 감추기 위해 말을 하고, 불의를 정당화하기 위해 생각한다는 것이다. 맞는 말이었다. 특히 외교라는 것이 그랬다. 그런데 진정한 의도를 말 뒤에 감추기 위해 아른하임처럼 그렇게 많은 말을 하고 글도 많이 쓰는 인간이 있다는 사실에 마음이 불안해졌다. 아른하임은 꼭 배후를 캐야 할 하나의 새로운 현상이었다.

53. 모스브루거가 다른 감옥으로 이송되다

매춘부 살인자 크리스티안 모스브루거에 대한 재판 기사들이 신문 지상에서 사라진 지 며칠 만에 그는 사람들의 뇌리에서 잊혔고, 여론의 관심은 이미 다른 대상으로 옮겨갔다. 소수의 전문가 집단만 계속 그를 다루었는데, 그의 변호사는 무효 소송을 제기하고 정신감정을 재차 의뢰하는 한편 그 밖에 몇 가지를 더 진행했다. 그로써 사형 집행은 무기한 연기되었고, 모스브루거는 다른 감옥으로 이송되었다.

모스브루거는 이송 과정에서 당국이 보여준 삼엄한 경비에 우쭐해했다. 장전한 소총과 많은 인원, 수갑, 족쇄, 이 모든 게 그에 대한 관심과 두려움의 증거였는데, 그는 이런 것들이 마음에 들었다. 호송차에 오르기 전에는 주변의 경탄하는 얼굴들을 둘러보았고, 행인들의 놀라워하는 시선에 눈길을 주었다. 거리를 휩쓰는 찬바람에 머리카락이 휘날렸다. 2초가량 질식할 것 같은 느낌이 들었다. 뒤에서 호송병이 그를 차 안으로 밀어넣었다.

모스브루거는 자부심이 강했다. 그래서 그렇게 떠밀리는 것을 좋아하지 않았다. 그 거구는 경비병들이 때리고 호통치고 비웃을까 두려웠다. 그래서 손발이 묶인 채 경비병들의 얼굴을 똑바로 바라보지 못하고 차 앞쪽으로 순순히 걸음을 옮겼다.

그러나 죽음은 두려워하지 않았다. 살면서는 목매달려 죽는 것보다 더 고통스러운 일을 자주 견뎌내야 한다. 몇 년을 더 살고 덜 사는 것은 중요하지 않다. 그는 오랫동안 감금된 자의 수동적 자부심 덕분에 벌을 두려워하지 않았다. 삶에도 미련이 없었다. 삶에 미련을 둘 게 과연 무엇이 있을까? 봄바람이나 널찍한 국도, 혹은 태양은 분명 아니었다. 그것들은 사람을 피곤하게 하고 덥게 만들고 먼지만 뒤집어쓰게 할 뿐이다. 그것을 잘 아는 사람이라면 누구도 좋아하지 않는다. '이렇게 말할 수는 있지.' 모스브루거는 생각했다. '어제 내가 식당 저 구석자리에서 아주 맛있는 돼지고기 구이를 먹었다고.' 이것은 그 자체로 좀더 중요한 사건일 수 있다. 하지만 그런 일은 포기하고 살 수도 있다. 모스브루거가 정말 좋아했던 것은 야망을 이루는 것이었다. 물론 그런 노력은 항상 어처구니없는 모욕으로 돌아왔지만. 차바퀴의 어지러운 울림이 차체와 긴 의자를 지나 그의 몸으로 전해져왔다. 문창살 뒤로 보도블록과 화물차가 휙휙 지나갔다. 이따금 남자와 여자, 아이들이 일그러진 모습으로 창살 사이를 지나가기도 했다. 저멀리 앞에서 마차가 달려왔다. 가까이 다가올수록 점점 커지는 마차는 마치 대장간 모루의 불꽃처럼 사방으로 생명의 불꽃을 튀기기 시작했다. 말들의 머리가 문을 뚫을 듯이 달려왔고, 이어 달그락거리는 말발굽 소리와 고무 타이어의 부드러운 소음이 차체를 스쳐지나갔다. 모스브루거는 천천히 고개를 돌려 옆벽과 이어지는 천장을 바라보았다. 바깥에서 소음이 울려퍼졌다. 소음으로 이루어진 팽팽한 천 위를 어떤 사건의 그림자들이 이쪽저쪽으로 휙휙 지나다니는 듯했다. 모스브루거는 호송차를 타고 가는 이 시간이 하나의 기분전환처럼 느껴졌다. 그 안의 내용물에 대해선 별로 신경을 쓰지 않으면서 말이다. 두 감옥 사이에 놓인 이 어둡고 느릿느릿한 십오 분의 시간이 마치 하얀 포말을 일으키는 불투명한 시간처럼 지나가고 있었다. 자유도 늘 이런 식으로 경험해왔다. 그렇다고 유달리 좋지는 않았다. 그는 생각했다. '마지막 식사를 하고 성직자와 간수들이 지켜보는 가운데 십오 분 만에 모든 게 끝나는 사형 집행도 크게 다르지 않을 거야. 그 일 역시 나름의 바퀴를 타고 춤추듯이 앞으로 나아갈 거고, 지금 차가 덜커덩거릴 때마다 의자에서 미끄러지지 않으려고 애쓰는 것처럼 사람들은 계속 바쁘게 제 할일을 하겠지. 나는 사형이 집행되는 동안에는 많은 것을 보고 듣지 못할 거야. 주위에서 사람들이 소리를 지르며 뛰어다닐 것이기 때문이지. 모든 것에서 벗어나 끝내 평화를 찾게 된다면 얼마나 좋을까!'

살고자 하는 욕망에서 해방된 사람의 우월감은 무척 강하다. 모스브루거는 경찰에서 자신을 처음 심문한 형사과장이 떠올랐다. 품위가 묻어나던 그 남자는 나직이 말했다. "이봐요, 모스브루거 씨, 간절히 부탁하겠소. 내가 성공하도록 좀 도와주시오!" 모스브루거는 대답했다. "좋소, 성공하고 싶다면 이제 조서를 씁시다." 판사는 나중에 둘 사이에 이런 말이 오간 사실을 믿지 않으려 했지만, 형사과장이 법정에 출두해서 모스브루거의 말을 사실로 확인해주었다. "당신이 당신 자신을 위해서는 양심껏 털어놓지 못하는 사실을 나를 위해 털어놓음으로써 내게 개인적인 만족감을 안겨주지 않겠소?" 형사과장이 모스브루거에게 했다는 이 말이 법정에서 재현되는 순간 재판장조차 싱긋 웃음을 머금었다. 그때 모스브루거가 자리에서 일어났다. "형사과장님의 진술에 깊은 경의를 표합니다!" 그는 이렇게 큰 소리로 외치고는 우아하게 허리를 숙이며 덧붙였다. "형사과장님은 당시 저한테, 우리가 다시는 볼일이 없을 거라고 했지만 오늘 이렇게 다시 뵙게 돼서 얼마나 기쁘고 영광인지 모르겠습니다."

자기 자신과 완전히 일치된 자의 미소가 모스브루거의 얼굴에 환하게 피어올랐다. 그래서 지금 맞은편에서 그와 똑같이 호송차가 흔들릴 때마다 이쪽저쪽으로 몸이 쏠리는 경비병의 존재조차 잊어버렸다.

54. 울리히는 발터, 클라리세와의 대화에서 반동적 태도를 취하다

클라리세가 울리히에게 말했다. "모스브루거를 위해 뭐라도 해야 해요. 그 살인자는 음악적이에요!"

시간이 비는 날 오후 울리히는 마침내 발터의 집을 방문했다. 경찰에 체포되는 바람에 심각한 방해를 받아 미루어진 방문이었다.

클라리세는 울리히의 양복저고리 가슴 깃을 잡았다. 발터는 그 옆에 짐짓 무심한 표정을 짓고 서 있었지만 속내는 그렇지 않은 듯했다.

"그게 무슨 말이지? 음악적이라는 게?" 울리히가 웃으면서 물었다.

클라리세는 쾌활하면서도 부끄러워하는 표정을 짓고 있었다. 마치 자기도 모르게 부끄러움이 모든 표정을 뚫고 솟구쳐나오는 듯했다. 그녀는 부끄러워하는 표정을 다시 집어넣으려고 장난기를 섞어 얼굴을 활짝 폈다. 이윽고 그녀가 울리히의 옷깃을 놓았다. "별거 아니에요. 근데 당신 요즘 아주 대단한 사람이 되었더라고요!" 역시 속내를 알기 쉽지 않은 여자였다.

그사이 날씨는 다시 겨울로 돌아갔다가 봄으로 바뀌었다. 여기 같은 교외에는 아직 눈이 쌓여 있었다. 하얀 들판 사이로 시커먼 물 같은 거뭇거뭇한 땅이 보였다. 해는 대지를 골고루 비추고 있었다. 클라리세는 오렌지색 재킷을 입고 파란 털모자를 썼다. 셋이 산책을 하는 중이었다. 울리히는 자연의 황량한 풍경 한가운데서 그녀에게 아른하임의 저작들을 설명해야 했다. 그의 저작들은 대수학에 관한 일련의 문제들, 벤젠고리, 유물론적 역사관, 보편적 역사관, 교량 지지대, 음악의 발전, 자동차의 본질, 하타 606, 상대성이론, 보어의 원자론, 자열 용접법, 히말라야 식생대, 정신분석, 개인심리학, 실험심리학, 생리심리학, 사회심리학, 그 밖에도 시대를 풍요롭게 하면서도 선하고 온전하고 통일적인 인간은 나오지 못하게 하는 여타 성취들을 주제로 다루었다. 게다가 그는 무척 편안한 방식으로 내용을 풀어나갔다. 왜냐하면 사람들이 이해하지 못하도록 쓰는 것은 비생산적인 오성의 일탈에 지나지 않는다고 믿었을 뿐 아니라 진리는 언제나 단순한 것이고, 인간 존엄이고, 만일 별들과 연합해서 단순하게 살 수만 있다면 누구나 획득할 수 있을, 초인간적인 진실들에 대한 본능이라고 확신했기 때문이다. 울리히가 설명했다. "오늘날 그와 비슷한 주장을 펼치는 사람들은 많아. 그럼에도 유난히 아른하임의 말에 귀를 기울이게 되는 이유는 그 사람이 모든 걸 정확히 알고 말하는 위대한 부호라고 믿기 때문이지. 그러니까 히말라야에도 직접 가봤고, 자동차도 있고, 벤젠고리도 원하는 만큼 낄 수 있는 사람이라는 거야."

클라리세는 벤젠고리가 어떻게 생겼는지 궁금해했다. 홍옥수 반지에 대한 기억이 어렴풋이 떠올랐던 것이다.

"당신은 그런 게 없어도 매력적이야, 클라리세!" 울리히가 말했다.

"클라리세가 그런 쓸데없는 화학식을 이해할 필요가 없어서 얼마나 다행인지 모르겠군!" 발터가 그녀를 변호하고 나섰다. 그러더니 아른하임의 저작들까지 변호했다. 아른하임은 사람이 상상할 수 있는 최고라고는 할 수 없지만 어쨌든 현대가 만들어낸 최고임은 틀림없다. 그는 새로운 지성의 출현이다! 이론의 여지가 없는 과학적 지성이면서 동시에 그런 지식의 영역을 뛰어넘는 인물이다! 산책은 이렇게 끝났다. 그 결과 발은 젖었고, 머리는 마치 겨울 해에 반짝거리는 앙상한 나뭇가지가 망막에 파편처럼 박힌 듯 예민해졌으며, 뜨거운 커피를 마시고 싶은 공통의 욕구와 쓸쓸한 인간적 감정이 일었다.

눈에 젖은 신발에서 김이 났다. 클라리세는 방이 더러워지는 것이

기뻤다. 발터는 내내 여성적인 느낌이 물씬 나는 입술을 삐죽거렸다. 싸움거리를 찾고 있었던 것이다. 울리히는 평행운동에 대해 이야기했다. 이윽고 아른하임을 두고 싸움이 시작되었다.

"나는 아른하임과는 생각이 달라." 울리히가 같은 말을 반복했다. "오늘날 과학적 인간은 불가피해. 알려고 하지 않는 건 불가능하기 때문이지! 어느 시대도 전문가와 비전문가 사이의 격차가 오늘날만큼 컸던 적은 없어. 전문 안마사나 피아노 연주자를 떠올려보면 알지. 요즘은 경마장에서도 특별한 준비 조치 없이는 말을 트랙으로 내보내지 않아. 오직 인간 존재의 문제에서만 각자가 결정을 내려야 한다고 생각하는 것 같아. 인간이 인간으로 태어나 인간으로 죽는다는 낡은 선입견도 여전하고! 하지만 나는 오천 년 전의 여자들이 요즘과 토씨 하나 다르지 않은 연애편지를 썼다는 걸 알면서도 그런 편지를 읽을 때마다 언젠가는 그게 달라져야 하지 않을까 스스로 묻곤 해!"

클라리세는 공감하는 눈치였다. 반면에 발터는 모자 핀으로 뺨을 찔러도 눈썹 하나 까딱하지 않을 수도사처럼 태연히 미소를 지었다.

"그 말은 당분간 인간이 되기를 거부하겠다는 말로 들리는데!" 발터가 반박했다.

"뭐, 대충은. 어쭙잖은 딜레탕트 느낌이 나기는 하지만!"

울리히가 잠시 숙고하더니 다시 말을 이어갔다. "전문가라는 사람들은 결코 완벽하지 못해. 미숙할 뿐 아니라 자기 일을 완성하겠다는 생각도 못해. 어쩌면 그런 소망조차 갖지 못할 거야. 가령 연구자가 영혼을 생물학적 심리적으로 완전히 분석해서 자유자재로 다루는 법을 알아낸다면 그때도 아직 인간에게 영혼이 있다고 할 수 있을까? 그런데도 우리는 그걸 목표로 삼고 추구해나가! 그게 문제지. 지식은 행동이자 열정이야. 원칙적으로는, 허락되지 않은 행동이지. 알아야 한다는 심리적 압박도 알코올중독이나 섹스중독, 폭력중독처럼 균형을 잃은 성격을 만들어내거든. 연구자가 진리를 추구한다는 건 완전히 잘못된 말이야. 반대로 진리가 연구자를 추구하지. 연구자는 그냥 진리를 겪는 거야. 진실한 것은 연구자와 상관없이 진실해. 그건 사실도 마찬가지고. 연구자는 진실한 것에 대한 열정만 있을 뿐이야. 사실적인 것에 대한 중독이 그의 핵심 성격이지. 그래서 자신의 연구 결과로 전체적이고 인간적이고 완벽한 것이 나오건, 아니면 다른 무엇이 나오건 전혀 신경을 쓰지 않아. 연구자라는 인간들은 괴로워하면서도 엄청난 실행력을 갖춘, 모순으로 가득찬 존재야!"

"그래서?" 발터가 물었다.

"그래서라니?"

"설마 이대로 끝내려는 건 아니겠지?!"

"이대로 끝내고 싶어." 울리히가 차분하게 대답했다. "우리 주변 세계와 우리 자신에 대한 시각은 날마다 바뀌지. 우린 과도기에 살고 있어. 그리고 우리가 우리 자신의 근원적인 사명을 지금까지보다 더 잘 완수하지 못하면 이 시대는 어쩌면 지구의 종말까지 이어질지도 몰라. 하지만 아무리 어둠 속에 빠져 있더라도 공포에 질린 어린아이처럼 노래를 불러선 안 돼. 지상에서 어떻게 처신해야 하는지 잘 아는 것처럼 구는 것도 공포에 질려 노래를 부르는 것에 지나지 않아. 바닥에 쓰러져 울부짖을 수도 있지만, 그것도 공포에서 나오는 행동이야! 나는 우리가 말을 타고 질주하고 있다고 확신해! 목표까지는 아직 너무 멀어. 목표는 도무지 가까워지지 않고, 눈에 보이지도 않아. 가다가 길을 잃을 때도 많을 테고, 또 중간에 말도 갈아타야겠지. 하지만 모레가 될지 이천 년 후가 될지는 몰라도 언젠가 지평선이 흐르기 시작하면서 우리를 향해 노호하듯이 달려올 거야!"

어둑어둑해졌다. '이제는 누구도 내 얼굴을 볼 수 없겠군.' 울리히는 생각했다. '내가 거짓말을 하는 건지 나 자신도 모르겠어.' 그는 자기 자신에 대해서도 확신하지 못하면서 몇십 년 동안 있었던 일을 확실하게 정리해서 말하려는 사람 같았다. 문득 방금 발터에게 밝힌 젊은 시절의 꿈이 이미 오래전에 빈껍데기가 되었다는 사실이 떠올랐다. 더는 말하고 싶지 않았다.

"그럼 삶의 모든 의미를 포기해야 한다는 건가?!" 발터가 날카롭게 대꾸했다.

울리히는 그런 의미를 어디다 쓰려고 하느냐고 되물었다. 그런 것이 없어도 얼마든지 잘 살 수 있다는 뜻이었다.

클라리세가 키득거렸다. 나쁜 뜻으로 그런 게 아니라 울리히의 물음이 재미있게 느껴졌던 것이다.

발터는 불을 켰다. 울리히가 어둠을 이용해 클라리세 앞에서 얼굴을 숨기는 것을 더는 두고 볼 수 없었기 때문이다. 신경을 거스르는 날카로운 불빛이 세 사람 위에 쏟아졌다.

울리히는 고집스레 설명해나갔다. "사람이 살아가는 데 필요한 건 내가 하는 일이 이웃들보다 더 잘되고 있다는 확신뿐이야. 그러니까 자네 그림, 내 수학, 또 누군가의 아이와 아내 같은 것들 말이야. 이 모든 것을 통해 우리는 자신이 결코 특출한 존재는 아니지만 바로 이 방식,

그러니까 자신이 결코 특출하지 않다는 방식으로 자기 같은 사람도 흔치 않다는 확신을 갖고 싶어해!"

발터는 아직도 앉지 않았다. 속에서 무언가 꿈틀거렸다. 승리감이었다. 그가 소리쳤다. "자네가 지금 무슨 말을 하고 있는지 알기나 해? 대충 살아가자는 거잖아! 역시 자네는 오스트리아인이야. 대충 살자는 오스트리아 국가철학을 가르치고 있는 거라고!"

"그게 자네 생각만큼 나쁘지 않을 수도 있어." 울리히가 대답했다. "예리함과 엄밀함 혹은 아름다움을 뜨겁게 갈망하다보면 현대적 정신에 입각해서 무언가를 추구하는 것보다 대충 사는 게 더 마음에 들 수도 있다고! 어쨌든 자네가 오스트리아의 세계적 사명을 발견한 걸 축하하네."

발터는 반박하고 싶었다. 그러나 그의 내면에서 꿈틀거린 감정이 승리감이었을 뿐 아니라, 어떻게 표현해야 좋을지 모르겠지만 이 방을 잠깐 나가고 싶다는 소망이기도 했다는 사실을 이제야 깨달았다. 그는 두 욕구 사이에서 갈등했다. 둘 다 부인할 수 없었다. 이윽고 그의 시선이 울리히의 눈을 지나 천천히 문 쪽으로 미끄러졌다.

둘이 남게 되었을 때 클라리세가 말했다. "그 살인자는 음악적이에요. 그 말은……" 그녀가 잠시 말을 멈추더니 이내 비밀스럽게 말을 이어갔다. "설명하기는 어렵지만, 어쨌든 당신은 그 사람을 위해 뭔가를 해야 해요."

"나더러 뭘 하라고?"

"석방시켜요."

"지금 꿈꾸는 거야?"

"아까 발터한테 이야기한 것과는 다르지 않아요?!" 클라리세의 눈이 대답을 독촉하는 듯했다. 울리히 자신도 짐작할 수 없는 대답을.

"당신이 뭘 원하는지 모르겠어." 울리히가 대답했다.

클라리세는 그의 입술을 꼿꼿이 바라보며 같은 말을 반복했다. "그래도 내가 말한 대로 해야 해요. 그러면 당신도 바뀔 거예요."

울리히는 그녀를 가만히 살펴보았다. 이해가 되지 않았다. 뭔가를 흘려들은 게 분명했다. 그녀의 말에 의미를 부여하는 비유나 은유를 놓친 것 같았다. 이처럼 의미가 빠진 말을 마치 그녀의 일상적 경험을 듣듯이 자연스럽게 듣고 있으려니 퍽 야릇했다.

그때 발터가 돌아왔다. "내 자네 말을 인정하지." 그가 말을 꺼냈다. 잠깐의 공백이 그의 마음을 누그러뜨린 모양이었다.

발터는 피아노 앞 작은 의자에 앉아 흙이 묻은 자기 신발을 만족스럽게 내려다보며 생각했다. '울리히의 신발에는 왜 흙이 묻어 있지 않을까? 흙이야말로 유럽인의 마지막 구제책일 텐데.'

그러나 울리히는 발터의 신발 위로 뻗은 다리를 바라보고 있었다. 검은 면양말을 신은 다리는 연약한 여자 다리처럼 볼품없었다. "요즘 같은 시대에 파편화되지 않은 온전한 인간이 되겠다고 노력하는 사람은 높이 평가해야지." 발터가 말했다.

"그런 인간은 이제 없어." 울리히가 말했다. "신문만 봐도 알 수 있지. 거기엔 온통 제대로 가늠할 수 없는 불투명함뿐이야. 라이프니츠의 사고 능력마저 뛰어넘을 만큼 많은 일이 적혀 있지. 우리가 알아채지 못하고 있지만, 인간은 달라졌어. 이제는 온전한 인간이 온전한 세계를 마주보고 있는 것이 아니라, 인간의 극히 작은 부분이 보편적 배양액

속에서 움직이고 있어."

"맞는 말이야." 발터가 곧바로 말했다. "괴테가 말한 그런 온전한 교육은 더이상 없어. 때문에 오늘날엔 모든 생각에 반대 생각이 존재하고, 모든 성향에 반대 성향이 존재하지. 모든 행위와 반대 행위는 지성 속에서 각각 명민한 근거를 찾아내고, 사람들은 그 근거를 들이대며 남의 행위를 방어하거나 공격해. 나는 자네가 어떻게 그런 경향을 옹호하는지 이해가 안 돼!"

울리히는 어깨를 으쓱했다.

"인간은 완전히 뒤로 물러나야 해." 발터가 나직이 말했다.

"이대로 계속 갈 수도 있어." 친구가 대답했다. "어쩌면 우린 개미국가나 다른 비기독교적 분업의 형태로 나아가는 중일지도 몰라." 울리히는 개인적으로, 사람은 의견이 엇갈려 다툴 수도 있지만 의견이 완전히 일치할 수도 있다는 생각을 했다. 그의 정중한 말에서 젤리 속의 알갱이처럼 생생한 경멸감이 씹혔을 것이다. 자신의 마지막 말도 발터를 화나게 했을 것 같았다. 문득 자신과 완전히 의견이 똑같은 사람과 대화를 나누고 싶은 갈망이 뜨겁게 불타올랐다. 예전엔 발터와도 그런 대화가 가능했던 순간들이 있었다. 그때는 비밀스러운 힘에 의해 말이 가슴에서 우러나왔고, 한마디도 목표를 빗나가지 않았다. 반면에 혐오를 품고 하는 말은 마치 얼음 평원 위의 안개처럼 솟구쳤다. 그는 아무 원망 없이 발터를 바라보았다. 대화가 계속될수록 발터 또한 마음이 더욱 꼬이면서 그 책임을 울리히에게 돌리고 싶어할 거라고 확신했다. '사람의 생각은 모두 애정 아니면 혐오야!' 울리히는 생각했다. 순간 이 말이 정말 맞게 느껴졌다. 가까이 붙어 선 인간들이 살을 맞대고 움직일 때 느끼는 육체적 압박만큼이나 생생하게 말이다. 울리히는 클라리세를 돌아보았다.

클라리세는 두 사람의 대화에 귀기울이지 않은 지 벌써 오래인 듯했다. 언제부턴가 앞 테이블에서 신문을 집어들고 앉아 있었다. 그러고는 뭐가 그렇게 즐거운지 자신 속을 들여다보고 있었다. 그녀는 펼쳐든 신문에서 울리히가 말한 가늠할 수 없는 불투명함을 느꼈다. 벌어진 두 팔 사이에서 어둠이 열렸다. 몸이 나무 몸통이라면 두 팔은 몸통을 잇는 들보 같았고, 그 사이에 신문이 걸려 있었다. 이러고 앉아 있는 것이 즐거웠다. 하지만 그것을 표현할 말이 떠오르지 않았다. 다만 자신이 아는 것은 시선만 신문을 향해 있을 뿐 읽고 있지는 않다는 사실이었다. 울리히 속에 비밀스러운 야만성이 숨어 있는 느낌도 들었다. 그것이 무엇인지 정확히 알 수는 없었지만, 어쨌든 그녀 자신에게도 낯설지 않은 힘이었다. 그녀의 입술이 미소를 지을 것처럼 살짝 벌어졌다. 경직 상태에서 약간 풀어져 자신도 모르게 그런 듯했다.

발터가 나직이 말을 이었다. "오늘날 진지하고 이성적인 것, 혹은 쉽게 간파할 수 있는 것이 더이상 없다고 한다면 자네 말이 맞아. 하지만 전체를 깊이 병들게 하는 이 모든 것의 책임이 점점 세력을 넓혀가는 이성에 있다는 사실은 왜 외면하지? 오늘날 모든 사람의 머릿속엔 점점 이성적으로 행동하려는 갈망이 있어. 예전보다 더 삶을 합리화하고 전문화하려는 갈망이기도 하지. 하지만 그러면서도 만일 우리가 모든 것을 인식하고 분석하고 유형화하고 기계화하고 표준화했을 때 과연 우리가 어떻게 될지 생각할 능력은 없어. 이대로 계속 갈 수는 없어."

"글쎄," 울리히는 태연하게 대답했다. "수도승 시대의 기독교인들은 구름과 하프만 있는 약간 지루한 천국을 떠올리는 게 고작이었을 텐데도 믿음을 유지했어. 반면에 우리는 학창시절의 딱딱한 의자, 자, 끔찍한 분필을 떠올리게 하는 이성의 천국을 두려워하지."

"그 결과 판타지의 고삐 풀린 과잉이 나타날 거라는 느낌이 들어." 발터가 신중하게 덧붙였다. 이 말 속에는 비겁함과 계략이 약간 숨어 있었다. 그는 클라리세를 볼 때는 비밀스러운 반이성적인 면이 떠올랐고, 과잉으로 치닫는 이성에 대해 이야기할 때는 울리히를 염두에 두었다. 다른 두 사람은 이것을 인지하지 못했기에 그는 아픔과 승리감을 동시에 느꼈다. 클라리세의 반발을 사지 않고 얘기할 방법만 있다면, 울리히에게 이 도시에 머무는 동안 자신의 집을 더는 찾지 말 것을 간곡히 부탁하고 싶은 심정이었다.

그렇게 두 남자는 클라리세를 묵묵히 지켜보았다.

문득 두 남자가 더는 싸우지 않는 것을 알아차린 클라리세는 눈을 비비고는 울리히와 발터를 다정히 바라보았다. 노란 불빛 속의 두 남자는 마치 저녁의 진열창 속에 전시된 인형처럼 앉아 있었다.

55. 졸리만과 아른하임

젊은 여자를 죽인 크리스티안 모스브루거에게는 또다른 예찬자가 있었다. 몇 주 전 많은 사람이 그랬듯, 그의 죄와 고통에 관한 문제가 그녀의 마음을 깊이 사로잡은 것이다. 그녀는 이 사건에 대해 법적인 차원과는 약간 다른 견해를 갖고 있었다. 우선 크리스티안 모스브루거라는 이름이 마음에 들었다. 이 이름에서는 이끼 무성한* 물방앗간 옆에 앉아 우르르쿵쾅 물 떨어지는 소리에 귀를 기울이는 고독하고 키 큰 남자가 떠올랐다. 그녀는 그에게 씌워진 혐의가 전혀 예기치 않은 방식으로 말끔히 벗겨지리라 확신했다. 부엌이나 다이닝룸에서 바느질을 하고 있을 때면 모스브루거가 쇠사슬을 벗어던지고 다가오는 모습이 생생히 그려졌다. 그다음에는 거친 상상이 이어졌다. 크리스티안이 그녀, 즉 라헬을 제때 알았더라면 살인을 포기하고 전도유망한 강도 우두머리의 길을 걸었을지 모른다는 상상도 그중 하나였다.

감옥에 갇힌 이 불쌍한 남자는 디오티마의 속옷을 수선하려고 몸을 숙일 때마다 슬쩍 드러나는 한 처녀의 가슴이 자기 때문에 고동치고 있는 줄은 꿈에도 모르고 있었다. 투치 국장의 집에서 법원까지는 멀지 않았다. 독수리라면 날갯짓 몇 번으로 이 집 지붕에서 법원 지붕으로 날아갈 수 있는 거리였다. 그러나 대양과 대륙을 손바닥 뒤집듯 연결시키는 현대의 영혼에게도 바로 길 건너 모퉁이에 사는 다른 영혼과 연결점을 찾는 것만큼 불가능한 일은 없다.

그래서 라헬을 강하게 끌어당긴 그 충동의 물결도 다시 물러가버렸고, 얼마 전부터는 모스브루거 대신 평행운동을 사랑하게 되었다. 디오티마의 살롱에서는 일이 계획대로 원만하게 진행되지 못하고 있었음에도 살롱 앞의 대기실은 엄청나게 바빴다. 그전까지는 늘 주인이 부엌에 두고 간 신문을 읽을 여유가 있었지만, 새벽부터 밤늦게까지 평행운동의 파수꾼 역할을 맡게 된 뒤로는 그럴 시간이 없었다. 라헬은 디오

* '모스브루거'라는 이름에서 모스(Moos)는 이끼를 뜻한다.

티마와 투치 국장, 라인스도르프 백작, 대부호를 사랑했다. 그리고 울리히가 이 집에서 모종의 역할을 맡기 시작한 것을 눈치채고는 그도 사랑하기 시작했다. 상이한 냄새에 흥분하는 정도는 각각 달랐지만 주인집 친구들을 모두 한마음으로 사랑하는 개와 비슷하다고 할까? 하지만 라헬은 영리했다. 예를 들어 울리히가 항상 남들과 조금 반대된다는 사실을 금세 알아차렸다. 그래서 자기만의 판타지 세계에서는 그에게 평행운동에서 아직 드러나지 않은 특별한 임무를 맡겼다. 울리히는 언제나 그녀에게 다정한 시선을 보냈고, 라헬도 그가 유난히 오랫동안 자신을 관찰하는 것을 알아차렸다. 특히 그녀가 그 시선을 눈치채지 못했다고 여길 때 말이다. 라헬은 그가 자신에게 바라는 게 있다고 확신했고, 자신도 이미 그 소망을 들어줄 마음의 준비가 되어 있었다. 하얀 피부는 기대감으로 실룩거렸고, 아름다운 검은 눈에서는 유혹의 불꽃이 미세한 황금빛 화살촉처럼 그에게 쏟아져나갔다! 울리히는 잘 납득되지 않았지만, 화려한 가구와 손님들 사이를 돌아다니는 이 처녀애의 몸에서 관능이 뚝뚝 떨어지는 느낌을 받았고, 그 때문에 여러 번 정신이 산란해졌다.

울리히가 그렇게 라헬의 관심을 끈 것은 아른하임의 주도적 위치를 흔들어놓은 대기실의 비밀 대화 때문이 아니었다. 이 눈부신 대부호는 울리히와 투치 외에 제3의 적이 생긴 것을 모르고 있었다. 바로 그의 하인 졸리만이었다. 이 흑인 소년은 평행운동이 라헬에게 채워준 마법의 허리띠에서 반짝거리는 버클 역할을 했다. 주인을 따라 동화의 나라에서 라헬이 하녀로 일하는 거리로 온 이 재미있는 녀석은 오자마자 그녀만의 동화적 세계 안에서 손쉽게 특정 역을 맡았다. 등장인물들 간의 사회적 관계는 이랬다. 대부호는 태양이자 디오티마의 소유였고, 졸리만은 태양 속에서 황홀하게 빛나는 알록달록한 유리 조각이었는데 라헬이 그것을 집어 제 것으로 삼았다. 물론 소년의 생각은 달랐다. 그는 체구가 작았지만 벌써 열여섯에서 열일곱 살로 넘어가는 중이었고, 내면도 낭만과 악의, 자기주장으로 가득차 있었다. 아른하임은 예전에 이탈리아 남부의 한 무용단에서 이 소년을 빼내 자기 밑에 거두었다. 원숭이 같은 슬픈 눈빛과 불안으로 안절부절못하는 야릇한 태도가 아른하임의 마음을 건드린 것이다. 부호는 소년에게 더 나은 삶을 열어주기로 마음먹었다. 진실하고 충직한 교제에 대한 갈망에서 비롯된 결정이었는데, 그 갈망은 대개 외로운 사람들이 바쁜 대외 활동으로 감추는 은밀한 약점이기도 했다. 어쨌든 그는 졸리만을 열네 살까지 부잣집 유모의 자식처럼 큰 차별 없이 키웠다. 옛날 부잣집에서는 유모의 젖이 풍부하게 나오는 한 유모의 자식을 주인집 자식들과 똑같이 먹이고 함께 놀리며 키웠던 것이다. 졸리만은 밤낮 책상에 앉아 있거나, 아니면 주인이 유명한 손님들과 몇 시간씩 대화를 나눌 때면 주인의 발아래나 등뒤 혹은 무릎에 앉아 있었다. 스콧과 셰익스피어, 뒤마의 책이 책상 위에 뒹굴면 그 책들을 읽었고, 정신과학 편람으로 글쓰기를 배웠다. 또한 주인의 사탕을 먹었고, 어려서부터 아무도 없으면 주인의 담배를 피웠다. 잦은 여행 때문에 불규칙하기는 했지만 가정교사가 와서 그에게 기초 교육을 시키기도 했다. 그럼에도 졸리만은 이 모든 게 끔찍하게 지루했다. 그가 가장 좋아하는 일은 가끔 함께하도록 허락된 시종 일이었다. 그것이야말로 자신의 행위 욕구를 채워주는 진짜 어른스러운 일처럼 느껴졌다. 그러던 어느 날이었다. 그리 오래 지나지 않은 일인데, 주인이 그를 불러 다정하게 말했다. 처음에 졸리만에게 약속했던 만큼 다 해주지는 못했다. 하지만 이제는 졸리만도 어린애가 아니다. 자신은 주인으로서 어린 하인 졸리만을 한 의젓한 인간으로 만들 책임이 있다. 때문에 이제부터는 졸리만이 장차 되어야 할 사람에 맞게 대하려고 마음먹었다. 그래야 졸리만도 제때 그런 생활에 적응할 수 있다는 것이다. 그러면서 이렇게 덧붙였다. 성공한 많은 남자들은 구두닦이나 접시닦이로 출발했고, 그런 시작이 그들에게 인생을 살아가는 데 강력한 힘이 되어주었다. 인생에서 가장 중요한 건 무슨 일이 됐든 전력을 다하는 것이기 때문이다.

사치스러운 애완동물 같던 애매한 존재에서 숙식 제공에 약간의 봉급을 받는 하인 신분으로 바뀌어가는 동안 졸리만의 마음은 황폐해졌다. 아른하임이 예상하지 못한 일이었다. 졸리만은 주인의 말을 잘 이해하지 못했다. 그냥 감으로 짐작했을 뿐이다. 이런 변화가 있고 나서 그는 주인을 미워했다. 게다가 책과 사탕, 담배도 결코 포기하지 않았다. 다만 예전에는 그냥 좋아서 그랬다면 이제는 의도적으로 주인의 물건을 훔쳤고, 그걸로 복수심이 채워지지 않으면 주인의 물건을 부수거나 숨기거나, 아니면 그냥 버렸다. 그런 물건이 있었다는 걸 희미하게나마 기억하는 아른하임에게는 의아한 일이었지만, 그 물건들은 다시 나타나지 않았다. 이렇듯 졸리만은 짓궂은 요괴처럼 복수하면서도 해야 할 일이나 주인을 대하는 태도에서는 전혀 흐트러짐을 보이지 않았다. 여전히 그는 요리사와 하녀, 호텔 종업원, 그리고 여자 손님들에게 눈길을 끄는 하나의 특이 사건이었고, 이런 시선과 미소에 길들여져 버릇이 나빴다. 거리에 나가면 아이들이 경멸어린 시선으로 바라보았다.

아무튼 이런저런 이유로 그는 비록 차별받는 하인 신분이었음에도 스스로를 매력적이고 중요한 사람으로 여겼다. 주인조차 이따금 흐뭇해하며 대견하다는 눈길을 던지거나, 다정하고 현명한 조언을 해주었다. 사람들은 일반적으로 졸리만을 재주가 있고 호감이 가는 소년으로 칭찬했다. 그는 얼마 전 양심상 특별히 비난받을 짓을 저질렀을 때조차 직분에 충직한 미소를 지으며, 입천장에 달라붙을 만큼 차가운 얼음조각을 삼킨 것처럼 은밀한 승리감을 즐겼다.

라헬은 졸리만에게 이 집에서 전쟁이 준비되고 있는 것 같다는 말을 전함으로써 이 소년의 믿음을 샀다. 그런데 이후 자신의 우상 아른하임에 관해 지독하게 수치스러운 이야기를 들어야 했다. 졸리만은 늘 무덤덤하고 권태로운 태도에도 불구하고 상상력만큼은 검과 비수가 무수히 꽂힌 바늘꽂이와 비슷했고, 아른하임에 대해 이야기할 때는 말발굽 소리가 귀청을 때리고 횃불과 밧줄사다리가 춤을 추었다. 그는 라헬에게 자기 이름이 원래 졸리만이 아니라고 했다. 그러면서 이상한 울림의 긴 이름을 가르쳐주었지만 너무 빨리 말해서 라헬은 제대로 알아듣지 못했다. 나중에 그는 이런 비밀도 털어놓았다. 자기 아버지는 수천 명의 전사와 수많은 소, 노예, 보석을 소유한 아프리카 추장이었는데, 자신은 어릴 때 나쁜 인간에게 납치를 당했다. 아른하임은 언젠가 그 추장한테 엄청나게 비싼 값에 팔려고 그를 사들였다. 자기는 늘 도망치고 싶었지만, 아버지가 너무 먼 곳에 있어 불가능했다는 것이다.

라헬은 이 이야기를 믿을 만큼 미련하지 않았지만, 평행운동과 관련해서는 어떤 것도 믿지 못할 것이 없었기에 이 말도 믿었다. 물론 마음 같아서는 아른하임에 대해 그런 식으로 말해서는 안 된다고 졸리만에게 단단히 이르고 싶었다. 하지만 이를 졸리만의 그런 무례함에 대한 두려움 섞인 불신으로 확장시키지는 않았다. 왜냐하면 그녀가 보기에, 주인을 믿어선 안 된다는 주장이 평행운동에 대한 온갖 의구심에도 불구하고 그 운동의 엄청난 복잡성과 서서히 다가오는 흥미진진함을 보여주는 것으로 느껴졌기 때문이다.

그것은 폭풍우 구름이었다. 이끼 무성한 물방앗간의 그 키 큰 남자는 이 구름 뒤로 사라졌고, 작은 원숭이 같은 졸리만의 찡그린 얼굴 주름 속에 파리한 빛 한 점이 집중되었다.

56. 평행운동 위원회들의 활발한 활동. 클라리세가 백작에게 편지를 써 '니체의 해'를 제안하다

그 무렵 울리히는 매주 두세 차례 백작을 방문해야 했다. 그 집에 들어가면 늘 천장이 높고 황홀한 공간적 느낌을 주는 길쭉한 방이 그를 맞았다. 창가에는 마리아 테레지아 시대의 책상이 놓여 있고, 벽에는 붉고 푸르고 노란 물감이 은은히 빛나는 어두운 그림이 걸려 있었다. 쓰러진 적군 기사들의 배를 창으로 찌르는 기사들을 묘사한 그림이었다. 맞은편 벽에는 금실로 수놓은 코르셋으로 세심하게 배와 가슴을 감싼 외로운 부인의 그림이 걸려 있었다. 이 부인만 왜 이렇게 따로 외롭게 걸어놓았는지는 알 수 없었다. 그림 속의 부인은 라인스도르프 백작의 가족이 분명했기 때문이다. 분을 바른 젊은 얼굴은 눈밭 위에 찍힌 발자국이 젖은 진흙 위의 발자국과 닮은 것처럼 백작과 무척 비슷했다.

울리히는 백작의 얼굴을 볼 기회가 별로 없었다. 지난번 회의 이후 평행운동이 외적으로 상당한 비약을 이루면서 이제 백작은 위대한 이념에 전념할 시간이 없었다. 대신 청원서를 읽고, 손님들을 만나고, 협의를 하고 출타를 하느라 바빴다. 그는 이미 총리와 의견을 나누고 대주교와 협의를 거치고 궁내성 쪽과도 의견을 조율했을 뿐 아니라 상원에서는 고위 귀족 및 평민 출신의 귀족들과도 여러 번 회동했다. 울리히는 이런 자리에 초대받지 않아 이 정도의 내용만 알고 있었다. 사방에서 정치적 반발이 거세게 일 것으로 예상되기에 평행운동을 주도하는 사람들은 평행운동이 더 강력한 지지를 받을수록 전면에 나서지 않고, 대신 참관인에 가까운 사람들이 당분간 위원회를 이끌 것이라는 사실만 전해들었다.

반갑게도 시간이 지날수록 위원회들은 큰 발전을 이루어나갔다. 창립총회에서 결정된 바에 따라 위원회는 종교, 교육, 상업, 농업 등 거대 영역으로 분류되었고, 각 위원회에는 해당 부처의 대표자들이 참석했다. 모든 위원회는 이미 임무에 매진했다. 나머지 위원회들과 충분한 조율을 거쳐 신망 높은 해당 단체와 주민 대표를 섭외한 뒤 그들의 소망과 제안, 청원을 모아 중앙위원회에 전달한 것이다. 평행운동 관계자들은 이런 식으로 나라 안의 '주요한' 도덕적 힘들이 일목요연하게 중앙위원회로 흐르게 되기를 기대했고, 고맙게도 이런 식의 서신 왕래는 점점 증가하고 있었다. 얼마 전부터는 중앙위원회로 올라가는 분과위원회의 서신들이 이미 중앙위원회에 집결된 다른 서신들에 기초해서 작성되고 있었다. 그래서 각 서신은 점점 무게를 더해가는 한 문장으로 시작했다. "서신 번호 ○○번 및 ○○번, 혹은 /로마숫자 ○○번 서신과 관련해서……" 여기에 또다시 번호가 붙었고, 이 번호는 서신의 증가와 함께 점점 커져갔다. 이는 그 자체로 건강한 성장이었다. 외교관들은 준準공식적 루트로 오스트리아 애국운동의 힘이 외국에 어떤 식으로 영향을 주고 있는지 보고하기 시작했고, 외국 대사관들은 정보를 얻을 기회를 조심스럽게 타진했으며, 눈치 빠른 하원의원들은 의회에서 평행운동의 의도를 집중적으로 질문했다. 또한 민간의 힘도 기업들의 문의를 통해 표출되었다. 그러니까 기업들이 나서서 자신들도 제안을 할 수 있는지, 혹은 기업과 애국운동을 연계할 확고한 근거를 어디서 찾을 수 있는지 문의했다. 기구가 있었고, 기구가 있어 일을 했고, 일을 했기에 기구는 굴러가기 시작했다. 자동차가 드넓은 벌판을 달려가기 시작하면 운전대를 잡은 사람이 없어도 정해진 길을, 그것도 무척 인상적이고 특별한 길을 저절로 굴러가듯이 말이다.

그와 함께 강력한 추동력이 생겨났다. 라인스도르프 백작도 그것을 느꼈다. 그는 코안경을 걸치고 모든 서신을 매우 진지하게 처음부터 끝까지 읽어내려갔다. 이 일이 본궤도에 올라서기 전에는 열정만 넘치는 이름 없는 인간들의 제안과 소망만 책상 위에 산더미처럼 쌓였지만 지금은 그렇지 않았다. 청원과 문의들이 일개 백성들에게서 나온 것은 틀림없지만, 지금은 그래도 무슨 무슨 단체장들의 서명 아래 제출되어 있었다. 예를 들면 알프스조합, 자유사상연합, 마리아수녀회, 상업연맹, 사교연합, 시민클럽, 그리고 본격적인 바람이 불기 전에 살랑살랑 움직여대는 거리의 티끌처럼 개인주의에서 집단주의로 빠르게 앞서 달려가는 정체를 알 수 없는 작은 단체들이 있었다. 백작은 이들의 요구와 제안에 전부 동의할 수는 없었음에도 전체적으로 보면 아주 중요한 발전이 있음을 확인할 수 있었다. 그는 코안경을 벗고 참사관이나 비서에게 서신들을 넘겨주었다. 그러고는 말없이 만족스럽게 고개를 끄덕였다. 평행운동에 체계가 잡히고 있고 머지않아 진정한 길을 찾아가게 되리라는 느낌이 든 것이다.

참사관은 넘겨받은 서신을 대개 다른 서신들 위에 차곡차곡 쌓아놓았다. 그리고 그날 하루 가장 늦게 도착한 서신이 그 뭉치 위에 놓이면 백작 앞에서 읽었다. 그러면 백작은 보통 이렇게 말했다. "모두 훌륭해. 하지만 우리 목표의 핵심이 무엇인지 아직 확실하게 정해지지 않은 상태에서는 가타부타 대답할 수가 없어." 서신을 읽을 때마다 이런 말을 들었기에 그게 곧 참사관 자신의 의견이 되었다. 그는 포켓용 금박 연필을 들고 서 있다가 모든 서신의 끝에 마법의 주문처럼 '보'라고 써넣었다. 카카니엔 관료들이 널리 사용하는 이 주문은 '보류'의 약자로 '결정을 나중으로 미룬다'는 뜻이었는데, 전혀 손해볼 것도 없고 서두른다는 인상도 주지 않는 관료적인 용의주도함의 표본이었다. 예를 들어 한 하급 관리가 아내의 출산이 임박해 긴급 보조금을 신청하면 나중에 아이가 커서 경제적으로 독립할 때까지 보류 처분이 내려졌다. 이런 처분을 내리는 이유는 분명했다. 장차 법적으로 정리될 가능성을 남겨두는 동시에 부하 직원의 청을 매정하게 뿌리치고 싶지 않은 마음이 깔려 있었던 것이다. 명확하게 거부 의사를 밝혀 좋을 게 없는 힘있는 사람이나 관청의 청원도 마찬가지였다. 그들은 설령 다른 힘있는 사람의 반대로 청원이 각하되더라도 화를 낼 것이기 때문이다. 그래서 원칙적으로 관에 처음 접수되는 청원은 앞서 비슷한 전례가 있지 않은 한 보류되었다.

그러나 이런 관료적 습관을 조롱하는 것은 잘못된 일인지 모른다. 관료 사회 밖에서는 훨씬 많은 일들이 보류되고 있었기 때문이다. 예를 들어 지금도 왕들은 즉위식에서 터키인이나 이교도를 무찌르겠다고 선서하지만, 말만 그럴 뿐 그런 일이 일어난 적은 없었다. 생각해보면 이제껏 인류의 역사에서 완전히 해결되어 삭제되거나 끝까지 완성된 문장은 없었다. 거기서 때로 하늘을 나는 황소를 빼닮은 진보의 어지러운 속도만 생겨날 뿐이다. 어쨌든 관료 사회에서는 보류 조치로 몇 가지를 잃을 수 있지만, 세상사에서는 그럴 일이 없다. 보류란 우리 인생의 근본 양식 중 하나다. 그래서 백작이 보기에 정말 긴급한 일이 있으면 다른 방법을 택했다. 우선 궁정에 있는 친구 슈탈부르크 백작에게 자신의 제안을 보내면서 그게 '잠정적 확정' 처분을 받을 수 있을지 물었다. 그러면 얼마 뒤 매번 이런 답변이 돌아왔다. 그 일과 관련해서 지금은 폐하의 뜻을 전달할 수 없다. 먼저 여론을 조성한 뒤 그 제안에 대한 여론의 호응도와 그로 인해 제기될 다른 부수적 요구를 봐가면서 나중에 다시 추진하는 것이 바람직하다는 것이다. 그러면 그 제안은 정식 문건의 형태로 해당 부처에 이관되었고, 거기서 다시 자기 부처에서 단독으로 결정할 사항이 아니라는 의견이 첨부되어 돌아왔다. 그런 일이 생기면 라인스도르프 백작은 차후 중앙위원회 회의 때, 정무위원회에 이 사안을 꼼꼼히 검토할 것을 제안하리라 마음먹었다.

백작은 단체장의 서명이나 공식적인 종교, 학문, 예술 단체의 서명이 없는 서신이 도착할 경우에는 가차없었다. 그날 클라리세가 그런 편지를 보냈다. 편지에서 그녀는 울리히의 이름을 거론하며 오스트리아에서 '니체의 해'를 만들자고 제안했다. 동시에 여성 살해범 모스브루거를 위해 무슨 일이라도 해야 한다고 했다. 여성으로서 그런 소명감을 느끼는데, 무엇보다 모스브루거가 니체와 똑같이 정신병을 앓고 있다는 점에서 두 사람 사이에 의미심장한 공통점이 있다는 것이다. 울리히는 백작이 편지를 보여주었을 때 느낀 불쾌감을 지나가는 농담으로도 숨기기가 쉽지 않았다. 두꺼운 음영과 밑줄로 강조한 독특하고 어설픈 글씨체에서 그게 그녀의 편지임을 바로 알 수 있었다. 울리히의 당혹감을 눈치챈 백작은 진지하고 인자하게 말했다. "흥미롭지 않은 제안은 아닐세. 열정과 의지가 넘치는군. 하지만 안타깝게도 이런 개별적인 제안은 미뤄둘 수밖에 없어. 그러지 않고는 우리 목표에 도달하지 못하지. 이 편지를 보낸 여성을 자네가 개인적으로 아는 것 같으니, 이걸 자네 사촌 부인한테 직접 전해주면 어떻겠나?"

57. 비약적인 발전. 디오티마는 위대한 이념들의 본질에 대해 진기한 경험을 하다

울리히는 편지를 없애버릴 요량으로 주머니에 넣었다. 물론 디오티마에게 전달하더라도 편지에 관해 그녀와 이야기를 나누기는 쉽지 않았을 것이다. 디오티마는 '오스트리아의 해'에 대한 기사가 나온 뒤로 상황이 너무 무질서하게 발전하는 듯 느꼈기 때문이다. 울리히는 백작에게 받은 모든 문건을 되도록 읽지 않고 그녀에게 건넸다. 그런데 그녀가 처리해야 할 일은 그것만이 아니었다. 우편으로도 날마다 무수한 서신과 신문 스크랩이 도착했고, 서적상들은 엄청난 양의 책을 홍보용으로 보냈으며, 그녀의 집도 마치 바람과 달의 흡입으로 바다가 부풀어오르듯 사람들로 넘쳐났다. 전화벨소리도 끊이지 않았다. 전화가 올 때마다 일일이 주인을 바꿀 수 없는 상황임을 간파한 라헬이 대천사의 열정으로 전화기에 달라붙어 주인 대신 그때그때 필요한 정보를 상대방에게 제공하지 않았다면 디오티마는 아마 밀려드는 일에 짓눌려 쓰러지고 말았을 것이다.

이제껏 신경이 이렇게 혹사당한 적은 없었다. 그런데도 늘 몸속에서 파르르 떨며 박동하는 이 신경의 울림은 이제 디오티마에게 행복감으로 다가왔다. 그것은 전율이자, 자신이 중요한 존재가 된 듯한 자부심이자, 세계라는 건물의 정수리에 놓인 바윗덩어리 속의 압력처럼 내면의 기분좋은 근질거림이자, 사방 모든 것을 압도하듯 우뚝 솟은 산봉우리에 섰을 때의 무無의 감정처럼 아릿한 느낌이었다. 한마디로 그것은 사회적 지위에서 오는 감정이었다. 큰 출세에도 불구하고 그녀의 가슴속에는 여전히 자신이 수수한 중학교 교사의 딸이자 평민 출신 부영사의 아내라는 기억이 각인처럼 또렷이 남아 있었다. 사회적 지위에 대한 그런 감정은 우리가 의식하지는 못하지만 우리 삶에서 본질적으로 중요한 상태에 속한다. 마치 우리가 지구의 자전을 느끼지 못하거나, 우리의 지각에 기여하는 개별적인 부분을 알아채지 못하는 것처럼 말이다. 우리는 허영심을 가슴에 담아서는 안 된다고 배웠기에 발아래 달고 다닌다. 그러니까 위대한 조국, 종교, 혹은 소득세 등급을 땅으로 디디고 다니며 허영심을 채운다. 심지어 사회적 지위가 없는 사람도 누구나 가질 수 있는 것, 즉 지금이 무에서 솟구친 시간 기둥의 꼭대기에 있다는 믿음으로 자족한다. 다시 말해, 지난 것은 모두 먼지로 바뀌었고 나중의 것은 아직 오지 않았기에 우리는 지금 이 순간을 살고 있다는 것이다. 그런데 대개 의식하지 못하고 있던 이런 허영심이 어떤 이유에서인지는 몰라도 돌연 발에서 머리로 올라오면 경미한 착란 증상이 생길 수 있다. 세상과 관계해서 임신을 했다고 믿는 숫처녀의 착란과 비슷한 증세다. 이제는 투치 국장조차 디오티마에게 정중하게 평행운동의 진행 상황을 묻고, 때로는 이런저런 자잘한 일을 알아봐줄 것을 부탁했다. 예전에 그녀의 살롱에 대해 이야기할 때마다 입가에 습관처럼 달라붙어 있던 미소도 이제는 기품 있는 진지함으로 바뀌었다. 그는 황제 폐하를 국제 평화운동의 선봉에 세우려는 계획에 폐하께서 얼마나 찬성하시는지는 아직 알려져 있지 않지만, 이와 관련해서 디오티마가 사전에 자신에게 자문을 구하지 않고 대외 분야에 관여해서는 안 된다는 점을 걱정스레 거듭 강조했다. 심지어 국제 평화를 부르짖는 그 제안이 언젠가 국제사회의 중요 문제로 떠오르게 되면 정치적 분규가 생기지 않도록 지체없이 필요한 조치를 취해야 한다고 조언하기도 했다. 그의 설명이 이어졌다. 그렇게 훌륭한 구상은 거부될 이유가 없다. 그것을 실현할 가능성이 생길 경우엔 더더욱 그렇다. 하지만 처음에는 이 계획의 실행 가능성과 철회 가능성을 모두 열어두고 시작하는 것이 반드시 필요하다. 이어 그는 군비감축과 평화협정, 군주회의의 차이에서부터 앞서 언급한 바 있는, 헤이그 평화궁전에 현지 예술가들을 동원해 벽화를 그리게 하는 재단의 설립까지 상세히 설명해주었다. 이제껏 디오티마에게 남자들의 바깥일에 대해 이렇게 진지하게 말한 적이 없었던 사람이다. 심지어 가끔 보충 설명하는 것을 깜박 잊었을 때는 가죽 서류가방을 든 채 침실로 다시 들어오기도 했다. 가령 이런 설명이었다. 자신은 개인적으로 '세계적 오스트리아'라는 이름을 평화적 사업이나 인도주의적 사업과의 연관 속에서만 가능하다고 여길 뿐, 나머지는 대단히 위험하고 예측 불가능한 일처럼 비친다는 것이다.

디오티마는 인내하는 미소를 지으며 대답했다. "당신의 기대에 어긋나지 않도록 최선을 다할게요. 하지만 우리 일에서 대외 정치의 의미를 너무 과장해서는 안 돼요. 이름 모를 백성들의 저 깊은 마음속에서 지금 해방의 기운 같은 것이 분출되고 있어요. 날마다 저한테 얼마나 많은 제안과 요청이 쏟아지는지 당신은 모를 거예요."

그녀는 경탄할 만했다. 겉으로 드러내지 않으면서 엄청난 어려움에 맞서고 있었기 때문이다. 종교, 법, 농업, 교육 등의 분과로 이루어진 중앙위원회 총회에서는 제아무리 훌륭한 제안이 나와도 항상 냉담하고 걱정스러운 반발에 부딪혔다. 이전에 남편이 보이던 태도 때문에 이런 반응에 이미 익숙했던 디오티마지만, 그런 그녀도 가끔 인내심의 바닥을 내보이며 낙담했고, 타성에 젖은 이 세계의 저항을 깨뜨리기가 결코 쉽지 않으리라는 점을 인정하지 않을 수 없었다. 그녀에게 오스트리아의 해는 세계적 오스트리아의 해이고 오스트리아 민족이 세계 모든 민족의 모범이 되어야 한다는 점은 자명했다. 또 그러기 위해서는 오스트리아가 인간 정신의 진정한 고향이라는 사실을 증명하는 것 외에 다른 방법은 없다고 생각했다. 하지만 그녀에게는 아무리 자명한 것이라고 해도 이해가 더딘 인간들을 위해 이 이념에다 뭔가 살을 붙여 구체화하고, 추상적이지 않고 좀더 알아듣기 쉬운 착상으로 이해를 도울 필요가 있었다. 그래서 디오티마는 그런 이념을 찾으려고 몇 시간씩 많은 책을 꼼꼼히 읽었다. 그것은 당연히 오스트리아를 상징하는 특별한 이념이어야 했다. 그러나 그녀는 책을 읽을수록 위대한 이념들의 본질과 관련해 진기한 경험을 하게 되었다.

그녀는 위대한 시대에 살고 있는 것 같았다. 위대한 이념들로 가득 찬 시대였기 때문이다. 그런데 가장 위대하고 중요한 이념을 현실로 옮기는 것이 얼마나 어려운지는 아마 상상하기 힘들 것이다. 실현시키기 위한 조건이 다 갖추어져 있더라도 어떤 것이 가장 위대하고 중요한 이념인지는 알 수 없었기 때문이다! 한 이념에 마음이 끌려 결정을 내리기 직전이 되면 그것의 반대 이념 또한 실현할 가치가 있는 위대한 이념이라는 점을 인정하지 않을 수 없었다. 세상이 원래 그렇기에 그녀로서도 어쩔 수 없는 일이었다. 이상에는 묘한 특성들이 있는데, 그것을 따르려는 순간 모순으로 빠져들게 된다는 점도 그중 하나다. 예를 들어 톨스토이와 베르타 주트너*의 평화주의 이념이 그렇다. 두 작가의 이념은 당시 사람들의 귀에 자주 들려왔는데, 디오티마는 이렇게 생각했다. 인류가 폭력 없이 닭구이를 만들 수 있을까? 두 작가의 요구대로 살인을 하지 말아야 한다면 군인들은 어쩌라는 것인가? 군인들은 생업을 잃고 실업자가 될 것이고, 사회는 범죄자들의 천국이 될 것이다. 그런데 지금 그런 제안이 실제로 제출되었고, 세간에는 벌써 서명 운동이 진행중이라는 말까지 돌았다. 디오티마는 영원한 진리가 없는 삶을 결코 상상할 수 없었지만, 지금은 각각의 영원한 진리가 두 배, 아니 몇 배로 늘어난 듯했다. 의아한 노릇이었다. 이성적인 사람들이 영원한 진리라고 하는 것에 뿌리깊은 불신을 보이는 것도 그 때문이었다. 그런

* 오스트리아 소설가(1843~1914). 반전운동에 앞장섰고, 1891년 '오스트리아 벗의 모임'을 창립했으며, 여성으로서는 처음으로 1905년 노벨평화상을 받았다.

불신을 통해 어느 정도 명예까지 회복한 투치 국장의 경우가 그랬다. 그는 영원한 진리가 필수불가결하다는 사실에 대해서는 토를 달지 않았지만, 그것을 글자 그대로 받아들이는 인간은 정신이 나갔다고 확신했다. 그가 아내에게 조언 삼아 밝힌 견해는 이랬다. 인간의 이상은 인간 본성에 대한 엄청난 요구를 담고 있어서, 처음부터 그것을 진지하게 받아들이지 않겠다고 결심하지 않는 한 그 요구는 공염불이 될 수밖에 없다는 것이다. 그러면서 그에 대한 가장 좋은 증거로, 인간사에서 가장 진지한 문제들을 다루는 관청에서는 이상이니 영원한 진리니 하는 말이 전혀 등장하지 않는다는 사실을 들었다. 만일 이상을 현실에 적용할 생각을 품은 정부 관료가 있다면, 그는 즉시 병가를 내고 공무원 전용 병원에 가서 진찰을 받으라는 권유를 받으리라는 것이다. 디오티마는 남편의 우울한 말을 들으면서 힘이 빠졌지만 그 와중에도 결국 다시 새로운 힘을 얻어 더더욱 연구에 박차를 가했다.

라인스도르프 백작조차 디오티마를 만나 의논하면서 그녀의 정신적 에너지에 깜짝 놀랐다. 백작은 백성들 속에서 솟구치는 자발적 운동을 원했다. 물론 좀더 솔직히 말하면, 백성의 의중을 살펴본 뒤 조심스럽게 위에서부터 영향을 끼쳐 정화할 생각이었다. 그래야 나중에 백성들의 이런 뜻을 단순히 지배자에게 바치는 의례적인 봉헌이 아니라 민주주의의 소용돌이 속에서 표류하는 여러 민족의 진실한 자성에서 비롯된 움직임이라고 폐하께 아뢸 수 있을 거라 생각했기 때문이다. 디오티마는 백작이 여전히 '평화의 황제'라는 생각과 진정한 오스트리아가 보여줄 영광스러운 메시지에 집착하고 있음을 알아차렸다. 물론 세계적 오스트리아라는 그녀의 제안을 원칙적으로 거부한 것은 아니었다. 가

부장을 중심으로 모인 민족 공동체라는 감정이 그 안에서 제대로 표현만 될 수 있다면 말이다. 그런데 백작은 하나의 가족 같은 이 민족 공동체에서 프로이센을 내심 제외하고 있었다. 물론 개인적으로는 아른하임 박사라는 인물에 대해 전혀 반감을 갖고 있지 않았고, 심지어 공공연히 흥미로운 사람이라고까지 표현했음에도 말이다. "우리 계획이 시대에 뒤떨어진 애국주의를 표방해서는 안 되오." 백작이 경고했다. "우리는 민족과 세계를 뒤흔들어 깨워야 해요. 나는 오스트리아의 해를 만들자는 아이디어가 아주 훌륭하다고 생각하고, 그래서 기자들에게 공공의 판타지를 그런 방향으로 이끌어야 한다고 말했소. 그런데 부인, 오스트리아의 해에 동의한다면 우리가 그해에 무엇을 해야 할지는 생각해봤소? 문제는 바로 그거요! 그걸 알아야 한단 말이오. 위에서 도와줘야 해요. 그렇지 않으면 미성숙한 힘이 주도권을 잡을 거요. 난 그런 것에 머리를 쥐어짤 시간이 없소, 전혀!"

디오티마는 백작의 걱정을 눈치채고 활기차게 대답했다. "이 운동의 절정은 위대한 상징이어야 해요. 그렇지 않으면 아무것도 아닌 게 되죠. 이 운동은 세계의 심장을 움켜쥐어야 하지만, 위로부터의 영향도 필요해요. 이 부분에 대해선 이견이 있을 수 없어요. 오스트리아의 해는 탁월한 제안이에요. 하지만 제가 보기에 세계적 오스트리아의 해가 훨씬 의미가 있어 보여요. 유럽 정신의 진정한 고향이 오스트리아에 있음을 세계만방에 알리는 기회로 삼는 거죠!"

"조심! 조심!" 백작이 경고했다. 디오티마의 대담한 발상 때문에 벌써 여러 번 깜짝 놀라곤 했던 백작이었다. "디오티마, 당신 생각은 항상 너무 커! 그건 당신도 알지. 당신 입으로도 그런 말을 한 적이 있으니까. 신중하고 또 신중해야 해요. 세계의 해에 우리가 무엇을 해야 할지는 생각해보았소?"

백작의 질문이 디오티마의 아픈 곳을 찔렀다. 이런 솔직함은 백작의 사유에 독특한 색채를 부여하는 부분이었다. 잠시 머뭇거리던 디오티마가 대답했다. "각하께서는 세상에서 가장 어려운 질문에 답을 요구하고 계시군요. 가능한 한 빨리 유명 작가와 사상가들을 초대해서 여러 의견을 들어본 뒤 각하께 말씀드리겠습니다."

"암, 그래야지!" 백작은 시간을 두고 천천히 진행하겠다는 디오티마의 말에 맞장구를 쳤다. "그게 맞지! 신중함을 더해서 나쁠 것이 없소! 특히 요즘처럼 하루가 멀다 하고 나한테 어떤 제안들이 올라오는지 안다면 말이오!"

58. 평행운동이 의구심을 불러일으키다. 그러나 인류의 역사에서 자발적인 후퇴는 없다

언젠가 백작은 울리히와 좀더 깊은 대화를 나눌 기회가 있었다. "아른하임 박사를 생각하면 영 마음이 편치 않아." 백작이 속내를 털어놓았다. "물론 굉장히 지적인 사람인 건 분명해. 자네 사촌이 그렇게 깊은 인상을 받은 것도 무리가 아니지. 하지만 결국 프로이센인 아닌가? 어차피 방관자일 뿐이지. 내가 아직 어린애였던 1865년의 일로 기억하는데, 선친께서 크루딤성에서 사냥 파티를 여셨네. 거기서도 항상 구경만 하던 손님이 하나 있었지. 그런데 일 년이 지나서야 밝혀졌어. 누가 그 사람을 우리 모임에 데려왔는지 아무도 모르고, 그 사람이 실은 프로이센 참모부 소령이었다는 사실을 말일세! 정말이지 말하고 싶지 않지만, 난 아른하임이란 작자가 우리에 대해 전부 아는 것이 영 편치 않아."

"각하," 울리히가 말했다. "이렇게 의견을 밝힐 기회를 주셔서 기쁠 따름입니다. 뭔가 심상치 않은 일이 일어나고 있습니다. 걱정이 되기도 하고, 외국인 관찰자가 보기에도 별로 좋지 않을 듯합니다. 평행운동은 모든 이들의 정신을 행복하게 일깨우는 일이어야 합니다. 그게 각하의 의도 아닌지요?"

"암, 물론이지!"

"그런데도 현실은 반대로 움직이고 있습니다!" 울리히가 외쳤다. "저는 지식인이라는 사람들이 하나같이 평행운동에 의구심을 표하고 비관적으로 생각한다는 인상을 받습니다!"

백작은 고개를 흔들며 한쪽 엄지를 다른 쪽 엄지 둘레로 빙빙 돌렸다. 기분이 좋지 않은 생각에 젖어 있을 때면 늘 하는 행동이었다. 실제로 백작도 울리히가 방금 말한 것과 비슷한 경험을 한 것이다.

"제가 평행운동에 관계하고 있다는 것이 알려진 뒤로 누군가와 만나 이런저런 이야기를 나누다보면 삼 분이 채 지나지 않아 이런 질문을 받습니다. 대체 평행운동으로 이루려는 게 뭐냐, 오늘날에는 위대한 업적이니 위대한 인간이니 하는 것들은 없지 않으냐, 하는 식이죠."

"그 사람들만 그런 게 아니네!" 백작이 불쑥 끼어들었다. "불만 섞인 소리는 나도 듣고 있네. 기업가들은 보호관세를 충분히 부과하지 않는다고 정치인을 욕하고, 정치인들은 선거자금을 너무 적게 준다고 기업가를 욕하지."

"맞는 말씀이십니다!" 울리히가 설명을 재개했다. "외과의들은 빌로트* 시절 이후 외과술이 발전했다고 믿고, 나머지 의학과 자연과학은 외과술에 거의 도움이 되지 않는다고 말합니다. 심지어 외람된 말씀 같지만, 신학자들도 오늘날의 신학이 그리스도 당시보다 진일보했다고 확신하는 듯합니다."

백작이 가볍게 손을 들어 만류하는 손짓을 했다.

"적절치 못한 말씀을 드렸다면 용서해주십시오. 다른 의도가 있었던 것이 아니라 일반적인 상황을 말씀드리려던 것뿐입니다. 앞서 말씀드렸듯이, 외과의들은 자연과학이 사람들의 요구를 전혀 충족시키지 못한다고 말합니다. 반면에 자연과학자와 현재 상황에 대해 얘기해보면, 자신들은 전반적으로 교양을 쌓고 시각을 넓히고 싶은데 현대 연극은 너무 지루하고, 정신이 번쩍 들게 하는 재미있는 소설은 없다고 한탄합니다. 하지만 작가와 얘기해보면 이 세상엔 믿을 게 없다고 합니다. 신학자 얘기는 안 해도 될 것 같습니다. 화가와 얘기해보면 이런 곤궁한 문학과 철학의 시대에는 최고의 작품을 내놓을 수 없다고 주장할 게 분명합니다. 이런 식으로 한쪽이 다른 쪽에 책임을 전가하는 순서는 물론 항상 똑같지는 않습니다. 각하께서도 아실지 모르지만, '의자에 먼저 앉기 놀이'나 '자리 빼앗기 놀이'와 비슷한 면이 있습니다. 물론 그런 놀이의 토대를 이루는 규칙이나 법에 대해서는 아는 게 없습니다! 다만 인류가 개인적으로는 각자 자신에게 만족하지만, 집단적으로는

---

* 테오도어 빌로트(1829~1894). 현대 개복수술의 창시자로 여겨지는 오스트리아 외과의.

모종의 보편적 이유에서 내면이 병들어 있는 게 아닌지 염려스럽습니다. 평행운동에는 이런 상황을 밝힐 소명이 있는 듯합니다."

"허 참! 배은망덕이 따로 없군." 백작은 자신이 무슨 뜻으로 이 말을 하는지 제대로 알지도 못하면서 울리히의 분석에 이렇게 반응했다.

"말이 나온 김에 덧붙이자면, 아직 기회가 되지 않아 각하께 드리지 못한 서류철이 두 개 있습니다. 일반적인 제안을 담은 서신들이지요. 그중 하나에다 '○○로 돌아가자!'는 제목을 붙여놓았습니다. 정말 많은 사람들이 과거의 세상이 지금보다 낫고, 평행운동이 세상을 그런 과거로 돌려놓았으면 한다고 전해옵니다. 신앙으로 돌아가자는 당연한 요구를 제외하면, 바로크로 돌아가자는 주장에서부터 고딕, 자연 상태, 괴테, 고대 게르만의 법, 순수 도덕성으로 돌아가자는 주장들이 다양하게 담겨 있습니다."

"음, 그렇군. 하지만 그중에 혹시 우리에게 진정으로 필요한 아이디어도 있을 수 있으니 기를 꺾진 말게."

"정말 그런 아이디어가 있을지도 모르지만, 어떻게 답을 해야 할까요? 선생께서 몇 월 며칠에 보내주신 서한을 신중히 검토한 결과 지금 이 시점에는 적절치 않은 것으로 보입니다, 하고 답장해야 할까요? 아니면 흥미롭게 읽긴 했는데, 바로크나 고딕 등의 옛 세계를 어떻게 재건하자는 건지 좀더 상세하게 들려주시겠습니까, 하고 답해야 할까요?"

울리히는 미소를 지었다. 백작은 울리히가 지금 문제를 너무 쉽게 다루고 있다는 인상을 받았다. 그는 거부의 뜻으로 한쪽 엄지를 다른 쪽 엄지 둘레로 힘껏 빙빙 돌렸다. 위로 말려 올라간 콧수염을 기른 얼굴은 그 준엄한 표정으로 인해 발렌슈타인 장군 시절의 귀족을 보는 듯했다. 이윽고 백작이 매우 주목할 만한 말을 했다. "박사, 인류의 역사에서 자발적인 후퇴는 없네!"

이 말에 깜짝 놀란 사람은 라인스도르프 백작 자신이었다. 원래 이런 말을 하려고 했던 것이 아니었기 때문이다. 보수적이었던 그는 울리히에게 화가 나서, 가톨릭교회의 보편 정신을 경멸스럽게 내쳤던 시민계급이 이제 그 결과로 괴로워하고 있다고 말하려 했다. 또한 책임감 있는 인물들이 통일적 관점으로 세계를 이끌었던 절대왕정시대를 찬양할 마음도 있었다. 그런데 아직 무슨 말을 할지 결정을 내리지 못하는 상황에서 불현듯 이런 생각이 떠올랐다. 어느 날 아침 따뜻한 물을 받아놓은 욕조도 기차도 없는 시대에 깨어나, 조간신문 대신 관리가 말을 타고 가면서 칙령을 알리는 시대에 살아야 한다면 얼마나 끔찍할까, 하는 상상이었다. 그래서 백작은 '한번 존재했던 것은 결코 똑같은 방식으로 다시 존재할 수 없다'고 생각했다. 그런데 이런 생각을 하면서 스스로 깜짝 놀랐다. 역사에서 자발적인 후퇴가 없다고 한다면, 인류란 돌아갈 곳도 도달할 목표도 없이 섬뜩한 방랑벽에 따라 앞으로만 나아가는 사람과 비슷했기 때문이다. 어쨌든 이는 무척 주목할 만한 상태였다.

백작은 모순되는 두 생각이 의식 속에서 충돌하는 일이 없도록 따로따로 보관해두는 비상한 능력이 있었지만, 자신의 모든 원칙에 반하는 그 생각을 거부해야 했다. 하지만 울리히에게 호감을 갖고 있던 그는 일정이 비는 한, 정신적으로 활발하고 적절한 시점에 자신을 잘 찾아와 준 이 남자, 즉 일개 시민으로서 정말 위대한 문제들과는 약간 거리를 두고 있는 이 남자에게 정치적 문제들을 엄격한 논리로 설명하는 일이 무척 즐거웠다. 그러나 한 생각이 저절로 다른 생각으로 이어지는 지금 같은 상황에서는 논리로 시작했다가는 어떤 식으로 끝이 날지 자신도 알 수 없었다. 때문에 백작은 자기 발언을 철회하지 않고, 말없이 집요하게 울리히를 바라보기만 했다.

두번째 서류철을 들고 있던 울리히는 이 휴지기를 이용해 백작에게 두 서류철을 건네려고 했다. "두번째 서류철의 제목은 '○○로 나아가자!'로 붙여야 했습니다." 그가 말했다. 순간 백작은 시계를 보며 화들짝 놀랐다. 벌써 시간이 다 된 것이다. 백작은 다음에 생각할 시간이 많을 때 계속하자고 말했다. "자네 사촌이 그럴 목적으로 뛰어난 사람들을 초대하려고 하네." 백작은 벌써 일어나 있었다. "자네도 그리 가게. 꼭 그리 가게. 난 그럴 시간이 있을지 아직 잘 모르겠네!"

울리히는 서류철을 챙겼다. 백작이 문가의 어둠 속에서 다시 한번 등을 돌려 말했다. "사람은 누구나 위대한 시도 앞에선 겁을 먹고 주저하게 되네. 우리가 그런 사람들을 흔들어 깨워 떨치고 나아가게 해야지!" 아무런 위로의 말 없이 울리히를 돌려보낼 수 없다는 의무감에서 나온 말이었다.

59. 모스브루거가 깊은 생각에 빠지다

그사이 모스브루거는 새 감옥에서 최선을 다해 적응해나가고 있었다. 등뒤로 감옥 문이 닫히자마자 그에게 호통이 떨어졌다. 그의 기억이 정확하다면, 그가 반항하자 그들이 몽둥이로 위협했다. 간수들은 그를 독방에 집어넣었다. 감옥 안마당에서 산책할 때면 그의 두 손을 묶었고, 늘 감시의 눈을 번뜩였다. 그는 아직 형이 확정되지도 않았는데 머리를 빡빡 밀어야 했다. 키를 잰다는 명분이었다. 또한 그들은 소독을 한다는 핑계로 냄새나는 연성비누로 그의 몸을 박박 문지르기도 했다. 그는 이래저래 경험이 많아 형무소의 이런 행태가 불법임을 알고 있었지만, 감옥 창살 안에서는 명예를 지키기가 쉽지 않았다. 그들은 그를 마음대로 다루었다. 그는 형무소장을 면담해서 항의했다. 소장도 몇 가지 규정에 어긋난 점을 인정할 수밖에 없었지만, 그 조치들이 징벌이 아니라 예방적 조치라고 설명했다. 모스브루거는 이번엔 형무소 사제를 찾아가 하소연했다. 그러나 사제라는 사람도 성범죄 앞에서는 영혼 구제의 사명을 잊어버리고 시대에 뒤떨어진 약점을 내보이는 선량한 노인이었을 뿐이다. 그는 성적인 부분의 언저리도 경험해본 적이 없었기에 몸에 대한 이해가 전혀 없었고, 그런 만큼 성범죄를 무작정 혐오했다. 하지만 모스브루거의 믿음직한 외모를 보고 개인적인 연민이 이는 것에 스스로 깜짝 놀라기도 했다. 결국 그는 모스브루거를 형무소 의사에게 보냈다. 그리고 자신은 이런 경우에 늘 그래왔듯이, 조물주에게 커다란 부탁을 담은 기도를 올렸다. 세세한 부분은 거론하지 않고 세속적인 것들의 혼란과 어리석음에 대해서만 이야기하는 지극히 일반적인 기도였다. 그래서 이 기도만 들으면 마치 모스브루거가 자유로운 사상을 신봉하는 무신론자의 화신처럼 보였다. 형무소 의사는 모스브루거의 하소연을 들어보니 그리 나쁜 상황은 아니라고 하면서 그의 등을 친근하게 찰싹 때리고는 그의 불평에 전혀 관심을 보이지 않았다. 모스브루거가 제대로 이해했다면, 그가 아픈지 꾀병을 부리는지 현재의 의술로는 알 수 없기에 그의 불평에 관심을 가지는 것은 쓸데없는 짓이라는 것이다. 화가 머리 꼭대기까지 치민 모스브루거는 모두가 각자 자기한테 맞는 말만 하고, 자신을 마음대로 다루는 힘도 이런 말들에서 나온다는 느낌이 들었다. 그래서 단순한 인간들이 흔히 느끼는 것처럼 이런 먹물들은 혀를 잘라버려야 한다고 생각했다. 결투 흉터가 있는 의사의 얼굴, 내면이 메마른 성직자의 얼굴, 먼지 하나 없이 깨끗한 사무실 같은 형무소장의 얼굴이 보였다. 그들은 각자 다른 방식으로 모스브루거를 바라보았다. 하지만 그 얼굴들 속에는 그가 도저히 도달할 수 없고 평생 적대시해오던 무언가 공통된 것이 담겨 있었다.

바깥세상에서는 자부심을 가진 모든 인간을 타인들의 살덩어리 속으로 강제로 밀어넣는 수축력도 여기 형무소 지붕 아래서는 엄격한 기율에도 불구하고 약간 느슨해졌다. 감옥은 삶이 기다림으로만 이루어져 있고, 거칠고 격하다고는 해도 인간들의 활기찬 관계가 비현실성의 그림자에 덮여 공허해지는 곳간이었다. 모스브루거는 법정 투쟁 이후 긴장 이완을 온몸으로 느끼고 있었다. 자신이 마치 흔들거리는 치아 같았고, 가끔은 약간의 자극에도 격분하는 심한 과민증에 빠지기도 했다. 그럴 때면 지금은 땅속에 묻혀 있지만 자신을 이렇게 비참하게 만들어버린 그 여자가 마치 어린아이를 향해 달려든 사납고 못된 암캐같이 느껴졌다. 그래도 이곳 생활이 전적으로 불만스러운 것은 아니었다. 그는 자신이 여기서 중요 인물로 대접받고 있음을 많은 점에서 알아차렸고, 그럴 때마다 우쭐했다. 심지어 수감자라면 누가 됐건 차별 없이 보살피는 시스템도 마음에 들었다. 국가는 그들이 범죄를 저지른 시점부터 그들을 먹이고 씻기고 입혔을 뿐 아니라 그들의 일과 건강, 책, 노래까지 챙겨주었다. 그전에는 국가가 해준 적이 없는 일들이었다. 어쨌든 엄격한 것이 조금 탈이긴 해도 그는 이런 배려를 즐겼다. 엄마를 화나게 해서라도 자신에게 관심을 돌리는 데 성공한 아이 같다고 할까? 물론 그렇다고 이곳에서 오래 살고 싶은 마음은 추호도 없었다. 평생 감옥에 갇혀 있거나, 다시 정신병원에 들어가는 상상만 해도 반발이 일었다. 그것은 삶에서 탈출하려는 우리의 모든 노력이 늘 똑같이 반복되는 증오스러운 일상 속으로 다시 떨어질 때의 심정과 비슷할 것이다. 그는 변호사가 소송 재개를 위해 애쓰고 있고, 자신이 또다시 병원에서 정신감정을 받게 되리라는 사실을 알고 있었지만, 언젠가 적당한 시점에 반대 의사를 표하면서 자신을 죽여달라고 요청할 생각이었다.

생과의 작별은 품위가 있어야 했다. 그 생각은 확고했다. 그의 삶은 자신의 정의를 찾기 위한 투쟁이었기 때문이다. 모스브루거는 독방에서 자신의 정의가 무엇인지 곰곰이 생각했다. 그러나 알 수 없었다. 평생 누구도 그런 것을 가르쳐주지 않았다. 이런 생각이 들자 감정이 끓어올랐다. 그의 혀가 둥글게 말리더니 도도하게 걸어가는 수말처럼 움직이기 시작했다. 그만큼 고결하게 '정의'라는 말을 발음하고 싶었다. '정의,' 그는 이 개념을 규정하려고 최대한 느릿느릿 생각했다. 누군가와 대화라도 하는 것 같았다. '정의롭지 않은 행동을 하지 않는 것이 정의 아닐까? 안 그래?' 순간 그의 머릿속에서 '정의는 법이다!'라는 말이 떠올랐다. 그렇다. 그의 정의는 그의 법이었다! 그는 거추장스럽게 몸을 돌려 나무 침상을 바라보았다. 끌어당겨 걸터앉을 생각이었다. 그러나 바닥에 나사로 고정되어 있어 꿈쩍도 하지 않았다. 결국 그는 머뭇거리며 그대로 바닥에 주저앉았다. 누구도 응당 그의 몫이 되어야 할 정의를 가르쳐주지 않았다! 문득 열여섯 살 도제 시절에 만난 스승 부인이 떠올랐다. 당시 그는 무언가 서늘한 기운이 복부로 불어오더니 그의 몸안으로 사라지는 꿈을 꾸었다. 그는 소리를 지르며 침대에서 굴러떨어졌다. 이튿날 아침에 깨어보니 온몸이 흠씬 두들겨맞은 것처럼 쑤셨다. 언젠가 다른 도제들이 이런 말을 했다. 엄지를 중지와 검지 사이에 끼우고 주먹을 내보이면 넘어오지 않는 여자가 없다고. 그는 무슨 말인지 몰라 어리둥절했지만, 다들 벌써 시험해보았다고 했다. 그러나 그 생각을 하자 마치 발밑에서 바닥이 움직이고 머리가 평소와는 다른 방향으로 목에 붙은 느낌이었다. 짧게 말해, 자연적 질서에서 머리카락 하나밖에 떨어져 있지 않은, 안정되지 못한 무언가가 그의 내면에서 일렁거렸다. "사모님," 그가 말했다. "제가 뭔가 좋은 것을 보여드리려고 하는데……" 부엌에는 단둘뿐이었다. 그의 눈을 빤히 들여다보던 그녀는 그 속에서 무언가를 읽은 것 같았다. 이렇게 대답했으니까. "부엌에서 당장 꺼져!" 순간 그가 중지와 검지 사이에 엄지를 끼운 주먹을 내보였다. 이 마법은 절반만 효과가 있었다. 부인은 얼굴이 벌게지더니 그가 미처 피할 새도 없이 손에 들고 있던 나무주걱으로 얼굴을 철썩 때렸다. 그는 입술 위로 피가 흐르는 걸 보고서야 자신에게 벌어진 일을 알아차렸다. 모스브루거는 지금도 그 순간이 생생했다. 갑자기 피가 거꾸로 솟구치며 눈에서 섬광이 튀었기 때문이다. 당시 그는 자신에게 그런 수치스러운 모욕을 안긴 건장한 여자에게 달려들었다. 스승이 득달같이 부엌으로 달려들어왔고, 그뒤로 일은 일사천리로 진행되었다. 모스브루거는 다리를 절룩거리며 거리로 쫓겨났고, 옷가지들이 그의 등뒤로 내동댕이쳐졌다. 이 모든 상황은 마치 커다란 빨간 천이 갈기갈기 찢어지는 것과 비슷했다. 그렇게 사람들은 그의 정의를 비웃고 깔아뭉갰다. 그는 다시 방랑을 시작했다. 그러나 거리에서라고 정의가 있을까?! 여자들은 하나같이 벌써 누군가의 정의였다. 사과 한 개, 침대 하나도 전부 그랬다. 경관과 지방법원의 판사들은 개만도 못했다.

그런데 어째서 사람들은 항상 그만 보면 잡아서 감옥과 정신병원에 처넣지 못해 안달인지 도무지 이해가 되지 않았다. 그는 감방 한구석에서 한참 동안 바닥만 집요하게 내려다보았다. 마치 바닥에 열쇠를 떨어뜨린 사람이 된 듯한 기분이었다. 그러나 열쇠는 찾을 수 없었다. 감방 바닥과 구석은 다시 낮처럼 잿빛을 띠었고 무미건조했다. 조금 전까지만 해도 말이 떨어지기가 무섭게 사물과 사람이 불쑥불쑥 나타나던 마법의 바닥 같았는데 말이다. 모스브루거는 논리력을 총동원했다. 그러나 그런 일이 일어난 장소만 정확히 떠오를 뿐이었다. 그 장소들만큼은 일일이 나열하고 묘사할 수 있을 것 같았다. 한번은 린츠에 갔고, 다른 한번은 브러일라에 있었다. 둘 사이의 시간적 간격은 몇 년이었다. 마지막으로 온 곳이 바로 이 도시였다. 돌멩이 하나하나까지 생생히 떠올랐다. 보통 때라면 이렇게 또렷할 수가 없었다. 매번 느껴야 했던 더러운 기분도 기억났다. 이렇게 말해도 된다면, 마치 자신의 혈관 속을 흐르는 것이 피가 아니라 독인 듯했다. 가령 그가 밖에서 일을 할 때면 여자들이 지나갔다. 여자들은 방해가 되었기 때문에 되도록 보지 않으려고 했다. 그러나 계속 다른 여자들이 지나갔다. 마침내 그의 시선이 혐오스럽게 여자들을 뒤쫓았다. 두 눈이 역청이나 굳어가는 시멘트 속에서 움직이는 것처럼 천천히 이리저리 돌아갔다. 이어 생각이 무거워지는 것이 느껴졌다. 어차피 그는 천천히 생각했다. 말을 하는 것은 힘들었다. 충분히 말한 적은 한 번도 없었다. 가끔 누군가와 이야기할 때면 상대방이 갑자기 놀라워하는 눈으로 그를 바라보았고, 모스브루거가 천천히 말을 내뱉으면 띄엄띄엄 나오는 한마디 한마디 말 속에 얼마나 많은 뜻이 담길 수 있는지 깨닫지 못했다. 그는 어려서부터 쉽게 말하는 법을 배운 사람들이 부러웠다. 그에게 말은 진짜 절실하게 필요할 때일수록 입천장에 껌처럼 단단하게 달라붙어 나오지 않았다. 어떤 때는 한 음절 뒤에 다음 음절이 나오기까지 한세월이 걸리기도 했다. 이런 현상을 설명할 자연적인 원인은 없었다. 하지만 그가 법정에서, 이런 식으로 자신을 괴롭히는 것이 프리메이슨단원이나 예수회 회원, 혹은 사회주의자들이라고 진술했을 때 누구도 그의 말을 이해하지 못했다. 법률가들은 그보다 말을 잘하고 온갖 반론을 제기할 줄 알았지만, 실제적인 연관성에 대해서는 전혀 알지 못했다.

이런 상태가 얼마간 지속되면 모스브루거는 불안해졌다. 생각해보라, 만일 두 손이 묶인 채 거리에 서서 사람들이 어떻게 행동할지 기다리기만 해야 하는 사람의 심정이 어떨지! 혀나, 그보다 깊은 곳의 무언가가 접착제로 붙여놓은 것처럼 묶여 있다는 느낌은 참담한 불안감을 안겨주었고, 이를 숨기기 위해 며칠을 고생해야 했다. 그러나 곧이어 날카로운 경계가 거의 소리 없이 찾아왔고, 돌연 차가운 미풍이 일었다. 아니, 그 바로 앞 허공에서 커다란 공이 떠오르더니 가슴속으로 날아들었다. 그와 동시에 눈과 입술, 얼굴 근육에서 무언가가 느껴졌다. 사방의 모든 것이 사라지면서 시커멓게 변했다. 집들이 나무 위에 누웠고, 덤불에선 고양이로 보이는 녀석들이 몇 마리 황급히 뛰어나왔다. 모두 찰나에 일어난 일이었다. 이어 그 상태는 끝났다.

그와 함께 그들 모두가 진실을 알고자 하는 욕구에서 쉬지 않고 떠들어대는 시간이 시작되었다. 그들은 쓸데없는 반론을 제기했다. 그러나 안타깝게도 그는 그들이 말한 의미를 통해서만 자신의 경험을 희미하게 기억할 뿐이었다. 그 시간들이 진정한 의미였기 때문이다. 어떤 때는 몇 분으로 끝나기도 하고, 어떤 때는 며칠이 걸리기도 했으며, 또 어떤 때는 비슷한 다른 시간으로 넘어가 몇 달이 지속되기도 했다. 모스브루거는 판사도 말을 이해할 수 있을 만큼 비교적 단순한 체험부터 이야기했다. 어느 순간부터 그의 귀에 이상한 목소리와 음악, 혹은 바람소리, 왱왱거림, 물소리, 총소리, 천둥소리, 웃음소리, 외침, 말소리, 속삭임이 들렸다. 그것도 도처에서 들려왔다. 벽과 허공뿐 아니라 옷과 그의 몸속에도 그 소리들이 있었다. 그는 소리가 침묵할 때면 자신의 몸속에 움츠리고 있는 듯한 인상을 받았다. 그러다 밖으로 나오면 즉시 주변으로 숨어버렸다. 물론 그와 멀지 않은 곳이었다. 그가 일을 하고 있으면 목소리들은 대개 앞뒤 연관성 없는 토막말이나 짧은 문장으로 말을 걸었고, 그를 욕하거나 비난했다. 또한 무언가를 생각하려고 하면 그보다 먼저 결론을 내버리거나, 아니면 그가 말하고자 했던 것과 정반대되는 말을 악의적으로 내뱉었다. 모스브루거는 이것을 근거로 자신을 병자 취급하는 사람들의 설명을 들으면 그저 웃음밖에 나오지 않았다. 그는 이 소리들과 환영幻影을 짓궂은 장난 정도로 여겼다. 심지어 그 장난질을 보고 듣는 것이 재미있었다. 그것들은 자신의 질기고 무거운 생각과는 비교할 수 없을 만큼 아름다웠다. 물론 그것들이 자신을 화나게 하면 어쩔 수 없이 분노에 휩싸였지만, 그것은 자연스러운 일이었다. 그는 사람들이 자신에 대해 하는 모든 말에 항상 유심히 귀를 기울였기에 그들이 자신의 이런 상태를 '환각'이라고 부르는 것을 알았다. 그리고 남들에게 없는 특성을 가진 것이 기뻤다. 남들이 보지 못하는 것들, 예를 들어 아름다운 풍경이나 지옥에서나 나타날 법한 무시무시한 동물을 많이 볼 수 있었기 때문이다. 그런데 그는 사람들이 이 증세의 의미를 너무 과장한다는 생각이 들었다. 그래서 정신병원에 있기 싫어지면 즉시 자신이 거짓말을 한 것뿐이라고 우겼다. 똑똑하다는 인간들은 그 소리가 얼마나 큰지 물었다. 그러나 별로 똑똑하지 못한 질문이었다. 당연히 어떤 때는 천둥소리처럼 크다가도 어떤 때는 알아들을 수 없을 정도로 나지막했기 때문이다. 이따금 찾아오는 아픔도 도저히 참을 수 없을 때가 있었고, 아니면 단순히 착각했나 싶을 만큼 가벼울 때가 있었다. 그것은 중요하지 않았다. 그는 자신이 보고 듣고 느끼는 것을 정확히 묘사할 수 없을 때가 많았지만, 그럼에도 그것이 무엇인지 알고 있었다. 물론 가끔은 무척 모호하기도 했다. 환영은 밖에서 왔다. 하지만 관찰자의 밝은 눈으로 보면 그 자신에게서 나왔다고도 말할 수 있었다. 중요한 것은 그것이 밖에 있느냐 안에 있느냐는 전혀 중요하지 않다는 사실이었다. 그에게 그것은 마치 투명한 유리벽을 사이에 두고 양쪽으로 나뉜 맑은 물과 같았다.

모스브루거는 몹시 기분이 좋을 때면 그런 목소리와 환영에 주의를 기울이지 않고, 생각을 했다. 이것을 생각이라고 부른 이유는 이 말에 항상 깊은 인상을 받았기 때문이다. 그는 남들보다 생각을 잘했다. 안과 밖으로 생각했기 때문이다. 다만 그의 의지에 반해 생각은 그의 내부에서 일어났다. 그는 생각이 그를 위해 만들어진다고 말했다. 그래서 젖가슴에 젖이 돌기 시작하는 여자가 그렇듯 매우 사소한 일에도 예민하게 반응했는데, 그러면서도 남자답고 여유 있는 신중함을 잃지 않았다. 그의 사유는 수백 개의 샘이 스며든 개천처럼 비옥한 들판을 가로지르며 흘러갔다. 이제 모스브루거는 고개를 숙이고 손가락 사이로 나무를 보았다. 문득 이런 생각이 떠올랐다. '여기 사람들은 다람쥐*를 떡갈나무굉이라 불러. 하지만 누군가 정색을 하고 떡갈나무고양이가 맞다고 하면 어떻게 될까? 작전상 공포탄만 쏘아대는 상황에서 실탄의 날카로운 총성이 갑자기 울릴 때처럼 모두 깜짝 놀라 쳐다보지 않을까? 헤센 지방에서는 다람쥐를 떡갈나무여우라고 불러. 이리저리 많이 떠돌아다닌 사람은 그런 걸 다 알지.' 정신과의사들은 모스브루거에게 다람쥐 그림을 보여주었을 때 놀라면서 신기해했다. 그가 이렇게 대답한 것이다. "이건 여우지만, 어쩌면 토끼이기도 합니다. 아니면 고양이나 다른 동물일 수도 있고요." 그러면 의사들은 재빨리 다시 물었다. "14 더하기 14는 얼마죠?" 그는 신중하게 대답했다. "대략 28에서 40 정도까지 되죠." 의사들은 '대략'이라는 말을 어떻게 해석할지 몰라 난감해했고, 모스브루거는 그들의 표정을 보고 싱긋 웃음을 머금었다. 아주 간단했기 때문이다. 물론 그도 14에 14를 더하면 28에 이른다는 사실을 알고 있었지만, 거기서 멈춰야 한다고 누가 말했는가?! 모스브루거의 눈은 더 멀리 보고 있었다. 마치 하늘과 맞닿은 산등성이에 올랐다가 그 산 뒤로 비슷한 산등성이가 여럿 펼쳐져 있는 것을 본

---

* 독일어로 다람쥐(Eichhorn)는 '떡갈나무 뿔'이라는 뜻이다.

남자처럼 말이다. 만일 떡갈나무굉이가 고양이나 여우가 아니라면, 그러면서도 여우가 잡아먹은 토끼의 이빨과 비슷하게 생긴 이빨을 뺄 대신 갖고 있다면 다람쥐를 정확히 뭐라 불러야 할지 굳이 정할 필요는 없다. 이처럼 다람쥐는 모종의 방식으로 다른 것들과 연결된 채 나무들을 뛰어다닐 뿐이다. 모스브루거의 경험과 확신에 따르면 어떤 것도 딱 이거라고 집어낼 수는 없었다. 하나는 다른 것들과 연결되어 있기 때문이다. 그의 삶에서도 그런 일이 있었다. 그가 한 아가씨에게 "한 송이 장미 같은 그대 입술!"이라고 말하는 순간 그 말은 다른 것들과 연결된 이음매가 뜯어지면서 뭔가 곤혹스러운 것이 생겨났다. 얼굴은 안개 깔린 대지와 비슷한 잿빛으로 변했고, 긴 줄기에서 장미 한 송이가 빠끔 고개를 내밀었다. 그러면 그는 칼을 들고 그것을 잘라버리거나, 칼로 그어버리고 싶은 엄청난 유혹을 느꼈다. 본래의 얼굴로 되돌리기 위해서였다. 물론 항상 칼을 들지는 않았다. 달리 방법이 없을 때만 그랬다. 평소에는 세계를 한데 붙들어놓는 일에만 그 어마어마한 힘을 사용했다.

그는 기분이 좋으면 다른 남자의 얼굴에서 자신의 얼굴을 보았다. 마치 얕은 개천의 물고기와 환한 돌멩이들 사이에서 그 얼굴이 자신을 돌아보는 듯했다. 그러나 기분이 나쁠 때는 남의 얼굴을 얼핏 보기만 해도 그자가 매번 아무리 완벽하게 변장하더라도 곳곳에서 자기와 싸워온 바로 그 남자임을 알아차렸다. 누가 이를 반박할 수 있을까?! 우리는 거의 항상 똑같은 사람이랑 싸운다. 우리가 그렇게 터무니없이 집착하는 사람이 누구인지 조사해보면 그자는 우리의 자물쇠에 딱 맞는 열쇠를 가진 남자일 게 분명하다. 그렇다면 사랑에서는 어떤가? 얼마나 많은 사람이 날마다 똑같은 연인의 얼굴을 보면서도 눈을 감는 순간 연인이 어떻게 생겼는지 말하지 못하는가! 혹은 사랑과 미움이 없는 경우는 어떤가? 사물은 습관과 기분, 관점에 따라 얼마나 끊임없이 변하는가! 기쁨은 얼마나 쉽게 가라앉고, 깨지지 않는 슬픔의 씨는 얼마나 불쑥불쑥 싹을 틔우는가?! 또 인간은 평화롭게 내버려둘 수 있는 타인을 얼마나 태연히 때리곤 하는가! 삶은 지금의 모습일 수밖에 없다고 주장하는 듯한 표면을 만들어낸다. 그러나 그 밑에서는 여러 사물이 어지럽게 서로를 몰아대고 밀친다. 모스브루거는 갈라진 두 땅을 다리로 단단히 버티고 서서 그 땅을 붙이려고 애썼다. 자신을 혼란스럽게 하는 것들을 피하려고 이성적으로 노력하면서. 그러나 간혹 그의 입에서 한 단어가 툭 튀어나왔다. 그러면 떡갈나무고양이나 장미 입술처럼 차갑게 식은 이중적 단어에서 사물들의 혁명과 꿈이 어찌나 강렬하게 샘솟던지!

그는 잠자리 겸 탁자로 쓰는 길쭉한 침상에 앉아 교육을 받지 못해 자기 경험조차 적절히 표현할 줄 모르는 자신을 한탄했다. 벌써 오래전에 땅 밑에 누워 있으면서도 여전히 그에게 심한 불쾌감을 유발하는 그 쥐눈의 작은 여자 때문에 화가 났다. 모두가 그 여자 편만 들고 있었다. 그는 굼뜨게 일어났다. 다 타버린 나무처럼 온몸이 푸석푸석한 느낌이었다. 또다시 배가 고팠다. 감옥의 음식은 건장한 남자에게는 턱도 없이 적었다. 그렇다고 더 나은 식사를 가능하게 해줄 돈도 없었다. 이 상태에서는 남들이 알고 싶어하는 일을 기억해내는 건 불가능했다. 어쨌든 변화는 며칠, 몇 주에 걸쳐 3월이 가고 4월이 가듯 찾아왔고, 그러다 그 일이 일어났다. 그는 그 일에 대해 경찰조서에 기록된 것 말고는 알지 못했다. 심지어 어쩌다 그런 내용이 조서에 적히게 되었는지도 알 수 없었다. 그가 기억하는 여러 이유와 그 과정에서 했던 생각은 어차피 법정에서 다 이야기했다. 하지만 실제로 일어난 일은 아득하게 느껴졌다. 마치 무언가를 외국어로 유창하게 말하고 나서 행복해했으나 그 다음에는 두 번 다시 반복할 수 없게 된 상황처럼.

'어쨌든 그저 모든 게 최대한 빨리 끝났으면 좋겠어!' 모스브루거는 생각했다.

60. 논리적 도덕적 세계로의 탐사

모스브루거 사건은 법적으론 단 한 문장으로 정의내릴 수 있다. 즉 그는 법학과 법의학에서는 일반적으로 '한정책임능력'*으로 알려진 경계사례** 중 하나라는 것이다.

이 불행한 한정책임능력자들의 특징은 건강 상태가 보잘것없을 뿐 아니라 저급한 병을 앓고 있다는 것이다. 자연은 이런 사람들을 대량으로 만들어내는 이상한 취미가 있는 듯하다. 나투라 논 페키트 살투스natura non fecit saltus, 즉 자연에는 도약이 없다. 자연은 점진적인 이행을 사랑하고, 대체로 정신박약과 건강함 사이의 과도기 상태로 세상을 유지한다. 그러나 법학은 그런 것을 모른다. 다만 이렇게 말한다. 논

* 법률상 형사책임능력이 제한되어 있는 상태. 정신장애로 말미암아 사물을 분별할 능력이나 의사를 결정할 능력이 미약한 심신장애자, 농아자 등이 그 대상이다.

** 신경증과 분열증의 경계에 해당되는 정신장애를 가리킨다.

다투르 테르티움 시베 메디움 인테르 두오 콘트라디크토리아non datur tertium sive medium inter duo contradictoria, 즉 인간은 법을 어길 능력이 있든지, 그럴 능력이 없든지 둘 중 하나다. 이 둘 외에 세번째 상태는 없고, 그 중간 상태도 없다. 인간은 법을 어길 능력이 있어야 처벌받을 수 있고, 처벌받을 수 있어야 법적 인격체가 되고, 법적 인격체가 되어야 법의 초개인적 혜택을 누릴 수 있다. 이 말이 바로 이해가 되지 않으면 기병을 떠올려보라. 기병이 올라타려고 할 때마다 미친듯이 발광하는 말이 있다면 그 말은 특별한 보살핌을 받는다. 다시 말해 매우 부드러운 천으로 만든 눈가리개를 쓰고, 가장 뛰어난 기수의 조련을 받고, 정선된 사료와 너그러운 대접을 받을 것이다. 반면에 기수가 죄를 저지르면 당장 벼룩이 득실거리는 감옥으로 끌려가 제대로 식사도 못하고 수갑까지 채워진다. 이런 차이의 근거는 분명하다. 말은 단순히 동물적 경험세계에 속하는 반면 기수는 논리적 도덕적 세계에 동참하고 있기 때문이다. 인간은 자신의 정신적 도덕적 성격에 따라 법을 어기고 범죄를 저지를 수 있다는 점에서 동물보다, 혹은 이렇게 말해도 된다면 정신병자보다 더 뛰어나다. 이처럼 처벌 가능함이 인간을 도덕적 인간으로 끌어올리는 특성이기에 법률가들이 그것에 그렇게 집착하는 것도 당연할지 모른다.

불행히도 여기에 법정신의학자들까지 거든다. 그들은 원래 이런 상황을 저지해야 할 사명이 있지만 대개 법률가들보다 직업적으로 훨씬 소심하다. 그들은 자신들이 치료할 수 없는 사람들만 진짜 환자라고 규정하지만, 그것은 약간 과장이다. 어차피 다른 이들도 고치지 못하기 때문이다. 그들은 정신병을 세 종류로 구분한다. 고칠 수 없는 정신병,

신의 도움으로 얼마 뒤 저절로 낫는 정신병, 마지막으로 의사는 고칠 수 없지만 저 높은 곳의 섭리를 통해 제때 올바른 영향과 관심이 주어진다는 것을 전제로, 환자 본인이 피할 수 있는 정신병이 있다. 그런데 문제는 두번째와 세번째 집단에서 더 저급한 환자들이 탄생한다는 점이다. 즉 의학의 천사들은 개인 병원에서 만나면 환자로 취급할 사람들도 법의학적으로 만나면 그냥 소심하게 법의 천사들에게 넘겨버리는 것이다.

모스브루거가 그런 경우였다. 그는 섬뜩한 살기로 범행을 저지르기 전까지는 충분히 존중할 만한 삶을 살았다. 그런데도 사람들은 툭하면 그를 정신병원에 가두었다가 풀어주었다. 그래서 마지막 심리에서 무척 양심적인 법의학자 두 사람이 그의 정신상태를 정상으로 증언하기 전까지 그는 진행성 마비와 과대망상, 간질, 주기적 정신병 진단을 받았다. 그 법의학자 둘을 포함해 재판 당시 그 큰 법정을 가득 메운 사람들 가운데 모스브루거가 어떤 형태로건 아프다고 확신하지 않은 사람은 당연히 아무도 없었다. 하지만 그건 법에서 내거는 조건에 맞지 않았고, 똑똑한 인간들이 인정할 수 있는 형식도 아니었다. 법률가들의 견해에 따르면, 사람은 일부가 아프다면 일부는 건강하다는 것이고, 일부가 건강하면 최소한 부분적으로는 자신의 행동에 대한 책임능력이 있는 것이고, 부분적으로 책임능력이 있다면 온전한 책임능력이 있는 것과 마찬가지라는 것이다. 그들에게 책임능력이란 외부의 모든 강제적 요구를 무시한 채 개인의 특정 목적을 실현하려는 자유로운 힘이기 때문이다. 더구나 그런 힘은 있으면서 동시에 없을 수는 없다.

물론 환경이나 성향상, "비도덕적 충동"에 저항하고 "선함으로의 경도"(법률가들의 표현이다)가 어려운 사람들이 있다는 점도 배제할 수 없고, 타인과의 접촉이 없는 상황에서도 범행을 "결심"할 수 있는 사람이 있는데 그런 사람이 모스브루거였다. 하지만 법원의 견해는 달랐다. 우선, 그의 정신적 오성의 힘은 범행 당시 작동되기만 했더라면 충분히 범행을 막을 수 있었을 만큼 온전했다고 판단되고, 그래서 그를 도덕적 책임능력이 없는 인간으로 볼 이유가 없다. 둘째, 체계가 잘 잡힌 사법부는 행위에 범죄적 요소가 있음을 알면서도 의도적으로 실행된 행위는 처벌되어야 한다고 요구한다. 셋째, 법적 논리에 따르면, 7 곱하기 7이 얼마냐는 질문에 혀를 쏙 내밀거나, 황제 폐하의 이름을 대보라고 하면 "나"라고 대답하는 정말 불쌍한 인간들을 빼면 다른 모든 정신병자들은 최소한의 분별력과 자기통제력을 갖고 있고, 그래서 조금만 더 지력과 의지력을 동원하면 행위의 범죄적 요소를 깨닫고 범죄 충동에 저항할 수 있었으리라는 것이다. 아무리 위험한 자들이라고 해도 최소한 이 정도는 요구할 수 있지 않은가!

법원은 선조들의 지혜가 병 속에 담긴 채 보관되어 있는 와인 지하 창고와 비슷하다. 완벽하게 숙성되기 전에 이 병을 열면 정확함에 대한 인간의 노력이 얼마나 형편없는 수준인지 한탄할지 모른다. 그래도 와인 맛을 모르는 사람들은 그런 것을 마시고도 취하는 듯하다. 의학의 천사가 상당 시간 법률가들의 말에 귀를 기울이다보면 본연의 사명을 까맣게 잊어버릴 때가 많다는 것은 잘 알려져 있다. 사르르 날개를 접고 법정에서 마치 법의 예비 천사인 것처럼 행동하는 것이다.

61. 세 논문의 이상 혹은 정확한 삶의 유토피아

이렇게 해서 모스브루거는 사형선고를 받았고, 라인스도르프 백작의 영향력과 백작이 울리히를 좋게 본 덕분에 다시 한번 정신감정을 받을 가능성이 생겼다. 그런데 당시 울리히는 모스브루거의 운명에 더는 관심을 가질 생각이 없었다. 잔인함과 고통이 우울하게 뒤섞인 그런 인간의 특징이 그들에게 내려지곤 하는, 엄밀함과 경솔함이 뒤섞인 법원 판결만큼이나 마뜩잖았기 때문이다. 그는 이 사건을 냉정히 바라보았을 때 모스브루거를 어떻게 생각해야 할지, 그리고 감옥도 자유도 어울리지 않고 정신병원도 충분하지 않은 그런 인간에게 어떤 조치를 내려야 할지 정확히 알고 있었다. 또한 수많은 다른 사람들도 그것을 알고 있으며, 이 문제를 자기들의 관심사에 따라 부단히 논의하고 있다는 사실도 간파했다. 그래서 그런 애매한 상황에서는 사형을 내리는 것이 가장 분명하고 합당하고 안전한 해결책이라는 이유로 국가가 모스브루거에게 사형을 선고할 거라는 사실도 예상했다. 이를 순순히 받아들이는 것은 조야한 태도일 것이다. 하지만 우리의 빠른 교통수단도 인도에서 호랑이에게 희생되는 수보다 더 많은 희생자를 낸다. 그 사실을 견디게 하는 무분별하고 가차없고 경솔한 정신이 다른 한편으론 우리의 부인할 수 없는 성공을 실현시킨 것이 분명해 보인다.

세부적인 것에는 굉장히 날카롭지만 전체 그림에는 눈뜬장님이나 다름없는 이런 정신은 필생의 역작이라 할 수 있는 하나의 이상 속에, 그것도 세 편을 넘지 않는 논문 속에 중요한 내용이 대부분 다 담겨 있다. 인간의 지적 활동 중에는 두툼한 책이 아니라 짧은 논문에 자신의 성취를 모두 담을 수 있는 영역이 있다. 예를 들어 지금껏 관찰되지 않은 특정 환경에서는 돌들도 말을 한다는 것을 발견한 사람은 그런 획기적인 현상을 설명하고 묘사하는 데 불과 몇 페이지면 충분하다. 반면에 어떤 근사한 정신적 신조를 밝히려면 책 한 권으로도 모자란다. 그것은 결코 단순히 학문적 사안에 그치지 않는다. 그런 방법으로는 인생의 가장 중요한 문제들에 대해 명확한 결론을 얻을 수 없기 때문이다. 인간 활동은 어쩌면 그 활동에 필요한 말의 수로 분류할 수 있을지 모른다. 말이 많을수록 말의 성격은 점점 나빠진다. 예컨대, 인류를 원시 상태에서 공중을 나는 단계로 이끈 모든 완결된 지식은 그 증명까지 포함해서 결코 수십 권을 넘지 않을 것이다. 그에 비해 나머지 지식은 지구만한 서가를 내준다고 해도 다 채울 수 없을지 모른다. 펜이 아니라 칼과 사슬로 이루어진 방대한 토론은 제외하더라도 말이다. 결국 이것은 우리가, 선행적으로 모범을 보여준 정확한 과학적 방식을 따르지 않는 한 우리 자신의 사안을 지극히 비합리적으로 다루고 있음을 시사한다.

그것은 사실 울리히가 함께 겪고 있는 한 시대의 분위기이자 경향이었다. 수십 년까지는 아니고 근래 몇 년을 말하는데, 당시 사람들은 정확하게 살 수 있을 거라고 믿었다. 물론 여기서 '사람들'이라고 말한 것은 부정확한 수치다. 어떤 사람이 몇 명이나 그렇게 생각했는지는 알 수 없으나, 어쨌든 당시의 시대정신이 그랬다는 말이다. 오늘날의 사람들은 정확하게 산다는 것이 무슨 뜻이냐고 물을지 모른다. 아마 그 대답은 이럴 것이다. 누군가의 인생 역작을 개인의 성취 능력이 최고도로 발휘된 세 편의 논문이나 시 혹은 세 가지 행위로 생각해버리는 식으로 사는 것일 거라고. 이 말을 풀이하면 대충 다음과 같다. 말할 게 없으면 침묵하고, 특별히 할일이 없으면 필요한 일만 하고, 두 팔을 벌린 채 창조의 물결에 고양되는 형언할 수 없는 감정이 없거든 그냥 무심하게 살라는 말이다! 이렇게 살면 우리 내면의 삶은 대부분 중단될 거라고 말할지 모른다. 하지만 그게 뼈아픈 손해는 아닐 것이다. 비누의 대폭적인 매출 증가가 곧 위생의 대폭적인 개선을 증명한다는 테제를 도덕에 적용할 필요는 없다. 최근의 도덕적 경향을 보면, 씻어야 한다는 강박관념은 깨끗하지 못한 내면의 상황과 직결되어 있다는 주장이 설득력을 얻고 있기 때문이다. 어떤 형태로든 모든 행위에 수반되는 도덕적 소비를 최대한 줄이고, 정말 중요하고 예외적인 경우에만 도덕적으로 행동하는 것에 만족하고, 그 밖의 다른 일에서는 마치 연필이나 나사를 규격에 맞춰 찍어내듯 일정한 틀에 맞추어 행동하는 것은 퍽 유익한 실험이 될 것이다. 그리되면 아마 선한 행동은 많이 사라지겠지만 대신 몇 가지는 더 선해질 것이고, 재능이 아니라 천재만 남을 것이고, 도덕적 행위 사이의 파리한 유사성에서 생겨나는 맥빠진 인화지들이 삶의 그림에서 사라지고, 그 자리에 도덕의 감격적 융합이 거룩한 모습으로 등장할 것이다. 한마디로, 도덕 100킬로그램마다 1밀리그램의 진액이 남고, 그것의 100만분의 1조차 굉장히 황홀할 것이다.

혹자는 이를 가리켜 유토피아일 뿐이라고 반박할 것이다. 물론, 그것은 하나의 유토피아다. 유토피아는 가능성과 상당히 유사한 면이 있다. 가능성이 현실이 아니라는 말은 지금 그 가능성을 둘러싼 주변 환경이 그것의 현실화를 방해하고 있다는 것을 뜻할 뿐이다. 그렇지 않다면 그것은 가능성이 아니라 그냥 불가능성에 지나지 않는다. 이제 가능성이 그 속박에서 풀려나 발전하게 되면 유토피아가 생겨난다. 이는 연구자가 복잡하게 뒤엉킨 한 현상에서 어떤 요소의 변화를 감지해내고, 주의 깊은 관찰로 결론을 끌어내는 과정과 비슷하다. 유토피아는 실험을 뜻한다. 한 요소가 변할 수 있는 다양한 가능성과 그게 우리가 삶이라 부르는 복잡한 현상에 어떤 영향을 주는지 관찰하는 실험 말이다. 만일 관찰된 요소가 '정확성'이라면, 그래서 그것을 따로 떼어내어 발전시키고 사유의 습관이자 삶의 태도로 관찰하고, 아울러 그것과 접촉하는 모든 것에 모범적 영향을 주면 논리적 귀결상 정확성과 불확정성이라는 두 요소가 역설적으로 결합된 인간이 탄생한다. 그 인간은 정확성의 기질에 해당하는, 바늘로 찔러도 피 한 방울 나오지 않을 것 같은 냉정함의 소유자다. 그러나 이 특성만 빼고 다른 모든 것은 규정될 수 없다. 도덕으로 보장된 내면의 확고한 상태는 변화의 환상을 품은 사람에게는 별 의미가 없다. 궁극적으로, 가장 정확하고 위대한 성취에 대한 요구가 지적인 영역에서 열정의 영역으로 넘어가면, 앞서 암시한 바와 같이 열정은 사라지고 그 자리에 도덕의 원초적 불길 같은 것이 일어나는 기이한 결과가 나타난다. 이것이 바로 정확성의 유토피아다! 이런 인간이 하루를 어떻게 보내는지는 알 수 없다. 늘 창조적 행위 속에서 살아갈 수는 없고 제한된 감각의 아궁이 불을 상상의 큰불에 희생시킬 것이기 때문이다. 이런 정확한 인간은 오늘날 존재한다! 그는 인간 속의 인간으로서 연구자뿐 아니라 상인과 행정가, 운동선수, 기술자 속에서 살아간다. 비록 삶이 아니라 직업이라 불리는 업무 시간 동안에만 잠정적으로 그렇다고 하더라도 말이다. 왜냐하면 그는 다른 모든 것은 철저히, 그리고 선입견 없이 받아들이면서도 자기 자신을 철저하게 받아들이라는 요구는 무척 혐오하기 때문이다. 하지만 안타깝게도 그가 자기 자신의 유토피아를, 진지하게 일하는 사람들에 대한 부도덕한 실험으로 본다는 사실에는 의심의 여지가 없다.

따라서 울리히는 강력한 내면적 성취에 나머지 외적 성취를 맞추어야 할지 말아야 할지, 다시 말해 우리에게 일어났고 일어나는 중인 어떤 일에서 목표와 의미를 찾을 수 있는지에 관해 평생을 늘 외롭게 고민해왔다.

62. 지구는 물론이고 특히 울리히가 에세이즘의 유토피아에 깊이 허리를 숙이다

인간 태도의 측면에서 정확성은 정확한 행위와 존재를 요구한다. 그러니까 행위와 존재에서 최대한의 정확성을 요구한다는 말이다. 하지만 여기에도 구분이 필요하다.

현실에서는 상상의 정확성(물론 실제로 존재한 적은 없다)만 있는 것이 아니라 좀스러운 정확성도 존재한다. 이 둘은 이렇게 구분된다. 상상의 정확성은 사실에 의지하고, 좀스러운 정확성은 상상의 개념에 의지한다. 예를 들어 모스브루거의 특이한 정신을 이천 년 된 법체계 속으로 끌어들인 정확성은 날아가는 새를 바늘로 찌르려는 바보의 좀스러운 노력과 비슷하다. 그런 정확성은 사실에 관심을 두는 것이 아니라 지금까지 쌓아온 상상적 법 개념에만 관심을 둔다. 반면에 정신과 의사들이 모스브루거를 사형에 처해야 하느냐, 말아야 하느냐라는 거대 문제에서 보여준 정확성은 한 치의 빈틈도 없이 엄밀하다. 모스브루거의 증상이 지금껏 알려진 그 어떤 증상들과도 완전히 일치하지 않는다는 말밖에 하지 않으면서 그에 대한 결정은 법률가들에게 넘겨버렸기 때문이다. 그때 법정이 제공하는 것이 삶의 한 단면이다. 다시 말해, 오 년이 넘은 자동차는 타지 않거나, 십 년 전에 최고였던 치료법의 발명에 자발적으로건 비자발적으로건 힘을 보탰지만 이제는 더이상 그런 방법으로는 치료를 받지 않으려 하는 사람들, 자기들 영역의 모든 것을 합리화하는 데 흠뻑 빠진 활기찬 사람들 모두가 미, 정의, 사랑, 믿음의 문제들, 간단히 말해 인본주의적 모든 문제를, 자신들이 그로 인해 실리를 얻을 가능성이 전혀 없는 한, 아내에게 맡겨버리길 좋아한다. 그리고 아내에게 그럴 역량이 충분치 않다 싶으면, 천 년 전의 어투로 삶의 성배나 검에 대해 이야기하는 아류들에게 넘긴다. 물론 그들 자신은 그런 아류들의 말을 혐오하면서 회의적으로 흘려듣고, 그런 말을 믿지 않으면서도 그 말과 다르게 볼 수 있는 가능성은 전혀 생각하지 않는다. 결국 현실에는 두 종류의 정신이 있다. 이 두 정신은 서로 싸우고, 설상가상으로 대개 나란히 붙어 있다. 또한 각자 자기 자리에서 꼭 필요한 존재라고 서로 장담할 때 말고는 한마디도 주고받지 않는다. 하나의 정신은 정확성에 만족하고 사실에 기댄다. 반면에 다른 하나는 정확성에 만족하지 못하고, 항상 전체를 주시하면서 이른바 영원하고 위대한 진리들로부터 인식을 추론해낸다. 또한 하나는 성공을 얻고, 다른 하나는 방대함과 품위를 얻는다. 비관주의자라면 분명 이렇게 말할 것이다. 하나는 아무짝에도 쓸모가 없고, 다른 하나는 진실하지 않다고. 생각해보라. 인간의 성취를 저울에 올려놓는 최후의 심판일에 포름산酸에 대한 논문을 세 편 제출하는 것이 무슨 소용이 있겠는가?! 심지어 서른 편이라고 하더라도 말이다. 하지만 다른 한편으론, 포름산으로 무엇을 할 수 있을지 그때 가서도 모른다면 심판의 날에 대해서도 무엇을 알 수 있겠는가?!

지금으로부터 천팔백 년은 더 됐고 이천 년은 안 된 과거에 인류가 처음으로 모든 날의 마지막에 그런 정신적 심판의 법정이 열리리라는 것을 처음 알았을 때 이것도 저것도 아닌 이 양극단 사이에서 진보의 추의 진자 운동이 시작되었다. 그것은 한 방향으로 움직인 후에는 항상 반대로 움직인다는 경험과 맞아떨어졌다. 그런 진자 운동이 방향을 바꿀 때마다 조금씩 올라오는 나사처럼 조금씩 역사를 진보시킨다는 것은 충분히 상상 가능하고 바람직하지만, 이유는 알 수 없으나 우회와 파괴로 발전 동력을 상실한 것보다 더 멀리 나아가는 경우는 드물었다. 그렇다면 파울 아른하임 박사가 울리히에게 했던 말은 전적으로 옳았다. 역사는 결코 부정적인 것을 허용하지 않는다. 낙관주의를 표방하는 세계사는 항상 감격에 차서 하나를 결정하고, 그후에야 반대편을 결정한다는 것이다! 그래서 정확성을 꿈꾸던 선구자들의 뒤를 이어 그것을 실현하려는 시도는 없었고, 사람들은 정확성을 상상력이라고는 눈곱만큼도 없는 기술자와 학자들에게 맡기고는 좀더 품위 있고 방대한 정신세계로 다시 방향을 돌렸다.

울리히는 불확실한 정신이 어떻게 다시 돌아왔는지 여전히 생생하게 기억할 수 있었다. 약간 불확실한 생업에 종사하는 사람들, 즉 작가와 비평가, 여자, 그리고 새로운 세대의 직종에서 일하는 사람들의 항의가 점점 쌓여갔다. 순수한 지식이 인간의 고귀한 성취를 다시 조합할 능력도 없으면서 갈기갈기 찢어놓기만 하는 고약한 무언가로 변해가고 있다는 것이다. 그들은 사람 사이의 새로운 신뢰, 내적 근원으로의 귀환, 그리고 정신적 각성 비슷한 온갖 것들을 촉구했다. 처음에 울리히는 이들이 말을 타다가 찰과상을 입고 절룩거리며 말에서 내려서는 상처 부위를 영혼으로 문질러야 한다고 징징대는 사람들이라고 단순히 생각했다. 그러나 그렇게 가소롭게 들리던 그 소리가 줄곧 반복되면서 차츰 반향을 불러오는 것을 목격했다. 지식이 시대와 어긋나기 시작했고, 현재를 지배하는 불명료한 인간 유형이 서서히 자신의 뜻을 관철해나갔다.

울리히는 이런 현상을 진지하게 받아들이는 것을 거부하고 정신적 성향을 자기 방식으로 발전시켜나갔다.

자의식이 처음 싹텄던 청소년기를 훗날 돌이켜보면 감동과 감격으로 뭉클해질 때가 많다. 당시 그가 사랑한 온갖 다양한 생각들은 지금도 뇌리에 깊이 박혀 있는데, 그중 하나가 '가정적假定的 삶'이라는 말이었다. 그 말은 여전히, 내딛는 모든 발걸음이 경험한 적 없는 모험이 될 수밖에 없는 인생에 대한 불가피한 무지와 용기를 뜻했다. 또한 거대한 관련성에 대한 갈망과 망설이듯 삶으로 발을 내딛는 한 젊은이가 느끼는 '철회 가능성'의 묘한 분위기를 의미하기도 했다. 울리히는 그중 어떤 것도 무를 생각이 없었다. 무언가로 선택되었다는 떨리는 감정은 세상을 처음 관찰할 때 느끼는 유일하게 확실하고 아름다운 것이었다. 감정을 돌아보면 유보 없이 바로 이야기할 수 있는 것은 하나도 없었다. 사랑을 찾았지만 맞게 찾은 건지 알 수 없었고, 죽여야 할 이유를 확실히 모르면서도 누군가를 죽일 수 있었다. 그는 천성적으로 점차 발전해나가려는 의지 때문에 '완성'이라는 것을 믿지 않았다. 다만 자신에게 일어나는 모든 일이 그저 완성된 것처럼 굴었을 뿐이다. 이 세계의 질서는 겉보기와 달리 그렇게 확고하지 않은 것 같았다. 어떤 사물도 어떤 자아도 어떤 형태도 어떤 원칙도 확실한 것이 없었다. 만물은 보이진 않지만 결코 멈추지 않는 변화 속에 있었고, 확실한 것보다 불확실한 것 속에 더 많은 미래가 담겨 있었으며, 현재는 아직 극복하지 못한 하나의 가정에 지나지 않았다. 이런 상황에서, 어서 빨리 믿어달라고 유혹하는 어떤 사실에 대해 긍정적 의미에서 연구자가 취하는 거리감처럼 세상과 거리를 두는 것 말고 더 나은 일이 뭐가 있겠는가?! 따라서 그는 무언가가 되기를 망설였다. 성격, 직업, 확고한 존재 방식 같은 것들은 마지막에 남게 될 해골을 미리 보여주는 표상에 불과했다. 대신 그는 자신을 다르게 이해하고자 했다. 도덕적으로나 지적으로 금지된 것이라고 해도 자신의 내면을 풍성하게 하는 것이라면 모두 관심을 보였고, 그러면서 자신이 마치 사방 어디로든 갈 수 있고, 그러면서도 항상 균형 있게 앞으로 내딛는 하나의 발걸음 같다고 느꼈다. 그러다 올바른 착상이 떠오르면 마치 잉걸불의 형언하기 어려운 불꽃 한 점이 세상에 떨어져, 그 빛으로 이 지구가 다르게 보이는 느낌을 받았다.

나중에 정신 능력이 성숙하면서 울리히의 내면에는 이제 '가정'이라는 불확실한 말 대신 분명한 이유에서 '에세이'라는 독특한 개념과 연결시킨 표상이 생겨났다. 에세이가 하나의 대상을 여러 절節로 나누어 다양한 측면에서 다루는 것과 비슷하게 세계와 자신의 삶도 그런 식으로 관찰해야 가장 올바르게 보고, 다룰 수 있다고 믿었던 것이다(에세이는 대상을 전체적으로 파악하지 않는다. 전체적으로 파악된 대상은 삽시간에 외연을 잃고 하나의 개념으로 용해되기 때문이다). 그가 보기에 어떤 행위나 특성의 가치, 심지어 그 참의미나 본질조차 그것들을 둘러싼 상황과 그것들이 봉사하는 목표에 종속된 것 같았다. 한마디로, 때에 따라 이렇게 혹은 저렇게 이루어진 전체 상황에 종속되었다. 하나의 살인이 범죄가 되기도 하고 영웅적 행위가 되기도 하고, 또 사랑의 시간이 천사의 날개에서 떨어진 깃이 되기도 하고 거위의 날개에서 떨어진 깃이 되기도 하는 것은 그 때문이다. 울리히는 이것을 일반화했다. 그러자 모든 도덕적 사건은 상황에 따라 다른 의미가 생겨나는 에너지장場 속에 위치하게 되었고, 원자 속에 화학적 결합 가능성이 담겨 있듯 모든 도덕적 사건에도 선과 악이 동시에 담기게 되었다. 이런 의미에서 도덕적 사건은 상황에 따라 만들어졌다. '지독하다'는 말이 예를 들어 사랑, 만행, 노력, 엄격함 중 어떤 단어와 연결되느냐에 따라 전혀 다른 네 가지 특성을 갖게 되는 것처럼, 도덕적 사건의 의미도 다른 것들의 종속변수로 나타나는 것 같았다. 이런 식으로 관계의 무한한 체계가 생겨났고, 일상에서 처음 거칠게 접근할 때 이런저런 행위와 특성에 대충 부여된 독립적인 의미도 이 체계 안에 더는 존재하지 않았다. 겉으로 확고해 보이는 것도 이 안에서는 많은 의미들이 스며드는 구실이 되었고, 사건도 일어나지는 않았지만 줄곧 느끼고 있던 어떤 것의 상징이 되었다. 가능성의 화신, 잠재적 존재, 자기 삶의 쓰이지 않은 시로서의 인간은 문서로 기록된 인간, 현실로서의 인간, 특성을 가진 인간과 상반되었다. 이런 관점에 따라 울리히는 기본적으로 자신에게 모든 미덕과 악덕의 능력이 있다고 느꼈다. 균형 잡힌 사회질서 안에서는 악덕도 미덕도 암묵적으로나마 똑같이 성가신 것으로 통용된다는 사실은 자연 어디에서나 일어나는 일을 증명해주었다. 즉 힘의 모든 움직임은 시간이 가면서 평균치나 중간 상태, 균일화와 경직을 지향한다는 것이다. 울리히에게 일상적 의미의 도덕은 윤리적 힘의 상실만 없다면 그것과 혼동될 리 없는 에너지 시스템의 노후 형태에 지나지 않았다.

이런 관점에도 삶의 불확실성이 표현되어 있을 수 있다. 그러나 불확실성은 일반적인 확실성에 대한 불만에 지나지 않을 때도 있다. 게다가 인류라고 하는 경험 많은 존재조차 겉보기엔 아주 비슷한 원칙에 따라 행동한다는 사실을 기억해야 한다. 장기적으로 보면, 인류는 자신이 했던 모든 일을 취소하고 그 자리에 다른 것을 놓는다. 그래서 시간이 지나면서 과거의 범죄가 미덕이 되고, 과거의 미덕이 범죄가 되는 일이 발생한다. 인류는 사건들의 거대한 정신적 관련성을 애써 구축해 놓고도 몇 세대 뒤에 다시 허물어버린다. 다만 이런 일은 통일적인 삶의 감정 속에서 일어나지 않고, 시간적 간격을 두고 순차적으로 일어난다. 사슬처럼 이어지는 인류의 이런 시도들은 상승을 보여주지 못한 반면, 인류의 의식적 에세이즘은 세계의 이런 무계획한 의식 상태를 하나의 의지로 탈바꿈시킬 사명을 띤 듯하다. 개별적으로 이루어진 많은 발전들을 보면 그런 일은 곧 일어날 것 같다. 병원에서 백합처럼 하얀 옷을 입고 흰 도기에 환자의 대변과 산酸을 넣고 비벼 자줏빛으로 만드는 일에 열심인 간호조무사는, 본인은 알지 못해도, 거리에서 똑같은 대상을 보고 치를 떠는 젊은 아가씨보다 한결 변화에 열린 세계에 살고 있다. 자기 행위의 도덕적 에너지장 속에 빠져든 범죄자는 급류를 헤쳐나가는 수영선수처럼 움직이고, 세상의 모든 엄마는 자식이 언젠가 그런 급류에 휩쓸릴 거라는 걸 예감한다. 물론 지금까지는 누구도 그런 예감을 믿지 않았다. 사람들의 머릿속에는 그런 믿음이 들어설 자리가 없었기 때문이다. 정신병리학에서는 지나치게 명랑한 상태를 '조증'이라 부르며 명랑한 우울로 간주한다. 또한 모든 고양된 상태, 예를 들어 순결함, 관능, 양심에 대한 집착, 경솔함, 잔인함, 연민 등의 상태가 모두 병적인 것과 연관된 게 아닌지 의심한다. 건강한 삶이라는 게 오직 두 극단 사이의 중간 상태만을 목표로 삼고 있다면 얼마나 말도 안 되는가! 건강한 삶의 이상이 실제로는 그 이상의 극단을 부정하는 것일 뿐이라면 얼마나 옹색한가?! 이런 인식을 토대로 우리는 도덕적 규범을 변함없고 경직된 정관으로 보지 않고, 매 순간 새로운 변화를 요구하는 유연한 균형으로 보게 된다. 사람들은 자기도 모르게 획득한 반복적 습관을 자신의 성격으로 간주하고, 그런 다음에는 그 반복에 대한 책임을 성격으로 돌리는 것을 점점 더 편협한 것으로 느끼기 시작한다. 또한 내면과 외면의 상호작용을 깨닫는 법을 배워가면서, 그를 통해 자기 속의 비개인적인 요소들을 정확히 이해하고, 그로써 개인적인 요소들의 새로운 실마리와 단순한 기본 행동방식 그리고 자아 구축 본능을 추적해나간다. 새들이 본능적으로 둥지를 틀듯 각양각색의 재료들로 몇 가지 방식에 따라 자아를 구축해나가는 본능이다. 우리는 곳곳에 만연한, 뒤틀린 계곡처럼 병적인 상태를 특정한 영향으로 억누를 수 있는 단계에 이미 근접해 있기에 우리가 범죄자들을 제때 대천사로 만들지 못한다면 그것은 사회적 태만과 미숙한 일처리의 결과일 수밖에 없다. 그밖에 덧붙일 주장들은 무척 많다. 하지만 함께 작용할 만큼 서로 가까워지지 못하고 띄엄띄엄 떨어져 있는 주장들이다. 사람들은 각각의 주장을 이행하기 위해 마련된 단순한 조건들에서 생겨나는 조잡한 유사함에 지치고, 그래서 지난 이천 년 동안 늘 조금씩 바뀌는 게 습관이 된 도덕의 근본 틀을 완전히 바꾸고, 사실들의 유연성을 좀더 세밀하게 파고드는 다른 틀로 교체할 필요성을 서서히 느끼고 있다.

울리히의 확신에 따르면, 여기에 부족한 것은 공식과도 비슷한 짧은 문구였다. 어떤 움직임이 목표에 도달하기 전, 마지막 남은 길을 마저 가려면 어느 행복한 순간에는 발견해야 할 그런 표현이었다. 그것은 항상 일의 현상태에서는 아직 정당성이 입증되지 않은 대담한 표현이자, 정확성과 부정확성, 정밀함과 열정의 결합이었다. 그런데 독려를 받을 줄 알았던 바로 그 시간에 그에게 이상야릇한 일이 일어났다. 그는 철학자가 아니었다. 철학자는 군대 없이 세계를 하나의 체계 속에 가두는 방식으로 세상을 정복하는 폭군이다. 전제정치의 시대에는 거창한 철학들이 나온 반면, 진일보한 문명과 민주주의 사회에는 시대를 지배하는 철학이 나오지 않은 것도 그 때문일지 모른다. 어쨌든 실망감에 찬 사람들의 일반적인 평가가 그랬다. 그래서 오늘날에는 잘게 나뉜 철학들만 무수히 존재한다. 어쩌면 이제는 세계관 없이 무언가를 할 수 있는 곳은 상점들밖에 없겠다는 생각이 들 정도다. 반면에 방대한 체계를 갖춘 철학에 대한 불신은 만연해 있다. 사람들은 그런 철학을 불가능한 것으로 여겼고, 울리히 역시 그런 생각에서 자유롭지 못했다. 심지어 과학적 경험들을 토대로 그런 철학을 약간 비웃기까지 했다. 이것이 그의 태도에 방향성을 부여했고, 그래서 그는 항상 자신이 관찰한 것을 다시 생각해야 한다는 강박관념에 사로잡혔으며, 그러면서도 자신이 너무 많은 생각을 하는 건 아닌지 두려워했다. 그러나 그의 태도를 종국적으로 결정한 것은 다른 무엇이었다. 울리히의 본성에는 논리정연함과 분명한 의지, 특정 방향으로 일관되게 나아가는 야망에 대한 거부감 같은 것이 존재했다. 그것도 무계획적이고 무력화하고 무장해제하는 방식으로 말이다. 이 역시 당시 그가 선택한 에세이즘과 관련이 있었다. 시간이 지나면서 그 자신이 무의식적으로 세심하게 배제한 요소들이 그 에세이즘 속에 담겨 있었음에도 말이다. 일반적으로 '시도'로 번역되는 에세이*라는 말 속에는 문학적 모델에 대한 본질적인 암시는 아주 희미하게 깔려 있을 뿐이다. 왜냐하면 에세이는 우호적인 환경에 따라 진실이 되기도 하고, 아니면 반대로 오류로 판명되기도 하는 어떤 확신의 잠정적이거나 부수적인 표현과는 다르기 때문이다. 그런 건 학자라고 하는 사람들이 학문이라는 작업장에서 내놓는 쓰레기 같은 논문이나 논설이다. 반면에 에세이는 내면의 삶을 확고한 사유로 풀어내는 불변의 유일무이한 형식이다. 에세이와 가장 거리가 먼 것은 일반적으로 '주관성'이라 불리는 발상의 무책임함이나 어중간함이다. 진실과 오류, 현명함과 어리석음도 에세이적 사유에 적용될 수 있는 개념이 아니다. 물론 그런 에세이도 섬세하고 말로 표현할 수 없는 요소를 담고 있으면서 엄격한 법칙들에 종속되어 있다. 인간의 내면을 거닌다는 표현이 어울리는 에세이스트와 삶의 거장들이 적지 않지만, 그들의 이름을 거론하는 것은 무의미하다. 그들의 제국은 종교와 지식, 실례와 이론, 지적인 사랑과 시 사이에 놓여 있다. 그들은 종교를 가진 성자면서

* 여기서 에세이란, 주변에서 일어나는 사소한 일을 소재로 형식에 구애받지 않고 가볍게 쓴 신변잡기식 경수필이 아니라 문화적 사회적 학문적 여러 현상을 개인적인 관점에 따라 치열하게 다룬 지적인 중수필을 가리킨다. 물론 엄격한 학문적 형식은 배제한다. 에세이의 어원인 라틴어 'exagium'은 '시도' '시험'이라는 뜻이다.

종교가 없는 성자이기도 하고, 가끔은 단순히 인생의 탐험에서 길을 잃은 남자이기도 하다.

이러한 위대한 에세이스트들을 해석하고, 삶의 가르침을 있는 그대로 삶의 지식으로 변환하고, 감동받은 자의 움직임에서 무언가 '내용'을 얻으려는 이런 지성적 이성적 시도로 생기는 부지불식중의 경험만큼 뜻깊은 것은 없다. 그러나 그런 일에서 건지는 것은 별로 없을 것이다. 바다에서 건져 올린 해파리를 모래 바닥에 던져두면 그 빛나던 색깔이 죽어버리는 것과 마찬가지로. 감동받은 자의 가르침은 감동받지 않은 자의 합리성을 통해 말도 안 되는 모순된 이야기들로 산산조각나 버린다. 그러나 우리는 그 가르침이 삶을 지탱하기엔 허약하다고 말해서는 안 된다. 공기가 희박한 공간에서 버티지 못한다는 이유로 코끼리를 허약하다고 여길 수는 없기 때문이다. 이런 말이 비밀스러운 인상을 풍기거나, 하프 선율과 탄식조의 글리산도 기법이 지배하는 음악만을 떠올리게 한다면 개탄할 일이다. 사실은 그 반대다. 울리히가 보기에, 그 근저에 깔린 문제는 전적으로 예감으로 표현될 뿐 아니라 다음과 같은 객관적인 형식으로도 표현될 수 있다. 즉 진리를 원하는 사람은 학자가 되고, 주관성의 놀이를 즐기고 싶은 사람은 아마 작가가 될 것이다. 그렇다면 이 둘 사이에 존재하는 무언가를 원하는 사람은 어떻게 해야 할까? 둘 '사이에' 놓인 그런 보기들은 도덕적 계명이 제공한다. 단순하면서도 유명한 계명을 예로 들어보자. 살인하지 말라! 사람들은 첫눈에 이 계명이 진리도 아니고 주관성도 아님을 안다. 또한 우리가 여러 측면에서 이 계명을 엄격히 따르고 있지만, 다른 측면에서는 특별한 조건하에 무수한 예외들이 있는 것도 안다. 하지만 제3의 수많은 경우들, 예를 들어 상상과 소망, 드라마 혹은 신문기사에서 우리는 아주 무질서하게 살인에 대한 혐오와 유혹 사이를 배회한다. 사람들은 이따금 진리도 주관성도 아닌 어떤 것을 '요구'라고 부르며 종교적 도그마와 법적 도그마에 단단히 고정시켜 그 요구들에 추론된 진리의 성격을 부여한다. 그러나 소설가들은 아브라함이 신에게 바친 제물에서부터 최근에 연인을 총으로 쏘아 죽인 아름다운 처녀 이야기까지 많은 예외를 들려주며 그 요구들을 다시 주관성으로 해체해버린다. 따라서 사람들은 앞서 언급한 두 기둥 중 하나에 매달리든지, 아니면 그 둘 사이의 바다 위에서 물결치는 대로 이리저리 떠다닐 수 있다. 하지만 어떤 감정으로?! 살인하지 말라는 계명에 대한 감정은 고루한 복종과(그런 끔찍한 일은 생각하기조차 싫어하면서도 알코올이나 격정에 빠져 조금만 미쳐도 그런 일을 바로 저지르는 건강한 인간들도 포함해야 한다) 가능성의 바다 위에서 아무 생각 없이 떠다닐 때의 상태가 뒤섞인 감정이다. 그런데 이 계명을 꼭 그렇게만 이해해야 할까? 울리히가 생각하기에는 무언가를 온 마음으로 하고 싶은 사람이라면 이런 식으로는 자신이 그런 행동을 해야 할지, 말아야 할지 모를 듯했다. 물론 전력으로 그런 행동을 할 수도 있고 그만둘 수도 있었다. 그런 행위에 대한 충동이나 금지는 그에게 결코 중요하지 않았다. 저 높은 곳의 법이나 내면의 법에 연결시키는 것도 이성적 비판을 불렀다. 더구나 그 자체로 확실한 어떤 순간에 고귀한 혈통을 부여함으로써 자부심을 높이려는 욕구는 오히려 그 가치를 떨어뜨리는 결과를 낳았다. 이 모든 것에 그의 가슴은 침묵했고, 그의 머리만 말을 했다. 그러나 그는 자신의 결정이 다른 방식으로 행복해질 수 있음을 느꼈다. 그는 살인하지 않아서 행복할 수도 있었고, 살인을 해서 행복할 수도 있었다. 하지만 자신에게 요구된 것을 아무 생각 없이 받아들이는 사람만큼은 결코 될 수 없었다. 이 순간에 그가 느낀 것은 계율이 아니라 그가 들어선 영역이었다. 그는 그 영역 속의 모든 것이 이미 결정되어 있고, 어머니의 젖처럼 마음을 부드럽게 녹여준다는 사실을 깨달았다. 그러나 그에게 이런 말을 해주는 것은 사고가 아니었고, 산산조각난 일상적 방식의 감정도 아니었다. 그것은 '온전한 깨달음'이었다. 혹은 멀리서 바람에 실려오는 소식 같기도 했다. 그 소식은 진실도 거짓도 아니고, 이성적이지도 반이성적이지도 않았다. 다만 나직하고 행복한 과장誇張이 마음속에 떨어지는 것처럼 그를 가슴 뭉클하게 했다.

그런데 에세이의 핵심 부분으로 진리를 만들어낼 수 없듯 그런 상태에서 확신이 생길 수는 없었다. 최소한 그 상태에서 빠져나오지 않는 한 말이다. 그건 사랑하는 이가 사랑을 떠나지 않고는 그 사랑을 묘사할 길이 없는 것과 마찬가지다. 이따금 울리히를 무위의 상태에 빠뜨리는 이런 무한한 감동은 한계와 형식을 요구하는 그의 행위 충동과 충돌했다. 이제는 어쩌면 감정이 스스로 말하기 전에 무슨 말을 하고 싶어하는지 알아내는 게 올바르고 자연스러운 일일지 모른다. 울리히는 장차 자신이 찾고자 하는 것이 진리는 아니더라도 확고함 면에서 결코 진리에 뒤지지 않을 거라는 생각이 들었다. 바로 이런 특수한 상황이었기에 그는 마치 무엇을 할 생각이었는지도 잊은 채 바쁘게 장비만 챙기는 사람처럼 보였다. 그가 수학적 논문과 수학논리학적 논문을 쓰거나 자연과학과 관련된 일을 하고 있을 때 사람들이 그에게 어떤 목표를 구상하고 있느냐고 물으면 그는 이렇게 답할 것이다. 생각할 가치가 있는 물음은 올바르게 사는 방법에 관한 문제 하나뿐이라고. 그런데 아무것도 하지 않으면서 어떤 요구를 오래 들고 있기만 하면 뇌는 잠들어버린다. 장시간 팔을 들고 있으면 팔이 마비되는 것처럼. 우리의 생각은 한여름에 행진하는 군인들처럼 오래 멈춰 서 있을 수 없다. 너무 오래 기다려야 한다면 제풀에 지쳐 쓰러지는 게 생각이다. 스물여섯 즈음의 울리히가 세운 인생관의 얼개는 서른두 살인 지금은 참되게 느껴지지 않았다. 그렇다고 그 생각들을 계속 발전시켜나가지도 않았다. 무언가를 기다릴 때 눈을 감고 있는 것 같은 막연하고 긴장된 감정만 차치하면, 떨리는 첫 인식의 시간들이 지나간 이후 그의 내면에 개인적인 움직임은 많지 않았다. 그럼에도 세월이 지나면서 그를 과학적 작업에서 점점 멀어지게 하고, 거기에 전력을 쏟지 못하게 한 것은 수면 아래에 있는 그런 한 움직임이었을 것이다. 그는 이 움직임으로 인해 야릇한 분열에 빠졌다. 정밀한 과학 정신이 기본적으로 예술 정신보다 신에 대한 믿음이 두텁다는 점을 잊어서는 안 된다. 과학적 정신은 신이 황송하게도 신의 실재를 인정할 만한 과학적 조건에 맞추어 몸소 나타나면 신 앞에 바로 무릎을 꿇기 때문이다. 반면에 우리의 예술 정신은 신의 현시를 대면해도 신의 재능이 그리 독창적이지 못하고, 신이 만든 세계가 정말 신의 은총이라 할 만큼 탁월한 수준이라고 보기에는 충분히 이성적이지 못하다고 생각할 뿐이다. 따라서 울리히는 예술 정신에 속하는 누군가처럼 그런 막연한 예감에 쉽게 자신을 내맡길 수 없었고, 그렇다고 지난 수년 동안 정밀한 과학 세계에 빠져 본성을 거스르는 세월을 보냈다는 사실을 숨길 수도 없었다. 그는 예기치 않은 일이 일어나길 소망했다. 약간 자기 조롱조의 표현이었던 '삶으로부터의 휴가'

를 얻었을 때, 안식을 주는 것은 이쪽에서도 저쪽에서도 찾지 못했기 때문이다.

외람된 얘기 같지만, 어떤 나이에 이르면 인생이 믿기 어려울 정도로 빨리 지나간다고 말할 수 있다. 마지막 남은 의지를 끝까지 불사르기 시작해야 할 날이 저만치 앞에 있고 연기할 수도 없다. 아무 변화 없이 근 반년의 세월이 어느새 후딱 지나갔기에 그 사실을 더욱 뼈저리게 느꼈다. 그는 발을 들여놓은 그 하찮고 어리석은 활동 속에 이리저리 떠밀려 다녔고, 무수히 많은 말을 늘어놓았고, 물고기 한 마리 없는 강물에 그물을 던져놓은 어부처럼 필사적인 끈기로 버텨냈으며, 자신이 되겠다고 마음먹은 인물에 걸맞은 일은 하지 않았고, 그것도 일부러 하지 않으면서 기다리기만 했다. '인물'이라는 말이 세상과 삶의 이력에 의해 형성된 인간의 외형이라고 한다면 울리히는 자신의 이 인물 뒤에서 기다렸고, 그 뒤에 꽉 막혀 있는 고요한 절망은 날마다 점점 커져갔다. 그는 인생 최대의 위기에 몰려 있었고, 자신의 태만을 경멸했다. 큰 시련이란 위대한 본성의 특권일까? 그렇게 믿고 싶었다. 하지만 그건 사실이 아니었다. 아주 단순한 생물도 위기를 겪기 때문이다. 이제 불안에 떠는 그에게 남은 것은 모든 영웅과 범죄자들이 갖고 있던 일말의 흔들리지 않는 침착함이었다. 그것은 용기나 의지력, 자신감이 아니라 그저 자기 자신에 대한 완강한 매달림이었다. 개들의 이빨에 벌써 살점이 갈기갈기 찢겨나가고도 끈질기게 생명줄을 붙들고 있는 고양이처럼 몰아내기 힘든, 자기 자신에 대한 질긴 집착이었다.

이런 남자가 혼자 있을 때 어떻게 사는지 궁금하다면 기껏해야 이렇게 말할 수 있을 듯하다. 밤중에 불 켜진 창문으로 그의 방이 들여다보이고, 이미 소비된 생각들이 마치 변호사 사무실에 만족하지 못한 표정으로 앉아 있는 의뢰인처럼 힘없이 널브러져 있다. 혹은 이렇게 말할 수도 있다. 울리히는 그런 밤이면 창문을 열고 뱀처럼 매끈한 나무줄기들을 바라보았다. 눈 덮인 우듬지와 바닥 사이에 나무줄기들이 야릇한 검은색으로 구불구불 서 있었다. 그는 문득 잠옷 차림으로 정원으로 내려가고 싶은 욕구를 느꼈다. 머리카락 사이로 냉기를 느끼고 싶었다. 아래층으로 내려오자 그는 불을 껐다. 불 켜진 문 앞에 서 있기 싫어서였다. 서재에서만 천장의 빛이 어둠을 비추고 있었다. 울타리 철문까지 길이 나 있었고, 철문 건너편은 바로 도로였다. 철문 안쪽 정원을 따라 두번째 오솔길이 어슴푸레 이어졌다. 울리히는 이 길을 따라 천천히 걸었다. 나무 우듬지 사이로 솟아오른 어둠 속에서 갑자기 모스브루거의 거대한 몸집이 환상적으로 떠올랐다. 벌거벗은 나무들이 이상하게도 몸같이 느껴졌다. 벌레처럼 징그럽고 젖어 있었지만, 그럼에도 얼굴을 댄 채 부둥켜안고 눈물을 흘리며 털썩 주저앉고 싶었다. 그러나 그는 그렇게 하지 않았다. 감상적인 마음이 일었다가 바로 가라앉아버렸다. 순간 정원 울타리 앞 우유 거품 같은 안개 사이로 귀가를 서두르는 행인들이 지나갔다. 그들의 눈에 울리히는 미친 사람처럼 비쳤을지 모른다. 시커먼 나무들 사이로 빨간 잠옷을 입은 모습이 마치 방금 나무에서 떨어져나온 것 같았을 것이다. 그러나 그는 꿋꿋이 길을 걸었고, 꽤 만족한 채 집으로 돌아왔다. 그를 위해 무언가 준비되어 있다면, 그건 완전히 다를 것이 분명했다.

63. 보나데아가 환상을 보다

그 밤이 지나간 다음날 아침, 울리히가 녹초가 된 채 느지막이 일어났을 때 보나데아의 방문 소식이 전해졌다. 두 사람이 다시 만난 건 불화 이후 처음이었다.

떨어져 있는 동안 보나데아는 많이 울었다. 울리히에게 부당한 대우를 받았다고 느낄 때도 많았고, 이불을 씌운 북처럼 속울음을 삼킬 때도 잦았다. 그녀는 다른 남자들과 연애를 많이 했고 실망도 많이 했다. 연애를 할 때마다 울리히에 대한 기억은 깊은 우물 속으로 착 가라앉았지만 실망할 때면 어김없이 다시 솟구쳐올랐다. 버림받은 아이처럼 슬프고 무기력하고 불만 가득한 표정으로. 보나데아는 속으로 벌써 수백 번이나 옛 남자친구에게 자신의 질투를 용서해줄 것을 빌었고, 자신의 "괜한 자존심"을 탓했다(그녀의 표현이다). 그러다 마침내 그를 찾아가 화해를 청하기로 마음먹었다.

울리히 앞에 앉아 있는 보나데아는 매력적이고 우울하고 아름다웠다. 그러나 가슴은 콕콕 찌르듯이 아팠다. 그는 그녀 앞에 '청년처럼' 서 있었다. 그의 피부는 그녀가 보기에, 큰 사건과 외교술에 의해 매끈하게 닦인 대리석 같았다. 그녀는 이제껏 그의 얼굴이 이렇게 강인하고 결연한지 알지 못했다. 금방이라도 모든 자존심을 내던지고 투항하고 싶었지만 그럴 용기는 없었다. 그렇다고 울리히가 그런 분위기를 만들어주지도 않았다. 보나데아는 자신도 모르게 축 늘어진 그의 손을 잡고 입을 맞추었다. 울리히가 그녀의 머리를 세심하게 쓰다듬어주었다. 그녀의 다리는 세상에서 가장 암컷다운 방식으로 후들거렸다. 그녀는 털썩 무릎을 꿇고 싶었다. 그때 울리히는 그녀의 몸을 소파에 밀어넣고는 소다수를 탄 위스키를 가져왔고, 담배에 불을 붙였다.

"여자들은 오전엔 위스키를 마시지 않아요!" 그녀가 항의했다. 순간 상처를 받아들일 수 있을 만큼 다시 힘이 생겨났다. 심장박동이 머리까지 치솟았다. 울리히가 이렇게 독하고, 그녀 생각엔 방탕해 보이기까지 하는 술을 아무렇지도 않게 권하는 것에서 애정 없음이 새삼 느껴졌기 때문이다.

그러나 울리히는 다정하게 말했다. "당신한테도 좋을 거요. 큰 정치를 했던 여자들은 모두 위스키를 마셨으니까." 이 대목에서 보나데아는 자신의 방문을 정당화하는 말을 찾아냈다. 애국대운동에 경탄을 보내면서 자신도 기꺼이 함께하고 싶다고 말한 것이다.

이것이 그녀의 계획이었다. 그녀는 항상 동시에 여러 가지를 믿었고, 이런 절반의 진실 때문에 좀더 수월하게 거짓말을 할 수 있었다.

위스키는 옅은 황금색이었고, 5월의 태양처럼 따뜻했다.

보나데아는 일흔 노인이 되어 집 앞 정원의 벤치에 앉아 있는 느낌이 들었다. 물론 그녀도 나이가 들었다. 아이들은 제법 컸고, 큰애가 벌써 열두 살이었다. 그런 사람이 잘 알지도 못하는 남자를 따라 집으로 들어가는 것은 분명 부끄러운 일이었다. 그것도 남자가 창문 뒤에서 바라보는 것 같은 눈을 가졌다는 이유로 말이다. 그녀는 생각했다. 이런 남자는 마음에 들지 않거나 경고가 될 수 있을 법한 자잘한 면을 아주 쉽게 드러낸다. 그런 순간에 누군가 붙들고 말려주기만 한다면! 그러면 수치심에 젖거나 심지어 분노의 불길에 휩싸여 남자와 관계를 끊어버릴 수 있을 텐데. 그러나 그런 일은 일어나지 않았기에 그 남자는 점점 더 열정적으로 자기 역할에 익숙해져간다. 그럴 때 상대방은 자신이 인공조명을 밝혀놓은 무대배경 같다는 느낌을 또렷이 받는다. 자신들 앞에 있는 것은 무대의 눈이고, 무대의 수염이고, 풀어헤친 무대의상의 단추들이다. 그 방에 들어가 경악스러운 첫 움직임 뒤에 다시 사무적인 움직임으로 이어지는 순간들은, 머리에서 걸어나와 방의 벽들을 환상의 벽지로 바르는 의식의 흐름 속에서 진행된다. 보나데아는 결코 똑같은 말을 하지 않았고, 그녀의 생각은 부분적으로만 말이 되어 나왔다. 그러나 그것을 또렷이 의식하려고 하면 즉시 그 의식의 변화에 다시 내맡겨지는 것을 느꼈다. '위대한 예술가나 이런 걸 묘사할 수 있을 거야. 아냐, 포르노 작가나 가능할 거야!' 그녀는 울리히를 물끄러미 바라보며 생각했다. 그런 상황에서도 그녀는 좋은 의도와 단정함을 유지하려는 최선의 의지를 결코 잃지 않았기 때문이다. 하지만 뒤이어 그 의도와 의지는 밖으로 나가 기다릴 뿐, 욕망으로 변화된 이 세계에 대해서는 한마디도 하지 않았다. 보나데아는 이성이 다시 돌아왔을 때가 가장 고통스러웠다. 남들은 자연스럽게 받아들이며 크게 신경쓰지 않는, 도취적 성행위를 통한 의식의 변화가 그녀에게는 도취의 급작성과 깊이로 인해 강력한 영향력을 가졌다. 그건 그녀가 가족의 평화로운 품으로 돌아가자마자 두려움에 떨며 후회할 때도 마찬가지였다. 그럴 때면 자기가 꼭 미친 사람 같았다. 아이들을 똑바로 바라볼 수가 없었다. 타락한 눈빛으로 아이들을 더럽힐 것 같은 불안감 때문이었다. 남편이 자신을 다정하게 바라볼 때도 움찔했고, 다른 할일 없이 혼자 있는 것도 두려웠다. 때문에 그녀는 이별의 시간 동안 울리히 외에 다른 애인은 갖지 않겠다고 다짐했었다. 그러니까 그는 다른 방종한 이탈로부터 그녀를 지켜주는 버팀목이었다. '내가 어떻게 감히 이런 남자를 비난할 수 있겠어!' 그녀는 다시 이렇게 울리히와 마주앉아 있으면서 생각했다. '이 남자는 나보다 훨씬 완벽해.' 그녀는 그의 품에 안겨 있을 때 자신이 좀더 나은 사람이 된 기분이 들었던 것을 울리히 덕분으로 돌렸다. 그러면서 그가 다음 자선 행사 때 그녀를 초대해서 그가 알게 된 새로운 사교 모임 인사들에게 소개시켜줄 거라는 기대감을 나타내기도 했다. 보나데아는 말없이 충성 맹세를 했고, 이 모든 것을 곰곰이 생각하는 동안 두 눈에 감동의 눈물이 고였다.

그러나 울리히는 결심을 더욱 굳혀야 하는 사람의 느린 동작으로 위스키를 비우더니, 지금은 그녀를 디오티마의 살롱으로 데려갈 수 없다고 말했다.

당연히 보나데아는 그 이유를 알고 싶어했고, 또한 그게 언제쯤 가능할지 궁금해했다.

울리히는 설명했다. 그녀가 예술 분야건 학술 분야건 혹은 복지 분야건 사회적으로 두각을 나타낸 인물이 아니기에 그녀의 동참 필요성을 디오티마에게 납득시키려면 오랜 시간이 걸릴 거라고.

보나데아는 디오티마에게 기묘한 감정이 일었다. 질투심은 아니었다. 그녀의 훌륭한 면에 대해 워낙 들은 게 많아서 그랬다. 오히려 울리히의 부적절한 요구를 들어주지 않고도 이 남자를 매료시킬 수 있는 그 여자가 부럽고 경탄스러웠다. 새로 발견한 울리히의 동상 같은 침착함도 그녀의 영향이라는 생각이 들었다. 보나데아는 자신의 명예롭지 못한 외도뿐 아니라 그것에 대한 명예로운 변명도 '욕정'으로 이해했다. 그럼에도 이 냉정한 여인에게 감탄을 금치 못했는데, 마치 늘 축축한 손이 뽀송뽀송하고 아름다운 손에 쥐어져 있는 듯한 감동이었다. '그래, 그 여자야!' 보나데아는 생각했다. '울리히를 이렇게 바꾸어놓은 사람이 그 여자라고!' 보나데아의 가슴속에는 딱딱한 드릴이 있었고, 무릎 속에는 부드러운 드릴이 있었는데, 서로를 향해 동시에 왱 하고 돌아가는 두 드릴은 울리히의 저항에 부딪힐 때마다 그녀를 거의 기절 상태에 빠뜨렸다. 그녀는 마지막 카드를 만지작거렸다. 모스브루거였다!

그녀는 고통스러운 숙고 끝에 울리히가 그 끔찍한 인간에게 독특한 관심이 있음을 알아차렸다. 그녀 자신은 모스브루거의 범죄에서 느낀 '거친 육욕'이 구역질나도록 혐오스러웠을 뿐이었지만 말이다. 그런 점에서는 시민적 낭만주의 없이 오직 순수한 감정으로 그런 욕정 살인범을 자기 직업상의 위험 요소로만 여기는 창녀들과 똑같았다. 물론 보나데아 자신은 그런 유사성을 몰랐다. 어쨌든 그녀에게 필요한 것은 자신의 불가피한 과오를 감싸주는, 정돈되고 믿을 만한 세계였고, 모스브루거가 그것의 재건을 도와주리라 기대했다. 울리히는 모스브루거에게 약점이 있고, 보나데아는 그 사건과 관련해서 유용한 정보를 제공해줄 판사 남편이 있었기에 그녀의 상처받은 마음속에서는 지극히 자연스럽게 이런 생각이 무르익고 있었다. 남편을 매개로 그녀의 약점과 울리히의 약점을 하나로 연결시키겠다는 생각이었다. 이 갈망 속에는 육욕이 정의감에 의해 용인되었다는, 위안을 주는 힘이 담겨 있었다. 그녀가 이런 목적으로 남편에게 접근했을 때 남편은 아내가 인간적인 선함과 고결함에 쉽게 감격하는 사람임을 알고 있었음에도, 뜨거운 법률적 관심에는 깜짝 놀랐다. 그러나 그는 판사면서 동시에 사냥꾼이었기에,

그런 유해 동물 같은 것들은 괜한 동정심을 가질 필요 없이 완전히 뿌리 뽑는 것이 유일한 해결책이라며 아내의 청을 부드럽게 뿌리치면서 더는 정보를 알려주지 않았다. 얼마 뒤 그녀가 같은 시도를 했을 때도, 애를 낳는 것이 여자의 일이라면 사람을 죽이는 것은 남자의 일이라는 보충 설명만 들어야 했다. 결국 그녀는 이 위험한 문제에 과도한 관심을 보임으로써 괜한 의심을 사지 말아야 했기에 법의 길로 이 문제를 해결하려는 생각을 잠정적으로 접을 수밖에 없었다. 그렇다면 울리히를 기쁘게 할 목적으로 모스브루거 사건을 해결하려면 유일하게 남은 길은 사면뿐이었다. 이 길이 그녀를 디오티마에게로 이끌었다. 의외라기보다는 매력적인 방식으로.

그녀는 내심 자신을 디오티마의 친구로 여겼고, 이 화급한 일을 위해 그 경탄스러운 경쟁자를 반드시 만나야겠다고 생각했다. 개인적인 일로 부탁하는 것이라면 결코 자존심이 허락하지 않았겠지만 말이다. 그녀는 디오티마를 설득해 모스브루거 사건을 해결하기로 마음먹었다. 짐작건대, 울리히는 디오티마의 마음을 돌리지 못한 것 같았다. 그녀의 머릿속에 벌써 아름다운 그림이 그려졌다. 키 크고 대리석상 같은 디오티마가 자신의 팔로 죄악으로 축 처진 보나데아의 어깨를 감싸고, 보나데아는 천상의 존재처럼 순결한 디오티마의 가슴에 인간적 나약함의 섬유를 한 방울 떨어뜨리는 그림이었다. 이것이 그녀가 헤어진 연인에게 털어놓은 계획이었다.

그러나 그날 울리히는 모스브루거를 구하는 계획에 전혀 마음이 움직이지 않았다. 보나데아의 고결한 감정은 익히 알고 있었고, 그녀가 가진 아름다운 감정의 불꽃이 얼마나 쉽게 온몸을 불사르는 공포의 화염이 되는지도 잘 알고 있었다. 그는 모스브루거 사건에 개입하고 싶은 마음이 추호도 없다고 털어놓았다.

보나데아는 상심한 눈으로 그를 바라보았다. 아름다운 두 눈에는 봄과 겨울 사이의 경계처럼 얼음 위에 물이 살며시 고여 있었다.

울리히는 지금껏 그녀를 처음 만난 날 밤에 대한 고마움을 잊지 않았다. 그는 기절해서 길바닥에 누워 있었고 보나데아는 그의 머리맡에 쪼그리고 앉아 있었는데, 깨어나는 의식 속으로 이 젊은 여인의 눈에서 동요하는 세계와 젊음과 감정의 모호한 낭만적인 빛이 방울져 떨어지던 그날이었다. 이런 기억 때문에 울리히는 보나데아에게 매정하게 거절하는 대신 좀더 긴 대화로 풀어나가려 했다. "이런 가정을 해봐요." 울리히가 제안했다. "당신이 밤에 넓은 공원을 지나가고 있는데, 괴한 둘이 인상을 쓰며 접근해 와요. 당신은 그 인간들의 난폭한 행동이 사회적 책임이라고 생각하며 안타까워하겠소?"

"난 밤에는 공원에 가지 않아요." 보나데아가 재빨리 대답했다.

"하지만 우연히 경찰이 다가오면 그 둘을 체포하라고 하지 않겠소?"

"나를 보호해달라고는 하겠죠!"

"그게 곧 두 사람을 체포하라는 말 아니겠소?!"

"경찰이 그 사람들을 어떻게 할지는 몰라요. 어쨌든 모스브루거는 괴한이 아니에요."

"그럼 가정을 바꾸어보죠. 모스브루거는 당신 집에서 일하는 목수예요. 그런데 당신과 단둘이 있을 때 그 사람이 눈알을 이리저리 굴리기 시작해요."

보나데아가 반발했다. "그만해요! 역겨워요. 어떻게 나한테 그런 상상을 하라고 할 수 있죠?"

"당연히 역겨운 일이죠." 울리히가 말했다. "오해 말아요. 난 그냥 자제력을 쉽게 잃는 그런 사람들이 지극히 불쾌하다는 걸 보여주려는 것뿐이니까. 우리는 내가 아닌 남이 맞을 때만 그런 인간들한테 공평무사할 수 있어요. 그리되면 그 사람들은 우리의 선량한 감정을 불러일으키고, 사회적 요구나 운명의 제물이 되겠죠. 당신도 인정해야 해요. 본인 눈으로 바라보면 책임질 잘못이란 게 없다는 걸. 자기 관점에서 보자면, 그 어떤 잘못도 기껏해야 순간적인 실수나 일부 나쁜 성격 탓일 뿐이오. 전체적으로 보면 선량한 사람인데도. 백번 맞는 말이죠!"

보나데아는 스타킹을 매만지려 했고, 그 바람에 어쩔 수 없이 고개를 약간 숙인 상태로 울리히를 바라보게 되었다. 그녀의 눈이 지켜보지 않는 사이 무릎에는 예리한 레이스 끝단, 미끈한 스타킹, 팽팽히 긴장한 손가락, 그리고 부드럽게 긴장이 풀린 진줏빛 살갗의 대조적인 삶이 어른거렸다.

울리히는 재빨리 담배에 불을 붙이며 말을 이어갔다. "인간은 선한 게 아니라 항상 선해요. 이건 엄청난 차이죠, 무슨 말인지 알겠어요? 자기애의 이 궤변을 비웃을 수도 있지만, 여기서 다음 사실을 추론해내야 해요. 인간은 그 자체로 나쁜 짓을 할 수 없다. 다만 어떤 행동의 결과가 나쁠 뿐이다. 이 인식이 사회적 도덕의 올바른 출발점일 거요."

보나데아는 한숨지으며 치맛자락을 원래대로 정리한 뒤 허리를 폈고, 마음을 진정시키려고 칙칙한 황금빛 독주를 한 모금 마셨다.

"이제 설명해보겠소." 울리히는 엷게 웃으며 덧붙였다. "사람들이 모스브루거에 대해 그렇게 다양하게 느끼는데도 아무것도 할 수 없는 이유가 뭐겠소? 기본적으로, 그런 사건은 올 풀린 옷과 비슷해요. 그래서 풀린 올을 잡아당기면 사회 전 조직이 해체되기 시작하죠. 우선 이것을 순수 이성적인 문제로 풀어보겠소."

보나데아는 어쩌다가 신발 한 짝을 잃었다. 울리히가 몸을 숙여 신발을 집었다. 발가락이 따스한 그녀의 발이 신발을 들고 있는 그의 손을 향해 어린아이처럼 다가왔다. "그냥 둬요, 내가 할게요!" 그녀가 발을 내밀며 말했다.

"먼저 정신의학적 법률적 문제부터 살펴보죠." 울리히는 그녀의 다리에서 책임능력이 약해졌음을 알리는 숨결이 솟구쳐오르는데도 꿋꿋하게 설명해나갔다. "오늘날 의학의 발전으로 이런 범죄들은 예방에 필요한 돈만 충분히 들이면 대부분 막을 수 있어요. 그러니까 이건 사회적인 문제일 뿐이죠."

"알았으니까 그만해요!" 울리히의 입에서 또다시 '사회적'이라는 말이 나오는 순간 보나데아는 손사래를 쳤다. "그런 이야기만 할 거면 집에 가겠어요. 지루해 미치겠어요."

"알았소." 울리히가 대화의 방향을 틀었다. "내가 말하고 싶었던 건, 오늘날의 과학기술이 시체, 오물, 파손품, 독극물로도 벌써 오래전에 유용한 물건을 만들 수 있게 된 것처럼 정신의학도 그런 단계에 도달했다는 거요. 하지만 세상은 이 문제를 해결한다면서 시간만 질질 끌고 있어요. 국가는 다른 멍청한 일에는 돈을 펑펑 쓰면서 가장 중요한 도덕적 문제의 해결에는 한푼도 쓰지 않아요. 이유는 분명하죠, 국가는 현존하는 가장 어리석고 사악한 조직이니까요."

그의 말엔 확신이 가득했다. 보나데아는 이야기를 다시 문제의 핵심으로 돌리려고 했다. "울리히," 그녀가 갈망의 눈빛으로 말했다. "모스브루거가 책임무능력자로 판명되는 게 최선의 해결책이 아닐까요!?"

"책임무능력자를 한 명 살리는 것보다 책임능력자를 여럿 죽이는 게 더 중요할 수 있어요!" 울리히가 반박했다.

이제 그는 그녀 바로 앞에서 서성거렸다. 보나데아의 눈엔, 그가 혁명의 불길로 활활 타오르는 듯했다. 그녀는 적절한 기회에 그의 손을 잡아 자신의 가슴에 갖다댔다.

"자, 이젠 감정적인 문제를 설명해보겠소." 울리히가 말했다.

보나데아는 그의 손가락을 펴서 자기 가슴에 얹었다. 그녀의 눈빛은 돌처럼 굳은 마음이라도 녹일 듯했다. 순간 울리히는 가슴속에 두 개의 심장이 뛰는 것 같았다. 시계방의 시계들이 어지럽게 종을 치는 것처럼. 그는 의지력을 총동원해서 마음을 진정시키며 부드럽게 말했다. "안 돼, 보나데아!"

이제 보나데아는 울기 일보 직전이었다. 울리히가 설득에 나섰다. "내가 우연히 이야기한 그 한 가지 일에는 흥분하면서도 매일같이 일어나는 다른 수백만 가지의 부당한 일은 안중에도 없다면 자가당착 아니겠소?"

"그게 그 일과 무슨 상관이죠?" 보나데아가 반발했다. "중요한 건 내가 그 한 가지를 알고 있다는 거예요! 그런데도 가만히 있으면 나는 나쁜 사람이고요!"

울리히는 가만히 있어야 한다고 대답했다. 그것도 격정적으로 가만히 있어야 한다고 덧붙였다. 그는 보나데아의 가슴에서 손을 떼고는 그녀 맞은편에 약간 떨어져 앉았다. "모든 일은 '그사이에' 혹은 '그러는 동안에' 일어나요. 그건 그럴 수밖에 없어요. 우리는 오성의 양심에 떠밀려 마음의 흉악한 비양심으로 나아가니까." 그는 위스키를 한 잔 더 따르더니 두 다리를 낮은 소파 위에 올려놓았다. 벌써 지치기 시작했다. "사람은 본래 삶 전체에 대해 숙고해요. 그런데 자세히 숙고할수록 삶은 점점 더 좁아져요. 그래서 성숙한 인간이라면 어느 시점에는 1제곱밀리미터 정도의 영역을 누구보다 잘 아는 그런 사람이 되죠. 전 세계에서 그 영역에 대해 그만큼 아는 사람이 기껏해야 스무 명 정도나 될까? 어쨌든 그는 다른 모두가 잘 알지도 못하면서 얼마나 헛소리를 지껄여대는지 정확히 알고 있어요. 그래서 자신도 자기 자리에서 움직이지 않아요. 자기 자리를 1마이크로밀리미터라도 벗어나면 그 자신도 그런 헛소리를 지껄이게 될 테니까." 이제 그의 고단함은 탁자 위에 놓인 술처럼 옅은 황금색을 띠었다. '나도 벌써 반시간 동안이나 헛소리를 지껄이고 있어.' 그는 생각했다. 그러나 이렇게 힘이 줄어든 상태가 편했다. 다만 보나데아가 옆으로 다가와 앉지 않을까 걱정되었다. 그것을 막는 방법은 하나뿐이었다. 계속 말을 하는 것이었다. 그는 손으로 머리를 받치고 메디치성당의 묘지 인물상처럼 몸을 쭉 폈다. 문득 그 생각이 났는데, 실제로 그가 그런 자세를 취하는 동안 무언가 고결한 것이 그의 몸을 통과하는 것 같았다. 묘지 인물상들의 평온함 속에 떠 있는 느낌이랄까? 평소보다 훨씬 강해진 느낌이 들었다. 지금까지 낯선 대상으로 여겨온 그 예술작품들이 이해할 수 있을 것처럼 가까워진 것은 처음이었다. 그것도 이렇게 멀리서 말이다. 그는 말하는 대신 침묵했다. 보나데아도 무언가를 느꼈다. '순간적으로'. 우리는 무언가 특정할 수 없는 것을 그렇게 부른다. 연극에서나 느낄 법한 고양된 감정

같은 것이 갑자기 말이 없어진 두 사람을 하나로 만들었다.

'내게 남은 것은 무엇일까?' 울리히는 씁쓰레하게 생각했다. '혹시 누구에게도 양도할 수 없는 용감한 인간이 아닐까? 내면의 자유를 위해 외부 법칙을 거의 인정하지 않는다고 자부하는 인간이 아닐까? 하지만 이런 내적 자유의 본질은 자신이 원하는 것이라면 무엇이든 생각할 수 있다는 점에 있지 않을까? 그것은 곧 모든 인간적 상황에서 자신이 왜 그 상황에 묶일 필요가 없는지는 알지만, 정작 무엇에 묶이고 싶은지는 모르는 것이 아닐까?' 그를 사로잡은 이 독특하고 작은 감정의 물결이 다시 해체되는 불행한 순간에는 그도 자기 자신에게 모든 사물에서 두 측면을 발견하는 능력밖에 없다는 사실을 인정해야 할지 모른다. 그 능력은 거의 모든 동시대인들의 두드러진 특징이자, 울리히 세대의 속성을 형성하거나 그 세대의 운명이기도 한 도덕적 양가감정이다. 세계와 울리히의 관계는 옅고 그늘지고 부정적이었다. 그에게 보나데아를 그렇게 함부로 대할 권리가 있을까? 둘 사이에 반복되는 것은 항상 서로의 화를 돋우는 똑같은 대화였다. 그런 대화는 공허한 내면의 음향학에서 생겨났다. 총성이 두 배로 울려퍼지면서 계속 나아가는 그런 음향학 말이다. 그녀에게 이런 식으로밖에 말할 수 없는 것이 고통스러웠다. 문득 둘이 겪는 이런 식의 특별한 고통이 다소 재치 있고 매력적인 이름으로 떠올랐다. '공허의 바로크'였다. 그는 그녀에게 무언가 다정한 말을 해주려고 몸을 바로 세웠다. "방금 뭔가가 떠올랐어." 그는 여전히 기품 있는 자세로 앉아 있는 보나데아에게 몸을 돌렸다. "웃기는 일이지만, 야릇한 차이가 있어요. 자기 행동에 책임질 능력이 있는 사람은 언제라도 다르게 행동할 수 있지만, 책임능력이 없는 사람은 절대 그러지 못한다는 거죠!"

보나데아는 매우 의미심장한 말로 대꾸했다. "아, 울리히!" 그녀가 울리히의 말을 끊은 유일한 순간이었다. 이후 다시 침묵이 이어졌다.

그녀는 울리히가 자기 앞에서 일반적인 이야기를 하는 것을 좋아하지 않았다. 또한 자신의 모든 죄악에도 불구하고 남들도 다 자신과 비슷할 거라고 느꼈다. 물론 맞는 말이었다. 그녀는 감정이 아니라 사유로 자신을 대하는 울리히의 비사교적이고 과장되고 고독한 방식을 직감으로 알았다. 어쨌든 그녀 내면에서는 범죄, 사랑, 슬픔이 하나의 이념적 원으로 연결되어 있었다. 지극히 위험한 원이었다. 이제 울리히조차 재회의 첫 순간에 그녀가 느꼈던 것처럼 그렇게 위협적이고 완벽한 존재로 비치지 않았다. 대신 이제는 그에게 소년 같은 면이 달라붙어 있는 듯했다. 어머니의 품안으로 얼른 뛰어가고 싶지만 중간에 무언가가 있어 쉽게 달려가지 못하고 머뭇거리는 아이처럼 그녀의 이상주의를 일깨우는 모습이었다. 그녀는 오래전부터 울리히에게 자유롭게 떠다니는 것 같은 느슨한 애정을 느꼈다. 그러나 울리히가 그런 애정의 첫 암시를 뿌리치자 그녀는 그 감정을 억제하려고 막대한 힘을 쏟았다. 마지막 방문 때 옷을 벗은 채 어찌할 줄 몰라하며 소파에 누워 있었던 기억이 여전히 잊히지 않았다. 그래서 그녀가 경쟁자 디오티마처럼 필요할 경우에는 언제든 자제력을 발휘할 줄 아는 사람이라는 걸 보여주기 위해서라도 끝까지 모자와 베일을 쓴 채 꼿꼿이 소파에 앉아 있기로 마음먹었다. 보나데아는 연인 곁에 있으면 빠져들게 되는 엄청난 흥분 상태와 함께 늘 위대한 이념을 그리워했다. 하지만 안타깝게도 그런 이념은, 흥분은 많고 의미는 적은 삶 전체에 대해서만 말할 수 있을 것이다. 그것을 몰랐던 보나데아는 이념을 표현하고자 애썼다. 울리히가 보기에, 보나데아에게는 자기 생각으로 이르는 데 필요한 품위가 없었다. 어쩌면 그녀는 더 아름답고 더 감정적인 것을 찾고 있는지 모른다. 그러나 고상한 망설임과 저속한 매력, 그리고 성급하게 끌려들어가는 것에 대한 끔찍한 공포와 매력은 좌절된 행위들이 움찔거리는 침묵의 충동과 뒤섞여 있었다. 잠시 그녀를 연인과 연결시켰던 그 커다란 평화에 대한 기억도 함께 섞여 있었다. 그것은 비가 대기 중에 걸려 땅으로 내리지 못하는 상태와 비슷했다. 일종의 마비 상태라고 할까? 보나데아의 살갗에 팽팽하게 퍼져 있는 이 상태는 자기도 모르게 자제력을 잃을지도 모르겠다는 생각과 함께 그녀를 공포로 몰아넣었다.

갑자기 그런 마비 상태에서 정말 생생한 환상이 움찔 튀어올랐다. 벼룩이었다. 보나데아는 이것이 실제인지 상상인지 분간이 되지 않았다. 뇌 속에 전율이 일었다. 마치 뇌 속에 어둡게 묶여 있는 생각 다발에서 생각 하나가 떨어져나오는 듯한 믿기 어려운 느낌을 받았다. 단순히 환상일 뿐인 듯했다. 하지만 다음 순간 살갗에서도 도저히 의심할 수 없는 현실적인 전율이 일었다. 그녀는 숨을 멈추었다. 무언가 계단을 뚜벅뚜벅 올라간다. 계단에는 분명 아무도 없다. 그런데도 아주 또렷하게 뚜벅뚜벅 발소리가 들린다. 틀림없다. 보나데아는 이것이 자신의 잃어버린 신발이 내키지 않아하며 걸어가는 발소리임을 섬광처럼 깨달았다. 여자에게 신발은 필사적인 도피 수단을 의미했다. 보나데아는 이 허깨비를 몰아내려는 순간 칼에 가슴이 찔리는 듯한 아픔을 느꼈다. 그녀는 빰이 빨갛게 달아오른 채 나직이 비명을 지르며 울리히에게 도움을 청했다. 원래 벼룩은 남자들이 좋아하는 곳을 선호한다. 그녀의 스타킹이 신발까지 주르르 흘러내렸고, 블라우스는 젖가슴이 살짝 보일 정도로 벌어졌다. 보나데아는 벼룩이 전차나 울리히한테서 온 것이 분명하다고 말했다. 그러나 벼룩은 발견되지 않았다. 흔적도 보이지 않았다.

"그게 뭐였는지 모르겠어요!" 보나데아가 말했다.

울리히는 뜻밖에 다정한 미소를 지어주었다.

순간 보나데아는 나쁜 짓을 한 어린아이처럼 울기 시작했다.

64. 슈툼 폰 보르트베어 장군이 디오티마를 방문하다

슈툼 장군이 디오티마를 예방했다. 평행운동 창립총회 때 국방성에서 파견한 장교였다. 그는 그 자리에서 모두에게 강렬한 인상을 주는 연설을 했지만, 행정부 모델에 따라 설치된 평화운동의 산하 위원회에서 국방성이 제외되는 것을 막지는 못했다. 사실 전쟁과 군대를 담당하는 기구가 평화운동에 끼지 못하는 것은 당연했다. 어쨌든 그는 풍채 좋은 군인이 아니었다. 배가 약간 나왔고, 위로 말려 올라간 멋진 수염 대신 엉성한 칫솔 같은 작은 콧수염만 길렀다. 게다가 둥근 얼굴은 왠지 장교가 결혼할 때 복무규정에 따라 요구되는 일정 자산이 재산의 전부일 것 같은 인상을 풍겼다. 그는 디오티마에게 이렇게 말했다. 회의실에서 군인은 큰 역할을 맡지 않는 것이 타당하다. 위원회 구성에 국방성이 제외될 수밖에 없는 정치적 이유도 충분히 이해한다. 하지만 계획된 운동은 대외적으로 작용해야 하고, 그걸 가능하게 하는 힘이 바로 한 민족의 힘이다. 그러면서 유명한 철학자 트라이치케의 말을 반복했다. 국가는 민족들 간의 생존 투쟁에서 자신을 지키는 힘이다. 평화 속에서 힘을 길러야 전쟁을 막을 수 있고, 아니면 최소한 전쟁 기간을 단축시켜 참사를 줄일 수 있다. 장군은 십오 분 정도 더 이야기했다. 김나지움에 다닐 때 즐겨 암송하던 고전 문구를 몇몇 인용하면서, 인문학적 소양을 쌓던 그 시절이 자신의 인생에서 가장 아름다웠다고 했다. 그러면서 자신이 디오티마에게 경탄하고 있고, 창립총회를 이끌었던 그녀의 방식에 매료되었다는 사실을 은근히 내비쳤다. 호의를 얻기 위해서였다. 그는 다시 한번, 다른 열강들에 비해 뒤처진 군사력을 확충하는 것이야말로 평화에 대한 신념을 가장 인상 깊게 표명하는 것이라고 하면서 군대 문제에 대한 세간의 폭넓은 관심이 절로 생겨나길 마음 가득 기대한다고 설명했다.

디오티마는 이 붙임성 있는 장군에게 아연한 공포를 느꼈다. 당시 카카니엔에는 딸을 장교에게 시집보내 군 고위층과 교류하는 집안이 있는 반면에, 지참금을 마련할 돈이 없거나 원칙적으로 군인과는 결혼을 시키지 않겠다는 소신 때문에 군 쪽과 교류하지 않는 집안이 있었다. 디오티마의 집안은 그 두 가지 이유 중에서 두번째 부류에 속했다. 그 결과 참으로 아름다운 이 여인에게 군대란 얼룩덜룩한 천을 걸친 죽음 같은 이미지로 평생 남아 있었다. 그녀는 장군에게 이렇게 대답했다. 세상에는 위대하고 선한 것들이 무척 많아 그중에서 하나를 선택하기란 쉽지 않다. 물론 세상에 만연한 물욕에 경종을 울리는 것은 미루어둘 수 없는 훌륭한 일이지만 어려운 사명이기도 하다. 또한 그 운동은 백성들 한가운데에서 솟구쳐나와야 하기에 그녀 자신의 소망들도 약간 후순위로 미루어둘 수밖에 없다고 했다. 그녀는 이 말을 마치 검고 노란 실로 국기를 꿰매듯 조심스럽게 내놓았고, 고위 관료의 냄새를 물씬 풍기는 완곡한 단어들로 훈제해서 풀어놓았다.

그러나 장군이 돌아가자 디오티마의 내면은 힘없이 무너졌다. 증오와 같은 저급한 감정을 가질 능력만 있었다면 그녀는 눈으로는 아첨을 떨고 볼록한 배에는 금빛 단추를 단 그 둥글고 작은 남자를 한껏 증오했을 것이다. 그러나 그녀는 그럴 능력이 없었기에 묵직한 모욕감만 느꼈다. 물론 이유는 자신도 알 수 없었다. 그녀는 겨울의 냉기에도 창문을 열고 수차례 방안을 서성거렸다. 창문을 닫았을 때 두 눈에 눈물이 고였다. 그녀는 깜짝 놀랐다. 이렇게 이유 없이 운 것이 벌써 두번째였다. 남편 옆에 누워, 그럴 일이 전혀 없는데도 눈물을 쏟았던 그날 밤이 떠올랐다. 이번에도 아무 맥락 없는 단순한 신경과민이 분명했다. 그 뚱뚱한 장군은 온당한 감정적 이유 없이 양파처럼 눈물만 빼놓고 가버렸다. 그녀가 이 일로 불안해진 것은 당연했다. 불안에 찬 예감은 이렇게 말하고 있었다. 보이지 않는 늑대가 그녀의 울타리 주위를 어슬렁거리고 있었고, 이제 이념의 힘으로 그 늑대를 쫓아버릴 시간이 되었다고. 이렇게 해서 디오티마는 장군의 방문 이후, 애국운동의 내용을 견실하게 채워줄 뛰어난 지성들을 최대한 빨리 불러모으기로 결심했다.

65. 아른하임과 디오티마의 대화

디오티마는 아른하임이 여행에서 돌아와 다시 자유롭게 만날 수 있어 마음이 놓였다.

"며칠 전에야 당신 사촌과 장군들에 대한 대화를 나누었어요." 아른하임이 즉시 대꾸했다. 문제의 본질은 언급하지 않고 슬쩍 수상쩍은 관련성만 암시하는 사람의 표정을 지으면서. 디오티마는 모순으로 가득 찬 자신의 사촌이 평행운동의 위대한 이념에는 시큰둥한 반응을 보이면서 슈툼 장군이 몰고 온 불명료한 위험에는 우호적인 태도를 보인다는 인상을 받았다. 아른하임이 말을 이어갔다.

"그런 위험을 당신 사촌이 있는 데서는 조롱하고 싶지 않았어요." 이 말과 함께 그는 대화의 방향을 바꾸었다. "난 국외자인 당신이 잘 모를 수밖에 없는 영역들의 관련성을 알려주고 싶어요. 사업과 문학의 관련성이죠. 물론 내가 말하는 건 거대한 의미의 사업입니다. 태어날 때부터 내게 운명처럼 주어졌던 세계 사업 말이죠. 사업은 문학과 유사해요. 비합리적이고 신비스러운 측면이 있다는 말이죠. 아니, 사업에는 그런 면이 특히 많다고 할 수 있습니다. 당신도 알다시피 돈은 그 어떤 것보다 비정한 권력입니다."

"자신의 모든 것을 내걸어야 하는 일이라면 모두 어느 정도의 비정함이 숨어 있겠죠." 마무리짓지 못한 이 대화의 첫 대목에 아직 미련이 남아 있던 디오티마가 약간 망설이듯 대답했다.

"특히 돈이 그렇죠!" 아른하임이 재빨리 말했다. "어리석은 사람들은 돈이 많으면 즐거울 거라고 생각하지만, 그건 착각입니다. 돈을 가진다는 것은 사실 어마어마한 책임을 진다는 것이나 다름없습니다. 자기 운명을 전부 나한테 맡길 만큼 내게 의존하는 그런 무수한 인간들에 대해서는 말하고 싶지 않습니다. 다만 라인강변의 한 중소 도시에서 쓰레기수거 사업을 시작하셨던 제 조부님에 대해 말씀드리죠."

이 말을 듣는 순간 그녀는 갑자기 '경제 제국주의'를 떠올리며 전율했다. 그러나 그건 착각이었다. 그녀는 아직 계층적 선입견에서 벗어나지 못하고 있었다. 그녀의 고향에서는 '쓰레기수거' 하면 똥거름 치우는 사람을 떠올렸던 것이다. 그녀는 아른하임의 용기 있는 고백에 얼굴이 빨개졌다.

"조부님은 쓰레기 재생 사업으로 지금처럼 큰 영향력을 가진 아른하임 가문의 초석을 놓으셨습니다. 물론 내 부친도 자수성가하신 분입니다. 그 회사를 사십대에 세계적 규모로 키웠으니까요. 부친은 상업학교를 이 년 다닌 게 고작이지만, 복잡하기 그지없는 세계 상황을 한눈에 꿰뚫어보시고, 무엇을 해야 할지 남들보다 한발 먼저 깨달으셨죠. 나는 국민경제학과 다른 모든 학문을 공부했지만, 부친은 그런 것을 한 번도 접해보시지 못했습니다. 그런 분이 어떻게 그런 일을 해내고, 실패 한 번 없었는지 불가사의할 뿐입니다. 그게 바로 강건하고 단순하고 위대하고 건강한 삶의 비밀이 아닐까요!"

부친에 대해 이야기할 때 아른하임의 목소리는 차분하게 가르치는 톤이 마치 어느 지점에서 살짝 상승기류를 타듯 기묘하고 경외심에 차 있었다. 그럴수록 디오티마는 예전에 울리히가 말해주었던 아른하임 부친의 모습이 이상한 모습으로 겹쳐서 떠올랐다. 울리히의 말에 따르면, 아른하임의 부친은 키가 작고 어깨가 넓고, 납작코에 광대뼈가 나오고, 늘 가슴이 넓게 파인 연미복을 입고 다니고, 체스 선수가 기물을 움직이듯 끈기 있고 주도면밀하게 주식을 운용하는 인물이라고 했다. 아른하임은 그녀의 답변을 기다리지 않고 잠깐의 침묵 끝에 바로 말을 이어나갔다. “만일 사업이 내가 여기서 말한 몇 안 되는 사업체들처럼 확장하게 되면 그 사업과 연관되지 않는 삶의 요인은 거의 없을 겁니다. 사업은 그 자체로 하나의 작은 우주니까요. 내가 가끔 경영진과 대화를 나눌 때 언급하는 것들이 얼마나 비상업적인 문제인지 아신다면 아마 깜짝 놀랄 겁니다. 예를 들어 예술 문제, 도덕 문제, 정치 문제 같은 것들이지요. 하지만 회사는 내가 ‘영웅적 시기’라고 불렀던 초창기 때처럼 더는 비약적으로 발전하지 못할 겁니다. 사업이 아무리 번창해도 생물과 마찬가지로 그 성장에는 신비스러운 한계가 있기 때문이죠. 언젠가 이렇게 물으셨죠? 오늘날에는 왜 코끼리 크기를 넘어서는 동물이 없느냐고? 예술의 역사에도, 그리고 민족적 삶과 문화적 삶, 시대적 삶이라는 특수 관계에도 똑같은 비밀이 있을 겁니다.”

이제 디오티마는 자신이 쓰레기 재생 사업에 거부감을 느꼈던 것을 후회했다. 마음이 혼란스러웠다.

“삶은 그런 비밀들로 가득차 있죠. 삶 속에는 이성이 통하지 않는 것들이 있습니다. 내 부친이 그런 것과 연결되어 있죠. 하지만 당신 사촌 같은 사람은 그런 것을 전혀 느끼지 못합니다. 늘 어떻게 하면 일을 좀 다르게, 더 낫게 할 수 있을까 하는 생각만 머릿속에 가득한 행동가일 뿐입니다.”

디오티마는 울리히의 이름이 다시 거론되는 순간 미소를 지으며, 자기 사촌 같은 남자가 자신한테 영향을 끼칠 일은 없을 거라고 대답했다. 배처럼 매끈하고 약간 누르스름한 빛을 띤 아른하임의 얼굴이 두 뺨을 넘어 그 위까지 빨개졌다. 그는 디오티마가 오래전부터 계속 부추겼던 그 기묘한 충동에 굴복해서 자기 속의 세세한 이야기까지 남김없이 털어놓은 것이 부끄러웠다. 그것을 깨닫는 순간 그는 다시 마음의 빗장을 걸어 잠그고, 테이블에서 아무 책이나 한 권 집어 별생각 없이 제목을 읽고는 서둘러 다시 내려놓으며 평소와 다름없는 목소리로 말했다. 그러나 디오티마는 이 목소리에서 마치 벌거벗은 것을 들킨 사람이 황급히 옷을 챙겨 입을 때처럼 무척 당황한 기색을 알아차렸다. "이야기가 너무 샛길로 빠졌군요. 내가 슈툼 장군 이야기를 했던 건 가능한 한 빨리 우리 계획을 실천에 옮기는 것이 좋겠다는 말을 하려던 것뿐입니다. 인문 분야에서 두각을 나타내는 분들의 영향력을 통해 우리 운동을 한 단계 끌어올리는 것이 시급합니다. 그렇다고 슈툼 장군을 원칙적으로 배제할 필요는 없다고 봅니다. 장군도 개인적으로는 좋은 의도를 갖고 있을 테니까요. 잘 아시겠지만, 정신의 삶을 단순한 권력의 영역으로 옮길 기회를 놓치지 말아야 한다는 것이 내 원칙입니다."

디오티마는 헤어질 때 그의 손을 잡으며 이렇게 대화를 정리했다. "솔직한 말씀 감사해요."

아른하임은 그녀의 부드러운 손을 잡은 채 한순간 어쩔 줄 몰라하는 표정을 짓더니, 곧 할말을 잊은 사람처럼 그 손을 가만히 내려다보았다.

66. 울리히와 아른하임 사이에 약간 순탄치 않은 기류가 흐르다

그 무렵 울리히는 라인스도르프 백작 곁에서 일하며 겪은 공적인 경험들을 간간이 디오티마에게 전달하는 재미에 빠져 있었고, 백작 집무실로 쇄도하는 제안들을 묶은 서류철을 그녀에게 보여주는 일에 특별한 의미를 부여했다.

"위대한 사촌," 그는 두툼한 서류철을 들고 보고했다. "혼자서는 도저히 감당할 수가 없습니다. 온 세상이 우리한테 세상을 바꾸어달라고 소리치는 것 같습니다. 그중 절반은 '이런저런 것들을 그만두자'고 외치고, 다른 절반은 '이런저런 것들로 나아가자'고 외칩니다. 로마와 결별하자는 주장에서부터 채식문화로 넘어가자는 목소리까지 아주 다양합니다. 부인은 어느 쪽을 택하시겠습니까?"

세상 사람들이 백작에게 보낸 소망들을 일목요연하게 정리하는 것은 쉽지 않았지만, 전체적으로 보면 두 가지 의견이 우세했다. 하나는 시대적 폐해에 대해 특정한 원인을 지목하면서 그것의 폐지를 요구하는 것이었다. 예를 들어 유대인이나 로마교회, 사회주의나 자본주의, 기계적 사고방식이나 기술 발전의 등한시, 인종 간의 혼합이나 순수 혈통주의, 대지주나 대도시, 이지력의 과도한 강조나 불충분한 기초 교육이 제시되었다. 반면에 다른 하나는 달성할 수만 있다면 만사형통일 것 같은 목표가 바로 눈앞에 있다고 주장했다. 그런데 두번째 집단의 이런 매력적인 목표들과 첫번째 집단의 폐지되어야 할 대상들 사이의 차이점은 표현상의 느낌밖에 없었다. 세상은 어차피 부정적인 측면과 긍정적인 측면으로 이루어져 있기 때문이다. 그래서 두번째 집단의 서신들은 예를 들어 기꺼운 부정과 함께 이렇게 요구했다. 예술에 대한 광적인 열광 같은 말도 안 되는 짓거리는 당장 끝장내야 한다. 인생은 그 자체로 삼류작가를 다 합친 것보다 더 위대한 시인이기 때문이다. 아울러 법정 문서와 여행안내서를 일반적으로 사용할 것을 요구하기도 했다.

반면에 동일한 문제에서, 첫번째 집단의 서신들은 기꺼운 긍정으로 이렇게 주장했다. 산악인이 정상에 올랐을 때의 감정은 예술과 철학, 종교에서 느끼는 정신적 행복감을 능가하기에 예술과 철학 같은 것은 집어치우고 등산연맹을 장려해야 한다는 것이다. 이런 양 갈래 길에서는, 시대의 속도를 좀 늦추자는 요구가 최고의 수필을 가릴 공모전을 열어야 한다는 주장과 똑같이 제기되었다. 어떤 이에게 인생은 견딜 수 없이 짧지만, 어떤 이에게는 더없이 아름답게 짧기 때문이다. 그래서 한쪽에서는 정원 딸린 집, 여성해방, 춤, 스포츠, 주거 문화를 통해 인류해방을 소망하고, 다른 쪽에서는 바로 그런 것들로부터의 인류 해방을 소망한다.

울리히는 서류철을 덮고 사적인 대화를 시작했다. "위대한 사촌," 그가 말했다. "사람들의 절반은 미래에서 구원을 찾고, 나머지 절반은 과거에서 찾는다는 것은 참 기이한 현상이죠. 나는 거기서 어떤 결론을 끄집어내야 할지 모르겠습니다. 백작 각하라면 아마 현재에는 구원이 없다고 말씀하시겠죠."

"각하께서 교회 쪽으로 생각하신다는 거예요?" 디오티마가 물었다.

"오랜 고심 끝에 인류의 역사에서는 자발적 후퇴란 없다고 깨달으신 듯합니다. 하지만 현재 우리에겐 쓸 만한 전진도 없다는 게 난감한 일이죠. 이렇게 말씀드려도 된다면, 앞으로 나아가지도, 뒤로 물러나지도 못하면서 현재의 순간을 견딜 수 없는 것으로 느끼는 이상한 상황이 아닌지 모르겠습니다."

울리히가 말하는 동안 디오티마는 여행안내서에나 나올 법한 별 세 개짜리 호텔 건물처럼 늘씬한 몸속에서 벌써 방어막을 치고 있었다.

"자비로운 부인, 오늘 어떤 일을 옹호하거나 반대하던 사람이," 울리히가 물었다. "내일 모종의 기적에 의해 이 세상의 절대 지배자가 된다면 자신이 평생 요구해온 것을 그날 바로 실행해버릴 거라고 생각하세요? 나는 며칠 정도는 미룰 거라고 확신해요."

울리히가 잠시 말을 쉬자 디오티마는 기습적으로 그에게로 몸을 돌리더니 대답도 없이 냉랭하게 물었다. "무슨 이유로 장군한테 우리 운동에 끼게 될 거라고 약속했던 거죠?"

"어떤 장군 말씀이시죠?"

"슈툼 장군 말이에요!"

"창립총회에 참석했던 그 동그랗고 작은 장군요? 내가요? 그날 이후 만난 적도 없는데, 어떻게 내가 그분한테 그런 약속을 합니까!"

울리히의 깜짝 놀라는 표정은 충분히 설득력이 있었고, 그래서 이제는 거꾸로 그가 디오티마에게 무언중에 해명을 요구하고 있었다. 그러나 아른하임 같은 남자가 거짓말을 할 리는 없었기에 여기엔 무언가 오해가 있는 게 분명했다. 디오티마는 자신의 추측이 어디에 근거했는지를 설명했다.

"그러니까 내가 아른하임과 슈툼 장군 이야기를 했다는 말입니까? 그런 일은 없었습니다!" 울리히가 단언했다. "아른하임과는…… 잠깐만요, 잠깐만 시간을 주세요." 울리히는 생각에 잠겼다. 그러더니 얼마 후 갑자기 웃음을 터뜨렸다. "이거 무척 영광이네요. 아른하임 같은 분이 내 말 한마디 한마디에 그렇게 비중을 두시다니! 우린 최근에 몇 번 대화를 나누었습니다. 뭐 대화라기보다 의견 차이를 확인한 자리라고 할 수 있겠죠. 어쨌든 그때 장군 이야기도 한 번 나온 것 같습니다. 특정 장군에 관한 이야기가 아니라 그냥 지나가듯이 예를 들어 설명한 것뿐이죠. 내가 이렇게 주장했습니다. 전략적인 이유로 자기 부대원들을 명백한 사지로 몰아넣는 장군은 살인자라고요. 병사들을 수많은 어머니의 아들이라는 관점에서 보자면 말입니다. 하지만 다른 관점에서 보면 달리 해석될 여지도 있다고 했습니다. 예를 들어 희생의 필요성이나 짧은 인생의 무상함이라는 맥락에서 보면 말이죠. 그 외에 다른 보기도 많이 들었습니다. 이야기가 조금 벗어나는 것 같지만 양해해주십시오. 모든 세대는 아주 타당한 이유로 자기 앞의 생을 확고한 것으로 받아들입니다. 그들이 관심을 가지는 몇 안 되는 변화만 빼고 말이죠. 그렇게 세상을 확고한 것으로 보는 것은 현실적으로 유리한 면이 있지만, 잘못 본 것입니다. 세계는 매 순간 어느 방향으로든 바뀔 수 있습니다. 정해진 방향이 없죠. 그게 세상의 속성입니다. 그래서 단추 몇 개만 누르면 사람들이 발전이라고 부르는 것을 이루어낼 수 있는 그런 한정된 세계에서 한정된 인간으로 살아가는 대신, 변화를 위해 만들어진 세계에 둘러싸여 처음부터 변화를 위해 태어난 것처럼 살아가는 것, 그러니까 구름 속의 작은 물방울처럼 살아가는 것이 자기만의 독창적인 삶이 아닐까 합니다. 내 말이 또다시 모호하게 들려서 비웃는 건 아니겠죠?"

"비웃지 않아요, 이해가 안 될 뿐이지. 그날 아른하임 박사와 나눈 대화를 자세히 얘기해봐요!" 디오티마가 요구했다.

"대화를 먼저 꺼낸 쪽은 아른하임이었죠. 나를 잡아 세우더니 형식적으로 대화를 시작했습니다. 평소의 차분한 태도와는 대조적으로 좀 짓궂으면서도 위엄 있는 미소를 지으면서요. 기억나는 대로 옮기면 이렇습니다. '우리 사업하는 사람들은 당신이 생각하는 것처럼 그렇게 계산적이지 않다. 여기서 우리란 당연히 지도자급에 있는 사람들을 말한다. 자잘한 장사치들은 끊임없이 계산하길 좋아하니까. 어쨌든 우리는 정말 성공적인 착상에 대해선 어떤 계산도 하지 않는다. 정치인이나 예술가도 그런 식으로 성공을 거둔다.' 이 말 끝에 아른하임은 지금부터 자신이 하는 말이 비합리적으로 들리더라도 너그럽게 이해해달라고 부탁하더군요. 그는 나를 처음 만난 날부터 나에 대해 확고한 생각을 갖게 되었다고 털어놓았습니다. 부인께서도 그에게 나에 관한 이야기를 많이 했다고 들었습니다. 하지만 그런 이야기는 들을 필요가 없었을 거라고 하더군요. 아른하임은 이렇게 설명했습니다. 내가 그렇게 무척 추상적이고 개념적인 직업을 선택한 것은 내게 아무리 그에 대한 재능이 있다손 치더라도 이상한 일이고, 그래서 과학자의 길은 잘못 들어선 것 같다는 겁니다. 그러고는 나도 들으면서 깜짝 놀란 이야기지만, 내 재능의 핵심이 실은 행위의 영역과 남에게 영향을 주는 데 있다고 하더군요!"

"그래요?"

"나도 부인 의견과 똑같습니다." 울리히가 서둘러 대답했다. "나라는 인간은 다른 무엇보다 나 자신에 대해 아는 게 가장 없습니다."

"당신은 삶에 매진하기보다 언제나 삶을 약간 비꼬죠." 서류철 때문에 울리히에게 아직 화가 나 있던 디오티마가 말했다.

"아른하임은 반대로 말하더군요. 나는 내 생각에서 삶에 대한 철저한 결론을 도출하려고 한다고 말입니다."

"당신은 조소적이고 부정적이에요. 게다가 항상 불가능으로 뛰어들고, 모든 현실적 결정을 피해요!" 디오티마가 단언했다.

"내 확신은 간단합니다. 사고에는 나름의 세계가 있고, 현실 삶에는 다른 세계가 있다는 겁니다. 현재 둘 사이의 발전 단계는 차이가 너무 큽니다. 우리 뇌의 나이는 수천 년이 되었습니다. 하지만 뇌가 모든 것의 절반만 끝까지 생각하고 다른 절반은 잊어버렸다면 현실 역시 그 뇌의 충실한 반영입니다. 그렇다면 그런 현실에 정신적인 참여는 거절할 수 있죠."

"일을 너무 쉽게 생각하는 것 아닌가요?" 디오티마가 물었다. 마치 산이 산자락의 작은 시냇물을 내려다보듯 했을 뿐, 모욕하는 기색은 없었다. "아른하임도 이론을 좋아하지만, 내 생각에 그 사람은 온갖 관련성으로 시험해보지 않고는 넘어가지 않아요. 사유라 함은 간명한 적용 능력을 의미한다고 생각하지 않나요……?"

"아뇨."

"아른하임이 그 말에 어떤 대답을 했는지 듣고 싶군요."

"이렇게 말하더군요. 오늘날 정신은 삶이 제기한 커다란 사명을 저버린 탓에 현실 발전의 힘없는 구경꾼이 되고 말았다고요. 그러면서 요즘 예술이 어떤 문제들을 다루고 있는지, 교회 안에서 얼마나 하찮은 것들이 난무하는지, 학자들의 시야는 얼마나 좁은지 보라더군요. 게다가 그사이 지구가 진짜 분열되고 있다는 점도 유념하라고 했죠. 나한테 하고 싶었던 게 바로 그런 이야기였다고 하더군요!"

"그래서 당신은 뭐라고 했나요?" 디오티마가 흥미진진해하며 물었다. 아른하임의 말이 평행운동의 문제에 시큰둥한 태도를 보이는 사촌에 대한 질책이라고 짐작했기 때문이다.

"이렇게 답했죠. 난 실현된 것보다 실현되지 않은 것에 더 끌린다고요. 미래의 문제만 해당되는 것이 아니라 과거라든지 우리가 놓쳐버린 일들도 포함해서요. 나는 우리의 역사가 하나의 이상에서 그 요소 중 단 몇 가지만 실현해놓고 기뻐할 뿐 나머지는 그냥 방치해두었다고 생각합니다. 훌륭한 조직이라는 것도 대개 서툰 솜씨로 망친 어떤 이상의 초안에 불과합니다. 훌륭한 인물들도 마찬가지죠. 내가 한 말이 그런 거였습니다. 그러니까 아른하임과 나 사이엔 관점의 차이가 있었죠."

"당신은 논쟁을 참 좋아하는 사람이군요!" 디오티마가 조금 불쾌해 하며 말했다.

"그 사람이 나에 대해 이런 말도 하더군요. 자기가 보기에, 나는 아직 완성되지 않은 모종의 보편적 사유체계 때문에 행위의 삶을 거부하는 사람 같다고요. 그 사람 말을 좀더 들어보시겠습니까? 이렇게 말하더군요. 나는 마치 나를 위해 준비해둔 침대는 놔두고 그 옆의 바닥에 눕는 사람 같다. 그건 에너지 낭비다. 그러니까 물리적인 측면에서 비도덕적이라는 거죠. 그러면서 오늘날 큰 규모의 정신적 목표들은 기존의 경제 구조, 정치 구조, 특히 지적 권력 구조를 이용하지 않고는 달성할 수 없다는 점을 명심하라고 몰아세우더군요. 그 자신이 보기에 그런 구조를 등한시하지 않고 이용하는 것이 윤리적인 행위라고 하면서 말입니다. 아른하임은 나를 방어 자세, 그것도 아주 경직된 방어 자세를 취하고 있는 활동적인 사람이라고 불렀습니다. 내가 보기에 그 사람은 나한테 존중을 받고 싶은 무언가 섬뜩한 이유가 있는 것 같았습니다!"

"당신을 도와주려고 그런 거예요!" 디오티마가 꾸짖듯이 말했다.

"그건 아닙니다! 나는 어쩌면 평범한 작은 자갈이고 그 사람은 화려한 유리구슬입니다. 그런데도 그 사람이 나를 두려워한다는 느낌을 받았습니다."

디오티마는 대답하지 않았다. 울리히의 말이 불손하게 느껴지기도 했지만, 그가 전해준 둘 사이의 대화 내용을 들으면서 아른하임이 그녀의 마음속에 불러일으킨 이미지와는 전혀 딴판이라는 생각을 지울 수 없었다. 심지어 서서히 불안해지기까지 했다. 아른하임이 간교한 모사꾼일 리는 없다고 믿었지만, 울리히에 대해 신뢰가 움트기 시작했다. 그래서 그녀는 슈툼 장군의 문제를 어떻게 처리하면 좋을지 물었다.

"멀리하십시오!" 울리히가 대답했다. 디오티마는 썩 내키진 않았지만 이 대답이 마음에 드는 것은 어쩔 수 없었다.

67. 디오티마와 울리히

그 무렵 디오티마와 울리히는 함께 있는 시간이 늘어나면서 관계가 훨씬 좋아졌다. 둘은 누군가를 방문하기 위해 자주 함께 외출했고, 울리히는 일주일에 몇 번씩 그녀의 집을 찾았다. 그것도 일상적이지 않은 시간대에 불쑥 찾을 때도 드물지 않았다. 그럴 때는 두 사람이 친척 관계라는 것이 도움이 되었다. 엄격한 사회 규범에서 벗어나 편하게 만날 수 있었기 때문이다. 디오티마도 살롱에서 항상 머리부터 발끝까지 완벽하게 갖춰 입고 그를 맞지는 않았고, 때론 편한 차림으로 맞았다. 그렇다고 완전히 흐트러진 것은 아니고 지켜야 될 선은 분명히 지켰다. 어쨌든 둘 사이엔 교류의 형식에서 생겨나는 연대감 같은 것이 싹텄다.

원래 그렇다. 형식은 내면에 영향을 끼치고, 거기서 생긴 감정에서 형식이 만들어지고, 그 형식을 통해 다시 감정이 일깨워진다.

울리히는 간혹 디오티마가 무척 아름답다는 것을 아주 강렬하게 느꼈다. 그의 눈에 그녀는 훌륭한 혈통의 젊고 크고 풍만한 암소 같았다. 걸음걸이가 당당하고, 뜯고 있는 마른 풀을 깊은 시선으로 바라보는 그런 암소 말이다. 이렇게 그녀를 동물과 비교한 데에는 악의와 비꼼이 없지 않았다. 그러니까 그것은 디오티마의 고결한 정신세계에 대한 복수였다. 하지만 그 악의와 비꼼은 바보의 전형인 그녀가 아니라 그런 그녀에게 우수한 성적을 안긴 학교를 향한 것이었다. 그는 생각했다. '그녀가 배우지 못한, 너저분하고 선량한 사람이었다면 얼마나 편할까! 그것도 특별한 이상 같은 건 생각지도 않는, 크고 따뜻한 여성의 몸처럼 선량한 사람이라면 말이다.' 그리되면 뒤에서 말이 많이 도는 투치 국장의 이 유명한 부인은 그녀의 몸에서 증발해버리고 오직 몸만 하나의 꿈처럼 남을 것이다. 꿈꾸는 사람이 베개와 침대와 함께, 세계에 홀로 떠 있는 부드러운 흰구름으로 변하는 그런 꿈 말이다.

그러나 이런 상상력의 세계에서 현실로 돌아오면 울리히는 고결한 사유와의 교류를 열망하는 시민적 정신과 마주하게 되었다. 기질적으로는 차이가 크지만 육체적인 혈연으로 묶여 있다는 것은 자의식을 혼란에 빠뜨린다. 그것은 혈연이라는 단순한 생각만으로도 충분하다. 가끔 어떤 형제자매는 이해할 수 있는 수준을 훨씬 뛰어넘을 만큼 서로를 견딜 수 없어하는데, 이런 현상은 그들이 각자의 존재를 통해 서로를 의심하고, 서로를 약간 일그러진 거울처럼 바라보는 데서 생겨난다. 디오티마와 울리히의 키가 거의 똑같다는 사실이 이따금 둘의 친족 관계를 일깨우기에 충분했지만, 동시에 그는 그런 생각에서 그녀의 몸에 혐오감을 느끼기도 했다. 울리히가 죽마고우 발터에 대해 품고 있던 책무가 이제 약간 달라진 형태로 그녀에게 옮겨갔다. 발터 앞에서는 의도적으로 자신의 자부심을 누르고 비틀어야 한다는 책무였다. 마치 별로 유쾌하지 않은 옛 사진들이 우리의 자부심에 굴욕감과 상처를 주는 것처럼 말이다. 울리히가 디오티마에게 그런 책무를 진 것은 디오티마에 대한 그의 불신 속에서도 둘 사이에는 서로를 묶고 결합하는 것, 즉 진정한 애정의 숨결이 존재한다는 사실에 기인했다. 마치 불신의 형태 속에서도 발터에 대한 예전의 일체감이 여전히 살아 숨쉬고 있듯이.

그런데 그는 디오티마를 좋아하지 않았기에 이런 애정의 숨결이 꽤 오랫동안 낯설게 느껴졌다. 그 애정의 뿌리가 어디에 있는지도 알 수 없었다. 어쨌든 두 사람은 날씨가 좋으면 가끔 아른하임에게 "빈 주변의 아름다운 정경들"(디오티마가 상투적으로 쓰는 표현이다)을 보여주려고 야외로 소풍을 갔다. 투치 국장이 나서서 이런 자리를 만들어주었는데, 울리히는 이 자리에 동참할 때마다 자신이 디오티마를 에스코트하는 손위 친척의 역할을 맡고 있다고 생각했다. 투치는 시간을 낼 수 없는 상황이었다. 나중에 아른하임이 타지로 떠나고 없을 때는 울리히와 디오티마 단둘이 소풍을 가는 일도 있었다. 아른하임은 이런 소풍이나 평행운동과 직접 관련된 다른 모임에 갈 때도 늘 필요한 수만큼 차를 동원했다. 백작의 차는 문장 장식으로 인해 온 도시에 알려져 있어 눈에 띄었기 때문이다. 물론 아른하임 소유의 차도 아니었다. 부자의 마음에 들기 위해 안달하는 사람은 어디건 널려 있었으니까.

이런 소풍은 그 자체로 즐거운 일이었지만, 권력이나 재산 있는 사람들에게 애국운동의 참여를 독려하는 홍보 목적도 있었다. 그래서 소풍은 시골보다는 주로 도시 변두리 지역으로 갔다. 사촌 남매는 함께 아름다운 것들을 많이 보았다. 예를 들면 마리아 테레지아 시대의 가구, 바로크양식의 궁전, 여전히 많은 하인들의 시중을 받으며 사는 사람들, 문을 열면 방들이 한 줄로 죽 늘어선 근대식 저택, 궁전 같은 은행 건물, 스페인풍의 엄격함과 중산층의 생활습관이 뒤섞인 고위 관료의 집 등이었다. 전반적으로 귀족의 집은 수돗물도 나오지 않고 격식을 따지는 과거의 요란한 잔재만 남아 있는 데 반해, 부유한 시민계급의 집과 회의실은 개선된 위생 상태에 미적 감각은 뛰어나지만 귀족계급의 빛바랜 복제품만 반복되었다. 지배계급은 언제나 시대에 좀 뒤떨어진다. 다시 말해, 귀족의 성에는 시대의 용광로에서 타지 않고 남은 찌꺼기와 재가 고스란히 남아 있었다. 화려한 계단 바로 옆에 여전히 부드러운 나무 바닥이 깔린 복도가 연결되어 있었고, 기품 넘치는 옛 가구 사이에는 흉물스러운 새 가구들이 태평스레 자리하고 있었다. 반면에 갑자기 떠오른 시민계급은 과거의 장엄하고 위대한 문화를 사랑했고, 자신도 모르게 세련되고 고급스러운 것을 선택했다. 그래서 시민계급이 소유한 성에는 대대로 내려오던 샹들리에에 전선을 연결하는 것과 같은 편리한 현대적 시설이 설치되었을 뿐 아니라 가구들도 덜 아름다운 것은 치우고 다른 가치 있는 것들로 채웠다. 그것이 자신의 선택이든, 아니면 전문가들의 거부할 수 없는 충고에 따른 것이든 간에 말이다. 그런데 이런 세련미가 가장 극명하게 드러난 곳은 성이 아니라 시대 흐름에 맞게 대형 증기선들의 비개성적인 화려함으로 치장한 도시 가옥들이었다. 그러나 이 나라의 도시 가옥은 재현할 수 없는 과거의 숨결을 통해, 혹은 거의 알아볼 수 없을 만큼 가구 사이의 공간을 넓힌다든지, 압도적인 위치를 찾아 그림 한 점만 벽에 달랑 걸어놓는다든지, 아니면 잔잔하면서도 또렷이 소리가 울려퍼지는 공간의 울림을 통해 세련된 사회적 야심을 과시했다.

디오티마는 이렇게 많은 '문화'에 깊은 감명을 받았다. 자신의 고향이 문화적 보고의 나라임은 익히 알고 있었지만, 이렇게 보물이 많은 것에 그녀 자신도 깜짝 놀랐다. 울리히는 디오티마와 함께 시골로 초대를 받아 갈 때면, 그곳 사람들이 과일을 깎지 않고 그냥 먹는 것 같은 일을 심심치 않게 보았다. 무슨 엄격한 제식을 치르듯 꼬박꼬박 나이프와 포크를 사용하는 도시의 중산층과는 달리 말이다. 사람들 간의 대화에서도 비슷한 것을 관찰할 수 있었다. 고상하게 대화하는 것은 거의 시민 가정뿐이었고, 귀족층은 저잣거리의 마부에게서나 볼 수 있을 것 같은 자유분방한 방식으로 대화했다. 디오티마는 울리히의 반론에 맞서 이런 것들을 열정적으로 변호했다. 물론 시민계급의 저택이 훨씬 위생적이고 합리적인 구조로 이루어진 것은 그녀도 인정했다. 실제로 귀족의 시골 성은 겨울엔 몹시 추웠다. 낡고 좁은 계단도 드물지 않았고, 접견실만 화려할 뿐 그 옆의 침실은 천장이 낮고 곰팡이까지 피었다. 또한 음식을 위층으로 운반하는 승강기도 없었고, 하인 전용 욕실도 없었다. 그럼에도 디오티마는, 어떤 의미에서는 이런 것이 더 영웅적이고, 선대의 훌륭한 유산이고, 시대의 변화에도 아랑곳하지 않는 도도함이라고 감격스럽게 결론 내렸다.

울리히는 둘만의 이런 소풍을 이용해서 디오티마에 대한 자신의 감정을 추적하기로 했다. 하지만 그 길로 나아가는 과정에는 수많은 샛길이 존재했기에 그 감정의 핵심에 도달하기 전까지는 그런 샛길들을 어느 정도 따라갈 수밖에 없었다.

당시 여자들은 목에서 발목까지 내려오는 옷을 입었다. 예나 지금이나 비슷한 옷을 입는 남자들의 눈에도 여자들의 그런 옷은 시대에 맞아 보였다. 세계적인 남자의 상징으로 여겨지는 흠결 없는 완벽함과 엄격한 자제력을 생동감 넘치는 관련 속에서 표현했기 때문이다. 아무 부끄러움 없이 인간 나체의 진가를 인정하는 선입견 없는 사람조차 나체를 노골적으로 드러내는 것에 대해서는 동물 세계로의 퇴행으로 보았다. 벌거벗었다는 것 자체 때문이 아니라 '옷'이라는, 문명화된 성적 매력의 발산 수단을 포기했다는 생각 때문이었다. 실제로 그 시대에는 인간의 나체를 드러내는 것을 동물 상태 이하라고 생각했을 것이다. 나체 상태에서는 잘 훈련받은 세 살짜리 말과 신나게 뛰노는 그레이하운드의 표정이 인간보다 훨씬 풍부하기 때문이다. 물론 동물은 옷을 입을 수 없고, 껍질도 하나뿐이다. 반면에 인간은 당시에도 여전히 여러 겹의 껍질을 걸치고 있었다. 정장만 하더라도 가장자리 장식에서부터 부풀린 소맷부리, 종 모양의 치마, 폭포 모양의 치마 주름, 레이스에 이르기까지 많은 껍질을 만들어낸다. 누구나 애타게 갈망하는 늘씬한 흰 동물을 숨긴, 주름 많고, 접근하기 어렵고, 관능적인 긴장을 담은 잔 모양의 표피, 원래의 껍질보다 다섯 배나 많은 표피를 말이다. 이는 자연 자체가 사용하는 미리 규정된 방식이다. 그러니까 자연은 피조물들에게, 문제가 되는 객관적인 사건을 사랑과 공포 속에서 비현실적인 광란의 상태로까지 끌어올리기 위해 가죽을 곤두세우거나 어둠의 연기를 내뿜게 한다.

디오티마는 인생에서 처음으로, 절제된 방식이기는 하지만 이런 놀이에서 깊은 울림을 느꼈다. 아양은 그녀도 낯설지 않았다. 정숙한 부인이라면 능수능란하게 다룰 줄 알아야 하는 사교상의 의무였기 때문이다. 그러면서도 그녀는 젊은 남자들의 눈길에 자신에 대한 존경심 외에 다른 무언가가 깃들어 있음을 눈치챘다. 심지어 남자들의 그런 눈길이 좋기까지 했다. 황소의 뿔처럼 달려드는 남자들의 시선을 고매한 말로 돌려세울 때마다 책망하는 여성의 부드러운 힘을 느꼈기 때문이다. 그러나 울리히는 혈연적인 친밀성과 평행운동에 대한 헌신적 조력, 그리고 자신을 좋게 표현한 백작의 친서에 힘입어 복잡하게 얽힌 그녀의 이상주의 속으로 스스럼없이 치고 들어갔다. 언젠가 야외로 차를 타고 나갔을 때 이런 일이 있었다. 차가 그림 같은 골짜기를 지날 무렵이었다. 골짜기 양쪽 산비탈에 시커먼 가문비나무숲이 도로 인근까지 빽빽하게 펼쳐져 있었다. 그걸 본 디오티마가 이렇게 읊조렸다. "아름다운 숲이여, 그대를 저 높은 곳까지 펼쳐놓은 이는 누구인가……?" 그녀는 당연히 이것을 하나의 시로 인용했다. 거기에 딸린 노래에 대해서는 암시조차 하지 않았다. 그런 건 그녀에게 진부하고 무의미한 일로 비쳤으니까. 하지만 울리히는 이렇게 대답했다. "북오스트리아 토지은행이죠. 이곳의 숲들이 모두 토지은행 소유라는 걸 몰랐습니까? 부인이 방금 찬양했던 숲 조성인도 은행에서 고용한 산림관리인입니다. 이곳 자연은 계획에 따라 조성해놓은 산림 단지입니다. 저렇게 줄을 맞춰 심어놓은 걸 보면 셀룰로오스 공장의 원료 창고라는 걸 한눈에 알 수 있죠." 그의 대답은 대개 이런 식이었다. 그녀가 아름다움에 대해 말하면 그는 피부를 받치는 지방 조직에 대해 말했고, 그녀가 사랑에 대해 이야기하면 그는 자동적인 증가와 감소를 보여주는 연간 출산율 그래프에 대해 이야기했다. 또한 그녀가 예술 속의 위대한 인물들에 대해 이야기하면 그는 그 인물들을 연결시키는 차용借用의 사슬로 이야기를 풀어갔다. 늘 그런 식이었다. 디오티마는 마치 신이 일곱째 날에 세계라는 조개 속에 인간을 진주로 집어넣은 것처럼 말했고, 그러면 그는 인간이 난쟁이 같은 행성의 외곽 지대에 흩어져 사는 자잘한 점들의 무리에 불과하다는 점을 상기시켰다. 울리히의 이런 말은 디오티마가 내적으로 연결되어 있다고 느끼는 위대함의 영역에 대한 공격이 분명했지만, 그녀는 그의 속뜻을 확실히 꿰뚫어볼 수 없었다. 다만 감정적으로는 자신을 모욕하는 현학적 과시라고 여겼다. 그녀는 한때 불쾌한 존재였던 이 사촌이라는 남자가 자신보다 아는 것이 훨씬 많다는 사실을 받아들일 수 없었고, 계산이나 정확성 따위의 하급 문화에 토대를 두고 있어 전혀 이해되지 않는 그의 물질주의적 반론에 몹시 화가 나기도 했다. 언젠가 그녀는 날카롭게 대꾸했다. "아무리 위대한 경험을 했다 하더라도 단순한 것을 믿을 수 있는 사람은 다행히 아직 있어요!" "예를 들면 부인의 남편 같은 분이죠." 울리히가 대답했다. "오래전부터 나는 아른하임보다 부인의 남편이 훨씬 마음에 든다고 말하고 싶었습니다!"

당시 두 사람은 아른하임에 대해 이야기하면서 자신들의 생각을 교환하는 습관이 생겼다. 디오티마는 사랑에 빠진 모든 이들이 그렇듯, 남들에게 자신의 마음을 들키지 않았다고 믿으면서 자신이 사랑하는 대상에 대해 이야기하는 것이 즐거웠다. 반면에 울리히는 물러설 생각이 전혀 없는 사람들이 그렇듯, 그녀의 그런 면이 견딜 수 없었기에 그런 대화에서는 자주 아른하임을 격렬하게 공격했다. 그래서 그와 아른하임 사이에는 독특한 관계가 생겨났다. 그들은 아른하임이 타지로 떠나지 않으면 거의 매일 만났다. 울리히는 처음 만날 때부터 아른하임이 디오티마에게 모종의 영향을 끼치고 있음을 눈치챘던 것처럼 투치 국장도 그 이방인을 의심하고 있음을 알아차렸다. 물론 디오티마와 아른하임 사이에 부정한 일은 아직 없어 보였다. 삼자의 판단으로 보면 말이다. 남들이 보기에 두 사람은 지고한 플라토닉러브의 이상을 좇는, 서로 지나치게 깍듯이 대하는 남녀였을 뿐이다. 아른하임은 자기 여자친구의 사촌과 친밀한 관계를 맺으려고 눈에 띄게 애썼다(혹시 여자친구가 아니라 애인일까? 울리히는 혼자 묻고 대답했다. 애인에다 친구를 더한 뒤 2로 나눈 값이 정답에 가장 가깝겠군). 아른하임은 울리히에게 나이 많은 친구가 하듯 말할 때가 많았다. 나이 차이를 생각하면 안 될 것도 없었다. 그러나 그의 그런 태도는 신분 차이 때문에, 아랫사람에게 일부러 자신을 낮추는 듯한 불편한 인상밖에 주지 못했다. 울리히는 아른하임의 그런 태도에 거의 항상 퉁명스럽고 도전적인 태도로 응수했다. 왕이나 총리 같은 사람과 생각을 자유롭게 주고받을 수 있는 그런 남자와의 교류를 눈곱만큼도 귀히 여기지 않는 사람처럼. 울리히는 아른하임의 말을 무례하게 반박하고 심하게 비꼴 때가 많았는데, 그럴 때마다 그냥 침묵하는 관찰자의 즐거운 역할에 머물지 못하는 자신의 자제력 부족에 화가 났다. 그는 자신이 아른하임에게 그렇게 예민하게 반응하는 것에 스스로도 깜짝 놀랐다. 정신의 발전 중에는 울리히가 싫어하는 유형이 있는데, 그의 눈에는 아른하임이 환경의 은총으로 그런 정신적 발전을 일구어낸 전형적인 케이스로 보였다. 이 저명한 작가는 보통 사람들이 흘러가는 물이 아니라 지성의 날카로운 단면에 자신을 비추어보면서 빠지게 되는 위험을 통제할 만큼 영리했기 때문이다. 그런데도 글을 쓰는 철강왕은 그 책임을 지성의 불완전함이 아니라 지성 그 자체에 전가했다. 석탄 가격과 영혼의 이러한 연합 속에는 모종의 속임수가 깃들어 있었다. 그 연합은 곧, 아른하임이 분명히 잘 알면서 하는 일과 어렴풋이 알면서 말하고 쓰는 것을 그때그때 필요에 따라 분리하는 것이기도 했다. 그런데 울리히에게 더 큰 불쾌감을 유발했던 것은 그가 처음 보는 것, 즉 정신과 부의 결합이었다. 아른하임은 어떤 개별 문제에 대해 거의 전문가처럼 말하다가도 갑자기 손을 쓱 내저으며 그 모든 이야기를 '위대한 사상'의 빛 속에서 무화시키곤 했는데, 그것은 그럴 만한 사정에 따른 것일 수도 있지만, 어떤 일이건 두 방향으로 자유롭게 처리하는 방식을 보면 비싼 것은 물론이고 선한 것까지 모두 감당할 능력을 갖춘 부호를 떠올리지 않을 수 없었다. 아른하임은 항상 실질적인 부의 방식으로 지식을 운용하는 듯한 느낌을 주는 지적인 사람이었다. 그러나 어쩌면 울리히를 그 저명인사와 가장 큰 갈등으로 몰아넣은 것은 그런 면이 아니라, 궁정이나 귀한 가문의 기품 있는 생활양식을 비호하면서도 전통적인 것과 이색적인 것을 최상으로 연결시키려는 아른하임의 정신적 경향이었는지 모른다. 울리히는 그런 향락적 권위자들의 거울 속에서 시대의 얼굴이기도 한, 허세로 가득한 낯짝을 보았다. 그들의 얼굴에서 정말 몇 안 되는 열정과 사유의 특징을 제거해버리면 말이다. 때문에 울리히는 사람들이 온갖 업적을 들먹이며 칭송하는 그 남자를 더 잘 이해할 기회를 얻지 못했다. 당연히 처음부터 아른하임 쪽으로 유리하게 조성된 환경에서 그와 싸움을 벌이는 것은 무의미했다. 게다가 중요하지도 않았다. 기껏해야 무의미한 일에 자신의 에너지를 몽땅 쏟아부은 게 의미라면 의미라고 할 수 있을지 모른다. 또한 그것은 가망 없는 싸움이기도 했다. 울리히가 설사 적에게 실제로 상처를 입혔다고 하더라도 결국 허깨비에게 타격을 준 것이나 다름없기 때문이다. 다시 말해, 정신적 인간으로서의 아른하임은 상처를 입고 바닥에 누워 있는 것처럼 보이지만, 현실적 인간으로서의 아른하임은 마치 날개를 단 존재처럼 너그러운 미소를 지으며 바닥에서 일어나 쓸데없는 대화에 빠진 인간의 탈을 벗고 다시 행동하는 인간이 되어 서둘러 바그다드나 마드리드로 날아가버릴 것이다.

이처럼 아른하임은 상대의 공격에 전혀 상처를 입지 않았기에 그 젊은 친구의 무례한 도전에도 따뜻한 우의로 응대할 수 있었다. 울리히로서는 도저히 그 뿌리를 가늠할 수 없는 우의적 태도였다. 그러나 그 자신도 이젠 적을 과소평가하지 않았다. 과거 그렇게 자주 했던, 설익고 품위 없는 모험적 행동을 그렇게 쉽사리 반복하고 싶지는 않았기 때문이다. 게다가 아른하임과 디오티마 사이의 진전된 관계도 그가 그런 생각을 갖게 된 데 크게 기여했다. 그래서 울리히는 찌르면 칼끝이 구부러지고, 끝에 작은 보호막을 달아 공격 강도를 약화시킨 플뢰레 펜싱검처럼 아른하임에 대한 공격의 날을 무디게 했다. 둘의 이런 대립은 디오티마도 진작 알고 있었다. 그녀는 울리히가 퍽 의아했다. 솔직한 인상, 반듯한 이마, 차분하게 숨쉬는 가슴, 사지에 깃든 자유로운 유연성만 보면 그런 몸에는 악의적이고 음흉한 생각과 뒤틀린 육욕이 담길 수 없었다. 심지어 자기 가문의 일원 중에 이런 훌륭한 외모를 가진 인물이 있다는 사실에 내심 자부심까지 들었다. 사실 처음 만났을 때 그를 거두기로 마음먹은 것도 그 때문이었다. 만일 그가 머리가 검고, 어깨는 기울고, 피부는 깨끗하지 못하고, 이마가 좁았다면 역시 생겨먹은 대로 군다고 생각했을 것이다. 그러나 지금은 그의 외모와 가치관 사이의 분명한 불일치만 눈에 띄었고, 그것에서 설명할 수 없는 동요를 느꼈다. 그 동요의 원인을 찾아 누구에게도 뒤지지 않는 직관의 촉수를 더듬어보았지만 소용없었다. 그런데 그 과정에서 전혀 뜻하지 않게 다른 즐거움을 발견했다. 진지하다고는 할 수 없지만, 어떤 의미에서는 아른하임과 함께 있는 것보다 울리히와 있는 것이 더 즐겁기도 했다. 우월감의 욕구를 더 많이 충족시켜주는 사람은 울리히였고, 그와 있으면 자신감도 더 생겼다. 게다가 그녀가 그를 보면서 느끼는 경솔함과 극단적 비현실성, 미성숙함도 나날이 위태로워지는 그녀의 이상주의를 상쇄해주는 역할을 했다. 이상주의는 아른하임에 대한 그녀의 감정 속에서 걷잡을 수 없이 커져가고 있었던 것이다. 영혼은 끔찍하도록 어려운 사안이지만, 물질은 유쾌한 사안이다. 아른하임과의 관계를 조절해나가는 일은 가끔 살롱에서 회의를 이끌어갈 때처럼 중압감을 주었지만, 울리히를 얕잡아보는 것은 삶을 더 가볍게 해주었다. 납득은 잘 안 되지만 분명히 그녀의 마음속에서 일어나는 작용이었다. 때문에 사촌이 화나는 말을 하더라도 눈가에 살짝 미소를 지으며 그를 흘겨보는 일이 가능했다. 물론 눈은 여전히 이상주의적 정신에 입각해서 무덤덤한 표정을 짓거나, 약간 무시하듯 정면만 바라보더라도.

아무튼 그 원인이 무엇이든 간에 디오티마와 아른하임은 울리히라는 삼자에게 집착하는 두 싸움꾼 같았다. 불안이 번갈아 일 때면 자기 둘 사이에 삼자를 밀어넣고자 안달하는 싸움꾼 말이다. 그런 상황이 울리히에게 위험하지 않은 것은 아니었다. 디오티마를 통해 이런 의문이 생겼기 때문이다. 인간은 자신의 몸과 일치해야 할까, 아닐까?

68. 여담: 인간은 자신의 몸과 일치해야 할까?

표정과는 무관하게 두 사촌은 긴 시간 차를 타고 가며 몸이 이리저리 흔들리는 바람에 옷이 스치거나 겹쳤다가 다시 떨어지곤 했다. 그것은 어깨 부근에서만 확인할 수 있었다. 다른 곳은 함께 덮고 있는 담요로 가려져 있었다. 그러나 몸은 옷 때문에 다소 완화된 이런 접촉을 달밤에 사물을 보는 것처럼 부드럽고 희미하게 느꼈다. 울리히는 이런 사랑의 유희를 특별한 느낌으로 받아들이지는 않았지만, 그렇다고 무덤덤하지도 않았다. 욕망이 몸에서 옷으로, 포옹에서 저항으로, 혹은 한마디로 목표에서 과정으로 옮겨가는 이 극도로 섬세한 현상은 그의 본성과 맞아떨어졌다. 본성은 감각적 욕망에 의해 여자에게 끌렸지만, 더 지고한 힘이 본성에 맞지 않는 낯선 인간의 돌출을 막았다. 어느 순간 갑자기 이 낯선 인간이 또렷이 나타나면 본성은 늘 애정과 반감 사이에서 치열하게 갈등했다. 그러니까 육체의 고결한 아름다움과 인간적 아름다움, 혹은 자연의 악기에서 정신의 선율이 떠오르는 순간이나 몸이 신비한 음료로 가득 채워진 잔과 같아지는 순간이 그에게는 평생 낯설었다는 말이다. 그의 내면에서 오래도록 그런 성향을 없애버린 소령 부인에 관한 꿈들을 제외하면 말이다.

소령 부인 이후 여자들과 맺은 관계는 전부 뒤틀렸고, 양쪽 다 어느 정도 호의가 있는 경우에도 무척 단순하게 흘러갔다. 남자와 여자 사이에는 서로를 자기 것으로 만들겠다는 생각을 하자마자 이미 그럴 준비를 하는 감정, 행동, 갈등의 도식이 존재한다. 그것은 마지막에 이루어져야 할 사건이 앞으로 밀고 나오는 전도된 과정이자, 더는 물이 나오지 않는 샘이나 다름없다. 이런 심리적 전도 상태에서는 두 사람 사이에 순수한 호감은 싹트지 않고, 다른 감정들의 자연스러운 원천인 지극히 단순하고 깊은 사랑의 감정도 생기지 않는다. 그래서 울리히도 디오티마와 차를 타고 갈 때면 그녀를 처음 방문하고 헤어지던 순간이 드물지 않게 떠올랐다. 당시 그는 그녀의 부드러운 손을 잡았다. 무게감이 없는 지극히 예술적이고 고결한 손이었다. 둘은 그 상태로 서로의 눈을 바라보았다. 둘 다 분명 서로에게 거부감을 느꼈지만, 숨이 끊어질 때까지는 서로 융합될 수 있으리라는 생각도 함께 품었다. 둘 사이에는 그런 희망 같은 것이 남아 있었다. 그래서 위쪽에서는 두 머리가 서로에게 지독한 냉기를 뿜고 있었지만, 아래쪽에서는 두 몸이 아무 저항 없이 뜨겁게 녹아들고 있었다. 그 속에는 마치 머리가 둘 달린 신이나 악마의 말발굽 속에서처럼 음험하고 신화적인 무언가가 있었다. 청년 시절에 울리히를 자주 잘못된 길로 이끌었던 그 무엇이었다. 하지만 세월이 지나면서 그것은 옷을 벗은 몸이 나체라는 말로 대체되는 것과 비슷하게 지극히 시민적인 사랑의 자극제에 지나지 않는 것으로 판명되었다. 누군가를 미치게 할 만큼 황홀경으로 몰아넣는 힘을 가졌다는 우쭐한 경험만큼 시민계급의 사랑을 활활 타오르게 하는 것은 없다. 그게 아닌 다른 방식으로 그런 변화를 일으키겠다고 하면 살인자라도 되어야 할 판이다. 실제로 문명화된 사람 중에도 그렇게 변하는 사람들이 있고, 그건 우리 자신에게서 비롯된 결과다! 다시 말해, 육욕의 고독한 섬에 배를 댄 모든 사람들의 대담하고 흐릿한 눈 속에 그런 의문과 놀람이 있지 않을까? 그 섬에서 그들은 살인자이자 운명이자 신이고, 지극히 편안한 방식으로 최고 수준의 비합리성과 모험을 경험하게 될 것이다.

시간이 지나면서 그런 유의 사랑에 대한 반감은 결국 울리히의 육체에까지 영향을 미쳤다. 여자들에게 잘 통하는 남성성의 환상을 심어줌으로써 늘 그런 전도된 결합을 부추겼던 그의 몸 말이다. 물론 그는 그런 남성성에 대해 생각이 너무 많고 내적 갈등도 심했다. 간혹 그는 자신의 외모에 대해, 순수하지 못한 수단으로 작업을 거는 연적을 대하듯 질투심을 느꼈고, 그 속에는 그런 감정을 느끼지 않는 다른 사람들에게도 똑같이 존재하는 모순이 있었다. 육체를 운동으로 가꾸고 거기에 형태와 표현, 행위 준비 능력을 부여하는 것은 바로 그 자신이기 때문이다. 육체적 단련은 끊임없이 미소 짓는 얼굴이나 끊임없이 심각한 표정이 마음에 미치는 영향만큼이나 내면에 미치는 영향이 적지 않다. 그런데 이상하게도 대다수 사람은 자신의 정신이나 본질과는 아무 관련이 없고, 그저 우연에 의해 형성되고 왜곡된 것 같은 퇴락한 몸, 아니면 자기 자신으로부터의 휴가중에 생겨난 스포츠의 가면을 쓴 몸, 둘 중 하나를 갖고 있다. 그런 휴가는 인간이 아름다운 세계를 보여주는 잡지들에서 우연히 집어낸 이상적 외모의 백일몽을 꾸는 시간이기 때문이다. 그저 자기 일을 웬만큼 잘하는 것뿐인데도 최고 기록을 갈망하는 햇볕에 그을린 근육질의 테니스 선수, 기수, 자동차 경주 선수, 그리고 근사한 옷을 입은 귀부인이나 벌거벗은 여자들은 모두 백일몽을 꾸는 사람들이다. 이들이 평범한 백일몽을 꾸는 사람들과 다른 점은 그런 꿈이 머릿속에 머물러 있지 않고 야외에서 공동으로, 대중적 영혼의 형상물로서 구체적이고 극적으로, 그리고 의심스럽기 그지없는 신비스러운 현상을 떠올리면 이념적 조형물로 형상화된다는 사실뿐이다. 하지만 이들의 꿈도 깨기 직전인데다 내용으로 봐서도 평범한 공상가들의 꿈과 마찬가지로 피상적이다. 인상학의 문제는 오늘날에도 오롯이 미지수로 남아 있는 듯하다. 우리는 필체, 목소리, 자는 자세, 신神에서 인간의 본성에 대해 때로 놀라울 정도로 올바른 결론을 끄집어낼 수 있게 되었음에도 육체라는 전체에 대해서는 우리 몸이 본보기로 삼을 만한 최신 유행 아니면 기껏해야 일종의 도덕적 자연치유철학밖에 갖고 있지 않다.

그러나 육체는 결국 우리 정신, 우리 이념, 우리 예감과 계획의 몸이 아닐까? 혹은 아무리 예쁜 몸이라고 해도 우리 어리석음의 산물이 아닐까? 울리히는 이 어리석음을 사랑했고 아직도 일부 갖고 있었다. 때문에 그는 이 어리석음이 만들어낸 몸을 집처럼 편안히 느낄 수 없었다.

69. 디오티마와 울리히. 속편

삶의 표면과 이면이 일치하지 않는다는 감정을 새로운 방식으로 그에게 각인시킨 사람은 특히 디오티마였다. 그런 감정은 이따금 달빛 속을 달리는 느낌으로 그녀와 함께 차를 타고 갈 때 폭발하듯이 분출했다. 그럴 때면 이 젊은 여인의 아름다움이 그 사람에게서 떨어져나와 순간적으로 환영처럼 그의 눈을 가리곤 했다. 그는 자기가 무슨 말을 하든 디오티마가 웬만큼 보편적인 수준의 이야기와 비교한다는 사실을 잘 알고 있었고, 그녀가 그 말을 '미숙하다'고 여김으로써 자신이 항상 망원경을 보는 입장이 아니라 렌즈 앞에 거꾸로 앉아 있는 것 같아 편했다. 그는 점점 작아졌다. 그녀와 이야기할 때면, 혹은 그가 악과 물질주의의 대변인을 자처하고 나설 때면, 마지막 학창 시절에 교사들이 이상주의적 반감으로 악당과 괴물이라고 일컬은 세계사의 그런 모든 인물들에게, 단지 그 이유만으로 열광하며 친구들과 나누던 대화가 들리는 듯했다. 디오티마가 그런 그를 못마땅한 눈으로 바라보면 그는 다시 한번 작아져서 영웅주의와 팽창욕의 도덕으로 인해 반항적으로 거짓말을 하고, 거칠고 불안하게 방황하던 철없던 시절의 도덕으로 돌아갔다. 비유적으로 말하자면, 그것은 하나의 몸짓과 말 속에서 오래전에 그만둔 몸짓이나 말, 혹은 단지 꿈을 꾸었거나 남들에게서 불쾌하게 생각하던 몸짓과의 희미한 유사성을 발견하는 것과 비슷했다. 어쨌든 디오티마에게 불쾌감을 유발하려는 그의 마음에는 그런 면이 섞여 있었다. 차라리 없었더라면 더 아름다웠을 이 여인의 정신은 비인간적인 감정을 불러일으켰다. 그것은 아마 그의 내면에 자리한 정신에 대한 두려움이고, 모든 위대한 것에 대한 혐오감이고, 또 너무 약해서 거의 구분되지 않는 감정이었다. 어쩌면 그런 가벼운 숨결을 감정이라 부르는 것은 너무 과분할지 모른다! 그래도 그것을 좀 확대해서 표현하자면 이렇게 말할 수 있을 듯하다. 즉 울리히는 때로 이 여인의 이상주의뿐 아니라 이 세상 곳곳에 퍼져 있는 이상주의 전체가 결국 그리스인들의 정수리에서 한 뼘도 벗어나지 못하고 있다고 보았다. 악마의 뿔은 아니었다! 이어 그는 또다시 더 작아졌고, 계속 비유적으로 말해서 어린 시절의 열정적인 첫 도덕으로 돌아갔다. 가젤의 눈처럼 유혹과 공포가 눈속에 깃들어 있던 시절이었다. 이 시기의 여린 감정들은 무엇에 몰입하는 순간, 아직은 작은 자기만의 전 세계를 불타오르게 할 수 있었다. 어떤 일을 일어나게 할 목적도 능력도 없이 그저 끝을 알 수 없는 무한한 불덩어리였기 때문이다. 이것은 울리히에게 별로 맞지 않았지만, 디오티마와 함께 있으면 어린 시절의 그런 감정들이 그리워졌다. 성인이 살아가는 조건과는 동떨어져 있어 이제는 상상하기도 어려운 감정들이.

한번은 이런 사실을 그녀에게 고백할 뻔했다. 두 사람은 차에서 내려 작은 골짜기로 걸어갔다. 물가에 숲 비탈과 초원이 있는 하구 같고 굽은 삼각주가 있는 골짜기였다. 삼각주 한가운데에는 가벼운 추위로 파르르 떠는 개울이 굽이쳐 흘렀다. 비탈은 군데군데 나무가 베어져 있었고, 벌목한 지대와 언덕 능선에 드문드문 서 있는 나무들은 마치 삼각형 모양의 깃털을 꽂아놓은 것 같았다. 이곳 풍경이 그들에게 어서 오라고 손짓하는 듯했다. 한겨울에 유행 지난 빛바랜 여름옷을 보는 것처럼 사람을 설레게 하는 눈 없는 날이었다. 디오티마가 갑자기 사촌에게 물었다. "아른하임은 대체 왜 당신을 행동가라고 할까요? 그 사람 말로는, 당신 머릿속에는 어떻게 하면 일을 좀 다르게, 더 낫게 할 수 있을까 하는 생각밖에 없다고 하던데." 저번에 울리히 및 슈툼 장군에 대해 아른하임과 나누었던 대화가 아무 결론 없이 끝났다는 사실이 문득 떠오른 것이다. "난 이해가 안 돼요." 그녀가 말을 이어갔다. "내가 볼 때 당신은 무언가를 진지하게 말하는 일이 드문 사람 같으니까. 하지만 우린 중요한 사명을 함께 나눠 진 사이니까 물어보지 않을 수가 없군요! 우리가 지난번에 나눈 대화 아직 기억해요? 그때 뭐라고 했죠? 권력의 정점에 선 후에는 아무도 원하던 걸 실현하려 하지 않을 거라고 했죠? 무슨 뜻으로 한 말인지 알고 싶어요. 소름 끼치는 생각 아닌가요?"

울리히는 일단 침묵했다. 그런데 그녀는 이 말을 최대한 대담하게 꺼내놓고 나서 이어진 침묵의 시간에, 허락되지 않은 이 질문에 자신이 얼마나 깊이 빠져 있는지 알아차렸다. 그러니까 아른하임과 자신이라면 각자 남몰래 품고 있는 소망을 과연 실현하려고 할까? 그런데 어느 순간 울리히가 자신의 이런 속내를 눈치챘을 것 같다는 생각이 들었다. 얼굴이 빨개졌다. 숨기려고 할수록 더 빨개졌다. 그녀는 최대한 무심한 표정으로 그에게서 눈을 돌려 골짜기 쪽을 바라보려고 애썼다.

울리히는 디오티마에게서 나타나는 이 변화를 지켜보았다. "당신 말대로 아른하임이 나를 행동가라고 불렀다면 이유는 한 가지일 것 같군요. 그 사람이 투치 국장 집에서의 내 영향력을 너무 과대평가한 거죠. 당신이 내 말에 별 비중을 두지 않는다는 건 당신 자신이 잘 알 겁니다. 그런데 당신의 질문을 들은 지금 내가 당신한테 어떤 영향력이 있는지 분명히 깨달았습니다. 이 말에 당신이 또다시 나를 바로 책망하지 않는다면 아까 질문에 대한 답을 드릴까 합니다."

디오티마는 동의의 표시로 말없이 고개를 끄덕였고, 겉으로는 대수롭지 않은 체하면서도 속으로는 신경을 곤두세웠다.

울리히가 입을 열었다. "그러니까 내 말은, 설령 그럴 능력이 있다고 해도 자신이 원하는 것을 실현할 사람은 없을 거라는 뜻이었습니다. 온갖 제안으로 가득찬 우리의 서류철을 기억하십니까? 이제 내가 묻겠습니다. 누군가 평생 열정적으로 요구하던 일이 갑자기 실현된다면 그 사람은 당혹스러워하지 않을까요? 예를 들어 가톨릭교도들에게 별안간 신의 나라가 도래하고, 사회주의자들에게 이상적 미래 국가가 찾아온다면 말입니다. 하지만 그게 진정 자신들이 원하던 것인지는 아무도 증명하지 못할 겁니다. 사람들은 요구하는 데만 익숙할 뿐 그것이 실현되리라고는 미처 예상하지 못할 테니까요. 아마 많은 사람이 그걸 당연하게 생각할 겁니다. 계속해서 묻겠습니다. 음악가는 음악을, 화가는 그림을 분명 가장 중히 여길 겁니다. 어쩌면 콘크리트 기사도 콘크리트 건축을 가장 중히 여기겠죠. 그렇다면 콘크리트 기사가 신을 철근콘크리트 전문가로 생각하고, 화가와 음악가가 그림으로 표현된 세상이나 플뤼겔호른으로 연주되는 세계를 현실 세계보다 선호할 거라고 생각하십니까? 말도 안 되는 질문이라고 여기시겠지만, 문제의 심각성은 이런 말도 안 되는 것을 사람들이 요구한다는 데 있습니다. 그러니 이젠 제발 오해하지 말아주세요." 그는 진지한 얼굴로 그녀 쪽으로 몸을 돌렸다. "모든 사람이 실현되기 힘든 것에 충동을 느끼고, 자신이 실제로 가질 수 있는 것은 무시한다는 뜻으로 한 말이 아닙니다. 내가 하고 싶었던 말은, 현실에는 비현실에 대한 그런 말도 안 되는 요구가 숨어 있다는 겁니다!"

그는 디오티마를 배려하지 않고 계속 골짜기 속으로 들어갔다. 비탈은 눈이 녹아 올라갈수록 축축했고, 두 사람은 풀이 뭉친 곳만 껑충껑충 뛰듯이 건너야 했다. 그 바람에 말은 중간중간에 끊겼고, 울리히는 건너뛰듯이 말을 이어갔다. 그 때문에 디오티마는 반박할 말이 너무 많은데도 어느 것부터 반박해야 할지 결정을 내릴 수 없었다. 그녀는 발이 젖었고, 흙더미 위에 치마를 약간 들고 서서는 길을 잃은 듯 불안해했다.

울리히가 뒤를 돌아보며 웃었다. "당신은 굉장히 위험한 일을 시작했습니다, 위대한 사촌. 사람들이 진짜 좋아하는 건 자신들의 이상을 실현할 수 없게 내버려두는 겁니다!"

"그렇다면 당신은 하루 동안 세계의 지배자가 된다면 뭘 할 거죠?" 디오티마가 화난 목소리로 물었다.

"현실을 무너뜨리는 것 외에 다른 할일은 없을 것 같습니다!"

"어떤 식으로 할지 정말 궁금하군요!"

"그건 나도 잘 모릅니다. 현실을 무너뜨린다는 게 무슨 뜻인지 나 자신도 정확히 모르니까요. 어쨌든 우리는 현재의 것, 현재의 감정, 현재 존재하는 것을 지나치게 과대평가하고 있습니다. 지금 우리가 이 골짜기에 함께 있는 것도 현재인데, 사람들이 마치 우리를 한 바구니에 집어넣고 순간이라는 뚜껑을 씌우는 것과 비슷하죠. 우리는 현재를 과대평가합니다. 우리는 현재의 일을 기억할 것이고, 어쩌면 일 년 뒤에도 우리가 여기에 어떤 식으로 서 있었는지 이야기할 수 있을 겁니다. 하지만 우리를, 아니 적어도 나를 진정으로 움직였던 것은 항상 이런 식의 체험과 전혀 다른 것이었습니다. 조심스럽게 덧붙이자면, 그것이 무엇인지 설명할 말을 찾고 싶지 않고, 뭐라고 불러야 할지 굳이 고민하고 싶지도 않습니다! 어쨌든 나를 진정으로 움직였던 것은 현재에 의해 쫓겨납니다. 그래서 이런 방식으로는 현재가 될 수 없죠!"

울리히의 말은 좁은 골짜기에서 크고 불분명하게 울려퍼졌다. 디오티마는 갑자기 오싹한 느낌이 들어 차로 돌아가려고 했다. 그러자 울리히가 붙잡더니 풍경을 가리켰다. "수천 년 전 이곳은 얼음이었습니다.

세상도 지금의 모습과는 완전히 달랐습니다." 그가 설명했다. "둥근 지구는 성격이 아주 히스테릭해요. 지금은 사람들을 먹이고 키우는 어머니 역할을 하고 있지만, 이곳이 얼음이었을 때는 고약한 소녀처럼 냉혹하고 차가웠죠. 또 그보다 몇천 년 전에는 양치류로 뒤덮인 무더운 숲과 뜨거운 늪지대, 무시무시한 동물들이 이곳에 가득했습니다. 세계가 점점 더 완전한 상태로 발전해왔다고도 말할 수 없고, 세계의 진정한 상태가 무엇인지도 말할 수 없습니다. 그건 이 지구의 자식인 인류도 마찬가지입니다. 우리처럼 여기 서 있던 사람들이 입었던 옷이 세월과 함께 어떻게 달라졌는지 생각해보세요. 정신병원에서 쓰는 개념으로 표현하자면, 이 모든 것은 일단 지나가고 나면 새로운 삶의 관념으로 다시 나타나는, 갑작스러운 관념분일*을 동반한 장기간 지속된 강박관념과 비슷합니다. 그러니까 현실은 끊임없이 자기 자신을 없애고 또 없애는 겁니다!"

잠시 후 울리히는 다시 말문을 열었다. "한 가지 더 말씀드리자면, 발아래 단단한 땅이 있고 내 몸이 단단한 피부에 감싸여 있다는 감정, 그러니까 대부분의 사람이 지극히 자연스럽게 받아들이는 이 감정이 나한테서는 그다지 강하게 발달하지 못했습니다. 당신이 아이였을 때를 생각해보세요. 아주 여린 불덩어리 같던 때죠. 그다음엔 갈망으로 입술이 타오르던 처녀 때를 생각해보세요. 하지만 최소한 나의 경우는, 이른바 성숙한 남자가 된다는 것이 그런 발전의 절정이어야 한다는 것에 대한 반발이 있었습니다. 어떤 면에선 그래야 한다고 생각하다가도 어

* 觀念奔逸. 여러 생각이 빠르게 잇따라 떠오르거나 연상 작용이 매우 빨라 생각이 일정한 방향을 잡지 못하는 상태.

떤 면에선 그래선 안 된다고 생각한 거죠. 내가 만일 명주잠자리(미르멜레오니나)라면, 일 년 전에는 뒤로 기어다니는 넓적한 회색 개미귀신(미르멜레온)*이었다는 사실이 끔찍하게 무서웠을 겁니다. 개미귀신은 숲 가장자리에 고깔 모양으로 모래를 파고들어가 사는데, 개미가 지나가면 몰래 모래를 던져 진을 뺀 뒤 밖으로 드러나지 않는 집게로 개미의 허리를 붙잡아 당기죠. 때로 나는 내 젊은 시절에 대해 그와 비슷한 두려움을 느낍니다. 그때는 내가 잠자리였고 지금은 괴물이라고 해도 말입니다." 무슨 말을 하려고 하는지 그 자신도 잘 몰랐다. 다만 명주잠자리와 개미귀신 이야기로 아른하임의 박식함을 약간 흉내내는 듯했다. 하지만 사실 그의 혀끝에선 이런 말이 맴돌았다. '호의로라도 좋으니 나를 안아주세요. 우린 친척이잖아요. 완전히 남도 아니고 완전히 하나도 아닌. 어쨌든 형식을 따지거나 엄격하게 멀리해야 할 사이는 아니죠.'

그러나 울리히는 잘못 짚었다. 디오티마는 스스로에게 만족하고, 그로써 지나온 시절을 밑에서 위로 이어진 계단으로 여기는 사람이었다. 따라서 울리히가 한 말을 전혀 이해하지 못했다. 특히 그가 하려다 만 말이 무엇인지 몰랐기에 더더욱 그랬다. 그사이 두 사람은 자동차가 있는 곳에 이르렀다. 평정을 되찾은 그녀는 이제 그의 말을 다시 평소처럼 유쾌와 불쾌 사이를 오가는 잡담 정도로 여기면서 더는 관심을 보이지 않았다. 이 순간 그가 그녀에게 영향을 준 것은 실제로 아무것도 없었다. 그녀를 현실로 돌아오게 한 것만 빼고는. 그녀의 마음속 한구

* 명주잠자리의 애벌레. 주로 개미를 잡아먹는다.

석에서 솟구쳐오른 소심함의 옅은 구름이 메마른 허공으로 산산이 흩어졌다. 조만간 아른하임과의 관계가 남은 인생을 확 바꿀 수도 있을 결정 앞에 서게 할 것 같았다. 이런 분명하고 확고한 예감이 든 것은 처음인 듯했다. 이것이 지금 그녀를 행복하게 했다고는 할 수 없지만 눈앞의 거대한 산맥만큼이나 무게를 지닌 것은 사실이었다. 약해진 순간이 지나갔다. "하고자 원하는 것은 하지 못한다"는 그 말이 순간적으로 말도 안 되는 광채를 띠었다. 그녀가 더는 알지 못하는 광채였다.

"아른하임은 나와는 정반대인 사람입니다. 그는 지금 이 순간의 시간과 공간이 주는 행복을 늘 과대평가하죠." 울리히는 지금까지 자신이 했던 말을 정리하려는 마음에서 미소를 띠고 한숨을 내쉬며 말했다. 이로써 그는 하마터면 털어놓을 뻔한 어릴 적 이야기를 더는 내놓지 않았고, 디오티마는 그의 풍부한 감정을 알 기회를 놓치고 말았다.

70. 클라리세가 이야기를 하러 울리히를 방문하다

낡은 성의 실내를 새로 꾸미는 것이 장기인 유명 화가 판 헬몬트의 가장 천재적인 작품은 그의 딸 클라리세였다. 그런 그녀가 어느 날 예고도 없이 울리히를 찾아왔다.

"아빠가 보내서 왔어요." 그녀가 말했다. "당신이 가진 엄청난 귀족층 인맥에 연줄을 댈 수 있는지 알아보라고 하시네요!" 그녀는 호기심어린 눈으로 방안을 둘러보다가 의자에 털썩 주저앉더니 다른 의자에 모자를 올려놓았다. 그러고는 울리히에게 손을 내밀었다.

"당신 아버지가 나를 과대평가……" 순간 그녀가 말허리를 잘랐다.

"알아요, 다 쓸데없는 짓인걸! 당신도 알다시피 그 노인네는 늘 돈이 필요해요. 이젠 사업도 예전 같지 않고요!" 그녀가 웃었다. "아주 멋지게 꾸미고 사네요. 훌륭해요!" 그녀는 다시 한번 주위를 둘러보고는 울리히에게 시선을 돌렸다. 그녀의 태도에는 무언가 양심의 가책으로 안절부절못하는 강아지의 사랑스러운 불안감이 담겨 있었다. "그래!" 그녀가 말했다. "아무튼 당신이 할 수 있으면 하고, 할 수 없으면 안 하면 돼요! 아빠한테도 그렇게 얘기하고 왔어요. 근데 내가 온 건 다른 이유가 있어서예요. 당신을 만나고 오라는 말을 듣는 순간 다른 생각이 떠올랐거든요. 우리 집안에 문제가 좀 있는데, 당신은 어떻게 생각하는지 듣고 싶어요." 그녀의 입과 눈이 순간적으로 망설이듯 움찔했다. 그러나 입을 떼기까지의 어려움을 곧바로 떨쳐냈다. "'아름다움의 의사' 하면 뭐가 떠올라요? 화가가 바로 아름다움의 의사죠."

울리히는 무슨 말인지 알아차렸다. 그녀의 친정집에 대해 잘 알고 있었던 것이다.

"어둡고 고결하고 멋지고 화려하게 꾸미고, 천을 씌우고, 깃발 장식을 달죠!" 그녀가 계속했다. "아빠는 화가고, 화가는 아름다움의 의사예요. 그래서 사람들은 우리와 교류하는 것을 온천 휴양을 떠나는 것처럼 근사하게 여기죠. 당신도 알 거예요. 예전부터 아빠의 주 수입원은 궁전과 시골의 성을 꾸미는 일이에요. 파흐호펜 집안 알죠?"

명문가인 것은 알지만 사적으로는 알지 못했다. 그 집안의 여식인 파흐호펜 양만 몇 년 전 클라리세의 살롱에서 한 번 만난 적이 있을 뿐이었다.

"그 집 딸이 내 친구예요." 클라리세가 설명했다. "그때 걔가 열일곱 살이고 내가 열다섯이었는데, 아빠가 성 개조와 내부 장식 일을 맡았죠."

"……"

"그래, 파흐호펜 집안의 성이었죠. 우린 모두 초대를 받았어요. 발터를 처음 만난 것도 그 자리였죠. 마인가스트도요."

"마인가스트?" 울리히는 그가 누군지 몰랐다.

"당신도 아는 사람이에요. 나중에 스위스로 갔죠. 그땐 아직 철학자가 아니었는데, 딸 가진 집에서는 모두 사윗감으로 탐냈어요."

"개인적으로 알지는 못하지만 이제야 누군지 알 것 같군." 울리히가 확언했다.

"그럼 됐어요." 클라리세는 머릿속으로 열심히 계산했다. "잠깐만요. 발터는 그때 스물셋이었고, 마인가스트는 그보다 나이가 좀 많았어요. 발터는 그런 성에 처음으로 초대를 받았는데, 내가 보기에 속으로 우리 아빠를 무척 경탄하는 것 같았어요. 아빠에게는 종종 제왕과 같은 위엄이 비칠 때가 있거든요. 여하튼 발터는 처음엔 나보다 아빠한테 더 빠져 있었어요. 그리고 루시는……"

"그만, 클라리세. 제발 좀 천천히 말해줘!" 울리히가 부탁했다. "도저히 맥락을 따라갈 수가 없어."

"루시는 우리를 초대한 파흐호펜 가문의 딸이에요. 이제 알겠죠? 그래요, 알 거예요. 아빠가 루시를 뒤로 길게 늘어지는 우단이나 비단 천으로 감싸서 말에 앉히면 루시는 우리 아빠를 티치아노나 틴토레토처럼 생각했어요. 서로 홀딱 빠져 있었죠."

"그러니까 아버지는 루시한테, 발터는 아버지한테 빠져 있었다?"

"더 들어봐요! 그때는 인상주의가 유행이었어요. 아빠는 지금도 그렇지만 옛날식으로 음악적인 그림을 그렸어요. 공작의 꽁지깃으로 만든 붓으로 주로 갈색 톤을 사용했죠. 하지만 발터는 야외에서 그림 그리는 걸 선호했고, 선이 뚜렷한 영국식 기능주의 화풍과 새롭고 솔직한 것을 좋아했어요. 아빠는 그런 발터를 개신교의 설교만큼이나 좋아하지 않았어요. 마인가스트도 마찬가지고요. 물론 속으로만 그랬죠. 시집보내야 할 딸이 둘이나 있는데다 항상 수입보다 지출이 많았기 때문에 겉으로는 그 두 청년을 너그럽게 대했어요. 반면에 발터는 아까 말했듯이 남몰래 아빠를 사랑했어요. 하지만 새로운 예술 사조를 따라 겉으로는 아빠를 경멸해야 했죠. 예술에 대해 아는 것이 없던 루시는 발터 앞에서 웃음거리가 되는 것을 두려워하면서도, 또 발터가 옳다면 우리 아빠가 웃기는 노인네가 되어버리는 것도 두려워했어요. 이제 머릿속으로 그림이 좀 그려져요?"

울리히는 좀더 확실히 그려보기 위해 그녀의 어머니는 어디에 있었는지 물었다.

"엄마도 당연히 거기에 있었죠. 우리 엄마 아빠는 늘 싸웠어요. 하루도 싸우지 않고 넘어가는 날이 없었죠. 그런 상황이 발터한테 유리하게 작용한 건 당신도 이해하겠죠? 발터는 우리 모두에게 일종의 교차점이었어요. 아빠는 발터를 두려워했고, 엄마는 발터를 부추겼고, 나는 발터를 사랑하기 시작했으니까요. 근데 루시도 발터한테 잘해줬어요. 이렇게 해서 발터는 우리 아빠에게 어떤 권력을 갖게 되었고, 조심스러운 육욕의 길을 통해 권력을 만끽하기 시작했어요. 내 말은 그때 발터가 자신의 중요성을 깨달았다는 뜻이에요. 물론 아빠와 내가 없으면 아무것도 아니었을 테지만. 이제 맥락이 이해돼요?"

울리히는 이 질문엔 그렇다고 대답할 수 있을 것 같았다.

"하지만 내가 하고 싶은 이야기는 이게 아니에요!" 클라리세는 잠시 생각에 잠기더니 다시 말을 이어갔다. "잠깐만요! 우선 나와 루시만 생각해요. 우린 흥미로울 정도로 혼란스러운 관계였어요! 난 사랑에 빠져 온 가족을 파탄에 빠뜨릴 듯한 표정을 짓는 아빠 때문에 걱정이 많았어요. 그러면서도 이 일이 어떻게 흘러갈지 궁금하기도 했죠. 아빠와 루시는 둘 다 완전히 미쳐 있었어요. 물론 루시의 마음속엔 나에 대한 우정과 내가 여전히 순종적으로 아빠라고 불러야 하는 남자에 대한 사랑의 감정이 복잡하게 뒤엉켜 있었죠. 루시는 그 사랑을 적잖이 자랑스러워하면서도 나한테는 무척 미안한 마음을 느끼는 것 같았어요. 아마 그 오래된 성에서 이제껏 그렇게 복잡한 갈등은 없었을 거예요! 루시는 온종일 갈 수 있는 곳이면 어디든 아빠와 함께 돌아다녔고, 밤에는 내가 묵고 있는 성의 탑으로 찾아와 그 사실을 고백했어요. 우리는 거의 밤새 불을 밝히고 이야기를 했죠."

"루시와 당신 아버지가 어디까지 간 것 같아?"

"그건 나도 몰라요. 어쨌든 이런 여름밤을 생각해봐요! 부엉이는 슬피 울고 밤은 신음했어요. 으스스해지면 우린 내 침대에 누워 계속 이야기를 나누었어요. 그러다 이런 결론에 다다랐어요. 아빠처럼 불행한 사랑에 빠진 남자는 결국 자살할 수밖에 없을 거라고. 사실 우린 매일 그런 일이 일어나길 기다렸어요……"

울리히가 말을 끊었다. "내 느낌으론 둘 사이에 그리 많은 일이 일어난 것 같지는 않은데.”

“내 생각도 그래요. 상상할 수 있는 일이 다 일어나지는 않았죠. 그래도 여러 가지 일이 있었어요. 들어봐요. 루시는 갑자기 성을 떠나야 했어요. 루시 아버지가 불시에 나타나 루시를 스페인 여행에 데려갔기 때문이죠. 그때 혼자 남은 아빠가 어땠는지 당신도 한번 봤어야 했는데. 심각했어요. 내 생각에, 엄마를 목 졸라 죽이려고 했던 순간도 몇 번 있었던 것 같아요. 아빠는 접이식 이젤을 안장 뒤에 묶고 아침부터 저녁까지 말을 타고 돌아다녔어요. 그림을 그린 것도 아니면서요. 집에 있을 때도 붓을 잡지 않았어요. 그전에는 기계처럼 그림만 그리던 사람이 말이에요. 당시 아빠는 텅 빈 방에서 펼치지도 않은 책을 앞에 놓은 채 그냥 멍하니 앉아 있을 때가 많았어요. 때로는 몇 시간씩 그렇게 틀어박혀 있다가 일어섰죠. 다른 방이나 정원에서도 마찬가지였어요. 어떤 때는 하루종일 그랬죠. 결국 아빠는 늙은 남자였고, 젊음이 아빠를 궁지에 빠뜨렸어요. 당연한 일 아닌가요?! 지금도 생생해요. 루시와 내가 서로 허리를 두른 채 친밀하게 수다 떠는 모습을 바라보던 아빠의 눈빛이요. 아마 우리 둘의 그런 모습이 아빠의 마음속에 야생의 씨앗을 심어준 게 분명해요. 루시가 밤마다 성탑으로 나를 찾아왔던 것도 알고 있었던 것 같아요. 짧게 말할게요. 한번은 성안의 불이 다 꺼진 밤 열한 시경에 아빠가 갑자기 내 방에 들어왔어요! 어떤 기분이었을 것 같아요?” 클라리세는 이미 자신의 이야기에 격정적으로 빠져 있었다. “상상해봐요. 뭔가 더듬거리며 사그락사그락 계단을 올라오는 소리가 들려요. 그게 뭔지는 정확히 몰랐어요. 그러다가 어느 순간 서투르게 손잡이를 누르는 소리와 함께 모험이 펼쳐지듯 문이 열리는 소리가 들렸어요……"

"왜 도움을 청하지 않았지?"

"그게 이상해요. 난 사실 처음 그 소리를 들었을 때부터 그게 누군지 알았어요. 어쨌든 아빠는 문가에 서서 꼼짝도 안 했어요. 한동안 아무 소리도 안 들렸으니까요. 아마 아빠도 겁을 먹었을 거예요. 이윽고 아빠가 조심스레 문을 닫더니 낮은 소리로 나를 불렀어요. 나는 정신이 아찔했어요. 절대 대답하고 싶지 않았어요. 그런데 이상했어요. 내 몸이 마치 하나의 깊은 방인 것처럼 내 속에서 낑낑거리며 우는 것 같은 신음소리가 흘러나왔어요. 그게 뭔지 알아요?"

"몰라. 계속 얘기해봐!"

"이젠 간단해요. 아빠는 끝 모를 절망감으로 나를 꽉 붙잡았어요. 그러더니 내 침대로 쓰러져 베개 위 내 머리 옆에 머리를 뉘었어요."

"울던가?"

"메마른 경련이라고 할까요? 버림받은 늙은 몸뚱어리였어요! 나는 순간적으로 그걸 알아차렸어요. 그런 순간에 드는 생각을 나중에 표현할 수만 있다면 정말 대단할 것 같은데! 어쨌든 아빠는 놓친 사랑 때문에 세상의 온갖 도덕에 미칠 듯한 분노를 느낀 것 같았어요. 그러니까 칠흑 같은 어둠이었는데도, 갑자기 정신을 차린 아빠가 나를 향한 무자비한 갈망에 사로잡혀 온몸을 부들부들 떠는 것이 느껴졌어요. 이제는 조심성이나 배려 따위는 없을 것 같다는 생각이 들었어요. 처음에 내가 신음소리를 낸 뒤로 방안은 조용했어요. 내 몸은 타들어가듯 말라 있었고, 아빠의 몸은 금방이라도 불이 붙을 종이 같았어요. 몹시 가벼웠죠. 나는 아빠의 팔이 내 몸 아래로 꿈틀꿈틀 내려가다가 어깨에서 떨어져

나가는 것을 느꼈어요. 당신한테 물어보고 싶었어요. 그래서 여기 온 거고요……"

클라리세가 말을 멈췄다.

"뭘? 아직 아무것도 묻지 않았잖아." 울리히는 잠시 뜸을 들여 그녀가 다시 말을 이어가도록 했다.

"맞아요. 그전에 할 얘기가 더 남았어요. 내가 꼼짝 않고 있던 것을 아빠가 동의의 뜻으로 받아들였을 거라고 생각하면 끔찍해요. 난 어쩔 줄 몰라 가만히 누워 있었고, 돌처럼 묵직한 두려움에 짓눌려 있었을 뿐이에요. 거기에 대해선 어떻게 생각하세요?"

"할말이 없어."

"아빠는 한 손으로는 계속 내 얼굴을 어루만졌고, 다른 손으로는 내 몸을 더듬었어요. 파르르 떨면서 별 뜻이 없다는 듯, 가벼운 입맞춤처럼 내 가슴 위를 스치고 지나갔어요. 그러더니 마치 응답을 기다리듯 가만히 있었어요. 그 손이 마지막으로 원했던 건, 아마 당신도 알 거예요. 그와 동시에 아빠의 얼굴이 내 얼굴로 다가왔어요. 순간 나는 마지막 힘을 모아 아빠에게서 벗어나 돌아누웠어요. 그때 평소에는 전혀 알지 못하던 낯선 소리가 다시 내 가슴에서 새어나왔어요. 애원과 신음 중간쯤의 소리였어요. 내 몸엔 검은 메달같이 생긴 반점이 하나 있어요……"

"당신 아버지는 어떻게 했지?" 울리히가 냉정하게 그녀의 말을 잘랐다.

그러나 클라리세는 하던 말을 중단하지 않았다. "여기요!" 그녀는 긴장된 미소를 지으며 옷 사이로 엉덩이 안쪽의 한 지점을 가리켰다. "손이 여기까지 왔죠. 메달 있는 곳까지요. 근데 이 메달에는 신비한 힘이 있거나, 아니면 그런 힘과 특별한 관계가 있나봐요!"

그녀는 돌연 얼굴이 빨개졌다. 그러나 곧 울리히의 침묵으로 냉정을 되찾고 자신을 사로잡았던 생각에서 벗어났다. 그녀는 어색하게 웃더니 재빨리 말을 마무리했다. "아빠요? 아빠는 그 순간 벌떡 몸을 일으켰어요. 표정은 보지 못했지만, 아마 몹시 당황한 표정이었을 거예요. 어쩌면 고마워하는 표정을 지었을지도 모르죠. 마지막 순간에 내가 아빠를 구해줬으니까. 당신도 알 거예요. 한 늙은 남자, 그리고 한 젊은 여자에게 그런 힘이 있다는 걸! 아빠는 문득 내가 이상하게 느껴졌나봐요. 부드럽게 내 손을 잡더니 다른 손으로 내 머리를 두 번 쓰다듬었어요. 그러고는 말없이 나가버렸어요. 자, 우리 아빠를 위해 할 수 있는 일이 있다면 해주실 거죠?! 이 이야기를 꼭 하고 싶었어요."

시내에 올 때만 입는, 몸에 착 달라붙는 드레스를 입은 그녀가 일어나 작별의 뜻으로 손을 내밀었다.

71. 황제 폐하 즉위 칠십 주년 기념행사와 관련해 주요 결정을 내리기 위한 특별위원회가 열리다

클라리세는 라인스도르프 백작에게 편지를 썼던 일과 울리히에게 모스브루거를 구해야 한다고 요구했던 일에 대해서는 한마디도 꺼내지 않았었다. 모든 걸 잊어버린 듯했다. 그건 울리히도 마찬가지였다. 그 역시 시간이 얼마간 지난 뒤에야 그 일들을 다시 기억해낼 수 있었다. 왜냐하면 이제야 드디어 디오티마가 모든 준비를 마치고, "황제 폐하 즉위 칠십 주년 기념행사와 관련해 참여 백성들의 소망을 확인하고 주요 결정을 내리기 위한 공동의 틀" 안에서 "황제 폐하 즉위 칠십 주년 기념행사와 관련해 주요 결정을 내리기 위한 특별위원회"를 소집할 수 있었기 때문이다. 이 위원회의 의장은 그녀가 몸소 맡았다. 초대장은 라인스도르프 백작이 친히 썼고, 투치가 내용을 교정했으며, 아른하임은 최종 승인 전에 교정본을 디오티마에게 넘겨받아 마지막으로 검토했다. 그럼에도 백작이 관심을 보이는 일들은 어느 것 하나 빠지지 않았다. 초대장에는 이렇게 적혀 있었다. "우리는 백성들 사이에서 일어나는 강력한 움직임을 결코 우연에 맡겨서는 안 되고, 멀리 내다보고 전체를 조망할 수 있는 위치, 그러니까 저 위로부터의 영향력이 필요하다는 사실에 모두 의견을 함께하기에 이제 모임을 가지려 합니다." 뒤이어 "칠십 년간 이어진 축복받은 통치를 기리는 매우 드문 축제", "감사하는 마음으로 모인" 백성들, 평화의 황제, 성숙함이 부족한 정치적 상황, 세계적 오스트리아의 해가 언급되었고, 마지막으로 "진정한" 오스트리아 정신이 찬란하게 드러나도록 이 모든 것을 정말 신중하게 추진해나가야 할 "자본과 문화", 즉 재력 있는 자들과 문화적 교양을 갖춘 자들에 대한 호소가 잇따랐다.

초대할 사람들의 명단은 일단 디오티마가 갖고 있는 유명인사 목록에서 예술, 문학, 학문 분야의 인사들을 추려낸 뒤 세심한 검토 끝에 나머지 인원을 보충했다. 그리고 실질적인 활동을 기대한 건 아니지만 이 자리에 참석해도 좋을 사람은 소수만 엄선했다. 그럼에도 초대받은 사람들의 수가 너무 많아 녹색 테이블보를 깐 테이블에서 정식 만찬을 계획하는 것은 불가능했고, 그냥 차가운 음식을 차린 뷔페로 다소 가벼운 형식의 연회를 준비할 수밖에 없었다. 사람들은 형편 닿는 대로 앉거나 서 있었고, 디오티마의 집 곳곳은 마치 햄과 소시지를 얹은 빵과 케이크, 포도주, 리큐어, 차를 차려놓은 정신적인 군 야영지 같았다. 물론 투치 씨가 아내에게 승인해준 특별예산의 한도 안에서 마련된 음식이었다. 덧붙이자면, 투치가 군소리 없이 이 예산을 승인해준 데에는 이런 새롭고 지적인 자리를 처세술의 방편으로 활용하고자 하는 의도가 깔려 있다고 짐작할 수 있다.

이렇게 많은 사람들을 사교적으로 매끄럽게 다루는 것은 디오티마에게 큰 부담이었다. 만일 그녀의 머릿속에서 가장자리까지 넘쳐나는 과일 접시처럼 풍성한 말이 끊임없이 흘러나오지 않았더라면 그녀는 여러모로 곤혹스러웠을지 모른다. 디오티마는 모임의 주인으로서 도착하는 모든 사람에게 일일이 환영 인사를 건넸을 뿐 아니라 손님들의 최신작을 자세히 꿰고 있어 첫 만남에서부터 그들의 마음을 사로잡았다. 물론 그러기 위해서는 철저한 사전 준비가 필요했고, 아른하임이 거기에 결정적인 도움을 주었다. 개인 비서를 디오티마에게 보내 유명 인사들의 저서를 선별하고 주요 내용을 정리하게 한 것이다. 이런 열성이 남긴 놀라운 흔적은 커다란 서재였다. 평행운동 초기에 라인스도르프 백작의 희사금으로 구입한 책들과 디오티마의 소장 도서들로 꾸며진 이 서재는 집기를 모두 치운 방들 가운데 제일 끝 방에 남긴 유일한 장식품이었다. 책꽂이 뒤로 조금씩 보이는 이 방의 꽃무늬 벽지는 이곳이 원래 안주인의 방이었음을 암시했고, 그와 함께 이 방에 기거하는 여인에 대해 좋은 인상을 갖게 했다. 이 서재는 다른 방식으로도 이 집의 안주인에게 유리하게 작용했다. 손님들은 디오티마의 극진한 환영 인사를 받은 뒤 머뭇거리며 이 방 저 방을 돌아다녔는데, 마지막에 이 서재를 보면 누구나 할 것 없이 자연스레 이끌렸다. 이렇게 해서 책꽂이 앞은 항상 꽃 덤불에 모인 벌떼처럼 책을 훑어보는 사람들로 북적거렸다. 그 이유가 서가에 꽂힌 책들에 대한 창작자들의 고상한 호기심에 지나지 않는다 해도, 서재를 구경하다가 그 속에서 자신의 작품을 발견하면 그 달콤한 만족감은 뼛속 깊이 파고들었고, 그것은 애국운동에도 덩달아 긍정적인 영향을 끼쳤다.

디오티마는 처음엔 이 모임의 지적인 방향이 아름다운 자의에 의해 흘러가도록 내버려두었다. 물론 작가들에게는 모든 삶이, 심지어 '크게 보면' 사업조차 근본적으로 내면의 시詩에 뿌리를 두고 있다고 분명히 못박았지만 말이다. 이 이야기에 놀라는 사람은 아무도 없었다. 다만 그런 인사말로 어깨가 으쓱해진 사람들은 대부분 앞으로 평행운동이 잘못된 방향으로 가지 않도록 약 오 분에서 사십오 분 동안 짧게 조언을 하기 위해 이 자리에 초대를 받아 왔다는 확신을 갖고 있었다. 물론 나중에는 무의미하고 그릇된 제안으로 연사들의 조언이 그냥 시간 낭비에 그치기도 했다. 때문에 디오티마는 처음엔 울 것 같은 심정이었고, 그런 내색을 하지 않으려고 안간힘을 썼다. 그녀가 보기에 참석자들의 조언은 공통분모를 찾지 못할 정도로 상이했다. 훌륭한 정신들을 이렇게 한꺼번에 만난 것은 처음이었고, 위대한 남자들이 이렇게 광범한 주제로 한자리에 모인 것도 두 번 다시 성사되기 어려운 일이었다. 그래서 그들의 말은 정돈하기 힘들었고, 공력을 들여 체계적으로 차근차근 정리해나가는 수밖에 없었다. 한편 세상에는 개별 의미와 함께 뭉쳐져 있을 때의 의미가 완전히 다른 일이 많다. 가령 대량의 물은 소량의 물보다 인간에게 즐거움을 덜 준다. 소량일 땐 마시는 물이 되지만, 대량일 땐 사람을 죽이는 물이 되기 때문이다. 독, 오락, 한가함, 피아노 연주, 이상도 마찬가지다. 아니, 어쩌면 세상 만물이 그럴지 모른다. 다시 말해 모든 의미란 그것의 밀도를 비롯해 주변 상황들에 좌우된다. 그 점에서는 천재도 예외가 아니라는 사실을 덧붙여야 한다. 안 그러면 이어지는 이야기 때문에 디오티마에게 헌신적으로 자신을 내맡긴 위대한 인물들을 얕잡아볼 수도 있으니까.

이런 이야기를 하는 이유는 첫 회의에서부터 모든 위대한 인물들이 저 높은 정신의 꼭대기에서 비천한 땅으로 내려와 사람들에게 뭔가를 이해시키려 하자마자 지극히 불안해하는 듯한 인상을 주었기 때문이다. 뛰어난 정신 한 사람과 대화를 나눌 때는 걸출한 말이 흡사 천상의 사건처럼 디오티마를 사로잡다가 차츰 그런 인물이 하나둘 추가되어 다양한 말들이 서로 모순에 빠지면 질서도 없는 고통스러운 상태가 되어버리곤 했다. 비유를 두려워하지 않는 사람이라면 이런 비유도 가능하지 않을까? 즉 그들은 하늘에서는 도도하게 날아다니다가 땅에 내려와서는 뒤뚱거리는 백조가 아닐까? 그들의 이런 면은 좀더 오래 사귀어보면 쉽게 이해가 간다. 오늘날 위대한 정신들은 '쓸모를 알 수 없음'에 근거한다. 그들은 탄생 오십 주년이나 백 주년, 명예박사학위를 받은 한 농업대학의 십 주년 기념식, 혹은 독일의 정신적 자산이 언급되어야 할 이런저런 자리에서 주어지는 존경을 즐긴다. 우리의 역사에는 위대한 남자들이 있었고, 우리는 그들을 감옥이나 군대처럼 하나의 국가기구로 여긴다. 기구가 존재한다면 누군가를 거기에 집어넣어야 한다. 이런 사회적 욕구에 맞추어 사람들은 항상 줄을 서서 대기하는 다음 인물을 자동으로 그 기구에 집어넣고, 수여하고 싶어 안달난 존경을 그에게 바친다. 그러나 이 존경은 진짜가 아니다. 그 근저에는 그런 존경을 받을 만한 사람은 애당초 없다는 일반적인 확신이 똬리를 틀고 있다. 그래서 사람들이 정말 감탄해서 입을 벌리고 있는 것인지, 아니면 하품을 하는 것인지 구별하기란 어렵다. 따라서 오늘날 천재는 더이상 존재하지 않는다는 무언의 전제하에 누군가를 천재라고 부른다면 그것은 죽은 자에 대한 숭배이자, 있어야 할 감정이 없다는 이유로 난리를 치는 히스테릭한 사랑과 비슷한 면이 있다.

이런 상태가 예민한 정신에는 그리 편치 못하다는 것은 충분히 납득이 간다. 그래서 그들은 서로 다른 방식으로 그런 상태를 떨쳐버리려 한다. 혹자는 위대한 정신뿐 아니라 이제는 야성적인 남자나 이지적 소설가, 의기양양한 젊은이, 신세대 지도자에 대한 사회적 수요를 이용해서 부자가 되고, 혹자는 어떤 상황에서도 벗을 생각이 없는, 눈에 보이지 않는 왕관을 쓴 채 삼백 년 혹은 천 년 뒤에나 자신의 창작품이 진가를 인정받을 거라고 씁쓰레하게 장담한다. 그들 모두는 자신들이 시대를 너무 앞서갔다는 이유로 살아 있는 문화가 되지 못하는 상황을 독일 민족의 끔찍한 비극으로 여긴다. 하지만 여기까지는 소위 아름다운 정신들에 대한 이야기였다는 사실이 강조되어야 한다. 개개의 정신이 세계와 맺는 관계에는 매우 주목할 만한 차이가 있기 때문이다. 아름다운 정신은 괴테, 미켈란젤로, 나폴레옹, 루터 같은 방식으로 경탄받기를 바라는 반면에, 마취제같이 정말 중요한 축복을 인류에게 선사한 사람의 이름은 오늘날 거의 누구도 알지 못할 뿐 아니라 가우스, 오

일러, 맥스웰의 삶에서 슈타인 부인*과 같은 존재를 연구하는 사람도 없으며, 라부아지에나 카르다노가 어디서 태어나 어디서 죽었는지 관심을 보이는 사람은 거의 없다. 대신 우리는 그들의 생각과 발명이 마찬가지로 별 관심을 받지 못하는 다른 인물들의 생각과 발명을 통해 계속 발전해나가는 과정을 배우고, 그런 인물들의 불꽃같은 짧은 삶이 오래전에 끝난 뒤에도 다른 성취 속에 계속 살아 숨쉬는 그들의 성취에만 부단히 관심을 보인다. 우리는 인간 태도의 이런 두 가지 방식이 서로 얼마나 명확하게 구분되는지를 인지하는 순간 처음에는 상당히 놀라지만, 곧 반례들을 알게 되면서 그것을 지극히 자연스러운 경계로 받아들인다. 그리고 그것이 사람과 일, 인간적 위대함과 일의 위대함, 혹은 문화와 지식, 인간성과 자연 사이의 경계라는 사실을 오랜 습관으로 안다. 노동과 산업적 천재는 도덕성을 키우지 못한다. 또한 정치인, 영웅, 성자, 가수, 심지어 영화배우의 예에서만 계속 대물림되는 분석될 수 없는 삶의 가르침, 그리고 하늘의 눈 아래 인간으로 존재할 수 있는 힘도 주지 못한다. 특히 각자의 상황에 따라 내면, 피, 심장, 민족, 유럽 혹은 인류의 목소리가 자신에게서 나온다는 것을 믿고 매달리는 시인이라면 누구나 지분이 있다고 느끼는 그 위대하고 비합리적인 힘도 키우지 못한다. 시인은 자신을 비밀스러운 전체의 도구로 여기는 반면에, 다른 이들은 오직 파악 가능한 것만 파고든다. 우리는 비밀스러운 전체를 알아보는 법을 배우기 전에 먼저 그 존재를 믿어야 한다. 우리에게 그런 것이 있다고 보장하는 것은 의심할 바 없이 진리의 목소

* 젊은 시절 괴테가 사랑했던 여인. 괴테의 삶과 작품에 많은 영향을 주었다.

리다. 그런데 그 진리에는 뭔가 특이한 것이 달라붙어 있지 않은가? 사람보다 일에 주목하는 곳에서는 이상하게도 항상 일을 이끌어갈 새로운 사람이 나타나는 반면에, 일보다 사람에 주목하는 곳에서는 일정 수준에 도달하고 나면 거기에 충분한 인물은 더이상 없고 진실로 위대한 것은 과거에나 있다는 감정이 생겨난다!?

디오티마의 집에 모인 사람들은 온전한 전체였고, 한 그릇에 담긴 다수였다. 그들에게 글을 쓰고 사색하는 것은 오리 새끼가 헤엄을 치는 일만큼이나 자연스러웠다. 그들은 그런 일을 직업으로 했고, 실제로 남들보다 훨씬 잘했다. 하지만 그런 게 무슨 소용이 있을까? 그들의 행위는 아름답고 위대하고 독창적이지만, 그런 수많은 독창성은 공동묘지의 분위기나 무상함의 숨결을 모아둔 것 같았다. 명확한 의미와 목적도 없고, 어디서 와서 어디로 가는지도 모른다. 체험에 관한 무수한 기억과 정신이 교차하며 만든 무수한 진동이 그들의 머릿속에 모여 있었다. 그들의 머리는 직물 속에 꽂힌 양탄자 바늘 같았는데, 직물은 머리 주위와 그 앞뒤로 이음새나 가장자리도 없이 펼쳐져 있었다. 그 기억과 진동들은 어느 지점에서 하나의 무늬를 만들어냈다. 다른 곳에서도 비슷하게 반복되지만 그때마다 조금씩 달라지는 무늬를 말이다. 그런데 그런 작은 무늬를 영구히 보존하는 것이 과연 자기 자신을 올바로 사용하는 방법일까?!

디오티마가 이 모든 것을 이해했다고 한다면 그건 너무 과한 표현이겠지만, 그래도 정신의 들판 위로 무덤 같은 바람이 부는 것을 느꼈고, 첫날 회의가 끝을 향해 달려갈수록 실망감도 점점 깊어갔다. 그때 다행히 아른하임이 다른 자리에서 비슷한 문제를 두고 했던 말이 떠올랐다. 이런 모임에 너무 큰 기대를 갖지 말라는 경고였다. 당시에는 잘 이해가 안 갔지만, 지금은 생생하게 가슴에 와닿았다. 아른하임은 지금 여행중이었다. 그런데도 디오티마는 이 기억으로 인해 아른하임 특유의 우수에 찬 분위기에 빠져들었고, 그것이 마지막에 가서는 아름다우면서도 감각적으로 슬프고 우쭐한 만족감을 선사했다. 그녀는 아른하임의 예언을 골똘히 생각하며 스스로에게 물었다. '행동의 인간이 말의 인간을 만나면 늘 뼛속 깊이 느끼게 되는 것이 바로 비관주의 아닐까?!'

72. 수염 뒤에 가려진 과학의 은근한 웃음, 또는 악과의 장황한 첫 만남

웃음에 대해, 그것도 남자들의 웃음에 대해 이제 몇 마디 해야겠다. 남자들의 웃음에는 그런 움직임을 위해 특별히 만들어진 수염이라는 것이 있다. 여기서 남자들이라고 하면 디오티마의 초대에 응하고 유명한 예술가들의 말에 귀를 기울이는 학자들을 말한다. 그들이 히죽 웃고 있다고 해서 그것을 비꼬는 웃음으로 생각해서는 안 된다. 반대로 그것은 앞서 언급한 바 있는 경의와 무지의 표현이다. 하지만 그런 것에 속아서는 안 된다. 그들의 의식 속에서는 그게 맞다. 하지만 요즘 유행하는 개념인 '무의식' 속에서는, 혹은 더 정확히 말하자면, 그들을 총체적으로 진단해보자면 주전자 밑에서 타오르는 불꽃처럼 악으로 기우는 성향이 들끓고 있다.

이는 당연히 역설적인 이야기로 들린다. 만일 오버외스터라이히주의 한 대학교수에게 그의 얼굴에 그런 면이 있다고 이야기하면 그는 아마 자신은 오직 진리와 진보에만 복무할 뿐 나머지에 대해서는 아무것도 모른다고 대꾸할 것이다. 그게 그의 직업 이데올로기이기 때문이다. 물론 직업 이데올로기는 모두 고상한 법이다. 예를 들어 사냥꾼도 자신을 야생동물의 살육자라고 부르지 않고 오히려 사냥 관습에 충실한 동물과 자연의 친구라고 부른다. 장사꾼도 스스로를 정직한 이윤의 원칙을 수호하는 사람이라고 생각할 것이고, 도둑 역시 상업의 신, 즉 각 민족을 국제적으로 연결하는 고결한 메르쿠리우스를 자신의 신이라 부를 것이다. 따라서 사람들이 자기 직업에 대해 갖고 있는 이미지는 그리 믿을 것이 못 된다.

과학이 현재의 모습에 이르게 된 과정을 추적해보는 것은 그 자체로 굉장히 중요하다. 지금은 과학이 지배하는 세상이기 때문이다. 문맹자조차 학술적 용어로 무장한 무수한 것들과 함께 살아가야 하기에 과학에서 자유롭지 못하다. 과학이 어떻게 오늘날의 모습에 이르게 되었는지를 편견 없이 살펴보면 사뭇 다른 그림이 나올 것이다. 믿을 만한 지적 전통에 따르면 과학은 16세기, 즉 정신적 움직임이 무척 활발하던 시대에 시작되었다. 당시 사람들은 그때까지의 이천 년 동안 종교적 철학적 사변이 시도했던 것처럼 자연의 비밀을 꿰뚫어보려 하지 않고, 표면적이라 부를 수밖에 없는 방식으로 자연의 표피를 연구하는 데 만족하기 시작했다. 예를 들어 이때 항상 첫번째로 거론되는 위대한 갈릴레오 갈릴레이는 물질이 왜 허공에 머물러 있는 것을 싫어하고 땅에 닿을 때까지 공간과 공간을 지나 낙하를 계속하느냐 하는 자연의 본질적인 문제 같은 건 제쳐두고, 훨씬 평이한 문제를 확인하는 데 만족했다. 즉 물체가 얼마나 빨리 떨어지는지, 어떤 경로로 떨어지는지, 시간은 얼마나 걸리는지, 가속도는 얼마나 되는지에만 매달린 것이다. 가톨릭교회가 갈릴레이를 바로 죽이지 않고, 처형하겠다는 위협으로 그의 주장을 철회할 것을 강요한 것은 중대한 실수였다. 이후 역사의 시간으로 보면 눈 깜짝할 사이에, 갈릴레이나 그 정신적 동지들의 사물을 관찰하는 방식에서 기차 시간표, 산업용 기계, 생리학적 심리학, 혹은 교회가 감당할 수 없는 현재의 도덕적 타락이 생겨났기 때문이다. 아니, 어쩌면 가톨릭교회는 너무 똑똑해서 그런 실수를 저질렀는지 모른다. 갈릴레이는 낙하법칙과 지구의 자전운동만 발견한 것이 아니라 오늘날 회자되는 것처럼 대자본이 관심을 가질 만한 발명가였기 때문이다. 게다가 당시 새로운 정신에 사로잡힌 사람은 그 혼자만이 아니었다. 역사적 보고에 따르면, 그를 사로잡았던 그 냉철한 사고방식은 마치 들불처럼 강렬한 기세로 널리 퍼져나갔다. 오늘날에는 누군가 그런 냉철한 사고방식을 갖고 있다고 하면 반감이 일기 십상이지만(그런 사고방식이 너무 팽배해서 그렇다) 당시에는 형이상학의 미혹에서 깨어나 사물을 갖가지 증거에 따라 냉정하게 관찰하는 것은 이성적 사유의 도취이자 열정이었을 게 분명하다! 그런데 그 변화의 순간에 인류는 무슨 생각을 했을까? 그 대답은 이렇다. 인류는 어린애가 너무 일찍 걸음마를 시작하려고 할 때와 같이 분별력 있게 행동한다는 것이다. 즉 아이는 땅바닥에 주저앉아, 믿을 만하지만 별로 고상하지는 않은 신체 부위, 즉 사람이 앉을 때 닿는 부위로 땅과 접촉한다. 이때 신기하게도 땅은 엄청나게 수용력이 좋은 것으로 나타나고, 그 접촉이 있고 나서 기적에 가까울 정도로 풍성한 발명, 편리함, 지식이 그 땅에서 나온 것이다.

이런 전사前史에 따르면 오늘날 우리가 처한 현실을 적그리스도의 기적이라고 말하는 것도 전적으로 틀린 얘기는 아니다. 왜냐하면 위에서 사용한 '접촉'이라는 비유는 믿음을 주는 방향으로만 해석되는 것이 아니라 흉물스럽고 금지된 방향으로도 해석될 수 있기 때문이다. 실제로 정신적 인간들이 사실에서 즐거움을 발견하기 전에는 군인, 사냥꾼, 상인, 즉 교활하고 폭력적인 인간들이 사실을 독점하고 있었다. 생존경쟁에서는 어떤 형태의 감상적 사고도 허용되지 않고 오직 적을 가장 간단하고 효과적인 방법으로 죽이려는 욕망만 존재한다. 그런 의미에서 모든 사람은 실증주의자다. 사업 영역에서도 확고한 길로 나아가지 않고 무언가에 속아넘어가는 것은 미덕이 아니다. 결국 이윤이야말로 주변에 들끓는 적을 심리적으로 제압하는 수단이기 때문이다. 다른 한편, 발견을 이끌어내는 특성에는 어떤 것들이 있을까? 전통적인 배려와 심리적 압박으로부터의 해방, 용기, 모험욕과 파괴욕, 도덕적 성찰의 배제, 아무리 작은 이익이라도 끈기 있게 흥정하려는 자세, 필요하다면 목표를 향한 길 위에서 보여야 할 끈질긴 기다림, 모든 모호한 것에 대한 가장 강력한 불신의 표현인 척도와 숫자에 대한 경배가 그런 것들이다. 달리 말해서, 단순히 정신적인 것으로 옮겨지고 미덕으로 해석되었을 뿐 옛 사냥꾼, 군인, 상인의 옛 악덕이나 다를 바 없다. 물론 그런 특성들이 상대적으로 비열하고 사적인 이익 추구와 거리가 멀긴 하지만, 본래적 악의 요소는 그 변화 과정에서도 사라지지 않는다. 그것은 파괴될 수 없고 영원해 보인다. 최소한 인간의 모든 고결함만큼 말이다. 결국 그것은 인간의 고결한 특성들에 발을 걸어 넘어뜨리려는 욕망이기 때문이다. 사실 아름답게 유약을 바른, 꽃이 만발한 꽃병을 보면서 작대기로 후려쳐 단번에 산산조각내고 싶은 악마적 유혹을 느껴보지 못한 사람이 있을까? 그 유혹이 단단히 못질된 것이 아니면, 살면서 아무것도 믿지 못하는 씁쓸한 영웅주의로까지 발전하면 과학의 냉철한 이성주의에 깃든 근본 감정이 된다. 우리가 나름의 존중심으로 그것을 악마라고는 부르지 않더라도 거기엔 불에 탄 말갈기 냄새가 희미하게 들러붙어 있다.

과학적 사고는 심장을 통째로 들어낸 기계적 통계적 물질적 설명을 특히 좋아하는데, 이러한 독특한 선호에서부터 이야기를 시작해보자. 선함을 이기주의의 특수 형태로 여기고, 마음의 움직임을 몸안에서 분비되는 호르몬과 연결하고, 인간 몸의 80~90퍼센트가 물로 이루어져 있다고 확인하고, 그 유명한 도덕적 자유조차 자유무역의 정신적 부산물로 설명하고, 아름다운 외모를 뛰어난 소화 기능과 정연한 지방 조직이 만들어낸 결과로 돌리고, 출산과 자살을 연간 그래프로 표시함으로써 인간의 가장 자유로운 결정조차 미리 프로그램화된 행동인 것처럼 보여주고, 도취와 정신병을 같은 뿌리에서 나온 것으로 보고, 항문과 입을 직장에서 구강까지 이어진 동일한 튜브의 양쪽 말단으로 여기는 것, 이런 모든 종류의 생각들은 이른바 인간 허상의 마술 뒤에 숨은 속임수를 폭로하는데, 완벽하게 과학적으로 인정받기 위해 항상 자신에게 유리한 선입견에 의존한다. 인간이 사랑하는 것은 진리다. 하지만 그 찬란한 사랑 주위에는 환멸에 대한 선호, 강요, 냉혹함, 차가운 위협, 건조한 질책, 악의적인 애착, 혹은 그 비슷한 형태의 무의식적인 감정

발산이 존재한다.

달리 말하자면, 진리의 목소리에는 수상쩍은 잡음이 끼어 있다. 그러나 진리의 가장 가까운 관계자들도 그것을 들으려 하지 않는다. 오늘날의 심리학은 그런 형태의 억눌린 잡음을 다수 알고 있고, 그것의 해로운 작용을 막으려면 그것을 끄집어내 가능한 한 분명하게 밝히라고 충고한다. 그렇다면 우리가 그런 실험을 하고, 인간 혐오적이고 지옥의 개 같은 악의적인 잡음과 진리에 대한 이중적 취향을 솔직하게 드러내고, 확신을 갖고 그 목소리를 우리의 삶에 적용하면 어떻게 될까? 그러면 대략, '정확한 삶의 유토피아'라는 장에서 기술한 바 있는 이상주의의 결핍, 즉 정신적 정복의 강철 같은 전시법에 종속된, 실험과 철회의 태도가 대두할 것이다. 물론 이런 삶의 방식은 꾸려가기도 쉽지 않고 만족스럽지도 않다. 그런 태도는 삶의 가치 있는 것들을 경외의 대상으로 보는 것이 아니라 오히려 내적 진실을 향한 투쟁 과정에서 항상 옮겨가는 경계선 정도로 간주한다. 또한 그런 태도는 세계가 처해 있는 현상태의 성스러움에 의심을 품는다. 원래 회의적이라서가 아니라, 등산할 때 보면 지반을 단단히 밟고 있는 발이 항상 더 낮은 곳에 있는 발이라는 깨달음에 힘입어 그렇게 한다. 아직 현현하지 않은 것 때문에 기존의 가르침을 증오하고, 도래할 형상에 대한 고상한 사랑의 이름으로 법과 가치를 내팽개치는 '전투하는 교회'*의 화염 속에서 악마는 다시 신으로 돌아가는 길을 찾을 것이다. 혹은 좀더 간단히 말해서, 진리

* Ecclesia militans. 예수그리스도가 재림할 때까지 하느님의 나라를 반대하는 세력과 싸워나가는 교회의 모습을 가리킨다. 여기서 전투란 물리적 의미가 아니라 영적인 의미의 전투다.

는 다시 미덕의 형제가 되고, 젊은 질녀가 노처녀 이모를 구박하듯 더 이상 몰래 미덕에 나쁜 짓을 꾸미지 않을 것이다.

젊은이들은 지식의 강의실에서 어느 정도 의식적으로 이런 유의 모든 지식을 쑥쑥 빨아들이고, 거기에 더해 위대하고 건설적인 사유 방식의 요소들도 알게 된다. 그것은 낙하하는 돌이나 선회하는 행성처럼 서로 동떨어진 현상을 연결시키고, 겉으로는 나누어지지 않고 굳건한 통일체로 보이는 것을 의식의 중심에서 생겨나는 단순한 하나의 행위처럼 몇천 년 동안 내적 뿌리가 서로 다른 여러 줄기로 쪼개버리는 사유 방식이다. 그러나 누군가 그렇게 익힌 사유 방식을 특정 전문 영역 밖에서도 적용하려 한다면 삶의 필요는 사고의 필요와 다르다는 것을 곧 깨달을 것이다. 훈련받은 정신에 익숙한 것들과 얼추 정반대되는 일이 일어나는 것이 삶이다. 여기서는 자연스러운 차이와 자연스러운 공통점이 무척 높은 평가를 받는다. 현재 존재하는 것은 무엇이든 간에 어느 정도까지는 자연적인 것으로 여겨지고 쓸데없는 참견을 원치 않는다. 꼭 필요한 변화도 망설이듯, 혹은 흡사 왈츠를 추듯 어지러운 과정 속에서 일어난다. 가령 누군가 순수한 채식주의 정신에서 암소를 보고 '암소 씨'라고 부른다면, 물론 그 사람 입장에서는 '야!'라고 부르는 게 너무 함부로 대하는 것 같아 그렇게 했을 테지만, 남들은 바보라고 나무라거나 정신 나간 인간으로 간주할 것이다. 이유는 분명하다. 인간적으로 훌륭한 동물 사랑이나 채식주의 신념이 문제가 아니라 그런 신념을 현실로 직접 끌어들인 것이 문제였다. 한마디로 정신과 삶 사이에는 복잡한 조정 과정이 존재하는데, 그 과정에서 정신은 기껏해야 자신이 요구한 것의 절반 정도만 인정받을 뿐 나머지 절반에 대해서는 명예

채권자라는 허울좋은 칭호만 받는다.

그런데 최근에 강력한 외형을 갖춘 정신이 앞서 언급했던 것처럼 전사의 악덕과 사냥꾼의 악덕을 두루 갖춘 매우 남성적인 성자라면 이런 추론이 가능하다. 즉 정신 속에 숨겨진 악덕의 성향은 여하튼 그 훌륭한 전체 속에서 발현될 수 없고, 현실과의 접촉을 통해 정화될 기회도 없으며, 때문에 그런 성향이 비생산적인 포로 상태에서 벗어나는, 정말 특이하고 아무런 통제도 없는 길 위에서 우리와 마주칠 수 있다는 것이다. 여기까지의 모든 논의가 그저 상상의 유희인지 아닌지는 쉽게 단정지을 수 없지만, 방금 언급한 마지막 추측만큼은 나름의 근거가 있음을 부인할 수 없다. 요즘은 뭐라 이름 붙이긴 어려우나 적지 않은 사람들이 피부로 느끼는 삶의 분위기가 있다. 무언가 더 나쁜 일이 도래할 것 같고 어디선가 소요가 일 듯한 느낌과 존경하는 모든 것에 대한 불신이 그것이다. 또 이런 사람들도 있다. 젊은이들에게 이상이 없음을 한탄하면서도 정작 자신들이 행동해야 할 순간에는, 이상에 대한 건강한 불신에서 몽둥이로 뜻을 관철하는 사람들이다. 달리 말해서, 이 세상에서 정말 진지하게 받아들여질 만큼 부패와 이기적 타산 같은 저급한 인간적 속성이 조금도 달라붙지 않은 경건한 목적이 과연 있을까? '구속하라' '강요하라' '윽박질러라' '깨진 창문을 두려워하지 마라' '강력한 수단을 강구하라' 같은 말들에는 편안한 신뢰의 냄새가 묻어난다. 아무리 위대한 정신이라도 병영에 집어넣으면 여드레 안에 하사관의 호령에 벌떡 일어서게 되고, 또 소위 한 사람과 병사 여덟만 있으면 세상의 그 어떤 의회도 단숨에 장악할 수 있을 거라는 생각은 나중에야 다음과 같은 모범적 표현을 발견했다. 즉 그 어떤 이상주의자라도 입에 피마자유를 몇 순갈 흘려넣기만 하면 완강하게 굽히지 않던 신조를 쉽게 포기시킬 수 있다는 것이다. 하지만 그 신조들은 비록 분노와 함께 추방되었음에도 이미 오래전부터 섬뜩한 꿈처럼 강력하게 부상할 힘을 갖고 있었다. 이제는 어느 압도적인 인물 앞에 서게 되면, 설령 절세의 미라고 하더라도 그것과 마주선 사람들의 두번째 생각은 이러하다. '넌 날 속이지 못해! 내가 네 코를 납작하게 해주겠어!' 이처럼 사냥개에게 쫓길 뿐 아니라 사냥개로 거칠게 몰아대기까지 하는 시대의 전형적인 성격인 이런 얕잡아보는 태도는 삶을 고결한 것과 거친 것으로 나누는 자연스러운 태도와는 거리가 멀다. 오히려 그것은 정신의 자학이자, 선을 업신여기고 놀랄 정도로 쉽게 파괴하는 광경에 대한 형언할 수 없는 욕망에 가깝다. 또한 스스로를 속이려는 강렬한 욕망과도 비슷하다. 어쩌면 이 시대를 엉덩이부터 세상에 나와 창조주가 반대로 돌려놓아야 할 시대라고 믿는 것이 일말의 위안이 될지 모른다.

그러니까 이런 종류의 많은 것들이 남자의 웃음으로 표현된다. 비록 스스로는 그것을 전혀 인지하거나 의식하지 못하더라도 말이다. 이 집에 초대받은 유명한 전문가들이 디오티마의 칭찬할 만한 노력을 순순히 받아들이면서 짓는 웃음이 그랬다. 그 웃음은 아직 어디로 향해야 할지 정확히 모르는 다리의 근질거림에서부터 시작해 얼굴에 호의적인 놀라움으로 자리잡았다. 그들은 아는 사람이나 가까운 동료를 만나 말을 걸 수 있으면 기뻐했다. 나중에 집에 가려고 문을 나서면 시험삼아 발로 땅을 몇 번 쿵쿵 굴러볼 것 같은 느낌도 들었다. 그러나 이 모임은 전체적으로 훌륭했다. 물론 이런 보편적인 시도들이 제대로 된 결실을 맺는 일은 거의 없었다. 지극히 보편적이고 고결한 모든 관념이 그렇듯이 말이다. 간단한 예로 '개'의 표상을 떠올려보라. 뭐가 떠오르는가? 머릿속에 떠오르는 것은 특정한 개의 모습과 개의 부분적 특성뿐이다. 그러니 애국주의나 숭고한 조국애의 이상 같은 건 두말할 필요도 없다. 그러나 그런 보편적인 시도에 결실은 없어도 의미는 있고, 때로 그런 의미를 일깨우는 것은 바람직하다. 대부분의 사람은 그렇게 이야기를 나누었다. 물론 무의식의 침묵 속에서 대화를 나누는 일이 더 많았지만. 그런데 여전히 접견실 입구에 서서 늦게 도착한 사람들에게 환영 인사를 하던 디오티마는 주변에서 어렴풋이 들려오는 활발한 대화에 깜짝 놀랐다. 잘못 들은 것이 아니라면 그들은 보헤미안 맥주와 바이에른 맥주의 차이점이나 출판 저작권료에 대해 의견을 주고받고 있었던 것이다.

그녀가 이 모임을 거리에서 볼 수 없었던 것은 안타까운 일이었다. 거리에서 본 이 모임은 무척 근사했다. 높지막한 창문의 커튼 사이로 불빛이 새어나왔는데, 그 광채는 대기하는 차량들에서 나오는 권위와 품위의 빛으로 배가되었고, 길을 가다 멈춰 서서 한동안 자신이 왜 그러는지 이유도 모른 채 그냥 입을 쩍 벌리고 회의장을 올려다보는 행인들의 눈빛으로 더욱 증폭되었다. 디오티마가 이 모습을 보았더라면 무척 기뻐했을 것이다. 사람들은 줄곧 이 축제의 공간이 거리 쪽으로 내뿜는 불빛 속에 서 있었고, 그들의 등뒤로 어둠이 점점 짙어졌다. 약간 떨어진 곳에서부터 한 치 앞도 보이지 않는 어둠이.

73. 레오 피셸의 딸 게르다

이런 분망한 활동 때문에 울리히는 오랫동안 피셸 이사의 집을 방문하겠다던 약속을 지킬 시간이 없었다. 정확히 말하자면, 예기치 않은 일이 생기기 전까지는 그랬다. 클레멘티네 피셸 부인이 찾아오겠다고 한 것이다.

그녀는 전화로 연락했고, 울리히는 기다리는 내내 걱정이 없지 않았다. 삼 년 전 이 도시에 몇 개월 머무를 때 그는 그녀의 집에 자주 들락거렸다. 하지만 이번에는 한 번밖에 찾지 않았다. 과거의 연애 감정을 괜히 들추고 싶지 않았을 뿐 아니라 클레멘티네 부인이 어머니의 심정으로 토로할 실망감이 두려웠기 때문이다. 부인은 너그럽고 고결한 사람이었다. 하지만 매일 남편과 사소한 부부싸움을 할 때는 그런 고결함이 드러날 기회가 별로 없었고, 특별한 상황에서만 드물게 그런 고결한 성품을 드러내는 것은 안타까운 일이다. 어쨌든 이 마른 부인은 엄숙하면서도 약간 근심어린 표정으로 울리히 맞은편에 앉아 둘이서만 이야기를 나눌 수 있겠느냐고 부탁하면서 약간 어색한 기색을 감추지 못했다. 어차피 둘밖에 없는 자리였는데도. 그녀는 게르다가 유일하게 울리히의 말은 들을 거라고 하면서, 그렇다고 이런 부탁을 오해하지는 말아 달라고 덧붙였다.

울리히는 피셸 집의 사정을 잘 알고 있었다. 부모는 하루가 멀다 하고 전쟁을 치렀고, 벌써 스물세 살이 된 그 집 딸은 이상한 애들과 몰려다녔다. 그애들은 뿌드득뿌드득 이를 가는 레오의 의사와는 상관없이 그를 자신들이 추종하는 '신新정신'의 후원자로 삼았다. 어디에도 그의 집만큼 편안하게 모일 수 있는 곳은 없었기 때문이다. 클레멘티네 부인은 이렇게 설명했다. 신경과민에 빈혈까지 있는 게르다는 그 젊은 애들을 못 만나게 하면 미친듯이 화를 낸다. 그애들은 예의라고는 모르는 우둔한 녀석들이다. 걔들이 보란듯이 과시하고 다니는 신비스러운 반유대주의는 인간에 대한 예의가 없을 뿐 아니라 내면의 야만성을 그대로 드러내는 신호다. 물론 그녀도 더는 반유대주의를 개탄만 하지는 않는다. 그것은 이미 시대의 현상이 되었기 때문이다. 그래서 이제는 체념하고 산다. 심지어 어떤 점에서는 반유대주의에도 이해할 만한 구석이 있다고도 했다. 그녀는 이 대목에서 잠시 말을 멈추었다. 아마 베일을 쓰고 있지 않았더라면 손수건으로 눈물을 훔쳤을 것이다. 그러나 곧 눈물을 그쳤고, 쓸데가 없어진 하얀 손수건을 손가방에서 꺼내 가만히 쥐고만 있었다.

"당신도 알다시피 게르다는 예쁘고 재능 있는 애예요. 다만……" 부인이 말했다.

"좀 반항적이죠." 울리히가 보충했다.

"그래요, 어떻게 된 애가 항상 극단적이에요."

"아직도 독일 민족주의에 빠져 있나요?"

클레멘티네는 부모의 심정을 이야기하면서, 조금 비장하게 이 방문을 "어미로서 어렵게 뗀 발걸음"이라고 했다. 물론 울리히가 평행운동에서 크게 출세한 뒤로 그를 다시 자신의 집과 연결시키려는 부수적 목적도 있었다. 그녀가 말을 이어갔다. "다 내 탓이에요. 남편은 계속 반대했는데도 지난 몇 년간 그런 애들과 어울리도록 부추긴 게 나거든요. 난 정말 아무것도 몰랐어요. 자기들 나름대로 이상주의를 꿈꾸는 아이들이라고만 생각했어요. 선입견에 얽매이지 않은 사람이라면 상처가 되는 이야기도 참을 수 있어야 한다고 믿었고요. 하지만 내 남편이 어떤 사람인지 당신도 알겠지만, 레오는 반유대주의 이야기만 나오면 길길이 날뛰어요. 그게 그냥 신비스럽고 상징적인 의미에 불과한지 아닌지 따지지도 않고요."

"독일 사람 같은 금발에 영혼이 자유로운 게르다는 당연히 그런 문제를 인정하려 들지 않겠죠?" 울리히가 거들었다.

"그 점에서는 꼭 젊은 시절의 나를 보는 것 같아요. 그나저나 당신 생각은 어때요? 한스 제프에게 미래가 있을 것 같나요?"

"게르다가 그 친구와 약혼했나요?" 울리히가 조심스레 물었다.

"한스는 가족을 먹여 살릴 능력이 조금도 없는 아이예요!" 클레멘티네가 한숨을 지었다. "그러니 약혼은 말해 뭐하겠어요? 남편이 그 아이를 우리집에 발도 못 붙이게 하자 게르다는 삼 주 동안 거의 아무것도 안 먹어 뼈밖에 남지 않았어요." 그녀는 갑자기 화가 나는지 목소리를 높였다. "꼭 최면에 걸린 것 같아요, 영혼이 감염된 것처럼요! 정말이에요, 게르다는 가끔 내 눈에는 최면에 걸린 사람 같아요! 남자애는 우리집에서 쉴새없이 자신의 세계관에 대해 설명하고, 게르다는 그 속에 자기 부모에 대한 모독이 숨어 있는 것을 알아채지 못해요. 평소에는 그렇게 착하고 따뜻한 애가 말이에요. 내가 뭐라고 그러면 딸애는 엄마가 구닥다리라서 그렇대요. 내 생각에, 그애가 귀기울일 사람은 당신뿐이에요. 남편도 당신을 높이 평가하고요! 언제 한번 시간 내서 우리집에 들러, 한스나 그 패거리가 얼마나 한심한지 게르다한테 알려줄 수 없겠어요?"

클레멘티네의 말은 타당했다. 게다가 무척 간절하게 이야기하는 것으로 봐선 정말 심각한 고민인 듯했다. 특히 이 문제만큼은 평소의 불화에도 불구하고 남편과 철저하게 한마음인 것 같았다. 울리히의 눈썹이 걱정스레 치켜올라갔다.

"게르다가 나보고도 구닥다리라고 하지 않을까 염려됩니다. 요즘 젊은 친구들은 나이든 사람의 말을 듣지 않거든요. 그게 젊은 애들의 원칙이죠."

"요즘 사람들 입에 많이 오르내리는 그 위대한 운동 안에 혹시 게르다 자리를 아무거나 하나 만들 수 있으면 걔도 생각이 빨리 바뀌지 않을까 싶어요." 클레멘티네가 제안했다. 울리히는 빠른 시간 안에 찾아뵙겠다고 약속하면서도 평행운동이 그렇게 사람의 생각을 바꿀 수 있을 정도로 성숙되지는 않았다고 설명했다.

며칠 뒤 게르다는 집으로 들어오는 울리히를 보고 볼이 빨개졌지만 그래도 악수는 힘차게 했다. 그녀는 시대의 보편적 이념이 원하면 당장 버스 차장이라도 하겠다고 나설 만큼 목표 의식이 뚜렷한 신세대 아가씨였다.

집에 게르다만 있을 거라는 그의 예상은 틀리지 않았다. 이 시간쯤이면 부인은 대개 장을 보러 갔고, 바깥주인은 아직 퇴근할 시간이 아니었다. 울리히는 방안에 첫발을 내딛는 순간 마치 과거로 돌아간 듯한 착각이 들 정도로 둘이 함께한 과거의 어떤 하루가 또렷이 기억났다. 한 해가 시작되고 몇 주가 지났고, 계절은 봄이었지만, 간혹 여름 같은 불볕더위가 찾아와 아직 더위에 단련되지 않은 사람들을 힘들게 하던 나날 중 하나였다. 당시 게르다의 얼굴은 상하고 말라 보였다. 흰 옷을 입고 있었는데, 풀밭 위에서 바짝 말린 흰색 아마포 같은 냄새가 났다. 방마다 차양이 쳐져 있었고, 온 집이 반항적인 어스름과 열기의 화살로 가득차 있었으며, 그 화살들은 잿빛 장애물에 부딪혀 촉이 부러졌다. 울리히는 게르다의 몸이 마치 입고 있는 옷처럼 갓 세탁한 아마천으로 만들어진 것 같다고 느꼈다. 그것은 철저히 사물적인 감정이어서 그는 애욕의 충동을 조금도 느끼지 않으면서 그녀의 옷을 한 꺼풀 한 꺼풀 벗길 수 있을 것 같았다. 그런 감정이 지금 다시 찾아들었다. 그것은 겉으로는 아주 자연스럽지만 목적 없는 친밀성이었다. 둘 다 그것을 두려워했다.

"왜 그렇게 오랫동안 오지 않았어요?" 게르다가 물었다.

울리히는 단도직입적으로 대답했다. 결혼이라는 전제 없이 그렇게 내밀한 관계를 계속 유지하는 건 그녀의 부모가 원치 않는 것 같다고.

"참, 엄마도." 게르다가 말했다. "엄마는 웃기는 사람이에요. 결혼을 생각하지 않는다고 친구가 될 수 없는 건 아니잖아요?! 아빠는 당신이 좀더 자주 찾아오길 바라고 있어요. 참, 그 대단한 운동에서 뭔가 중요한 일을 맡았다면서요?"

그녀는 기성세대의 꽉 막힌 사고에 대해 솔직하게 털어놓았다. 그들 둘은 그 반대진영에 서 있다고 확신한다는 듯이.

"그래, 자주 올게." 울리히가 대답했다. "그런데 게르다, 앞으로 우리 관계가 어떻게 될지 말해줄 수 있겠어?"

문제는 두 사람이 서로 사랑하지 않는다는 사실이었다. 이전에는 자주 테니스를 쳤고, 이런저런 모임에서 만나거나 산책을 했으며, 서로에게 관심도 있었다. 그래서 본인들도 모르는 사이에 좋게 포장한 모습만 보여주는 단계를 넘어 자신들의 감정적 혼란까지 드러내는 사이가 되었다. 그들은 부지불식중에 오랫동안 사랑했으면서 더는 사랑하지 않는 남녀처럼 친숙했다. 물론 사랑은 허용하지 않았다. 그들은 항상 언쟁을 벌였기에 남의 눈에는 서로 좋아하지 않는 사이처럼 비쳤다. 하지만 그런 언쟁은 둘 사이의 장애물인 동시에 서로를 묶는 연결고리이기도 했다. 둘 사이가 활활 타오르기 위해서는 작은 불티만 있으면 된다는 사실을 둘 다 잘 알고 있었다. 아마 나이 차이가 더 적었더라면, 혹은 게르다가 유부녀였다면 기회를 봐서 도둑이 되었거나, 최소한 그 도둑질에서 부수적으로 어떤 열정이 나타났을지 모른다. 우리는 말을 하다가 적당한 몸짓이 곁들여지면 사랑이나 분노에 빠지기 때문이다. 그러나 그들은 바로 그 점을 알기에 그렇게 하지 않았다. 게르다는 처녀로 남았고, 그런 상황에 화가 치밀었다.

그녀는 울리히의 질문에 대답하지 않고 뭔가 할일이 있는 사람처럼 방안에서 부산스럽게 움직였다. 그러다 어느 순간 갑자기 그가 옆에 와서 있었다. 분별없는 행동이었다. 그런 상황에서 아가씨 바로 옆에 서서 어떤 문제에 대해 이야기하는 것은 적절치 않았다. 두 사람은 장애물을 피해 들판 사이로 졸졸 흘러가는 개천처럼 저항이 가장 적은 길을 따라갔다. 울리히는 게르다의 허리에 팔을 둘렀고, 가터벨트에서 스타킹 쪽으로 내려가는 안쪽 밴드에 손가락 끝이 닿았다. 그는 땀방울이 맺힌 게르다의 당황한 얼굴로 고개를 돌려 입맞춤을 했다. 그렇게 두 사람은 떨어진 것도 아니고 하나로 붙은 것도 아닌 상태로 얼마간 서 있었다. 울리히는 손가락 끝으로 가터벨트의 넓은 고무 밴드를 잡고 허벅지 안쪽으로 몇 번 가볍게 튕겼다. 그러고는 그녀의 몸에서 떨어져 어깨를 으쓱하더니 아까 했던 질문을 반복했다. "우리 관계는 어떻게 될까?"

게르다는 흥분을 누르려고 애쓰며 말했다. "꼭 무슨 관계가 되어야 해요?!"

그녀는 종을 울려 다과를 가져오게 했다. 이로써 집에 다시 움직임이 일었다.

"한스에 대해 이야기해줘!" 자리에 앉은 두 사람에게 새로운 대화가 필요해졌을 때 울리히가 부드럽게 부탁했다. 그러나 아직 평정심을 완전히 되찾지 못한 게르다는 선뜻 대답하지 못하다가 잠시 후 입을 열었다. "당신은 자부심이 강한 사람이어서 우리 같은 젊은 사람을 이해하지 못해요!"

"겁주지 마!" 울리히가 말을 돌렸다. "게르다, 난 이제 과학을 그만둘 생각이야. 그러니까 새 세대로 넘어가는 중이라고 할 수 있지. 내가 지식이란 광적인 소유욕이자, 천박한 축약 충동이자, 자본주의의 오만한 정신일 뿐이라고 맹세한다면 날 믿어주겠어? 내 속에는 네가 생각하는 것보다 많은 감정이 있어. 하지만 단순한 말뿐인 이야기를 늘어놓고 싶지는 않아!"

"당신은 한스를 더 잘 알 필요가 있어요." 게르다가 힘없이 대답하더니 갑자기 격해져서 이렇게 덧붙였다. "어쨌든 아무 이기심 없이 다른 사람들과 한 공동체로 녹아들 수 있다는 생각을 당신은 도저히 이해 못할 거예요!"

"한스가 아직도 자주 와?" 울리히는 신중하게 접근했다. 게르다가 어깨를 으쓱했다.

그녀의 영리한 부모는 한스 제프가 집에 오는 것을 완전히 금지하지 않고 한 달에 몇 번은 용인했다. 대신, 미래가 불투명한 별 볼 일 없는 대학생 한스는 앞으로 게르다에게 육체적으로 어떤 온당치 못한 짓도 하지 않고, 독일 신비주의와 관련된 행위도 선동하지 않겠다고 맹세해야 했다. 그로써 그녀의 부모는 금단의 주문을 빼앗았다고 생각했다. 한스 역시 순결성 속에서(왜냐하면 오로지 관능성만이 소유를 원하고, 그건 유대적-자본주의적이라고 생각했기 때문이다) 게르다 부모의 요구대로 차분하게 맹세했다. 물론 이 맹세를, 앞으로 몰래 이 집을 드나들거나 뜨거운 대화를 나누거나, 감격적으로 손을 잡거나, 심지어 키스하는 것까지 포기하라는 뜻으로 이해하지는 않았다. 이런 건 모두 친밀한 남녀 영혼의 자연스러운 삶이었다. 다만 자신이 아직 이론적으로만 추진하고 있는 무교회 무정부적 동맹의 선전만을 포기하라는 뜻으로 받아들였다. 그는 자신의 원칙을 실행에 옮길 만큼 자신과 게르다가 정신적으로 충분히 성숙하지 않은데다, 신념에 따라 저급한 본성의 속삭임에 빗장을 쳐야 한다고 생각했던 터라 한결 쉽게 그런 맹세를 할 수 있었다.

그러나 이 두 청춘 남녀는 자신들 고유의 내적 경계를 스스로 발견하기 전에 외부에서 경계를 그어주는 강요가 당연히 괴로웠다. 특히 게르다는 자신에 대한 확신이 그렇게 부족하지 않았으면 부모의 이런 간섭을 결코 받아들이지 않았을 것이다. 그랬기에 외적 강요는 더더욱 쓰라리게 느껴졌다. 그녀는 한스를 그렇게 많이 사랑하지는 않았다. 그런데도 그에게 그토록 집착한 것은 부모에 대한 반감 때문이었다. 만일 게르다가 몇 년 늦게 태어났더라면 아버지는 이 도시의 부호가 되었을

지 모른다. 특별히 존경받는 사람은 아니더라도 말이다. 어머니도 그런 남편을 다시 우러러보았을 것이다. 게르다가 부모의 다툼을 자기 속의 불화로 느끼는 상황이 오기 전에 말이다. 그랬다면 그녀는 아마 혼혈로 태어난 것을 자랑스럽게 여겼을 것이다. 하지만 현실은 그렇지 않았다. 그녀는 부모와 그들의 삶에 반기를 들었고, 그들에게 물려받은 피로 고통받고 싶지 않았다. 그래서 그들과는 아무 관련이 없는 사람처럼 금발에다 자유롭고 강건한 독일 아가씨로 살고 싶었다. 그러나 그렇게 사는 것이 겉으로는 보기 좋을지 몰라도 속으로는 단점이 있었다. 그녀의 내면을 갉아먹는 벌레를 양지로 끌어낼 수 없었던 것이다. 그녀의 집에서는 민족주의와 인종주의가 이 세상에 존재하지 않는 것처럼 다루어졌다. 그런 이데올로기가 발작적인 사고 속에서 유럽의 절반을 휩쓸고 피셸의 집 지붕 아래서도 모든 것을 좌지우지했는데도 말이다. 게르다는 그것을, 외부에서 암시와 과장의 형태로 그녀의 가슴속을 파고든 음험한 소문으로 알고 있었다. 평소 사람들 사이에서 화제가 되는 것이라면 열렬히 관심을 보이던 부모도 이 일만큼은 특별한 예외로 삼았다. 게르다는 부모의 이런 태도 속에 내재한 모순을 일찌감치 알아차렸다. 특히 미성숙한 청소년기에는 이런 유령 같은 문제에 대해 명확하고 객관적인 판단을 내릴 수 없기에 집에서 느끼는 모든 불쾌하고 소름 끼치는 일을 이 문제와 연결시켰다.

어느 날 그녀는 한스 제프가 속한 기독교-독일 청년 모임을 알게 되었고, 갑자기 그곳이 자신의 진정한 고향처럼 느껴졌다. 그 청년들이 신봉하는 것이 무엇인지는 말하기 어렵다. 다만 그 모임은 인본주의적 이상이 붕괴된 이후 독일 젊은이들이 떼 지어 몰려간, 뭐라 정확히 정의 내릴 수 없는 '자유로운 정신'을 표방하는 수많은 작은 분파들 가운데 하나였다. 그들은 인종적인 측면의 반유대주의가 아니라 '유대 정신'의 반대자였는데, 그들이 이해하는 유대 정신으로는 자본주의, 사회주의, 과학, 이성, 부모의 권위와 월권, 계산, 심리학, 회의주의가 있었다. 그들의 핵심 교리는 '상징'이었다. 울리히가 파악하는 한, 그리고 그런 것들에 대해 얼마라도 알고 있는 한 그들이 말하는 상징은 은총의 위대한 형상물이었다. 풀이하자면, "삶의 혼돈과 왜소함"(한스 제프의 표현이다)을 뚜렷이 드러내주고, 감각의 소음을 억누르고, 머리를 피안의 강물에 담그게 하는 은총의 형상물들이다. 그들은 이젠하임의 제단화와 이집트의 피라미드, 노발리스를 상징이라 불렀고, 베토벤과 슈테판 게오르게를 상징에 근접한 인물로 보았다. 물론 객관적으로 상징이 무엇인지 말하지는 못했다. 이유는 다음과 같다. 첫째, 상징은 객관적인 말로 표현할 수 없고, 둘째, 아리아인은 객관적이 되어서는 안 되기에 지난 세기에 단지 상징의 근사치에만 도달할 수 있었고, 셋째, 수세기 동안 은총의 초월적 순간이 초월적 인간 속에서 나타난 일은 드물었기 때문이다.

영민한 처자였던 게르다는 이런 과장된 가치관에 대해 속으로 적잖이 불신을 품고 있었지만, 부모에게서 물려받은 이성적 유전자와 관련 있어 보이는 이 불신 자체를 불신하기도 했다. 그녀는 아무리 부모와 상관없는 독립적 존재처럼 굴어도 부모의 뜻을 거역하려는 자신의 행동에 불안을 느끼지 않을 수 없었을 뿐 아니라 자기 핏속의 유전적 소인이 한스의 생각을 따르는 것을 방해할 거라는 두려움에 몸서리치기도 했다. 그녀는 이른바 좋은 집안의 도덕적 금기에 반발심이 일었고,

부모라는 이름으로 자식의 내밀한 곳까지 서슴없이 치고 들어오는 부모의 질식할 듯한 간섭과 월권에 거부감이 들었다. 반면에 엄마의 말마따나 "가문이라고 할 만한 게" 없는 집안 출신의 한스는 그런 고통이 훨씬 적었다. 그는 서클 동지들 사이에서 게르다의 '영혼적 안내자'로 인정받았고, 동갑의 여자친구와 격정적으로 대화했으며, 중간중간에 키스를 하며 이어가는 장광설로 그녀를 '절대성의 세계'로 끌어들이려 애썼다. 하지만 실제로 자신은 피셸 집안의 조건부적인 상황과 교묘하게 타협할 줄 알았다. '신념'이라는 이름으로 그것을 거부하는 것이 허락된다면 말이다. 물론 그런 거부적 태도는 늘 레오와 충돌을 일으킬 수밖에 없었다.

잠시 후 울리히가 다시 말문을 열었다. "게르다, 네 친구들은 네 아버지를 갖고 너를 괴롭히고 있어. 내가 아는 가장 끔찍한 협박범들이야!"

게르다의 얼굴은 처음엔 하얗게 질리는가 싶더니 이내 붉어졌다. "이제 보니 당신은 젊지 않군요. 우리와 생각하는 게 달라요!" 그녀는 자신의 말이 울리히의 자부심에 찬물을 끼얹은 것 같아 화해의 뜻으로 이렇게 덧붙였다. "어차피 난 사랑에서 많은 것을 기대하지 않아요. 어쩌면 당신 말대로 한스와 함께 보내는 시간이 낭비일지 몰라요. 체념해야 하는 일이 생길지도 모르고, 앞으로 내 생각과 감정, 일, 꿈속 깊은 곳에 잠들어 있는 영혼의 내밀한 부분까지 털어놓을 만큼 좋아하는 사람이 안 생길지도 몰라요. 하지만 그것도 이제 그렇게 끔찍하게 느껴지지 않아요!"

"그 친구들과 이야기를 하더니 나이에 어울리지 않는 소리를 하는군, 게르다!" 울리히가 그녀의 말을 잘랐다.

게르다는 격분해서 소리쳤다. "내 친구들과 얘기하면 생각이 한 사람에서 다른 사람으로 옮겨가요! 우린 민족으로서 살아가고 민족 속에서 말해요. 당신이 그걸 알기나 해요? 우리는 무수한 동포들 사이에서 살고 그들의 존재를 느껴요. 감각적 육체적 방식으로요. 당신도 분명, 아니 당신은 생각지도 못하는 방식일 거예요. 당신에게 중요한 건 개체로서의 인간 하나뿐이니까요. 당신은 맹수처럼 생각하는 사람이에요!"

왜 맹수 같다고 하는 것일까? 허공에 떠 있는 것 같은 그 말엔 속마음이 묻어났고, 그녀조차 터무니없는 말이라고 생각했다. 두려움으로 치켜뜬 그녀의 두 눈에 부끄러움이 묻어났다.

"그 말엔 딱히 할말이 없군." 울리히가 부드럽게 말했다. "주제를 바꿔서 다른 이야기를 하나 해보지. 그 얘기 아나?" 그가 그녀의 손목을 잡아 자기 쪽으로 바짝 당겼다. 그녀의 손목은 마치 산의 암벽에 가려 보이지 않는 아이 같았다. "달을 붙잡은 흥미로운 얘기. 혹시 들어봤어? 옛날에는 우리의 지구에 달이 여러 개 있었다는 거. 많은 이들이 신봉하는 한 이론에 따르면, 그 달들은 우리 생각과는 달리 지구처럼 다 식은 별이 아니라 우주를 빠르게 질주하는 커다란 얼음 공이었는데, 너무 가깝게 접근하는 바람에 지구에 잡혀버리고 말았어. 우리의 달이 마지막 남은 공이지. 한번 볼까!" 게르다는 울리히를 따라 창가로 가서 여름 하늘에 떠 있는 창백한 달을 올려다보았다. "어때? 얼음 원반 같지 않아?" 울리히가 물었다. "저건 빛이 아냐! 혹시 우리의 마지막 저 달이 어째서 항상 똑같은 얼굴로 우리를 바라보고 있는지 생각해봤어? 더이상 자전하지 않기 때문이지. 지구에 꽉 잡혀 있다는 말이야! 과거 언젠가 지구의 세력권 안에 들어왔을 때 달은 지구를 선회했고, 지구는 달을 계속 자기 쪽으로 조금씩 끌어당겼어. 나사를 죄는 듯한 그런 끌어당김은 수십만 년에 걸쳐 일어나는 일이라 우리는 그걸 느끼지 못해. 하지만 지금도 끌어당기고 있는 건 부인할 수 없는 사실이야. 지구의 역사에서 아주 오래전에 있었던 일이지만, 저 달 이전의 달들은 지구에 아주 가까이 끌려와서 엄청난 속도로 지구 주위를 쌩쌩 돌았어. 그때 무슨 일이 있었을까? 아마 오늘날의 저 달이 밀물 때 바닷물을 1미터에서 2미터 높이로 잡아끌듯 그 이전의 달들도 지구를 비틀거리며 돌면서 산 높이만큼 물과 흙을 잡아당겼을 거야. 그렇게 미쳐 날뛰는 지구에서 살아야 했던 사람들의 공포가 어땠을지 오늘의 우리는 상상조차 할 수 없을 거야……"

"당시에도 지구에 사람이 있었을까요?" 게르다가 물었다.

"물론이지. 얼음달은 마지막에 산산이 부서져 사나운 비처럼 지구에 와르르 쏟아졌고, 달이 돌면서 산더미 같은 높이로 끌어당겼던 바다도 풀썩 떨어져 엄청난 파도를 일으키며 전 지구를 뒤덮어버렸어. 지구 위에 다시 고르게 흩어져 평평해질 때까지 말이야. 그게 바로 온 세상을 뒤덮었다는 지구의 대홍수야! 인간들이 실제로 겪은 일이 아니라면 온갖 전설이 한목소리로 그런 홍수 이야기를 할 수 있을까? 우린 달이 아직 하나 더 남았기 때문에 아마 수천 년 뒤엔 그런 일이 또 한번 생길 거야. 참 특이한 생각이지……"

게르다는 숨을 죽인 채 창밖의 달을 바라보았다. 그녀의 손은 여전히 그의 손에 붙들려 있었다. 달이 하늘에 창백하고 더러운 얼룩처럼 걸려 있었다. 우주의 저 환상적 모험(그녀는 어쩐지 자신이 이 모험의 희생자인 것 같았다)에 소박한 일상의 진실성을 부여하는 것이 바로 저 볼품없는 달의 존재였다.

"이 이야기는 사실이 아냐." 울리히가 말했다. "전문가들은 정신 나간 이론이라고 부르지. 현실에서 달은 지구에 더는 가까이 다가오지 않고, 내 기억이 정확하다면 우리가 일반적으로 아는 궤도보다 32킬로미터나 더 떨어져 있어."

"이런 이야기를 왜 나한테 하는 거죠?" 게르다는 붙잡힌 손을 빼려고 했지만, 저항하려는 의지는 곧 힘을 잃고 말았다. 한스보다 어리석지 않고, 견해에 과장이 없고, 손톱을 깨끗이 다듬고 머리도 단정하게 빗은 이 남자와 이야기할 때면 늘 그랬다. 울리히는 모순처럼 금빛 피부를 뚫고 올라와 있는 게르다의 가늘고 검은 솜털을 물끄러미 살펴보았다. 오늘날의 불쌍하고 다양한 인간 군상이 작은 털이 되어 그녀의 몸속에서 움튼 것 같았다. "그건 나도 몰라." 그가 대답했다. "내가 다시 오는 게 좋을까?"

게르다는 풀려난 손의 흥분을 이리저리 만지작거리는 작은 물건들에 흩어놓았다. 대답은 하지 않았다.

"곧 다시 오지." 울리히가 약속했다. 여기 오기 전까지는 생각지도 않은 일이었다.

74. 기원전 4세기 대 1797년. 울리히가 다시 아버지의 편지를 받다

디오티마 집에서의 회합이 대성공을 거두었다는 소문은 빠르게 퍼져나갔다. 그 무렵 울리히는 아버지로부터 팸플릿과 인쇄물 묶음이 동봉된 이례적으로 긴 편지를 받았다. 편지 내용은 대략 이랬다. “사랑하는 아들아! 오랫동안 소식이 없어……그래도 남들에게서 네 소식을 기쁘게 전해들으며 내 노력이 가히 헛되지는……이 아비를 늘 잘 대해주시는 슈탈부르크 백작……라인스도르프 백작 각하……우리 친척인 투치 국장 부인……이제 네가 그 새로운 모임에서 혼신의 힘을 쏟았으면 하는 문제가 있어 부탁하려 하는데 들어보아라.

만일 각자 진리라고 생각하는 것들이 전부 진리로 간주되고, 그렇게 각자 마음대로 생각할 권리가 허락된다면 세상은 산산이 부서지고 말 것이다. 해서 하나의 진리와 올바른 의지를 굳건히 세우는 것은 우리의 의무다. 거기다 그 진리가 학문적 사유의 명확한 형식 속에서 기록되도록 우리가 견고한 의무감을 갖고 감시하는 것도 반드시 필요하다. 내가 무슨 뜻으로 이런 말을 하는지는 이제부터 하는 얘기를 들으면 알게 될 것이다. 시대의 혼란스러운 속삭임에 쉽게 굴복해버리는 세속의 어설픈 비전문가 집단들에서, 또 안타깝게도 학자들 사이에서도, 벌써 오래전부터 우리 형법을 저들이 믿는 방향으로 개선하고 완화하려는 지극히 위험한 운동이 진행되고 있다. 미리 밝혀두자면, 장관이 위촉한 유명 전문가들로 구성된 위원회가 벌써 몇 년 전부터 법률 개정을 준비하고 있다. 나도 거기 명예위원으로 참여하고 있고, 슈붕 교수라고, 내가 그 사람을 잘 모르던 시절에 너도 만난 적이 있는 내 대학 동료도 참여하고 있다. 그뒤 수년이 지나면서 내 가장 친한 벗이 된 사람이지. 어쨌든 내가 앞서 말한 형법의 완화에 관한 이야기는 그사이 소문의 형태로 듣게 되었다. 말이 소문이지 벌써 기정사실인 것처럼 다들 이야기하던데, 우리가 경외하는 인자하신 폐하의 다가오는 기념주년에 맞춰, 이른바 자비로움의 온 목소리를 모아 우리의 법집행을 재앙에 가까울 정도로 무르게 만들 길을 트려는 특별한 계획이 추진된다고 하더구나. 당연히 슈붕 교수와 나는 그 일을 막기로 단단히 결심했다.

네가 법률문제는 잘 알지 못하겠지만, 이 정도는 알고 있으리라 믿는다. 그러니까 법적 안정성을 해치는 가장 일반적인 무리는 휴머니즘으로 가장한 세력인데, 이들은 형벌이 면제되는 책임무능력의 개념을 한정책임능력이라는 모호한 형식 속에서 정신은 멀쩡하면서도 도덕적으로 비정상적일 뿐인 수많은 개인들에게로 확장하려 애쓰고 있다는 사실 말이다. 찬찬히 살펴보면 그런 개인들은 우리 문화를 점점 오염시키는 열등하고 도덕적으로 박약한 인간에 불과하다. 한정책임능력이라는 개념, 이것을 하나의 개념으로 부를 수 있을지조차 의문스럽지만, 어쨌든 그게 우리가 완전한 책임능력이나 책임무능력에 대해 구상했던 것과 아주 밀접하게 연관되어 있음은 너도 짐작할 것이다. 이로써 내가 말하고자 하는 문제에 이른 것 같구나.

기존 법 조항과 방금 거론한 상황들을 고려해서 나는 그 위원회에 출석해 앞으로 개정될 형법 318조에 다음과 같은 문구를 넣자고 제안했다.

'범인이 범행을 저지를 당시 의식이 없거나 병적인 정신장애가 있는 상태라면 그 행위는 범죄로 성립하지 않는다.' 슈붕 교수도 나와 똑같은 말로 시작하는 제안을 했다.

하지만 이어진 단서가 달랐다. '단, 범인이 자유롭게 자기 의지를 행사할 수 없는 경우에 한해서.' 반면에 나는 다른 단서 조항을 달았다. '단, 범인이 자기 행위의 불법성을 인지할 능력이 없는 경우에 한해서.'

고백건대 나는 이 대립적인 두 표현 속에 깔린 고의성의 차이를 처음에는 제대로 간파하지 못했다. 평소의 내 지론은 이렇다. 오성과 이성이 충분히 발전하면 숙고와 그 숙고에서 비롯된 결정의 형태로 욕구와 충동을 지배하기 마련이다. 따라서 의지에 따른 행동은 항상 사고와 연결되어 있지, 본능에 따른 행동이 아니다. 만일 자신의 의지를 선택할 수 있다면 그는 자유로운 인간이다. 반면에 인간적 욕구, 즉 감각적 본능에서 비롯되는 욕구가 있고, 그게 사고에 장애를 일으키면 그는 자유롭지 못한 인간이다. 의지 작용은 결코 우연적인 것이 아니라 우리의 자아에서 나오는 자기결정이다. 따라서 의지는 사고 속에서 결정되고, 그 사고에 장애가 생길 경우 의지는 더는 의지가 아니고, 인간은 오직 본능적 욕구에 따라 행동하게 된다. 이것이 내 지론의 요체였다. 물론 문학에서는 다른 견해가 있는 건 나도 잘 안다. 그러니까 사람의 생각은 의지에 의해 결정된다는 주장이지. 이 견해는 현대 법학자들 사이에도 추종자가 있다. 물론 1797년 이후에나 그랬지만. 반면에 내가 채택한 견해는 기원전 4세기부터 온갖 반박을 이겨내고 내려온 견해다. 그럼에도 나는 동료에게 호의의 뜻으로 두 제안을 통합하는 표현을 제안했다. 이런 내용이었지.

'범인이 범행을 저지를 당시 의식이 없거나 병적인 정신장애가 있는 상태라면 그 행위는 범죄로 성립하지 않는다. 단, 범인이 자기 행위의 불법성을 인지할 능력이 없는 경우, 그리고 자유롭게 자기 의지를 행사할 수 없는 경우에 한해서.'

슈봉 교수는 그제야 본성을 드러냈다! 내 호의를 무시하면서 오만하게 내 문장에서 '그리고'를 '또는'으로 바꾸어야 한다고 주장한 거지.

너도 그 의도를 짐작할 게다. 문외한이라면 아무 생각 없이 '그리고'를 쓸 자리에 사상가는 '그리고'와 '또는'을 섬세하게 구별해서 사용할 줄 안다. 그러니까 슈봉은 '그리고' 속에 담긴, 두 표현을 하나로 묶으려는 내 타협의 의도를 무시한 채 통합시켜야 할 차이의 온전한 함의를 제대로 읽어내지 못했다는 혐의를 내게 씌움으로써 나를 피상적인 사유나 하는 사람으로 몰아붙인 것이지!

이후 내가 슈봉 교수한테 강력하게 반대한 것은 당연한 일이었다.

나는 내 중재안을 거두어들였고, 어떤 양보도 없이 내 첫번째 문구를 관철시키고자 했다. 그러자 슈봉은 비열한 술책으로 나를 곤경에 빠뜨리려고 했어. 내 주장에 이렇게 반박하고 나섰지. 불법성을 인지할 능력을 원칙으로 삼는 내 주장에 따르면, 특별한 종류의 망상증을 앓는 것 외에 다른 문제 없이 건강한 사람(실제로 이런 사람들이 있다)은 그 망상증 때문에 자신의 행위를 정당화하거나 법적으로 처벌을 면할 수 있는 상황임을 인지하고, 이에 따라 비록 가짜 세계지만 망상 속에서라도 올바르게 행동할 수 있음이 입증될 경우에만 정신병을 이유로 무죄를 선고할 수 있다는 것이지. 그러나 그건 정말 공허한 반박일 뿐이다. 경험적 세계에서는 일부가 병들고 일부가 건강한 사람이 있을 수 있지만, 법의 논리에서는 동일한 행위에 있어 두 법적 상태가 뒤섞인 상태는 결코 존재할 수 없기 때문이다. 그러니까 법적 논리로 보면 책임능력이 있느냐 없느냐 그 두 상태밖에 없는 것이지. 우리는 특수한 망상증을 앓는 사람 속에도 옳고 그름을 분간할 능력이 있다고 추정할 수 있다. 만일 이 능력이 망상으로 인해 가려지는 예외적인 경우라고 해도, 나머지 자아와 균형을 이루기 위해서는 이지력을 각별히 사용하면

될 일이다. 거기에 특별한 어려움이 있다고 볼 이유는 전혀 없다.

나는 슈봉 교수에게 즉각 이렇게 반박했다. 논리적으로 동일인에 대해 책임능력과 책임무능력의 상태가 동시에 존재할 수 없다면 문제의 개인에게서 두 상태가 빠르게 교대하며 일어난다고 가정할 수밖에 없는데, 바로 거기서 슈봉 교수의 이론이 난관에 봉착한다. 즉 행위 하나 하나가 두 상태 중 어떤 것에서 나왔는지 답해야 하기 때문이다. 그에 답하기 위해서는 피고인이 태어나서부터 영향을 받은 모든 원인을 적시해야 할 뿐 아니라 그에게 좋은 유전자와 나쁜 유전자를 물려준 선조들에게 영향을 끼친 요인들까지 모두 밝혀야 하는데, 그것은 무망한 일이다. 너는 믿지 못하겠지만, 슈봉은 정말 철면피처럼 이렇게 대꾸하더구나. 그건 맞는 말이다. 법적 논리로 동일한 행위 속에 두 법적 상태가 뒤섞이는 것은 절대 허용될 수 없기 때문이다. 따라서 범죄자의 정신적 발전 정도에 따라 그 욕구를 통제하는 것이 가능했는지 그렇지 못했는지는 모든 개별적 욕구와 관련해서 결정이 내려져야 한다. 그러면서 그는 이렇게 주장하더구나. 우리는 우리의 의지가 자유롭다는 사실을 모든 사건에 반드시 원인이 있다는 사실보다 훨씬 명확하게 안다. 근본적으로 우리가 자유로운 한, 개별 원인들에 대해서도 자유롭다고 말할 수 있다. 따라서 이 경우, 범죄적 충동을 억누르기 위해서는 의지력만 각별히 사용하면 된다는 것이다."

이 대목에서 울리히는 아버지의 의도를 계속 탐색해나가려던 생각을 접고, 편지 여백에 인용되고 동봉된 많은 참고자료를 손에 쥐고 생각에 잠겼다. 편지 말미에 적힌 내용을 보니, 자신이 라인스도르프 백작과 슈탈부르크 백작에게 "객관적인 영향력"을 행사해주기를 기대하고 있음을 알아차렸다. 또한 아버지는 황제의 기념주년에 그렇게 중요한 문제가 잘못된 문구와 잘못된 해결책으로 나아간다면 국가 전체의 정신이 위험해질 수 있음을 평행운동의 해당 위원회에 늦지 않게 경고해줄 것을 강력히 충고하고 있었다.

75. 슈툼 폰 보르트베어 장군은 디오티마 방문을 직무상의 유쾌한 기분전환으로 생각하다

그 작고 뚱뚱한 장군은 디오티마를 다시 한번 예방했다. 그는 회의실에서 군인이 차지하는 역할이 보잘것없음을 잘 알지만, 감히 이렇게 예언해본다고 했다. 국가란 민족들 간의 투쟁에서 자신을 지키는 힘이고, 전쟁을 막는 힘은 평화시에 키운 군사력이라는 것이다. 디오티마는 즉시 그의 말을 끊었다. "장군님!" 파르르 떠는 목소리에 분노가 묻어났다. "모든 삶은 평화의 힘에 뿌리를 두고 있어요. 혜안으로 보면 사업가의 삶도 하나의 시詩예요." 장군은 한순간 당혹스러운 얼굴로 그녀를 바라보았지만, 이내 안정을 되찾았다. "동감입니다, 각하." 그가 말했다. 여기서 '각하'라는 호칭을 이해하기 위해서는 디오티마의 남편이 중앙부처 국장이라는 사실을 기억해둘 필요가 있다. 카카니엔에서는 중앙부처 국장은 사단장과 동급이고, 사단장에게만 각하라는 호칭을 썼다. 그것도 업무와 관련된 상황에서만 사용되었다. 그러나 군인의 직업에는 기사도 같은 것이 있기에 업무중이 아니라고 해서 각하라는 호칭을 쓰지 않는 사람은 출세를 보장받기 어려웠고, 그래서 사람들은 기사도 정신에 입각해서 어느 때가 업무중인지 아닌지 군이 따지지 않고 사단장의 부인들에게도 각하라는 호칭을 썼다. 이렇게 복잡한 맥락이 슈툼 장군의 머릿속을 빠르게 지나갔고, 그 역시 디오티마에게 즉시 각하라는 호칭을 사용함으로써 절대적 동의와 복종의 뜻을 피력했다. "각하께서는 제가 하고 싶은 말을 대신 해주시는군요. 국방성이 정치적인 이유에서 위원회에 참여할 수 없게 된 것은 지당한 일입니다. 하지만 우리는 이 위대한 운동에 평화적인 목표가 있다고 들었습니다. 그래서 혹자는 이것을 국제 평화운동이라고도 하고, 헤이그궁전의 벽화 기증 재단이라고 부르기도 합니다. 각하께 저희 군인들도 그 계획에 전적으로 동감하고 있음을 분명히 말씀드립니다. 세간에는 군대에 대한 잘못된 인식이 있습니다. 물론 저 역시 젊은 장교들이 전쟁을 원치 않는다고 말씀드릴 수는 없습니다. 하지만 각하께서 방금 말씀하신 것처럼, 책임 있는 자리에 있는 사람들은 위압적 무력의 영역을 정신의 축복과 연결시켜야 한다고 마음속 깊이 확신하고 있습니다."

그는 바지 주머니에서 작은 솔을 꺼내 짧게 기른 수염을 몇 번 이리저리 빗었다. 이것은 수염과 함께 삶에 대한 원대한 희망도 자라났던 사관생도 시절부터 지켜온 나쁜 습관이었지만, 정작 본인은 그걸 모르고 있었다. 그는 커다란 갈색 눈으로 디오티마의 얼굴을 뚫어지게 바라보며 자신의 말이 어떤 영향을 끼쳤는지 읽어내려고 했다. 디오티마는 상당히 누그러진 듯했다. 이제껏 장군과 함께 있으면서 한 번도 없었던 일이었다. 심지어 그녀는 창립총회 이후에 있었던 일에 대해 친히 설명까지 해주었다. 장군은 무엇보다 그 위대한 총회에 깊은 감명을 받았다고 하면서 아른하임에게 경탄을 표했고, 그런 회합에는 반드시 풍성한 축복이 내릴 거라는 확신의 말까지 덧붙였다. "정신의 세계에 얼마나 질서가 없는지 전혀 모르는 사람들이 많습니다!" 장군이 설명해나갔다. "이런 말씀을 드려도 된다면, 각하, 대부분의 사람은 매일같이 일상적인 질서의 진보를 경험한다고 믿습니다. 생각해보십시오. 곳곳에 질서가 넘칩니다. 공장, 사무실, 열차시간표, 학교, 거기다 자랑스러운 우리의 병영까지 말입니다. 그중에서도 우리의 병영은 단순한 수단만으로 기율 잡힌 훌륭한 오케스트라에 버금갑니다. 이제는 어디로 눈을 돌려도 질서를 확인할 수 있습니다. 통행, 운행, 세금, 교회, 사업, 서열, 예절, 도덕 등 질서는 아주 다양합니다. 그래서 저는 오늘날 거의 모든 사람이 이 시대를 역사상 가장 질서 있는 시대로 간주할 거라고 확신합니다. 각하의 마음속 깊은 곳에도 그런 감정이 있지 않습니까? 어쨌든 저는 그렇습니다. 짧은 생각일지는 몰라도, 근대정신은 바로 이 거대한 질서 속에 존재하고, 니네베*와 로마제국도 분명 무질서 때문에 멸망했다고 생각합니다. 다른 사람들도 그렇게 느끼지 않을까요? 아마 겉으로 대놓고 말은 안 하지만, 이제는 과거가 된 모든 것이 역사 속으로 사라진 것도 무질서에 대한 벌이라고 생각할 겁니다. 물론 이런 생각은 지적인 사람이라면 빠져서는 안 될 착각일 수 있습니다. 하지만 불행히도 힘과 군대가 필요한 이유는 바로 여기에 있습니다!"

장군은 지적인 젊은 부인과 이런 대화를 나누는 것이 정말 기뻤다. 마치 직무상의 유쾌한 기분전환 같았다. 그러나 정작 디오티마는 자기 앞에 앉은 장군에게 뭐라고 답해야 할지 몰라했다. 그래서 되는대로 앞

---

* 고대 아시리아왕국의 수도.

서 했던 말을 반복했다. "우린 정말 뛰어난 분들을 모시고 싶어요. 하지만 쉬운 일이 아니에요. 우리에게 얼마나 다양한 제안들이 쏟아지는지는 상상조차 못하실 거예요. 하지만 그중에서 최고의 제안을 찾아내야 하죠. 장군님은 질서에 대해 말했지만, 질서나 객관적인 숙고, 비교, 심사를 통해서는 결코 목표에 도달할 수 없을 거예요. 해결책은 섬광 같은 번뜩임, 열정, 직관, 종합적 사고일 수밖에 없어요! 인류의 역사를 살펴보면 역사는 논리적으로 발전해온 게 아니에요. 오히려 갑작스레 영감이 떠오르는 한 편의 시에 가까워요! 그 영감의 의미는 나중에야 밝혀질 테고요."

"이런 말씀을 드려도 된다면, 각하, 군인은 시에 대해선 잘 모르지만, 만일 어떤 움직임에 섬광 같은 번뜩임과 열정을 선사할 수 있는 사람이 있다면 그건 각하일 겁니다. 그건 저처럼 늙은 군인도 잘 알죠!" 장군이 대답했다.

76. 라인스도르프 백작이 유보적인 태도를 취하다

슈툼 장군은 예고 없이 불쑥 찾아왔음에도 아주 세련된 사람이었다. 그래서 디오티마도 뜻하지 않게 많은 말을 털어놓게 되었다. 그럼에도 그녀를 공포로 몰아넣고, 나중에 그녀의 친절함을 후회하게 만든 것은 그녀 스스로 설명한 대로 장군이 아니라 오랜 친구 라인스도르프 백작 때문이었다. 백작이 질투를 하는 것일까? 그렇다면 누구에게? 라인스도르프 백작은 매번 짧게나마 지성들의 회의에 참석하는 열의를 보여주기는 했지만, 디오티마가 기대한 만큼 이 회의에 그렇게 호의적이지는 않은 듯했다. 백작은 스스로 '글 나부랭이'라고 부르는 것들에 명백한 반감을 갖고 있었다. 그것은 유대인, 신문, 선정성에 굶주린 출판인, 그리고 무기력한 소리만 지껄여대면서 돈이면 뭐든 다 하는 자유주의적 시민계급의 정신과 연결된 표상이었다. 이로써 글 나부랭이는 그의 생각을 보여주는 새로운 표현이 되었다. 울리히가 우편으로 배달된, 세상을 새롭게 이끌자고 하거나 옛것으로 돌아가자는 주장이 담긴 제안들을 읽어줄 채비를 할 때마다 백작은 손사래를 쳤다. 자기 의견에 더해 다른 모든 이들의 견해까지 들어야 할 때 누구나 사용하는 말과 함께 말이다. "아냐, 아냐, 오늘은 중요한 일이 있어, 그깟 글 나부랭이로 허비할 시간이 없어!" 백작은 들판, 농부, 작은 시골 교회, 그리고 수확한 들판 위에 가지런히 놓인 곡식단처럼 신이 단단하게 묶어놓은 질서를 생각했다. 이 질서는 시대의 발전과 보조를 맞추려고 가끔 시골 장원莊園에 증류주 양조장을 허락하기도 하지만, 그 자체로 무척 아름답고 건강하고 보람찼다. 게다가 차분한 시선으로 멀리 내다보면 사격조합이나 낙농업조합도 비록 중심에서 아직 멀기는 하지만 확고한 질서와 공동체의 일부로 볼 수 있었다. 만일 그들에게 어떤 세계관에 의거해 그런 요구를 하게 되었느냐고 물으면 아마 그들은 개인적 정신이 아니라 공동체의 정신적 재산 목록에 기록된 문화적 자산에서 영향을 받았다고 대답할 것이다. 그래서 디오티마가 위대한 지성들에게서 들은 내용을 진지하게 전하려고 하면 라인스도르프 백작은 대개 다섯 명청이로 이루어진 한 단체의 청원서를 집어들거나 호주머니에서 꺼내, 세상의 실제 근심을 담은 이 종이가 천재들의 번뜩이는 착상보다 더

중하다고 주장하곤 했다.

이것은 지성들의 회의는 공식적으로 인정하지 않으면서 시골 지방에서 올라오는 자잘한 청원서는 무슨 신줏단지처럼 모셔놓은 중앙부처의 문서기록실을 칭찬하는 투치 국장의 정신과 비슷했다. 디오티마는 이와 관련해서 걱정을 나눌 사람이 아른하임 말고는 없었다. 그러나 정작 아른하임은 백작을 두둔했다. 그러니까 그녀가 사격조합과 낙농업조합에 대한 백작의 호의를 하소연하면 아른하임은 그 귀하신 분의 넓고 차분한 시선이 어떤 것인지 설명해주었다. "각하는 이 땅과 시대가 제시하는 방향성의 힘을 믿습니다. 그리고 단언컨대 그 힘은 땅의 소유에서 나옵니다. 땅은 물을 정화하듯 복잡한 삶을 단순하게 걸러줍니다. 나조차 비록 보잘것없는 영지지만 그곳에 머물 때면 그런 느낌을 받습니다. 실제 삶이 우리를 단순하게 만듭니다." 아른하임은 잠시 망설이다가 이렇게 덧붙였다. "백작 각하는 선이 굵은 삶 속에서 지극히 관대한 성격을 지니게 되었습니다. 물론 위험할 만큼 관대함을 보이지는 않겠지만요." 디오티마는 자신의 귀한 후원자인 백작의 이런 면을 처음 듣는 것이기에 눈을 반짝이며 귀를 기울였다. "자신 있게 말할 수는 없지만……" 아른하임은 모호한 어조로 말을 이어갔다. "각하는 비서인 당신의 사촌이 자신의 신뢰를 얼마나 악용하고 있는지 알고 있습니다. 물론 정신적으로만 악용하고 있는 것일 테지만요. 우리의 고귀한 계획들에 대한 회의와 조롱 섞인 정신적 사보타주를 통해 말입니다. 나는 그가 백작에게 안 좋은 방향으로 영향을 끼치지 않을까 염려됩니다. 그러니까 당신의 사촌이 각하의 신임을 이용해서 각하가 실제 삶에 뿌리를 두고 전승되어온 위대한 감정과 이념들에 회의를 갖게 하지 않을까 걱정스럽다는 말입니다."

울리히에 대한 그의 판단은 강력하면서도 일리가 있었다. 하지만 디오티마는 그 말이 별로 귀에 들어오지 않았다. 아른하임의 견해에서 다른 이야기가 인상적으로 다가왔기 때문이다. 농장주처럼 땅을 소유하는 것이 아니라 땅에서 영혼의 안식을 얻는다는 그 견해 말이다. 그녀는 그게 무척 근사하게 느껴졌고, 그런 농장에서 농장주의 부인으로 살아가는 자신의 모습을 곰곰이 생각해보았다. 그녀가 말했다. "나는 가끔 각하에 대해 이렇게 너그럽게 판단하는 당신이 아주 놀라워요. 하지만 이 모든 게 결국 사라져가는 역사의 한 단면이 아닐까요?" 아른하임이 대답했다. "물론이죠. 그러나 그 계급이 모범적으로 발전시켜온 소박한 미덕, 용기, 기사도, 자기규율은 언제나 그 가치를 잃지 않을 겁니다. 한마디로 '주인'인 사람들이죠! 나는 사업 영역에서도 주인의식에 점점 더 큰 가치를 부여하고 있습니다."

"그렇다면 주인이란 결국 시와 거의 같은 것이 아닐까요?" 디오티마가 생각에 잠긴 표정으로 물었다.

"아주 멋진 말이군요!" 아른하임이 맞장구를 쳤다. "그것이 바로 힘이 넘치는 삶의 비밀입니다. 사람은 오성만으로는 도덕적일 수 없고 정치를 할 수도 없습니다. 오성으로는 늘 부족하고, 정말 중요한 일은 오성을 넘어서서 이루어지죠. 위대한 족적을 남긴 사람들은 항상 음악, 시, 형식, 기율, 종교, 기사도를 사랑했습니다. 예, 저는 심지어 이렇게 주장하고 싶군요. 그런 것을 사랑하는 사람만이 성공할 수 있다고요! 주인, 혹은 남자의 본질을 이루는 것은 이른바 계량화할 수 없는 것들입니다. 배우에 대한 대중의 열광 속에 아직 남아 있는 것이 그런 것들의 이해할 수 없는 찌꺼기죠. 이제 당신의 사촌 이야기로 돌아가봅시다. 방탕한 생활이 너무 편해지면 보수적이 되기 마련이라는 단순한 이야기는 물론 아닙니다. 하지만 설령 우리 모두가 혁명가로 태어난다고 해도 어느 날에는 이런 사실을 깨달을 겁니다. 즉, 그냥 좋은 사람, 다시 말해서 믿음직하고 밝고 용기 있고 진실한 사람은 지능이야 어떻든 상관없이 인간들에게 비할 바 없는 즐거움을 줄 뿐 아니라 삶의 뿌리를 형성하는 실질적인 토양이라는 사실을 말입니다. 예부터 내려오는 이 지혜는 젊은 시절엔 당연히 이국적인 것을 향하던 취향이 성숙한 남자의 취향으로 바뀌게 되는 결정적인 변화를 의미합니다. 나는 많은 점에서 당신 사촌에게 경탄합니다. 그게 책임지기 어려운 과장된 말이라고 한다면, 그냥 좋아한다고 말하고 싶습니다. 내적으로 경직되고 특이한 많은 면들 외에 이제껏 유사한 예를 찾아보기 힘들 정도로 자유롭고 독립적인 면이 강한 사람이기 때문이죠. 하지만 자신을 어디로 몰고 가는지도 모른 채 항상 모험을 찾는, 고도의 지력과 미숙하고 이질적인 도덕성을 함께 지닌 위험한 사람이기도 합니다."

77. 언론인들의 친구 아른하임

디오티마는 아른하임의 태도에 깃든 계량화할 수 없는 면을 다시금 관찰할 기회를 잡았다.

예를 들어, 아른하임의 조언에 따라 '회의'(투치 국장은 약간 비꼬듯이 이 회의를 "황제 폐하 즉위 칠십 주년과 관련해 주요 결정을 내리기 위한 위원회"라고 불렀다)에는 가끔 유력 언론사 대표들도 초대되었는데, 특별한 직책이 없는 손님 자격으로 참석했을 뿐인 아른하임은 다른 모든 유명 인사들을 제치고 언론사 대표들로부터 지대한 관심을 받았다. 왜냐하면 어떤 불가해한 이유에서인지는 몰라도 신문이란 일반에 축복이 될 수 있는 정신적 실험실 역할을 포기하고, 단순히 정신의 창고나 정신 거래소 수준으로 전락했기 때문이다. 만일 플라톤이 살아 있었다면(플라톤을 예로 삼은 것은 그가 역사상 가장 위대한 십여 명의 사상가 중 한 명이기 때문이다) 날마다 새로운 이념을 창조하고 교환하고 정제해내는 신문 산업에 분명 열광했을 것이다. 지금껏 경험해보지 못한 속도로 세상 모든 끝에서 정보들이 신문사로 쏟아져 들어오고, 데미우르고스*의 참모는 순간적으로 그 정보의 내용을 정신과 현실에 비추어 심사할 준비를 하고 있을 터이다. 플라톤은 뉴스 편집국을 토포스 우라니오스topos uranios, 즉 이념들의 천국으로 여겼을 것이고, 그 천국의 존재를 이렇게 인상적으로 표현했을 것이다. 오늘날의 상류계급은 자기 자식이나 직원들에게 말하는 것을 보면 여전히 이상주의자들이라고. 만일 플라톤이 오늘 갑자기 편집국을 방문해 자신이 실제로 이천 년도 더 전에 죽은 그 위대한 문필가임을 증명한다면 당연히 엄청난 주목을 받고 굉장히 좋은 조건으로 계약하자는 제안을 받을 것이다. 게다가 삼 주 안에 그가 철학적 여행서를 한 권 쓰거나 그의 주특기인 짧은 이야기를 수없이 쏟아낼 수 있다면, 혹은 그의 유명한 옛 작품들 가운데 한두 편이 영화화된다면 장시간 상당한 인기를 누릴 게 분

* 그리스어로 '제작자'를 의미하는데, 플라톤 철학에서는 세계 창조자를 가리킨다.

명하다. 하지만 그도 잠시, 만일 그의 귀환에 쏠렸던 대중의 관심이 식고, 이제 플라톤 씨가 그전에 한 번도 제대로 관철하지 못했던 자신의 유명한 이념들 가운데 하나를 실현하겠다고 나서자마자 편집국장은 그냥 가끔 신문 오락 섹션에 적당한 문예 칼럼이나 써보라고 할 것이다. 그것도 독자들의 수준을 고려해서 가능한 한 느슨하고 경쾌하고 어렵지 않은 문체로 말이다. 그러면 옆에 있던 문예 팀장은 안타깝지만 그런 원고는 기껏해야 한 달에 한 번 정도밖에 실을 수 없을 거라고 덧붙일 것이다. 다른 방면에서 재능있는 사람들도 고려해야 하기 때문이다. 그러고 나면 두 신사는 유럽 출판계의 원로이기는 하지만 좀 케케묵었고, 현대적 가치로 보면 파울 아른하임 같은 인물을 도저히 따라갈 수 없는 그런 남자를 위해 자신들이 너무 많은 것을 해주었다고 느끼게 될 것이다.

아른하임의 입장에서 보자면, 그는 모든 위대한 것에 대한 자신의 경외심이 상처를 입을까 편집국 두 간부의 그런 감정에 결코 동의하지 않겠지만 몇 가지 점은 충분히 공감할 것이다. 오늘날엔 온갖 말들이 뒤죽박죽으로 쏟아지고, 사람들이 바빠서 구분할 시간조차 없는 작은 차이만 제외하면 예언자와 사기꾼이 똑같은 말을 사용하고, 신문 편집국은 사방에서 천재를 자처하고 나서는 사람들로 골머리를 앓는다. 이런 세태에서는 한 인간이나 한 이념의 가치를 제대로 알아보기란 매우 어렵다. 편집국 문 앞에서 수군대고 중얼거리는 수많은 목소리들 가운데 보편적이라고 인정해도 될 만큼 큰 목소리가 있는지 알아보면 그만이고, 귀를 쫑긋 세우는 게 최선이다. 그런데 신문들이 그 목소리에 귀를 기울이는 순간 천재는 전혀 다른 단계에 들어선다. 즉 천재는, 신문들이 원하는 것이기도 하지만 독자들이 아이들의 잡담처럼 별로 진지하게 생각하지 않는 모순투성이 책 비평과 연극 비평의 공허한 사안에 그치는 것이 아니라, 현실적 지위와 함께 그에 수반되는 모든 영향력을 누리게 된다.

어리석은 열광자들은 그 뒤에 숨은, 이상주의를 향한 필사적인 필요성을 간과한다. 글을 써야 하는 글쟁이들의 세계에는 대상을 잃은 위대한 말과 개념이 넘쳐난다. 위대한 남자와 뒤따르는 감격이 가진 특성은 그것을 태동시킨 동인보다 더 오래 살아남고, 따라서 시간이 지난 뒤에는 많은 특성만 남는다. 그런 특성은 과거 어느 중요한 인물이 또다른 중요한 인물에게 붙인 개념이지만, 그 인물들은 이미 오래전에 죽었고 살아남은 개념은 현실에 다시 사용되어야 했다. 때문에 사람들은 항상 그런 개념에 맞는 인물을 찾아야 했다. 셰익스피어의 '에너지 넘치는 상상력', 괴테의 '보편적 천재성', 도스토옙스키의 '깊은 곳을 꿰뚫어보는 통찰력', 그 밖에 오랜 문학적 발전 과정이 남긴 다른 모든 개념이 작가들의 머릿속에 수백 개씩 들어 있었다. 그래서 그들은 오늘날 순전히 판매 부진을 이유로 테니스 선수의 전략에다 '심오한'이라는 말을 붙이거나 유행을 좇는 대중작가에게 '위대한'이라는 수식어를 붙였다. 물론 머릿속에 저장된 말들을 썩히지 않고 적당한 인물에게 써먹고 싶은 심정은 충분히 이해가 간다. 하지만 이런 만들어진 인물들 말고, 어디를 가건 이미 중요성이 사실로 입증되었고 그 개념들이 확고히 자리잡은 인물도 있어야 했는데, 그게 바로 아른하임이었다. 아른하임은 누가 뭐래도 아른하임 그 자체였기 때문이다. 그가 부친의 상속자로 태어난 것 자체가 하나의 사건이었다. 게다가 그의 말

한마디 한마디가 시대의 요구와 소망에 부합하는 것은 의심할 바 없었다. 그가 무언가에 대해 조금만 신경을 써서 발언하면 사람들은 곧 선의를 가지고 그 말을 중요하게 받아들였다. 아른하임 자신은 이것을 일종의 원칙으로 표현해놓았는데, 그것은 그가 입버릇처럼 하는 말이기도 했다. "한 남자의 진정한 의미는 대부분 동시대인들의 이해를 얻느냐에 달려 있다."

이번에도 그는 자신을 따라다니는 기자들과 무척 잘 지냈다. 제지공장에 원료를 제공하는 숲을 모두 사들이고 싶어하는 금융인이나 정치인들에 대해서는 코웃음을 쳤다. 그런 식으로 신문사에 영향을 미치려는 생각은 흉하고 가소로웠다. 미래의 환상을 자극해서 사랑을 얻는 것이 훨씬 싸게 먹히는데도 공연히 돈이나 내미는 천박한 남자와 똑같았다. 아른하임은 지성회의에 대해 묻는 기자들에게 이렇게 대답했다. 이 회합이 열린다는 사실이 벌써 이런 모임의 필요성을 강하게 증명하고 있다. 세계사에서는 이유 없이 일어나는 일은 없다. 이런 말은 다음날 바로 여러 신문에 그대로 실릴 정도로 기자들의 직업관과 딱 맞아떨어졌다. 사실 자세히 따져보면 그 자체로 굉장히 훌륭한 말이었다. 일어난 모든 사건을 중요하게 여기는 기자들에게는 이유 없이 일어나는 일은 없다는 확신이 있어야 했기 때문이다. 그렇지 않으면 견디기 어려운 것이 그들의 직업의식이다. 하지만 다들 아는 것처럼, 무언가를 너무 중요하게 받아들이기보다 차라리 자신의 혀를 깨무는 쪽을 택하는 것도 기자들의 직업의식의 일부였다. 아무리 중요한 일이라고 하더라도 말이다. 그래서 아른하임의 발언 속에 담긴 약간의 비관주의적 냄새는 그들의 직업의식에 견실한 품위를 부여했다. 게다가 그가 외국인이라는 사실 역시 오스트리아에서 진행되는 이 엄청나게 흥미로운 정신적 과정에 전 세계가 참여하고 있는 것으로 해석되기도 했다.

지성회의에 참여한 다른 유명 인사들은 언론의 마음에 들 선천적인 재능은 없었지만 그 효과만큼은 잘 알고 있었다. 그들은 대부분 서로 잘 알지 못했고, 친분 관계라고 해봤자 불멸의 명성을 위해 함께 탄 열차 안에서 주로 식당칸에서만 얼굴을 보는 사이에 불과했기에 아른하임을 향한 언론의 특별한 관심은 그들에게도 상당히 인상적으로 다가왔다. 아른하임은 모든 위원회와 여전히 거리를 두고 있었음에도 이 지성회의에서만큼은 저절로 중심에 섰다. 그리하여 이 회합이 발전해갈수록 그가 언론의 주목을 받는 이 모임의 중추라는 사실은 점점 뚜렷해졌다. 물론 그가 한 일은 실상 아무것도 없었다. 다만 유명 인사들과 대화하면서도 이 회의에서 기대할 것은 별로 없으리라는 비관적 입장을 솔직하게 털어놓고, 그러면서 다른 한편으로는 이런 고결한 임무를 위해서는 모두의 헌신적인 노력이 필요하다고 밝힌 것만 빼면 말이다. 이런 부드러운 비관주의는 위대한 지성들 사이에서도 호응을 받았다. 모종의 이유에서, 시대의 지성이라고 하는 사람들은 동료 하나가 성공을 거두는 전망보다 모두가 실질적인 성공을 거둘 수 없으리라는 전망이 더 편하게 느껴졌기 때문이다. 게다가 지성회의에 대한 아른하임의 유보적 태도는 부정적인 결과에 미리 대비하게 하려는 의도로 해석될 수 있었다.

78. 디오티마의 변신

디오티마의 감정은 아른하임의 성공처럼 일직선으로 곧장 발전하지는 않았다.

그녀는 모든 방의 가구를 싹 비우고 변신한 자신의 집에서 회합을 갖던 중에 마치 꿈에서나 본 듯한 나라에서 깨어난 기분이 들었다. 공간과 사람들에게 둘러싸여 있었고, 샹들리에 불빛이 머리에서부터 어깨, 허리를 거쳐 아래로 흘러내렸다. 환한 불빛의 물결이 온몸으로 느껴지는 듯했다. 그녀는 세계의 중심에서도 정중앙에 서 있는 거대한 동상이었다. 지고한 정신적 우아함이 좌르르 흐르는 분수의 인물상과도 비슷했다. 그녀는 지금 이 상황을 삶에서 가장 중요하고 위대하다고 믿었던 모든 것을 실현할 절호의 기회로 여겼다. 딱히 무언가 구체적인 것이 보이지 않는다는 생각은 더는 하지 않기로 했다. 집안 전체와 그 속의 사람들, 그리고 온 저녁이 노란 비단 안감을 댄 옷처럼 그녀를 감쌌다. 보이지는 않지만 피부에 닿는 느낌이 전해지는 옷이었다. 가끔 그녀의 시선은 대개 어딘가 남자들 틈에서 말을 하는 아른하임에게로 향했다. 그러다 자신의 시선이 그전부터 줄곧 그에게 머물러 있었음을 깨달았다. 그에게로 눈을 돌렸다고 생각한 것은 단지 의식 속에서 인지한 것뿐이었다. 이렇게 말해도 된다면, 그녀는 눈을 돌리지 않고도 줄곧 영혼의 날개 끝으로 그의 얼굴을 더듬으며 그의 얼굴에서 무슨 일이 일어나는지를 스스로에게 이야기해주고 있었다.

날개 이야기를 좀더 하자면, 아른하임의 모습에도 무언가 환상적인 것이 있었다. 가령 군중 사이로 내려앉은, 황금빛 천사 날개를 가진 사업가라고 해야 할까? 디오티마의 감정이 달아준 그의 날개에는 특급 호화 열차의 덜컹거림과 자동차의 부르릉거림, 사냥 별장의 정적, 요트 항해의 철퍽거림이 담겨 있었다. 접힌 날개에서는 그가 무언가를 설명하려고 팔을 움직일 때마다 나직이 사각거리는 소리가 났다. 아른하임은 여전히 여행으로 자주 자리를 비웠다. 그 때문에 그의 회의 참석에는 늘 디오티마에게 벌써 무척 중요해진 이곳 일들과 현재의 순간을 넘어서는 무언가가 있었다. 그녀는 그가 이 도시에 머물 때는 사업과 관련해서 많은 전보와 방문객, 사절단이 은밀히 오가는 것을 알고 있었다. 과장되었을 수도 있지만 어쨌든 하나의 생각이 그녀를 사로잡기 시작했다. 세계적인 연결망 속에서 세계사의 위대한 사건들에 관여하는 회사에 대한 생각이었다. 아른하임은 가끔 국제 자본, 세계 무역, 정치의 관계에 대해 정말 숨막힐 정도로 흥미로운 이야기를 들려주었다. 완전히 새로운 지평이 그녀 앞에 열리는 느낌이었다. 살면서 처음 경험하는 지평이었다. 그건 예컨대 프랑스와 독일의 알력에 대해 그가 하는 얘기를 한 번 듣는 것으로도 충분했다. 그에 대해 디오티마가 아는 것이라고는 주변 사람들이 대부분 독일에 대해 마뜩잖은 형제의식과 함께 약간의 혐오감을 갖고 있다는 사실 외에는 많지 않았다. 아른하임의 설명에 따르면, 그 알력은 갈리아-켈트-동유럽-알프스 이북 지역이 얽히고설킨 문제였다. 거기다 로트링겐 지방의 탄광과 더 나아가 멕시코의 유전, 북아메리카와 남아메리카 사이의 갈등까지 연결되어 있었다. 투치는 그런 관련들에 대해 전혀 모르고 있었다. 아니, 최소한 그런 얘기를 한 적이 없었다. 다만 디오티마에게 아른하임을 조심하라는 말만 종종 했을 뿐이다. 그의 의견에 따르면, 아른하임이 그녀의 집을 즐겨 찾고 회의에 자주 참석하는 것은 숨겨진 의도가 없다면 이해하기 어렵다는 것이다. 하지만 그 의도가 무엇인지는 말하지 않았다. 그 자신도 전혀 감을 잡지 못했기 때문이다.

이렇듯 투치 부인은 케케묵은 외교술을 압도하는 새로운 인간의 우월성을 인상적으로 느꼈다. 그녀는 아른하임을 평행운동의 수뇌부에 앉히려고 결심했던 순간을 잊을 수 없었다. 그것은 그녀의 삶에서 첫번째로 피어난 위대한 생각이었다. 그 과정에서 그녀는 야릇한 상태에 빠졌다. 꿈이나 다른 무언가로 녹아드는 듯했다. 그 생각은 놀랄 만큼 멋진 광야 속으로 펼쳐졌고, 그때까지 디오티마의 세계를 이루고 있던 모든 것이 그 속으로 용해되었다. 그것을 말로 표현하는 것은 의미가 없었다. 그저 반짝거림, 특이한 공허, 관념분일일 뿐이었다. 아른하임을 이제껏 유례가 없던 새로운 애국운동의 수뇌부에 앉히려는 생각의 핵심을 말로 포착하기란 불가능했다. 아른하임은 외국인이었다. 그것은 변함없는 사실이었다. 그래서 아른하임을 라인스도르프 백작과 남편에게 추천하는 그런 직접적인 방식으로는 그녀의 착상이 실현될 수 없었다. 하지만 결과적으로는 모든 것이 그녀의 영감대로 이루어졌다. 그 외 애국운동에 숭고한 내용을 채우려는 지금까지의 노력은 모두 공염불에 지나지 않았다. 그런 상황에서 창립총회와 위원회 활동, 심지어 아른하임이 운명의 기이한 아이러니 속에서 그녀에게 경고했던 지성회의라는 이 사적인 모임조차 지금껏 만들어낸 성과는 아른하임뿐이었다. 그는 주변에 사람들을 몰고 다녔고, 쉴새없이 말을 해야 했으며, 모든 희망의 비밀스러운 구심점 역할을 했다. 한마디로, 운명의 거대한 물줄기 속에서 구세력을 대체할 소명을 받은 새로운 유형의 인간이었다. 그녀는 이런 사람을 한눈에 알아보고, 이런 새로운 유형의 인간이 권력의 영역으로 진입하는 것에 대해 함께 이야기를 나누고, 다른 모든 이들의 반발에 맞서 그의 길을 가도록 도와준 것이 정말 뿌듯했다. 설사 투치 국장의 짐작대로 아른하임이 몰래 꾸미는 일이 있다고 하더라도 자신은 아마 처음부터 모든 수단을 동원해서 그를 후원하기로 결심했을 것 같았다. 역사의 위대한 시간은 자잘한 시련으로는 멈출 수 없기 때문이다. 디오티마는 자신의 생이 지금 정점에 이른 것을 확고하게 느꼈다.

불운아나 행운아를 제쳐두면 인간은 다 고만고만하게 옹색하게 살아간다. 다만 살아가는 층위가 다르다. 이에 대한 자의식은 오늘날 인생의 의미와 관련해서 별 전망이 없는 사람이 추구하기에 지극히 바람직한 대용품이다. 대부분의 경우 이 자의식은 높은 곳을 향한, 권력을 향한 도취로 상승할 수 있다. 창문을 닫은 방 한가운데에 있으면서도 높은 층이라고 현기증을 느끼는 사람들처럼 말이다. 디오티마는 유럽에서 가장 영향력이 큰 한 남자와 함께 권력의 영역으로 정신을 불어넣는 일을 하고 그 과정에서 운명의 섭리가 두 사람을 어떻게 결합했는지를 떠올리면, 그리고 비록 세계적 오스트리아라는 인류적 과업의 높은 층에서 이날까지 아무 별다른 일이 일어나지 않았음에도 지금까지 진행된 일을 떠올리면, 생각의 연결점들은 올가미처럼 늘어진 매듭과 비슷하게 느껴졌고, 사고 속도는 빨라졌고, 사고 과정은 수월해졌으며, 행복과 성공의 독특한 감정이 그녀의 착상에 동행했고, 생각과 감정이 쇄도하는 가운데 자신도 깜짝 놀랄 통찰력이 생겨났다. 그녀의 자의식은 상승했고, 과거에는 감히 상상조차 못한 성공이 손에 잡힐 듯

바로 눈앞에 있었다. 그녀는 평소보다 한층 명랑해진 느낌이었고, 심지어 가끔 대담한 농담까지 떠올렸으며, 지금껏 살아오면서 한 번도 느껴보지 못한 쾌활함과 자유분방함의 물결이 전신을 훑고 내려갔다. 그녀는 마치 창문이 많이 달린 꼭대기 방에 있는 것 같았다. 그런데 이 기분에는 무언가 섬뜩한 것도 섞여 있었다. 상상조차 못했던 다양한 활동을 하도록 그녀를 몰아가는, 형언할 수 없을 정도로 크고 모호한 쾌감이 그녀를 괴롭혔다. 어쩌면 이렇게 말할 수 있을지 모른다. 갑자기 발밑에서 지구가 도는 느낌이 전해졌다고. 이 느낌을 떨쳐낼 수 없었다. 혹은, 뚜렷한 내용도 없는 이 격렬한 과정들은 마치 다가오는 것을 못 봤는데 갑자기 발 앞에서 펄쩍 뛰어오르는 개처럼 거치적거렸다. 때문에 디오티마는 자신이 명시적으로 동의한 적이 없는데도 일어나는 이 변화가 가끔 두렵기도 했다. 한마디로 그녀의 상태는 견디기 어려울 정도로 무더운 시간에 모든 무거움을 벗어던진 부드러운 하늘빛처럼 밝고 예민한 회색에 가까워 보였다.

이상주의를 향한 디오티마의 추구는 중요한 변화를 겪었다. 그 추구는 위대한 사물에 대한 올바른 경탄과 뚜렷하게 구별되지 않았다. 그것은 고결한 이상주의이자 은은한 고상함이었다. 오늘날처럼 둔감하기 짝이 없는 시대에는 그 정체를 간파할 수 없기에 짧게나마 설명이 필요할 듯하다. 디오티마의 이상주의는 현실적이지 않다. 현실은 일과 관련이 있고, 일은 언제나 깨끗하지 못하기 때문이다. 그것은 오히려 꽃 외에 다른 것은 소재로 취급하지 않는 공작비들의 꽃 그림과 비슷한 면이 있다. 이 이상주의를 특징짓는 주요 개념은 문화이고, 이상주의 스스로도 자기 속에 문화가 가득 넘친다고 느낀다. 또한 이 이상주의는 '조화'라는 이름으로도 부를 수 있다. 균형 잡히지 않은 것을 혐오하고, 안타깝게도 여전히 세상에 존재하는 거친 사물들에 조화를 부여하는 것이 교양의 사명이라고 생각하기 때문이다. 한마디로, 그녀의 이상주의는 아마 우리가 아직도 잡티 하나 없이 깨끗한 이상주의로 이해하는 것(물론 위대한 시민적 유산을 중시하는 곳에서만 그렇다)과 별 차이가 없다. 이 순백의 이상주의는 그 이름에 걸맞은 것과 그렇지 못한 것을 엄격히 구분하고, 고결한 휴머니즘을 근거로 성자들의 확신(여기엔 의사와 엔지니어의 확신도 포함된다)도 결코 믿지 않는다. 도덕적 쓰레기 속에도 사용되지 않은 천상의 치유력이 숨어 있으리라는 그 확신 말이다. 만일 예전에 사람들이 디오티마를 잠에서 깨워 그녀가 원하는 것을 물었다면 그녀는 주저 없이, 생동감 넘치는 영혼의 사랑에는 온 세상에 자신을 나누어주려는 욕구가 있다고 대답했을 것이다. 그러나 그렇게 몇 번 깨어난 뒤에는, 오늘날처럼 문명과 오성으로 과도하게 뒤덮인 세상에선 고도로 섬세한 본성을 지녔다고 해도 사랑의 힘과 유사한 노력에 대해서만 얘기할 수 있다는 말로 앞선 대답에 조심스럽게 단서를 달았을 것이다. 어쩌면 이것이 그녀가 진짜로 하고 싶었던 말이었을지 모른다. 사랑의 힘을 전파하는 사람은 오늘날에도 무척 많다. 디오티마는 책을 읽으려고 앉아 이마로 흘러내린 아름다운 머리를 쓸어올렸다. 논리적인 냄새를 물씬 풍기는 모습이었다. 그녀는 책임감으로 책을 읽었다. 문화라고 하는 것에서 자신이 처한 이 쉽지 않은 사회적 국면에 도움이 될 만한 것을 길어올리려는 노력의 일환이었다. 이것이 그녀가 살아가는 방식이었다. 그녀는 가치가 있는 모든 사물에 지극히 섬세한 사랑의 물방울로 산산이 흩어져, 약간 떨어진 거리에서 그 사물들에 고운 숨결로 내려앉았다. 그래서 그녀에게 남은 것은 투치 국장 집의 가재도구에 속하는 빈껍데기 몸뿐이었다. 이런 상황으로 인해 그녀는 아른하임이 나타나기 전, 그러니까 남편과 애국운동이라는 자기 생의 가장 위대한 불빛 사이에 홀로 서 있던 시절에는 심한 우울증에 빠졌다. 하지만 그를 만난 이후 그녀의 에너지는 자연스럽게 새로 배분되었다. 사랑의 힘은 강력하게 응집되어 몸속으로 다시 스며들었고, 그 '유사한' 노력이라는 것도 자기중심적이고 명확한 추구로 변했다. 그녀의 사촌이 처음 불러일으켰던 생각, 즉 그녀가 지금 어떤 행동에 나서기 직전이고, 아른하임과 그녀 사이에 아직 구체적이지 않은 어떤 일이 곧 일어날 것만 같다는 상상은 지금껏 해온 어떤 상상보다 응집력이 강해서, 마치 꿈에서 깨어남의 상태로 넘어가는 느낌에 젖어들었다. 이런 전이 상태의 첫 순간에는 야릇한 공허가 감돌기 마련인데, 디오티마 역시 그런 공허를 느꼈다. 그녀는 자신이 읽은 책에서 이것이 위대한 열정의 징조라는 사실을 기억해냈다. 아른하임이 최근에 말했던 것들도 대부분 이런 의미에서 이해할 수 있을 듯했다. 그의 지위, 그리고 그의 삶에 필요한 미덕과 의무에 대한 이야기들은 불가피한 어떤 것에 대한 준비였다. 디오티마는 지금껏 자신의 이상이었던 것들을 세심하게 살펴보면서 모든 행위에 비관주의의 그림자가 드리워져 있음을 느꼈다. 마치 몇 년간 거주했지만 벌써 반쯤 영혼이 빠져나간 방을 마지막으로 흘낏 바라보면서 짐을 꾸리는 사람의 감정이라고 할까? 그런데 결과는 뜻밖이었다. 디오티마의 영혼은 일시적으로 저 높은 곳의 감독에서 벗어나 천방지축으로 뛰노는 아이처럼 굴었다. 한참 동안 마음껏 뛰놀다가 어느 순간 무의미한 자유의 슬픔에 휩싸인 아이 말이다.

이런 이상야릇한 상황 덕분에, 짧은 시간 급격하게 멀어진 남편과의 관계에 무언가가 비집고 들어왔다. 늦게 찾아온 사랑의 봄까지는 아니더라도 사랑의 사계절이 모두 뒤섞인 듯한 낯선 감정이었다.

메마른 갈색 피부에서 좋은 냄새가 나는 키 작은 투치 국장은 아내의 이런 변화를 알아채지 못했다. 손님들이 있을 때는 아내가 이상하게 몽롱하거나, 자기 속에 빠져 있거나, 지극히 예민하거나, 어쩐지 이 자리에 없는 사람같이 느껴질 때가 몇 번 있었지만, 둘이 있을 때, 그러니까 그 이유에 대해 물어보려고 약간 위축되고 생경한 표정으로 다가가면 그녀는 갑자기 이유 모를 명랑함에 빠져 그의 목을 휘감으며 뜨겁디뜨거운 입술로 이마에다 입맞춤을 했다. 마치 수염을 말려는 이발사의 인두가 살에 너무 가까이 다가왔을 때의 느낌이랄까? 그는 그녀의 난데없는 애정 표현이 불쾌했다. 그래서 디오티마가 안 볼 때 이마에 묻은 흔적을 몰래 지워버렸다. 한번은 그가 아내를 껴안으려 했을 때, 혹은 이게 더 화나는 일이었는데 실제로 껴안았을 때 그녀는 그가 사랑 없이 몸만 탐하며 달려드는 짐승 같다고 흥분한 목소리로 꾸짖었다. 어느 선까지의 예민함과 변덕은 그도 젊은 시절부터 남자의 본성을 보완해주는 바람직한 여성의 모습이라고 생각해왔다. 게다가 디오티마가 차를 따라 건네거나, 새 책을 보고 있거나, 아니면 그의 생각으론 도저히 이해하지 못할 것 같은 문제에 대해 평할 때의 지적인 우아함은 그 형식의 완벽함에서 늘 그를 황홀하게 했다. 그것은 그가 정말로 좋아하는 은은한 식사 음악 같은 느낌을 주었다. 투치는 음악을 식사나 예배 과정에서 따로 떼어내어 듣고 즐기는 것을 시민계급의 거만함이라고 생각했다. 물론 이건 대놓고 할 수 있는 말은 아니었고, 더구나 이 문제에 대해 더 깊이 고민해보지도 않았지만 말이다. 어쨌든 디오티마가 어떤 때는 껴안다가, 어떤 때는 흥분해서 당신이라는 사람과 함께 있으면 영혼 충만한 인간이 진정한 본성으로 비상할 자유를 얻기 어렵다고 말하면 그는 대체 어떻게 해야 할까? 육신을 탐하기보다 내면의 깊고 아름다운 바다를 생각하라는 요구에는 뭐라고 답해야 할까? 그는 갑자기 사랑의 정신이 육욕에 눌리지 않고 자유롭게 떠다니는 에로스와 그저 섹스에만 집착하는 사랑을 구별해야 하는 상황에 직면하게 되었다. 그런 건 사실 사람들의 비웃음을 살 고지식한 책에나 나올 법한 이야기였다. 여자가 옷을 벗으면서 그런 말이나 지껄인다면, 남자를 그런 말로 가르치려 든다면 그건 모욕이나 다름없었다. 그것도 속옷이 점점 사치스럽고 경박스럽게 변해가는 여자가 말이다. 디오티마는 늘 신중하고 세심하게 옷을 입었다. 자신의 사회적 위치를 고려하면서도 지체 높은 부인들과 경쟁한다는 인상을 주지 말아야 했기 때문이다. 하지만 이제는 속옷을 고를 때 견실한 내구성과 속이 비치는 도발성 사이에서 항상 미의 편에 섰다. 그전 같았으면 지적인 여자의 기품에 어울리지 않는다고 했을 텐데 말이다. 그런데 조반니(투치의 이름은 원래 한스였는데, 투치라는 성과 조화를 이루려고 이것으로 바꾸었다)가 그것을 알아챘을 때 그녀는 목까지 빨개져서, 괴테 같은 인물에게조차 양보가 없었던 슈타인 부인에 대해 이야기했다! 결국 투치 국장은 개인 생활이라고는 없는 중대한 국가 일에서 벗어나 가정의 안락한 품에서 쉬고 싶을 때 마음대로 쉬지 못하고 그냥 디오티마 손에 내맡겨진 기분이 들었다. 예전에는 분명하게 나누어졌던 것, 즉 정신의 긴장과 육체의 휴식이 이제는 구애에 열을 올리던 신혼 때처럼 긴장되고 약간 우스꽝스러운 모습으로 통합되어버렸다. 구애하는 수컷 검은 뇌조나 시를 짓는 청년에게서나 볼 수 있는 그런 모습으로.

투치가 때로 이런 상황을 마음속 깊이 역겨워했다는 주장은 과장이라 보기 어려웠다. 이와 관련해서 그는 아내가 그 무렵 거둔 사회적인 성공을 뼈아프게 느끼고 있었다. 디오티마는 세간의 호응과 찬사를 받고 있었다. 이는 투치가 어떤 경우에도 존중해야 할 사실이었다. 납득되지 않는 디오티마의 변덕에 대해 권위나 비꼬는 말로 대응하면 몰상식한 사람으로 비칠까 걱정해야 할 정도였다. 사회적으로 영향력이 큰 아내를 둔 것이 이렇듯 속으로 꼭꼭 숨겨야 할 큰 고통이라는 사실을 그도 이제 서서히 깨달아가고 있었다. 어떤 의미에서는 사고로 거세된 남자와 비슷했다. 그는 이런 심정이 드러나지 않도록 신중에 신중을 기했고, 디오티마에게 손님이 오거나 회의가 열리면 상냥하지만 속을 알 수 없는 공직자의 표정을 지으며 눈에 띄지 않게 조용히 집안을 오갔고, 종종 정중하게 유익한 조언을 하거나 위로가 되는 반어적 말을 해주었다. 그래서 겉으로는 아내와 서로의 영역을 지키며 다정하게 지내는 것 같았고, 항상 디오티마의 의견에 찬성하는 것처럼 보였으며, 심지어 둘이 있을 때는 이따금 그녀를 위해 소소한 심부름도 해주었고, 아른하임이 집에 들락거리는 것을 공식적으로는 적극 장려하기도 했다. 그러나 공무상 여건이 허락할 때마다 아른하임의 책을 집중적으로 연구했고, 자신에게 고통의 원인을 제공한 이런 책을 쓴 남자들을 증오했다.

이유는 분명했다. 아른하임이 무슨 이유로 자신의 집을 들락거리는가 하는 문제가 이제는 그런 작가가 왜 글을 쓰는가 하는 문제로 더욱 첨예화되었기 때문이다. 투치는 글쓰기를 수다의 특수한 형식으로 여겼고, 수다를 떠는 남자들을 견딜 수 없어했다. 그런 인간들을 보면 뱃사람들이 잘하는 것처럼, 턱을 악문 채 이 사이로 침을 뱉고 싶은 충동을 누를 수 없었다. 물론 그도 인정하는 예외가 있었다. 고위 관료 중에 은퇴 후 회고록을 쓴 이가 몇몇 있었고, 때로 신문에 기고하는 사람도 있었다. 투치는 불만이 많거나 유대인일 경우에만 관료가 글을 쓴다고 생각해왔다. 유대인은 야망이 크고 불만으로 가득찬 인간들이라고 굳게 믿었기 때문이다. 물론 위대한 남자들도 자신의 경험을 책으로 냈지만, 그건 은퇴 후의 일이고 미국이나 기껏해야 영국에서나 볼 수 있는 일이었다. 문학적 소양이 있는 투치는 지혜로운 금언이나 인간에 대한 통찰을 배울 수 있는 외교관들의 회고록을 선호했다. 그런데 오늘날 그런 책이 더는 쓰이지 않는다면 거기엔 분명 뭔가 의미하는 바가 있었다. 어쩌면 객관적인 기능성을 강조하는 시대에 맞지 않아서 그런지 몰랐다. 마지막으로 직업으로 글을 쓰는 사람들도 있었다. 투치는 글쓰기로 충분한 돈을 벌거나, '시인'이라는 칭호를 받아도 될 사람들에 대해선 두말없이 인정했다. 심지어 그 직업의 정상에 선 사람들과의 만남을 영광으로 여겼고, 지금껏 외무성 산하 파충류구호기금에서 지원한 작가들에 대해서도 마찬가지로 생각했다. 또한 자신이 무척 존경하는 『일리아스』와 산상수훈도 그런 업적에 포함시켰다. 자발적인 창작 행위로 나왔건, 지원을 받고 썼건 상관없이 말이다. 다만 글을 쓸 필요가 없을 것 같은 아른하임 같은 인간이 왜 그렇게 많은 글을 쓰는지는 도무지 이해가 되지 않았다. 그 배후에 그가 도저히 접근할 수 없는 어떤 것이 도사리고 있다는 느낌이 더더욱 절실하게 다가왔다.

79. 졸리만이 사랑에 빠지다

그 무렵 어린 흑인 노예, 혹은 아프리카 왕자라고 해도 좋을 졸리만은 디오티마의 몸종, 혹은 친구라고 해도 좋을 라헬에게, 아른하임의 음흉한 계획을 적시에 막으려면 이 집에서 일어나는 일들을 철저하게 감시할 필요가 있다는 확신을 심어주었다. 물론 정확히 말하면 확신까지는 아니었다. 어쨌든 두 사람은 공모자처럼 이 집의 동향을 살폈고, 손님이 오면 문 안쪽으로 귀를 기울였다. 졸리만은 유럽 곳곳을 바쁘게 돌아다니는 파발꾼과 주인의 호텔방을 들락거리는 비밀스러운 인물들에 대해 장황하게 늘어놓으면서, 그들의 비밀을 반드시 밝혀낼 것임을 아프리카 왕자로서 맹세할 준비까지 되어 있다고 했다. 아프리카식 맹세는 이랬다. 라헬이 졸리만의 저고리와 셔츠 단추 사이로 손을 넣어 맨가슴 위에다 올려놓으면 졸리만도 똑같이 라헬의 맨가슴에 손을 올려놓고 맹세를 하는 것이었다. 그러나 라헬은 원치 않았다. 여하튼 매일 안주인이 옷을 입고 벗는 것을 거들고, 주인을 대신해 전화를 받고, 아침저녁으로 주인의 주옥같은 말이 귓속으로 흘러드는 동안 주인의 검은 머릿결을 부드럽게 빗어주고, 평행운동이 시작된 뒤로는 기둥 꼭대기에 앉은 기분으로 살아가고, 날마다 여신과 같은 디오티마를 경배의 눈으로 올려다보고, 그 경외심의 물결 속에서 파르르 몸을 떨던 이 야심만만한 하녀는 얼마 전부터 자신이 주인을 순전히 감시하고 있다는 생각에 또다른 쾌감을 느끼고 있었다.

라헬은 옆방의 열린 문이나 천천히 닫히는 문틈을 통해, 혹은 손님들 옆에서 느릿느릿 아무 일이나 하면서 디오티마와 아른하임, 투치와 울리히가 나누는 대화를 엿들었고, 그들의 시선, 한숨, 손 키스, 단어들, 웃음, 움직임을 유심히 머릿속에 담아두었다. 그것들은 마치 다시 붙일 수 없게 찢어진 문서 조각 같았다. 그런데 희한하게도 작은 열쇠 구멍은 라헬로 하여금 오랫동안 잊고 있던, 순결을 잃은 시절을 떠올리게 하는 재주가 있었다. 그 구멍으로는 방안이 멀리까지 보였는데, 단면으로 잘게 나뉜 풍경 속으로 사람들이 떠다녔고, 목소리는 또렷한 말로 이어지지 못하고 의미 없는 웅성거림으로 울렸다. 그러다 어느 순간 라헬이 이 사람들에게 품고 있던 경외심, 존경, 경탄이 사나운 힘에 의해 찢어졌다. 이것은 마치 남자의 온몸이 갑자기 사랑하는 여자의 몸속으로 깊숙이 파고들 때처럼 자극적이었다. 눈앞이 깜깜해지고 살갗의 닫힌 커튼 뒤로 불꽃이 타오를 정도로 깊숙이. 라헬은 열쇠 구멍 앞에 쪼그리고 앉았다. 검은 옷에 감싸인 무릎, 목, 어깨가 팽팽했다. 하인 제복을 입은 졸리만도 진녹색 컵에 담긴 뜨거운 코코아처럼 그 옆에 웅크리고 앉았다. 그는 가끔 균형을 잃으면 재빨리 손을 움직여 라헬의 어깨나 무릎, 치마를 붙잡았는데, 그럴 경우 손을 바로 떼지 않고 잠시 그녀의 몸에 올려놓았다가 마치 애무하듯 부드럽게 움직이며 천천히 뺐다. 졸리만은 웃음을 참지 못했고, 그럴 때면 라헬은 고운 손으로 얼른 그의 두툼한 입을 틀어막았다.

졸리만은 라헬과 달리 회의엔 별 관심이 없었고, 어떻게 해서든 라헬과 함께 손님들 시중드는 일을 하지 않으려고 했다. 대신 아른하임 혼자 이 집에 올 때 따라오길 좋아했다. 물론 그런 날도 라헬이 시중드는 것을 끝내고 돌아올 때까지 부엌에서 기다렸다. 부엌에서 일하는 여자 요리사는 첫날엔 그렇게 말을 잘하던 졸리만이 그후로 꿀 먹은 벙

어리처럼 입을 열지 않자 불쾌한 눈치였다. 라헬은 부엌에 돌아와도 오래 앉아 있을 시간 없이 곧장 나가곤 했는데, 그러면 삼십대의 노처녀 요리사는 어머니처럼 자상하게 졸리만을 챙겨주었다. 그는 초콜릿색 얼굴에 도도한 표정을 지으며 그런 그녀를 잠시 견뎌내다가 대개 자리에서 일어나 마치 무언가 잊은 게 있거나 찾을 게 있는 것처럼 굴면서 묵묵히 천장을 올려다보고는 문 쪽으로 슬금슬금 뒷걸음질치기 시작했다. 그러면 천장이 마치 더 잘 보이기라도 하는 것처럼. 노처녀 요리사는 졸리만이 자리에서 일어나 흰자위를 보이며 눈을 굴리기 시작하면 즉시 이런 어설픈 연기를 알아차렸지만, 화가 나고 질투가 나기도 해서 그냥 못 본 척 넘겼다. 졸리만은 환한 부엌의 문턱에 이르면 이미 짧은 공식처럼 되어버린 이 연기를 더는 지속할 뜻이 없었다. 물론 문턱에 서서 최대한 순진한 표정으로 잠시 머뭇거리기는 했다. 그러다 요리사가 이제 정말 자기 쪽으로 고개를 돌리지 않는다 싶으면 시커먼 형체가 시커먼 물속으로 미끄러져 들어가듯 등부터 컴컴한 대기실 안으로 스르르 미끄러져 들어갔다. 이어 몇 초간 쓸데없이 문 앞에서 엿듣는 척하다가 갑자기 신이 나서 라헬을 찾아 낯선 집을 헤매기 시작했다.

투치 국장은 한 번도 집에 없었고, 아른하임과 디오티마는 서로의 대화에만 푹 빠져 있어서 걱정할 것이 없었다. 졸리만은 물건을 떨어뜨리는 실험도 몇 번 해보았지만, 그것을 알아채고 나오는 기척은 없었다. 이제 그는 숲속의 우두머리 사슴처럼 모든 방들의 왕이었다. 마치 비수 모양처럼 뻗은 18갈래 사슴뿔처럼 피가 머리끝까지 솟구쳤다. 이 뿔의 끝이 벽과 천장을 스치고 지나갔다. 사용하지 않는 방은 햇빛에 가구 색이 바래는 것을 막으려고 항상 커튼을 쳐두었는데, 졸리만은 이 어스름한 공간을 덤불숲을 헤치듯 두 팔을 휘휘 저으며 지나갔다. 이런 과장된 행동을 하는 것을 즐기고, 폭력적 경향도 있는 소년이었다. 졸리만은 여자들의 호기심으로 버릇이 잘못 들긴 했지만 실제로 여자 경험은 아직 없었다. 다만 유럽 소년들이 어떤 타락을 저지르는지는 잘 알고 있었다. 그의 욕망은 아직 경험으로 채워진 적이 없어서 걷잡을 수 없이 사방으로 불타올랐다. 그게 라헬의 피나 입맞춤을 통해, 혹은 연인을 보자마자 몸속의 모든 혈관이 굳어버림으로써 진정될지는 알 수 없었다.

라헬이 어디에 숨었건 졸리만은 갑자기 나타나 자신의 계략이 성공한 것에 승리의 미소를 지었다. 그는 번번이 그녀의 길을 가로막았을 뿐 아니라 주인어른의 서재건 디오티마의 침실이건 마음대로 들어갔다. 라헬은 그가 커튼과 책상, 장롱, 침대 뒤에서 튀어나올 때마다 심장이 내려앉는 줄 알았다. 어스름한 공간에서 하얀 이만 반짝거리는 까만 얼굴이 불시에 튀어나오면 누가 놀라지 않겠는가? 그건 뻔뻔함이자 두려운 위협이었다. 하지만 졸리만은 실제로 라헬 앞에 서면 온순해졌다. 이 처녀는 자기보다 나이가 많았고, 제정신으로는 더럽힐 생각이 들지 않는, 방금 세탁한 새하얀 와이셔츠처럼 고왔기 때문이다. 게다가 그녀는 너무 현실적이어서 그 앞에 서면 모든 환상이 식어버렸다. 라헬은 그의 파렴치한 짓거리를 야단치면서 디오티마와 아른하임을 존경하라고, 그리고 평행운동에 옆에서나마 참여하게 된 것을 영광으로 알라고 일렀다. 그런데도 졸리만은 항상 그녀를 위해 작은 선물을 준비해 왔다. 어떤 때는 주인이 디오티마에게 보낸 꽃다발에서 뽑은 꽃 한 송이를 선물했고, 어떤 때는 집에서 슬쩍한 담배를 건넸으며, 어떤 때는 지나가면서 사탕 그릇에서 한주먹 훔친 사탕을 내밀었다. 선물을 건넬 때는 라헬의 손을 자신의 가슴에 올려놓았는데, 그러면 그의 심장은 어두운 밤중의 빨간 횃불처럼 활활 타올랐다.

언젠가는 졸리만이 라헬의 방에까지 침입했다. 그 전날 아른하임이 방문한 동안 대기실에서 떠드는 바람에 주인에게 야단을 맞은 라헬은 오늘은 디오티마의 엄한 명령에 따라 바느질감을 들고 자기 방에 갇혀 있어야 했다. 그런데 가택연금에 들어가기 전에 졸리만이 없는지 재빨리 주위를 두리번거렸지만 보이지 않았다. 그래서 슬프게 작은 방으로 들어서는데 침대 위에 졸리만이 눈을 반짝거리며 앉아 자기를 빤히 바라보고 있지 않은가! 라헬은 문을 닫을까 망설였다. 그러자 졸리만이 벌떡 일어나 대신 문을 닫고는 주머니에서 무언가를 꺼내 후 하고 불더니 라헬에게 다가갔다. 그의 몸은 뜨겁게 달구어진 인두 같았다.

"손 내봐!" 그가 요구했다.

라헬이 손을 내밀자 졸리만은 들고 있던 알록달록한 남자 셔츠 단추 몇 개 중 라헬의 소매 구멍에 맞는 것이 있는지 시험했다. 라헬은 그게 유리라고 생각했다.

"보석이야!" 졸리만이 자랑스럽게 설명했다.

이 말에서 무언가 나쁜 것을 예감한 라헬은 얼른 손을 뺐다. 물론 구체적으로 무언가 의심나는 것이 떠오른 것은 아니었다. 어쩌면 아프리카 왕국의 왕자라면 비록 납치되었다고 해도 셔츠에 보석 몇 개 정도는 꿰매 몰래 갖고 있을 수도 있었다. 아무도 모를 일이었다. 하지만 라헬은 불현듯 졸리만이 자신에게 독을 건넨 것처럼 이 단추들에 대해 두려움을 지울 수 없었다. 심지어 그전에 그가 선물한 꽃과 사탕까지 이상하게 느껴졌다. 라헬은 두 손을 몸에 착 붙인 채 졸리만을 넋이 나간 사람처럼 바라보았다. 무언가 진지하게 타이르는 말을 해야겠다는 생각이 들었다. 그녀는 나이도 많고, 인자한 주인을 모시는 사람이었기 때문이다. 하지만 이 순간 머릿속에 떠오른 것이라고는 '정직함이 가장 오래간다'느니 '항상 충직하고 성실하게 살라' 같은 경구뿐이었다. 라헬의 얼굴은 창백해졌다. 그런 말은 너무 단순해 보였다. 삶의 가르침이 되는 말은 어릴 때 부모님의 집에서 배웠다. 모두 엄격한 지혜였지만, 오래된 가재도구처럼 아름답고 단순할 뿐이었다. 그런 걸로 할 수 있는 일은 많지 않을 것 같았다. 그런 경구는 항상 문장 하나로 표현되었고, 곧 마침표가 찍혔기 때문이다. 라헬은 이 순간 그런 유치한 경구들이 낡고 해진 물건처럼 창피했다. 가난한 사람들의 집에 있던 낡은 장롱이 백 년 뒤 부자들의 살롱에 장식품으로 놓인다는 사실은 알 리 없었다. 그녀 역시 다른 신실하고 소박한 사람들처럼 신식 등나무 의자에 감탄할 뿐이었다. 그래서 자신의 새 삶에서 얻은 가르침을 찾아 기억을 더듬었다. 그러나 디오티마가 건네준 책에서 읽은 놀라운 사랑과 공포의 장면들이 떠올랐음에도 여기 이 자리에서 써먹을 수 있는 것은 하나도 없었고, 거기 있던 아름다운 말과 감정은 모두 맞지 않는 자물쇠에 끼운 열쇠처럼 자신의 상황에 어울리지 않는 것 같았다. 디오티마에게 들은 근사한 경구와 가르침도 마찬가지였다. 라헬은 뜨거운 안개가 자신을 둘러싸고 빙빙 도는 것 같은 기분이 들면서 눈물이 쏟아지려고 했다. 이윽고 그녀의 입에서 격한 한마디가 떨어졌다. "난 주인 물건을 훔치지 않아!"

“왜 안 돼?” 졸리만이 이를 드러냈다.

“난 그렇게 못해!”

“나도 훔치지 않았어. 이건 내 거야!” 졸리만이 소리쳤다.

순간 라헬은 우리같이 가난한 인간을 보살피는 것은 선한 주인들이라는 생각이 들었다. 새삼 디오티마에 대한 사랑과 아른하임에 대한 무한한 존경심이 들었다. 게다가 착한 경찰들이 파괴분자라고 부르는 선동가와 교란자들에 대한 혐오감도 일었다. 그러나 이 모든 것을 표현할 말이 없었다. 건초와 과일을 가득 실은, 제동장치가 고장난 거대한 마차처럼 감정더미가 그녀 속으로 굴러들어오는 듯했다.

“이건 내 거야! 받아!” 졸리만이 재차 라헬의 손을 잡으며 말했다. 라헬은 손을 뿌리쳤고, 졸리만은 다시 잡으려 했다. 그러다 서서히 분노가 치밀었다. 소년의 손아귀에서 벗어나려고 온몸으로 안간힘을 쓰는 라헬의 저항을 소년의 힘으로는 당해낼 수가 없어 이제 곧 그 손을 놓아줄 수밖에 없게 되었을 때, 졸리만은 이성을 잃고 몸을 숙이더니 마치 한 마리 짐승처럼 라헬의 팔을 물었다.

라헬은 비명을 질렀다. 그러나 곧 소리를 삼키며 졸리만의 얼굴을 밀었다.

졸리만의 눈에 벌써 눈물이 그렁그렁했다. 그는 무릎을 꿇고 라헬의 옷에 입술을 묻으며 격정적으로 울음을 토해냈다. 라헬은 허벅지에 뜨거운 물기가 닿는 것을 느꼈다.

그녀는 무릎을 꿇은 채 자신의 치마에 얼굴을 묻은 소년 앞에 어쩔 줄 모르고 서 있었다. 살아오면서 이런 감정은 처음이었다. 그녀는 부드러운 철사 더미 같은 졸리만의 머리카락 사이로 손가락을 집어넣어

가만히 쓸어주었다.

(2권으로 이어집니다)

문학동네 세계문학전집 발간에 부쳐

세계문학은 국민문학 혹은 지역문학을 떠나 존재하는 문학이 아니지만 그것들의 총합도 아니다. 세계문학이라는 용어에는 그 나름의 언어와 전통을 갖고 있는 국민문학이나 지역문학의 존재를 인정하면서 그것을 넘어서는 문학의 보편적 질서에 대한 관념이 새겨져 있다. 그 용어를 처음 고안한 19세기 유럽인들은 유럽 문학을 중심으로 그 질서를 구축했지만 풍부한 국민문학의 전통을 가지고 있는 현대의 문학 강국들은 나름의 방식으로 세계문학을 이해하면서 정전(正典)의 목록을 작성하고 또 수정한다.

한국에서도 세계문학 관념은 우리 사회와 문화의 변화 속에서 거듭 수정돼왔다. 어느 시기에는 제국 일본의 교양주의를 반영한 세계문학 관념이, 어느 시기에는 제3세계 민족주의에 동조한 세계문학 관념이 출현했고, 그러한 관념을 실천한 전집물이 출판됐다. 21세기 한국에 새로운 세계문학전집이 필요하다는 것은 명백하다. 우리의 지성과 감성의 기준에 부합하는 세계문학을 다시 구상할 때가 되었다.

문학동네 세계문학전집은 범세계적으로 통용되는 고전에 대한 상식을 존중하면서도 지난 반세기 동안 해외 주요 언어권에서 창작과 연구의 진전에 따라 일어난 정전의 변동을 고려하여 편성되었다. 그래서 불멸의 명작은 물론 동시대 세계의 중요한 정치·문화적 실천에 영감을 준 새로운 작품들을 두루 포함시켰다.

창립 이후 지금까지 한국문학 및 번역문학 출판에서 가장 전문적이고 생산적인 그룹을 대표해온 문학동네가 그간 축적한 문학 출판 경험을 바탕으로 새로운 세계문학전집을 펴낸다. 인류가 무지와 몽매의 어둠 속을 방황하면서도 끝내 길을 잃지 않은 것은 세계문학사의 하늘에 떠 있는 빛나는 별들이 길잡이가 되어주었기 때문이다. 우리가 자부심과 사명감 속에서 그리게 될 이 새로운 별자리가 독자들의 관심과 애정에 힘입어 우리 모두의 뿌듯한 자산이 되기를 소망한다.

문학동네 세계문학전집 편집위원

민은경, 박유하, 변현태, 송병선, 이재룡, 홍길표, 남진우, 황종연

세계문학전집 225
특성 없는 남자 1

초판인쇄 2023년 3월 7일
초판발행 2023년 3월 20일

지은이 로베르트 무질 | 옮긴이 박종대

편집 송지선 김지은 오동규
디자인 김이정 최미영 | 저작권 박지영 형소진 이영은
마케팅 정민호 이숙재 김도윤 한민아 이민경 안남영 김수현 왕지경 황승현 김혜원
브랜딩 함유지 함근아 박민재 김희숙 고보미 정승민
제작 강신은 김동욱 임현식 | 제작처 영신사

펴낸곳 (주)문학동네 | 펴낸이 김소영
출판등록 1993년 10월 22일 제2003-000045호
주소 10881 경기도 파주시 회동길 210
전자우편 editor@munhak.com | 대표전화 031)955-8888 | 팩스 031)955-8855
문의전화 031)955-1927(마케팅), 031)955-2686(편집)
문학동네카페 http://cafe.naver.com/mhdn
인스타그램 @munhakdongne | 트위터 @munhakdongne
북클럽문학동네 http://bookclubmunhak.com

ISBN 978-89-546-9146-8 04850
978-89-546-0901-2 (세트)

잘못된 책은 구입하신 서점에서 교환해드립니다.
기타 교환 문의 031) 955-2661, 3580

www.munhak.com

1, 2, 3 안나 카레니나 레프 톨스토이 | 박형규 옮김
4 판탈레온과 특별봉사대 마리오 바르가스 요사 | 송병선 옮김
5 황금 물고기 르 클레지오 | 최수철 옮김
6 템페스트 윌리엄 셰익스피어 | 이경식 옮김
7 위대한 개츠비 F. 스콧 피츠제럴드 | 김영하 옮김
8 아름다운 애너벨 리 싸늘하게 죽다 오에 겐자부로 | 박유하 옮김
9, 10 파우스트 요한 볼프강 폰 괴테 | 이인웅 옮김
11 가면의 고백 미시마 유키오 | 양윤옥 옮김
12 킴 러디어드 키플링 | 하창수 옮김
13 나귀 가죽 오노레 드 발자크 | 이철의 옮김
14 피아노 치는 여자 엘프리데 옐리네크 | 이병애 옮김
15 1984 조지 오웰 | 김기혁 옮김
16 벤야멘타 하인학교-야콥 폰 군텐 이야기 로베르트 발저 | 홍길표 옮김
17, 18 적과 흑 스탕달 | 이규식 옮김
19, 20 휴먼 스테인 필립 로스 | 박범수 옮김
21 체스 이야기 · 낯선 여인의 편지 슈테판 츠바이크 | 김연수 옮김
22 왼손잡이 니콜라이 레스코프 | 이상훈 옮김
23 소송 프란츠 카프카 | 권혁준 옮김
24 마크롤 가비에로의 모험 알바로 무티스 | 송병선 옮김
25 파계 시마자키 도손 | 노영희 옮김
26 내 생명 앗아가주오 앙헬레스 마스트레타 | 강성식 옮김
27 여명 시도니가브리엘 콜레트 | 송기정 옮김
28 한때 흑인이었던 남자의 자서전 제임스 웰든 존슨 | 천승걸 옮김
29 슬픈 짐승 모니카 마론 | 김미선 옮김
30 피로 물든 방 앤절라 카터 | 이귀우 옮김
31 숨그네 헤르타 뮐러 | 박경희 옮김
32 우리 시대의 영웅 미하일 레르몬토프 | 김연경 옮김
33, 34 실낙원 존 밀턴 | 조신권 옮김
35 복낙원 존 밀턴 | 조신권 옮김
36 포로기 오오카 쇼헤이 | 허호 옮김
37 동물농장 · 파리와 런던의 따라지 인생 조지 오웰 | 김기혁 옮김
38 루이 랑베르 오노레 드 발자크 | 송기정 옮김
39 코틀로반 안드레이 플라토노프 | 김철균 옮김
40 어두운 상점들의 거리 파트릭 모디아노 | 김화영 옮김
41 순교자 김은국 | 도정일 옮김
42 젊은 베르테르의 슬픔 요한 볼프강 폰 괴테 | 안장혁 옮김
43 더블린 사람들 제임스 조이스 | 진선주 옮김
44 설득 제인 오스틴 | 원영선, 전신화 옮김
45 인공호흡 리카르도 피글리아 | 엄지영 옮김
46 정글북 러디어드 키플링 | 손향숙 옮김
47 외로운 남자 외젠 이오네스코 | 이재룡 옮김
48 에피 브리스트 테오도어 폰타네 | 한미희 옮김
49 둔황 이노우에 야스시 | 임용택 옮김
50 미크로메가스 · 캉디드 혹은 낙관주의 볼테르 | 이병애 옮김

51, 52 염소의 축제 마리오 바르가스 요사 | 송병선 옮김
53 고야산 스님·초롱불 노래 이즈미 교카 | 임태균 옮김
54 다니엘서 E. L. 닥터로 | 정상준 옮김
55 이날을 위한 우산 빌헬름 게나치노 | 박교진 옮김
56 톰 소여의 모험 마크 트웨인 | 강미경 옮김
57 카사노바의 귀향·꿈의 노벨레 아르투어 슈니츨러 | 모명숙 옮김
58 바보들을 위한 학교 사샤 소콜로프 | 권정임 옮김
59 어느 어릿광대의 견해 하인리히 뵐 | 신동도 옮김
60 웃는 늑대 쓰시마 유코 | 김훈아 옮김
61 팔코너 존 치버 | 박영원 옮김
62 한눈팔기 나쓰메 소세키 | 조영석 옮김
63, 64 톰 아저씨의 오두막 해리엇 비처 스토 | 이종인 옮김
65 아버지와 아들 이반 투르게네프 | 이항재 옮김
66 베니스의 상인 윌리엄 셰익스피어 | 이경식 옮김
67 해부학자 페데리코 안다아시 | 조구호 옮김
68 긴 이별을 위한 짧은 편지 페터 한트케 | 안장혁 옮김
69 호텔 뒤락 애니타 브루크너 | 김정 옮김
70 잔해 쥘리앵 그린 | 김종우 옮김
71 절망 블라디미르 나보코프 | 최종술 옮김
72 더버빌가의 테스 토머스 하디 | 유명숙 옮김
73 감상소설 미하일 조셴코 | 백용식 옮김
74 빙하와 어둠의 공포 크리스토프 란스마이어 | 진일상 옮김
75 쓰가루·석별·옛날이야기 다자이 오사무 | 서재곤 옮김
76 이인 알베르 카뮈 | 이기언 옮김
77 달려라, 토끼 존 업다이크 | 정영목 옮김
78 몰락하는 자 토마스 베른하르트 | 박인원 옮김
79, 80 한밤의 아이들 살만 루슈디 | 김진준 옮김
81 죽은 군대의 장군 이스마일 카다레 | 이창실 옮김
82 페레이라가 주장하다 안토니오 타부키 | 이승수 옮김
83, 84 목로주점 에밀 졸라 | 박명숙 옮김
85 아베 일족 모리 오가이 | 권태민 옮김
86 폭풍의 언덕 에밀리 브론테 | 김정아 옮김
87, 88 늦여름 아달베르트 슈티프터 | 박종대 옮김
89 클레브 공작부인 라파예트 부인 | 류재화 옮김
90 P세대 빅토르 펠레빈 | 박혜경 옮김
91 노인과 바다 어니스트 헤밍웨이 | 이인규 옮김
92 물방울 메도루마 슌 | 유은경 옮김
93 도깨비불 피에르 드리외라로셸 | 이재룡 옮김
94 프랑켄슈타인 메리 셸리 | 김선형 옮김
95 래그타임 E. L. 닥터로 | 최용준 옮김
96 캔터빌의 유령 오스카 와일드 | 김미나 옮김
97 만(卍)·시게모토 소장의 어머니 다니자키 준이치로 | 김춘미, 이호철 옮김
98 맨해튼 트랜스퍼 존 더스패서스 | 박경희 옮김
99 단순한 열정 아니 에르노 | 최정수 옮김

100 열세 걸음 모옌 | 임홍빈 옮김
101 데미안 헤르만 헤세 | 안인희 옮김
102 수레바퀴 아래서 헤르만 헤세 | 한미희 옮김
103 소리와 분노 윌리엄 포크너 | 공진호 옮김
104 곰 윌리엄 포크너 | 민은영 옮김
105 롤리타 블라디미르 나보코프 | 김진준 옮김
106, 107 부활 레프 톨스토이 | 박형규 옮김
108, 109 모래그릇 마쓰모토 세이초 | 이병진 옮김
110 은둔자 막심 고리키 | 이강은 옮김
111 불타버린 지도 아베 고보 | 이영미 옮김
112 말라볼리아가의 사람들 조반니 베르가 | 김운찬 옮김
113 디어 라이프 앨리스 먼로 | 정연희 옮김
114 돈 카를로스 프리드리히 실러 | 안인희 옮김
115 인간 짐승 에밀 졸라 | 이철의 옮김
116 빌러비드 토니 모리슨 | 최인자 옮김
117, 118 미국의 목가 필립 로스 | 정영목 옮김
119 대성당 레이먼드 카버 | 김연수 옮김
120 나나 에밀 졸라 | 김치수 옮김
121, 122 제르미날 에밀 졸라 | 박명숙 옮김
123 현기증. 감정들 W. G. 제발트 | 배수아 옮김
124 강 동쪽의 기담 나가이 가후 | 정병호 옮김
125 붉은 밤의 도시들 윌리엄 버로스 | 박인찬 옮김
126 수고양이 무어의 인생관 E. T. A. 호프만 | 박은경 옮김
127 맘브루 R. H. 모레노 두란 | 송병선 옮김
128 익사 오에 겐자부로 | 박유하 옮김
129 땅의 혜택 크누트 함순 | 안미란 옮김
130 불안의 책 페르난두 페소아 | 오진영 옮김
131, 132 사랑과 어둠의 이야기 아모스 오즈 | 최창모 옮김
133 페스트 알베르 카뮈 | 유호식 옮김
134 다마세누 몬테이루의 잃어버린 머리 안토니오 타부키 | 이현경 옮김
135 작은 것들의 신 아룬다티 로이 | 박찬원 옮김
136 시스터 캐리 시어도어 드라이저 | 송은주 옮김
137 고독한 산책자의 몽상 장자크 루소 | 문경자 옮김
138 용의자의 야간열차 다와다 요코 | 이영미 옮김
139 세기아의 고백 알프레드 드 뮈세 | 김미성 옮김
140 햄릿 윌리엄 셰익스피어 | 이경식 옮김
141 카산드라 크리스타 볼프 | 한미희 옮김
142 이 글을 읽는 사람에게 영원한 저주를 마누엘 푸익 | 송병선 옮김
143 마음 나쓰메 소세키 | 유은경 옮김
144 바다 존 밴빌 | 정영목 옮김
145, 146, 147, 148 전쟁과 평화 레프 톨스토이 | 박형규 옮김
149 세 가지 이야기 귀스타브 플로베르 | 고봉만 옮김
150 제5도살장 커트 보니것 | 정영목 옮김
151 알렉시 · 은총의 일격 마르그리트 유르스나르 | 윤진 옮김

203 루시 저메이카 킨케이드 | 정소영 옮김
204 대지 에밀 졸라 | 조성애 옮김
205, 206 백치 표도르 도스토옙스키 | 김희숙 옮김
207 백야 표도르 도스토옙스키 | 박은정 옮김
208 순수의 시대 이디스 워턴 | 손영미 옮김
209 단순한 이야기 엘리자베스 인치볼드 | 이혜수 옮김
210 바닷가에서 압둘라자크 구르나 | 황유원 옮김
211 낙원 압둘라자크 구르나 | 왕은철 옮김
212 피라미드 이스마일 카다레 | 이창실 옮김
213 애니 존 저메이카 킨케이드 | 정소영 옮김
214 지고 말 것을 가와바타 야스나리 | 박혜성 옮김
215 부서진 사월 이스마일 카다레 | 유정희 옮김
216 사람은 무엇으로 사는가 레프 톨스토이 | 이항재 옮김
217, 218 악마의 시 살만 루슈디 | 김진준 옮김
219 오늘을 잡아라 솔 벨로 | 김진준 옮김
220 배반 압둘라자크 구르나 | 황가한 옮김
221 어두운 밤 나는 적막한 집을 나섰다 페터 한트케 | 윤시항 옮김
222 무어의 마지막 한숨 살만 루슈디 | 김진준 옮김
223 속죄 이언 매큐언 | 한정아 옮김
224 암스테르담 이언 매큐언 | 박경희 옮김
225, 226, 227 특성 없는 남자 로베르트 무질 | 박종대 옮김

● 문학동네 세계문학전집은 계속 출간됩니다